아메리카에
어서 오세요

아메리카에 어서 오세요

매슈 베이커 소설　이수현 옮김

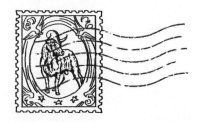

문학동네

일러두기

1. 주석은 모두 옮긴이주이다.
2. 본문 중 고딕체는 원서에서 이탤릭체나 대문자로 강조한 부분이다.

나의 조국을 위해

차례

싸우는 단어들

느닷없는 반전이다. 7학년 때는 이 '네이트 밴더빈'이라는 녀석이 우리 조카에게 꽃이 핀 잡초며 자판기에서 파는 장신구, 편의점 초콜릿, 하지도 않은 숙제 뒷면에 갈겨쓴 연애편지를 퍼붓더니만, 이제 9학년이 된 '네이트'는 조카에게 욕설("가서 개하고나 붙어먹어라 이 변태야"), 조롱("저년보다 내 가슴이 더 클걸"), 중상모략("에마도 한 번 날 빨아줬어")을 퍼붓기로 한 것이다. 18세기였다면 막돼먹은 놈, 짐승, 악당으로 불렸을 놈이요, 21세기인 지금은 깡패라고 불릴 놈이다. 스튜어트는 그놈이 자기네 집 지붕에 올라앉아서 두 층 아래 진입로에 길고양이를 던지려는 모습을 보고 나서는 그 녀석이 반사회적이라고 생각한다. 말인즉 사이코패스라는 뜻이다. 우리는 그레이트레이크스 호숫가의 어느 마을에 살고 있다. 나는 사전편찬자이고, 내 동생은 사어^{死語}, 즉 죽은 언어 교수다. 동생의 전문 분야는 사어 중에서도 영어에는 등가어가 없는 단어들이다. 스튜어트는 기회가 있을 때마다 그런 단어를 쓰지만, 그럴 만한 경우는 퍽 드물다. 이 '네이트'란 녀석은 그 드문 경우에 해당한다. 스튜어트는 그 녀석을 킴리kimlee라고 칭하는데, 최선을 다해 번역하자면 '당신을 선택한 적'쯤 된다. 그러면 스튜어트는 녀석의 킴루kimloo가 되는데, 이는 '당신이 선택한 적'이라는 뜻이다. 우리는 한때 수제 가구와 휘발유차 산업으로 융성했던 지역, 그러나 플라스틱과 폴리에스테르가 나무와 가죽을 대체하고 다른 주들이 우리 나라의 저장고에서 나날이 줄어가는 석유를 뽑아내면서 이제는 빈곤해진 주에 살고 있다. 어떤 언어를 사용하든 간에 사십대 남자가 열네 살짜리 소년을 적이라고 칭하는 일은 드문 곳이다. 18세기라면 우리가 녀석에게 권총 결투를 신청할 수도 있었겠지만 지금은 21세기이고, 미시간은 이 나라 대부분의 주와 마찬가지로 결투가 불법이다. 결투든, 다른 '합의한 분쟁'이든 불법.

하지만 녀석은 식당에서 에마의 얼굴에 침을 뱉고, 에마를 따돌리라고 에마 친구들을 괴롭히고, 나이들고 자식도 없이 혼자 사는 에마("네 게이 삼촌들처럼 말이지")의 모습을 공들여 그린 다음 자기가 직접 고른 외로움의 상징들에 설명까지 덧붙여서("고양이들" "이웃이 보낸 증오 편지" "너무 가난해서 너도 먹어야 하는 고양이 사료" "또 고양이" "주름진 할배 거시기를 생각하면서 문지르는 딜도" "또 고양이") 에마의 로커 문틈으로 밀어넣은 다음 휘파람을 불면서 걸어갔다. 마치 자신은 치아가 벌어지고 곰팡내와 땀냄새를 풍기며, 이번주에만 교실과 복도에서 여러 번 울린 여자애에게 충격을 줄 수법을 또하나 찾아낸 잔인한 녀석이 아니라 친절한 우편배달부라도 된다는 듯이.

교장은 아무 쓸모도 없고, 가끔 '네이트' 녀석에게 고작 며칠 정학을 주는 것 외에는 아무 조치도 취하지 못하거나 취하지 않는데, 정학은 이 녀석에게 유배라기보다는 휴가로, 학교도 가지 않고 호숫가를 쏘다니며 남의 보트에 돌을 던지고 에마가 스스로를 조금 더 혐오하게 만들 다음 수법을 궁리할 시간만 주는 셈이다. 녀석에게는 남을 변신시키는 능력이 있다. 표지에 드래곤이 그려진 책 읽기를 좋아하던 여자애, 치아 교정기를 부끄러워하지 않던 여자애, 남동생을 부끄러워하지 않던 여자애였던 에마를 몇 주만에 도서관에 들어가지 않으려는 여자애, 버스에서 남동생 옆에 앉지 않는 여자애, 치아가 보일까봐 웃지도 않는 여자애로 탈바꿈시켰으니 말이다. 스튜어트와 나도 변했다. 우리는 원래 소심한 사람들로, 분노를 곱씹거나, 삽으로 열네 살짜리의 무릎을 후려갈기는 상상을 하거나, 펜치로 열네 살짜리의 잇몸에서 이를 뽑아내는 상상을 하는 사람이 아니었다. 우리는 가지차*를 마시는 남자들, 창가에 페튜니아를 심는 남자들, 정원에 루바브를 키우는 남자들이었으며 다람쥐들 먹으라고 현관 난간 위에 사과 심을 남겨두는 사람들이었다. 우리는 누이동생이 새로운 애인과 함께 있기 위해 우리 나라 수도로 달아나면서, 혹시 자기가 없는 동안 자기 집에 들어가 살면서 아이들을 돌봐줄 수 있느냐고 물었을 때, 누이가 금세 돌아올 리 없다는 사실을 알면서도, 어쩌면 영영 돌아오지 않을 수도 있다는 사실을 알면서도 그냥 그러마 했던 남자들이었다. 그것도 진심

---

* twig tea. 차나무의 작은 가지나 줄기를 말려 만드는 일본식 차로, '쿠키차(kuki-cha)'라고도 한다.

으로 흔쾌히 승낙한 게 아니었다. 그저 속마음 그대로 안 된다고 하기엔 너무 소심해서 그러마 했을 뿐이다. 그런데 지금 이 녀석이 우리를 소심하지 않은 존재로 바꿔놓았다. 우리는 녀석을 해치기로 결심했다. 그것도 녀석이 고통받고 계속 고통받으며 결코 고통이 멈추지 않을 방식으로 해치고 말겠다고. 녀석의 영혼을 훼손해서 우리가 죽은 후에도 우리를, 우리가 할 수 있는 일들을 두려워하게 만들겠다고. 어쩌면 그 녀석이 이미 에마에게 그런 해를 입힌 게 아닌가 두렵기 때문이다. 그 녀석은 에마를 바꿔놓았고, 우리는 에마를 어떻게 회복시킬지 알지 못하며 되돌리는 게 가능하기는 한지조차 모른다.

나는 이십 년 넘게 사전편찬자로 일했다. 대부분의 사전편찬자들과 달리 내가 하는 일은 존재하는 단어의 정의를 쓰는 것도, 이미 다른 사람들이 써놓은 정의를 수정하는 것도 아니다. 대신 내가 하는 일은 우리 업계에서 '신기루 단어'라고 하는 것들을 만드는 일이다.

사전 출판사들은 표절을 두려워한다. 누군가가 우리 사전에 실린 정의를 복사해다가 자기네 사전을 찍어내기 시작하는 사태는 달갑지 않다. 하지만 사전 도둑질은 감시하기가 어렵다. 사전편찬자들이 존재하는 단어의 정의를 쓸 때는 창조를 하는 게 아니기 때문이다. 우리는 이미 영어 사용자들의 집합 의식에 존재하는 추상적인 개념을 풀어서 설명할 뿐이다. 사전편찬자들이 'unwanted'* 라는 단어의 정의를 쓸 때, 우리는 모두 똑같은 'unwanted'를 정의

한다. 수많은 화가들이 같은 얼굴을 두고 초상화를 그리는데, 모두가 그 얼굴을 최대한 사실적으로 재창조하는 조건으로 돈을 받는 상황과 비슷하다. 어느 정도는 겹칠 수밖에 없으니, 도둑질을 증명하기가 어렵다.

그래서 내가 신기루 단어를 만든다. 허구의 단어에 허구의 정의를 붙인다. 최근에 만든 단어는 아더리othery인데, 내가 '다른 이의 고통에 공감하여 경험하는 고통으로, 원래의 고통보다 더 괴롭다'고 정의한 명사다. 우리 사전에 아더리 같은 신기루 단어를 싣는다고 신뢰도가 떨어지지는 않는다. 사전이란 읽기 위한 책이 아니다. 사전은 오직 어떤 단어의 의미나 철자를 찾을 때만 쓰인다. 아더리는 존재하는 단어가 아니므로, 사전 사용자들이 아더리를 찾는 일은 없을 것이다. 하지만 다른 사전에 아더리가 나온다면, 그때는 그 사전을 출판한 사람들이 우리 작업을 훔쳤음을 알게 될 것이다. 아더리는 우리 사전에만 나올 수 있는 단어다.

나는 에마와 크리스토퍼와 함께 살게 된 이후에야 아더리라는 단어를 쓸 수 있게 되었다. 그전에는 그런 고통을 경험한 적이 없었다. 나 혼자 살았을 때는 이런 아픔을 겪지 않았다. 아마 누이도 이집에 살았을 때 아이들에게 아더리를 느끼지는 않았을 것이다. 그랬다면 떠나지 못했을 것이다.

내가 만들어내는 이런 단어들이 세상에 대한 나의 이해를 형성한다. 아더리가 아니었다면 그 녀석을 해치겠다는 스튜어트의 계획에 결코 찬성하지 않았을 것이다. 내가 끝내려는 것은 에마의 고

---

* '원치 않는' '달갑지 않은'이라는 뜻.

통이라기보다 나의 고통이다. 스튜어트와 마찬가지로 나도 나만의 언어를, 이 마을에서 오직 나만이 말하거나 생각할 수 있는 단어들을 품고 있다. 하지만 스튜어트가 죽은 사람들이 쓴 단어를 품고 다니는 반면, 내 단어들은 내가 만든 것이다.

우리의 계획은 방과후, 에마가 고등학교 강당에서 가을 연극 리허설을 하고 크리스토퍼는 고등학교 뒤편 들판에서 취주악단 연습을 하는 동안 '네이트'를 미행하는 것으로 시작된다. 취주악단은 원래 고등학생만 입단할 수 있지만, 크리스토퍼가 클라리넷에 워낙 드문 재주를 보여 악단 책임자가 '명예 고등학생'으로 진급시켰다. 우리에게는 이상적인 상황이었다. 크리스토퍼가 취주악단에 들어가지 않았더라면, 우리는 방과후에도 집에 붙어서 책임감 있는 티안들tians처럼 크리스토퍼를 지켜보느라 '네이트 밴더빈'의 움직임을 관찰할 수 없었을 것이다.

티안들은 내 작업이 읽힌다면 우리 마을의 많은 이들에게 유용할 단어다. 티안들tians은 티안tian의 복수형으로, 내가 학생용 사전에 만들어 넣으면서 '아이의 양육에 책임이 있는 친척'이라고 정의한 명사다. 우리 마을에서는 많은 아이들이 어머니나 아버지가 아니라 고모, 이모, 사촌, 할머니, 의붓형제 손에 크고 있다. 이런 단어들은 알고 보면 공격적이다. 이모나 사촌이나 할머니나 의붓형제라는 단어가 실제 의미하는 바는 '어머니가 아님' '아버지가 아님'이고 따라서 결국 '부모가 아님'이기 때문이다. 아이를 실제 양육하는 사람에게 '부모가 아님'이라는 암시가 담긴 이런 말은 상처가 될 수 있다.

스튜어트가 학교 앞에 즐비한 다른 티안들의 스테이션왜건과 미니밴과 세단 옆에 픽업트럭을 세운다. 이 스테이션왜건과 미니밴과 세단 중 다수는 우리의 티안, 즉 우리를 키운 할아버지가 만든 자동차다. 할아버지는 자동차 공장에서 일하다가 파산이 닥쳐오기 겨우 몇 달 전에, 그러니까 공장들이 전부 문을 닫고 버려지기 전에, 공장들에 불법 점거자가 넘쳐나기 전에, 공장들이 실험실로 바뀌어 이 나라에서는 제조와 판매가 불법이지만 그럼에도 현재 우리 주의 주된 수입원이 분명한 정신성 화학물질을 제조하기 전에 은퇴하여 호숫가로 왔다. 우리의 티안은 우리에게 밥을 먹이고, 때로는 자기 담배 살 돈조차 없으면서 책을 사주기도 했지만, 그럴 때 외에는 우리를 무시했다. 우리가 오일 소켓이나 스패너 렌치, 고정핀을 가지고 일할 소질이 없는 아이들, 그 대신 글자나 좋아하는 녀석들인 걸 알았기 때문이다. 우리 누이동생이 더 자라고 나서야 할아버지에게도 공구를 사랑하는 아이가 생겼다.

"책이 밥 먹여주지 않는다." 우리 티안은 누이와 함께 진입로에서 차를 정비하려고 어깨로 문을 밀고 나가면서, 드릴이나 토치를 휘두르며 그렇게 말하곤 했다. "썩 나와라. 이젠 너희도 배울 수 있을지 몰라." 하지만 우리는 책더미 사이 바닥에 누워, 페이지에 적힌 글자들에서 감히 눈도 떼지 못한 채 스크린도어 스프링이 탁 소리를 내며 문이 닫힐 때까지, 티안이 나갔으며 억지로 우리를 햇볕 아래 끌어내 상자에 든 공구들을 나르게 하지 못할 것임이 확실해지는 순간까지 기다리기만 했다.

하지만 이제 자동차를 다룰 소질이 있었던 소년들은 사과밭에서, 주류 판매점에서, 식료품점에서, 우리 나라에 남은 석유를 아버지 세대가 만든 자동차에 쏟아붓는 주유소에서 일하고 있다— 멸종해버린 업계의 기술을 가진 남자들. 그럼에도 그들과 우리를 갈라놓는 건 그 쓸모없는 소질이다. 그 남자들의 몸은 평생 우리가 가져보지 못한 근육질이다. 이 '네이트 밴더빈'에게 해를 입히겠다는 우리의 욕망, 그놈의 머리통을 벽돌 벽에 짓뭉개고 얼굴을 타는 숯에 짓누르고 녀석을 부두 끝에서 내던져 암초 사이에 빠져 죽게 만들고 싶은 욕망에서 무서운 부분도 이것이다. 이건 소위 남성적인 욕망이다. 우리는 그런 남성성에 익숙하지 않다. 우리는 남성성을 불신하고, 행동에 옮기기 전에 먼저 꼼꼼히 조사하기로 결정한다. 우리는 '네이트'를 따라다니면서 녀석의 행동 패턴을 기록할 것이다. 그래야 우리가 매복했다가 공격할 준비가 됐을 때, 그 녀석이 언제 어디에 혼자 있을지 알 수 있을 테니까. 우리가 무슨 짓을 할지는 모르지만, 잡히고 싶은 마음은 없다.

녀석은 가방도 메지 않고, 숙제도 들지 않고, 어슬렁어슬렁 학교를 나온다. 아마 숙제는 끝낼 생각조차 하지 않고 로커 안에 두었으리라. 녀석은 버스 창문 안의 누군가에게 불쾌한 손동작을 날리고, 학교와 차도를 가르는 돌담 위에 뛰어오르더니 줄타기라도 하는 사람처럼 돌담을 따라 시내 쪽으로 걷는다. 나는 노트에 기록한다. "9월 26일 금요일 오후 2:37 학교 출발. 담장을 따라 시내로 걸어감." 나는 우리가 가진 마을 지도에 X 표시를 하고 녀석이 그 위치에서 목격된 날짜와 시간을 기록한다. 버스들이 주차장을 줄지어 나서고, 녀석은 돌담 위에 멈춰 서서 버스마다 똑같이 불쾌한 손동작을 날리더니 버스가 다 지나가고 나자 다시 걸어간다.

"킴리가 서성대는군." 스튜어트가 열쇠를 돌려 시동을 걸면서 말한다. "자기 킴루가 같은 길에 있는 줄은 모르고서 말이야." 스튜어트가 주행 기어로 전환한다. 픽업트럭이 털털거리며 도로 연석을 떠난다. 우리는 달린다.

내가 쓰는 신기루 단어는 대부분—노스탤지언nostalgian, 언보이unvoy, 젠송gensong, 호글hoggle—내 경험과 무관한 공상의 산물이다. 일하는 출판사의 다른 사전편찬자들이 가끔 내 작업을 읽어도 되냐고 묻기 때문에, 대체로 개인적인 단어는 쓰지 않으려고 한다. 가장 두드러지는 예외가 임프섹슈얼impsexual인데, 오랫동안 내 성 정체성을 방어하려고 노력하던 끝에 만들어낸 단어다. 성적 지향과 관련해 존재하는 어떤 단어도 내 정체성을 표현하지 못했다. 고등학교 시절, 나는 여자애들의 가슴과 엉덩이에 어떤 헤테로섹슈얼한 욕정도 느끼지 못했고, 남자애들의 팔뚝과 엉덩이에 어떤 호모섹슈얼한 욕정도 느끼지 못했으며, 따라서 어떤 바이섹슈얼이나 팬섹슈얼이나 폴리섹슈얼적인 욕망도 느끼지 못했다. 에이섹슈얼이 아마 내 정체성에 가장 가깝겠지만, 여전히 부정확한 것이 비록 특정한 젠더를 향한 욕정은 전혀 느끼지 못했어도 욕정 자체는 느꼈기 때문이다. 그러나 내가 당시에 느꼈고 지금도 느끼는 욕정은, 한 번도 본 적이 없고 지금으로서는 존재하지 않을 거라 믿게 된 이름도 없고 형언할 수도 없는 존재를 향한다. 개나 양이나 풀 뜯는 말에게 아무 욕정도 느끼지 못하니 동물성애는 아니고, 테디베어나 신발이나 나무를 보고 느끼지도 않으니 이상성애도 아니다.

내 욕정은 인간적인 대상을 향하기는 하는데, 그 대상은 한때는 존재했을지 모르고 언젠가 진화하여 나타날지도 모르지만 21세기에는 존재하지 않는 종류의 인간이다.

학창시절에 나보다 네 살 아래인 스튜어트가 여러 급우들에게 반하고, 오래된 학교 앨범에 그 내용을 기록하기 전까지는 뭔가가 잘못됐다는 사실도 알아차리지 못했다. 나는 어느 날 밤 스튜어트가 목욕하고 있을 때 그 앨범을 발견했다. 각기 다른 얼굴 주위에 그려넣은 하트와 느낌표들을 물끄러미 보고 있다가 나는 스튜어트의 감정이 뭔지는 몰라도, 나에게 몇 년 전에는 찾아왔어야 할 감정이라는 사실을 깨달았다. 애초에 내가 그런 감정을 느낄 수 있는 사람이었다면 말이다. 그 앨범이 란제리 카탈로그 더미와 함께 숨겨져 있었다는 점이 어쩐지 더욱 마음을 불편하게 했다. 스튜어트도 분명 나처럼 가끔 자위를 해왔으며, 다만 나와는 달리 자위할 때 원하는 대상을 실제로 상상할 수 있다는 뜻이었기 때문이다. 그때만큼 강렬한 수치심을 느낀 적이 없었다. 나는 욕조에서 물이 빠지는 소리를 듣고 잽싸게 그 앨범과 카탈로그들을 우리가 같이 쓰는 이층 침대 밑에 다시 숨겼고, 그후에는 달빛을 받으며 카펫에 혼자 앉아서 침묵하며 절망했다.

나는 우리 출판사가 낸 의학사전에 임프섹슈얼을 실었다. 명사형 단어로 '비존재(또는 비존재들)를 성적으로 욕망하는 사람'이라는 정의를 달았다. 실행 불가능한 욕망이라는 뜻을 담기 위해 'impossible'에서 'imp-'를 가져다 붙였다. 그 단어를 내보낸 후에야 'imp-'는 임프*를 암시하는 것으로 보일 가능성이 크고, 따라서 가상의 생물들에 대한 욕망을 함축하게 된다는 사실을 깨달았다.

20

고등학교 시절에 스튜어트는 에이섹슈얼이라는 소문이 도는 우리 교장이 혐오스럽다고 노골적으로 밝혔다. 그래서 내가 그보다 더한 혐오감을 일으킬까 두려워 내 정체성에 대해 말하지 않았다. 우리가 둘 다 마을을 떠났다가 다시 돌아온 후에야, 스튜어트가 두 번 결혼했다가 이혼한 후에야, 내가 임프섹슈얼이라는 단어를 내보내고 그 대가로 돈을 받은 후에야 겨우 내 정체성을 털어놓았는데, 그때 스튜어트는 예전에 공부한 사어 중 지구 반대편에 있는 어느 반도 국가에서 발전했다가 사멸한 어떤 언어에 딱 맞는 단어가 있었다고 했다.

"카와-마슈카Kawa-mashka라고 해. 존재하지 않는 무언가에 대한 성적 욕망을 뜻하지. 형도 그렇게까지 희한한 건 아니야."

그제야 나는 비록 내가 혼자 살고 언제나 혼자 살았으며 앞으로도 결코 다른 인간을 사랑하는 일은 없겠지만, 그래도 완전히 혼자는 아니었다는 사실을 알았다. 다른 사람들도 내가 느낀 이 실현 불가능한 욕망을 느꼈으며, 몇 세기 전에 그런 욕망을 품고 살다가 죽었거나, 혹은 아직 태어나지 않았다는 사실을.

우리는 스튜어트가 오후에 교수 회의에 가야 하는 날만 빼고 주중에는 매일같이 오후 여섯시 십칠분까지 그 녀석을 따라다니다가 집으로 차를 몰고 돌아와서, 리허설을 마친 에마와 연습을 마친 크리스토퍼를 실은 특별활동용 버스가 도착하기를 기다린다. 우리의

---

* 동화나 전설에 등장하는 꼬마 악마, 도깨비.

방식은 인내심을 요한다. 스튜어트는 '네이트'가 그날 서성이기로 한 곳 근처에 픽업트럭을 세운다. 나는 '네이트'가 수행하는 다양한 활동을 기록한다. 규칙상 픽업트럭에서 나가지는 않는다. 녀석이 어떤 가게나 아케이드 상가 안으로 모습을 감추더라도 따라가지 않는다. 픽업트럭을 타고 있으면 우리는 그저 자동차에 탄 형제일 뿐이다. 아무런 잘못도 저지르지 않는 것이다. 스튜어트는 만년필을 들고 과제를 채점한다. 나는 다가오는 마감을 위해 단어 정의를 교정한다. 우리는 픽업트럭 안에만 머무르며 기다린다. 녀석은 우리 얼굴을 알고, 우리가 누구의 티안인지도 안다. 녀석에게 우리의 계획을 알리고 싶지 않다.

예외는 우리가 '네이트 밴더빈'을 관찰하기 시작하고 몇 주 후에 찾아온다. 픽업트럭은 시내 중심가, 외벽에 판자를 댄 예스러운 가게들이 줄지어 있는 왕복 이차선 도로에 주차되어 있다. '네이트'는 어느 서점 뒤에서 쓰레기통을 뒤지고 있는데, 새롭지만 아주 뜻밖의 행동은 아니다. 수업을 하고 온 스튜어트는 구겨진 드레스 셔츠와 카키색 멜빵바지 차림으로, 배에 두 손을 얹은 채 축 늘어져 자고 있다. 회사에서 온 나는 조끼를 입고 있다. 공식적인 시간을 기록하기 위해 방금 회중시계를 확인하고 노트에 "10월 13일 월요일 오후 4:27 서점 쓰레기통 뒤짐"이라고 적었다.

그리고 무슨 일이 벌어지는지 알았을 때 나는 어찌할 바를 몰라 스튜어트를 깨우려 한다.

"스튜어트." 나는 속삭인다. "스튜어트, 스튜어트, 스튜어트." 스튜어트는 눈을 껌벅이며 깨어나서 짧게 자란 수염을 긁더니 다시 잠든다. 나는 팔꿈치로 동생을 찌른다. "스튜어트, 한 명은 트럭에서 나가야겠어."

스튜어트는 다시 눈을 껌벅이며 깨어나서 "우린 나가면 안……"까지 말하다가 앞유리로 그 장면을 본다. 우리 조카 크리스토퍼가 완전히 조립한 클라리넷을 장검처럼 휘두르며, 혼자 뭐라고 중얼거리면서 살금살금 서점 앞을 지나 쓰레기통 쪽으로 가고 있다. '네이트'는 아직도 쓰레기통에 머리부터 거꾸로 처박힌 채, 마치 추락하면서 내려설 곳을 찾는 사람처럼 다리를 흔들고 있다. 스튜어트가 "저거 혹시?"라고 말하고 내가 "그래"라고 말하자 스튜어트는 픽업트럭에서 굴러떨어지듯 내려서더니 "크리스토퍼! 망할, 크리스토퍼!"라고 씩씩거리며 조카를 따라 달려간다. 크리스토퍼는 서점 뒤편 배수로 앞에 쪼그리고 앉아서 쓰레기통 속에 들어간 '네이트'를 엿보고 있다가, 자기 이름을 듣고는 눈을 크게 뜨고 돌아보더니, 마치 소리를 지르거나 클라리넷을 스튜어트에게 휘두르기라도 할 것처럼 눈을 더 크게 뜬다.

스튜어트가 크리스토퍼에게 픽업트럭으로 오라는 몸짓을 한다. 크리스토퍼는 픽업트럭에 앉아 있는 나를 슬쩍 보더니, 쓰레기통에 들어간 '네이트'를 본다. 크리스토퍼가 고개를 젓는다. 오지 않겠다는 뜻이다. 스튜어트가 조금 더 가까이 다가간다. 크리스토퍼가 머뭇거린다. 스튜어트가 슬그머니 더 다가가더니 클라리넷을 확 낚아챈 다음 크리스토퍼를 한쪽 어깨에 짊어지고 휘청거리며 픽업트럭으로 돌아온다.

스튜어트는 조카를 운전칸 가운데에 밀어넣고 문을 닫은 후 잠금장치를 누른다.

"넌 취주악단에 있어야 하는 거 아니냐?" 스튜어트가 묻는다.

크리스토퍼가 계기반을 노려보며 말한다. "네이트 밴더빈이 오늘 점심시간에 또 누나한테 침을 뱉었어. 그래서 저놈이랑 싸우려고 하루 쉬었어."

우리는 새로운 의미의 단어라도 보듯 우리 조카를 응시한다. 이 아이는 제 누나가 지하실 상자 안에 보관하는 인형들을 가지고 놀기를 좋아하는 남자아이, 예전에 숲속 그루터기에 앉아서 "잘생긴 엘프들"과 "엘프들이 선반에 보관하는 반짝이는 요정 포션"에 대해 직접 지은 노래를 부르는 모습을 우리에게 들켰던 아이다. 심지어 같은 나이 때의 우리보다 더 말랐고, 코에는 주근깨가 세 개 있는데 우리가 알기론 그 숫자가 친구 수보다 많다.

"클라리넷으로?" 내가 묻는다.

"저 녀석은 너보다 두 살 더 많아, 이 멍청아." 스튜어트가 말한다. "누나의 발레 신발이 아니라 칼을 가지고 노는 부류고 말이야."

"스튜어트." 나는 크리스토퍼에게 아더리를 느끼며 말한다. 스튜어트는 나중에 후회할 말을 하는 습관이 있고, 바로 그 점 때문에 습관처럼 이혼을 당한다.

스튜어트가 말한다. "녀석은 널 병원에 보냈을 거다. 대체 무슨 생각을 한 거야, 저런 깡패에게 덤비려고 하다니?"

18세기였다면 크리스토퍼처럼 몸집이 작은 아이는 벌써 홍역이나 백일해, 독감 같은 자질구레한 질병에 굴복했을 가능성이 높지만 지금은 21세기이고 우리는 크리스토퍼의 섬약한 몸을 보호하기 위해 필요한 백신들에 돈을 지불했다. 18세기였다면 크리스토퍼는 또한 눈이 보이지 않았을 테고, 설령 각종 질병에서 살아남았다 해도 어떤 공장에선가 일을 하다가 기계에 손가락 아니면 팔이 잘려

나갔을 것이며 그후에는 거지로 살다가 어느 배수로 오물 속에서 눈을 맞으며 굶어죽었을 테지만, 지금은 21세기이고 우리는 크리스토퍼가 앞을 볼 수 있게 안경을 사줬다. 스튜어트가 크리스토퍼에게 화가 났다면 그건 그애가 우리가 어떻게든 막으려고 애써온 때이른 죽음을 찾아 나서는 현장을 잡았기 때문이다.

"녀석이 나한테 무슨 짓을 하든 상관없어. 저놈이 누나에게 '냄새쟁이'라는 별명을 붙이는 바람에 이젠 아무도 누나한테 말을 걸거나 옆에 앉거나 본명으로 부르지 않는단 말이야." 크리스토퍼가 말한다.

스튜어트는 '네이트'가 쥐 한 마리의 꼬리를 잡고 쓰레기통에서 기어나오는 순간 픽업트럭을 출발시킨다. 녀석은 쥐를 높이 쳐들고, 그 커다란 설치류가 앞뒤로 흔들리며 앞발로 허공을 긁는 모습을 실눈으로 바라본다. 우리는 도로의 연석을 떠나서 털털거리며 호수로 향한다. 우리 주의 나무들은 이미 생장하는 계절이 끝나, 잎사귀가 녹색에서 금색으로 금색에서 다시 빨간색으로 변화하며 메말라가고 있다. 바람이 나뭇가지를 헤집고 낙엽을 허공에 띄운다.

"그리고 무슨 소리야, 난 취주악단에 있어야 하지 않냐?" 크리스토퍼가 말한다. "삼촌들은 거기서 뭐하고 있었는데? 둘 다 일하고 있어야 하지 않아?"

"우리가 왜 거기 있었는지는 중요하지 않아." 스튜어트가 말한다.

크리스토퍼는 계기반을 노려본다. 나는 호숫가에 늘어선, 페인트칠이 벗겨진 집들을 바라본다. 풍상에 닳은 부두를. 까딱거리는 돛배들을. 모래언덕의 흔들리는 잡초들을. 크리스토퍼가 중얼거린다. "그리고 난 누나 발레 신발을 가지고 놀지 않아." 우리가 이미

다 알고서 한 이야기라는 걸 자기도 알면서 말이다.

스튜어트가 공부한 사어 중 하나에는 사람의 인상을 가리키는 일련의 단어가 있다. 스튜어트가 내 특유의 인상을 표현할 때 쓰는 단어는 웨이레이weyrey다. 최선을 다해서 번역하면 '눈에 띄지 않는 인상'라는 뜻이다. 스튜어트는 내가 어렸을 때 괴롭힘을 당하지 않고 무시만 당한 이유가 나에게 하찮은 아우라가 있기 때문이라고 말한다. 나는 스튜어트와 나를 묶어서 '우리'라고 생각할 때가 많지만, 스튜어트는 우리가 '나와 너'로 갈리는 지점에 초점을 맞추기를 좋아한다.

"형은 말이지, 방안에 들어서면 모두가 하던 일을 멈추고 쳐다보면서 저 사람의 지인이 되고 싶다고 생각하는 그런 사람과는 정반대야." 스튜어트는 말했다. "형이 방안에 걸어들어가면, 아무것도 하지 않던 사람들이라 해도 굳이 쳐다보지 않아. 아무것도 하지 않는 데 더 관심이 있지."

이것도 스튜어트가 해놓고 후회하는 그런 말 중 하나다. 실제로 나중에 후회한다고 말하기도 했지만, 웨이레이가 나의 인상이라는 생각에는 변함이 없었다.

"형이 조용해서가 아니야. 수다스러운 사람이라도 웨이레이가 될 수 있어. 자기가 사교적이라고 생각하는 사람이라도." 스튜어트는 말했다.

스튜어트 본인의 인상은 닙페이nipfay라는데, 최선을 다해 번역하면 '짜증을 부르는 인상'이라는 뜻이다. 어렸을 때 스튜어트는 나만큼 조용했고, 나와 똑같은 중고 스웨터와 버려진 청바지를 입고 다녔지만, 내가 무시당하는 반면 스튜어트는 우리 마을에서 남괴롭히기를 좋아하는 모든 사람은 물론이고 심지어는 원래 그렇지 않은 몇몇에게까지 괴롭힘을 당했다.

스튜어트 말에 의하면, "형이 방에 들어가면 아무도 주목하지 않지. 내가 방에 들어가면, 말 한마디 하지 않아도, 누구에게도 눈길을 주지 않아도 다들 나를 알았다면 분명 싫어했을 거라고 느껴. 내 존재 자체에 짜증스러워해."

형으로서 스튜어트를 보호해야 할 사람은 나였다. 동생의 가방 속 내용물을 버스 창밖으로 버려서 SF 소설들이 다리 난간에 부딪혀 개천에 떨어지게 만든 놈들로부터, 동생의 로커를 열고 운동화에 오줌을 싼 놈들, 동생을 때려 코피를 낸 놈들로부터. 그러나 나는 동생보다 더 겁에 질려 있었다. 놈들이 버스 정류장에서 스튜어트를 밀칠 때, 나는 책장 냄새를 맡을 수 있을 만큼 책을 얼굴 가까이 붙이고 서서 아무것도 안 보이는 척했다. 그래서 스튜어트는 나 대신 우리 티안에게 가서 도움을 구했다.

"그러면 너도 반격을 해." 우리 티안은 강철못을 잇새에 물고, 두 손 엄지로는 창틀에 줄자를 대고 누르면서 말했다. 우리 누이동생이 망치를 들고 근처에 서 있었다. "네 싸움을 내가 대신 해주진 않겠다."

그다음주에 스튜어트와 동갑인 남자애 하나가 솔방울을 던졌을 때, 스튜어트보다 두 살 어리고 나보다는 여섯 살이 어린 우리 누이가 그 남자애의 발을 걸고 입을 무릎으로 찍었다. 그 녀석은 혀가 씹혀 입안 가득 피를 머금은 채 학교로 달려갔고 몇 달 동안 스튜어트에게 말도 걸지 않았다. 스튜어트도 누이에게 몇 달 동안 말을 걸지 않았는데, 자기는 무서워서 덤비지 못하는 상대와 그애가 싸웠다는 사실에 격분해서였다. 우리가 사는 주에서, 남자아이는 자기 손으로 다른 남자아이를 해치는 것을 두려워하지 않아야만 남자로 성장할 수 있다. 다른 아이들을 해치기를 두려워하는 남자아이는 남자로 성장할 수 없다. 남자아이도 남자도 아닌 무언가, 우리에게 표현할 단어가 없는 무언가가 될 뿐이다.

'네이트'가 에마에게 한 짓을 두고 스튜어트가 그토록 죄책감을 느끼는 이유도 그것이다. 스튜어트는 우리 누이동생이 여기 있었다면 결코 그런 일이 일어나게 내버려두지 않았으리라 믿는다.

트라우마는 사람에게 절뚝이는 발, 보이지 않는 눈, 잘린 팔다리 같은 신체적인 장애를 남길 수 있는 것과 마찬가지로 감정적인 장애도 남길 수 있다. 나는 스튜어트에게 그런 장애가 여러 개 남았다고 생각한다. 내가 처음으로 만들었던 단어 중에는 허든hurden이 있는데, '영구적인 감정 장애'라고 정의한 명사다. 우리의 티안이 사십대였을 때, 컨베이어벨트에 실려 있던 엔진 하나가 떨어지는 바람에 티안의 발뼈가 골절됐다. 티안은 은퇴한 후에도 여전히 절뚝이면서 걸었다. 스튜어트는 신체적으로 그렇지는 않지만, 그러니까 발을 절지는 않지만, 그래도 절름거린다. 이전에는 옛날 우리 누이동생처럼 자기 대신 싸워줄 아내가, 이 사람이든 저 사람이든, 있었다. 스튜어트를 벗겨 먹으려는 배관공과 정비공과 슈퍼마켓 계산원들을 위협하고, 스튜어트를 모욕하거나 얕잡아보는 동료들을 을러댈 아내가. 하지만 지금 스튜어트는 스튜어트 혼자다. 그래서 더욱, 스스로는 지키지 못했으나 같은 상황에 처한 에마만은 지킬 수 있다고 믿고 싶어한다. 하지만 그런다고 허든을 무위로 돌릴 수는 없다. 정의상 허든이란 영구적인 것이다.

스튜어트의 고통에 기반해 만든 단어를 내보내는 마음이 편치는 않았다. 그러나 내가 만든 단어들은 진짜처럼 보여야만 했다. 표절자들도 척 보기에 가짜 같은 단어는 지나칠 것이다. 내 단어들은 영어라는 언어에서 다른 어떤 단어도 수행하지 못하는 목적을 수행하는 것처럼 보여야 한다. 표절자들이 베끼는 건 그런 단어들이다. 그 순간 신기루는 실체를 얻는다.

녀석은 패턴이라곤 없고, 변덕에 따라 살아간다. 스튜어트는 내 기록을 가위로 잘라내 처음에는 요일별로, 그다음엔 시간대별로 다시 정리해본다. 기록을 어떻게 늘어놓아도 그 녀석이 하는 짓들은 완전히 제멋대로 같다.

요일별로는 이런 식이다:

"10월 16일 목요일 오후 4:37 주유소 바깥 벤치에서 버터스카치 사탕을 먹음."

"10월 23일 목요일 오후 5:02 이웃집 우편함에 든 잡지를 꺼내 한 페이지를 뜯더니 뜯어낸 페이지를 우편함에 집어넣고 잡지를 들고 감."

"10월 30일 목요일 오후 2:53 부둣가 돛배에 숨어들더니, 친구(지난주 아케이드 상가에서 본 남자애)에게 같이 배에 오르자고 손짓, 친구는 거절(겁먹은 듯), 녀석은 배에서 내려와 친구를 부둣가에서 물속으로 밀어버리고, 친구는 허우적대며 얕은 여울로 헤엄처 감, 녀석은 친구가 물에서 나오게 도와주고, 같이 시내로 향함."

"11월 6일 목요일 오후 6:08 휘발유로 길에 불을 붙임."

시간대별로는 이런 식이다:

"10월 21일 화요일 오후 5:51 서점 바깥에 대놓은 자전거를 훔치려다가 몇 살 위의 고등학생들에게 걸림, 입술이 터져서 골목길로 달아남."

"10월 24일 금요일 오후 5:50 학교 뒤에서 막대기로 작은 개를 때림."

"10월 29일 수요일 오후 5:53 진입로에서 자동차를 수리하는 티안을 도움, 자동차 타이어를 걷어차서 티안이 소리를 지름."

"11월 7일 금요일 오후 5:51 친구(지난주 부두에서 본 남자애)에게 골동품 가게 밖에 창문을 등지고 서 있으라고 하고 자기는 가게 뒤쪽으로 통하는 골목길 안으로 사라지더니 가게 지붕 위에 나타나서(친구는 아직 거리 쪽을 보느라 모름), 지붕에서 친구를 향해 오줌을 눔. 친구는 욕을 하며 오줌을 피하려고 골동품 가게 입구로 재빨리 몸을 숙여 들어가고, 녀석은 낄낄거리며 바지 지퍼를 닫고 지붕에서 사라지더니, 골목길에 다시 나타남. 친구는 문 앞에 서 있었다는 이유로 골동품 가게 주인에게 한소리 들음. 녀석과 친구는 가게 주인을 욕하고, 가게 창문에 침을 뱉더니 같이 아케이드 상가 쪽으로 감."

은퇴자들은 이미 호숫가 집을 떠나, 민물 반도에서 짠물 반도로, 대륙 남쪽 끝으로 옮겨갔다. 겨울용 콘도를 빌릴 돈이 있다면 그렇다는 말이다. 이동할 여유가 없는 가난한 은퇴자들은 장작과 난로와 전기담요와 함께 집안에 틀어박혀 눈이 쌓이기를, 서리와 얼음으로 이루어진 어두운 몇 달이 오기를 기다린다. 우리의 지도에는 그 녀석이 다닌 곳과 시간을 표시한 X자가 넘쳐난다. 이젠 거의 표시가 안 된 곳이 없다. 크리스토퍼가 또 악단 연습을 빼먹고, '네이트'를 미행하는 우리를 미행한다. 픽업트럭이 '네이트'가 물건을 사는지 훔치는지 하고 있는 잡화점 앞에 서 있는데, 코트와 손모아장갑과 제 누나의 분홍색 머플러로 든든히 껴입은 크리스토퍼가 내 쪽 창문 앞에 나타난다. 그리고 창을 두드린다. 스튜어트가 눈을 껌벅이며 깨어나서 "어?" 하고 중얼거린다. 나는 창문에 앉은 서리가 깨질 때까지 창문 레버에 힘을 주어 겨우 창을 내린다.

"왜 취주악단에 가지 않았어?" 스튜어트가 묻는다.

"삼촌들 따라다니느라고." 크리스토퍼가 말한다. "삼촌들은 네이트 밴더빈을 따라다니는 거야?"

"아니야." 스튜어트가 말한다.

"그 녀석을 두들겨패거나 그럴 거야?" 크리스토퍼가 묻는다. "삼촌들이 애를 때릴 순 없다는 거 알잖아."

"그 녀석은 아이가 아니야." 스튜어트가 말한다. "열네 살인데다가 병리적 사이코패스지."

"열네 살이면 애야." 크리스토퍼가 말한다.

"해치진 않을 거다." 내가 말한다. "겁만 주려는 거야."

"에마에겐 말하지 않는 게 좋겠어." 크리스토퍼가 말한다. "삼촌들은 저 녀석을 때리는 게 에마에게 사랑을 표현하는 거라 생각할지 모르지만, 누나는 이해 못할 거야."

"너도 똑같은 짓을 하려다가 우리한테 잡혔잖아, 멍청아." 스튜어트가 말한다.

"내 말은, 그럴 거면 말은 하지 말라는 거야. 그랬다간 누나가 삼촌들을 미워할 테니까." 크리스토퍼가 말한다. "엄마는 누나한 테 사랑을 표현하는 방법을 알고 있었고, 그 방법은 그냥 사랑한다고 말하는 거야. 그리고, 저 녀석을 때릴 거면 나도 돕고 싶어."

스튜어트는 나를 쳐다보다가 말한다. "비빅시시vivixixi." 스튜어트가 아는 사어 중 하나로, 최선을 다해 번역하면 '분별없는 계획' 쯤이 된다.

"삼촌의 괴짜 언어로 날 끼워주기 싫다고 말하는 건 알겠는데, 안됐네." 크리스토퍼가 말하고는 픽업트럭으로 기어 올라오더니 나를 타넘어 우리 둘 사이에 앉는다. "오늘 저 녀석은 엄마의 반지를 걸어놓은 누나 목걸이를 빼앗아서 변기에 넣고 물을 내렸어. 삼촌들이 트럭에서 진짜로 나갈 때 말만 해. 나도 같이 가서 저 녀석 죽여버릴 거니까." 크리스토퍼가 안전벨트를 맨다. "그치만 가로등 뒤에 숨어서 삼촌들을 한 시간쯤 지켜보느라 얼굴도 얼얼하고 손도 얼얼하고 발도 얼얼해. 얼어버린 발로 집까지 걸어가기도 싫고. 그러니까 지금은 그냥 집으로 태워다 줄 수 있어?"

"안 돼." 스튜어트가 말한다. "우린 킴리가 저 가게에서 나오길 기다리고 있어."

"두 사람은 최악의 부모야." 크리스토퍼가 중얼거린다. 그리고 제 누나의 머플러를 입과 코에 두른 다음 팔짱을 껴서 장갑 낀 두 손을 겨드랑이 아래 끼우고 몸을 옹송그린다.

크리스토퍼는 매일같이 악단 연습을 건너뛰고 '네이트'를 미행하는 우리와 함께 움직이며, 우리가 머그잔에 담긴 김이 오르는 차를 마시는 동안 머그잔에 담긴 김이 오르는 코코아를 마신다. 이전에 우리의 오후에는 소리가 없었고, 픽업트럭 바깥의 소리들—바람이 울부짖는 소리, 거위가 꽥꽥대는 소리, 버스의 낡은 브레이크가 끼익하는 소리, 집집의 현관 차양에 달린 풍경소리, '네이트'가 자기네 집 지붕에서 아래 진입로로 자기 티안의 공구를 던지며 내는 소음—은 운전칸 안에서는 잘 들리지 않았다. 이제 우리의 오후는 끊임없는 수다로 가득차는데, 그것도 예전에는 우리가 사라진 엄마를 대신해 자기를 받아들인 게 아니라 제 엄마에게서 납치한 것처럼 굴던 조카, 자기 인생의 가장 평범한 일들도 우리에겐 알려줄 가치가 없다는 듯 굴던 조카의 수다다. 처음으로 조카는 우리를 '부모 아님'이 아니라 티안으로 대하며 이야기한다. 제 엄마였다면 어떻게 했을지를 점점 덜 이야기하고, 대신 우리 의견을 구한다.

우리는 '네이트'의 집 건너편에 차를 세우고, 혹시 그 녀석이 이쪽을 보면 픽업트럭이 비어 있는 것처럼 보이도록 몸을 낮추고 앉아 있다. 그 녀석은 자기 티안의 자동차 밑에 들어가서 전지가위로 하부에 무슨 짓인가를 하고 있다. 스튜어트와 나도 녀석이 자기 티안의 물건을 부술 때는 좋아한다. 녀석이 무슨 짓을 해놓았는지 티안이 알아차리는 순간을 기대하는 스릴이 있다. 티안이 어떻게 반응할지 알게 되는 즐거움이 있다. 그의 티안은 때로는 장난이 재미있다고 생각하고, 때로는 재미있다고 생각하지 않는다.

"우리 언제쯤 진짜로 저 녀석과 싸울 수 있어?" 크리스토퍼가 묻는다.

"녀석이 혼자 있고 아무도 우릴 보지 못할 게 확실할 때." 스튜어트가 말한다.

"지금 혼자 있는데." 크리스토퍼가 말한다.

"녀석의 티안이 집에 있어. 저애가 기어들어간 게 티안의 자동차야." 내가 말한다.

"삼촌들은 쟤네 아빠가 무서워?" 크리스토퍼가 묻는다.

"아니." 스튜어트가 말한다.

"저 녀석 아빠는 덩치가 어마어마해." 크리스토퍼가 말한다. "우리가 네이트를 때리면, 쟤네 아빠가 우릴 쫓아오지 않을까?"

"우린 이미 그 작자가 벨트, 휠 렌치, 나무 노櫓, 그리고 의자 다리처럼 보이는 걸 들고 '네이트'를 쫓아가는 모습을 봤어." 내가 말한다. "우리가 무슨 짓을 하고 싶어한들 저애의 티안이 이미 하지 않은 짓은 없을걸."

"자기가 아들한테 그런다고 해서 우리가 그러는 걸 좋아하리란 보장은 없지." 크리스토퍼가 말한다.

얼마쯤 시간이 흐른 뒤 '네이트' 녀석은 울 비니를 뒤집어쓰고 자전거에 오른 뒤 부두로 간다. 녀석은 부둣가를 달리면서 노란색 자전거 통행 금지 표지판이 보일 때마다 못된 손동작을 하더니, 등대 뒤편으로 사라진다. 스튜어트와 나는 녀석의 친구가 오기를 기대한다. 녀석과 친구는 가끔 등대에서 만나기 때문이다. 우리는 그둘이 같이 있을 때를 좋아한다. 녀석이 친구에게 또 무슨 새로운 못된 짓을 할지 보는 것도 재미있고, 잔인한 장난이 끝난 후에 둘이 재결합하는 장면을 보는 건 감동적이다. 우리는 녹슨 모터보트가 실린 트레일러를 후미에 달고 있는 트럭들 사이에 차를 세운다.

"저 녀석 배를 찌를 거야, 아니면 목구멍이 으스러질 정도로 세게 목을 밟을 거야?" 크리스토퍼가 묻는다.

"난 대답 안 할 거다." 내가 말한다. "스튜어트, 대답하지 마."

"난 어느 쪽이 더 좋을지 못 정하겠어." 크리스토퍼가 말한다. "왜 녀석이랑 못 싸워? 지금 혼자인데."

스튜어트는 부두를 따라 정박한 요트와 고속 보트들을 가리킨다.

"여기선 덮칠 수가 없어. 누가 우릴 볼지도 몰라." 스튜어트가 말한다.

"알겠어." 크리스토퍼가 말한다. "녀석의 눈이 부어서 안 떠질 때까지 얼굴을 때릴 거야, 아니면 깨진 유릿조각 위로 끌고 다닐 거야?"

녀석이 부둣가에서 되돌아오며, 판자를 깐 산책로를 따라 페달을 밟아 시내로 돌아간다. 스튜어트는 녀석이 사라질 때까지 기다렸다가 픽업트럭을 출발시킨다. 우리는 자전거가 주유소 밖 인도에 팽개쳐져 있고, '네이트'는 주유소 편의점 안쪽 통로를 어슬렁거리는 모습을 발견한다. 스튜어트와 나는 녀석이 사탕을 먹었으면 한다. 그런 기분이 들다니, 마치 녀석에게 사탕과 멍자국을 둘 다 주고 싶은 것 같은 기분이 들다니 혼란스럽다. 하지만 우리는 사탕을 씹을 때의 그 녀석처럼 행복해 보이는 사람을 본 적이 없다.

그러나 녀석은 빈손으로 나와서 아케이드 상가 뒤편 골목길에서 돌멩이를 한줌 모으더니 벽에 붙어선다. 그런 다음 골목 바깥을 엿보고, 지나가는 자동차에 돌멩이를 하나 던진 뒤 다시 골목 안에 몸을 숨긴다. 뒤에 오던 자동차의 범퍼에 돌멩이가 튕기고 브레이크등이 붉은색으로 번득인다. 나이 많은 운전자가 좌석에 팔꿈치를 올리고 몸을 돌려, 찌푸린 얼굴로 어디에서 난 소리인지 찾는

다. 녀석이 밖을 엿보더니 돌멩이를 또하나 던진다. 돌멩이가 뒤창을 탁 때린다. 운전자는 욕을 하며 기어를 당겨 속도를 올리고 달려간다. 녀석이 다시 밖을 엿보더니, 두 손을 모아 호호 불면서 입김으로 손가락을 데운다.

"저 킴리처럼 남들에게 상처를 주고 싶어하는 사람들이 있다는게 이해가 안 돼."

"삼촌도 저 녀석에게 상처를 주고 싶잖아." 크리스토퍼가 말한다.

"아니, 자기한테 아무 짓도 하지 않은 에마 같은 사람에게 상처를 주는 걸 말하는 거야." 스튜어트가 말한다.

"삼촌도 에마에게 상처 주는데." 크리스토퍼가 말한다.

"아니야." 나는 스튜어트에 대한 아더리를 느끼며 말한다. 스튜어트도 나와 마찬가지로 에마의 불행한 모습을 보는 게 세상에서제일 싫다는 사실을 나는 안다.

"상처 주는 거 맞아. 삼촌도 마찬가지고. 예를 들어 엄마가 우릴버리고 떠난 걸 보면 애인을 더 사랑하는 게 틀림없다고 말했을 때는 어때?" 크리스토퍼가 말한다.

"난 그런 말 한 적 없다." 내가 말한다.

"우린 들었거든." 크리스토퍼가 말한다.

나에겐 그런 말을 한 기억이 없으니, 이건 디픽션diffiction의 예시가 되겠다. 내가 '다른 사람들이 공유하는 현실 기억과 불일치하는기억; 어떤 개인에게는 논픽션이지만 그 개인이 속한 사회에서는픽션인 무엇'이라고 정의한 명사다. 디픽션은 내 가장 성공적인 작품으로, 각기 다른 세 군데 출판사에서 새로 출간한 사전에 나타났고, 매번 소송을 촉발시켰으며, 소송마다 수익이 아주 많이 났다.

"삼촌이 그런 말을 했다면 진심이었기 때문일 거다." 스튜어트가 말한다.

"그렇다고 누나가 그 말을 듣고 나중에 울었던 게 없었던 일이 되진 않지." 크리스토퍼가 말한다.

"알았다, 그러니까 삼촌이 한 번은 에마의 마음에 상처를 주는 말을 했네." 스튜어트가 말한다.

"에마에게 머리를 지난번보다 더 짧게 자르진 말라고, 더 짧아지면 남자애처럼 보일 거라고도 했어." 크리스토퍼는 나에게 말한 다음, 스튜어트를 향해 말한다. "그리고 삼촌은 에마가 자기 돈으로 산 초콜릿을 먹어버렸고, 또 누나보고 동물로 치면 두더지일 거라고 했어."

"내가 그 말을 했을 때 에마는 웃었어." 스튜어트가 말한다.

"나중에 방으로 돌아갔을 땐 웃지 않았어." 크리스토퍼가 말한다.

우리의 약점은 언제나 똑같다. 어렸을 때 우리가 읽은 책들, 아직도 읽는 책들이 우리의 약점이다. 우리는 '네이트'를 너무 오래 연구한다. 녀석이 자기 티안을 따라 마당을 돌아다니며 티안의 어슬렁거리는 걸음걸이를 흉내내는 모습을 본다. 녀석이 버스에서 날아온 구겨진 숙제 뭉치를 피하는 모습을 본다. 녀석이 시내에서 어른의 손을 잡은 어린 남자애를 놀리는 모습을 본다. 녀석이 친구의 얼굴을 때렸다가 자기 티안에게 붙들려 발버둥치고 소리지르는 모습을, 티안이 녀석을 차고에 밀어붙인 채 그 친구더러 마주 때리라고, 보복으로 얼굴을 때리기 전까지는 이 녀석을 놓아주지 않겠다고 몸짓하며 을러대는 모습을 본다. 서점과 골동품 가게와 주유소와 아케이드 상가 주인들 모두가 녀석에게 내부 화장실 사용을 허락해주지 않자 서점 뒤 쓰레기통에 대고 오줌을 싸는 모습을 본다. 친구가 나타나지 않는 날에는 후드를 뒤집어쓰고 어깨를 늘어뜨린 채 부둣가 바위 위에 홀로 앉아 갈매기들에게 손에 든 먹이를 주는 모습을 본다. 스튜어트와 나는 '네이트'에 대한 아더리로 고통받는다. 아직 녀석을 미워하고, 사랑하지 않으려 애쓰지만, 그래도 사랑하게 되었고 우리의 아더리 능력을 없앨 수도 없다. 그건 우리가 어렸을 때 배운 기술이다. 우리 티안은 결코 배우지 못했고, 우리 여동생도, 이 '네이트' 녀석도 배우지 못한 기술.

스튜어트는 아무 문제도 없는 척하면서 기회만 오면 내가 있든 없든 자기는 싸울 거라고 주장한다. 나는 우리가 녀석을 잊어야 한다고, 오후 시간을 다른 데 쏟아야 한다고 말하지만, 스튜어트는 우리의 오후는 에마를 위한 거라는 말로 나를 부끄럽게 만들어 참여시킨다. 스튜어트는 아무 문제 없는 척하고, 나도 아무 문제 없는 척하고, 크리스토퍼는 우리가 변했다는 사실을 전혀 알지 못한다. 어느 날 오후 '네이트'가 픽업트럭을 보고 안에 누가 있나 궁금해하기 전까지는, 모른다.

픽업트럭은 창문이 서리로 덮인 채, 그 녀석 집 맞은편에 서 있다. 스튜어트는 담요를 덮고 졸고 있다. 나는 머그잔에 담긴 차를 마신다. 크리스토퍼는 우리 둘 사이에 앉아서 손을 데우려고 장갑 낀 두 손을 비비면서 마침내 '네이트'를 궁지에 몰게 되면 무슨 짓을 할지 계획을 늘어놓는다.

트럭 짐칸이 출렁이는 느낌이 난다.

크리스토퍼가 몸을 홱 돌리고, 나도 몸을 홱 돌리고, 우리는 함께 서리 틈으로 그 녀석이 안개 같은 입김을 뿜어내며 짐칸 위를 기어서 운전칸 뒤창으로 다가오는 모습을 본다.

"스튜어트." 나는 스튜어트를 팔꿈치로 찌르며 속삭인다. "차 출발시켜!"

"저 녀석을 잡자, 잡자고!" 크리스토퍼가 문손잡이에 달려들며 말한다.

나는 잠금장치를 누르고 크리스토퍼를 밀어낸다. "가만히 앉아 있어." 크리스토퍼를 향해 잇새로 말을 내뱉고 스튜어트를 흔들며 속삭인다. "스튜어트!"

녀석이 뒤창 앞에 쪼그리고 앉아서 두 손으로 서리를 문지르며 손바닥으로 유리를 드문드문 녹인다. 스튜어트가 눈을 껌벅이며 깨어나는 순간 그 녀석이 운전칸 안을 들여다본다.

"너희 이 호모 자식들?" 녀석은 눈을 가늘게 뜨고 우리를 보며 소리친다.

크리스토퍼가 반대쪽 문으로 기어가며 외친다. "내보내줘!" 내가 크리스토퍼의 발목을 잡고 잡아당기는 사이, '네이트' 녀석은 운전칸 위로 기어오른다. 녀석이 우리 위에서 움직이는 소리가 들린다. 그러더니 다시 짐칸으로 뛰어내리는데, 부츠로 쾅 내리찍는 바람에 트럭이 덜컹거린다. 녀석은 쿵쿵 뛰면서 운전칸 안에서는 알아듣기 힘든 고함을 지른다.

"어떻게 우릴 찾아낸 거야?" 스튜어트가 소리친다.

"무슨 뜻이야, 어떻게 우릴 찾았냐니?" 크리스토퍼가 나를 걷어차고 다시 문에 달려들면서 외친다. "우리가 저 녀석 집 밖에 차를 댔잖아! 이제 그만 날 내보내줘!"

스튜어트가 크리스토퍼를 슬쩍 보고 나를 보더니, 더는 무심한 척하지 못한다. 스튜어트는 크리스토퍼의 옷깃을 숨통을 조일 만큼 세게 붙잡고 자신과 나 사이에 밀어넣는다. 크리스토퍼가 목을 잡고 기침을 하며 구부정하게 앉는 사이, 스튜어트는 열쇠를 찾아 주머니 속을 뒤진다.

녀석은 야구방망이만한 나뭇가지를 휘두르며 내 옆 창문에 나타난다. 녀석이 나뭇가지를 뒤로 젖혔다가 문을 향해 휘두르자 나뭇가지가 쿵 소리를 내며 문을 때린다. "다들 좆까라 그래!" 녀석은 파카에 침을 튀겨가며 외친다. "너희 개들하고 붙어먹는 변태들! 너희도 좆까고 에마도 좆까고 너희 좆같은 가족 다 좆까! 내가 다 죽여버릴 거야!" 나뭇가지가 문에 부딪쳐 쪼개지고 녀석은 자동차 펜더 앞에 몸을 숙이고 다른 나뭇가지를 찾아 눈밭을 쑤신다. 스튜어트가 픽업트럭에 시동을 건다.

"치고 지나가!" 크리스토퍼가 외친다.

하지만 '네이트'가 돌아와서 창문을 향해 나뭇가지를 휘두른다. "우리집에서 꺼져!" 녀석은 나뭇가지를 휘둘러 유리에 금을 내며 외친다. "하수도쌥새들! 요정광놈들! 엉덩이충들!"

녀석의 집 문이 쾅 하고 열리며 녀석의 티안이 맨발에 운동용 반바지 차림으로 쿵쾅거리며 걸어오는 순간, 스튜어트가 픽업트럭을 움직이고 가속페달을 밟는다. 타이어가 눈밭 위에서 회전하고, 창문이 산산이 부서지고, 트럭은 차도로 뛰쳐나간다. 크리스토퍼와 나는 몸을 돌려 뒤창으로 녀석의 티안이 그애의 손에서 나뭇가지를 빼앗고, 녀석이 우리를 향해 너무 멀어서 들리지 않는 말들을, 설령 그렇게 멀지 않았다 해도 무슨 뜻인지 이해하지 못했을 말들을 외쳐대는 모습을 지켜본다. 녀석에겐 자기만의 언어가 있다. 우리를 미워하는 데 필요한 단어들을 가지고 있다. 녀석의 티안이 나뭇가지로 녀석을 조용히 시키고, 이어서 달리던 픽업트럭이 잡목림 사이로 접어들면서 더이상 아무것도 보이지 않게 되자 크리스토퍼와 나는 다시 몸을 돌린다.

"날 다시 데려다줘." 크리스토퍼가 말한다. 스튜어트는 그러지 않을 거라고 말한다. 크리스토퍼는 우리가 겁쟁이라고 말한다. 그리고 집에 갈 때까지 한마디도 하지 않는다.

진입로에 들어서는데 차고에서 새하얀 여우 한 마리가 빠져나온다. 스튜어트는 문 옆에 놓아둔 걸상에 재킷을 던지고, 나는 벽에 있는 고리에 재킷을 걸지만, 크리스토퍼는 어깨에 쌓인 눈이 녹아내리는 가운데 코트 지퍼를 내릴 생각도 하지 않는다.

"아무리 삼촌들이 차에서 내리기 무서웠다 해도 날 내보내줄 순 있었어." 크리스토퍼는 이제 갈라진 목소리로 울면서 말한다. "난 그 녀석에게 복수하려고 취주악단도 그만뒀어. 취주악단도 그만두고, 에마한테 왜 내가 버스를 안 타는지 거짓말하고, 멍청이같이 매일 삼촌들의 그 멍청한 트럭에 앉아서 멍청하게 완벽한 기회를 기다렸는데, 마침내 그 기회가 온 순간 삼촌들은 그놈이 하고 싶은 말 다 하게 내버려두고, 걔가 할 만큼 한 다음에 꽁무니를 빼다니."

"행복해야 하는 거 아니냐, 멍청아?" 스튜어트가 말한다. "우린 그 녀석과 싸우지 않았고 앞으로도 싸우지 않을 테니까, 네 말대로 에마가 우릴 미워할 일도 없겠지."

"누나가 무슨 의미인지 이해하지 못한다고 해서 그 의미가 사라지는 건 아니야." 크리스토퍼가 말한다.

크리스토퍼는 문밖으로 나가서 발을 끌며 눈길을 걷는다. 우리는 크리스토퍼가 숲속으로 걸어가는 모습을 지켜본다. '네이트'가 무슨 짓을 저질렀는지는 상관없고, '네이트'가 앞으로 또 무슨 짓을 저지르더라도 상관없다. 우리는 이제 녀석을 적으로, 킴리로 생각할 수가 없고 자기만의 허튼을 지닌 누군가로밖에 생각할 수 없다. 그냥 '네이트'가 아니라 우리가 무슨 짓을 하든 실제로 그걸 느낄 수 있는 실제 소년으로. 18세기였다면 우리는 무능하고, 한심하고, 기개도 없다는 소리를 들었을 테고, 21세기에도 여전히 그런 말을 듣는 남자들이다. 우리는 세상의 악으로부터 조카를 지킬 수 없다. 심지어 그 악을 다른 악으로부터 지킬 수도 없다.

스튜어트는 나에게 말을 걸지 않고, 차고에서 종이 상자를 가져다가 진입로로 가서 깨진 차창 위에 판지를 붙이고, 짐칸에 쌓인 눈을 쓸어낸다. 나는 부엌 창문 앞에 서서 특별활동용 버스가 공연 연습을 마친 에마를 싣고 오기를 기다린다. 기다리는 동안 나는 찬장에서 빈 꽃병을 하나 꺼내 물을 채운다. 그동안에도 매일 밤 누군가가 에마의 공연을 보러 왔다. 매일 밤 어떤 녀석이 에마에게 꽃을 가져왔다.

의식

의식이 몇 달 앞으로 다가오자, 그들은 종조부이자 사돈 친척이
자 형제인 오슨을 누가 데려올지를 두고 논쟁을 벌이기 시작했다.

그들은 미식축구 경기장의 눈 덮인 외야석에서, 햇빛에 바랜 채
호숫가에 널려 있는 유목 위에서, 연기가 피어오르는 녹슨 고기 그
릴 앞에서 언쟁을 했다. 그들은 언쟁을 하면서 근처에 있는 물건들
을 만지작거렸다. 우산을 옮기고, 모래를 손으로 쓸며 한줌씩 뿌리
고, 케첩 뚜껑을 쿡쿡 찔렀다. 물건들을 여기에서 저기로 옮겼다.
무생물을 제멋대로 휘두르고 싶은 생물의 충동 탓이었다. 재조정
하고, 재배열하고 싶은 충동.

그들은 대가족이었다.

일가친척 중에는 폴란드 쪽 조상들의 엄격한 침묵을 좋아하는
사람도 있었고, 시칠리아 쪽 조상들의 와인에 취한 몸짓을 좋아하
는 사람도 있었으며, 프랑스 쪽 조상들의 음침한 냉소를 좋아하는

사람도 있었고, 맨섬 사람들의 풍상에 시달린 태도를 좋아하는 사람도 있었다. 그들은 아일랜드인의 코와 벨기에인의 입술을, 스칸디나비아인의 이마를 물려받았다. 룩셈부르크인처럼, 또 튀르키예인처럼 주름이 졌다. 그들은 열세 세대에 걸쳐 이민자들 간에 이루어진 통혼通婚의 산물이었다. 그들은 모든 것이었고, 모든 것이란 아무것도 아닌 것과 아주 비슷했다.

그들은 미네소타에 살았다.

녹음이 우거진 정원을 거느린 큰 저택에 사는 사람도 있었다. 교외의 보도 사이에 자리잡은 어수선한 단층집에 사는 사람도 있었다. 시내의 식당 위층에 사는 사람도 있었다. 펄은 시골 지역의, 경작하지 않는 농지에 자리한 농가에 살았고, 의식도 그곳에서 열릴 예정이었다.

문제의 논쟁은 펄의 아들들이 뒷좌석에 끼여 앉아서 눈에 들어간 빗물을 닦아내던 택시 안에서 결론에 도달했다. 잭만 빼고 모두가 잭이 해야 할 일이라고 의견을 모았다.

"오지 않을 거야." 잭이 항의했다.

"형이 오시게 해야지." 턱수염을 기른 모건이 말했다.

"필요하다면 거짓말이라도 늘어놔." 턱수염을 기른 로런이 말했다.

"기억나? 어렸을 때 그분이 형을 낚시에 데려간 적 있잖아." 콧수염을 기른 알렉산더가 말했다. "우린 아무도 낚시에 데려간 적이 없어."

오슨이 잭을 낚시에 한 번 데려간 적이 있다는 이유로, 모두가 잭이어야 한다는 의견에 찬성했다.

다음으로 그들은 누가 휘발윳값을 낼지에 대한 논쟁에 돌입했다.

인터넷에 따르면 의식 날 아침에는 안개가 낀다고 했다.

의식 날 아침에는 안개가 끼었다.

잭은 오슨 아저씨의 아파트로 차를 몰았다. 잭의 아내는 얼굴에 가면처럼 화장품을 덧바르고 있었다. 잭의 딸들은 고개를 까딱거리면서 광고 노래를 따라 부르고 있었다. 잭은 차를 도로변에 댔다.

잭의 아내가 립스틱 뚜껑을 열더니 말했다. "서둘러."

잭의 딸들은 노래했다. "마셔요—내—인생을!"

잭은 오슨 아저씨의 아파트 초인종을 눌렀다.

오슨 아저씨는 연보라색 목욕 가운과 색 바랜 사각팬티 차림이었다. 손가락에는 붕대가 감겨 있었다. 콧구멍과 귀와 젖꼭지에는 하얗게 세어가는 털이 돋았다.

"난 의식이 싫다." 오슨 아저씨가 말했다.

"이번엔 알약과 샴페인만 가지고 하는 의식이 아닐 거예요." 잭이 말했다.

"뭐가 되든 상관없어." 오슨 아저씨가 말했다.

오슨 아저씨의 아파트에서는 양배추와 리크* 냄새가 풀풀 났다. 닦지 않은 접시 더미가 빛바랜 잡지 더미에 기대어 기우뚱하게 쌓

---

* 서양 대파.

여 있었다. 금색 밀랍으로 봉하고 우표 위에 우체국 직인이 찍힌 봉투(잭의 어머니이자 오슨의 누이인 펄이 서명해서 보낸 의식 초대장)는 콧물인지 겨자인지로 얼룩진 채 소파 위에 구겨져 있었다.

"가족에 대한 예우예요." 잭이 말했다.

"내가 안 가는 게 나을 거다." 오슨 아저씨가 말했다.

"어머니는 아직 예순일곱밖에 안 됐어요." 잭이 말했다.

"나이는 상관없어." 오슨 아저씨가 말했다.

"어머니를 사랑하지 않으세요?" 잭이 말했다.

"내 말이 그 말이다." 오슨 아저씨가 말했다.

오슨은 잭의 두 딸 사이에 앉았다.

잭의 딸들은 이제 노래를 부르지 않았다.

양배추와 리크 냄새가 풍기는 건 오슨의 아파트가 아니었다.

오슨이었다.

그들은 시내를 통과해서 차를 몰았다. 그라피티가 그려진 건물들 사이를 통과하고, 광고판을 얹은 건물들 사이를 통과하고, 다리 위에서 한데 뭉쳐 굴러가는 비닐봉지들을 지나쳐 달렸다. 바람에 휘청거리는 신호등 아래를 달리고, 발코니에서 나부끼는 금빛 별들이 박힌 깃발들을 지나 달렸다. 깜박거리는 전광판을 지나 달렸다. 수증기가 피어오르는 배수로를 지나쳐 달렸다. 이윽고 도시를 빠져나와 나무가 무성한 시골길에 진입했고, 안개를 뚫고 계속 달려서 경작하지 않은 황량한 밭에 이르렀다. 그 밭을 거느린, 덧문에 페인트칠을 한 농가에 펄이 살았다. 다른 차들은 이미 도착해 있었고, 잭의 딸들은 농가로 달려들어가서 텅 빈 찬장과 살림살이를 담아 포장한 상자들과 닫아건 창문과 하얀 천을 씌운 거울이 가득한 어두운 방들을 통과해 다시 집밖으로 뛰쳐나갔다. 잭의 딸들은 스크린도어가 쾅 닫히는 소리를 뒤로하고 덱에서 숲속으로 뛰어들더니, 헉헉거리고 비틀대면서 늪가에 멈춰 섰다. 모두가 그곳에 모여 이슬에 신발이 젖은 채로 서 있었다. 그리고 콧수염을 기른 알렉산더는 선창에 휘발유 통을 올리고 있었다. 턱수염을 기른 로런과 턱수염을 기른 모건은 고개를 끄덕이고 미소를 지으며 어머니의 대학 시절 룸메이트들과 이야기를 나누고 있었는데, 아직 자기 의식을 치르지 않은 그 두 여성은 부풀려 손질한 회색 머리에 기차 여행으로 구겨진 정장 차림이었다. 그리고 파란 드레스를 입고 금빛 진주를 걸친 잭의 어머니는 아이들과 같이 깔깔대고 있었다. 이웃 아이들, 로런의 아이들, 모건의 아이들, 그리고 극장에서 어머니와 함께 일했던 포트와인색 모반이 있는 남자의 딸들, 그리고 또 잘 모르는 친척의 아이들, 그리고 이제는 잭의 아이들까지 함께였다. 아이들 몇은 울고 있었지만, 잭의 딸들이 그애들을 꾸짖었다. 그리고 알렉산더의 남편은 친척들을 위해 춤을 추고 있었다. 그리고 잭은 자작나무들 옆에 위태롭게 받쳐놓은 식탁에서 자기 몫으로, 그리고 이제는 나이가 든, 어머니의 어린 시절 연인 몫으로 샴페인을 한 잔씩 따랐다. 식탁보가 바람에 펄럭였다. 황금빛 풍선들이 줄에 매인 채 까딱거렸다. 신발이 쩍 소리를 내며 진흙을 파고들었다. 그리고 오슨은 어느 껍질 거친 단풍나무에 기대섰는

데, 그 단풍나무 가지에는 몇 년이고 몇 년이고 몇 년이고 걸어놓
았던 빨랫줄에 닳은 흉터가 남아 있었지만, 이제 그 빨랫줄은 가지
에서 풀려 돌돌 말린 채 상자에 들어가 있었다. 그리고 이제 오슨
만 빼고 모두가 샴페인을 한 잔씩 받아들었다.

잭은 어머니인 펄의 기분 변화에 대해 이야기했다.

알렉산더는 어머니의 기벽에 대해 이야기했다. 펄이 어떤 영화
를 좋아했는지(공포영화들이었는데 주로 선혈이 낭자했고, 좀비
가 나올 때가 많았으며, 그래서 알렉산더는 악몽을 꾸곤 했다), 펄
이 형제를 어떻게 입혔는지(어렸을 때는 언제나 같은 디자인의 셔
츠를 입혔다), 펄이 어디에 여분의 침대 시트를 보관했는지(이해할
수 없는 일이지만, 잭의 옷장이었다)에 대해서였다.

로런과 모건은 또다른 기억들에 대해 이야기했다. 어머니가 두
사람을 퍼레이드에 데려갔던 기억. 어머니가 그들을 폭포에 데려
갔던 기억. 어머니가 외할머니의 의식에서 이야기하는 모습을 본
기억. 알렉산더가 욕을 하자 어머니가 국자를 들고 알렉산더를 쫓
아 집안을 달리던 기억. 잭이 열병을 앓을 때 돌봐주던 어머니와,
그 열병 동안 겪은 환각과, 당시 잭이 하고 있던 치아 교정기의 기
억. 이제는 유행에 뒤진 어머니의 옷들에 대한 기억.

어머니는 또 웃고 있었다.

이어서 다른 사람들이 한마디씩 했다. 그리고 어머니는 오슨을
보자 두 손을 짝 부딪치고 그의 이름을 부르더니 끌어안았다. 어머
니의 얼굴에 주름이 지도처럼 펼쳐졌다. 어머니는 오슨에게 와줘
서 고맙다고 했고, 그러자 오슨이 어머니에게 뭐라고 속삭였다. 잭
의 딸들은 다른 아이들에게 광고 노래 가사를 가르치고 있었다. 그

리고 아이들은 광고 노래를 불렀다. 이어서 어머니가 건배를 제안했고, 샴페인 잔들이 부딪치고, 기울고, 비었다. 그리고 어머니가 준비가 되자 턱수염을 기른 로런과 턱수염을 기른 모건이 휘발유를 배에 뿌리고, 또 어머니에게 뿌렸으며, 어머니는 휘발유를 뚝뚝 흘리면서 선창에서 배 위로 올라갔다. 배가 좌우로 기우뚱거렸다. 어머니의 부풀린 머리는 휘발유 때문에 가라앉았다. 어머니의 드레스도 휘발유 때문에 시커멓게 젖었다. 이어 잭이 배에 묶인 줄을 풀었고, 어머니는 노를 잡더니 늪 깊숙이 배를 저어 들어갔다. 배는 갈대밭을 가로질러 어두운 물속으로 미끄러져 갔다. 그리고 어머니가 일어서더니, 안개 낀 늪 속, 흔들리는 배 안에서 가족을 마주보았다. 그리고 성냥에 불을 붙였다. 그리고 떨어뜨렸다. 배는 배 모양의 불덩어리가 되었다. 어머니는 어머니 모양의 불덩어리가 되었다.

그 불은 손을 흔들고 있었다.

모두가 박수를 쳤다.

알렉산더는 환호했다.

로런의 아내와 모건의 아내가 작별인사를 외쳤다.

그러나 오슨은 울었다. 어린아이도 아니면서 아이들과 같이 울었다.

서류 작업이 끝났다. 펄의 물건들은 이리저리 상속되거나, 기증되거나, 쓰레기 매립지로 향했다. 드넓은 농장은 벌써 몇 달 전에 팔렸다.

그후에 그들은, 가족들은 오슨이 어떻게 울었는지를 두고 수군 거렸다.

"망신이야."

"의식을 망칠 뻔했어."

"내가 처음부터 말했잖아. 그 양반은 비사회적이고, 반사회적이 라고. 그냥 초대하지 말라고."

"울긴 왜 운 거야? 펄의 인생이 실패라고 생각하나? 성취한 것 도 없고 불행했다고? 사실은 아주 성공한 인생이었다는 걸 이해 못 하는 거야?"

"확실히 고통스러운 의식을 택하긴 했지."

"하이힐 신고 열두 시간을 버틴 결혼식 날보다 더하진 않지."

"게다가 어찌나 멋진 모습이었는지."

"펄이 오슨을 보진 못했겠지? 배 위에서 말이야. 승리의 순간을 자기 동생이 망친 거잖아?"

오슨이 눈물을 보이긴 했어도, 다들 펄의 의식이 지금까지 있었 던 어떤 의식보다 훌륭했다는 데 입을 모았다. 심지어는 오슨과 펄 의 할아버지인 윌리엄의 의식보다 더 훌륭하다는 평가였는데, 그 는 일본에서 버섯을, 산호 모양의 새빨간 독버섯을 한 상자 수입해 서 해가 뜰 때 먹은 다음 돌을 쌓아 만든 옥좌에 앉아서 하루종일 가족들과 잡담을 나누다가 해질녘에 독 기운이 퍼져 죽었다.

윌리엄의 방식이 더 기발했지만, 펄의 방식—할머니이자 종조 모이자 사촌인 펄이, 죽은 남편에게 청혼을 받았던 바로 그 배에 타고, 헤아릴 수 없이 많은 아침에 찻잔을 들고 바라보았던 그 늪 에서 불꽃의 생물로 변하는 것—은 지켜보던 가족의 마음을 사로

잡았다. 결국에는 기발함보다 애틋함이었다.

오슨은 그때도, 구레나룻을 기른 윌리엄이 고통에 겨워 돌 위에서 풀밭으로 굴러떨어졌을 때도 울었다. 그렇지만 그때는 오슨이 어린아이였기에 가족들이 걱정하지는 않았다.

그러나 지금, 늪지에서의 사건은 오슨에 대한 반감을 키워놓았고, 결과적으로 흥미도 키워놓았다. 몇 년 동안이나 가족들이 피하거나, 무시하거나, 새까맣게 잊고 지내는 사람이었던 오슨의 지위는 망신거리에서 호기심의 대상으로 이동했다. 오슨이 참석의 영예를 베푸는 드문 가족 행사─현충일의 야외 파티, 추수감사절 만찬, 노동절 포틀럭 파티─에서 아이들은 떼를 지어 살금살금 오슨 뒤를 따라다니거나, 가구나 덤불 뒤에 숨어서 엿보며 일거수일투족을 관찰했다. 불꽃놀이 폭죽에 불을 붙이는 데 선수인 담황색 머리의 뻐드렁니 소년 게이브는 오슨 종조부가 동물들과 대화할 수 있다고 주장했다. "오슨 할아버지가 다람쥐에게 말을 거니까, 그 다람쥐가 고개를 끄덕거렸어." 땅콩 알레르기가 있는 통통한 땋은 머리 소녀 애비는 오슨이 접시를 깼다고 주장했다. "하지만 정말 깨졌단 말이야." 깨진 접시 조각을 찾지도 못했고, 애비 말고는 아무도 접시가 바닥에 떨어지는 소리를 듣지 못했는데도 애비는 그렇게 주장하며 징징거렸다.

다락에 있던 상자들이 내려오고, 소맷자락들이 사진에 쌓인 먼지를 떨었다. "그게 오슨 할아버지 어릴 때 모습이에요?" 병적으로 의심이 많아서, 마치 허점을 찾으려는 듯 어른들에게 같은 이야기를 반복하게 만들곤 하는 딜런이 물었다. "맞아." 콧수염 기른 알렉산더가 대답했다. 딜런과 그 형제들은 쪼그리고 앉아서 사진

더미를 뒤적였다. 오슨과 펄이 땀에 젖은 채 방긋 웃으며 레모네이드 판매대 뒤에 서 있는 사진. 오슨과 그 부모님이 말굽 놀이* 경기장에서 손짓을 하며 소리를 지르는 모습. 구레나룻을 기른 윌리엄이 모닥불에서 소시지를 굽는 오슨을 도와주는 모습. "너무 평범해 보여." 딜런의 막냇동생이 해골 모양 사탕을 씹으며 말했다. 딜런은 얼굴을 찌푸리고, 가늘게 뜬 눈으로 사진을 보았다. "저게 오슨 할아버지라고요?" 딜런이 다시 물었다. 알렉산더는 다시 오슨 종조부가 맞는다고 확인했고, 곧이어 잭의 딸들이 펑퍼짐한 슈퍼히어로 망토를 쓰고 현관에 나타나서 핼러윈 사탕 받기에 나설 사람은 일 초 안에 나오지 않으면 두고 간다고 말했다.

가족 중에는 오슨이 펄에게 무례를 저질렀으니 그 벌로 오슨의 의식에 참석하지 않겠다는 사람들—턱수염 기른 로런과 턱수염 기른 모건도 여기 포함되었다—이 있었지만, 사실은 오슨의 의식에 대한 기대도 상당히 커졌다. 오슨의 의식은 뭔가 특이하거나, 인상적이거나, 어쨌든 평범하진 않을 거라는 은밀한 기대감 말이다. 모두가 모여 있을 때는 아무도 그런 말을 꺼내지 않았다. 오직 따로 있을 때만—이를테면 특정한 누이와 슈퍼마켓에서 줄을 설 때라든가, 특정한 고모와 불 밝힌 부엌에서 크리비지 카드놀이를 할 때—믿을 만한 사이끼리 그런 이야기를 주고받았다. 그러나 비밀이 퍼지면서 진실이 드러났다. 모두가 같은 마음이었다. 기대에 차서 기다리기 힘들 정도였다.

그뒤로 몇 해 동안 다른 이들의 의식이 이어졌다. 오슨의 세대

---

*사각형으로 틀을 만든 잔디밭이나 모래밭에 기둥을 꽂고 말굽을 던져 거는 게임.

중에 마지막 남은 이들이었다. 떠나는 방법으로 알약 말고 다른 방법을 택하려면 특별 허가가 필요했는데, 다른 방법을 택하는 사람은 드물었다. 오슨의 사촌인 제니퍼는 추운 한겨울 저녁 벽난로와 알약을 택했다. 오슨의 사촌 벤저민은 비바람과 늙고 눈먼 사슴과 알약을 택했다. 오슨의 사촌의 배우자인 히스도 알약을 택했다. 그렇게 오슨의 세대는 하나씩 사라지고, 오슨 하나만 남았다.

가족은 오슨의 의식 초대장을 기다렸지만, 그 초대장은 영영 오지 않았다.

전통적인 의식 연령은 칠십 세였다.

오슨은 이제 칠십삼 세였다.

가족의 심정은 이제 기대에서 걱정으로 옮겨갔다. 그들은 이제 알아차렸다. 오슨은 늑장을 부리고 있었다.

가족은 머플러를 둘둘 감고 장갑을 꽉꽉 끼고는 얼어붙은 연못가에 둘러선 채, 별같이 반짝이는 얼음 위를 빙빙 돌며 스케이트를 타는 아이들을 바라보면서 언쟁을 했다. 늑장부리는 일이 아주 없지는 않았다. 증조모이자 시할머니이자 대고모인 위니도 일 년 넘게 의식을 미루면서 취소했다가 다시 잡았다가 취소하기를 되풀이하다가 겨우 용기를 찾지 않았던가. 그렇다 해도 늑장을 부리는 건 관련된 모든 사람에게 불편한 사태였다. 그리고 턱수염 기른 모건의 지적대로 아이들에게는 나쁜 선례였다. 또 턱수염 기른 로런의 지적대로 대단히 비애국적인 행동이기도 했다. 또 턱수염 기른 모건의 지적대로 사회적으로나 환경적으로, 재정적으로 무책임한 짓이었고 생각하기에 따라서는 범죄의 경계선에 있기도 했다.

가족은 누군가를 보내 상황을 해결해보기로 했다. 잭만 빼고 모두가 잭이 해야 할 일이라고 의견을 모았다.

"기억을 해봐. 엄마 의식 때도 형 말을 들었잖아." 콧수염 기른 알렉산더가 말했다.

알렉산더의 남편이 같이 가서 돕겠다고 했지만, 잭은 끙 소리를 내며 그 제안을 물리친 후, 골키퍼 헬멧과 하키 퍽을 챙겨서 휘청휘청 얼음 위로 나섰고 아이들의 야유를 받았다.

다음날, 퇴근 후에 잭은 오슨 아저씨의 아파트로 차를 몰았다.

문 앞에 나온 오슨 아저씨의 얼굴에는 코듀로이 베개를 베고 낮잠을 잔 흔적이 줄무늬 모양으로 남아 있었다. 제대로 먹지 못한 것처럼 뺨이 푹 꺼졌고, 머리카락은 이마에 딱 들러붙었다. 운동복 바지와 낡은 스웨터 위에 가운을 걸치고 있었다.

오슨 아저씨는 걸음걸음 절뚝거리면서 낡고 납작한 트렁크 상자에서 잡지 더미를 꺼내 부엌 카운터에 팽개친 다음, 그 트렁크 위에 퀴퀴한 크래커 한 접시를 차렸고, 잭은 예의상 크래커를 집어먹었다. 크래커를 하나 씹으면서 아파트 안을 둘러보던 잭은 재킷 주머니에 두 손을 찔러넣었다가 알 수 없는 물건의 감촉을 느꼈다. 주머니 안을 슬쩍 들여다보니 반짝거리는 매니큐어 병이 보였다. 잭의 딸들은 그가 일터에서 발견하면 망신스러울 법한 물건들을 옷에 숨길 때가 있었다. 잭은 딸들이 학교에 가서 교과서를 펼치면 책상 위에 흘러나오도록 책장 사이에 그애들의 아기 때 사진들을 숨겨놓는 것으로 복수를 했다.

오슨 아저씨는 손님이 와서 기쁜 모양이었지만, 할말은 없는 것 같았다. 오슨 아저씨는 그저 그 자리에 앉은 채, 똑같은 풍경이라도 잭과 함께 보니 달라서 즐겁다는 듯 활짝 웃으며 발코니를 바라보기만 했다. 소파에 앉은 잭은 어두운 욕실 안을 볼 수 있었다. 반짝이는 타일. 번득이는 거울. 상자에 든 안약, 때묻은 제산제 병들, 쭈글쭈글한 치질 연고 튜브. 색색의 진통제가 그득한 씻지 않은 컵. 이것들은 좋은 신호였다. 늑장꾼들은 건강이 악화되면 늑장부리기를 그만두고 싶어하는 경우가 많았다. 그때는 의식이 위협이 되기보다 고통을 덜어주니까 말이다. 순수하게 이기적인 입장에서 보자면 그게 의식이 제공하는 바였다. 나빠져만 가는 몸뚱이 속에서 점점 고통스러워지는 삶으로부터의 탈출.

인터넷에 따르면 오늘은 바람이 호수 쪽으로 불 거라고 했다.

바람이 호수 쪽으로 불고 있었다.

싱크대에 물이 똑똑 떨어졌다.

잭은 가족들이 오슨의 의식에 대해 궁금해한다고 설명했다.

오슨 아저씨의 얼굴이 부실한 건물 앞면처럼 무너져내렸다.

"이제 때가 됐다고 생각하지 않으세요?" 잭이 말했다.

오슨 아저씨는 험악한 찌푸림과 당혹한 찡그림 사이를 오가는 표정으로 손가락을 덜덜 떨며 크래커에 손을 뻗었다.

"아무도 오지 않을까봐 걱정이시라면, 저희가 꼭 다 참석하도록 만들게요." 잭이 말했다.

"난 의식 같은 거 안 한다." 오슨 아저씨가 말했다.

"돈이 필요하시다면 의식 비용은 저희가 도울게요." 잭이 말했다.

"난 의식 같은 거 안 해." 오슨 아저씨가 말했다.

잭은 다시 말하려다가 그제야 오슨 아저씨가 하는 말을 제대로 알아들었다.

잭은 혼란에 빠져서 얼굴을 찌푸렸다. "뭘 어쩌신다고요?"

"난 의식 같은 거 안 한다고." 오슨 아저씨는 수치스럽다는 듯이 중얼거리더니, 크래커를 입술 사이에 밀어넣었다.

"그럴 순 없어요." 잭이 말했다.

"정해진 법은 없다." 오슨 아저씨는 크래커를 입안 가득 문 채로 말했다.

잭은 정장 재킷 단추를 풀고, 팔꿈치로 무릎을 짚은 채 몸을 앞으로 기울였다. "아저씨가 수업을 그만두신 지 얼마나 됐죠? 구년? 십 년?" 잭이 물었다. 오슨 아저씨는 크래커를 꿀꺽 삼켰다. 잭은 감정에 휩쓸리지 않으려고 몸을 더 구부리며 모호한 몸짓을 했다. "그냥 그렇게, 사회에 공헌하는 것도 없이 자원을 소모하고 쓰레기를 만들면서 계속 살 순 없어요. 이 행성엔 인간만 백십억명이 살아요. 가족계획 정책이 고갈을 막고, 기아를 막고, 에너지 전쟁을 막는 데 도움이 된단 말입니다. 아저씨는 늑장을 부려서 모두를 해치고 계신 거예요. 저희 세대를 해치고, 아이들 세대를 해치고, 아이들의 아이들 세대를 해치고 있다고요. 원시인처럼 살고 계신 거예요."

일단 비밀을 까발리고 나니, 오슨 아저씨는 이제 그 말을 내뱉는 것을 즐기는 듯했다.

"난 의식 같은 거 안 한다." 오슨 아저씨가 말했다.

"의식은 우리 인류가 항상 누려오던 특권이 아니에요." 잭이 말했다.

"아무려나 난 상관 안 해." 오슨 아저씨가 말했다.

"우리 조상님들, 아저씨의 조상님들이 이 권리를 쟁취하려고 싸웠다고요." 잭은 이제 화가 나서 말했다.

오슨 아저씨는 접시를 챙겨들었다.

"난 그런 권리 원치 않는다." 그러더니 오슨 아저씨는 절뚝거리며 부엌으로 가서 크래커를 한 상자 더 뜯었다.

잭이 오슨은 늑장을 부리는 게 아니라 아예 의식을 거부한다고 보고하자 가족들은 폭발했다. 마침 홈런이 터지고 스탠드 저편의 상대 팀 팬들이 모자를 흔들며 환호할 때 일어난 폭발이었다.

"원시인 같으니라고!" 모건이 외쳤다.

"뭐야, 마지막 순간까지 들러붙어 있겠다고? 대소변이 새고 눈이 멀고 치매가 올 때까지 시들고 썩겠다고? 들리지도 않고, 맛도 못 느끼고, 기억도 못하는 상태로 마지막 몇 년을 즐겨봐야 얼마나 즐긴다는 거야?"

상대 팀 팬들이 다시 자리에 앉았다. 몇몇은 아직도 환호하고 있었다. 한 명은 유격수, 한 명은 외야수인 잭의 딸들은 경기를 하면서 서로에게 입 모양으로 수다를 떨고 있었다.

"이 선택이 어떤 결과를 낳을지 이해하셔야지!" 모건의 아내가 말했다.

"사회에 대한 의무는 그렇다 쳐. 스스로에 대한 의무는? 의식을 거부한다면 그 결과는 비인간적일 거야. 그 야만적인 집에 살던 사람들이 어떻게 되는지, 얼마나 망가지고 얼마나 찌드는지 사진도 못 봤대?" 로런의 아내가 말했다.

콧수염을 기른 알렉산더는 일어서서 무보수 심판에게 야유하고 있었다.

"오슨 아저씨는 역사 교사였어." 잭이 알렉산더를 잡아당겨 앉히면서 말했다. "그 사진들이야 당연히 봤지."

해질녘에는 모두가 그 소식을 알게 되었다. 가족들—특히 지역에서 정치적인 지위가 있어 추문의 가능성을 경계하는 몇몇 친척들—은 오슨이 주위에서 의심할 정도로 나이가 들기 전에 잭이 나서서 그를 설득해야 한다고 주장했다. 필요하다면 어떤 수단이라도 써서 말이다. 잭은 방법을 알 수가 없었다. 잭의 아내는 부엌에서 팝콘을 튀기다 말고 잭의 엉덩이를 찰싹 때리며 미소 지었다. "그냥 다시 가서 이해시켜."

잭은 그렇게 했다. 다시 갔고, 몇 번이나 다시 갔는데, 매번 오슨 아저씨에게 의식에 대해서는 말을 꺼낼 수가 없었다. 잭은 그러는 대신 발코니에 놓인 흔들거리는 접이식 의자에 앉아서 오슨 아저씨가 새들에게 씨앗을 먹이는 모습을 지켜보았다. 페인트가 벗어진 난간 위에 깃털이 얼룩덜룩한 굴뚝새 한 마리가 날아와 앉았다. 오슨 아저씨는 씨앗을 한 움큼 꺼낸 다음, 그중 하나를 갉아먹는 시범을 보이며 굴뚝새에게 먹어보라 종용했다. 난간 너머로 조미료 공장 창문에 햇빛이 반짝였다. 구름이 이런저런 형상을 빚었다. 그곳에서 오슨 아저씨 옆에 앉아 있으면 잭은 어린아이가 된 기분이 들었다. 털이 자란 육중하고 둔한 몸에 출근용 정장을 코스튬처럼 걸친 고아가 된 기분이었다. 평소 잭에게는 생각을 할 시간이, 앉아서 생각하고 또 반추할 시간이 거의 없었다. 어쩌면 그래서 거의 늘 행복했는지도 모른다. 생각하는 데 시간을 쓰느니 도덕적이고, 책임감 있고, 훌륭한 인생을 살고 싶은 마음이 강했다. 하지만 오슨 아저씨를 논리적으로 설득할 말을 찾으려 애쓰면서 발코니에서 저녁 시간을 보내는 동안 잭은 왜 사람들이 다 남들 하는 대로 행동하는지 자신이 제대로 알지 못한다는 사실을 서서히 인정하게 되었다. 그러자 무척이나 길 잃은 기분이 들었다. 마치 자신이 어느 가족의 구성원도 아니고, 완전히 혼자가 되어 혼란 속에 덩그러니 남겨진 느낌이었다.

그러고 나면 잭은 차를 몰고 집으로 가서 조금이라도 진전을 이룬 척했다.

그리고 잭의 사무실 건너편에 위치한 브라운스톤 아파트에서는, 잭이 계좌 결산을 하는 사이에 등이 굽고 머리가 벗어진 한 여자가 긴 전선으로 목을 매달았다. 그리고 잭이 헉헉거리고 손목 밴드가 축축해지도록 땀을 흘리며 안개 낀 시내를 달리는 사이, 어느 여위고 안경 쓴 여자는 친척들이 우산을 쓰고 옹기종기 모여서 지켜보는 가운데 다리에서 뛰어내려 옷자락을 휘날리며 물속으로 떨어졌다. 잭의 이발사는 면도날로 양팔을 베어서 피를 다 빼는 방식으로 일흔한 살 생일을 축하했고, 그후로 잭의 머리는 양팔에 문신을 하고 농담이라곤 하지 않는 좀더 젊은 이발사가 자르게 되었다. 전혀 모르는 누군가는 젖은 옷에 몸을 밀어넣고 단추를 채우고 지퍼를 올린 뒤, 옷이 얼고 자기도 얼어붙을 때까지 혼자 부둣가에 앉아 있었다. 구레나룻을 기른 은퇴자 한 명은 어느 호텔 지붕에서 뛰어내렸는데, 빈 택시에 떨어져 척추와 골반과 갈비뼈 몇 대와 양쪽 발꿈치에 골절상을 입었으나 죽는 데는 실패해서, 주사기를 든 의사가 의식을 완료해야 했다. 미네소타의 다른 지역으로 눈을 돌려

보면, 만성적인 알코올중독으로 사망한 수천 명 가운데 몇 명은 의식 방법으로 위스키나 브랜디를 고른 칠십일 세 노인들이었다. 또한 명은 카페인 중독으로, 또 한 명은 코카인 중독으로, 또 한 명은 인슐린 중독으로 죽었다. 산소 중독도 있었다. 물 중독도 있었다. 투구꽃 씨앗과 벨라도나 뿌리와 주목 열매를 다채롭게 섞어서 디기탈리스 차 한 잔과 함께 먹은 사람도 있었다. 아이다호에서 평생 환경보호론자로 살아온 어떤 사람은 늑대들에게 먹히는 방식을 택했다. 펜실베이니아에서는 전직 플라이급 복싱 챔피언이 사우나에서 열사병으로 죽는 의식의 주인공으로 추대되었다. 아칸소에서는 유명한 화가 한 명이 은색 페인트로 머리끝부터 발끝까지 피부를 다 칠해서 질식사했다. 플로리다에서는 군사법원에 회부된 장군 하나가 단검으로 배를 갈랐다. 그사이 미네소타에서는 잭의 집 길 건너편에 사는 은퇴한 사서가 아무것도 먹지 않고 단식을 했는데, 친구들이 오가며 인사하고 상태가 어떤지 살피면서 의식이 거의 한 달 동안 이어졌다. 그리고 잭과 잭의 딸들이 트렁크에 소시지와 가지와 세제를 싣는 사이 슈퍼마켓 주차장에는 권총이 발사되는 소리가 울려퍼졌고, 뒤이어 근처 울타리 안쪽 마당에서 가족들이 갈채를 보내는 소리가 의식을 완성을 알렸다. 그리고 잭이 동료와 함께 공원 노점에서 에스프레소를 사고 있을 때는 희미하게 코를 찌르는 연기 냄새가 허공을 맴돌았는데, 감전사를 선택한 전기기사의 의식중에 일어난 화재 사고가 남긴 냄새였다. 또한 잭이 헉헉거리고 물웅덩이를 철벅거리며 비 오는 시내 거리를 달리는 동안 수염이 꺼칠하게 돋은 노쇠한 남자 하나는 조심스럽게 철로에 상반신을 고정시키고 있었고, 다가오는 기차의 차장은 기적을 울리고 또 울리며 남자를 응원했다.

사람들이 시체가 되었다. 생물이 무생물이 되었다. 잭은 조깅을
하며 집으로 가서 저녁 식탁을 차리기 시작했고, 딸들은 문제지를
붙들고 그에게 수학 문제 푸는 걸 도와달라고 졸랐다.

그들은, 가족들은 가끔 젤라토를 먹었다. 라즈베리, 헤이즐넛,
피스타치오, 레몬. 만화경 같은 색색의 플라스틱 용기들을 묵직
한 참나무 식탁 위에 늘어놓고, 저장고에서 꺼낸 와인과 함께 먹었
다. 그들은 숟가락을 번득이면서, 흔들리는 이를 내버려두지 못하
는 어린아이처럼 오슨 문제에 집착했다. 오슨은 무얼 위해 사는 거
지? 삶에 대한 이 광기는 대체 어디에서 오는 걸까? 연인, 마약, 아
니면 취미? 오슨과 같은 동네에 원룸을 임대한, 염소수염을 기른
사촌 하나는 오슨이 소스 공장 근처를 걸으며 얼룩덜룩한 자갈을
모으는 모습을 종종 보았다고 했다. 그게 무슨 상황인지 제발 누가
설명 좀 해줄 수 있어? 또다른 사촌은 오슨이 공원 벤치에 앉아 있
는 모습을 본 적이 있다고 했는데, 맨손으로 커피가 담긴 종이컵
하나를 꼭 쥐고 그 온도를 무척 즐기는 모습이었다고 했다. 그 사
촌은 오슨을 보고도 인사하지 않았다. 오슨의 주치의가 있는 진료
소에서 그해 여름 인턴 생활을 했던 여드름투성이 조카 하나는, 평
소에는 철저히 엄수하던 환자에 대한 비밀 유지 원칙을 어기고 오
슨의 진료부를 엿보았으며 오슨이 아주 불쾌한 고통에 반복적으로
시달린다고 보고했다. 잭이 오슨의 집에서 본 치질 연고에 대해 말
했더니 여드름투성이 조카는 자신이 확인한 고통에 비하면 치질

같은 건 아무것도 아니라는 듯 웃었다. 그러고는 눈썹을 찡긋거리
며 말했다. 자세히 알고 싶은가? 정말로 그걸 원하는가? 아무도 알
고 싶어하지 않았다. 턱수염 기른 로런은 지갑을 흔들면서 오슨에
게 친구는커녕 가볍게 만나는 말벗이나 지인도 전혀 없다는 데 얼
마든 걸겠노라고 장담했다. 턱수염 기른 모건은 누가 한번 내기에
응해보라고 부추겼다. 그 와중에 염소수염 사촌은 잭의 등을 철썩
때리면서 두 사람의 숟가락을 손가락질하며 젤라토 맛을 비교했
다. 그게 뭘까? 대체 무엇 때문에 오슨은 삶에 대해 이토록 광기를
보이는 걸까? 오슨은 뭘 위해 살까? 잭의 딸들은 차고 안에서 탁구
시합으로 다른 아이들을 박살내고 있었는데, 실은 잭이 가르쳐줬
지만 자기들이 발명했다고 주장하는 스핀 기술을 사용했다.

일터에서 잭은 종종 한 여자가 고양이들만 지켜보는 가운데 목
을 매달았던 길 건너편 아파트의 아치형 창문을 멍하니 쳐다보곤
했다. 집이 비워진 후, 그 아파트에는 곱슬머리 아이들을 거느린
곱슬머리 여자가 들어왔고, 그들은 테이프를 붙인 상자들을 방마
다 들여와 개봉하고, 상자 안에 담긴 물건들을 곳곳에 집어넣었다.
도자기 찬장은 라디에이터를 피해서, 레코드 플레이어는 창틀 위
에, 이건 여기에, 또 이건 여기에 하는 식으로 물건마다 둘 곳을 조
심스럽게 골라서 배치했다. 잭은 오슨 아저씨를 설득하는 데 실패
했을 뿐만 아니라 오슨 아저씨가 되려 자신을 설득하고 만 게 아닌
가 걱정스러웠다. 잭은 계속 걱정했다. 낙엽을 모으면서, 창문을
청소하면서, 생일 케이크 겉면을 포크로 긁어 모양을 내면서 걱정
했다. 이제 잭은 자신의 때가 왔을 때 의식을 치를 수 있을지 자신
이 없었다.

하지만, 결과적으로, 잭은 그럴 필요가 없었다.

잭은 오십 세 생일이 지나고 바로 다음주, 해질녘에 다리 위를 달리다가 속이 메스껍고 눈앞이 엉망으로 흐려지더니, 동맥류가 와서 콘크리트 바닥에 쓰러져 죽었다. 운동화 끈은 그대로 묶여 있었다. 손목 밴드도 아직 축축했다.

눈앞이 캄캄해지기 전, 비틀거리기 시작했을 때—사고가 뒤죽박죽이 되고 시야가 흐려지는 순간—잭은 오래전의 기억에 매달렸다. 오슨 아저씨가 잭을 낚시에 데려갔던 흐린 날 아침의 기억이었다.

잭의 동생들이 자는 사이 어머니가 잠이 덜 깬 눈으로 잠옷 가운을 걸친 채 빵 한 조각을 구워줬다. 잭은 그 토스트를 잇새에 문 채 장화 끈을 묶고, 재킷 지퍼를 올리고, 서리 앉은 낙엽을 밟으면서 농가에서 오슨 아저씨의 털털거리는 차까지 달려갔다. 그리고 그들은 별빛 아래 차를 몰아 호수로 갔고, 금속 배에 앉아 낚싯대를 드리운 채 뭔가가 미끼를 물기를 기다렸다. 잭은 토스트를 먹었고, 오슨 아저씨는 몇 가지 조언을 해줬고, 그후에 그들은 하얀 안개 속에 몇 번이고 몇 번이고 낚싯대를 드리웠다. 그러다가 새벽이 밝았다. 태양이 비집고 올라오고, 하늘에는 구름이 앉았다. 그리고 안개가 흩어졌다. 그때까지 두 사람은 아무것도 잡지 못했다. 내내 똑같은 갈매기 한 마리가 머리 위를 맴돌고 있었다.

"아무 일도 일어나지 않네요." 잭은 불평했다.

하지만 오슨 아저씨는 구름을 보고 미소 짓고, 배를 보고 미소 짓고, 갈매기를 보고 미소 지었으며, 낚싯대를 보고 미소 지었다.

"아무 일도 일어날 필요 없어." 오슨 아저씨는 그렇게 말했다.

다음 순간 잭은 콘크리트에 부딪혔고, 잭은 죽었다.

구급대원들이 시체를 운반해 갔을 무렵에는 어둠이 내려앉아 있었다.

잭의 아내는 귀가하기 전이었다.

잭의 딸들이 연락을 받았다. 위층에 있던 아버지의 정장 재킷 속에 플라스틱 유니콘을 숨긴 직후였다.

잭의 딸들은 그날 밤 의식과 다른 죽음 사이에는 차이가, 뚜렷한 차이가 있다는 사실을 알게 되었다. 의식이 있을 때는 마음을 다잡을 수 있다. 의식이 있을 때는 떠날 사람이 준비가 됐다는 사실을 아니까. 의식이 있을 때는 작별인사를 할 수 있으니까.

인터넷에서는 하늘에서 별들이 떨어질 거라고 했다.

별들이 떨어졌다.

그 세대에서 계획에 없던 죽음을 맞은 건 잭 하나가 아니었다. 잭의 사촌이자 딜런의 어머니는 몇 년 후에 신장암으로 죽었고, 콧수염 기른 알렉산더는 의식을 치르기 몇 년 전에 사다리에서 떨어져 죽었다. 의식에 비하면 매장은 조용하고 우울하고 외로운 행사였다. 아무도 매장을 좋아하지 않았다.

그래도 그 세대의 나머지 사람들은 살아서 의식을 치렀다. 잭의 아내는 알약을 택했다. 턱수염 기른 로런과 턱수염 기른 모건도 알약을 택했다. 사촌들도 다 알약을 택했다. 알약은 고통이 없고, 믿을 수 있으며, 깔끔했기 때문이다. 그렇게 해서 잭의 세대는 사라지고, 가족 운영은 그 아이들 세대에게 맡겨졌다.

누군가는 돈을 물려받았다.

누군가는 빚을 물려받았다.

모두가 오슨을 물려받았다.

오슨은 나이를 먹어 칠십대 노인이 되고, 팔십대 노인이 되고, 구십대 노인이 되었으며 몸 여기저기가 고장났다. 피부는 얇아지고, 안경은 두꺼워졌으며, 입은 늘상 열려 있다가 씹을 때만 닫혔다. 몸은 마른 정도였다가 막대기처럼 쪼그라들었다가 뼈와 가죽만 남아서, 스웨터를 입은 모습이 빗자루에 이불을 씌운 꼴이었다. 그는 중력 같은 일상의 물리력도 견딜락 말락 했고, 평평한 바닥도 트램펄린 위를 걷듯 구부정하게 비틀거리며 위태롭게 돌아다녔다. 척추가 휜 정도도, 턱살이 말라붙은 정도도 충격적인 수준이었다. 전통적인 연령 기준을 노골적으로 뛰어넘어 척 봐도 의식을 무시한 그의 모습은 눈에 아주 잘 띄었고, 오슨은 그로 인해 도시에서 박해를 받았다.

동네 식료품점에서는 오슨에게 식료품 판매를 거부했다. 슈퍼마켓 계산원들은 대놓고 거부를 하지는 않았지만, 대신 그가 다른 가게로 옮겨가게 만들려고 괴롭혔는데, 주로 카트에 담긴 모든 물건에 바가지를 씌우는 방법을 썼다. 예를 들어 콩 통조림 하나에 제설기 값을 요구하고, 항의해도 무시하는 식이었다. 동네 편의점으로 말하자면, 입술에 피어싱을 한 못된 십대 점원들이 그 자리에서 오슨의 의식을 치러주겠다고 제안했다. 박물관은 오슨의 출입을 금지했다. 극장도 오슨을 들여보내지 않았다. 그보다 덜 혹독한 도서관에서는 뒷문을 쓰게 했다. 가족들이 일하는 곳이라 해도 오슨은 환영받지 못했다. 같은 학교의 이웃 교실에서 학생들을 가르치던 잭의 딸들은 운동장에 있는 다른 교사들이 아이들에게 오슨이 지나가면 눈을 피하거나 감으라고 지시하는 현장을 목격했다. 여전히 담황색 머리에 여전히 뻐드렁이였지만 불꽃놀이 솜씨는 열한 살에 정점을 찍고 내려온 게이브는 이제 창고 회사를 소유하고 있었는데, 가끔 고용인들이 철책 울타리 너머로 오슨에게 야유를 퍼붓는 소리를 들었지만 결코 개입하지 않았다. 중년이 되어서도 여전히 땅콩 알레르기가 있는 애비는 이제 지역 은행에서 주택담보대출을 검토하는 일을 했는데, 매주 현금인출기에서 돈을 뽑으려고 로비에 들어서는 오슨의 모습을 칸막이 자리에 앉은 채 보곤 했다. 오슨은 기계로 돈을 뽑는 데 어려움을 겪었지만, 은행원들은 오슨에게 출납해주기를 거부한 지 오래였다. 오슨은 땀을 흘리고 중얼거리고 손을 떨면서 지시문과 선택지들을 힘겹게 헤쳐나갔다. 겨우 인출을 해내는 데 한 시간씩 걸리는 때도 있었다. 오슨은 기계에서 현금을 꺼낸 후, 지폐를 한 장씩 세어 총액을 확인하고 나서야 겨우 발을 끌며 밖으로 나갔다. 예전에 오슨의 봉급은 언제나 많지 않은 편이었다. 대체 얼마나 오랫동안 이 저항 행위를 위해, 은퇴 이후의 삶을 위해 저축하고 계획했는지 알 수 없는 일이었다.

가족들은 정전이 되면 집안 여기저기 놓아둔 흔들리는 몽당 촛불 주위에 담요를 겹겹이 뒤집어쓴 채 둘러앉아서 현관 포치가 눈보라에 파묻히는 모습을 바라보았다.

다른 가족들—이민자의 손자 세대와 이민자의 자식 세대, 이민자 세대가 이끄는 가족들—은 파키스탄 기념일을 축하하고, 과테말라 신화를 이야기하고, 나이지리아 장신구를 걸쳤다.

반면 그들은 앞세대 전체가 조상들의 고향 문화에 참여하는 시능을 일체 그만둬버린 가족이었다. 그들에게는 그들 자신의 고향 문화밖에 없었다. 그 문화란 비非문화와 무척 흡사했다. 문화가 아예 없는 것과 비슷했다.

그래서 그들이 다른 문화에 그토록 관심을 두었는지도 모르겠다. 가족들은 각자 다른 나라에 대해 전해들은 사실들을 자주 교환했다. 기사, 전설, 소문. 특이한 보도들. 그들이 제일 좋아하는 이야기 중에는 중국에 대한 이야기가 하나 있었다.

중국에서는 묘지에 가면 무덤 위에 조상들에게 바치는 공양물로 음식이 놓여 있을 때가 많은데, 그 음식들이 자주 사라지곤 한다는 것이었다. 유령들이 먹는 게 아니었다. 노숙인들이 먹었다. 중국의 노숙인들은 묘지에 숨어들어 공양물을 먹으면서 살아남았다. 밤, 만두, 절인 채소, 국수. 죽은 사람에게 바친 그런 음식들을 먹으면서 말이다.

가족의 눈에는 오슨이 꼭 그랬다.

다만 정반대였다.

오슨은 산 사람들의 음식을 훔치는 유령 같았다.

그들은 소포를 배달하고, 포트폴리오를 관리하고, 다리를 설계하면서 오슨이 죽기를 기다렸다. 그러나 오슨은 죽지 않았다. 오슨은 크래커를 먹었다. 커피를 마셨다. 돌들을 바라보고, 새들을 바라보고, 벤치에 앉아 있었다. 가끔, 드물게 어느 가을 아침이나 드물게 어느 봄날 저녁에 가족들에게 연락을 하기도 했다. 그리고 누군가에게 어딘가로 태워다 달라고, 가족 모임이나 생일 파티에 데리고 가달라고 부탁했다. 그러면 누군가가―누군가는, 언제나 누군가는 그렇게 하고야 말았다―시내를 가로질러가서 오슨을 부축해 차에 태우고 다시 시내를 가로질러 되돌아온 다음 오슨을 부축해 내리게 하고는, 돌 깔린 오솔길을 걷고 벽돌 계단을 오르고 현관을 통과하고 천장에 매달린 리본과 통통거리는 풍선들과 포장된 선물꾸러미 위에 쌓인 포장된 선물꾸러미를 지나, 사람들이 잡담을 나누고 있는 따뜻한 방까지 안내했다. 그러면 오슨은 거기에 있었다. 나비넥타이를 매고 미소 지으며 인사하는 남자들과 단추 달린 조끼를 입고 사과를 자르는 남자들과 화려한 스웨터를 입고 플라스틱병으로 아기들에게 우유를 먹이는 남자들과 반짝이는 블라우스를 입고 손을 흔드는 여자들과 앞치마를 두르고 사과주를 퍼담는 여자들과 외알 안경을 끼고 그림책을 소리 내어 읽는 여자들과 운동복 차림으로 피아노를 연주하는 십대들과 뻗친 머리로 케이크를 몰래 먹는 남자애들과 야구모자를 쓰고 구슬을 쏟는 아이들과 드레스를 입고 풍선을 쫓아다니는 여자애들 속을 표류하며, 파티 내내 아무에게도 아무 말도 하지 않고 그렇게 있었다. 오슨은 그들이 평생 본 중에 가장 불행한 사람이었다. 그리고 어쨌든 그들의 가족이었다. 그들에게 속한 존재였다. 그들의 죽지 않는 수수께끼이자, 거대한 수치였다.

전환

물론 그의 가족은 그 수술에 대해 들어보았고, 그런 일이 가능할 뿐 아니라 정말로 그런 일을 하는 사람들이 있다는 사실도 알고 있었다. 그의 가족은 보수적이긴 해도 어떤 의미로든 극단적이라고 할 수는 없었고 오히려 아주 온건한 편이어서, 선거에서 보수파 후보가 유난히 참을 수 없다거나 유난히 부패했다거나 유난히 암둔하다 싶으면 가끔은 진보적인 대안에 표를 던진다고도 알려질 정도로 중도파에 가까웠다. 또 그의 가족은 종교적이기는 하지만 모든 문제를 선악으로 갈라서 말하는 유형은 확실히 아니어서, 미디어에 나체가 등장해도 꺼림칙해하지 않았고 가끔은 과하게 술을 마시기도 했으며 도박에 반대하지도 않았고 진화를 믿었다. 또 그의 가족은 가난한 편으로 극빈자야 아니지만 확실히 노동계급이었고 대학 학위도 하나 없었지만, 그렇다고 지방흡입술과 코를 높이는 성형 같은 허영스러운 수술을 선택하는 사람들에게 편견을 갖지 않았고, 심장박동조율기나 보철물 같은 생체공학의 혜택을 받는 사람들을 만나는 데에도 적극적이었고, 교육적인 성격을 지닌 프로그램을 보는 것도 즐겼으며, 신기술도 자연스럽게 받아들였다. 그럼에도 그 수술에는 여타 문제와는 다른 무언가가, 그의 가족이 거의 본능적으로 불쾌하게 느끼는 구석이, 가족들의 마음에 경멸이 가득차게 만드는 구석이 있었고, 다들 그 사실을 숨기려고도 하지 않았다. 뉴스에 전환을 택한 유명한 건축가 소식이 넘쳐났을 때도 가족은 집 앞 현관 계단참에 둘러앉아서 저녁 내내 그 건축가를 비웃었고, 뉴스에 전환을 택한 전 모델 이야기가 넘쳐났을 때도 가족은 집 앞 현관 계단참에 둘러앉아 그 모델을 맹렬히 비난했다. 그러니 그의 가족이 전환이라는 개념을 극도로 혐오스럽게 생각한다는 사실은 메이슨도 잘 알았을 것이 분명했다.

또 메이슨의 성격 탓도 있었다. 메이슨은 극도로 내성적이었다. 미소도 거의 짓지 않았고, 소리 내어 웃는 일은 매우 드물었다. 활기라곤 없이 또박또박 말을 했다. 불평하는 일은 가끔 있어도 화내는 일은 결코 없었다. 우울해 보이는 일도 없었다. 신이 나 보이는 일도 없었다. 어렸을 때는 가끔 울기도 했을 테지만 특별히 떠오르는 사건은 없었고, 어쨌든 어릴 때 이후로는 가족 누군가가 보는 앞에서 운 적이 없는 게 확실했다. 메이슨은 강렬한 감정을 느낀다는 징후조차 보인 적이 없었다.

그러니 식탁 앞에 앉은 메이슨이 바로 그런 징후를, 그러니까 두 손이 떨리고 목소리가 흔들리고 너무나 불안해 그 감정이 육체에 영향을 미치고 있다는 징후를 보일뿐더러, 메이슨이 원래 이런 일에 농담하는 습관이 없다는 점, 아니 솔직히 말하자면 무슨 일에 대해서든 농담을 하지 않는 성격이라는 점을 감안하면, 잠시 정적이 내린 순간 대화에 끼어들어서 자기 정신을 디지털 데이터로 전환하고 몸에서 컴퓨터 서버로 전이할 계획이라고 선언을, 혹은 고백을 했을 때, 메이슨이 진지하다는 사실에는 의심의 여지가 없었다.

메이슨의 아버지는 자신이 제일 좋아하는, 가슴팍에는 펠리컨 만화 캐릭터가 그려져 있고 주머니 바로 밑에는 갈색 얼룩이 진 앞치마를 두른 채 부엌 조리대에서 새로 만든 비밀 소스가 담긴 그릇에 실리콘 주걱을 담그다 말고 얼어붙어서 메이슨을 멍하니 쳐다보았다. 운동복 티셔츠에 군복 반바지 차림으로 식탁 의자에 눕듯이 기대앉아서, 해질녘에 모터보트를 몰고 초원지대의 소택지에 가서 새우를 잡을 계획을 세우던 메이슨의 형들은 혼란스러운 표정으로 눈을 가늘게 뜨고 메이슨을 보았다. 밀짚모자와 헐렁한 카프탄 차림으로 햇빛을 쐬다가 메이슨이 도착하는 소리를 듣고 뒷마당에서 막 들어온 메이슨의 어머니는 그의 말을 듣고 충격을 받아, 들고 있던 아이스티를 제일 가까운 곳 아무데나 내려놓는다는 게 스토브 위에 내려놓고 말았는데 그러지 않았다면 분명 병을 바닥에 떨어뜨렸을 것이다.

메이슨은 식탁을 응시하다가, 갑자기 자기 생각이 어떤 저항도 없이 받아들여질 수 있다는 희망이라도 품었는지 고개를 들고 불쑥 말했다. "그래도 대화나 그런 건 할 수 있을 거야."

메이슨의 어머니는 아들에게서 시선을 떼지 않은 채, 두 손으로 조리대를 짚으며 부엌을 가로질러 식탁 쪽으로 향했다. 메이슨은 슈퍼마켓에서 근무하고 온 게 분명했다. 유니폼이 구겨져 있었다. 이름표는 비뚤어져 있었다. 메이슨은 언제나 앙상했지만, 최근에는 특히 허약해 보였다. 두 눈썹은 눈썹이 아예 없나 싶을 정도로 색이 옅어서, 그것 때문에 어렸을 때 놀이터에서 말 못할 어려움을 겪어야 했다. 눈은 항상 젖어 있었고, 코는 섬세했으며, 입술은 얇았고, 턱은 좁았다. 딱 우유 알레르기가 있을 것 같은 외모였다. 메이슨의 어머니도 그게 정확히 무슨 의미인지 설명할 수는 없었다. 하지만 언젠가 이웃 사람 하나가 메이슨을 두고 그렇게 말했고, 듣자마자 맞는 말이라는 걸 알았다. 어머니는 메이슨의 얼굴을 사랑했다. 식탁 앞 의자에 앉으면서 그녀는 손을 뻗어 메이슨의 두 뺨을 감싸고 싶은 충동을 억눌러야 했다. 메이슨을 잃는다는 생각만 해도 무서웠다.

"그러니까, 원할 때면 언제든 나랑 잡담을 할 수 있을 거야. 말 그대로 언제나 온라인 상태일 테니까." 메이슨이 다시 식탁으로 시선을 떨구면서 말했다.

메이슨의 어머니는 메이슨의 아버지가 이 선언을 어떻게 받아들이고 있는지 짐작하게 해줄 단서를 찾으려고 조리대 쪽을 돌아보았다. 햇빛에 달아올랐던 그녀의 피부는 이미 식어가고 있었는데, 그 느낌이 두려움의 현현 같았다. 마치 두려움이 퍼져나가면서 피부의 온기를 빨아들이기라도 하는 것 같았다. 오전 내내 캔버스 천으로 만든 접이식 의자에 앉아서 병에 담은 아이스티를 홀짝거리며, 나뭇가지 위에서 깡충거리는 참새들을 즐겁게 바라보고, 이따금 뒷마당을 휩쓸고 지나가는 돌풍을 즐기고, 느긋하게 입을 쩍 벌려 하품도 하고, 사지를 쭉 뻗고, 손바닥으로 눈을 비비고, 갑자기 그러고 싶어지면 한 번씩 배도 긁고, 그릴에서 타는 석탄의 날카로운 향기도 음미하고, 밝은색 카프탄에 축 처진 밀짚모자 차림이라는 사실을 즐겁게 의식하면서, 그렇게 편안하게 시간을 보냈는데. 그런 육체적인 쾌락의 영역에 잠겨 있다가 들어와서 그 모든 것을 떠나고 싶어하는 사람과 마주한다는 건 강렬한 충격이었다. 대체 메이슨이 무슨 생각을 하는 건지 이해가 가지 않았다.

조리대 쪽에 서 있던 메이슨의 아버지가 주걱을 내려놓았다.

"몸이 없다는 건 몸이 없다는 뜻이라는 거 알고는 있는 거냐?" 메이슨의 아버지가 물었다.

"응."

"다시는 몸을 가질 수 없다는 것도?" 메이슨의 아버지가 물었다.

"응."

"너 대가리가 어떻게 된 거냐?" 메이슨의 아버지가 말했다.

메이슨의 아버지는 뼛속 깊이 두려움을 느낄 때만 욕을 하는 사람이었기에, 메이슨의 어머니는 자기만 그 선언을 진지하게 받아들인 게 아니라는 사실을 알 수 있었다. 하지만 상황이 아무리 심각하다 해도 메이슨의 아버지는 고기가 타기 전에 그릴부터 확인해야 하는 모양이었다. 그는 험상궂은 얼굴로 문을 향해 뚜벅뚜벅 걸어가 뒷마당으로 나갔고 그가 걸음을 내디딜 때마다 펄럭이는 앞치마 밑단이 정강이를 때렸다.

아버지와의 짧은 문답 내내 자기 손마디만 열심히 들여다보던 메이슨은 다시 시선을 슬쩍 들었다. 두 뺨이 붉어졌고, 셔츠에 땀자국이 있었다. 메이슨의 어머니는 문득, 상황이 아무리 어색하다 해도 이 논의가 쉽게 풀릴 것이라는 확신에 사로잡혔다. 몇 년이 지나면 가족 모두가 이 순간을 돌아보며 메이슨의 실수를 두고 농담을 하리라. 예전에 메이슨의 형 하나가 직장을 때려치우고 집집마다 돌아다니면서 어느 회사에서 나온 다이어트 보조제를 판매하려고 하다가 가족들이 그런 일은 사기인 게 분명하다고 설명해서 그만뒀던 사건이라거나, 또 메이슨의 형 하나가 재즈밴드를 시작하려고 했다가 가족들이, 그래 네가 드럼을 정말 좋아할 순 있겠지만 솔직히 네겐 타고난 리듬감이 없고 무대와는 거리가 멀다, 라고 설명해줘서 그만둔 일을 가지고 아직까지 농담을 나누는 것처럼 말이다. 그녀의 마음속에 확신이 퍼졌고, 이건 다 오해일 뿐이라는 사실을 깨달은 사람이 자신이라는 사실에 약간의 자부심도 느꼈다. 메이슨의 어머니는 비어져나오는 웃음을 억눌러야 할 정도로 안심했다.

"그건 그냥 생각 없이 하는 소리야." 메이슨의 어머니가 선언했다.

"뭐에 대한 생각." 메이슨이 말했다.

"어쩌다가 그런 생각을 하게 됐는지 모르겠다만, 넌 그런 일을 하는 다른 사람들과는 달라. 네겐 몸이 있던 시절을 그리워할 이유가 너무 많아."

메이슨의 눈빛을 본 메이슨의 어머니는 아직 아들을 설득하지 못했다는 사실을 알 수 있었기에, 두 손을 맞잡고 적당한 예시를 찾아 헤맸다.

"춤이라거나." 메이슨의 어머니가 외쳤다.

"난 춤 싫어해." 메이슨이 말했다.

"아니, 그렇지 않아." 메이슨의 어머니는 대답했지만 더는 말을 잇지 못했다. 메이슨이 춤을 싫어한다는 걸 당연히 알고 있었으니까.

지금까지 메이슨의 형들은 뒤로 기대앉아서 상황을 지켜보며 잇새를 쑤시고 손톱을 씹고 있었지만, 결국 폭발하고 말았다.

"대체 뭐야, 인마?"

"도대체 어디서 튀어나온 생각인데?"

"어떻게 그렇게 맛이 간 짓을 하고 싶어할 수가 있냐?"

"우리 핏줄이?"

맏형이 메이슨 쪽으로 몸을 기울였다.

"심지어 섹스도 포기하겠다고?" 맏형이 말했다.

메이슨은 대답하지 않고 식탁 중앙에 놓인 장식을, 야생화가 꽂힌 꽃병을 응시하기만 했다.

"섹스는 어쩌냐고." 맏형이 재차 물었다.

메이슨은 살짝 어깨를 으쓱이고 말했다.

"그렇게 힘들일 가치는 없어."

메이슨의 어머니는 메이슨의 형들이 그렇게 발끈하는 모습을 본 적이 없었다.

메이슨의 맏형이 머리 뒤로 손깍지를 끼고 팔꿈치를 젖혀 됐다는 자세를 취하며 등을 뒤로 기대더니 코웃음을 쳤다. "흠. 네가 그러고 싶어하든 말든 무슨 상관이야. 어차피 수술비는 절대 못 모을 텐데."

"이미 모았어." 메이슨이 말했다.

메이슨은 지금까지 해마다 봉급의 상당 부분을 따로 모아둔 모양이었다. 메이슨의 어머니는 어쩔 줄 몰라하며 손목에 낀 팔찌들을 만지작거렸다. 가족들이 모여 앉아서 전환을 택한 유명 요리사를 비웃었을 때도, 가족들이 모여 앉아서 전환을 택한 피아노 천재를 매도했을 때도 메이슨은 수술비를 모으고 있었을 것이다. 그 자리에 앉아서 가족들이 그런 사람들을 괴물이라고 하는 소리를 가만히 들으면서 속으로는 내내 자기도 그런 사람이라고 믿었던 것이다. 그렇게 생각하니 어머니는 기가 찼다.

메이슨은 식탁을 노려보다가 필사적인 표정으로 고개를 들고 외쳤다. "난 옷과 관련된 모든 일이 다 싫어. 쇼핑을 가서 몸에 맞는 물건을 찾아야 하는 것도, 매일같이 외출복을 갖춰 입으면서 어떤 옷과 어떤 옷이 어울리나 걱정하는 것도, 그걸 또 다 빨래방에 끌고 가야 하는 것도 싫어. 아픈 것도 싫어. 머리 아프고 허리 아프고 귀 아프고 이 아픈 것도 싫고 특히 토하는 건 질색이야. 꼬박꼬박 해마다 온갖 병원과 치과에 안과까지 진료받으러 다니는 게 싫어. 언제나 음식을 만들고 또 먹고 그후에는 설거지까지 해야 하는 것도 싫어. 샤워해야 하는 것도 싫어. 잠을 자야 하는 것도 싫어. 매일 몸을 돌보는 데 너무나 많은 시간을 낭비하는 게 지긋지긋해. 난 그냥 계속 이것저것 읽고 사람들과 대화하면서 지내고 싶어."

"얘야." 메이슨의 어머니는 심장이 미친듯이 뛰는 가운데 식탁 너머로 두 손을 내밀어 메이슨의 손을 잡았다. "지금 당장은 그런 기분이 들지 모르지만, 잠시만 여유를 갖고 며칠 생각을 해보면 마음이 바뀔 거야."

"이십 년 넘게 생각했어." 메이슨은 창피하다는 듯이 어머니에게 잡힌 손을 슬그머니 빼냈다.

"난 몸에 속한 사람이 아니야." 메이슨이 말했다.

그리고 고개를 떨궜다.

"언제나 알고 있었어."

메이슨은 식사가 나오기 전에 떠났다. 어깨를 축 늘어뜨린 채 문밖으로 조용히 걸어나가더니, 녹슬고 털털거리는 해치백을 타고 가버렸다. 메이슨의 형들이 식탁 주위에 둘러앉아서 섹스에 대한 메이슨의 발언을 맹렬하게 곱씹는 사이, 메이슨의 어머니는 멍하니 메이슨의 아버지가 그릴을 보며 쪼그려앉아 있는 뒷마당으로 나갔다. 메이슨의 아버지는 화난 얼굴로 그릴에서 시선을 들어올리더니, 사실은 고기가 걱정되어서 뒷마당에 나온 게 아니라 울어버릴까봐 두려워서 도망친 거라고 고백했다. 메이슨의 아버지는 자식들 앞에서 한 번도 운 적이 없었고 앞으로도 그러고 싶지 않았다.

메이슨은 지역 클리닉에서 제시한 가장 빠른 날짜를 받아들여 그해 2월로 수술 일정을 잡았다. 수술 날까지 고작 한 달이 남아 있었다. 그날 밤 메이슨의 어머니는 이를 닦으며, 평소 같으면 즐거웠을 칫솔질—혀에 닿는 거품이 톡 쏘는 느낌이나 칫솔모가 잇몸에 쓸리는 느낌이 좋았다—에 전혀 집중할 수가 없었고, 두려운 기분에 사로잡히고 말았다. 지역 클리닉이라면 이전에도 운전하다 지나친 적이 있었지만, 가려놓은 창문들과 어두운 문이 달린 별 특징 없는 시설이었고 언제나 불길한 분위기가 감도는 듯했다. 메이슨은 가족들에게 수술할 때 와달라고 했지만, 그녀는 도저히 갈 수가 없었다. 모르는 사람이 그런 수술을 한다고 생각해도 불안할 판인데 막내아들이 한다니. 실제 전환이 일어나는 모습을 상상하는 것이 제일 무서웠다. 메이슨의 몸이 텅 비는 바로 그 순간. 메이슨의 정신이 떠나버릴 그 순간을 상상하는 것이.

그녀는 메이슨이 그런 걸 원할 수도 있다고는 생각도 못했는데, 이제 그렇다는 사실을 알고 나니 진작부터 의심했어야 했다는 생각을 떨칠 수가 없었다. 메이슨은 언제나 형들과 달랐다. 메이슨은 왜소하고, 약하고, 창백한 아이였다. 어렸을 때도 모든 것에 대해 징징거렸다. 퍼즐도 좋아하지 않았다. 공작도 좋아하지 않았다. 식성도 까다로워서 과일도 싫어했고 채소도 먹지 않으려 했으며 사탕조차 좋아하지 않아서 주로 시리얼과 마카로니로 연명했다. 콜라도 마지못해 조금씩 마셨다. 쿠키는 못마땅하게 깨작거렸다. 반면 메이슨의 형들은 왕성한 식욕을 자랑하며 어머니가 뭘 요리하든 몇 그릇씩 먹고, 입술에 묻은 소금과 손가락에 묻은 기름을 핥으며 기쁨에 차서 맛있다고 칭찬하곤 했다. 메이슨의 형들은 놀기도 좋아해서 서로 레슬링을 하고 경주를 하고 서로의 주위를 빙빙 돌면서 중력에 저항할 때나 승복할 때나 큰 즐거움을 누렸고, 나무를 타고 지붕에서 뛰어내리고 그네를 타고 날았다가 떨어지기를 반복했지만, 메이슨은 그런 신체 활동을 질색했다. 심지어 걷기도 싫어했다. 걸어야 한다는 게 부담스럽기만 한 고된 숙제라는 듯이 팔을 축 늘어뜨리고 발을 질질 끌며 무기력한 걸음걸이로 돌아다녔다. 평일 아침마다 현관문에서 모퉁이에 있는 버스 정류장까지 걷게 만드는 것만도 기적이나 다름없었다. 메이슨은 집밖에 나가는 것 자체를 좋아하지 않았다. 자전거를 타라고 하면 페달을 몇 번 돌리다가 툴툴거리면서 서서히 멈춰 서서 안장에서 내린 다음 자전거를 보도에 팽개치고 인도에 주저앉아 더는 못 간다고, 페달을 밟으면 다리가 아프다고 불평했다. 카누를 타라고 하면 노를 몇 번 젓다가 투덜거리면서 구부정한 어깨로 자리에 앉아 카누 바닥을 내려다보며 노를 저으면 팔이 아프다고 불평했다. 바다에서 수영을 하라고 하면, 물이 언제나 너무 뜨겁다거나 너무 차갑다거나 너무 소금기가 많다거나 너무 축축하다고 했다. 메이슨은 가족들이 얕은 물에서 스티로폼 공을 던지고 노는 동안 해변에서 두 팔로 다리를 끌어안고 무릎 위에 턱을 올린 채, 햇볕 아래 앉아서 너무 눈이 부시다고 불평하거나 파라솔 아래 앉아서 그늘이 너무 어둡다고 불평했다. 모래밭에 앉는 것도 엉덩이가 아프다고 했다.

메이슨은 놀라울 정도로 성가신 아이였다. 하지만 아무리 까다롭다 해도—아니 어쩌면 너무나 까다로웠기에—언제나 메이슨은 어머니가 제일 사랑하는 아이였다. 어머니는 메이슨을 아꼈다. 어린 시절 메이슨이 만족스러워 보일 때라고는 자기 물건을 가지고 놀게 내버려둘 때뿐이었다. 메이슨은 집안에 머물기를 더 좋아해서, 자기 방에 있는 빈백 의자에 등을 굽히고 앉아서 화면을 들여다보며 온라인 백과사전을 열심히 읽곤 했다. 직접 사람을 만났을 때의 내성적인 모습에 비하면, 인터넷에서 사람들과 메시지를 주고받을 때는 활기를 띠는 것 같았다. 심지어 가끔은 거기서 무언가를 읽고 낄낄거리며 웃는 소리까지 들렸다. 그럴 때면 어머니는 메이슨을 방해하지 않으려고 애를 썼다.

이제 그녀는 지금 일어나는 일을 자기 탓으로 돌릴 수밖에 없었다. 그저 메이슨이 행복하길 원했을 뿐이지만, 그 과정에서 아이를 망쳐버렸다. 억지로라도 다른 아이들과 놀게 했어야 했다. 밋밋한 곡물로 끼니를 때우게 내버려두지 말고 그녀가 해주는 요리를 뭐든 먹게 했어야 했다. 억지로라도 자전거를 타게 했어야 했고, 억지로라도 카누를 타게 했어야 했고, 억지로라도 헤엄을 치게 했어야 했다. 세상을 사랑하는 방법을 익힐 때까지 그렇게 했어야 했다. 메이슨이 이렇게 된 건 그녀 탓이었다. 어머니로서 실패한 탓이었다.

메이슨의 어머니는 치약을 뱉어내고, 수도꼭지 아래에서 칫솔을 씻고, 부엌 불을 끄고, 다음날 일하러 가기 위해 시계를 맞추고, 침대에 올라갔다. 메이슨의 아버지는 이불을 차버리고 가만히 누워 있었다. 창문으로 새어 드는 달빛이 팬티 허릿단과 티셔츠 아랫단 사이에 드러난 그의 배를 비췄다. 메이슨의 어머니는 잠시 동안 천장 팬의 검은 윤곽만 올려다보았다.

"난 누군가가 그렇게 태어날 수 있다는 사실을 받아들일 수 없어." 메이슨의 아버지가 넋두리하듯 말했다.

남편이 그녀를 향해 몸을 돌리자 메이슨의 어머니는 매트리스가 살짝 내려앉는 것을 느꼈다.

"몸을 가지고 태어났다면 몸에 속한 거지. 그걸로 얘기 끝이야." 메이슨의 아버지가 말했다.

어머니가 대꾸하지 않자 아버지는 다시 천장을 향해 돌아누웠다.

"걘 그냥 게으른 거야. 더는 일하기가 싫은 거지. 그냥 공짜로 살고 싶은 거야. 이 나라에 그런 인간들은 넘치도록 많아. 아니, 그래, 적어도 돈은 자기가 벌어서 대니까. 어쩌면 생활보조비로 먹고 사는 무임승차자보다는 은퇴자와 더 비슷할지도 모르겠군. 좋아. 하지만 사람을 데이터로 바꿀 순 없어. 그애의 기억은 데이터로 바꿀 수 있고, 믿음은 데이터로 바꿀 수 있고, 지식은 데이터로 바꿀 수 있고, 특별한 버릇이라든가 사고방식이라든가 아는 단어 같은 것들도 바꿀 수 있겠지만, 그걸 다 컴퓨터에 집어넣을 수 있다 해도 뭔가 빠진 게 있을 거야. 이것만은 내가 장담하지. 컴퓨터 안에 든 것들엔 영혼이 없어. 영혼은 숫자로 바꿀 수가 없거든. 그건 불가능해. 그리고 말이 나왔으니 말인데, 아까 남아서 저녁식사 정도는 하고 갈 수 있었잖아." 메이슨의 아버지가 외쳤다.

메이슨의 어머니는 남편이 고함을 내지를 필요가 있다는 것을 알았기에 고함을 내지르게 내버려두었다. 그런 후에 그녀는 베개에 얼굴을 묻고 침대가 흔들릴 정도로 격하게 울었고, 아버지는 어머니가 울 필요가 있다는 것을 알았기에 울게 내버려두었다. 그리고 어머니는 도저히 잘 수가 없어서, 안절부절못하고 뒤척이다가 최대한 가만히 누워 있기를 반복하며 밤을 지새웠다.

그때부터는 밤이나 낮이나 계속 걱정하는 게 어머니의 새로운 일상이 되었다. 그 문제를 생각하지 않을 때도 그 문제를 생각하고 있었다. 어디에 있든, 뭘 하고 있든, 약국에서 탐폰 값을 내려고 지갑에 든 쿠폰 봉투를 뒤지고 있을 때나, 세금을 내기 전에 회계사가 추천하는 다양한 공제 방법에 대한 설명을 집중해서 듣고 있을 때도, 다른 생각의 배경에는 언제나 지금 상황에 대한 인식이 맴을 돌며 그녀를 방해했다. 난 아들을 잃어가고 있어. 난 아들을 잃어가고 있어. 난 아들을 잃어가고 있어.

메이슨은 학교를 졸업한 후로 룸메이트 몇 명과 함께 집을 빌려 살았다. 수술 이후 메이슨의 물건들은 그 룸메이트들이 차지할 게 분명했다. 하지만 차지할 물건도 많지 않을 것이다. 메이슨은 가진 짐이 별로 없어서 시트 한 장 깔린 침대 하나, 접은 옷을 넣은 나무 상자 몇 개, 낡은 플라스틱 바구니 하나, 말라붙은 우유와 딱딱하게 굳은 치즈 얼룩이 남은 창틀 위의 지저분한 그릇 몇 개, 벽에 걸린 가족사진 액자 하나, 바닥에 이리저리 엉켜 있는 충전기들, 그리고 빈백 의자가 전부였다. 어머니는 그 집에 몇 번 가본 적이 있었다. 한 번은 메이슨이 독감에 걸렸을 때 치킨 수프를 가져다주러, 다른 한 번은 메이슨이 강도를 당한 후에 급하게 돈을 빌려주러. 메이슨이 찾아낸 룸메이트들은 기묘했다. 비디오게임을 지나치게 많이 하는 흐릿한 눈의 여자들, 끊임없이 알 수 없는 소포를 보내고 받느라 바쁘고 언제나 카레와 파촐리 냄새를 풍기는 수상한 남자들, 달 착륙은 완전히 사기였고 점성학 체계는 반론의 여지가 없는 사실이라고 믿는 공격적으로 수다스러운 사람들…… 어머니는 아들이 그곳에 사는 것을 걱정했었다. 그 룸메이트들이 메이슨을 압박해서 헤로인이라든가 난교 파티 같은 위험한 짓을 시킬지도 모르니까. 너무나 쾌락적이라 중독이 되는 그런 활동들 말이다. 실제로 걱정할 이유가 있어 보이기도 했다. 메이슨은 최근 몇 년 동안 아파 보였다. 전보다 더 허약해졌을 뿐 아니라 눈 밑의 다크서클도 그렇고, 미간에 파인 주름도 그랬다. 어머니는 메이슨이 우울증에 걸린 건 아닐지 염려했다.

그러나 가족들에게 계획을 털어놓고 난 뒤로 메이슨의 상태는 즉각 호전되는 듯했다. 이후 몇 주 동안 메이슨은 저녁에 한 번씩 차를 몰고 와서 집 앞 현관 계단참에 앉아 가족들과 어울렸다. 모든 게 예전 그대로라는 듯, 평소처럼 구부정한 자세로 늘 앉던 의자에 앉았다. 메이슨의 어머니는 병에 담은 아이스티를 홀짝이며 건너편에 앉은 메이슨의 외모 변화를 관찰했다. 눈 아래 다크서클은 흐려졌다. 미간의 주름은 사라졌다. 피부에 혈색도 어느 정도 돌아왔다. 사실 메이슨은 수술 날짜가 다가올수록 건강해 보였고, 어머니에게는 그 사실이 과거 우울증의 증상보다 더 불안하게 느껴졌다. 메이슨이 점점 신이 난다는 사실이야말로 자신에게 그 수술이 필요하다고 진심으로 믿는다는 증거 같아서였다.

어머니는 아이스티 병을 내려놓고, 의자를 도로가 보이는 쪽으로 돌려 앉아서 차를 타고 지나가는 이웃에게 손을 마주 흔들었다. 어머니는 언제나 호르몬 변화가 찾아오면 메이슨도 결국엔 학교의 활발한 사교망에 관심을 가지게 될 거라 생각했지만, 메이슨은 십대 청소년이 되어서도 직접 만나는 관계보다는 디지털 교류를 선호했다. 메이슨의 형들은 그 시절에 무모하고 저돌적이어서, 친구들과 같이 버려진 공장을 탐험하고, 적들의 차에 달걀을 던지고, 재미삼아 관광객들 주위를 배회하며 야유를 퍼붓고, 나갈 때나 들어올 때나 시끄러운 문소리와 현관 계단을 쿵쿵거리는 발소리로 요란하게 행적을 남겼지만, 메이슨은 언제나 집에만 있는 것 같았다. 몇 명과 데이트를 하기는 했고—제일 길게 데이트한 상대는 머리 한 가닥을 아쿠아마린색으로 물들인 소심한 수학경시대회 경쟁자였다—적어도 성실한 성행위를 동반하는 관계이긴 했다. 어머니는 메이슨의 빨랫감을 살피다가 가끔 말라붙은 정액으로 뻣뻣해진 양말을 발견했고, 메이슨의 쓰레기통 내용물을 차고의 큰 쓰레기통에 버리면서 가끔 섞여 있는 콘돔 포장지도 보았다. 그러나 메이슨은 누군가에게 진심으로 애정을 느끼는 것 같지가 않았다. 데이트 상대에 대해 말할 때도 시리얼과 마카로니에 보여줬던 마지못한 선호 정도를 내비칠 뿐이었다. 섹스도 식욕과 마찬가지로 채워야 하는 욕구에 불과하다는 듯이. 그런 경우를 제외하면 학교 친구들에 대해서는 전혀 흥미를 보이지 않았다. 어머니는 의례적으로 메이슨이 과외활동을 했으면, 뮤지컬을 해본다거나 학생회에 들어갔으면 하고 바라기는 했지만, 한편으로는 메이슨이 주말마다 침실에서 화면만 보고 지내는 것을 이기적인 이유에서 기뻐하기도 했었다. 그녀는 아들이 근처에 있는 게 좋았다. 그저 부엌에서 스펀지를 가져오려고 메이슨의 방 앞을 지날 때 흘긋 쳐다보는 것만으로도, 욕실 거울을 청소할 때 복도 저편 방에 메이슨이 있다는 사실을 아는 것만으로도 좋았다. 집안일을 하다가 한 번씩 들여다보면, 메이슨이 채팅창과 포럼과 기사 아래 댓글난 사이를 오가는 가운데 흐릿해 보일 정도의 빠른 속도로 화면에 번득이는 앱들을 볼 수 있었다. 어머니는 메이슨이 동시에 얼마나 많은 대화에 참여할 수 있는지를 보며 놀라워했었다.

"거기선 뭐에 대해 이야기하니?" 어머니는 언젠가 두 팔에 청소기를 안은 채로, 빈백 의자에 앉은 아들을 내려다보며 물어본 적이 있었다.

"뭐든지 다." 메이슨은 강조를 위해 말을 길게 늘여서 대답했었다.

실제로 메이슨은 모든 것에 다 관심이 있는 것 같았다. 가끔 저녁식사 시간에 그날 알게 된 사실을 말할 때 보면, 해양학과 천체물리학에서부터 온라인 모임과 친구들에 대한 사소한 잡담까지 주제가 다양했다. 사춘기가 오자 메이슨의 목에 말할 때마다 오르내리는 울대뼈가 생겼고, 두피에서는 비듬이 떨어져서 어머니가 끝없이 셔츠 뒷면을 털어야 했다. 어머니는 메이슨과 형제들이 주중에는 자정 전에 자야 한다고 주장했지만 가끔 새벽에 화장실을 가려고 일어났을 때, 복도를 걷다가 메이슨의 방문 아래로 새어 나오는 희미한 불빛을 보더라도 굳이 자라고 한 적은 한 번도 없었다. 설령 스스로 세운 규칙을 깨는 한이 있더라도, 어머니는 언제나 메이슨에게 맞춰주는 쪽을 택했다.

그런 생각을 하다보니 그녀는 메이슨이 언젠가 한 번 울었던 일이 기억났다. 메이슨이 십대였을 때 유난히 파괴적인 허리케인이 휩쓸고 지나간 적이 있는데, 집 자체는 심각한 피해를 입지 않았지만 그후로 몇 주 동안 전력이 끊겨서 온라인에 접속할 방법이 없었다. 메이슨의 형들은 그런 정전 시기에 언제나 잘 지내서, 가스 랜턴 불빛에 의지해 통조림 음식을 먹고 플라스틱 우유갑에 모아둔 물로 변기 물을 내리는 색다른 생활을 즐기며 그 몇 주를 긴 캠핑 여행처럼 여겼고, 거실을 어슬렁거리면서 도시 괴담으로 서로를 놀라게 하고 몇 년 만에 벽장에서 꺼낸 보드게임을 하고 놀았다. 반면 메이슨은 힘겨워했다. 그전까지는 정전이 길어야 며칠 정도였으니, 이번에도 그럴 줄 알았던 모양이었다. 그는 허리케인이 지나가고 처음 며칠 동안은 팔짱을 끼고 거실 창턱에 앉아서 집중한 표정으로 길거리를 내다보았다. 마치 언제든 전기 회사의 트럭이 도착하기로 되어 있다는 듯이. 정전이 계속 이어지자 메이슨의 태도에는 점점 초조함이 더해졌다. 그는 이를 악물고 입술을 앙다물었으며, 갈수록 불안이 심해져서 질문을 던지면 정신이 다른 데 팔린 채 툴툴거렸고, 같이 놀자는 요청은 무시했으며, 그저 거실 창가를 맴돌면서 카펫을 걷어차거나, 몇 시간씩 텅 빈 화면을 양손으로 붙들고 빈백 의자에 늘어져 있더니, 끝내 어느 날 아침 잠에서 깨어 여전히 전원이 복구되지 않은 것을 확인하자 아침식사중에 눈물을 터뜨리고는, 두 팔에 얼굴을 묻은 채 흐느꼈다. 팽팽하게 당겨진 셔츠 등판 위로 구부러진 척추 마디마디가 불거졌다. 메이슨의 형들은 살짝 놀라서 동생을 바라보기만 했다.

"결국엔 전기가 다시 들어올 거야." 메이슨의 어머니는 식탁 너머로 아들을 그렇게 설득하려 했었다.

그러나 메이슨은 깊은 슬픔에 빠져, 좌절한 채 몸을 떨기만 했다. "내 평생 일어난 일 중에 최악이야." 메이슨은 그렇게 외쳤다.

당시에 메이슨의 어머니는 그 말을 그저 한바탕 멜로드라마라고, 불평이 많은 아이가 또 불평을 터뜨렸을 뿐이라고 치부했지만, 이제 보니 어쩌면 그게 진심이었는지도 몰랐다. 그렇게 오랫동안 인터넷 세상과 단절되어 있었던 게 메이슨에게는 정말 평생 최악의 일이었는지도.

헤일리라는 이름이 있기는 했지만, 그녀는 어머니였다. 아이들을 낳기 전에도 언제나 어머니가 되기 위해 태어났다고 느꼈고, 그게 그녀의 정체성이었다. 그중에서도 특히 메이슨의 어머니였다. 메이슨의 아버지를 사랑했고, 메이슨의 형들을 사랑했지만 그래도 메이슨이 태어나기 전까지는 가족이 완벽하게 느껴지지 않았었다. 처음 그 아이를, 색이 엷은 머리카락이 돋아난 흐린 눈의 신생아를 품에 안았을 때 딱 그런 생각이 들었다. 이제 모두 갖춰졌다고. 아직도 집 앞 현관 계단참에 둘러앉아 있으면 메이슨이 없는 가족은 완전하지 않은 것처럼 느껴졌다. 메이슨이, 난간 옆에 있는 그 어색한 모습이 다른 모두와 균형을 이루었다. 그녀는 메이슨이 무릎 위에 야구모자를 올려놓고 한참 동안 멍하니 크기 조절용 똑딱단추를 만지작거리는 모습을 사랑했다. 의자에 붙어 있는 그물망 컵 거치대에, 마치 그 구멍의 원래 목적이 그것이라는 듯 두 손을 쩔러넣는 모습도 사랑했다. 그녀가 메이슨의 형들을 보고 웃다가 발치에 놓아둔 아이스티 병을 실수로 건드렸을 때, 아이스티가 쏟아지기 전에 메이슨이 얼른 달려들어서 흔들리는 병을 붙잡는 모습도 사랑했다. 코를 풀러 실내에 잠깐 들어가면, 스크린도어 너머에서 흘러드는 잔잔한 메이슨의 목소리가 행복감을 선사했다. 손톱 줄을 가지고 다시 밖으로 나갔을 때는, 메이슨이 현관 계단 옆에 벗어던져둔 운동화에서 풍기는 냄새를 맡으면 만족감에 마음이 부풀어올랐다. 메이슨에게는 보고 있지 않을 때도 느낄 수 있는 존재감이 있었다. 그런데 이제는 그 모든 느낌에 두려움이 더해졌다. 메이슨이 일터에 있을 때나 아파서 자기 집에 있을 때의 경험을 통해, 그녀는 메이슨이 그 현관 앞에 없으면 어떤 느낌인지를 알고 있었다. 그런 날에 그곳에는 텅 빈 공간이 있었다. 가진 것만으로 행복해보려고 아무리 애를 써도 계속 의식할 수밖에 없는 빈자리가 난간 옆에 있었다. 그리고 수술 이후에는 언제까지나, 어머니의 남은 생애 내내 그곳에 빈자리가 있을 터였다.

가족들은 모두 메이슨 주위에서 수술에 대해 이야기하기를 꺼렸다. 평소에 결코 메이슨을 이해하지 못했지만 언제나 이해하려고 노력은 했던 아버지도 이제는 포기했고, 그 문제를 알은체하면 메이슨의 선택을 지지하는 것처럼 보일지도 모른다는 듯 정중하지만 완고한 침묵을 유지했다. 어렸을 때는 메이슨이 괴상하다는 비난이 들리면 말한 사람이 도망칠 정도로 맹렬하게 방어하고 나섰던 형들도 지금은 그 문제가 나오면 말하기도 창피하다는 듯 곤란한 얼굴로 기대앉아 있을 뿐이었다. 실은 조금이라도 극적인 드라마가 펼쳐질 것 같은 화젯거리가 있으면 참지 못하고 이야기를 꺼내던 어머니도 그 결정을 두고 토론할 기회가 와도 두려움에 말문이 막혔다. 메이슨 본인도 그 화제는 피했다. 계획을 털어놓아서 안심했을지는 몰라도, 여전히 자기 계획을 부끄러워하는 것은 분명했다. 누군가가 수술 이야기를 꺼낼 때마다 처음 선언했을 때와 똑같이 두 손이 떨리고 목소리가 흔들리곤 했다. 그리고 메이슨이 현관 계단참에 앉아 있을 때면 수술 이야기가 자주 나왔다. 이제 메이슨의 계획에 대한 소문은 온 동네에 퍼져 있었다. 메이슨은 평생 감옥에 있을 범죄를 저지른 뒤 보석으로 풀려난 사람 같은 구경거리였고, 극적인 방식으로 영영 자취를 감추게 될 지역 명물이었다. 이웃 사람들은 가족과 할 이야기가 있는 척 계단 근처로 다가와서 야구나 조경이나 길에 생긴 구멍이나 날씨에 대한 잡담을 나누다가 시간이 충분히 지났다 싶으면 아무렇지도 않은 척 메이슨을 돌아보고, 방금 그 일이 떠올랐다는 듯 수술에 대해 물었다.

대체로 이웃 사람들은 메이슨의 생각을 듣기보다는 자기들이 생각하는 육체의 크나큰 장점에 대해 말하는 데 더 관심이 많았고, 그런 다음에는 메이슨도 사실은 자기들만큼이나 몸이 있는 쪽을 좋아할 거라고 설명했다. 메이슨은 이웃 사람 하나가 거품 목욕의 굉장함에 대해 자세히 늘어놓는 동안 어색하게 티셔츠 목 부분만 잡아당겼다. 다른 이웃 하나가 향기 있는 로션의 대단함을 증언하는 동안에는 청바지의 찢어진 부분만 어색하게 잡아뜯었다. 그리고 메이슨의 어머니는 메이슨이 이웃들이 하는 말을 진지하게 고려하는 것 같다고 생각했다. 하지만 이웃들이 뭘 가지고 몸을 유지할 가치가 있다고 주장하든 간에, 메이슨은 언제나 그래도 데이터로 사는 게 더 좋겠다고 대답했다. 메이슨은 창문을 열고 운전하는 게 그립지 않을 것이다. 슬리퍼를 신는 것도, 결혼식에 가기 위해 차려입는 것도, 젖은 옷을 벗고 보송한 파자마로 갈아입는 것도 그립지 않을 것이다. 잠발라야도, 땅콩버터도, 머스터드소스를 바른 프레즐도, 치즈와 콩과 살사를 꽉꽉 눌러 담아 만든 부리토도, 반죽에서 살짝 포장 상자의 마분지맛이 나는 페퍼로니 피자도, 살이 쭉쭉 떨어져나올 만큼 부드러운 랍스터도, 바나나 스플릿에 얹은 마라스키노 체리도, 유리잔에 옮겨 담고 나면 언제나 깜짝 보너스처럼 느껴지는 철제 셰이커 컵에 남은 밀크셰이크도, 메이플시럽에 푹 적신 팬케이크와 휘핑크림을 듬뿍 뿌린 와플도, 기름기가 뚝뚝 떨어지다못해 밑에 깐 종이가 흠뻑 젖을 지경인 베이컨도, 소금을 어찌나 뿌렸는지 통 바닥에 소금 결정이 한 겹 깔려 있는 팝콘도, 양파를 잔뜩 올리고 야구장의 막 깎은 풀냄새로 양념을 친 칠리 핫도그도, 빨간 고춧가루를 잔뜩 뿌리고 펍에 켜둔 촛불 향으로 맛을 낸 버펄로윙도, 캠프파이어 향을 묻힌 손으로 초콜릿과 통밀 크래커 사이에 끼워 먹는 구운 마시멜로도, 먹고 나면 입술을 닦아야 할 정도로 버터가 듬뿍 든 토피도, 어찌나 맛이 진한지 저도 모르게 발가락이 오므라드는 퍼지 캐러멜도, 아직 파스트라미 샌드위치의 후추맛이 선명하게 혀에 남은 채로 씹는 피클의 톡 쏘는 맛도, 차가운 케첩을 뿌린 뜨거운 감자튀김도, 초콜릿 칩 쿠키 반죽도, 튀긴 그린 토마토도, 피칸 파이도, 그리츠*도, 베녜**도 그립지 않을 것이다. 커피나 와인이나 담배의 알딸딸한 맛도 그립지 않을 것이다. 모기 물린 자국을 긁을 때 느끼는 희열도 그립지 않을 것이다. 롤러코스터도 그립지 않을 것이다. 파도풀도 그립지 않을 것이다. 회전문도 그립지 않을 것이다. 퍼넬 케이크도 그립지 않을 것이다. 기념품 모자들도 그립지 않을 것이다. 뭐가 됐든 놀이공원

---

* 미국 남부식 옥수수죽.
** 밀가루 반죽을 튀겨서 만드는 도넛과 비슷한 디저트.

의 어떤 것도 그립지 않을 것이다. 빨간 신호등을 지나쳐버린 후에 솟구치는 아드레날린도, 한바탕 딸꾹질을 하다가 그친 후에 찾아오는 아찔한 안도감도, 빨대로 음료수를 빨아먹는 느낌도, 캐리커처 그림을 받는 것도, 나른하게 졸린 느낌도, 산더미처럼 쌓인 담요와 베개 위로 쓰러지는 느낌도, 침을 흘리며 깨어날 정도로 달게 잔 낮잠도, 빗소리도, 비 냄새도, 풍경소리도 그립지 않을 것이다.

"그건 부자연스러워." 이웃 사람 하나는 수술에 대해 그렇게 말하면서 얼굴을 찡그렸는데, 이웃들이 한 말을 통틀어서 그게 메이슨에게 던져진 가장 직접적인 비난에 가까웠다. 하지만 메이슨의 어머니는 메이슨이 없을 때 이웃들이 끊임없이 뒷말을 한다는 걸 알고 있었다. 메이슨이 집에 와 있을 때면 같은 길에 사는 아이들은 모두 근처에 다가가는 것도 금지였다. 마치 메이슨의 생각이 전염이라도 될까 두려워하는 것 같았다.

"인터넷은 아름다운 곳이에요." 메이슨이 웅얼거렸다.

메이슨은 한 번도 뉴올리언스를 떠난 적이 없었다. 같은 도시, 같은 구역, 같은 동네에서 평생을 살았다. 언제나 자기를 지켜줄 가족들을 가까이 두고 살았다. 인터넷은 아름다운 곳이 아니었다. 인터넷은 위험한 곳이었다. 메이슨의 어머니는 밤늦게까지 잠들지 못하고 불 밝힌 부엌에 혼자 앉아 포스트코퍼리얼*에 대한 기사를 검색했다. 그달 초에는 인디애나폴리스에서 포스트코퍼리얼 한 명이 바이러스에 감염됐는데, 그로 인해 프로그램이 소생 불가능

---

* postcorporeal. '신체를 벗어난 사람'이라는 뜻으로 소설 속에서는 전환수술을 받은 사람을 일컫는다.

할 정도로 손상되어 사실상 사망했다. 그리고 겨우 일주일 전에는 볼티모어에서 해커들이 포스트코퍼리얼 한 명을 공격해 메모리에 담긴 신용카드 정보와 사회보장번호를 빼앗고, 단순한 악감정에서 네이터 일부를 무삭위로 파손한 후, 디지널상으로 코마에 해당하는 상태로 만들었다. 일 년 전에 아주 잘 알려진 한 사건에서는 나라 전역의 포스트코퍼리얼을 관리하던 솔트레이크시티의 한 회사가 시설을 제대로 관리하지 못해 문제가 발생했는데, 단순한 과실이 아니라 수익을 높이기 위해 의도적으로 정기 표준 안전 점검을 건너뛴 것이었고, 낙뢰로 인해 전압이 급격히 상승하면서 데이터센터 서버가 타는 바람에 한순간에 수백 명의 포스트코퍼리얼이 세상에서 사라지면서 그 사실이 세상에 알려졌다. 호텔이 무너지거나 비행기가 충돌하는 규모의 재난이었고, 그 시설이 규정만 지켰어도 일어나지 않았을 일이었다.

더는 어머니가 메이슨을 보살필 방법이 없을 텐데.

메이슨이 거기서 얼마나 오래 살아남을까?

마디 그라*에 가족들은 하루를 함께 보내는 전통이 있었는데, 해마다 중요한 행사였지만 올해는 특히 큰 의미를 갖게 되었다. 수술이 다음날 아침으로 잡혀 있었기 때문이다. 그날이 어머니가 메이슨과 같이 있을 마지막 기회가 될 터였다. 어머니는 슬픔을 억누르고 그날을 최대한 완벽하게 만드는 데 집중하려 했다. 원하는 건 그것뿐이었다, 완벽한 하루. 그래서 메이슨을 잃은 후에 적어도 마

---

* '참회 화요일'이라고도 알려진 기독교의 기념일로, 사순절 전날이며 사육제가 열린다.

지막으로 함께 보낸 날이 특별했다고 늘 기억할 수 있도록. 어머니는 메이슨의 아버지를 보고 고개를 저으며, 침실로 돌아가서 탱크톱과 카고팬츠 말고 좀더 좋은 옷으로 갈아입으라고 했다. 메이슨의 형들에게는 관광객에게 절대 싸움을 걸지 않겠다는 약속을 받아냈다. 작은 가방에는 스프레이 선크림과 물병을 챙겼다.

그리고 그날은 완벽했다. 가족들은 근사했고, 훌륭한 브랜드에서 만든 멋진 옷을 차려입은 자랑스러운 부모와 예의바른 아이들 같았으며, 오전에는 퍼레이드를 구경하기에 가장 좋은 자리를 잡아서, 정말로 사람들의 기억 속에 최고로 꼽힐 만큼 화려한 꽃마차들을 보았고, 오후에는 인심 좋게 높이 퍼 담은 버터피칸과 로키로드와 바닐라빈과 블루문 맛 아이스크림콘을 받아들고 농담을 주고받으면서 강가를 거닐었고, 저녁에는 공원에서 어떤 소탈한 밴드가 여는 라이브 공연에 우연히 갔다가, 사람들이 감탄한 나머지 나중에 뮤지션들과 악수를 하려고 줄을 설 정도로 훌륭한 펑크 콘서트를 들었다. 땅거미가 진 후 가족들은 어느 카페 테라스에 자리를 잡고서 나초 한 접시를 나눠 먹고 에일을 홀짝이며 울타리 너머 사람들을 구경했는데, 그것 또한 완벽했다. 기온은 온화했고, 산들바람은 쾌적했으며, 거리 위 하늘은 반짝이는 별들로 가득찼다. 차도에는 색색의 쓰레기가 흩어져 있었다. 금속 호루라기, 구겨진 일회용 컵, 짓밟힌 꽃다발, 이리저리 엉킨 줄구슬, 형광색 딜도, 아크릴 담뱃대까지 다양했다. 흥청대는 사람들이 줄지어 테라스 옆을 지나갔다. 깃털 가면 속에서 웃고 있는 사람들과 무지갯빛 가발로 치장한 사람들과 살갗에 최면이 걸릴 것 같은 소용돌이를 잔뜩 그려넣은 사람들과 스팽글이 달린 복장을 하고 가로등 불빛 아래 반짝이는 보석 박힌 지팡이를 휘두르는 사람들과 외발자전거를 탄 사람들의 환호를 받으며 불을 뿜는 사람들과 생전 처음 보는 이들을 끌어안는 사람들과 친구와 함께 말도 안 되는 소리를 외쳐대는 사람들과 망토를 펄럭이며 서로의 등을 뛰어넘어 거리 저편으로 멀어지는 사람들이 지나갔건만, 그런 온갖 쾌락과 행복과 즐거움의 물결 속에서도 메이슨은 여전히 조금 지루해하는 것 같았다. 결국 메이슨은 재킷에서 휴대폰을 꺼내더니 등을 구부린 채 화면을 바라보면서, 카니발을 싹 무시하고 메시지에 답을 하거나 새 메시지를 보내고 있었다. 나초는 몇 입밖에 먹지 않았다. 에일은 입술만 적셨다. 콘서트를 보면서도 메이슨은 노래가 끝날 때 박수를 치지 않았고 공연을 감상하는 대신 휴대폰만 만지작거렸으며, 강가에서도 아이스크림콘을 먹고 싶어하지 않았고 증기선을 구경하는 대신 휴대폰만 만지작거렸으며, 퍼레이드중에는 꽃마차에서 날아오는 기념품을 무엇 하나 잡으려 들지 않았고 꽃마차를 구경하는 대신 휴대폰만 만지작거렸다. 완벽한 하루였으나 결국에는 망쳐버린 하루였다. 메이슨이 다른 데 정신이 팔려서 어느 것도 제대로 경험하지 못했기 때문이다. 메이슨의 어머니는 찌푸린 얼굴로 의자에 등을 기댔다. 오늘밤에는 슬픔이 북받쳐 울어버리지 않을까 걱정했는데, 그 모든 걱정이 쓸데없는 짓이었다. 그녀는 슬프지 않았다. 격분했다. 메이슨은 이미 사라진 것이나 다름없었다. 그 망할 화면에서 눈을 떼지도 못하다니.

어머니가 갑자기 일어서는 바람에 의자가 쿵 소리를 내며 뒤로 넘어갔다.

"네가 역겹다." 어머니는 내뱉듯 말했다.

메이슨이 깜짝 놀란 얼굴로 올려다보았다.

"네가 내일 이후 어떤 삶을 계획하든 난 관여하고 싶지 않아."
어머니는 그렇게 말하고 카페에서 걸어나와, 혼자 차를 몰고 집으
로 돌아갔다.

집에 도착한 어머니는 헐렁한 바지와 하도 여러 번 빨고 말려
서 옷감이 얇고 부드러워진 셔츠로 갈아입었는데, 보통은 그 옷을
입으면 무척 기분이 좋았지만 당연하게도 지금은 너무 화가 나서
그 감촉을 즐길 수 없었다. 아까 한 말은 진심이었다. 말해버릴 생
각은 아니었지만, 말한 것을 후회하지도 않았다. 메이슨과는 이제
끝이었다. 그녀는 격노했다. 캐러멜 한 봉지를 들고 스타우트 병
을 딴 다음 불을 켜고 부엌 식탁에 앉아 먹고 마시며 그 맛을 즐겼
다. 메이슨에 대한 악감정만이 아니라 모든 포스트코퍼리얼에 대
한 악감정에서 한 행동이었다. 그녀는 집 앞에 헤드라이트 불빛이
비치고 문에 열쇠가 꽂혀 돌아가고 메이슨의 아버지가 걸어들어왔
을 때도 그렇게 앉아 있었고, 아버지는 어머니가 대화할 기분이 아
니라는 걸 알았기에 이마에 입을 맞추고 어깨를 토닥인 후 잘 준
비를 하러 욕실로 들어갔다. 곧 코고는 소리가 집안에 울려퍼졌지
만, 어머니는 자리에 눕기엔 마음이 초조했고 맥주와 설탕 때문에
흥분한 상태라, 자는 대신 청소를 했다. 변기를 문질러 닦고, 욕조
를 문질러 닦고, 싱크대 수도꼭지 주변에 앉은 때를 문질러 닦으면
서 메이슨에 대해 생각하지 않으려 했지만, 노력해봤자 소용없었
기에 결국에는 포기했다. 메이슨에 대해 생각했다. 창문으로 새어
드는 가로등 불빛 속에서 집안을 배회하며 서랍장이며 벽장 선반
에 든 물건들을 살피고, 메이슨의 인생이 남긴 온갖 추억거리들을

들여다보았다. 여기에는 메이슨이 잠자리에 차고 놓아두었던 봉제 인형들이 있었다. 여기에는 메이슨이 마지못해 가지고 놀던 액션 피겨들이 있었다. 여기에는 메이슨의 손을 본떠 만든 모형이 있었는데, 본뜨기가 끝난 후에도 포즈를 취하는 게 싫다고 계속 불평을 했었다. 그리고 아, 여기, 이건 학교에서 점심시간에 메이슨이 어머니에게 썼던 쪽지가 가득 든 통이었다. 어머니는 경외감을 느끼며 뚜껑을 열었다. 그녀는 점심을 싸줄 때마다 도시락 통에 쪽지를 밀어넣곤 했었다. 그런데 어느 정도 나이가 들자 메이슨도 답장을 쓰기 시작했다. 그리고 어머니가 빈 비닐봉지를 버리려고 열어보면 찾을 수 있게 도시락 통 안에 쪽지를 넣어두었다. 보통 그 쪽지들은 공책 귀퉁이를 뜯어내어, 그때그때 메이슨이 좋아하는 필기구로 흘려 쓴 것이었다. 크레용이었다가, 색연필이 되었다가, 나중에는 마커가 되고, 청소년 시절에는 중성펜을 썼다. 기억에 남을 만한 내용은 없었고, 그저 수업에 대한 의견, 학교 아이들에 대한 이야기 정도였지만 어머니는 메이슨이 보낸 메시지들을 사랑했다. 메이슨의 형들은 아무도 답장을 한 적이 없었다.

이제 기억이 났다. 카페에서 메이슨이 휴대폰 화면에 몰두하기 전에 마지막으로 한 말도 그거였다. 메이슨은 가족들에게 수술이 어떻게 진행되는지 설명했다. 그리고 미소를 지으며 말했다. "다 끝나면 메시지 보낼게."

메이슨의 어머니는 밤중 어느 시점엔가 소파에서 졸다가 결국 한쪽 팔과 한쪽 다리를 소파 아래로 늘어뜨리고 쿠션 사이 틈에 얼굴을 처박은 채 잠들었다. 메이슨의 아버지가 일하러 가기 직전에 그녀를 깨우고 나갔다. 비가 부슬부슬 내리고 있었다. 어머니는 이를 닦고, 머리를 하나로 묶고, 아이라인을 그리고, 립스틱을 바르고, 모텔에서 일할 때 입는 유니폼을 입었다. 그때쯤에는 비가 쏟아지고 있었다. 자동차는 와이퍼를 교체해야 할 상태였고, 입김에 창문이 뿌예져서 운전하는 동안 앞을 거의 볼 수 없었다. 끔찍한 기분이었다. 메이슨은 지금쯤 클리닉에 있을 터였다. 아무도 같이 가지 않았을 것이다. 그녀는 전날 밤에 입을 다물고 있었어야 했다. 너무나 화가 나긴 했지만 아무리 그애의 선택이 혐오스럽다 해도 메이슨은 여전히 그녀의 아들이었다. 엄청난 죄책감이 몰려왔다. 와이퍼가 턱, 턱 소리를 내며 이쪽저쪽으로 움직였다. 소맷자락으로 뿌연 유리를 닦았다. 결정을 내리자, 심장박동이 빨라졌다. 가봐야 했다. 전환이 일어나는 순간, 메이슨의 몸이 갑자기 텅 비는 순간, 메이슨의 정신이 갑자기 사라지는 순간 그 자리에 있을 생각을 하면 공포스러웠지만, 그래도 그애를 잃어버리기 전에 마지막으로 한 번 안아줘야 했다. 어머니는 모텔을 지나쳐서 고속도로에 진입했다.

클리닉은 잠겨 있었다. 버저를 눌러 어머니를 안으로 들인 접수원은 신분증을 요구하고 그녀의 이름을 목록에서 확인한 후에 텅 빈 복도를 걸어 수술실로 안내했고, 메이슨은 이미 마취 상태였다. 어머니의 눈에 눈물이 차올랐다. 절차가 진행되고 있었다. 작별인사를 할 기회도 없었다. 기계가 메이슨의 머리를 완전히 감쌌고, 나머지 몸뚱이만 기계 바깥쪽 침대에 쭉 뻗어 있었다. 두 손바닥은 가슴 위에 포개어 놓았다. 수술 대상임을 표시하는 형광 핑크색 플라스틱 밴드가 손목에 채워져 있었다. 아무 무늬도 없는 하얀 속옷을 제외하면 그는 맨몸이었다. 메이슨의 그런 모습을 보니 돌아서

서 나가고 싶을 정도로 마음이 흔들렸지만, 어머니는 눈물을 닦고 의지력을 발휘하여 침대 옆 의자에 앉았다. 우산은 벽에 기대어놓고, 작은 가방은 바닥에 내려놓고, 두 손으로 메이슨의 손을 잡았다. 수술하는 사람들이 어머니를 향해 고개를 끄덕이더니 하던 일로 돌아가서 다이얼을 돌리고 스캔 결과를 훑었다. 기다리는 것 외에는 할일이 없었고, 그 기다림은 끔찍했다. 메이슨의 선언 이후 그녀가 지니고 살아온 끊임없는 두려움이 그 어느 때보다 심해졌다. 빗방울이 지붕을 두드렸다. 표시등이 깜박거렸다. 수술하는 사람들이 서로에게 중얼거렸다. 어머니는 끊임없이 그 순간이 지나갔을까 생각하며 전환이 일어났다는 신호를 기다렸지만, 알 방법이 없었다. 그녀의 근육은 경직되고, 이는 악다물렸다. 그리고 두려움은 점점 더 커져만 갔다.

그녀는 전환의 순간에 대비해 메이슨의 두 손을 꽉 움켜쥐고, 살짝 현기증이 올 정도로 빠르게 숨을 몰아쉬면서 메이슨의 몸을 바라보다가 문득, 기계 모니터에서 희미한 삐 소리가 나는 것을 알아차렸다. 그 소리를 듣자 볼륨을 올린 채로 유니폼 윗주머니에 넣어둔 휴대폰이 생각났다. 그러고 보니 전환이 일어났다는 걸 알 방법이 있었다. 메이슨이 메시지를 보내면 휴대폰이 울릴 테니까. 유니폼 주머니에 불룩 튀어나온 휴대폰을 내려다보는데, 그 순간 정말 이상한 일이 일어났다. 격렬한 기쁨이 찾아왔다. 몸에 전율이 흐를 만큼 강렬한 흥분이었다. 메이슨을 영영 잃는 게 아니라, 오히려 이제야 겨우 메이슨을 만나게 된다는, 처음으로 제대로 만나게 된다는 느낌이 들었다. 그 느낌이 혼란스럽기도 했지만, 언제라도 휴대폰이 울리기를 기다리며 주머니를 바라보는 시간이 길어질수록 그 느낌도 강해져서, 마침내는 기대감에 압도될 지경이었다. 메이슨의 두 손은 아직 따뜻했지만, 생명이 그 몸을 떠났는지 여부는 중요하지 않았다. 문득 어머니는 확신을 얻었다. 그 몸은 메이슨이 아니었다. 한 번도 메이슨이었던 적이 없었다.

집이다.

그는 거리 이름을 알아본다. 하지만 풍경은 기억나지 않는다. 우편함에 적힌 주소도 알아본다. 그러나 집은 기억나지 않는다.

가족이 현관 앞에서 기다리고 있다.

모두가 그와 비슷하게 긴장한 얼굴이다.

차에서 내린다.

경찰차는 소지품 봉투를 들고 흙먼지 속에 선 그를 내버려두고 자갈길을 달려 돌아간다.

그에게는 아내가 있다. 그에게는 아들이 있다. 그에게는 딸이 있다.

개 한 마리가 창밖을 내다본다.

가족들이 그를 집안으로 들인다.

워시는 아직도 그 시술 때문에 정신이 혼미하다. 혀에서 플라스틱

맛이 느껴진다. 두개골이 욱신거리는 느낌이다. 무척 배가 고프다.

저녁식사는 집에서 만든 고기 파이다. 아내는 그가 제일 좋아하는 음식이라고 한다. 기억은 나지 않는다.

다른 식구들은 이미 먹기 시작했다. 포크로 바삭한 껍질을 찌르자 파이에서 김이 올라온다. 군침이 돈다. 파이 냄새를 맡자 먹고 싶어서 신음이 나올 정도다. 그는 포크 쪽으로 몸을 기울이고 한 입 먹으려고 입을 벌렸다가, 동작을 멈추고 시선을 든다.

허기보다 더 신경을 긁는 게 있다.

"내가 무슨 짓을 했지?" 그는 당혹감을 느끼며 묻는다.

아내가 한 손을 들어올린다.

"자기야, 제발. 그 얘기는 하지 말자." 아내가 말한다.

워시는 주위를 둘러본다. 합판으로 만든 조리대. 밤색 토스터. 창틀에 나란히 놓인 화분에서 자라는 꽃들. 냉장고에 붙은 별 모양 자석들.

여기가 그의 집이다.

아무것도 기억나지 않는다.

기억나지 않게 되어 있다.

아침이 오자 사회 복귀 감독관이 찾아온다.

"기분은 어떤가요, 워싱턴?"

"다들 저를 워시라고 부르던데요?"

"그러는 편이 좋다면 워시라고 부를 수도 있어요."

"뭐가 좋은지는 잘 모르겠네요."

사회 복귀 감독관인 린지는 남색 정장에 새빨간 타이를 맸다. 쾌활한 성격에 체구가 앙증맞은 여자다. 무슨 말을 할 때마다 어서 얘기하고 싶어 견딜 수 없는 멋진 비밀을 알려준다는 듯이 말한다.

"식당에 일자리를 찾았어요."

"거기서 뭘 하는데요?"

"주방에서 일하죠."

"그 정도 직장을 구해주는 게 최선입니까?"

"워싱턴 씨의 교육 수준에, 중범죄자라는 신분을 감안하면 네, 이게 최선이에요."

"전에는 제가 어디에서 일했죠?"

린지는 미소만 짓는다.

"워싱턴 씨의 인생에 성공적으로 복귀하려면, 미래를 즐기는 데 집중할 수 있도록 과거에 대한 걱정은 모두 털어버릴 줄 알아야 해요."

워시는 얼굴을 찡그린다.

"내가 담보대출에 대해 왜 이렇게 많이 알죠? 예전에 은행에서 일했나요?"

"제가 알기로 은행에서 일하신 적은 없습니다."

"그런데 어떻게 제가 다른 것들은 기억 못하면서 그런 걸 기억할 수가 있죠?"

"워싱턴 씨의 의미 기억은 온전해요. 일화 기억만 지워진 거죠."

"무슨 기억이요?"

"식당이 뭔지 아시죠."

"네."

"하지만 식당에서 식사를 한 기억은 전혀 안 날 테고요."

"맞아요."

"식당에서 생일을 축하한 기억도, 식당에서 화장실을 이용한 기억도, 식당에서 친구를 본 기억도 안 나시죠. 워싱턴 씨는 예전에 여러 식당에서 식사를 했지만, 그런 기억은 전혀 없을 겁니다. 아예 존재하지 않을 거예요." 린지가 자기 관자놀이를 두드린다. "일화 기억이란 개인적인 경험이에요. 그게 사라진 거죠. 의미 기억은 일반적인 지식이에요. 정보죠. 이름, 날짜, 주소. 워싱턴 씨에겐 여전히 그게 다 있어요. 당신은 멀쩡하게 기능하는 사회인이에요. 졸업장도 예전 그대로 유효하고요. 워싱턴 씨의 절차 기억도 온전해요. 자전거를 타거나, 기타를 치거나, 진공청소기를 조작하는 방법을 여전히 알죠. 물론 과거에 그런 걸 익혔다는 가정하에요." 린지가 소리 내어 웃는다.

"그 외에 또 저에게 한 짓이 있습니까?"

"흠, 물론 총기 면허도 취소됐어요."

워시는 생각한다.

"제가 누군가를 쐈습니까?"

"모든 중범죄자는 범죄의 성격에 상관없이 화기 소유가 금지돼요."

워시는 가슴 앞에 팔짱을 끼고 몸을 돌려 카펫을 보며 입술을 비쭉 내민다.

"워싱턴 씨, 기분은 어때요?"

"속상하네요."

"그건 더할 나위 없이 정상이에요. 기분을 편하게 털어놔줘서 정말 기쁘네요. 그게 아주 중요하거든요."

린지는 워시가 계속 말하기를 기다리는 것처럼 진지한 얼굴로 고개를 끄덕이더니, 몸을 가까이 기울인다.

"하지만 솔직히 말하면요, 워싱턴 씨는 감옥이 아직 존재하는 지역에 태어나지 않은 걸 고맙게 여겨야 해요." 린지가 가방에 손을 뻗는다. "한 세기 전에 그런 범죄를 저질렀다면 무슨 일이 일어났을지 알아요? 판사가 워싱턴 씨를 가두고 열쇠를 던져버렸을 거예요!" 린지는 명랑하게 말하더니, 그만 떠나려고 몸을 일으킨다.

워시는 그날 밤 어떤 열망 때문에 잠에서 깬다.

절박한 욕구다.

혹시 중독자였나?

무엇을 열망하는 걸까?

그는 본능에 따라 지하실로 간다. 팬티 차림으로 알전구 불빛 아래에 선다. 지하실 안을 둘러보고, 작업대를 물끄러미 보다가 충동에 순응하여 위쪽 선반에 손을 뻗는다. 선반 위를 이리저리 더듬거리다가 알루미늄 통을 찾아낸다.

선반에서 통을 내리는데 안에 든 무언가가 한쪽으로 쏠리는 게 느껴진다.

뚜껑을 연다.

통 속에는 거대한 크기의 초코바가 숨겨져 있다.

초코바를 한 입 베어 물자 찌릿한 만족감이 몸안에 퍼져나가고, 뒤이어 안도감이 찾아온다.

초콜릿이라.

그는 다시 계단을 올라, 복도를 터벅터벅 걷다가 물을 마시려고 욕실에 들른다. 몸을 굽히고 수도꼭지에서 물을 받아 마신다. 턱을 닦는다. 일어선다. 문 뒤에 전신 거울이 걸려 있다. 변기 위 콘센트에 꽂힌 무지개 모양의 야간등 불빛이 그를 비춘다.

워시는 거울에 비친 제 모습을 뜯어본다. 눈가에 잡힌 잔주름. 입가에 팬 주름. 굵은 목. 딱 벌어진 어깨, 큰 엉덩이, 튼튼한 팔다리, 둥글게 나온 배. 베인 흉터가 여럿 있는 손가락. 굳은살이 단단히 박인 발바닥. 나이 먹은 운동선수, 아니면 무거운 것을 들어올리는 데 익숙했으나 최근 일을 하지 않아서 근육이 풀린 노동자의 몸이다.

그는 자신의 유아기를 기억할 수 없다. 자신의 아동기를 기억할 수 없다. 자신의 청소년기를 기억할 수 없다. 자신의 성인기를 기억할 수 없다.

그는 자신의 모습을 응시한다.

지금 이 순간 여기에 서 있는 이 사람 말고 그는 누구일까?

지금 이 순간 여기에 서 있는 이 사람 말고 다른 사람이기는 할까?

워시가 침대에 다시 들어가자 아내가 몸을 움직인다. 손을 뻗더니, 키스로 그를 놀라게 한다. 그는 마주 키스하지만, 이어서 아내가 몸 위로 올라오자 몸을 뺀다.

"너무 빠른가?" 아내가 속삭인다.

미아, 아내의 이름은 미아라는 게 기억난다. 밋밋한 얼굴에 앙상한 팔, 굵은 다리, 턱선에 맞춰 자른 곱슬곱슬한 머리를 어둠 속에

서 겨우 알아볼 수 있다. 손톱은 새빨갛게 칠했다. 체크무늬 가운
을 입고 잔다.

"난 당신을 거의 몰라." 그는 말한다.

미아가 콧방귀를 뀐다. "처음 할 땐 그렇다고 멈추지 않았으면
서." 미아는 무릎을 딛고 물러나면서 그의 팬티를 다리 아래로 끌
어내리더니 키득거린다. "첫번째 처음 말이야."

워시가 취직한 식당은 고속도로 옆의 다이너로, 바닥에는 체스
보드 모양의 리놀륨이 깔려 있고 인조가죽 칸막이석 위에는 제각
기 따로 돌아가는 천장 팬이 달렸으며, 금전등록기 옆에는 페이스
트리가 담긴 유리 진열장이, 화장실 옆에는 위쪽에 기다란 형광등
이 달린 주크박스가 놓인 크롬 트레일러다. 이 다이너에서는 아침
과 점심만 판다. 워시는 매일 아침 해뜰 무렵에 도착한다. 주방에
는 자동문이 달렸다. 워시는 설거지를 하고, 바닥을 쓸고, 바닥을
닦고, 쓰레기봉투가 가득차면 쓰레기를 버린다. 주로 설거지를 한
다. 컵에 남은 탄산음료를 버린다. 머그잔에 남은 커피를 쏟아 버
린다. 어니언링과 파인애플 껍데기와 젖은 냅킨과 버터 바른 토스
트 조각과 빈 잼 용기와 구겨진 빨대 포장지를 쓰레기통에 쓸어 넣
는다. 접시에 묻은 케첩에 물을 뿌린다. 그릇에 남은 수프를 헹궈
낸다. 식기들을 선반에 얹고 그 선반들을 식기세척기에 넣는다. 흠
없이 깨끗해진 접시들을 다시 레인지 옆 선반에 차곡차곡 쌓는다.
스펀지의 거친 면으로 딱딱하게 굳은 노른자와 말라붙은 시럽을
벅벅 문질러 닦는다. 스테인리스스틸 패드가 갈라지도록 힘을 실

어서 오랫동안 프라이팬을 문지르지만, 그렇게 닦아도 팬에는 여전히 새카맣게 탄 찌꺼기가 붙어 있다. 뜨거운 물 때문에 손이 화끈거린다. 비눗물이 튀어서 눈이 따끔거린다. 오후가 되어 집으로 차를 몰고 갈 때면 늘 신발이 척척하다. 그는 면도하고, 샤워하고, 비스킷이라는 이름의 시무룩한 잡종견에게 먹이를 준다. 그런 다음에는 포치 계단에 앉아서 나머지 가족들이 집에 오기를 기다린다. 그의 집은 소박하다. 방들이 작고 천장이 낮은데다 차고는 없다. 홈통은 내려앉았다. 지붕은 바람에 지붕널이 다 날아갔다. 외벽에 덧댄 파란색 판자는 햇빛에 바래 거의 회색이 되었다. 차도 건너편에는 옥수수밭이 있다. 옥수수밭 너머에는 숲이 있다. 옥수숫대가 미풍에 흔들린다. 개는 풀밭 위 그의 발치에서 몸을 말고 함께 기다리는데, 자동차가 지나갈 때마다 헥헥거린다. 워시는 캔자스에 산다.

다음으로 9학년인 딸 소피가 집에 도착해서, 게임 조작 버튼을 눌러대며 버스에서 내린다. 3학년인 아들 제이든은 더 늦은 버스를 타고 집에 도착해서, 창밖으로 몸을 내민 친구들과 서로 놀려댄다. 아내는 병원에서 일하는데, 근무시간은 워시와 같지만 병원이 한참 먼 인디펜던스시市에 있다보니 마지막에 집에 온다.

워시는 한 번인가 요리를 해보려고, 미트로프를 만들어보려고 한다. 그는 미트로프가 무엇인지 안다. 오븐이 어떻게 기능하는지도 안다. 거품기의 역학을 이해한다. 조리법도 문제없이 읽을 수 있다. 그러나 그 시도는 재앙이나 다름없다. 타이머가 울려서 팬을 꺼내봤더니 미트로프 아래쪽은 이미 새까맣게 탔고 위쪽은 아직 날것 그대로다. 빵가루를 찾을 수가 없어서 빵 조각을 찢어 넣었더니 잘되지 않은 것 같다. 시험삼아 미트로프 가운데 부분, 그러니까 타지도 설익지도 않은 부분을 한 입 먹어보았더니 씹는데 양파 껍질이 조각조각 나온다. 아내는 집에 도착하더니 재미있다는 얼굴로 그 난장판을 살피고는, 그건 워시가 잊어버린 기술이 아니라고 확인해준다. 요리는 그녀 몫이다. 그는 집에서도 식당에서와 마찬가지로 설거지 담당이다.

아내가 시술중에 실수로 지워진 게 아니라고 확인해준 다른 기억들로는 아내의 생일(그는 생일이 8월이라는 것만 알지 날짜는 모른다)과 결혼기념일(역시 5월이라는 것만 안다)이 있다. "단서를 줄게. 내 생일은 당신이 집에 오기 딱 일주일 전이었어. 계산에 도움이 필요하거든 사랑스러운 당신 자식들에게 계산기를 빌려봐." 미아는 스파게티 한 팩을 냄비의 끓는 물 속에 붓고, 동시에 부글거리는 마리나라소스 팬에 버섯을 한 캔 섞으면서 말한다. "결혼한 지 얼마나 됐는지 알고 싶다면, 혼인증명서는 지하실 서류함에 있어. 혹시 정말 야심이 생긴다면 당신 자식들의 출생증명서도 거기 있을 거야. 젠장, 내려갔을 때 당신 예방접종 기록도 확인해봐. 아마 파상풍 주사 맞을 때가 됐을 거야."

너무나 친밀해서 사실은 모르는 사람들과 살고 있다는 사실마저 잊을 수 있는 순간들이 있다. 그의 딸은 어느 날 밤 소파에서 좀비 드라마를 보다가 그의 어깨에 머리를 기댄 채 잠들어버린다. 그의 아들은 어느 날 밤 전자레인지에 사과주 한 잔을 데우는 동안 그의 허리에 팔을 감고 몸을 기대온다. 아이들이 잠든 어느 늦은 밤, 아내는 플라스틱 통과 고무 귀이개를 건네면서 귀지를 파내달라고 부탁하는데, 성교보다도 훨씬 밀접한 느낌이 드는 행위다.

하지만 또 그가 얼마나 많은 것을 잃었을지 상기시키는 순간들도 있다. 어느 날 밤, 쪽파와 베이컨과 사워크림을 듬뿍 얹은 구운 감자로 저녁을 먹는 동안 가족들은 문득 미니 골프와 비키니에 얽힌 추억을 가지고 자기들끼리 농담을 하며 웃는다. 아내는 눈물이 날 정도로 심하게 웃다가 워시가 얼마나 어리둥절한 얼굴인지 눈치채고 정신을 차린다.

"미안. 그 자리에 없었던 사람에겐 설명이 안 되네." 미아는 눈물을 닦으며 말한다.

"하지만 아빠도 있었어. 그때 아빠가 먼저 알아차렸는데." 제이든이 이의를 제기한다.

"이젠 기억 못해, 바보야." 소피가 언짢은 얼굴로 말한다.

그리고 화제가 바뀐다.

워시도 스스로에 대해 특정한 정보들은 알고 있다.

조상 중에 포타와토미인이 있다는 것을 안다. 부모님 이름이 로런스와 베벌리라는 것을 안다. 자신이 위치토 근처에서 태어났다는 것을 안다.

하지만 자신이 무엇을 아는지 정리하는 게 생각만큼 쉽지는 않다. "네가 뭘 알지, 워시?"

그는 구체적인 질문을 던져야 한다.

스스로에 대해 아는 사실이 분명 더 있을 것이다.

아직까지 적절한 질문을 하지 못했을 뿐이다.

"워시, 전에 싸움을 한 적 있어?"

"워시, 부모님을 좋아했어?"

"워시, 토네이도를 본 적 있어?"

기억나지 않는다.

어느 날 오후에 그는 소피에게 자신의 과거에 대해 물어본다. 아이를 연습 시간에 맞춰 태워다 주는 중이다. 소피는 크로스컨트리를 한다.

"기억이 지워지기 전에 아빠의 삶은 어땠니?" 워시가 묻는다.

소피는 치열이 고르지 않고 통통한 아이로 반려동물을 사랑하며, 모든 새끼 고양이에게 집이 있는 건 아니라는 사실을 끊임없이 상기하면서 괴로워하는 사람처럼 늘 심각한 태도로 일관한다. 소피는 역사 숙제를 하느라 교과서와 문제지를 왔다갔다하면서 찾아낸 정보를 끄적이고 있다. 운동화를 신은 두 발은 발목을 교차해 대시보드 위에 올려놓았다.

"응?" 소피가 대꾸한다.

"아빠의 삶에 대해 아는 게 있어?"

"음."

"잡혀가기 전에 내가 스스로에 대해 말해준 게 있다거나."

소피는 교과서에 대고 코웃음을 친다. 문제지 위로 몸을 구부려 뭔가를 벅벅 지우더니, 지우개 가루를 훅 불어낸다. 그런 후에야 고개를 돌려 그를 본다.

"아빠는 스스로에 대해 말하는 일이 없었어." 소피가 말한다.

어느 날 오후에 그는 제이든에게 자신의 과거에 대해 물어본다. 아이를 연습 시간에 맞춰 태워다 주는 중이다. 제이든은 미식축구를 한다.

"떠나기 전에 아빠는 어땠니?" 워시가 묻는다.

제이든은 도드라진 코 때문에 다른 이목구비가 보이지 않는 깡

마른 아이로, 탄산음료 중독이고 카페인 섭취 여부와는 관계없이 늘 흥분 상태다. 등은 좌석에 대고, 머리는 의자 아래로 늘어뜨리고, 두 팔은 트럭 바닥에 내던지고, 다리는 지붕을 가리키는 자세로 거꾸로 앉아 있다. 차를 타고 가는 내내 슈퍼 빌런의 능력을 줄줄이 읊어댄다.

"몰라." 제이든이 말한다.

"아빠에 대해 기억나는 게 뭐라도 있겠지."

"아마도?"

"그럼 아빠는 어떤 사람이었어?"

제이든은 안전벨트를 잡아뜯는다. 생각에 잠겨 얼굴을 찌푸린다. 그러다가 고개를 돌려 그를 본다.

"어른?" 제이든이 말한다.

워시는 아내에게도 물어보려 하지만, 아내의 대화 취향은 아주 실용적인 편이고, 기억 삭제 이전의 남편 인생에 대해 추억하는 데엔 관심이 전혀 없는 것 같다. 조리대 위에 사진이 담긴 액자를 올려놓지도 않았다. 냉장고에 스냅사진을 붙여놓지도 않았다. 가족사진이 벽에 걸린 적이 있다 해도, 그 사진들은 오래전에 사라지고 없다.

하지만 그의 다른 과거 물건들은 집안 곳곳에 흩어져 있다. 벽장을 열면 단추 달린 플란넬 셔츠들, 낡은 티셔츠들, 무늬 없는 스웨트셔츠들, 그물주머니가 달린 지퍼형 낚시 조끼, 위장 무늬가 들어간 후드 달린 사냥 재킷, 플리스, 파카, 철사 옷걸이에 걸린 빛바랜 청바지들, 그리고 의류용 비닐백에 싸인 정장이 한 벌 있다. 이 옷들을 고른 사람은 누구였을까? 서랍 속에는 반질반질한 터키석 구슬, 기차 아래 깔려서 납작해진 동전들, 뜯어 쓸 수 있는 성냥개비가 줄지어 담긴 호텔 성냥갑, 도토리 모음, 뜯고 남은 복권 티켓 자투리, 나무 동전, 녹이 슬어서 칼날이 빠지지도 않는 주머니칼, 대리석 부늬가 있는 흰머리수리 깃털이 뒤섞여 있다. 이런 잡농사니를 모아둔 사람은 누구였을까? 지하실에는 총기를 보관했던 금고가 있는데 이제 총은 팔고 없다. 그는 비밀번호를 알고, 그 숫자를 돌려 맞추면 문이 열린다. 하지만 금고 안에는 고무 밴드밖에 없다. 소총도, 산탄총도, 권총도 없다. 심지어 탄약도 다 팔았다.

그 총들은 누구 소유였을까?

그리고 가족들에게서 발견하는 과거의 산물들이 있다. 가끔 집 앞 진입로에서 세차를 하거나 잔디 깎는 기계에 연료를 넣다가 고개를 들어보면 딸이 앙심어린 표정으로 문가에서 그를 지켜보고 있다. 그가 예전에 소피에게 잔인하게 굴었던 걸까? 가끔 현관에서 쿵 소리가 나게 장화를 떨구거나 조리대 위에 지갑을 탁 소리나게 놓을 때면 소파에 앉아 있던 아들이 움찔하는 모습을 본다. 그가 예전에 제이든을 거칠게 대했던 걸까? 워시가 잔을 쭉 비우고 내려놓으면 아내가 냉장고에서 우유를 꺼내려고 벌떡 일어난다. 마치 얼른 그에게 우유를 한 잔 더 따라주지 않으면 무슨 반발이 있을지 모른다는 듯이.

그에게는 낡은 플립 폰이 하나 있는데 연락처에는 아내와 자식들 말고는 아무도 저장되어 있지 않다. 원래는 다른 연락처가 있었는데, 체포되고 나서 지워진 걸까?

아이들의 크로스컨트리와 미식축구 시합에서는 다른 부모들이 아무도 그에게 말을 걸지 않는다. 언제나 그랬을까, 아니면 이제 그가 중범죄자라서 그런 걸까?

그는 기차에 큐폴라*가 있다는 걸 어떻게 아는 걸까? 혜성은 소행성이 아니라는 건 어디에서 배웠을까? 식초가 이를 죽인다는 건 누가 가르쳐줬을까?

홈커밍 미식축구 시합에 간 워시는 매점에서 가족들 주려고 산 팝콘이 담긴 줄무늬 상자를 들고 자리로 돌아가던 중에 경기장 울타리 앞에 멈춰 서서 필드골 시도를 지켜본다. 심판이 천천히 뛰어가고, 목에 건 호루라기가 흔들린다. 장갑을 끼고 귀마개를 한 치어리더들이 폼폼과 메가폰을 들고 빠르게 달려간다. 외야석에서는 캔자스 약탈자들**이 노래를 부른다. 얼마나 오래 그렇게 지켜보았는지 모르겠지만, 워시는 옆에 선 낯선 사람이 말을 거는 바람에 그 넋 나간 상태에서 벗어난다.

"징역 사셨군. 안 그래요, 친구?"

낯선 사람은 상대 팀 로고가 박힌 풀오버를 입고 있다. 머리에는 젤을 발랐다. 주름잡힌 치노 바지에 반짝이는 구두 차림이다.

"저를 아시나요?" 워시가 묻는다.

"하. 아뇨. 그냥 특유의 표정이 있어서요. 우리 모두 그런 표정을 짓죠. 존재하지 않는 무언가를 찾는 표정." 낯선 사람이 말한다.

워시는 미소를 짓는다.

낯선 사람이 투덜거린다. "왜 아직도 사람들이 그렇게 말하는지 모르겠어요. 징역을 산다고 말이죠. 실제 일어나는 일은 그게 아니

---

* 일반적으로는 건물의 돔형 천장을 뜻하는 말로, 기차 본체 위에 얹어 만든 작은 돌출형 구조물을 가리키기도 한다.
** Jayhawker. 캔자스주 주민을 부르는 별칭.

잖아요. 사는 게 아니라 잃는 거죠. 펑 하고 시간이 사라지니까." 낯선 사람은 아래를 내려다보고 컵에 남은 얼음을 흔든다. "난 일 년을 잃었어요. 그냥 뭐, 납세신고서를 아주 솔직하게 적진 않았다고 해둡시다. 하지만 타이밍이 그렇게 나쁠 수가 없었어요. 그해에 막 결혼한 참이었거든요. 농담이 아니라, 내 신혼여행도 기억을 못해요. 그 여행에 한재산 썼는데 말이에요. 모조리 날아가버렸어요." 낯선 사람은 펀트 리턴을 보느라 몸을 돌리고, 빨대로 탄산음료를 쭉 빨더니 다시 워시를 돌아본다. "댁은 얼마나 나왔어요?"

"평생이요."

낯선 사람이 휘파람을 분다.

"진짜예요? 다 잃었어요? 처음부터 끝까지? 기억이 지워졌을 때 몇 살이었는데요?"

"마흔하나요."

"뭘 했길래 평생형이에요? 경찰이라도 죽였어요? 은행을 털었나? 신용 사기라도 쳤대요?"

"몰라요." 워시는 사실대로 말한다.

낯선 사람이 눈을 가늘게 뜬다.

"궁금하지 않아요?"

"아무도 말해주지 않을걸요."

낯선 사람이 웃음을 터뜨린다.

"그런 형을 받았다면, 무슨 짓을 했는지는 몰라도 뉴스에 나왔을 겁니다."

워시는 충격 속에서 낯선 사람을 응시한다. 결국 자신이 누구인지 알 방법이 있었던 것이다. 온라인에 접속만 하면 된다.

"하지만 컴퓨터가 없는데요." 워시가 얼굴을 찌푸린다.

낯선 사람은 워시 뒤쪽으로 지나가면서 어깨를 두드리더니, 군중 속으로 사라지기 전에 그를 다시 부른다.

"비밀 하나 알려줄게요, 친구. 도서관에 가면 무료로 컴퓨터를 쓸 수 있어요."

다음날 오후에 퇴근해서 집에 갔더니 사회 복귀 감독관 린지가 기다리고 있다. 전과 똑같이 새빨간 타이에 남색 정장 차림이다. 린지는 자동차 후드 위에 도넛 한 상자를 놓고 앉아 있다.

"점검 시간이에요." 린지가 프리터 도넛을 베어 물면서 말한다.

비스킷이 소파 옆에 서서 창문에 두 발을 대고 집밖을 내다보고 있다.

"앉으세요." 린지가 쾌활하게 말한다.

워시는 에클레어를 하나 집는다.

"가족들과는 어떻게 지내고 있나요, 워싱턴?"

워시는 생각해본다.

"잘 지내요."

린지는 음모라도 꾸미는 얼굴로 몸을 가까이 기울인다. "아, 그러지 말고 가십거리 좀 줘봐요."

워시는 에클레어를 씹어 삼키고 얼굴을 찡그린다.

"왜 나에게 평생형을 줘야 했죠? 그냥 이십 년이나 그쯤 줄 순 없었습니까? 왜 전부 다 빼앗아가야 했어요?" 워시가 말한다.

"형량은 판사가 정했어요."

"그냥, 불공평하게 느껴져서요."

린지는 이해한다는 듯 미소를 지으며 고개를 끄덕이더니 갑자기 동작을 멈춘다.

"그게요, 워싱턴 씨가 한 짓은 상당히 죄질이 나빴어요."

"그렇지만 평생이라니요?"

"이 나라 감옥의 역사에 대해 조금이라도 알아요?" 린지는 냅킨을 집더니, 손가락에 묻은 설탕을 살짝 핥은 다음 두 손을 닦는다. "감옥의 원래 목적은 교정을 위한 시설이었어요. 범죄자들을 고립시켜두면 멀쩡한 시민이 되는 방법을 배울 수 있다는 이론이었죠. 하지만 실행해봤더니 그 시스템은 범죄자들을 교화하는 데 효과적이지 않았어요. 재범률이 충격적이었죠. 솔직히, 풀어주기만 하면 대부분의 중범죄자가 일 년 안에 새로운 범죄로 잡혀 들어왔어요. 그리고 시간이 지나면서 감옥 안의 상태는 엉망이 됐죠. 그러니까, 그때 종신형을 받았다면 워싱턴 씨 상황이 어땠을지 상상해봐요. 앞으로 반세기를 짐승처럼 우리에 갇힌 채 불편하고 딱딱한 침대에서 자고, 잘 맞지도 않는 죄수복을 입고, 하루종일 최저임금도 못 받으면서 번호판을 만들고, 다양한 발암물질이 들어간 싸구려 비누로 몸을 닦고, 가루로 만든 매시트포테이토와 인간이 먹어도 될까 싶은 미트로프를 먹고, 때로 다른 죄수들에게 강간도 당하면서 살았을 거예요. 하지만 지금 워싱턴 씨는 그러는 대신 여기에서 가족과 함께 지내죠. 멋지지 않아요? 아니, 진짜 끝내주잖아요? 인정해야죠. 그리고 기억 삭제는 단순한 형벌이 아니에요. 그래요, 삭제당할지 모른다는 생각 때문에 사람들이 범죄를 저지르지 않게 되는 효과도 있죠. 물론이에요. 하지만 삭제는 범죄자들이 재범하지 않도록 막는 아주 효과적인 방법이에요. 격분이나 탐욕과 같은 감정에 생물학적인 원인이 어느 정도 있긴 하지만, 그런 문제들도 대체로 기억의 심리적인 부산물이거든요. 그리고 평생형은 특히 효과적이에요. 깨끗하게 과거를 씻어낸 중범죄자들은 전보다 훨씬 안정되고 행복할 때가 많고, 횡령이나 밀렵 같은 범죄를 어떻게든 정당화할 수 있다는 오해도 품지 않고, 당연히 정부와 법집행기관 같은 조직이나 이전 고용주에게 앙심을 품지도 않아요." 린지는 워시를 슬쩍 보더니 다시 진입로 쪽으로 몸을 튼다. "예를 들자면 말이에요."

"그래서 제가 고마워해야 하나요?"

워시의 입에서 의도했던 것보다 강한 말이 튀어나온다.

"워싱턴 씨 같은 경우에 삭제 비용이 얼마나 드는지는 아세요?" 린지는 눈을 크게 뜨며 말한다. "아주 많이 들어요. 솔직히, 워싱턴 씨 정도의 소득수준을 가진 사람이라면 사소한 삭제만 하려고 해도 지급 계획서를 내야 해요. 아시죠, 파티에서 망신스러운 짓을 했다거나, 누군가가 나에 대해 못된 말을 하는 걸 우연히 들었는데 그게 너무 아픈 진실이어서 기억을 지우려는 경우에 말이에요. 게다가 정말로 트라우마에 시달리는 사고의 생존자들도 있죠. 그 사람들은 사고 기억 삭제 비용이 보험 처리가 안 되면 몇 년씩 저축을 해야 할 때도 많아요. 또 알코올이나 코카인 중독자 같은 경우에는 중독을 치료할 방법이 선택적 기억 삭제밖에 없어서 거액을 지불해야 하죠. 외상 후 스트레스 장애를 얻은 참전 군인들도 보통 삭제 치료를 받아요. 그런 삭제는 워싱턴 씨의 경우처럼 납세자들이 비용을 대주지만요." 린지는 자동차 후드에 팔꿈치를 대고 뒤로 기댄 채 가늘게 뜬 눈으로 태양을 본다. "어쨌든 납세자들에게도 그 편이 낫죠. 기억 삭제 비용이 상당하기는 해도, 반세기 동안 먹이고 재우는 데 드는 비용만큼 비싸진 않으니까요. 감옥은 그게 문제였어요. 돈은 너무 들고, 성과는 기대만 못했죠."

워시는 못마땅한 얼굴로 진입로를 바라본다.

"기분이 어때요, 워싱턴?"

"좌절감이 드는군요."

"더 말해봐요."

"난 내가 무슨 짓을 해서 삭제를 당했는지도 알지 못해요."

린지가 미소를 짓는다. "과거의 자신에 대해 모를수록 새로운 삶으로 이행하는 데 성공할 가능성이 높아져요." 쾌활한 말투 아래 약간의 의심이 섞여 있다. "워싱턴 씨의 경우라면 특히 사람들에게 어쩌다 체포됐는지 자세히 묻고 다니는 일은 피하라고 조언하겠어요."

워시는 아이들을 연습에 데려다줄 때마다 지역 도서관을, 장대 위에 깃발이 걸린 땅딸한 벽돌 건물 옆을 지나야 하는데, 그럴 때면 자신이 체포당한 이유가 뉴스에 보도되었을지 궁금해하지 않으려고 노력한다. 다른 부모들은 연습 시간 내내 아이들 곁에 붙어 있기에, 가끔은 워시도 남아서 소피가 휴식 시간에 무릎 보호대를 찬 채로 트랙에서 스트레칭하는 모습을 지켜보거나, 제이든이 정강이 보호대를 구부리며 공을 몰고 장애물 사이를 달리는 모습을 지켜본다. 워시는 자식들을 좋아한다. 아이들의 양육자인 것도 나쁘지 않지만, 기왕이면 친구도 되고 싶다. 신뢰를 받고 싶다. 아이들의 애정을 받고 싶다. 그런 욕망이 어쩌나 강한지, 아이들이 연습하는 모습을 지켜보다가 열망이 솟아올라 울타리 사슬을 붙잡은 굵은 손가락에 힘이 들어갈 정도다. 개와 친구가 되는 일은 간단했다. 비스킷이 워시의 냄새를 맡고 핥아보고 끝이었다. 개의 입장에서 워시는 변함없이 예전과 똑같은 사람이다. 하지만 아이들과의 사이에는 거리감이 있다. 관계를 어떻게 시작해야 할지 모르겠다.

다른 날에는 아이들이 연습하는 동안 차를 몰아 집에 간다. 부엌 벽지는 거무칙칙하고, 복도 벽에는 구멍이 났고, 거실 천장 팬은 망가졌고, 세탁실 조명에는 금이 갔는데, 워시는 욕실 개수대에서 물이 똑똑 떨어지다못해 아예 꾸준히 새기 시작하고 나서야 정말로 멈춰서 생각을 해보고, 집이 이렇게 낡은 것은 자신이 오랫동안 없었기 때문이라는 사실을 깨닫는다. 그가 없는 동안, 재판중에 구금되어 있는 동안에는 아내가 혼자만의 수입으로 살았을 것이다. 수도꼭지가 새는 건 워시 때문이다.

그는 수도꼭지 고치는 방법을 안다. 욕실 조명을 켜놓고 지하실에서 공구 상자를 가져온다. 개수대 아래 찬장을 비우고, 리놀륨 바닥에 세면도구를 쌓아둔 다음 수도를 잠글 준비를 하는데 아내가 문 앞을 지나간다.

"뭐하고 있는 거야?" 미아가 묻는다.

"수리를 좀 하려고." 워시가 말한다.

아내는 그를 빤히 바라본다.

"아." 미아는 마침내 그렇게 말하더니 계속 복도를 걸어가고, 개가 그 뒤를 따른다.

차도 건너 밭의 옥수수가 다 수확되고 그 밭 너머 숲이 거의 헐 벗을 때쯤, 워시는 내려앉은 홈통을 바로 하고 지붕널을 수리하는 일을 마친다. 식당에 하루 휴가를 내고, 플란넬 셔츠를 걷어붙이고 얼굴에는 방진 마스크를 쓴 채 복도에 깔린 얼룩투성이 카펫을 뜯어낸다. 그런 다음 지하실 작업대 아래 선반을 뒤지며 바닥에 박힌 철심을 뽑을 쇠지레를 찾다가, 화살통을 하나 발견한다.

워시는 마스크를 목까지 끌어내리고 화살을 만져본다. 카본 화살대에 칠면조 깃. 그는 금고 쪽을 쳐다본다.

예전에는 활이 있었던 걸까?

그 활도 총기와 같이 팔았을까?

다시 작업대 아래 선반을 돌아보니 화살통 옆에 아무런 표시도 없는 닫힌 통이 하나 보인다.

워시는 뚜껑을 연다.

그 활 자체를 알아본 건 아니지만, 워시는 그게 활의 조각들이라는 걸 알아본다. 조립식 활. 리커브* 활이다. 그리고 워시는 자신이 활을 조립할 줄 아는지 모르는지 생각하기도 전에 그 통을 작업대 위에 올려놓고 충동에 이끌려 활을 조립하고 있다. 양쪽 활대를 핸들 부분에 끼워 조이고, 활시위을 매고, 화살통을 들고 계단을 올라간다. 돌돌 만 카펫을 뒷문으로 끌고 나가서 울타리 기둥에 과녁 삼아 기대어놓는다. 다시 집 쪽으로 물러선다. 화살통을 풀밭에 던진다. 화살을 하나 메긴다. 활을 든다. 줄이 코끝을 누를 때까지 활시위를 턱 중앙 방향으로 잡아당긴다. 멈춘다. 숨을 고른다.

---

* 활의 양끝이 표적 쪽을 향해 휘어 있는 형태의 활.

낙엽이 떨어진다.

활시위를 놓는다.

화살은 픽 소리를 내면서 카펫에 꽂힌다.

밀려오는 해방감이 믿을 수 없을 만큼 좋다.

이미 복도 카펫을 뜯어내느라 지쳐 있었건만, 워시는 그렇게 뒷마당에 서서 근육이 타는 듯 아프고 플란넬 셔츠가 땀으로 축축해질 때까지 화살을 연이어 쏘아 보내고, 화살은 연이어 카펫에 깊이 박힌다. 누수를 고치고 홈통을 달고 지붕널을 수리하는 일들, 그는 그런 일들을 할 수 있지만 그런 작업은 구부러진 못과 말을 듣지 않는 렌치를 가지고 씨름해야 하는 길고 짜증나는 과정, 한마디로 고역이다. 하지만 이건 다르다. 이건 워시가 잘하는 일이다. 이런 기분은 느껴본 기억이 없다. 재능을 갖고 있으며 쓰고 있다는 자부심과 만족감. 문에서 지켜보던 비스킷은 그의 희열을 감지한 것처럼 행복하게 헥헥거리고 꼬리를 흔든다.

그날 밤 워시는 미아가 식탁에 앉아서 브로슈어에 붙은 쿠폰을 잘라내는 동안 저녁식사 설거지를 하다가 말한다.

"사냥을 가고 싶어."

"활을 들고?" 미아가 묻는다.

워시는 생각해본다.

"당신은 사냥을 해?" 워시가 묻는다.

"아니." 미아는 콧방귀를 뀐다.

미아는 가위를 내려놓고 팔짱을 끼듯 팔을 엇갈려 식탁 위에 얹더니, 눈썹을 찡그려 미간을 좁히며 헤아리기 힘든 표정으로 그를 올려다본다.

"애들한테 물어보지 그래?"

제이든과 소피는 거실에 있다.

제이든은 그 초대에 대한 응답으로 오토만 의자에 펄쩍 뛰어올라 램프를 향해 화살을 쏘는 시늉을 한다.

길고양이를 안락사에서 구하기 위한 기금 마련 포스터를 만들던 소피마저도 따라가고 싶어한다.

"동물을 죽이는 건데 괜찮니?"

"귀여운 동물만 아니면 돼."

"사슴은 귀엽지 않아?"

"사슴은 속물이야."

사냥철 마지막 주말이다. 국유지에서 길을 벗어나 걷는다. 새벽은 흐리다. 진흙 바닥에 서리가 한 겹 깔렸다. 워시는 앞장서서 삼나무 사이를 걷는다. 그는 나무 몸통에 껍질이 벗겨진 자리를 건드리며 아이들에게 사슴이 나무껍질에 뿔을 문지르는 이유는 분비선 때문이라고 설명하지만 자신이 그 사실을 어디서 배웠는지는 알지 못한다. 공터를 찾는다. 숲 가장자리의 넘어진 나무 뒤로 가서 제이든은 코코아가 든 보온병을 들고 이쪽에, 소피는 차가 든 보온병을 들고 저쪽에 자리잡는다. 아이들은 서로에게 모욕적인 말을 속삭인다. 기다린다. 눈이 내리기 시작한다. 산들바람이 잦아든다. 사슴 한 마리가 공터 안으로 소리 없이 들어오자 아이들이 조용해진다. 왕관 같은 뿔을 지닌 수사슴이다. 뻗어 나온 가지가 열네 개나 된다. 인생에 남을 기념품이다. 화살이 수사슴을 어찌나 세게 때렸는지 사슴이 땅에 팽개쳐질 정도지만, 놈은 쓰러졌을 때만큼이나 재빨리 일어나서 껑충껑충 숲속으로 달아나 사라져버린다.

워시는 제이든과 소피가 바짝 뒤쫓아오는 가운데 서둘러 사슴이 쓰러진 자리로 달려간다. 눈에 피가 묻어 있다. 진흙에 발자국이 남아 있다. 워시와 아이들은 그 자국을 따라 소나무 사이를 통과하고, 검은딸기나무가 가득 자란 도랑을 지나고, 자작나무가 무성한 비탈을 내려가지만 흔적은 어느 개울 앞에서 사라지고 만다. 그때쯤에는 구름 사이로 해가 나와 있다. 그리고 그후로는 아무리 뒤져도 수사슴을 찾을 수가 없다.

막 포기하려고 했을 때 짓밟힌 덤불이 눈에 띈다.

그 덤불 너머, 양치류밭 위에 수사슴이 죽어서 쓰러져 있다.

제이든과 소피는 죽은 사슴 주위에서 춤을 추며 주먹을 치켜들고 환호하고, 뒷마당에서 카펫에 화살을 쏘던 기분은 지금에 비하면 아무것도 아니다.

집 앞 진입로.

주말.

우편함 위 깃발에 고드름이 달려 있다.

파자마 차림에 부츠를 신고 파카를 걸친 제이든은 눈을 치우는 워시를 도우면서 목캔디를 빨아먹으며, 가끔 목캔디가 입술 사이로 살짝 나올 때까지 혀로 밀어냈다가 다시 입안으로 후루룩 빨아들인다.

워시는 얼음을 깬다.

제이든이 쌕쌕거리는 소리를 낸다.

워시는 돌아본다.

"왜 그러니?" 워시가 묻는다.

제이든은 고개를 저으며 손을 목으로 가져가더니 털썩 무릎을 꿇는다.

삽 두 개가 동시에 땅을 때린다. 워시는 제이든의 양 어깨를 잡고 등을 두드린다. 제이든은 여전히 숨을 쉬지 못한다. 워시는 공포에 질려서 아이를 돌려 입을 억지로 벌린다. 손가락을 밀어넣는다. 치아가, 혀가, 침이, 목젖이 만져진다. 목캔디를 찾는다. 목캔디를 긁어낸다. 손끝으로 목캔디를 휙 뽑아낸다.

목캔디가 눈 속에 떨어진다.

제이든은 기침을 하고 몸을 흔들면서 눈을 깜박이다가, 떨어진 목캔디를 본다.

"방금 그거 엄청났어." 제이든이 씩 웃는다.

뒷마당.

주말.

울타리 너머 나무줄기에는 새싹이 돋아나고, 까마귀 한 마리가 가지에 앉아서 깍깍대지도 깃털을 고르지도 않고 가만히 있다.

소피는 레깅스에 슬리퍼를 신고 후드 티셔츠를 걸친 채 러그를 청소하는 워시를 돕고 있다.

워시가 풀밭 위에 러그를 들어올린다.

소피가 빗자루로 러그를 때린다.

허공에 먼지가 날린다. 머리카락도. 흙덩어리도. 마침내 아무것도 나오지 않는다. 소피는 워시가 다음 러그에 손을 뻗는 사이, 러

그 술이 땅바닥을 건드리지 않게 조심하면서 러그를 울타리에 건다. 바로 그 순간 까마귀가 나무에서 떨어진다.

까마귀는 쿵 소리를 내며 바닥을 때린다.

워시는 놀라서 까마귀를 쳐다본다.

까마귀는 그대로 누워 있다. 움직이지 않는다. 그러다가 움찔거린다. 몸부림치며 다시 일어난다. 주변을 깡충거리다가 다시 나무 위로 날아오른다.

"졸았던 건가?" 워시는 눈을 가늘게 뜬다.

소피는 까마귀를 멍하니 보다가 웃음을 터뜨린다.

"아무도 우리 말을 안 믿을 거야." 소피가 말한다.

야구장.

마이너리그.

학교 현장학습에 따라나선 보호자들.

노점상에 갔던 아내가 돌아온다.

그에게 핫도그를 건넨다.

워시는 의심스러운 눈으로 토핑을 살핀다. 불쾌한 냄새가 나는 사워크라우트. 진득한 머스터드소스. 치즈일 수도 있는 무엇.

고기는 기름기가 많아 보인다.

"당신 전에는 이걸 좋아했었어." 미아가 얼굴을 찌푸린다.

그리고 핫도그를 프레즐과 바꿔준다.

"이제 보니 당신이 먹던 건 노스탤지어였나봐." 미아는 그렇게 말한다.

지하실.

제이든은 금고 안에 웅크리고 있다.

소피는 작업대 밑에 쪼그리고 있다.

비스킷은 보일러 파이프에 매여 있다.

멀리서 토네이도 사이렌이 울려퍼진다.

"영원히 안 끝날 것 같아." 소피가 말한다.

"난 게임하고 싶어." 제이든이 징징거린다.

"카드라도 들고 내려올 걸 그랬어." 소피가 말한다.

"그냥 가만히 앉아 있는 건 최악이야." 제이든이 투덜거린다.

워시는 두 손을 바닥에 대고 일어선다.

"꿈도 꾸지 마." 미아가 말한다.

워시는 그대로 얼어붙는다.

"빨리 다녀올게." 워시가 말한다.

그런 다음, 그는 계단 밑에서 아내를 잠깐 돌아보고 위로 올라간다.

정오지만, 전등을 다 꺼놓은 집안은 오늘따라 해가 일찍 진 것처럼 어둡다. 워시는 서둘러 복도를 지나 거실로 향한다. 공기가 몸을 무겁게 내리누른다. 거실에 들어선 그는 청바지의 바짓자락을 살짝 당겨 올리고 게임 바구니 위에 쪼그려앉아서 카드를 찾는다.

다시 일어선 그는 카드를 플란넬 셔츠 주머니에 밀어넣고, 현관 쪽을 슬쩍 건너다본다.

마당에 누운 문짝과 그 옆에 놓인 페인트 통이 보인다. 사이렌이 울리기 시작했을 때 워시는 거기서 문짝을 칠하고 있었다. 문짝에 달린 유리창에 구름이 비친다. 유리 아래에는 납작하게 눌린 풀이 있다.

아직 문틀에 붙어 있는 스크린도어가 덜거덕거린다.

워시는 거실을 가로지른다.

문 앞에 선다.

스크린을 만진다.

금빛과 초록빛이 섞인 하늘.

돌풍에 잎사귀들이 우수수 마당을 가로질러 쓸려 간다.

그는 심장이 쿵쿵 뛰는 것을 느낄 수 있다.

스크린도어가 끼익 소리를 내며 열린다.

워시는 포치로 걸어나간다. 바짓자락이 다리를 때린다. 플란넬 셔츠가 가슴팍을 때린다. 도로 건너편에 있는 옥수수밭 너머, 그 농지 건너편에 있는 숲 너머의 하늘에서 토네이도가 몸을 비튼다.

이번 기념일은 스무번째 결혼기념일이지만, 워시가 기억할 수 있는 첫 기념일이다. 모종의 데이트를 계획해야 한다고 생각하니 마음이 초조하다. 그냥 아내를 데리고 어딘가 멋진 곳에서 식사를 하는 게 무난하다는 걸 알지만, 다이너를 제외한 시내의 다른 식당은 다 체인점이다. 버거 체인, 타코 체인, 심지어 테이블이나 의자조차 없는 피자 체인. 게다가 이번 기념일에는 특별하고 기억에 남는 무언가가 있어야 할 것만 같다. 촛불을 밝힌 저녁식사를 넘어선 무언가가. 워시는 몇 주 동안이나 어떻게 해야 할지 몰라 괴로워하고, 제시간에 좋은 생각을 해내지 못할까봐 걱정하다가, 기념일 전 주에 유난히 힘든 근무를 마치고 퇴근하는 길에 다이너 문가의 코르크판에 붙은 전단지를 본다. 설거지 때문에 쭈글쭈글해진 손가락을 뻗어 코르크판에 붙은 전단지를 뜯어낸다. 엘더레이도 저수지 앞 주립 공원에 있는 오두막을 빌려준다는 광고다.

아내는 워시가 계획을 이야기하자 깜짝 놀란 얼굴이지만, 잠시 후에 사야 할 물품과 챙겨야 할 짐 목록을 적는 걸 보니 찬성하는 것 같다.

제이든을 감시하는 책임을 맡은 소피는 비상용 현금과 음식이 가득 든 냉장고와 함께 집에 남겨지고, 워시와 아내는 마을을 벗어난다. 미아는 차가 달려가는 동안 창문으로 들어오는 바람에 곱슬머리를 휘날리며 손톱을 청록색으로 칠한다. 워시는 오두막이 전단지 사진만큼 좋을 리가 없다는 확신과 더불어, 아내가 속으로는 이 계획이 과도한 야외 활동이라고 생각할까봐 걱정하며 스트레스를 받지만, 도착해보니 오두막은 광고했던 대로 완벽하고, 아내는 더플백을 바닥에 내려놓기 전부터 활짝 웃고 있다. 아내의 그런 모습은 처음 본다. 집에서 아내는 술을 마시지도, 음악을 틀지도 않는 엄격하고 실용적이고 지칠 줄 모르는 사람이다. 마치 자기가 잠시라도 쉬었다가는 집이, 그냥 건물로서의 집이 아니라 가족과 그 안에 담긴 삶이 산산이 분해되리라 생각하는 사람처럼 쉼 없이 빨래 바구니를 비우고 세탁물을 개고 냉장고를 청소하고 개를 씻기고 아이들이 숙제를 하는지 확인하고 아이들의 숙제를 돕고 온갖 약속 일정을 정하고 우편물을 읽고 고지서를 내고 잡동사니 서랍을 정리하고 쓰레기봉투를 바깥 쓰레기통까지 끌고 나가는 사람.

하지만 이 오두막에서는 다른 사람이다. 벌써 긴장을 풀고 맥주를 한 캔 마시며 라디오로 블루그래스*를 틀고, 스테이크와 버섯 그리고 로즈마리를 잔뜩 얹은 구운 감자를 요리하면서 레인지 앞에서 춤을 추며, 이십 년 전 그들이 처음 만났던 시절의 그녀, 유머 감각이 있고 삐뚜름한 미소를 지으며 책임져야 할 것은 별로 없었을 스무 살의 여자애를 언뜻 보여준다. 워시는 자신이 기억하는 시간 동안 늘 아내를 좋아하기는 했지만, 레인지 앞에서 춤을 추는 모습을 보자 새로운 감정이 든다. 뭔가 강렬하고도 부드러우면서 따스한 감정이. 그는 그 감정이 강렬하다는 걸 알 수 있지만, 그 감정이 얼마나 강렬한지 안다 해도, 그리고 어떤 감정이 이보다 더 강렬할 수 있을지 상상이 가지 않는다 해도, 여전히 저 바깥에 이보다 더 강렬한 감정이 있는지 여부를 확신할 수가 없다. 그에게는 사랑에 빠진 기억이 없다. 지금 느끼는 감정을 끼워 넣을 스펙트럼이 없다. 감정의 한계가 무엇인지 알지 못한다. 그는 아내를 좋아하나, 아니면 정말 좋아하나, 아니면 정말 정말 좋아하나, 아니면 정말 정말 정말 좋아하나?

식사를 끝낸 후 그는 맨발로 바닥을 딛고 두 손은 전분과 버터와 고기와 기름으로 꽉 찬 배 위에 포갠 채, 맥주에 알딸딸해져서 뒤로 기대앉는다. 아내는 보통 양육과 관련된 의사결정에 그를 끼워주지 않고, 그냥 혼자 동의서에 서명을 하고 영화 등급도 직접 확인한다. 하지만 이번만은 식탁 매트에 턱을 대고 엎드려서 멍하니 캔뚜껑을 만지작거리며 정말로 아이들에 대해 의논을 해온다.

---

* 미국 남부 전통 컨트리음악의 한 종류.

"소피가 계속 써보고 싶다고 하는 여드름 약이 있는데 말이야."

"그냥 뾰루지가 하나씩 올라오는 정도잖아."

"쓰게 해줘야 할까, 말아야 할까?"

"여드름 하나에?"

"그럼 안 되겠네."

다음으로는,

"제이든이 괴롭힘을 당하는 걸까?"

"왜 그런 소리를 해?"

"자꾸 옷이 찢어져서 집에 오잖아."

"그냥 덤벙거리고 다녀서 그래."

"확실해?"

워시는 왈칵 자부심을 느낀다. 아내가 의견을 물어볼 때가 좋다. 그저 결혼기념일 주말이라 그러는지도 모르지만, 영구적인 변화의 신호였으면 좋겠다.

"내가 뭘 좀 가져왔어." 미아가 갑자기 식탁을 밀고 일어나면서 아찔하게 들떠 보이기까지 하는 얼굴로 말한다. 그녀는 차가 있는 곳으로 나가더니, 트렁크를 열고 방수포 밑에 손을 넣어 위쪽에 은색 리본이 달린 무지 종이 상자를 꺼낸 뒤 끌고 돌아온다. 선물이 식탁만큼 길다.

워시는 덮개를 잡고 테이프를 뜯는다.

뚜껑을 들어올린다.

소총이다.

"우와." 워시가 말한다.

총은 스티로폼 위에 놓여 있다. 카본 재질의 총신에 호두나무 개

머리판. 연발식. 볼트액션. 그는 상자 안에 손을 뻗었다가 머뭇거리며 아내를 보고 허락을 구한다.

"꺼내봐." 미아가 웃음을 터뜨린다.

소총을 들어올린 순간 안도감이 밀려온다. 마치 잘린 팔이 갑자기 다시 붙은 것 같다. 자연스러운 몸의 연장선처럼 느껴진다. 그는 반사적으로 노리쇠를 젖혀 약실이 비었는지 확인한 다음, 총미를 닫고 총을 들어올려 총신을 어깨에, 개머리판을 뺨에 붙이고 스코프에 눈을 대어 조준기를 시험해본다. 기름냄새. 방아쇠의 감촉. 그는 이미 자신이 이 물건을 능숙하게 다룬다는 사실을 알 수 있다.

"우리 이거 가져도 되는 거야?" 워시가 묻는다.

"당신은 안 되지만, 일단 등록된 소유자는 나고, 여기저기 조사를 해봤더니 당신이 접근하지 못하는 한은 문제가 없대. 그러니까 우린 그냥 이 총을 금고에 넣어두고, 누가 물어보면 당신은 금고 비밀번호를 모른다고 말하는 거야. 그리고 솔직히 말하면, 난 정말로 집에 다시 총을 두고 싶었어. 침입자가 있을 때에 대비해서 말이야. 다만 그런 목적이라면 권총이나 산탄총이 나왔겠지. 이 총을 산 건 당신 때문이었어. 뒷마당에서 과녁 맞추기를 해도 되고, 원한다면 사슴 사냥까지는 해도 돼. 다 생각해놨어. 다만 조심해야 해. 아무도 몰라야 해."

아내가 그의 무릎 위에 올라와 앉자 워시의 의자가 삐걱거린다.

압도당한 기분이다.

"사랑해." 워시는 생각 없이 내뱉는다. 말이 그냥 나와버린다.

그는 아내에게 입을 맞추려고 소총을 식탁에 내려놓지만, 아내의 얼굴에는 놀란 표정이 스치고, 그가 더 가까이 몸을 기울이기도 전에 고개를 숙여 그의 가슴팍에 턱을 묻는다. 워시는 어리둥절해서 아내가 다시 고개를 들기를 기다린다. 아내의 두 손이 그의 어깨에 얹힌다. 엉덩이는 그의 허벅지를 누른다. 갑자기 아내의 몸이 떨린다. 아니, 그는 깨닫는다, 그녀는 울고 있다.

아내가 우는 모습을 본 기억이 없다.

워시는 그 모습을 보고 겁에 질린다.

"뭐가 잘못됐어?" 그는 얼굴을 찌푸린다.

겨우 나온 대답은 웅얼거림이다.

"당신은 이제 거의 당신이 아니야."

"그게 무슨 뜻이야?"

"그냥, 너무 달라."

"어떻게 다른데?"

미아는 잠시 동안 조용하다.

"당신은 설거지를 한 적이 없었어."

"음, 그때는 내 직업이 설거지가 아니었잖아, 안 그래?" 워시가 말한다.

"집에서 말이야." 미아는 폭발해버리고, 좌절감에 그를 밀쳐서 놀라게 한다.

"하지만 미트로프를 망쳤을 때 당신이 그랬잖아, 요리는 당신이 하고 나는 설거지 담당이라고." 워시가 말한다.

"농담이었어. 당신이 정말로 그렇게 할 줄은 몰랐어. 그런데 당신은 식사를 마치고 식탁에서 일어나더니 그냥 설거지를 시작했지. 그전까지 당신은 그 집에서 평생 한 번도 그릇을 닦지 않았어. 아이들과 게임을 한 적도 없었고, 아이들을 사냥에 데려간 적도 없었고, 난 언제나 집수리 좀 하라고 당신을 달달 볶아야 했고 당신은 수리를 한 다음에는 잔소리를 해댔다고 나한테 삐져 있곤 했고, 애들을 어디다 태워다 주라고만 하면 발작을 일으켰어. 당신은 일을 하고 사냥을 하고 숲에 혼자 있기만을 원했고, 내가 어떻게 할 수 없는 정치 문제를 두고 나한테 화를 냈어. 그런데 우린 이제 싸우지도 않아. 지금껏 당신이 예전과 똑같은 척하려고 했지만 아니야, 당신은 같은 사람이 아니야, 똑같은 몸에, 똑같이 움직이고, 똑같은 냄새를 풍기고, 말투도 똑같고, 맛도 똑같지만, 나머지는 사라져버렸어. 당신은 내가 제이든을 임신했을 때 일어났던 토마토주스 사건도 기억하지 못하고, 소피를 낳은 후에 일어났던 화재 경보 사건도 기억하지 못해. 우리 사이에 비밀스러운 의미가 있었던 모든 게 이제는 그냥 의미 없는 물건이야. 당신에게 건초 더미는 그냥 건초 더미고, 야구 헬멧은 그냥 야구 헬멧이고, 모기 물린 데는 그냥 모기 물린 데인데, 나한테는 그렇지가 않아." 미아는 주먹으로 그의 가슴팍을 때리며 운다. "우린 우리의 과거를 잃었어. 우리의 역사를 잃었어." 주먹으로 그의 가슴팍을 때린다. "당신은 그래도 싸지." 주먹으로. "나는 아니야." 주먹. "나는 아니라고."

워시는 두려움에 질린 채 그 자리에 앉아서 맞고만 있다. 마침내 아내가 두 손으로 그의 티셔츠를 움켜쥐고 지쳐서 가슴에 머리를 묻을 때까지. 언어맞은 자리마다 피부가 얼얼하다. 언어맞은 충격으로 심장이 쿵쾅거린다. 워시는 자신의 손에 있는 얼룩덜룩한 검버섯을, 손가락에 남은 희미한 흉터를, 발뒤꿈치에 도드라진 뼈를, 발바닥에 거슬리는 굳은살을, 그러니까 살았던 기억도 할 수 없는 세월의 유물들을 본다. 지금처럼 자신이 이 몸에 들어온 이방인 같왔던 적이 없다.

충격이 너무 커서 말을 하기도 힘들다.

"당신은 어느 쪽을 원해?" 워시가 묻는다.

"어느 쪽이라니?"

"어느 쪽 나를?"

미아는 한숨을 내쉬고 그를 외면하며 고개를 들더니, 그의 무릎 위에서 일어선다. 발을 끌며 욕실로 향한다. "당신이 예전 그대로 였다면 절대 총을 다시 사지 않았을 거야."

한밤중. 그는 어둠 속에서 아내 곁에 누워 있다. 이불이 집에 있는 것보다 얇다. 베개는 집에 있는 것보다 딱딱하다. 예전에 집밖에서 밤을 지낸 적이 있었는지 기억할 수 없다. 아내가 그의 목에 기댄 채로 잠드는 데 익숙해진 나머지, 아내가 고개를 돌린 상태로 잠을 청하는 게 무척이나 외롭다. 발이 차갑다. 저수지에서 올빼미가 운다.

그는 아내를 사랑할까?

전에는 아내를 사랑했을까?

린지가 거실 의자에 앉아 있다. 매달 똑같은 옷차림이다. 그녀는 머리카락을 귀 뒤로 넘기더니, 몸을 숙여 바닥에 놓인 장난감을, 누르면 삑 소리가 나는 플라스틱 뼈다귀를 집는다.

"우리가 만나는 건 이번이 마지막이에요." 린지가 말한다.

"끝난 겁니까?"

린지는 미소 띤 얼굴로 그를 올려다본다.

"다음달이면 삭제 이후 일 년이에요. 우리 법무부 기준으로 워싱턴 씨는 공식적으로 인생에 복귀했어요. 축하합니다."

린지는 장난감을 복도 저편으로 던진다.

비스킷이 달려간다.

워시는 생각한다.

"이해가 안 가는 게 있어요."

"뭔데요?"

"나처럼 삭제 조치를 받은 후에 또 범죄를 저지르면 어떻게 됩니까? 이미 모든 걸 빼앗았다면, 대체 또 뭘 할 수 있죠?"

"이전에는 당시에 가지고 있던 기억을 빼앗았죠. 이제 또 빼앗을 수 있는 새로운 기억이 있잖아요."

워시는 얼굴을 찌푸린다.

"만약 워싱턴 씨가 부분 삭제형을 받는다면, 그야 물론 긴 형량보다는 짧은 형량이 낫죠. 하지만 평생형에 숫자는 무의미해요. 여섯 살의 죽음보다 예순 살의 죽음이 더 나쁜가요? 당연히 아니죠. 삶의 길이는 상실의 무게와 아무 상관이 없어요."

워시는 가슴 앞에 팔짱을 끼고 두 손을 겨드랑이에 찔러넣은 채 소파에 푹 기댄다.

"그 점을 이해하는 게 중요해요." 린지가 말한다.

워시는 린지 쪽을 본다.

"이제 워싱턴 씨에겐 잃어버릴 수 있는 또다른 삶이 있어요." 린지가 말한다.

비스킷이 물고 온 뼈다귀를 바닥에 떨어뜨린다.

린지가 손을 아래로 뻗는다.

"기분은 어떤가요, 워싱턴?"

"아주 좋아요." 워시가 말한다.

미아가 그를 욕실 안으로 부른다. 그녀는 허리를 끈으로 졸라매는 편한 운동복 바지에 헐렁한 속셔츠 차림으로 닫힌 변기 뚜껑 위에 앉아 있다. 욕조 가장자리에는 임신 테스트기가 놓여 있다.

"이번엔 우리 둘 다 기억할 거야." 미아가 그를 보고 미소 지으며 말한다.

잠시 후에 아이들이 욕실 안으로 뛰어들어오는데, 벌써부터 아기 이름을 뭐라고 지을지를 두고 다툰다.

워시는 가족들과 같이 요람을 사러 가서, 스피커마다 스윙 음악이 울려퍼지는 눈부신 백화점 통로를 카트를 밀며 걷는다. 워시는 공원에서 가족과 함께 체크무늬 담요 위에 비스듬히 누워, 하늘에서 펑 터졌다가 반짝이며 스러지는 불꽃놀이를 본다. 워시는 아내가 서랍 위에 놓아둔 시계에서 배터리를 꺼내는 사이 침실 쓰레기통 위에 몸을 굽히고 앉아서 손톱을 깎는다. 워시는 아내가 문고리에 걸린 지저분한 수건을 모으는 동안 욕실 개수대 위로 몸을 기울이고 집게로 코털을 뽑는다. 워시는 아이들이 캔에 든 탄산음료를 마시면서 참나무 그루터기에 앉아 지켜보는 동안 사람 모양으로 만든 과녁에 총구멍을 낸다. 그리고 워시가 어디에 있든 무엇을 하든, 마음속에 박힌 채 계속 울려대며 그를 괴롭히는 것이 있다.

그는 개와 함께 포치에 앉아 있다. 차양에서 비가 똑똑 떨어진다. 차도 건너편 옥수수 겉껍질에 가느다란 옥수수수염이 보인다.

여름이 벌써 거의 다 갔다. 등뒤, 창문 방충망 밖으로 가족들의 대화 소리가 흘러나온다.

가끔 그는 혼자 있고 싶어진다. 가끔은 허드렛일을 돕기 싫은 게 으른 기분이 든다. 가끔은 주먹으로 벽을 때리고 싶을 만큼 신경이 날카로워지기도 한다.

하지만 아마 이런 순간을 다 합쳐봐야 예전의 그에 비하면 별것 아니리라.

지금 그는 다른 사람인가?

그는 새로운 사람이 된 걸까?

아니면 그에게 어떤 영혼이, 선천적인 본성이, 타고난 성격이 있어서 결국에는 그 모습이 드러나고야 말까?

새 학년은 아직 시작되지 않았지만, 운동 연습 시즌은 이미 왔다. 워시는 연습하러 간 아이들을 태우러 가는 길에 도서관을 지나친다. 트럭이 학교를 향해 달려가는 동안 그의 눈은 차도에서 백미러로 옮겨가, 멀어지는 도서관을 바라본다. 예전의 그가 누구였는지 알아내는 건 애초에 선택지에 없을지도 모른다. 그가 저지른 짓이 뉴스거리가 되지 않았을 수도 있다. 그리고 이미 아이들을 데리러 갈 시간에 늦었다. 그런데도 그의 두 손은 운전대를 꽉 움켜쥔다.

그는 욕을 뱉으며 유턴해서 트럭을 돌린다.

도서관 앞에 차를 세운다.

"컴퓨터를 쓰고 싶은데요." 워시가 말한다.

사서는 신분증을 요구하고, 계정을 등록해준 다음 컴퓨터가 있는 곳으로 데려간다. 그러는 내내 그는, 대체 뭐하는 거야, 뭐하는 거야, 뭐하는 거야 생각하면서 학교 울타리 옆에서 기다리고 있을 아이들을 상상한다. 사서가 접수대로 돌아간다.

키보드를 향해 뻗는 두 손이 덜덜 떨린다.

그는 컴퓨터를 켜고, 브라우저를 열고, 그의 이름을 검색한다.

화면이 깜박이면서 검색 결과가 나타난다.

아무것도 없다. 같은 이름의 팝 스타가 한 명. 골키퍼 한 명. 같은 이름의 바닷가 리조트 하나. 기념비 하나. 그는 그곳에 없다.

워시는 다시 한번 검색 결과를 훑어보며 확인하고 안도감에 큰 소리로 웃음을 터뜨린다.

그 유혹은 결국 신기루였던 셈이다.

워시는 일어서려고 의자 위에서 몸을 돌리다가 문득 뭔가를 생각해내고 머뭇거린다.

다시 컴퓨터 쪽으로 몸을 돌린다.

키보드에 손가락을 올린다.

그의 이름에 마을 이름을 더한다.

화면이 깜박이면서 결과가 달라진다.

심장이 쿵 뛰어오른다.

거기 있다.

기사 목록이 끝없이 이어지는 것 같다.

헤드라인만 봐도 몸속에 분노가 고동치기엔 충분하다.

워시는 두 손으로 입가를 쓸고, 컴퓨터 너머의 문을 통해 도서관 안으로 흘러드는 햇빛을 보며 지금 일어나서 나갈지 계속 읽을지 결정하려 한다. 잃어버릴 수도 있는 지난 일 년간의 온갖 기억들이 스쳐지나간다. 진입로에서 목캔디에 질식할 뻔했다가 굉장하다며 웃던 제이든. 까마귀가 나무에서 떨어지자 웃어대던 소피. 하얀 원피스를 입고 저수지에 서서 발 장난을 치다가 아무렇지도 않은 얼굴로 쳐다보더니 갑자기 달려들어 그를 물에 빠뜨리던 미아. 반바지 차림으로 부엌바닥에 누워서 그의 발목을 붙잡고는 고카트 트랙에 데려가달라고 애원하던 제이든. 불붙은 폭죽을 들고 마당을 빙글빙글 돌던 제이든. 병원을 쉬던 날 머리를 둥글게 말아올리고 비에 젖은 트렌치코트 차림으로 그가 일하는 다이너에 들러 그의 쉬는 시간에 체리 파이 한 조각을 나누어 먹던 미아. 유령이 나오는 꿈을 꾸고 놀라서, 잠옷 바람으로 부엌 불빛 아래 서서 그의 팔을 잡던 소피. 불붙은 폭죽을 마이크처럼 잡고 노래하던 소피. 포치에 호박을 늘어놓던 미아. 차양에 생긴 고드름을 떨어내던 미아. 그녀가 다시 토할 때에 대비해 쓰레기통을 붙잡고 침대 옆에 웅크려앉은 그에게, 이마에 젖은 수건을 얹은 채 땀을 흘리면서 혼미한 상태로 자기가 그를 얼마나 사랑하는지 중얼거리던 미아. 복도를 한들한들 날아가는 나비를 지켜보다가 설명을 해달라는 듯이 그를 돌아보던 개. 눈 덮인 양치류를 부츠로 짓밟으며 장갑 낀 두 손을 치켜들고, 나뭇가지 사이로 내리쬐는 눈부신 햇살이 얼굴을 비추는 가운데 죽은 사슴 주위에서 춤을 추며 축하하던 아이들. 그후에 사슴을 트럭 뒤에 싣고 집으로 돌아오던 길에 거대한 사슴뿔이 운전칸 뒤 창밖으로 솟아오른 모습. 옆자리에서 모자를 벗고 온통 헝클어진 머리로 서로에게 재잘거리던 아이들. 그후에는 다 같이 보온 내의 차림으로 부엌에 앉아 콘플레이크를 먹으며 아이들은 요란한 몸짓과 함께 사냥 이야기를 풀어내고, 아내는 체크무늬 나이트가운 차림으로 식탁 맞은편에 앉아서 홍차를 마시며 미소 짓던 모습. 다른 누구와도 공유하지 않은 비밀스러운 경험들. 지하실 알루미늄 통에 숨겨두었던 초콜릿을 발견했을 때의 기쁨. 철물점에 들를 때마다 반짝거리는 샹들리에와 펜던트 조명과 램프와 촛대들이 놓인 자리에 습관처럼 가서 색유리와 색칠한 갓을 통해 흘러나와 뒤섞이는 풍성한 불빛을 보며 감탄하던 일. 쇼핑몰 화장실에서 걸어나오는데 갑자기 자판기에서 덜컹 하고 콜라 한 병이 떨어졌을 때의 운명적인 느낌. 마을 위 하늘에 휘돌던 어마어마한 토네이도를 보았을 때 구름에서부터 나선을 그리며 내려오는 회오리 끝이 막 땅을 건드리려던 그 순간의 두려움과 경외와 경이로움.

워시는 의자에 등을 기대고 문과 컴퓨터를 번갈아 보면서, 미래를 가질 가능성과 과거를 가질 가능성 사이에서 갈등하느라 입술을 깨문다. 하지만 잠시뿐이다. 생각해보면, 그는 자신이 누구인지 알기 때문이다. 그는 이미 자신이 어떻게 할지를 안다.

유토피아의 어느 운나쁜 날

그녀는 힘든 하루를 보냈다. 아침에는 회사에서 개발중인, 이미 예정된 일정보다 출시가 몇 달이나 늦어진 게임의 코드 어딘가에 결함이 있어서 플레이어 캐릭터가 유성이 나오는 레벨에서 다이 아몬드 갑옷을 장착하면 게임이 다운된다는 것을 알게 됐는데, 아무도 이유를 알아내지 못했다. 말이 되지 않았다. 악몽 그 자체였 다. 상사인 애나는 탕비실에 또 씻지 않은 그릇을 놓아두었다고 화를 냈다. 직속 관리자인 루시는 그녀가 보낸 새로운 의료보험 약관에 대한 이메일을 계속 무시했다. 제일 최근에 들어온 인턴 인디라가 회의실 테이블 위에 커피를 제대로 쏟으면서 그 커피가 그녀의 블라우스와 치마까지 적셨으며, 그나마 아이스커피여서 화상을 입지는 않았지만 블라우스는 흰색이고 치마는 복숭아색이었고, 결국 커피 얼룩을 완전히 지울 수가 없어서 희미한 얼룩이 남은데다가, 어떻게든 얼룩을 지워보려는 과정에서 젖은 옷이 아직도 축축했다. 집주인 케일라는 음식물 쓰레기 처리기가 손쓸 수 없이 망가졌는데도 교체해주지 않겠다는 메시지를 보냈다. 상담사인 소피아는 시간당 상담료를 인상한다는 메시지를 보냈는데, 소피아의 상담료는 지금도 터무니없이 비쌌다. 이웃인 대니엘라는 지난 주말 이후 아직까지도 그녀와 말을 하지 않았다. 그리고 회사의 모든 여자들이 코드 결함의 정확한 원인을 필사적으로 알아내려 애쓰며 사무실을 뛰어다니는 바람에 덩달아 어찌나 초조한지 코드를 입력할 때 스트레스가 몸을 얼얼하게 관통하는 감각을 실제로 느낄 수 있을 지경이었고, 가슴에는 검사 결과가 나올 때까지 생각하지 않으려 노력중인 혹이 하나 있었으며, 손목은 러닝머신에서 떨어지는 바람에 아직도 쓰라린데다, 어깨에 난 뾰루지 하나는 아프게 부어올라서 어떤 여드름 연고를 써도 낫질 않는 것 같았고, 그날 아침에는 주지사가 캘리포니아 소득세를 상당히 올릴 계획이라고 발표했고 그렇다면 월급을 받을 때마다 저축할 돈이 줄어든다는 뜻이며 그럼 앞으로도 일 년 동안은 아기를 건사할 형편이 안 될 터였다. 쌍. 그녀는 생각했다. 쌍, 쌍, 쌍. 하루가 끝날 무렵 그녀는 멍하니 컴퓨터 앞에 앉아 있기만 했다. 친구들과 저녁을 먹기로 했는데, 배가 고프지 않았다. 우울했다. 가고 싶지 않았다. 친구들에게 약속엔 못 나가겠다고 메시지를 보냈다.

　매켄지에게 전화가 왔다.

　"왜 안 와?" 매켄지가 물었다.

　"끔찍한 하루였어."

　"나오면 도움이 되지 않을까?" 매켄지가 말했다.

　"그냥 집에 갈래."

매켄지는 안타깝다는 듯한 소리를 냈다.

"목소리만 들어도 우울한 것 같네. 네 아파트로 위문품 보낼게. 와인과 컵케이크를 기대하시라. 사랑해, 보고 싶어, 잠 좀 자. 이번 주말에 보자." 매켄지가 말했다.

통화가 끝난 후에 그녀는 어머니에게 전화를 해보았다.

"끔찍한 하루였어."

"미안하다, 얘. 지금 막 수술실에 들어가는 참이야." 어머니가 말했다.

"아." 그녀가 말했다.

"정말 미안하구나. 끝나면 다시 전화할게." 어머니가 말했다.

"난 그냥 집에 있을 거야."

전화를 끊었다. 끔찍한 기분이었다. 그녀는 사무실을 나섰다. 컴퓨터를 끄지 않았다는 사실을 엘리베이터에서 깨달았다. 돌아가기엔 너무 지쳐 있었다. 로비 회전문을 지나 길거리로 나갔다. 해가 떠 있는데 비가 왔다. 파란 하늘에서 가는 빗방울이 토독토독 떨어졌다. 솜털 구름이 도시 위를 떠다녔다. 그녀는 절망에 차서 도로 연석에 멈춰 섰다. 길거리엔 사람이 가득했다. 우편함 앞에서는 귀갑 테 안경을 쓴 집배원 여자가 봉투들을 뒤적였다. 전기기사 하나가 유압 리프트에서 전신주를 고치고 있었는데 양팔에 문신이 있는 여자였다. 경찰 한 쌍이, 그러니까 금발을 하나로 묶은 여자 두 명이 주차된 컨버터블에 딱지를 뗐다. 인도에는 서류가방과 클러치백과 백팩과 새철백과 색색깔의 바퀴 달린 여행가방을 지닌 여자들이 활보했다. 버스와 택시와 픽업트럭과 세단과 반짝이는 배달 트럭을 탄 여자들이 교차로를 누볐다. 시외에서 견학 온 학생들인지, 똑같은 셔츠를 입은 여자애들이 임신한 보호자를 따라 한 줄로 횡단보도를 건넜다. 원피스에 데님 재킷 차림의 십대들이 낡은 스케이트보드를 타고 킥플립과 노즈그라인드 동작을 선보이고 있었다. 길 건너편 카페 테라스에 놓인 대리석 테이블에서는 여자들이 손을 잡고 거품 가득한 카푸치노를 마시며 서로에게 추파를 던졌다. 손을 잡은 여자들을 보니 섹스 생각이 났다. 그리고 갑자기 섹스 생각으로 머리가 가득찼다. 누군가의 손길을 느끼고 싶었다.

그녀에게는 여자들에게 매력을 느끼는 행운이 따르지 않았다. 고등학교에서나 대학교에서 몇 번인가 시도는 해봤는데, 자신은 여자들에게 성적인 관심이 없다는 사실을 인정할 수밖에 없었다. 그녀는 오직 남자들에 대해서만 몽상했다. 고전 영화에 나오는 남자들. 오래된 만화에 나오는 남자들. 박물관의 그림과 조각에 묘사된 남자들. 그녀처럼 스트레이트인 친구들도 있었는데, 특히 매켄지는 안드로이드 클럽에서 남자처럼 설계한 로봇들, 페니스와 고환이 있고 가슴에 털이 났으며 피부는 사람 살갗처럼 부드럽고 따뜻한 로봇들과 섹스하기를 좋아했다. 그 로봇들은 대화하고 웃고 추파도 던질 수 있었지만, 기술이 아직 충분히 세련되지는 못해서 묘한 위화감이 남아 있었고 그녀는 그게 좀 소름이 끼쳤다. 보통 그녀는 더 단순한 기계로 즐기는 쪽을 선호했다. 바이브레이터. 딜도. 샤워 헤드. 그런 걸로 한 번에 몇 주씩은 만족할 수 있었다.

하지만 때로 기계로는 부족한 날들이, 포옹하고 싶은 날들, 입맞추고 싶은 날들, 다른 사람이 애무하고 꼭 안아줬으면 싶은 날들이 있었다.

그래서 그날 차에 오른 그녀는 집에 가는 대신 지역 동물원으로 차를 몰았다.

샌프란시스코 동물원은 구릉지 삼목 숲을 지나, 바닷가 작은 만의 모래사장에 세워진 유리 돔이었다. 그녀는 다리를 날듯이 건너면서 바람에 머리카락이 춤을 추도록 창문을 내리고 달렸다. 스테레오에서는 일렉트로니카 음악이 흘러나왔다. 아직도 빗방울이 조금씩 떨어지고 있었다. 하늘은 오렌지색과 노란색으로 변해갔다. 솜털 구름이 구릉지 위를 떠다녔다. 동물원에 도착하자 짜릿한 흥분과 기대감이 느껴졌다. 유리 돔에 반사된 햇빛이 무지갯빛으로 일렁였다. 주차장에 다른 차라고는 골동품 로드스터 한 대뿐이었다. 이 시설의 주된 목적은 안전장치로, 문명이 몰락할 경우에 인류 멸종을 막는 것이었다. 이를테면 소행성 충돌이나 지자기 폭풍으로 갑자기 인공수정이 불가능해질 때에 대비해서 말이다. 이 동물원을 위해 만들어진 남자들은 살아 있는 정자은행이었다. 긴급상황에서만 유용할, 불필요한 기계였다. 정전이 되고 손전등 배터리마저 나갔을 때가 아니면 아무도 필요로 하지 않을 석유램프 같은 존재였다. 하지만 워낙 일어날 법하지 않은 일이라, 그녀는 그런 긴급사태에 대해서는 거의 떠올리지 않았다. 그녀에게 이 시설의 주된 목적은 여자들에게 남자들과 섹스할 기회를 제공하는 것이었다. 그녀의 스트레이트 친구들이 로봇과의 섹스를 선호하는 건 실제 남자와의 섹스가 훨씬 비싸기 때문이었는데, 그녀는 돈을 더 낼 마음이 있었다. 엄밀하게 말해서 그 돈은 기부금이었다. 모든 수익은 남자들에게 셔벗과 페이스트리 같은 특식을 사주는 데 쓰였다. 그녀는 관대한 기분을 느끼는 게 좋았다. 로비 문이 자동으로 열렸다. 그녀는 접수원에게 돈을 지불하고, 오이를 넣은 찬물을 한 잔 받아, 대기실에 있는 소파 중 하나에 앉아서 오이 물을 마시며 접수원이 경비원을 호출하는 동안 기다렸다. 평일 밤이라는 점을 감안하더라도 동물원은 이상하게 조용했다. 접수원을 빼면 로비가 텅 비어 있었다. 최근에 한 남자가 디트로이트 동물원에서 탈출하려고 했는데, 경비원들이 진정제를 투여하려 하자 폭력적으로 변했고 깨어나서는 자기 방에서 벨트로 목을 매 자살을 시도한 사건이 있었다. 또 애틀랜타에서는 최근에 한 남자가 동물원 방문객을 공격했다가 징벌로 경비원들에게 두들겨맞고, 다시는 방에 방문객을 받지 못하게 된 사건도 있었다. 그녀는 그 이야기들을 뉴스에서 읽었다. 하지만 그런 사건들은 워낙 드물었기에 겁을 먹지는 않았다. 전 세계 남자 인구는 엄격하게 규제되어 십만 명을 겨우 넘는 정도였고, 그 남자들은 태어날 때부터 갇혀서 자라기 때문에 경찰봉과 전기 충격기의 아픔에 익숙했다. 그녀의 경험상 동물원 남자들은 말썽을 일으키지 않는 게 좋다는 걸 잘 알았다. 그리고 한편으로 그녀는 스릴을 즐기기도 했다. 지구상에 존재했던 생물 중에 가장 폭력적이고 무자비하며 파괴적인 생물의 소굴에 들어가는 스릴.

다른 동물원에 가본 적은 없지만, 듣기로 샌프란시스코 동물원의 규모는 평균 정도라고 했다. 동물원에 있는 어린 남자애들은 다 위층에 살았다. 성인 남자들은 모두 일층 방에 살았다. 복도는 하얀 바닥에 하얀 벽에 하얀 천장이었다. 무전기와 총과 검은색 제복을 갖춘 경비원의 안내를 받아 복도를 걷다보니 지나치는 유리문 너머로 남자들이 사는 방이 들여다보였다. 납작코에 보조개가 귀여운 남자 듀크. 주근깨와 갈라진 턱이 특징인 매력적인 남자 얼.

머리가 짧고 노래하는 목소리가 유혹적인 남자 마키. 혀에 피어싱을 하고 광대뼈가 도드라진 얼굴에, 게이이고 방문객과 자는 데는 거의 관심이 없는 호리호리한 남자 프린스. 웃음소리가 섹시한 통통한 남자 말릭. 엉덩이가 매력적인 수줍음 많은 남자 아미르. 대머리에 턱수염을 기르고 더듬거리며 말하는 매력 있는 중년 남자 배런. 각각의 문은 남자들끼리는 유리를 통해 서로를 볼 수 없고, 지나다니는 경비원들만 들여다볼 수 있도록 띄엄띄엄 배치되어 있었다. 오늘밤 남자들은 모두 비디오게임을 하고, 크로스워드를 풀고, 기타 줄을 퉁기고, 종이접기를 하고, 양말냄새를 맡고, 뉴스를 보고, 드립 커피를 내리는 데 몰두하고 있었다. 그녀가 제일 좋아하는 남자는 복도 끝 방에 살았다.

"와줘서 정말 기뻐요." 렉스*가 비행 기계 설계도가 가득한 스케치북에서 고개를 들고 놀란 미소를 지으며 말했다.

경비원은 천천히 복도 반대편으로 되돌아갔고, 방의 문이 닫히면서 그녀는 렉스와 둘만 남겨졌다. 렉스는 딱 붙는 베이지색 바지 위에 갈색 리넨 튜닉을 걸친 채 맨발로 문을 향해 걸어왔다. 그남**은 그녀보다 어려서 아마 이십대 초반쯤으로, 키가 크고 어깨가 넓고 근육질에 얼굴은 각지고 잘생겼으며, 검은 머리는 구불구불했고 밝은 갈색의 두 눈은 지성과 호기심으로 반짝였다. 목소리는 굵

---

* 묘사된 남자들의 이름은 모두 왕이나 귀족의 호칭이다. '듀크'는 공작, '얼'은 백작, '마키'는 후작, '프린스'는 왕자, '말릭'은 아랍어로 왕, '아미르'는 아랍어로 군주나 통치자, '배런'은 남작, '렉스'는 라틴어로 왕이라는 뜻.

** 본 단편의 주제 의식과 특성을 고려해, 이 작품에 한해 남성 대명사 'he'의 번역어로 '그녀'의 상대어인 '그남'을 사용했음을 밝혀둔다.

고 낮았다. 수염 자국이 섹시했다. 추적용 팔찌는 다른 남자들과 똑같이 멋진 은색 밴드였다. 시설 내의 다른 방들과 마찬가지로 렉스가 사는 방도 쾌적하고 널찍했으며, 킹사이즈 침대와 글쓰기용 책상, 책을 읽을 때 쓰는 의자, 옷을 넣어두는 서랍장으로 우아하게 장식되어 있었다. 소설과 지도책과 백과사전과 너덜너덜한 시집들이 가득 꽂힌 책장도 하나 있었다. 욕실, 간이 부엌, 운동용 요가 매트, 벤치프레스, 고정형 자전거. 아주 어렸을 때부터 연주하는 법을 배운 그랜드피아노. 최근 그림에 관심이 생겨서 들여놓은 이젤과 캔버스. 방안의 가구들은 모두 현대적이고 미니멀리즘적이었다. 세탁 바구니 옆 바닥에 트렁크 팬티 몇 개가 흩어져 있었고, 싱크대 옆에는 살구씨가 담긴 접시가 놓여 있었지만, 대체로 그 방은 깨끗하고 정돈된 인상을 줬다. 문 맞은편 벽은 유리로 되어 있어서 바닷가와 파도풀을, 수평선까지 펼쳐진 초록색과 남색으로 반짝이는 바닷물을 볼 수 있었다. 렉스가 그녀에게 키스했다. 입술이 정말 부드러웠다. 입에서 설탕맛이 났다. 캐러멜을 먹고 있었던 모양이었다.

"머리 모양을 바꿨네요." 그녀가 말했다.

"마음에 들어요?" 렉스가 말했다.

"직접 고른 거예요?"

"책에 실린 어떤 남자 머리를 보고 잘랐어요."

그녀는 가방을 문 옆에 내려놓았다. 보통 동물원에 올 때는 란제리를 입었지만, 오늘은 원래 올 계획이 없었던 탓에 변색된 브라에 허리 밴드에 쥐가 갉은 듯한 구멍이 난 면 팬티를 입고 있었다. 렉스는 아무런 차이도 알아차리지 못한 듯 갈급하게 그녀의 블라우스와 치마와 브라와 팬티를 벗기며 온몸에 입을 맞췄다. 그녀는 그남이 가뿐히 침대로 들고 갈 만큼 몸집이 작았다. 그녀는 그남과 섹스했다. 그후에는 부둥켜안고 있었다. 창문 너머에서는 아직도 부슬부슬 비가 내렸다. 하늘이 분홍빛으로 변했다. 바다 위에 솜털 구름이 떠다녔다. 그녀의 뺨은 붉게 달아올랐다. 심장이 쿵쾅거렸다. 지금 그녀는 손목시계 말고는 완전히 알몸이었는데, 그 시계는 할머니에게 물려받은 물건으로 금색 줄에 금색 문자판에 금색 시곗바늘이 달린 단순한 디자인의 시계였다. 렉스는 그녀의 머리를 쓰다듬으며 머리카락을 부드럽게 어루만지고, 굵은 손가락 끝으로 두피를 마사지했다. 전에 그렇게 해주면 기분이 좋다고 말한 적이 있었다. 그남의 피부는 그녀보다 살짝 밝아서, 둘의 색깔 대비도 마음에 들었다. 렉스가 콘돔을 빼서 멀찍이 놓인 쓰레기통으로 던질 때, 정액이 이불에 살짝 흘렀다. 그녀는 그남의 정액냄새를 좋아했다. 그남의 디오더런트 냄새를 좋아했다. 그남의 땀냄새를 좋아했다. 환상적이었다. 그녀는 그남에게 이야기하는 걸 좋아했다.

"그동안 건축사를 공부하고 있었어요." 렉스가 말했다.

말할 때 그남의 울대뼈가 움직이는 모습을 보자 마음이 들떴다.

"공부한 내용을 좀 말해봐요." 그녀는 말했다.

렉스는 망설였다. "세상에 있는 건물들 대부분을 남자들이 지었다는 게 사실인가요?"

"부권사회에서는 건축가가 될 수 있는 여자들이 별로 없었을 거예요." 그녀는 말했다.

렉스는 천장을 보고 얼굴을 찡그렸다.

"그거 화나네요." 렉스가 말했다.

"나도 그래요."

"너무 불공평해요."

"아마 모든 게 그런 식이었을걸요."

"분명히 모든 도시를 여자들이 지었다면 세상이 훨씬 더 아름다웠을 거예요." 렉스가 말했다.

그녀는 잠시 생각해보았다.

"뭐, 지난 오십 년간은 모든 건물을 여자가 지었고, 앞으로 남자가 건물을 짓는 일은 두 번 다시 없을 테니까요." 그녀는 마침내 말했다.

렉스는 그 말에 만족하는 것 같았다. 그녀는 멍하니 그남의 피부를 손으로 쓸어내리며 작은 유두, 단단한 흉근과 복근 사이에 팬 홈을 만지고는 까슬한 음모 사이로 손가락을 뻗었다. 그남의 엉덩이는 둥글고 매끄러웠으며 만지는 감촉이 좋았다.

"밖은 어떤지 말해줄래요?" 렉스가 말했다.

렉스는 그녀가 찾아올 때마다 그걸 물었다. 그남은 햇빛을 직접 받아본 적이 없었다. 비를 직접 맞아본 적이 없었다. 바람을 직접 느껴본 적이 없었다. 풀이나 흙이나 모래를 밟아본 적도 없었다. 그남은 바깥세상에 집착했다. 산. 빙산. 꽃. 날씨에.

"오늘은 따뜻해요." 그녀가 말했다.

렉스는 그 이야기에 빠져들었다.

"그리고 비가 와요. 하지만 가는 비예요. 아주 가는 비, 거의 느끼지도 못할 만큼 가늘게 내리죠. 그리고 바람도 살짝 불어요. 완벽한 산들바람이에요. 습기와 물 때문에 도시에는 비와 수증기 냄새가 나요. 그리고 비가 풀과 흙과 꽃 냄새를 불러일으키죠. 새들은 여름을 맞아 전부 북쪽으로 날아가고 있어서, 길거리를 걸으면 온 사방에서 새들이 지저귀는 소리가 들려요. 빗방울이 어찌나 가느 다란지 한 방울이 몸에 떨어지면 특별하게 느껴질 정도이고, 그러 면 손을 올려 뺨에 묻은 물방울을 닦아내야 해요." 그녀는 말했다.

렉스는 갈망하는 얼굴로 창문 쪽을 돌아보았다.

"같이 그걸 느낄 수 있으면 좋을 텐데." 렉스가 속삭였다.

그녀는 침대 옆 협탁에 놓인 과일 접시에서 무화과를 하나 먹었다.

"다시 그거 해줄래요?" 그녀가 말했다.

렉스는 그녀를 기쁘게 해주고 싶어 열렬히 응했다. 그녀는 무릎 을 벌리고 렉스의 머리를 잡은 채, 손가락에 감겨드는 그남의 머리 카락 감촉과 그남의 혀가 클리토리스를 탐색하는 느낌, 그남의 두 손이 허벅지를 감싸고 꽉 조여드는 느낌을 즐겼다. 그녀를 맛보느 라 흥분했는지, 마침내 침대 위로 다시 올라왔을 때 그남의 성기는 다시 단단해져서 허공에 빳빳하게 서 있었다. 그녀는 다시 그남과 섹스를 했다. 그남은 손가락 끝을 그녀의 등에 파묻고 부드럽게 그 녀의 이름을 부르면서, 신음과 함께 절정에 달했다.

그후에 그녀는 다시 그남과 부둥켜안고 있었다. 창문 너머 바다 에 황혼이 내리고 있었다. 구름은 사라졌다. 하늘에 별이 하나둘 나타났다. 편안한 기분이었다. 행복했다. 갑자기 나초를 먹고 싶은 생각이 간절해졌다. 손목시계를 보았다. 잠들기 전에 새로운 드라 마를 몇 편 보고 싶었다.

"가봐야겠어요." 그녀가 말했다.

그녀는 옷을 입었다. 렉스는 어쩔 줄 모르는 얼굴이었다. 그남은 재빨리 바지와 튜닉을 주워 입더니, 그녀가 가방끈을 어깨에 메자 그녀에게 손을 뻗었다.

"날 데려가요." 렉스가 사나운 표정으로 문을 흘끗 보며 속삭였다.

그녀는 화들짝 놀랐다. 렉스는 진심이었다. 그녀는 뒤로 물러섰다.

"안 돼요, 자기." 그녀가 말했다.

"당신과 달아나고 싶어요. 같이 사는 거예요. 아무도 우릴 찾지 못하는 야생 지역 어딘가에서요. 집을 짓고, 가족을 꾸려요." 렉스가 말했다.

"안 돼요." 그녀가 말했다.

"사랑해요." 렉스가 말했다.

"날 잘 알지도 못하잖아요." 그녀는 놀라서 말했다.

"당신은 아름다워요. 똑똑해요. 친절해요. 그래요, 당신이 그렇다는 걸 알아요. 지진이 난 다음주에, 길가에서 길 잃은 개를 발견했을 때 당신은 그 개를 차에 태워 보호소로 데려갔죠. 진흙투성이여서 당신의 옷과 시트를 더럽혔는데도요. 그 이야기를 들었을 때 난 당신을 사랑하게 됐어요. 바로 그 순간에요. 그 개는 벼룩이나 기생충이 있을 수도 있고 광견병에 걸렸을 수도 있는데, 당신은 개가 혼자이고 도움이 필요하다는 걸 알고는 그냥 도와줬죠. 당신이 그런 사람이기 때문에요. 난 당신이 웃을 때, 진심으로 웃을 때, 숨도 못 쉬게 웃을 때의 모습을 사랑해요. 달콤한 걸 먹을 때 얼마나 행복해하는지도, 단것을 씹을 때 행복감에 눈이 작아지면서 잔주름이 잡히는 모습도 사랑해요. 당신을 행복하게 해주고 싶어요. 같이 살고 싶어요. 매 순간 그 생각을 해요. 언제까지나 당신과 같이 있고 싶어요." 렉스가 말했다.

"렉스, 안 돼요." 그녀가 말했다.

"제발." 렉스는 눈물이 그렁그렁해서 말했다.

그녀는 눈물을 보자 마음이 흔들렸는데, 그 흔들림을 감지한 듯 렉스가 갑자기 절박한 얼굴을 했다. 다가오는 그남의 두 눈에 맺힌 눈물이 반짝였다.

"제발, 날 여기 버려두지 말아요. 더는 못 견디겠어요. 그냥 날 데려가줘요. 폭력적으로 굴지 않을게요. 당신을 존중할게요. 친절할게요. 평화로울게요. 난 다른 남자들과 달라요." 렉스는 이제 애걸하고 있었다.

렉스와 같이 사는 공상을 해본 적이 있었다. 문 앞에 선 그녀는 그남을 데리고 모든 경비원을 통과해 몰래 동물원을 빠져나가는 상상을 했다. 차 트렁크에 든 비상용 공구 상자에서 펜치를 꺼내 추적용 팔찌를 잘라낸 다음, 차를 몰고 어딘가 먼 곳으로 달려가는 상상. 시골에 있는 버려진 농가에 들어간다. 채소를 키운다. 닭을 기른다. 양봉을 한다. 매일 같은 침대에서 깨어난다. 같이 야외에서 시간을 보낸다. 처음으로 무릎을 꿇고 흙을 만질 때 렉스는 어떻게 웃고, 어떻게 울까. 얼마나 경이에 찬 웃음을 터뜨릴까. 그녀는 그남의 손길이 닿는 게 얼마나 좋은지 생각했다. 그남에게 이야기하는 게 얼마나 좋은지. 같이 있는 게 얼마나 좋은지. 그리고 친구들을 생각했다. 어머니를 생각했다. 친구들 모두가 그렇듯, 같은 세대 모두가 그렇듯 그녀는 실험실에서 인공 정자로 수정되어 성별을 미리 선택한 후, 페트리접시에서 어머니 몸속으로 옮겨진 줄기세포 아기였다. 그녀는 숙청이 있고 오랜 후에 태어났다. 남자들이 쇠퇴하고 오래 지나서였다. 그녀는 남자들이 자유로이 돌아다니던 세상에 살아본 적이 없었다. 폭행과 살인과 전쟁이 매일같이 일어나던 세상. 그녀의 어머니는 당시 너무 어려서 기억하지 못했다. 하지만 할머니는 세상을 떠나기 전에 트레일러 뒤편 화롯가에 앉아 잔불 위에 마시멜로를 구우면서 그녀에게 이런저런 이야기를 들려주었다. 할머니는 모권사회에서 겪은 최악의 날이라 해도 부권사회에서 겪은 최고의 날보다 더 낫다고 했다. 전직 군인이자 은퇴한 호텔 객실 관리자였던 할머니는 열세 살 때 자신을 강간하려는 아버지의 친구를 간신히 물리친 후 겨우 용기를 내어 아버지에게 무슨 일이 있었는지 고백했다가 거짓말쟁이라는 소리를 들었으며, 한번은 수하물 컨베이어벨트에서 짐을 찾으려고 가방 위로 몸을 굽혔는데 어떤 남자가 손가락으로 엉덩이를 꼬집었고, 한번은 버스 기둥을 잡고 있는데 어떤 남자가 그녀의 손에다 사타구니를 세게 문질렀으며, 한번은 콘서트에서 어떤 정체 모를 놈이 맥주에 데이트 강간 약물을 넣는 바람에 친구가 병원에 데려간 일도 있었다. 할머니의 몸은 매일같이 남자들의 품평을 당했고, 십대 때는 여자라는 이유만으로 고등학교 레슬링 팀에 들어가지 못했으며, 군인이었을 때는 한참 수준이 떨어지는 남자 후보자들에게 밀려 계속 승진하지 못했고, 호텔에서 일할 때는 남자 직원들과 비슷한 봉급을 받은 적이 없었고, 친구와 동료와 지인과 이웃과 전혀 모르는 사람으로부터 청하지도 않은 발기한 성기 사진을 헤아릴 수 없이 많이 받았으며, 무슨 실수라도 하면 꼭 조롱해서 할머니가 스스로를 한심하고 멍청하다고 느끼게 만드는 것을 즐기는 남자와 사귀었고, 할머니가 먹는 음식을 통제하려 들면서 몸무게가 조금만

늘면 역겹고 추하다고 말하는 남자와 사귀었고, 술집에서 아무 남자나 붙들고 언쟁을 벌이다가 격한 싸움이 붙어서 의자를 던지고 병을 깨고 흥분 상태로 고함을 질러대며 주먹을 날려 매번 할머니를 겁에 질리게 하는 습관이 있는 남자와 사귀었고, 결국에는 정중하고 그녀를 잘 도와주며 애정 가득하고 섬세한데다 모든 남편들이 그렇듯 충실하겠노라 맹세해놓고 열 번이 넘게 바람을 피운 남자와 결혼했다. 그런가 하면 할머니의 이모는 평생 대학교에서 남자 동료들과 같은 봉급을 받지 못한 화학 교수였는데, 폭력적인 남편을 만났고 겨우 이혼한 다음에도 그 남자는 전처가 알코올중독이라는 소문을 퍼뜨렸다. 할머니의 자매는 평생 병원에서 남자 동료들과 같은 봉급을 받지 못한 마취 전문 간호사였는데, 주기적으로 그녀의 얼굴 사진에 대고 자위하는 영상을 보내는 스토커에게 몇 년이나 시달렸다. 할머니의 어머니는 어렸을 때 쇼핑몰에서 소총을 난사해 수십 명을 죽인 소년을 본 적이 있었으며, 자기 아버지에게 정기적으로 두들겨맞았다. 그녀의 친구들 모두가 이런 이야기들을 알고 있었다. 매켄지의 증조할머니는 유명한 조종사였는데, 어렸을 때 동아리 파티에서 대학교 쿼터백에게 성폭행을 당했고, 증언을 뒷받침한 증인이 여럿이었는데도 강간범은 유죄를 받지 않고 그냥 풀려났다. 애나의 할머니는 밴드 강사에게 성추행을 당했다. 루시의 할머니는 대출 담당 직원에게 성추행을 당했다. 인디라의 할머니는 남자친구의 강요로 누드 사진을 보냈다가, 헤어지고 나서 그 남자가 복수로 그 사진을 온라인에 올리는 바람에 걸레 소리를 들었고, 몇 년 후에는 매니저에게 입으로 한 번 해달라는 요구를 받고 거절했더니 근무시간이 줄어들었다. 대니엘의 할머니는 자기 남편에게 강간당한 적이 있었다. 그게 단 하나의 공동체, 단 하나의 세대에서 무작위로 뽑아낸 여자들의 사례였다. 인류는 만 년 넘게 조직 사회를 이루고 살았다. 부족과 왕국과 국가로 이루어진 만 년. 남자들이 세상을 지배한 만 년. 여자들이 변함없이 고통받으며 산 만 년이었다. 여자들은 열등한 존재로, 멍청이로, 짐으로, 유혹자로 취급당하며 살았다. 소나 당나귀 같은 소유물에 불과했다. 마음이 없는 사물에 불과했다. 그녀는 그런 역사를 생각했다. 그 여자들 모두를, 한 무리로서가 아니라 개별 인간으로, 각자가 독특하고 복잡하며 놀라웠던 여자들, 제각기 희망과 꿈과 감정과 하나뿐인 소중한 삶이 있었던 여자들, 태어난 순간부터 죽을 때까지 억압당했던 여자들을 생각했다. 수억, 수십억, 수백억 명의 여자들. 그녀는 여성 할례를, 강제 임신을, 강제 낙태를, 신부 살해를, 남자들의 클럽을 생각했다. 모든 학대를. 모든 괴롭힘을. 모든 모욕을. 모든 멸시를. 모든 가스라이팅을. 모든 캣콜링을. 모든 스토킹을. 모든 추행을. 모든 강간을.

"안 된다면 안 되는 거예요." 그녀는 그렇게 말하고, 문밖으로 걸어나갔다.

마마의 증언

어린 시절 언젠가 쇼핑몰을 나서던 기억이 난다. 가족들과 함께 햇빛이 환하게 비치는 주차장을 느긋하게 걷던 기억. 아버지는 넥타이와 코듀로이 바지와 애프터셰이브가 가득 든 쇼핑백들을 들고, 어머니는 솔과 슬리퍼와 포푸리가 가득 든 쇼핑백들을 들고, 겨우 걸음마나 하는 내 동생은 머리띠 상자가 꽉 들어찬 쇼핑백 하나를 끌고 있었다. 나도 쇼핑백을 하나 들었는데, 주위에 쌓인 쇼핑백에 아늑하게 둘러싸인 채 차를 타고 고속도로를 달리다가 지나가는 차에 탄 사람들을 서서히 알아차렸다. 미니밴에 탄 커플. 픽업트럭에 탄 십대 아이. 세단에 탄 가족. 모두가 우리를 빤히 쳐다보고 있었다.

"우리가 다른 사람들과 달라요?" 나는 물었다.

이제는 나도 어머니가 되었고, 아주 다른 삶을 살고 있다. 내 자식들은 공립 도서관 통로를 달리며 진열된 책을 보고 흥분해서 꺅꺅거리다가 미소 띤 직원들에게 온화한 제지를 받는다. 막내딸이 마지막으로 이번주에 볼 책을 골라서, 아름다운 늑대인간에 대한 그래픽노블 한 권을 들고 카운터로 향한다. 표지는 그 책을 빌렸던 온갖 사람들의 손을 타서 너덜너덜하다. 책갈피 대신 책장을 접었던 자국도 남았다. 여백에는 색색의 메모가 적혀 있다. 막내딸은 내 손에 그 책을 올려놓으며 생각에 잠겨 얼굴을 찌푸린다.

"건강한 게 행복한 거랑 같아요?" 딸이 묻는다.

지금 나를 보고 누가 짐작이나 하랴. 나도 내 자식들에게 설명할 방법을 모르겠다. 그 부끄러움을 어떻게 설명할지. 그 충동을 어떻게 설명할지. 심지어 내 남편에게도 말한 적이 없다. 그럼에도 어떤 날이면, 설거지를 하거나 포치를 쓸다가 불현듯 기억이 밀려와 나를 덮친다. 소비의 그 숨막히는 황홀감이.

"쟨 기괴해." 언젠가 걸어가는 나를 보고 다른 십대 아이가 그렇게 속삭였다.

어린 시절 나는 무척이나 창백한 아이로, 기묘하게 멀쑥한 체형이었고, 얼굴에는 마치 보이지 않는 생물들과 텔레파시로 대화라도 나누고 있는 듯한 아득한 표정이 자주 떠올랐다. 나는 원피스 입는 걸 좋아했다. 플랫슈즈 신는 걸 좋아했다. 언제든 기습 공격을 받을 수 있다고 생각하는 사람처럼 두 주먹을 꼭 쥐고 돌아다니는 습관이 있었다. 이런 습관은 아마 불안한 기운을 내뿜었겠지만,

그 이유는 심리적이라기보다는 생리적인 것이었다. 혈액순환이 워낙 안 되고 특히 손가락에 피가 잘 돌지 않아서, 주먹을 쥐고 있으면 더 따뜻했기 때문이다.

하지만 실제로 불안감이 많기도 했다.

우리 가족은 내슈빌 교외에 있는, 거대하다고밖에 표현할 수 없는 어마어마한 집에서 살았다. 지붕널은 슬레이트였고, 벽돌색은 어두웠고, 건물 양쪽에 작은 탑이 하나씩 있었다. 총 삼층이었고 다락과 지하실도 있었다. 저택이라 할 만했다. 내 침실은 동쪽 탑 꼭대기에 있는 둥근 방으로, 진입로가 내려다보였다. 서쪽 탑에 있는 여동생의 방에서는 목련나무 사이에 쳐놓은 그물 해먹이 내려다보였다. 나무에 핀 목련이 바람에 떨어지면 해먹 주위 풀밭이 꽃잎 때문에 분홍색으로 물들었다.

겉모습이 과해 보인다면 내부는 더 심했다.

아마 기억하겠지만, 그 시절 영적인 건강을 측정하는 인기 척도는 '비율'이었다. 우리는 학교에서 비율을 배웠다. 물론 그 비율이란 한 사람당 소유물의 비율이었다. 당시에 가장 건강하다고 여겨지는 비율은 100:1이었다. 1000:1은 용서할 수 없이 높은 비율이었다. 10:1은 또 비합리적으로 낮은 비율이었다. 100:1이 대략 이상적인 비율이었다.

자, 우리 비율은 충격적이었다. 옷, 신발, 보석, 식기, 가구, 가전제품, 장식물, 장신구, 장난감 등등을 포함해 우리의 비율은 대략 9000:1이었다. 지독하게 건강하지 못한 수치였다.

그런 비율을 지니면 누구든, 어떤 행동을 하든, 상당한 편견을 감당해야 했다. 테네시주에서 사립학교에 다니는 열세 살 소녀가 그런 비율로 산다는 건 철저하게 천덕꾸러기 취급을 받게 된다는 의미였다. 학교 전체에 퍼진 내 별명은 '공주 마마'였다. 아이들은 가끔 나를 조롱하기 위해 로커에 지폐를 붙여놓았다. 털어놓기 부끄럽지만 나는 그 지폐를 모두 가졌는데, 그로 인해 괴롭힘은 더 심해졌다.

우리 같은 가족은 시각적인 욕구에 시달린다는 게 널리 퍼진 믿음이었다. 즉 우리가 오직 관상용으로 집안에 물건들을 쟁인다는 것이었다. 그러나 우리 가족에게는, 그 통념에 대한 완벽한 반증까지는 아니라 해도, 한 가지 예외가 있었다. 우리 어머니는 눈이 보이지 않았다. (아버지는 어머니가 볼 수 있었다면 아버지와 결혼하지 않았을 거라는 농담을 자주 했지만, 물론 어머니는 아버지의 얼굴을 만져보고 이목구비가 매력적이라고 느꼈다. 무스를 빳빳하게 바른 매끈한 회색 머리, 주름진 넓은 이마, 대학 시절 레슬링 대회에서 콧대가 부러지는 바람에 중간에 툭 튀어나온 부분이 있는 넓고 각진 코, 조금 두툼한 입술, 가운데가 움푹 팬 각진 턱까지. 만져볼 때뿐만 아니라 보기에도 나쁘지 않았다. 어머니는 그와 반대로 굴곡이 적었다. 쭉 뻗은 검은 머리에 평범한 코, 얇은 입술까지.) 어머니는 점자를 읽을 수 있었고, 독특한 취미가 있었다. 아버지는 백화점 하나를 상속하여 소유하고 있었는데, 당시 백화점의 모든 출납부는 거래를 할 때마다 구멍을 뚫는 종이 두루마리를 하나씩 가지고 있었다. 종이에 뚫린 구멍은 물론 점자가 아니라, 컴퓨터에 집어넣어 구매 통계를 잡고 수익을 계산할 수 있는 암호였다. (그 작은 구멍들은 '$176.86' '$97.45' '$231.07' 등을 뜻했다.) 하지만 아버지는 어머니가 부탁한 것이 기억날 때면 그 구멍 뚫린 두루마리를 여러 개 집에 가져왔고, 어머니는 우리와 함께 해 먹 위에서 흔들거리거나 벽난로 곁에 누워서 손가락 끝으로 구멍을 훑으며 그 종이를 읽는 걸 좋아했다. 컴퓨터가 읽는 내용이 아니라, 게임을 하듯이 그 흐름에서 어머니가 아는 패턴을 찾는 것이었고, 끝없는 빈 구멍의 나열 속에서 '사랑' 같은 글자나 단어, 혹은 문구를 찾아내면 기쁨에 소리를 지르기도 했다. 그 행위는 아마 모스부호에 능통한 여자애가 백화점 계산대 앞에 서서 금전 출납기의 땡 소리와 드르륵 소리에서 의미를, '사랑' 같은 단어를 찾아내는 일과 비슷했을 것이다. 실제 출납기가 하는 말은 그저 '판매 취소'나 '거래 완료' 따위일 테지만 말이다. (아니면 출납기가 실제로 '사랑'이라 말했다고 봐야 할까? 무엇이 의미를 지시하는가, 의도인가 해석인가?)

그렇지만 눈이 보이지 않는 어머니도 나머지 우리들과 똑같이 상태가 나빴다. 우리가 진열장에 있는 새 자전거를 보고 강렬한 열망을 느끼듯, 어머니도 이런저런 감각들에 사로잡혀 맥을 못 췄다. 새로 나온 선풍기가 내는 소리, 새로운 티크 그릇의 향기, 새로운 라텍스 풍선의 향기, 물결 같은 향수병의 감촉…… 우리의 욕구는 시각적이고, 청각적이고, 후각적이고, 미각적이고, 촉각적이었으며 무엇보다 무분별했다. 주말이면 브런치를 먹고 집으로 차를 타고 돌아가는 길에, 나는 세단 안에 쌓여가는 긴장감을, 터질 듯 부풀어오르는 쇼핑 욕구를 억누르기 위한 우리의 말없는 싸움을 느끼곤 했다. 우리가 그 싸움에서 패배할지에 대한 의문은 없었다. 우리는 언제나 패배했다. 쇼핑몰을 지나면서 우리는 아버지에게 멈춰달라고 졸랐고, 하루를 그곳에서 허비하며 채광창의 뿌연 온기에 몸을 녹이고, 에스컬레이터의 희미한 진동에 몸을 떨면서, 산더미 같은 블레이저와 폴로셔츠와 블라우스와 스커트와 향초와 스펀지 수세미와 오팔 선글라스와 크리스털 팔찌와 놋쇠 망원경과 액자식 칠판과 철제 짐 선반과 다리에 세로로 홈이 파인 경목재 테이블을 사들였다. 슈퍼마켓에서 우리는 식료품과 함께 여분의 테이블 매트, 색다른 디자인의 머그잔, 보송한 슬리퍼, 절대 가지고 놀지 않을 보드게임을 카트에 던져 넣곤 했다. 주유소에 가면 아버지를 따라 들어가서 충동적으로 야구 카드나 손에 잡히는 잡지, 중고 비디오, 싸구려 무드 링* 따위를 카운터에 밀어놓곤 했다. 담배라곤 피우지 않는 아버지는 언제나 일회용 라이터를 하나씩 샀다. 우리는 기름값 못지않은 돈을 그런 물건에 썼다.

우리도 양심이 없지는 않았다. 경제 의식이 없지도 않았다. 쇼핑백을 주렁주렁 들고 집에 돌아와서 필요도 없는 물건들을 침대 위에 쏟아놓을 때면 부끄러움에 속이 메스꺼웠다. 정말로 끔찍했고, 역겹기 그지없었다. 우리 가족 모두 그랬다. 우리는 아직도 많은 사람들이 생필품 부족에 시달리는 사회에서 우리처럼 사는 것은 혐오스러운 일임을 이해하고 있었다. 야만적이기까지 했다. 하지만 소비하고자 하는 우리의 열망—새로운 물건을, 뭐든, 뭐라도 소유하고 싶은 열망—은 달리 채울 수가 없었다. 우리도 어쩔 수가 없었다.

언젠가 안방 카펫에 누워, 욕실에서 치실질을 하는 어머니와 면도를 하는—면도기를 조심스럽게 움직여 턱에 갈라진 틈을 넘어

---

* 낀 사람의 기분에 따라 색이 변한다는 반지.

간 후, 면도날에 묻은 크림과 수염 조각들을 세면대 안에 터는—
아버지를 지켜보고 있는데, 아버지가 우리에게 위로의 말을 건넸
던 일이 기억난다. 거울 속에서는 동생이 뒤쪽 캐노피 침대에서 방
방 뛰는 통에 이불이 펄럭거리고 있었다.

"역사를 한번 보렴." 아버지는 면도기를 씻으며 항변했다. "많
은 물건을 가진다는 건 원래 특권의 표시로 여겨졌어. 고귀하고,
바람직하고, 섹시한 것으로. 궁극적인 야심으로."

아버지는 학교에서 당하는 괴롭힘은 무시하라고, 불필요한 물
건을 사면서 느끼는 죄책감은 "어리석고" 그저 "문화적"인 거라고
말했다. 하지만 아버지의 목소리는 살짝 떨렸고, 두 뺨은 갑자기
붉어졌다. 말은 그렇게 하면서도 아버지 역시 우리의 생활방식을
부끄럽게 여기고 있었다.

하지만 솔직히, 우리 생활방식에는 강렬한 쾌락이, 충족감이 있
었다. 살아 움직이는 존재와 마찬가지로 무생물에도 존재감이, 강
력한 존재감이 있다. 탑 안에 있는 내 침실에는 높다란 창가 의자
가 있었다. 그리고 그 자리에 앉아서 바깥이 아니라 침실 안을 바
라보면 포옹을 받는 듯한 선명한 느낌이 들 때가 많았다. 내 모든
소유물들에게. 그 모든 것에 안기는 느낌이었다. 천장 한가운데에
사슬로 매여 폭포처럼 쏟아지는 반짝이는 상들리에, 벽 앞에 기분
좋게 서 있는 색칠한 대형 장식장, 다양한 모자가 쌓여 있는 철사
마네킹, 반짝거리는 표지를 입은 소설들이 꽉꽉 들어찬 책장, 석영
원석, 빈 새장, 모래시계 모양의 금시계, 나무 옷걸이에 걸려 옷장
안을 메우고 있는 코트와 드레스와 청바지와 운동복, 바구니에서
흘러넘치는 지저분한 세탁물, 색색의 빈백 의자, 기다란 누빔 의

자, 어머니가 나를 위해 사야 한다고 주장했지만 언제나 깔끔하게 개어 삼나무 궤짝 뚜껑 위에 올려놓기만 하는 캐시미어 담요, 레인스틱*, 바이크 헬멧, 보체** 세트, 줄넘기, 골프채, 충동적으로 산 라크로스 스틱, 견고한 호두나무 의자, 그 의자와 어울리는 접이식 뚜껑이 달린 책상, 쿠션을 댄 걸상, 거울 달린 화장대, 다양한 색깔과 크기를 자랑하며 부글거리는 라바 램프***, 고무줄 머리끈, 흩어진 머리핀들, 유리로 된 요정 인형들, 모조 다이아몬드로 만든 티아라, 여러 종류의 수영용 고글, 아버지가 나를 위해 침대 위에 매달아줘서 가끔 천장 환풍구에서 나오는 바람을 맞고 흔들거리는 거대한 나비 모형, 보석 반지와 다이아몬드 목걸이로 어질러진 협탁, 러그에 놓인 포고스틱, 탑처럼 쌓인 읽지 않은 잡지들, 보지 않은 비디오 더미, 놀이용 카드 세트들, 쌓여 있는 분필갑들, 줄이 엉킨 요요들, 꼬인 허리띠들, 반짝이는 지팡이들, 딱딱하게 굳은 붓이 빽빽하게 꽂힌 병들, 헤어드라이어, 또 헤어드라이어, 핸드백, 핸드백, 핸드백, 핸드백. 그곳은 물건들로 이루어진 세계였고, 그 세계는 매일 변화했으며, 침실의 성격도 계속 달라져서 예전 물건들이 서랍이나 상자 속으로 사라지고 새로운 물건들이 나타났다. 나는 그곳에서 보호받았다. 어떤 지루함이나 공허함으로부터도 안전했다. 나는 만족에 아주 가까운 감정을 느꼈다.

---

* 남미에서 비를 기원할 때 쓰던 원통형 악기로, 빈 관 안에 자갈이나 곡식을 넣고 흔들어서 소리를 낸다.
** 잔디밭에서 하는 이탈리아식 볼링.
*** 액체와 밀랍이 담긴 유리 안에 불이 들어오는 램프로, 녹은 밀랍이 오르내리는 모습이 용암(lava) 같다고 해서 이런 이름이 붙었다.

그 탑 안에 언제까지나 숨어서, 세상에 우리 가족 말고는 아무도 존재하지 않는 척하며 행복하게 지낼 수도 있었으리라.

평일 아침이면 등뒤에서 교문이 쾅 닫히는 소리가 처형 집행인이 검을 내리치는 소리 같았다.

학교에는 내 친구가 딱 한 명 있었는데, 라텍스 알레르기가 있는 빨간 머리의 뻐드렁이 매디슨 게이츠였다. 한번은 보건 교사가 라텍스 장갑을 낀 채로 매디슨의 목을 만지는 바람에 얼굴 전체에 발진이 돋았다. 매디슨은 그 발진이 좀 아프긴 해도 웃기다고 생각했지만, 그 사건과 머리카락 색깔 때문에 '레드 퀸'이라는 별명이 붙었다.

매디슨의 가족은 우리집에서 한 블록 떨어진, 남북전쟁 이전 양식의 폐쇄적인 대저택에 살았다. 대리석을 깐 진입로, 조각처럼 다듬어 모양을 낸 관목과 함께 포치에는 기둥으로 받친 차양이 있었다. 사층짜리 건물에 다락과 지하실까지 있었다. 그 집의 '비율'은 계산이 불가능한 수준이었다. 매디슨은 외동딸이었다.

매디슨의 방 창문으로는 뒷마당의 풀장과 어린이용 얕은 풀, 그리고 풀하우스*가 내다보였다. 침실은 내 방의 두 배 크기였고, 내 것과 똑같이 꽉 차 있었다. (그애의 물건들을 열거할 필요는 없을 것이다. 그냥 내 물건들에다 모험가의 취향을 얹어서 상상하면 된다. 병에 든 배 모형, 마차 모형, 깃털 달린 화살 한 통과 장궁 등등.) 내가 모스부호를 배우게 된 것도 매디슨 때문이었다. 매디슨은 조부모에게 물려받은 옛 군사 매뉴얼에서 모스부호를 배웠고,

---

* 수영장 옆에 딸린 작은 건물로, 수영 용품 창고나 탈의실, 휴게 공간 등으로 쓰인다.

내가 자기 집에서 자고 가는 날이면 달빛 속에서 나와 함께 물침대에 누워 모스부호로 내 이마를 두드리며 알파벳 훈련을 시키곤 했다. 그 방에 누워 있던 시간은 뚜렷하게 기억난다. 행복하고 피곤한 상태로, 염소 소독제 냄새를 맡으면서, 졸려서 눈을 껌벅이며 손끝으로 가만히 내 머리에 대고 알파벳을 두드리는 매디슨의 얼굴을 바라보던 기억. 매디슨은 모든 글자를 확인하기 전에는 잠을 못 자게 했다. 매디슨은 언제나 나에게 등을 돌리고 잠들었지만, 아침이 와서 깨어나보면 난파를 당해 바다에 빠져 죽어가는 애처럼 땀에 젖은 머리카락이 얼굴에 들러붙은 채 나에게 매달려 있을 때가 많았고, 나는 그게 정말 좋았다.

매디슨에겐 나를 훈련시킬 이유가 있었다. 학교에서 누가 들을 염려 없이 우리끼리만 이야기해야 할 때가 있었기 때문이다. 보통 매디슨이 코디 월든을 볼 때마다 그랬다. 예를 들어, 점심시간에 코디는 기술 수업을 들었는데, 어떻게인지 늘 중간에 빠져나와서 톱밥이 묻은 플라스틱 보안경을 쓰고 악동처럼 히죽대며 카페테리아에 들어와 친구들의 환호를 받곤 했다. 코디는 어깨가 넓고 상체가 두꺼운 다부진 몸의 소년이었는데, 헝클어진 머리는 거의 하얗게 보일 정도로 밝은 금발이었다. 코디는 지극히 감정적이기로 명성이 높았다. 불같은 성질에 기분 변화가 심했으며 친구들에게는 격하게 의리를 지켰다. 척 봐도 말이 안 되는 가설을 두고 토론하기를 좋아했다. 위험한 행동을 즐겼고, 장난질을 좋아했다. 성적은 지독하게 형편없었다. 학교에서 코디만큼 인기 있는 아이는 없었다. 코디가 우리가 앉은 자리 옆을 지나가면, 매디슨은 포크나 스푼을 움켜쥐고 미친듯이 테이블 표면을 두드려 암호문을 만들었다. "내 일생일대의 사랑이야."

혹시 누가 들을까 매디슨이 겁내는 건 괜한 편집증이 아니었다. 코디의 '비율'은 완벽했다. 매디슨 같은 여자애가 감히 코디 같은 남자애를 동경한다는 걸 다른 아이들이 알게 된다면 발작적인 웃음을 터뜨릴 테고, 그 순간 학교에서 매디슨의 사회적 지위는 따돌림받는 아이에서 조롱거리로 내려앉을 터였다. 우리의 '비율'은 학교 내에서 가장 높았고 다른 아이들과는 엄청난 차이가 났다. 다른 부잣집 애들마저도 우리를 피하고 놀릴 정도였다. 매디슨에겐 일말의 가능성도 없었다.

심지어 우리 부모님도 우리가 사는 방식에 대해 민망해하기는 했다. 그러나 매디슨은 부끄러움을 느끼지 않았다. 정말로 자기 생활방식에 잘못된 데라곤 전혀 없다고 믿었고, 아무런 가책 없이 쇼핑했다. 같이 있을 때 우리는 괴물들이었다. 우리의 흥청망청은 전설적이었다. 우리는 아웃렛을 약탈했고, 부티크를 털었다. 쇼핑백 더미를 끌면서 부모님이 차를 세워둔 주차장으로 향하다보면 처음 보는 사람들이 악담을 퍼붓고, 야구 유니폼을 입은 아이들이 픽업트럭에서 곁눈질하며 "역겨운 것들" 하고 내뱉듯 말하곤 했다. 그러면 매디슨도 쏘아붙였다. "저리 꺼져." (학교에서는 그렇게 용감하게 군 적이 없었다. 난생처음 보는 아이들이 매일 봐야 하는 아이들처럼 무서울 리 없었다.)

매디슨의 부모님은 은행가였는데—습관처럼 두 손을 잡아 비트는 붉은 머리의 어머니와 이마가 벗어져가는 작은 목소리의 아버지 두 분 다 다소 소심한 인상을 주었다—본인들도 은행가의 자식이었다. 돈을 나눠주고 소박하게 산다는 건 그분들과 무관한 이야기였다. 매디슨의 부모님도 분명 배척을 당하기는 했을 것이다. 다른 어른들에 대해 이야기할 때면 오직 직장 동료, 동네 이웃, 미용사, 주치의 이야기만 했다. 우리 부모님과 마찬가지로 매디슨의 부모님도 친구가 없는 것 같았다.

그럼에도, 매디슨의 부모님은 딸에 대해 어떤 사회적인 포부를 갖고 있었다. (어쩌면 그 포부는 나에게도 적용됐는지 모른다. 매디슨의 부모님은 나를 수양딸처럼 대했고, 진심으로 내 안녕을 걱정하는 것 같았다.) 그렇다고 당신들의 딸을 '인기 있게' 만들겠다는 야심은 전혀 없었을 것이다. 그저 매디슨이 다른 애들과 어울리고 무리에 소속되기를 원했다. 공동체의 혐오를 사기보다는 일원으로 받아들여지기를 바랐다.

그리하여 학기가 끝날 무렵, 이 소심한 사람들이 대담한 계획을 내놓았다. 그 여름, 그들은 딸의 동의도 구하지 않고 매디슨이 '수영장 파티'를 연다고 선언했다.

우리 학년 여자애 아홉 명이 초대받았다. 학생회 임원직을 맡고, 연극 발표에서 주연을 맡고, 토론 대회에서 실력을 뽐내고, 캠핑 여행을 같이 다니고, 실제 연애를 하는 여자애들, 복도나 카페테리아나 체육관에서 우리와 마주치면 무릎을 구부리며 "공주 마마"라고, "레드 퀸"이라고 흥얼거리는 바로 그 아이들이었다. 우리 부모님이 그애들에게 '수영장 파티' 초대장을 보냈다면 나는 모멸감과 굴욕감에 시달렸을 것이다. 그애들이 봉투를 뜯고 초대장을 읽는 동안 흘러나왔을 어리둥절한 중얼거림과 이어진 날카로운 웃음소리를 상상하기만 해도 속이 메스꺼웠다. 그러나 매디슨은 별로 신경쓰지 않았다. "오지 않을 거야. 중요한 건 그거지. 답장도 안 할 테고, 파티는 절대 열리지 않을 거야." 매디슨은 그렇게 말했다.

그러나 그애들은 답장을 했고, 모두가 초대를 받아들였다.

그 운명의 날을 떠올리면 아직도 몸이 움츠러든다.

매디슨은 나에게 꼭 참석하겠다는 맹세를 받아냈는데, 현명한 행동이었다. 수영장 파티 날 아침, 내가 비키니를 입고 그 집까지 갈 수 있었던 건 오직 매디슨에 대한 의리 덕분이었다. 나는 겁에 질려 있었다. 매디슨의 부모님이 신이 나서 부산스럽게 돌아다니며 거울의 먼지를 닦고 욕실을 청소하고 손수 레모네이드를 만들기 위해 레몬을 짜는 동안, 매디슨은 일광욕실 고리버들 카우치 위에서 스스로를 질식시키려는 듯 베개를 얼굴에 대고 누른 채 비참한 모습으로 누워 있었다. 그애 부모님의 밝은 분위기를 보니 이 파티가 새로운 시대의 시작이 되리라 기대하는 모양이었다. 매디슨이 입은 은색 비키니는 햇빛을 받아 반짝거리며 팔에 있는 어두운 주근깨를 보완해주었다. 두 무릎에는 선크림 자국이 있었다. 나는 문득 매디슨의 발이 고리버들 카우치를 두드리며 한 단어를 반복, 또 반복해서 전하고 있음을 알아차렸다. "망했어."

나는 그 여자애들이 모종의 장난을 꾸미고 있거나, 관광객들이 기괴한 생물들을 모아놓은 동물원에 가고 싶어하듯 이 파티를 재미있는 기분전환으로 생각했을까 걱정했다. 그러나 그애들이 다 함께 트럭 짐칸에서 뛰어내렸을 때 표정을 보니 진실이 명백히 드러났다. 그애들은 부모가 억지로 주입한 책임감이나 의무감 때문에 왔다. 그들은 관광객이 아니었다. 전쟁터에 나가라는 명을 받은 기사들이었다. 죽고 싶지 않아서 한데 뭉쳐 있는 기사들.

매디슨의 부모님은 풍선과 장식 테이프와 종이 랜턴과 실크 화환 같은 장식품을 사고 싶은 충동은 참아냈다. 그러나 그 집 자체가 장식품이나 다름없었다. 그애들―스칼릿, 레아, 에이드리아나, 브리아나, 레이건, 에밀루, 재스민, 클로이, 그리고 작고 왜소한 돌리―은 가구를 하나도 건드리지 않고 피하면서 조심스럽게 대형 거실을 지났다. 부엌에 들어선 그들은 레모네이드는 받아들였지만 불필요한 낭비인 빨대는 거절했고, 우리에게 정중하지만 경계하는 태도로 인사한 후, 용기를 내어 뒷마당으로 나갔다. 수영복만 입고 있는데도 그들과 우리 사이의 차이는 극명했다. 우리의 수영복은 한 번도 입지 않은 새것이었다. 그 아이들은, 몇 명은 여러 해 동안 햇빛과 염소에 색이 바래 거의 하얗게 변한 비키니를 입었고, 대부분은 그냥 브래지어와 반바지를 입고 수영했다. 개인 수영장에서 헤엄을 쳐본 적은 한 번도 없는 것 같았다. 다들 레모네이드 잔을 쥔 채 얕은 쪽 물에 불안하게 서서 자기들끼리 속닥거렸다.

매디슨이 다이빙대 끝에 서서 화해를 제안했다.

"풀하우스 안에 타월이 있어." 그녀가 외쳤다.

아이들은 한데 모여서 그 제안에 대해 논의하더니, 무리에서 제일 작은 대변인을 쿡쿡 찔러 말하게 했다.

"우린 햇빛에 몸을 말려." 돌리가 활짝 웃으며 말했다.

매디슨은 눈을 굴리고는 다이빙대 위에서 몸을 한 번 튕겨서 캐넌볼* 자세로 뛰어내렸다.

결국 그 파티는 별다른 사건 없이 끝났고, 그것은 동시에 재앙이었다. 나는 오후 내내 백조 튜브를 타고 불안하게 떠다니면서 투명

---

* 무릎을 껴안고 몸을 둥글게 말아서 입수하는 다이빙 스타일.

해지려고 노력했고, 다른 아이들이 그 자리에 없어서 우리끼리 정말로 놀 수 있으면 좋겠다고 생각했다. 매디슨은 다이빙대에서 적대적인 행동을 보이거나, 소유물로 적을 압도하려는 듯 방대한 수영 장난감 무기고의 내용물들—비치볼, 다이빙 링, 원통형 스티로폼, 도넛 모양 튜브—을 물에 쏟아붓기를 반복했다. 그때쯤 아이들은 우리에 대해서는 새까맣게 잊은 듯, 사다리 옆에서 수다를 떨고 시시덕거리다가 가끔 떠내려오는 수영 장난감을 멀리 쳐냈다. 매디슨의 부모님은 응접실 창문으로 그 장면을 지켜보았다. 그들이 어떤 장면을 보고 싶어했는지는 모르지만, 젊음의 힘으로 문화적인 차이를 극복한다거나, 십대 청소년의 영혼이라는 전설적인 마법이 사회적 편견을 부순다거나 하는 바람은 환상으로 남았다. 그 아이들은 우리와 친구가 되고 싶어하지 않았고, 원치 않는 소유를 피하는 데 능숙했다.

여자애들은 자기를 태우고 갈 트럭이 진입로에서 경적을 울리자 재빨리 구겨진 셔츠를 모아 우르르 퇴각했고, 그들이 남기고 간 젖은 발자국들은 곧 햇빛을 받아 줄어들다가 사라졌다.

"끔찍했어." 나는 백조 튜브의 목 위에 축 늘어지며 중얼거렸다.

"애초에 누가 저런 속물들이랑 친구하고 싶어하겠어?" 매디슨이 웃었다.

매디슨은 낙관적으로 보이려 애쓰고 있었다. 하지만 나는 친구가 동요했음을 알았다. 나도 곧 그 자리를 벗어나 집으로 걸어가려고 샌들을 신었다. 매디슨은 부모님과의 대화를 거부하고 풀하우스 뒤에 있는 과녁에 화살을 쏘며, 험악한 얼굴로 화살이 과녁 중앙에 박히는 것을 바라보았다. 매디슨의 부모님은 풀장 옆에 놓인

빈 레모네이드 잔을 수거하며 소리 죽여 의논을 하고 있었다. "잘
가렴." 매디슨의 어머니가 굳은 미소를 지으며 내게 말했다.

결국 그 수영장 파티가 운명의 날이 된 것은 파티가 실패한 탓이
었다. 매디슨의 부모님은 진심으로 그 파티가 딸의 입지를 개선해
주리라 믿었다. 그러나 파티 실패도 매디슨의 부모님을 좌절시키
지는 못했다. 오히려 실패가 그들을 더 대담하게 만들었다. 그들은
평범한 방법으로는 부족하다는 사실을 배웠다. 원하는 바를 이루
려면 과감한 수단이 필요했다.

수영장 파티 다음주, 시금치와 참치 타다키로 저녁식사를 하던
중 매디슨의 부모님은 이제 가족의 '소비 습관'을 바꾸겠다고 선언
했다.

매디슨은 씹던 음식이 목에 걸려 질식할 뻔했다. 매디슨은 격분
했는데, 그것도 그 '바꾸겠다'는 게 물건을 덜 산다는 뜻이라고 생
각했을 때 이야기였다. 그 '바꾸겠다'는 게 있던 물건까지 다 버린
다는 의미라는 얘기를 듣고 매디슨은 충격으로 말문이 막혔다.

매디슨 부모님의 목표는 100:1 비율까지 축소하는 것이었다.

이후 며칠 동안, 부모님이 물건들을 상자에 담는 사이 매디슨은
온갖 전략을 다 구사했다. 어떤 대가를 치르더라도 이 새로운 정책
에 저항하겠다고 맹세하기도 하고, 자기 방만은 빼달라고 필사적
으로 애걸하기도 하고, 이게 온당한지 의심하고, 부모님의 결단을
의심하고, 부모님이 제정신인지 의심했으며, 소중한 주걱과 아끼
는 양말의 유래에 대해 끊임없이 추억담을 늘어놓았다. 집행유예
를, 일정 연기를 탄원하고 가족 활동을 보이콧하고 인류를 비난하
고 도망치겠다고 위협하고 문에 바리케이드를 치고 소리를 지르고

횡설수설하고 엉엉 울다가 주기적으로 부모님과 의절하기도 했다. 매디슨의 편이라곤 나 하나였다. 매디슨은 나를 매일같이 그 집에 불러들였다. "그냥 여기 있어." 마치 언젠가 법정에서 증언을 해줄 목격자가 필요하다는 듯이.

물론 매디슨의 부모님에게도 힘든 일이었을 것이다. 그들은 가보로 물려받은 도자기, 수제 지구본, 골동품 거울, 놀랍도록 비싼 향수 같은 것들을 포기해야 했다. 하지만 매디슨의 앞날을 위해 무엇이든 기꺼이 희생할 생각인 것 같았다. 심지어는 딸의 사랑마저도. 그리하여 그들이 대형 거실을 음울하게 돌아다니며 가구마다 '이건 처분할 것'을 의미하는 밝은색 점 모양 스티커를 붙이는 동안, 창문 너머 수영장에서는 그들의 딸이 물위에 뜬 채 죽은 척을 하고 있었다.

의도한 것은 아니었지만, 정작 매디슨의 항복을 끌어낸 사람은 나였다.

어느 날 저녁, 매디슨과 함께 풀하우스 지붕 위에서 폭죽 몇 줌에 불을 붙이다가 내가 말했다. "네가 물건이 적어진 걸 보면 코디가 널 좋아하게 될지도 몰라."

매디슨은 아무 반응도 하지 않고, 그저 꼭 쥔 주먹을 향해 타들어가는 폭죽만 응시했다.

그러나 다음날 매디슨은 스티커 용지를 휘두르면서 자기 방의 물건들에 스티커를 마구 붙였다. 병에 든 배와 마차 모형들이 대변하던 모험 정신이 마침내 일어난 것이다. 가진 것을 내려놓기가 두려웠을지도 모르지만, 동시에 인생의 사랑을 쟁취하기 위해 견디기 힘든 과업을 극복해낸다는 생각에 사기가 고양되고 흥분한 것 같았다. "뭐?" 매디슨은 어깨를 으쓱이며 말하더니, 씩 웃으며 내 이마에도 스티커를 하나 붙였다.

운송업자들이 모든 것을 실어 나가려고 온 아침, 매디슨이 스티커가 붙은 보석 상자를 차서 넘어뜨리던 모습을 나는 영영 잊지 못할 것이다. 그것도 의기양양하게 웃으며 이렇게 말하는 모습을. "이 온갖 쓰레기들 좀 봐!"

매디슨은 내게 달걀 모양의 황금 로켓이 달린 실크 목걸이를 줬다. 내가 받아들이자, 실망한 듯 얼굴을 찌푸렸다. 나도 다른 것은 하나도 받지 않았다.

우리는 현관에 같이 앉아서 진저에일 한 캔을 나눠 마시며, 유니폼을 입은 운송업자들이 스티커 붙은 가구들을 세미트레일러에 싣는 모습을 지켜보았다. 그들은 핀볼 기계를 나르느라 헐떡거렸고, 당구대를 나르면서 욕을 했으며, 주크박스는 떨어뜨릴 뻔했다. 그 다음에는 쿠션들, 매디슨 아버지의 빈티지 레인지파인더 카메라들, 매디슨 어머니의 반짝이는 육상경기 트로피들, 매디슨의 쓰지 않는 볼링 슈즈와 신지 않는 펌프스들이 넘치도록 담긴 상자가 끝도 없이 이어졌다. 수건이 담긴 상자만 열 개가 넘었다.

업자들이 차를 몰고 떠난 후, 매디슨은 장궁을 등에 메고 양손에 화살을 하나씩 쥔 채 장애물이 사라진 자유로움에 기쁜 함성을 지르며 이 방 저 방을 뛰어다녔고, 매디슨의 아버지는 응접실에 놓인 그랜드피아노 건반을 두드리며 재즈곡을 연주했고, 매디슨의 어머니는 만족스럽게 미소 지으며 일광욕실에서 화분에 담긴 해바라기에 물을 줬다. 나는 업자들이 깜박 잊고 가져가지 않은 램프처럼 대형 거실 구석에 서 있었다. 그전까지는 내가 그 집을 내 집처

럼 느끼고 있었다는 사실을 깨닫지 못했다. 내 또다른 집. 나는 그
토록 많은 물건을 잃었다는 사실에 동요했다. 그럼에도 이제는 그
집에 으스스하게 아름다운 구석이 있다는 사실을 알 수 있었다. 우
아한 삭막함. 놀라운 검소함. 빈 공간이 많아지고 나니 남은 물건
들이 빛을 발했고, 각각이 더 눈에 띄는 것 같았다. 벽난로 선반 위
에 있던 물건은 싹 치워지고 딱 하나만 남았는데, 은색 액자에 담
긴 평범한 가족사진이었다. 그 사진을 멍하니 바라보던 기억이 난
다. 그전까지는 그런 사진이 있는 줄도 몰랐었다.

　매디슨 가족의 비율이 100:1까지 낮아지지는 않았다. 자체 추정
으로는 겨우 391:1까지 낮춘 상태였다. 그래도 그 비율이면 건강
했다. 반박의 여지 없이 건강했다. 어마어마한 저택의 크기는 건강
하지 않았지만, 그게 오히려 살이 빠지고 드러나 보이는 갈비뼈처
럼 그 가족의 새로운 비율을 강조해주었다.

　고등학교에 들어가기 직전의 그 여름은 내가 상상했던 것과 매
우 다르게 흘러갔다. 우리는 남은 여름을 새로운 패턴을 정립하려
애쓰면서 보냈다. 그전에는 우리가 제일 좋아하는 취미였던 쇼핑
이 이제는 우리 둘 모두에게 어색한 일이 되었다. 건물의 담보권을
실행하거나 차량을 압류하는 것 같은 마무리 작업에 오랫동안 익
숙해진 은행가들 특유의 무자비한 최후 조치로, 매디슨의 부모님
은 가위를 들고 매디슨의 신용카드를 모두 조각조각 잘라버렸다.
매디슨은 그래도 가끔 나를 따라 쇼핑몰에 갔지만, 이제는 구경만
했다. 내가 사주겠다고 제안해도 어깨만 으쓱할 뿐이었다. "그걸
가지려면 다른 뭔가를 포기해야 할 텐데, 이젠 도저히 포기할 수
없는 것만 남았어." 매디슨은 그렇게 말하곤 했다. 과거에 우리의

유대감은 쇼핑에서 얻는 환상적인 즐거움을 공유하는 데서 나왔다. 그런데 이제 쇼핑은 매디슨에게 지루한 일이었다. 매디슨의 집에 가도 우리가 그동안 즐기던 오락은 다 사라졌다. 텔레비전이 없어졌다. 노래방 기계도 사라졌다. 디스코 볼도 사라졌다. 수영장은 남았지만 수영 장난감은 다 사라졌다. 튜브 장난감이 없으면 수영장에 떠다닐 수가 없었다. 팔을 젓고 발차기를 할 근육도 없고, 숨을 깊게 내쉬고 깊게 들이쉬고 숨을 참을 폐활량도 없는 나는 오래 수영을 하기엔 너무 약해서, 이제는 다이빙대에 구부정하게 앉아 매디슨이 긴 물거품을 남기며 수면 아래를 헤엄치는 모습을 지켜볼 수밖에 없었다. 우리는 서로를 어찌해야 할지 몰랐다. 우리집에 오면 매디슨은 불편해 보였다. 마치 와인셀러와 더불어 진과 럼을 가득 채운 창고까지 갖춘 집에 방문한 알코올중독 재활자처럼.

"그러니까 그 집은 감축을 한 거군요." 여름이 끝나갈 무렵의 어느 날 밤, 매디슨의 부모님이 매디슨을 데리러 우리집으로 차를 몰고 오자 아버지가 진입로에 날아다니는 반딧불이 사이에 서서 큰 소리로 말했다. 매디슨의 부모님은 민망해하는 것 같았다. 자기네 가족이 그렇게 수월하게 감축을 했다는 사실에 대해, 그렇게 과감하게 감축을 했다는 사실에 대해, 감축을 했다는 사실 자체에 대해서. 늘 그렇듯 겸손하게. "건강한 선택이지요." 아버지는 아마 지켜보는 나만큼이나 스스로도 고통스러웠을 딱딱한 가짜 웃음을 띠고 고개를 끄덕였다. 뒷좌석에 앉은 매디슨이 희망어린 눈빛으로 내 아버지를 올려다보며 물었다. "아저씨네도 감축하실 건가요?" 아버지는 머뭇거렸다. "어, 글쎄다. 우린 아마 언제까지나 손이 큰 소비자로 남을 것 같구나." 아버지는 속내를 인정하더니 매디슨네

차 지붕을 탁탁 두드리고 큰 소리로 작별인사를 했다.

그해 가을, 고등학교 학기가 시작될 때쯤에는 다른 아이들 모두가 매디슨의 새로운 비율에 대해 들은 후였다. 매디슨은 등교 첫주 내내 똑같은 청바지를 입었다. 같은 달에 있었던 옷 교환하기 행사 포스터를 붙이는 일에도 자원했다. 예전에는 기도와 명상 같은 영성 교육 활동을 비웃었는데, 이제는 수업중 훈련에 정말 정력적으로 참여했다. 다른 학생들은 매디슨을 갑자기 매력적으로 보았다. 나는 매디슨이 카페테리아에서 치킨 너깃 줄에 서서 기다리다가 다른 아이들과 대화하며 불안하게 미소 짓는 모습을 보았고, 매디슨이 돌아보고 나를 향해 손을 흔들자 다른 여자애들도 다 나에게 고개를 끄덕였다. 나는 감히 이게 우리의 새로운 인생이 시작되는 순간이라는 희망을 품었다. 고등학교는 다를 것이라고. 매디슨의 새로운 모습 덕분에 마침내 다른 아이들이, 우리가 속한 공동체가 우리를 받아줄 거라고. 나는 정말로 그렇게 믿었다. 그렇게나 순진했다.

어느 상쾌한 가을 아침, 나는 숙제를 가지러 가려고 기하학 교실을 빠져나왔다. 모퉁이를 돌자 복도에 여자애들 한 무리가 모여 있었다. 음모를 꾸미듯 속닥거리면서 내 로커 문에 지폐를 붙이고 있었다. 스칼릿, 레이건, 에밀루, 재스민. 작고 왜소한 돌리. 매디슨도 거기 서 있었는데, 매디슨의 얼굴을 보면 으레 마음에 퍼지던 온기 대신 심장이 내려앉는 공포가 찾아왔다. 엄지로 테이프를 눌러 붙이고 있던 매디슨은 내 쪽으로 시선을 돌렸다가 나를 보고 그대로 멈췄다. 잠시 동안 우리 둘 다 꼼짝도 하지 않았다. 그러다가 다른 여자애들이 웃음을 터뜨렸다. 나는 화장실로 달아나서 칸막이 안에 들어가 문을 잠그고 울었다.

이전에 내 별명 '공주 마마'에 대해 자세히 말하지 않은 부분이 있었다. 이제 말해주겠다. 그 별명은 변형된 형태로 불리기도 했는데, 그쪽이 더 자주 쓰였고 특별히 경멸하는 말투로 쓰이곤 했다. '공주 모지리'라고.

그렇다. 그후로 공주 모지리는 혼자였다.

나는 그해 가을 동안 같은 화장실 칸에 익숙해졌다. 카페테리아에서 혼자 밥을 먹는 건 너무 불안했고, 친구가 없다는 것도 너무 부끄러웠다. 각 테이블이 열두 명은 앉을 만큼 커서 혼자 먹으면 동반자가 없다는 사실이 심하게 강조되는데다, 더 끔찍한 건 원형 테이블이어서 친구가 앉을 수도 있었고 앉아야 했으나 그렇지 못한 모든 공간을 마주보아야 한다는 점이었다. 매디슨 없이는 도저히 거기 앉을 수가 없었다. 그래서 나는 체육관 맞은편 화장실에서 칸막이 안에 들어가 문을 잠근 다음 변기에 앉아서 점심을 먹었다. 언제나 복도로 나가는 문에서 제일 먼 칸에 숨었다. 그 칸 벽에는 매니큐어로 선명하게 휘갈겨쓴 낙서들이 있었다. 암호 메시지들. 불가사의한 그림들. 나는 어머니가 싸준 당근, 호밀빵 샌드위치, 오트밀 쿠키를 씹으면서 내 끔찍한 상태와 더불어 그 기묘한 낙서에 대해 생각하곤 했다. 과거로, 아버지가 말하던 시대로, 나 같은 사람이 선망의 대상이던 시절로 가게 되는 공상에 빠지기도 했다. 그런 사회에 살고 싶은 열망이 너무나 간절한 나머지, 공상에서 빠져나오면 찔끔 나오는 눈물을 삼켜야 했다. 간단히 말해서,

나는 전에는 상상도 못할 만큼 낮은 위치까지 떨어져 있었다. 그전의 내 사회적 지위가 아무리 한심했다 해도 그때는 늘 매디슨이 있었다. 내가 어떤 괴로움을 겪든, 매디슨도 겪었다. 매디슨이 겪는 일은 뭐든 나도 겪었다. 예전에 우리는 괴로움을 함께 겪었다. 나는 매디슨에게 화가 나지는 않았지만—공동체에 소속되고 싶어한 매디슨을 탓할 순 없었다—그애가 그리웠고, 내 모든 비밀이 이젠 학교 안에 파다하게 퍼진 게 아닐까 무서웠다. 화장실 칸에 숨어 있으면 가끔 여자애들이 보트 슈즈와 페니 로퍼를 끌고 들어오는 소리가 들렸다. 내가 들키지 않으려고 아주 가만히, 겁이 나서 씹거나 삼키지도 못하고 가만히 앉아 있노라면 여자애들이 세면대 앞에서 재잘거리며 각자의 비율에 대해 고민하는 소리가 들렸다. "어떻게든 비율을 다시 줄여야 해." "네가? 말도 마, 난 얼마 전에 생일이었어! 부모님한테 절대 아무것도 사주지 않겠다는 맹세를 받았더니만, 결국 어쨌는지 알아? 나한테 물건을 한 무더기 떠안겼어!" "어떻게 그럴 수가 있어?" "내가 어찌되든 관심도 없나봐!" 핸드 드라이어가 윙 울리고, 그 여자애들이 발을 끌며 화장실을 나가고 또 몇 분 있으니 다른 여자애 둘이 들어와서 잠긴 목소리로 속삭였다. "온수 욕조를 따로 샀단 말이야?" "그렇지만, 설마 사람들이 이젠 우리가 부자라고 생각하진 않겠지, 그치?" "당연히 부자라고 생각하겠지." "맹세하는데 사치를 한 게 아니야. 정말 필요해서 산 거라고. 주치의가 내 섬유근육통 치료에 필요하다고 부모님을 설득해서 억지로 사게 만들었다니까. 게다가 그렇게 크지도 않아. 겨우 일반 욕조보다 조금 큰 정도야." "상관없어. 그건 상관없다고. 솔직히 너, 닉처럼 부잣집 딸에 대한 농담을 많이 하는 사람 본 적 있어? 개랑 헤어지고 싶은 게 아니면 그 망할 물건은 당장, 오늘밤에라도 기부하는 게 좋을 거야." "나도 알아, 안다고. 네 말이 맞아." 돌이켜보면, 그런 대화들을 엿들은 게 내게 영향을 미쳤음이 분명하다. 그 가을에 내가 한 일이 엿듣기 말고 하나 더 있었으니까. 바로 청산 작업이었다.

청산 작업은 이상하게 내게 생기를 불어넣는 느낌이었다. 본능적으로 가족들에게는 그런 습관을 알리고 싶지 않았고, 대단히 옳게 느껴지면서 동시에 대단히 옳지 않게 느껴지는 비밀스러운 일을 수행하는 것은 즐거운 공포라고밖에 표현할 수 없는 감각을 불러일으켰다. 부모님은 일주일에 한 번 데이트를 나갔는데, 보통 아버지는 시어서커 슈트를 입고, 어머니는 원피스에 진주 장신구를 착용하고 교향악을 들으러 갔다. 그런 날에 나의 표면적인 역할은 동생을 돌보는 것이었지만, 그때쯤에는 내 동생도 거의 청소년이 다 되어 감시가 필요하지 않았다. 동생은 부모님의 데이트 날이면 대체로 이뤄질 수 없는 사랑을 하는 뱀파이어들이 나오는 영화를 보았다. 나는 청산 작업을 하며 그 시간을 보냈다. 동생이 영화에 푹 빠진 것을 확인한 후, 부엌에서 쓰레기봉투 하나를 가지고 내 침실로 가서 미친듯이 그 봉투에 물건들—수정 구슬, 싸구려 목걸이, 허리에 차는 가방, 스노볼, 깃털 목도리, 분장용 가발—을 던져 넣은 뒤 살금살금 나선형 계단을 다시 내려가서 부엌을 통과하고 차고에 들어간 다음, 대형 쓰레기통 뚜껑을 열고 까치발로 서서 곤두박질하듯 머리를 들이민 자세로 쓰레기봉투를 이미 그 안에 들어가 있는 다른 쓰레기봉투들 아래, 아무도 알아차리지 못할 자리에 쑤셔넣었다. 어떤 밤에는 그 모든 과정을 여러 차례 되풀이

하여, 하룻밤에만 몇 번이나 물건들을 버리기도 했다. 그후에는 언제나 붕 뜬 기분이 들었고, 방금 해낸 일을 생각하면 머리가 빙빙 돌 정도로 아찔했다. 나는 내 비율이 건강해질 때까지 물건들을 방출하리라 결심하고 이런 청산기에는 아무것도 사지 않았다. 우리 가족이 쇼핑몰에 들르는 오후에도 나는 상품에 손도 대지 않았다. 부모님이 끈질기게 뭔가를 사라고, 새 카디건이나 새 운동복 바지, 새 크루넥 셔츠, 새 스카프를 걸쳐보라고 하면 나는 배가 아프거나 속이 쓰리다거나 뭐든 핑계를 대며 소비에 참여하지 않고 빠져나왔다. 그렇게 몇 주는 청산을 계속할 수 있었다.

그러나 예상하다시피, 내 다짐은 흔들렸다. 물건에 대한 욕망을 억누르는 건 그 정도가 한계였다. 결국 열망이 나를 압도했다. 청산을 할 때마다 결국에는 전보다 더 많은 물건을 소유하는 결과로 이어졌다. 나는 제정신을 잃고 굶주린 채 부모님에게 아무거나 사달라고 조르고, 미친듯이 쇼핑 카트를 채우며 직전의 청산 작업이 남긴 빈자리를 채우려 발악을 했다. 드림캐처를, 만화경을, 수조를, 카주 피리를, 고양이 달력을, 인어 달력을, 노움 요정 달력을, 우주비행사용 펜을, 포커 칩 세트를, 내가 절대 실제로 쓸 일이 없는 잡동사니들을 샀다. 나의 열망을 오랫동안 부정한 후에 이렇게 흥청망청 쇼핑을 하면 강렬한 안도감이 찾아왔다. 황홀감이 증폭되었다. 나는 클러치백을 샀다. 새철백을 샀다. 카프리 바지를, 점퍼스커트를, 타이츠를, 터틀넥을, 미니스커트를, 봄버 재킷을, 크롭톱을, 가죽 바지를 샀다. 집에 돌아오면 산더미 같은 쇼핑백들을 끌고 비틀거리며 침실에 들어가곤 했다. 그후에, 조각난 상자와 찢어진 포장지와 반토막 난 가격표를 이불 위에 늘어놓고 있노라면 속이 메스꺼웠다. 나는 가망이 없었다. 역겨웠다.

심리적으로, 엄격한 부정기와 걷잡을 수 없는 과잉기 사이를 오가는 건 그냥 지옥이었다. 나는 차마 나 자신을 똑바로 보지도 못했다. 청산기 동안에는 폭주하듯 쇼핑한 스스로를 미워했다. 폭주기에는 물건을 버린 나를 미워했다. 부유하다는 건 저주 같았다. 나는 가난하게 태어나는 공상에 빠지고, 어떤 선의도 없이 단지 잉여 물건을 살 돈이 없는 덕분에 낮은 비율을 유지하는 학교 아이들을 질투했다. 부유하게 태어난다는 건 실제로 자제력이 필요하다는 뜻이었다. 나에겐 주의를 끄는 물건은 거의 무엇이든 살 자원이 있었다. 나에겐 끊임없는 유혹에 저항할 자제력이 없었고, 설령 자제할 수 있었다 해도 학교에서는 도움이 됐겠지만 집에서 소외되었을 것이다. 우리 가족이 서로 끈끈하진 않았으나, 온 세상에서 나를 염려하는 사람은 부모님과 여동생뿐이었고 쇼핑은 우리 가족의 취미였다. 아버지는 다른 어떤 일에도 그렇게 신이 나지 않았다. 어머니는 다른 어떤 일에도 그렇게 도취되지 않았다. 동생과는 잡동사니를 함께 사는 게 우리가 유대하는 방식이었고, 우리에게 유일하게 공통된 관심사였으며, 우리가 정말로 연결되는 때도 그때뿐이었다. 쇼핑은 우리 가족의 모든 관계에서 핵심이었다. 나는 상충되는 충동에 휩싸여 고통스러운 표정으로 저택 안을 돌아다녔다. 쇼핑에 대한 강렬한 열망, 건강해지고 싶은 욕망, 역겨운 사람이 아니라 아름다운 사람으로 보이고 싶다는 갈망, 학교에서 받아들여지고 싶은 간절한 마음, 아직 우리집에 어울리는 사람이고 싶은 마음까지. 솔직히 우리 가족은 내 청산기와 폭주기에 대해 전혀 몰랐다고 생각한다. 부모님은 탑에 있는 내 침실에 거의 찾아오지 않았고, 동생이 찾아오는 일은 더 드물었으며 기껏 오더라도 문틈으로 슬쩍 들여다보고 뭔가를 물어보는 정도가 다였다. 어차피 내 방에 있는 그 많은 물건을 계속 파악하기란 불가능했기 때문에 내 비율이 들쭉날쭉하게 변동한다는 사실이 티가 나지도 않았을 것이다. 부모님은 걱정하는 기색을 전혀 보이지 않았는데, 아마 고통에 찬 나의 태도를 그저 전형적인 청소년의 행동쯤으로 생각했던 것 같다. 나는 언제나 동생보다 침울했다. 어쩌면 그저 호르몬 탓일지도 몰랐다. 아버지는 농담과 수다로 긴장을 풀어주며 내 기분을 북돋우려 애썼다. 어머니는 나를 끌어안고, 포옹과 어루만짐으로 애정을 표현했다. 동생은 텔레비전에 나오는 리얼리티 쇼에 열광하며 나에게 더 웃으라고, 뚱한 사람을 누가 좋아하겠냐고 했다. 우리 가족 중 누구도 감정에 대해 진지하게 대화를 하거나, 문제가 있다는 사실을 인정하거나, 약한 면을 드러내지 않았다. (같이 텔레비전을 보는 행동조차도 사실상 부정하기 연습이었다. 부모님은 불편한 장면이 나와도 절대 채널을 돌리지 않았다. 그럴 때 채널을 돌린다면 우리를 불편하게 만드는 것이 있다는 사실을 인정하는 셈이니까. 우리는 언제나 말없이 그 순간을 견뎠다. 라이벌 래퍼를 부유하다고 비난하는 가사로 악명 높은 인기 힙합곡의 뮤직비디오. 부유한 의사가 주인공으로 등장해 에피소드마다 그 의사의 터무니없는 낭비벽을 웃음거리로 삼는 시트콤. 시내에 사는 부유한 기업가를 끊임없이 풍자하는 아이들 한 무리가 나오는 만화영화. 소유물을 감축하고 비율을 낮추는 팁을 알려준다는 색색의 문구에 둘러싸인 채 활짝 웃는 유명인의 사진이 표지에 실린 화려한 라이프스타일 잡지 광고. 나는 그 순간이 지나갈 때까지 온몸이 뻣뻣하게 굳곤 했다.)

아직도 그해 겨울 유난히 무자비한 청산기와 폭주기를 겪은 후, 어머니와 함께 거실 안락의자에 누워서 보낸 어느 저녁이 기억난다. 아버지가 동생을 데리고 웬 십대 소녀 밴드의 콘서트에 가서, 집에는 어머니와 나만 있었다. 우리는 2인용 안락의자의 쿠션 위에 누워서 서로 몸을 딱 붙였다. 나는 그날 오후 내내 문을 잠그고 내 방에 틀어박혀 남몰래 베개에 대고 눈물을 흘렸고, 이제는 어머니에게 안겨 있으니 아주 편안했다. 어머니는 백화점에서 가져온 구멍 뚫린 종이 두루마리를 가지고 손가락으로 구멍들을 따라가고 있었다. 나는 어머니의 품에서 밖을 내다보며 얼룩진 유리창 너머로 어머니가 볼 수 없는 풍경을 응시했다. 황혼은 연보랏빛이었다. 이미 서리가 덮인 풀잎들은 그 빛을 받아 파란색으로 보였다. "엄마도 어렸을 때 부자였어요?" 나는 불쑥 물었다.

부자라니, 사려 깊지 못한 표현이었다. '유복하다'는 말이 덜 공격적이었을 테고, 아니면 '풍족하다'라고 하는 게 나았을 것이다. 하지만 '부자'라는 말을 포함한 그 질문은 어떤 경고도 없이 내 입에서 흘러나왔다. 나는 어머니가 내 말을 바로잡을 줄 알았는데, 어머니는 그저 미소만 지었다. 눈썹에 살짝 팬 주름과 입술을 희미하게 오므리는 모습이 공감을, 심지어는 후회를 내비쳤다. "그래." 어머니는 여전히 구멍 뚫린 종이 두루마리를 더듬으며 중얼거렸다. "하지만 그 시절에 부유함은 지금과 같은 정도의 부유함을 의미하진 않았지."

그 순간 어머니는 두루마리에서 메시지를 하나 찾아내고 숨을 들이켰다. 그리고 내 손가락을 잡아 구멍 위를 쓸며 어머니가 발견한 글자들을 느껴보게 했다. '조심.' 그런 메시지였다. "오싹하구나." 어머니는 만족스럽게 속삭였다. 그리고 나중에 그 두루마리를 간직하라고 나에게 줬다.

겨울이 가고, 봄이 오고, 눈보라 같은 꽃가루가 소화전과 주차된 차들을 형광색 가루로 뒤덮었다. 4월이면 고등학교는 미식축구 경기장에서 기부 대회를 열었다. 전통적으로 남학생 하나와 여학생 하나가 선발되어 행사 기간 동안 연설을 해야 했다. 자선과 선의와 영적인 건강에 대한 연설이었다. 남학생도 여학생도 늘 1학년 중에서 뽑았다. 우리 학교가 만든 전통이 아니었다. 내슈빌에 있는 모든 학교가 준수하는 전통이었고, 남부 전역에 퍼진 것 같았다. (더 넓은 범위까지 퍼졌을 수도 있지만, 아마 지역적인 현상이었을 것이다. 책에서나 영화에서는 그런 전통에 대해 본 적이 없고, 온라인 기록도 드물다.) 남학생과 여학생 대표는 투표를 통해 선출했다. 전교생이 투표를 했다. 다들 탐내는 자리였다. 누가 뽑힐지는 인기에 달려 있었다. 남자애들 중에서는 당연히 코디 월든이 뽑혔다. 여자애들 중에서는, 그사이에 있었던 모든 일에도 불구하고, 나는 속으로 매디슨을 지지하고 있었다. 그 투표에서 우승하면 매디슨이 코디와의 관계에서 돌파구를 찾을지 몰랐다. 뽑힌 남학생과 여학생은 같이 연설문을 쓰고 발표를 했고, 학교 밖에서도 만나서 준비를 했다. 매디슨이 뽑힌다면 마침내 코디와 둘만 있을 기회를 얻는 셈이었다. 하지만 매디슨이 아무리 새로운 비율을 얻었다 해도 1학년에는 훨씬 인기 있는 여자애가 많았다. 현실적으로는 누군가가 투표를 조작하지 않는 한 매디슨이 뽑힐 가능성은 별로 없었다.

하지만 뚜껑을 열어본 결과, 정말로 누군가가 투표를 조작했음이 밝혀졌다.

지금까지도 우리 반 아이들이 그 계획을 짜면서 누렸을 즐거움은 잘 상상이 되지 않는다. 발표는 경제학 수업 도중에 이루어졌다. 투표를 통해 선발된 학생들이 호명되는 동안 나는 매디슨 게이츠라는 이름이 나오기를 간절히 기원하며 소리 없이 그 이름을 읊는 데 몰두해 있었기 때문에, 같은 반 아이들 모두가 고개를 돌려 나를 보았을 때 그저 어리둥절했다. 몇 명은 혼란스러운 얼굴이었고, 대부분은 히죽거리고 있거나 웃음을 참고 있었다. 그제야 나는 스피커에서 내 이름이 나왔다는 사실을 깨달았다. 내가 투표에서 뽑혔다. 내가 뽑혔다. 내가 연설자로 선발되었다.

"이야. 영광스러운 일이로구나!" 경제학 선생님이 어리둥절한 얼굴로 말했다.

공포에 질린 나는 나가도 되냐는 허락조차 구하지 않고 교과서와 가방을 낚아채 경제학 교실을 걸어나갔고, 몇 분 후에는 교장실 의자에 앉아서 사퇴하게 해달라고 애원하고 있었다.

"사퇴는 있을 수 없습니다." 교장이 말했다. 교장은 희끗희끗한 머리를 연필로 틀어올리고 줄무늬 원피스를 즐겨 입는 건장한 여성이었다. 수심어리고 근엄한 표정에, 거슬리는 것은 모두 다 파시스트라고 비난했으며―예를 들어 펜에 잉크가 떨어지면 그에 보복하듯 펜에 대고 "파시스트!"라고 중얼거리는 식이었다―결혼을 하지 않았는데, 학생들은 그게 건강하지 않기로 악명 높은 교장의 비율 때문일 거라고 생각하곤 했다.

"하지만 다들 장난으로 제게 투표했을 뿐이에요." 나는 교과서를 스웨터 앞에 끌어안고서 말했다.

"그래요. 그게 유일한 설명이기는 하지요." 교장은 두 손을 턱 아래에 맞잡고서, 어쩌면 필요 이상으로 퉁명스럽게 동의했다. "바로 그렇기 때문에 행사를 치러내야 합니다. 그 친구들은 학생에게 창피를 주려고 했어요. 이럴 때 사퇴하면 그들이 이기는 겁니다. 용감한 모습을 보여줘야 해요."

"전 그런 사람이 아니에요." 눈물이 터지기 직전이 된 나는 몸을 뒤로 축 늘어뜨렸다.

"흠, 이제 변화할 때가 됐는지도 모르지요." 교장이 말했다.

나는 내 구두 너머, 바닥에 흩어진 얼룩덜룩한 무늬를 뚫어져라 보았다.

"연설문은 한 부 미리 제출해서 검토받으세요." 교장은 그렇게 말하고 일어서더니 나를 문밖으로 내쫓았다.

나는 비참한 기분으로, 지나치는 모든 교실에서 빤히 쳐다보는 눈길과 낄낄거리는 웃음소리의 세례를 받으며 발을 질질 끌고 복도를 걸어갔다.

방과후에 코디가 로커 앞에서 나를 찾았다.

"뽑힌 애가 너야?" 코디는 당황한 듯 눈을 가늘게 뜨며 말했다.

나는 겁에 질린 나머지 그저 고개만 끄덕였다.

"허어." 코디가 말했다.

우리는 연설문을 쓰기 위해 코디의 집으로 걸어갔다. 코디는 우리집에 가자고 제안했지만, 내가 거절했다. 이유야 뻔히 알 것이

다. 학교를 나서면서 나는 바닥을 향해 고개를 푹 숙이고 코디를
따라 복도를 걸었다. 코디는 지나치는 친구들과 짧게 수다를 떨었
다. 코디는 말할 때 영성 수업에서 배운 속어를 여기저기 넣었다.
찬성할 때는 아멘이라고 했고, 반대할 때는 무無라고 했다. 인사하
고 헤어질 때는 살람과 나마스테를 썼다. 즐겁게 욕을 했고, 특히
썅이라는 욕을 좋아했다. 가끔은 친한 친구의 로커 앞에 멈춰 서
서 특정한 장난과 짓궂은 계획에 대해 소리 죽여 논의했다. 관리인
의 벽장에 접근할 수 있는 계책이라든가, 교장의 컨버터블에 장난
을 칠 방법 같은 것들이었다. 나는 주로 바닥만 보고 있었다. 코디
에게는 아무 감정도 없었지만, 그래도 그렇게 많은 이들이 욕망하
는 사람의 근처에 서 있다는 게 조금 무서웠다. 코디를 원하는 이
들의 욕망이 공기 중에 어찌나 짙게 퍼져 있는지, 그 욕망에 뒤따
르는 감정들을 간접적으로 경험할 수 있을 정도였다. 회전문을 통
과하여 봄바람 부는 바깥으로 나가자 아이들이 버스 창밖으로 코
디에게 축하 인사를 건네고, 나에게는 빈정거리며 야유를 던졌다.
  "공주 마마, 인사 올립나이다. 칭송하옵나이다!"
  "공주 모지리, 연설할 때 입을 새 드레스 살 거냐?"
  "새 귀걸이, 새 구두, 그걸로도 부족하지?"
  "이런 행사를 위해서라면 큰맘을 먹어야지!"
  학교를 떠나고 나서는 침묵 속에서 걸었다.
  코디는 학교에서 몇 블록밖에 떨어지지 않은, 하얀 기둥과 색 바
랜 외장재 위로 거대한 밤나무 그늘이 드리운 소박한 단층집에 살
았다. 마당에는 벌새들이 날아다녔다. 진입로로 들어서면서 나는
그 집이 동화에 나오는 오두막 같다고, 친절할지 사악할지 모르는

은둔 마법사가 사는 집처럼 보인다고 생각했다. 집안도 똑같이 매혹적이었다. 매디슨이 언젠가 나를 끌고 공립 도서관에 가서 코디의 가족이 제일 최근에 제출한 세금 신고서 사본을 조사한 적이 있었다. 코디의 부모님은 컨트리음악 산업의 거물이었고, 두 분의 수입을 합치면 우리 부모님과 맞먹었다. 그러나 우리 부모님과 달리 코디의 부모님은 그 수입 대부분을 기부했는데, 주로 사회기반시설 건설 사업과 보건 관리 프로그램에 보냈다. 코디네 비율은 정확히 100:1이라는 소문이 돌았다. 그 단층집은 당시 대부분 가족들이 이상적으로 여기던 '와비사비'* 스타일로 꾸며져 있었다. 모든 것이 단순하고, 거칠고, 풍상에 닳고, 퇴색했다. 나무의자는 오래 써서 닳은 나머지 색이 바랬고 반들거렸다. 카우치에 놓인 가죽 쿠션은 검게 손때가 묻고 갈라졌다. 찬장의 청록색 페인트는 깨지고 벗겨졌다. 하지만 바닥과 가구 표면을 전부 쓸고 닦은 듯, 집안 느낌은 밝고 아늑했다. 부엌 오븐에서는 라자냐 굽는 냄새가 풍겨나왔고 오븐 위에는 반짝이는 구리 냄비가 조르르 걸려 있었다. 식당을 통과하면서 나는 가족 구성원 각자에게 정해진 식기 세트가 있음을 알아차렸다. 아주 오래된 식기 진열장 위 개별 선반마다 접시 하나, 우묵한 그릇 하나, 컵 하나, 머그잔 하나, 포크 하나, 숟가락 하나, 버터나이프 하나, 스테이크 나이프 하나, 그리고 천 냅킨이 한 장씩 보관되어 있었다. 접시는 다 도자기였는데, 표면에 전원 풍경 장식이 있었다. 날붙이는 은제였다. 여벌은 없는 것 같았으니, 손님이 오면 아마 여분의 식기를 빌릴 터였다. 아니면 어른

* 일본의 미학으로 알려진, 투박하고 수수한 스타일.

들이 식사한 후에 아이들이 먹거나.

코디의 침실은 화장실과 세탁실 사이에 끼어 있었다. 코디는 바닥에 가방을 팽개치더니 의자에 앉아서 자동으로 가부좌를 틀었다. 나는 문가에 서서 놀란 눈으로 침실 안을 보았다. 매디슨이었다면 좋아서 기절했을 것이다. 옷장에는 열한 개의 옷걸이에 열한 벌의 옷이 걸려 있었다. 상의는 총 아홉 벌로 운동복과 티셔츠가 마구 뒤섞여 있었는데 하나같이 빛바랜 남색과 초록색이었고, 그 외에 여벌 청바지 하나와 끈을 졸라맬 수 있는 후드가 달린 빨간 바람막이 점퍼가 하나 보였다. 카펫 위에는 구겨진 양말과 뒤집힌 부츠가 흩어져 있었다. 가구로는 화려한 색깔의 킬트가 덮인 풀 사이즈 침대 하나, 의자, 책상, 그리고 투박한 목재 서랍장 하나가 있었다. 옷과 마찬가지로 가구도 다 질은 아주 좋았고, 동시에 환상적으로 낡았다. 책상에는 한 친구의 이름이 밑줄 위에 적힌 대여한 카세트테이프 하나와 플라스틱 대출 케이스에 담긴 서부 영화 한 편, 그리고 도서관 분류 번호가 붙어 있는 사무라이 만화 한 권밖에 없었다. 엄밀히 말해 셋 다 코디의 물건은 아니었다. 눈에 보이는 코디의 물건 중에서 실용적이지 않은 것은 서랍장에 기대어 놓은 스케이트보드뿐이었는데, 성탑을 공격하는 건지 지키는 건지 알 수 없는 드래곤 한 마리가 포효하는 그림이 그려져 있었다.

"이제 일을 시작해야 할 것 같은데." 코디가 말했다.

나는 어디 앉아야 할지 몰랐고, 그래서 땀이 났다. 감히 코디의 침대에 앉을 순 없었다. 나 같은 사람이 앉았다간 너무 혐오스러워서 나중에 킬트 이불까지 포함해 침구를 다 빨아야 할지도 몰랐다. 그냥 서 있을까, 벽에 기대어 있을까 생각도 해봤지만 그건 너무 어색할 것 같았다. 결국 나는 카펫에 앉기로 했는데, 앉고 보니 그 것도 상당히 어색했다.

코디는 나를 잠시 응시하다가 얼굴을 찌푸리더니, 다시 일어섰다. "여기 들어앉아서는 생각을 못하겠다." 코디는 스케이트보드를 잡으며 그렇게 말했다.

코디의 집에서 차도를 건너면 나무가 우거진 공원 안에 텅 빈 놀이터가 있었다. 연설에 대한 아이디어를 짜내는 동안, 나는 회전목마 가장자리에 구부정하게 앉아서 무릎을 세우고 발목을 잡았다. 코디는 스케이트보드를 타고 놀이터를 돌아다니면서 뒤집힌 쓰레기통을 뛰어넘고, 피크닉 테이블을 둘러 가고, 바비큐 그릴을 피해 달렸고, 그의 운동화 아래에서 스케이트보드가 흔들리고 뒤집혔다. 몸이 건장하다보니 스케이트보드 같은 것을 타는 데는 적합하지 않을 법했으나 코디는 날렵했고, 유연했으며, 놀라운 균형 감각을 가지고 있었다. 그때는 분명하게 설명할 수 없었지만, 스케이트보드를 탄 코디와 스케이트보드를 탄 다른 아이들 사이의 차이는 곧 예술과 스포츠의 차이였다. 코디에게 스케이트보드를 타는 건 경쟁과는 무관한 일 같았다. 바닥을 긁고 회전하는 모든 동작을 통해 스스로를 표현한다는 느낌을 받았다. 코디는 마치 댄서가 무대를 이용하듯 스케이트보드를 이용하고 있었다.

매디슨이었다면 코디가 그렇게 움직이는 모습을 보고 넋을 잃었으리라. 나는 그저 자기 연민에 빠졌다. 낮은 비율의 아이들은 언제나 코디처럼 어떤 예술에 놀라운 재능을 지닌 것 같았다. 코디의 침실을 보고 나니 마침내 그 이유를 알 수 있었다. 코디는 선택을 해야만 했던 것이다. 스케이트보드가 코디의 유일한 장난감이었고, 그래서 코디는 스케이트보드를 탔다. 스케이트보드를, 스케이트보드를, 스케이트보드만. 나로 말하자면 어떤 재능도, 어떤 기술도, 어떤 능력도 없었다. 나도 스케이트보드가 있었지만 그것 외에 발레 슈즈, 탭댄스 슈즈, 롤러스케이트, 아이스스케이트, 축구화, 소프트볼 운동화, 자전거, 스쿠터, 플루트, 하프, 바이올린, 마술 도구, 재봉 도구, 체스 세트, 캘리그래피 세트, 아크릴 붓, 수채화 붓, 인스턴트 카메라, 도자기 물레, 원예 도구, 손가락 인형, 꼭두각시 인형이 다 있었다. 나는 모든 장난감을 조금씩 가지고 놀았고, 그래서 어떤 것에도 통달하지 못했다. 스케이트보드는 딱 한 번 타봤다. 그러고는 바로 좌절했고, 내게는 포기라는 선택지가 있었다.

코디가 우아한 회전으로 그날 쌓인 감정을 표현하는 모습을 보고 있으니, 나도 같은 능력을 갖고 싶은 마음이 간절했다. 잠시 코디에게 입맞추는 상상을 해봤는데, 바보 같은 생각이었다. 나는 코디를 좋아하지도 않았고, 코디가 나를 좋아하지 않는 건 확실했다.

"난 정말 뭐라고 해야 할지 모르겠어." 내가 외쳤다.

"원한다면 예전에 다른 애들이 한 연설문을 구해서 그걸 대강 조합해서 쓸 수도 있어. 혹시 몰랐다면 말이지만, 해마다 연설이 거의 똑같거든. '자선은 영적인 건강에 필수적인 요소이며, 함께 일함으로써 우리는 가난과 노숙을 끝낼 것입니다. 어쩌고저쩌고 어쩌고저쩌고,' 이런 식이지." 코디가 스케이트보드 위에 몸을 낮춰 웅크린 자세로 내 옆을 스쳐지나가며 외쳤다.

"그런 말을 믿지 않는 것처럼 말하네." 내가 외쳤다.

"그 말이 틀렸다는 건 아니야. 그냥 그렇게 뻔한 내용으로 연설을 한다는 게 좀 무의미해 보일 뿐이야." 코디가 외쳤다.

순간 코디가 나뭇가지에 부딪혀서 욕을 하며 흔들거리더니, 보도 위에 넘어지며 바닥을 굴렀다. 스케이트보드는 보도 위를 덜덜거리며 굴러갔다.

"괜찮아?" 내가 말했다.

코디는 턱과 팔꿈치가 긁혀 피를 흘리면서도 씩 웃으며 보도에서 조심스레 일어났다. 셔츠에 붙은 자갈을 터는 모습이 민망해하면서도 조금은 뿌듯한 기색이었다. 그러다 이내 코디의 미소가 사그라들었다.

"네가 그냥 장난으로 뽑혔다는 거 너도 알지?" 코디가 말했다.

"난 바보가 아니야." 내가 대답했다.

"그래도 연설을 끝까지 할 거야?" 코디가 찌푸린 얼굴로 물었다.

나는 다리에 얼굴을 대고, 다리 사이로 회전목마의 칠이 떨어져 나간 부분을 내려다보았다.

"사퇴는 있을 수 없어." 나는 말했다.

다음날 코디는 턱과 팔꿈치에 남은 피딱지로 학교에서 엄청난 관심을 끌었다. 카페테리아를 통과하던 나는 코디가 깔깔대는 여자애들이 모여 앉은 테이블 앞에서 어제 넘어진 일을 이야기하는 소리를 들었다. 코디가 내 쪽을 슬쩍 보자 나는 점심이 든 봉투를 움켜쥐고 서둘러 화장실로 가서, 늘 사용하던 칸에 들어가 점심을 먹었다.

다가올 연설을 기대하는 것만으로는 만족할 수 없다는 듯, 학교에서 받는 괴롭힘은 기부 행사가 다가올수록 심해지기만 했다. 아이들은 내 가방에 스테이플러로 광고 전단지를 찍어 붙였다. 내 머리를 향해 구겨진 영수증을 던졌다. 매일 재킷을 가지러 로커로 돌아가면, 로커에 지폐가 더덕더덕 붙어 있었고 그 지폐 중에는 말라붙은 콧물 자국이 있거나 가래침에 젖은 것도 있었다. 화장실에서는 아이들이 내가 늘 쓰는 칸의 벽에다가 케이크와 단두대 그림을 새겨놓았다. 나는 그냥 그 모든 것을 무시하려 애썼다. 나는 압박감에 짓눌려 부서져가고 있었다. 집에 돌아가면 폭주 쇼핑을 하고, 청산하고, 폭주하고, 청산하고, 폭주하고, 청산했고, 그러지 않을 때는 끊임없는 우울 상태로 집안을 헤매면서 하찮은 일로 부모님과 싸우고 사소한 말을 두고 동생에게 맹렬하게 쏘아붙였다. 가족들은 내 폭발을 인내하려고 노력했다. 그럼에도 어쨌든 가족과 나의 관계는 점점 악화되어갔다. 늘 그렇듯, 아무도 그 문제에 대해 이야기하지 않았다. 부모님은 학교 연설이 나에게 망신을 주려는 짓이라는 걸 이해하면서도 이해하지 못한 척하며, 기부 대회도 다른 학교 행사와 다를 게 없다는 듯 행동하고, 그 이야기가 나올 때마다 어색하게 화제를 바꿨다. 가족들은 행사에 오지 않을 터였다. 우리 가족은 원래 그 행사에 절대 가지 않았다. 나도 간 적이 없었다. 나는 밤에 잠들지 못하고 두려움에 사로잡힌 채 누워서 경기장에서 벌어질 장면을 상상했다. 무대와 군중. 부유한 아이인 내가 그 자리에 서서 자선과 선의에 대한 연설을 해야 한다는 모욕감.

코디는 약속대로 연설을 짜깁기해서, 줄이 쳐진 종이에 휘갈겨 썼다. 교장이 코디의 지저분한 글씨를 해독하는 데 어려움을 겪기는 했지만─독서용 안경을 파시스트라고 매도하면서─ 결국에는 그대로 해도 좋다고 승인했다. 그야 그전에 매년 승인했던 것과 똑같은 연설을 승인한 셈이었다.

우리는 연설을 같이 하기로 되어 있었고, 문단을 번갈아가며 읽다가 극적인 효과를 위해 때로는 상대가 시작한 문장을 이어받아 대신 끝맺어야 했기 때문에, 행사 전날 연습을 위해 다시 만났다. 코디가 그날 밤에는 자기 집에서 만날 수가 없다고 했다. 코디의 부모님이 잠재 고객인 찰스턴에서 온 포크 뮤지션들을 접대하고 있었기 때문이다.

나는 우리집도 안 된다고 항의하려 했다.

"왜 안 돼?" 코디가 물었다.

"그냥, 너희 집과는 달라." 나는 자신 없이 말했다. 코디는 우리 가족이 어떻게 사는지 정확히 알았다. 우리의 재산은 모두와 마찬가지로 공공 기록에 올라 있었다. 어쩌면 아이들이 가끔 재미삼아 돌려보는 우리집 세금 기록 사본을 코디도 봤을지 몰랐다.

그날 오후 코디는 친구의 자전거를 얻어 타고 왔다. 나는 내 탑의 창가에 걸터앉아서 코디가 도착해 자전거에서 폴짝 뛰어내린 다음 웃으면서 친구에게 손을 흔드는 모습을 지켜보았다. 햇빛이 내 물건들—향수병, 귀걸이, 수정구, 펜던트, 스노볼, 손목시계, 손거울, 보석, 샹들리에—에 반사되고 굴절되면서 내 침실 전체에 반짝이는 광채를 뿌렸다. 손거스러미를 초조하게 잡아뜯던 기억이 난다. 코디는 우리 부모님이 따라준 게 분명한, 아직도 거품이 보글보글 올라오는 탄산음료가 담긴 유리잔을 들고 탑 계단을 올라왔다. 그리고 문 안에 들어서면서 휘파람을 불었다.

"진짜 뭘 많이 갖고 있구나." 코디가 중얼거렸다.

코디가 부드럽게 바람개비 하나를 툭 건드리자 무지갯빛 날개가 돌아갔다. 바람개비가 멈추자 코디는 몸을 돌려 침실 안을 둘러보았다.

"이 잡동사니들을 정말로 다 써?" 코디가 물었다.

"아니." 나는 말했다.

"이걸 다 가지고 있는 게 짐처럼 느껴지진 않아?" 코디가 물었다.

"모르겠어." 나는 말했다.

"흠." 코디는 이렇게 많은 물건 속에 묻혀 살면 어떨지 상상해보려는 듯 눈을 가늘게 뜨고 고개를 끄덕였다.

나를 놀리는 거였는지는 모르겠지만, 연습하는 동안 코디는 내 바람개비를 셔츠 주머니에 꽃처럼 꽂아놓고 있었다.

오늘밤은 도시 전역에 사락사락 눈이 내리고 있다. 부엌 카운터에 놓인 라디오에서는 블루스가 흘러나온다. 나는 셀러리를 썬다. 검보 스튜를 만드는 중이다. 코디를 다시 떠올리려던 건 아니었다. 나는 그애를 거의 알지도 못했다. 코디를 사랑한 적도 없었고, 연애 감정으로 좋아하지도 않았다. 그래도 코디에겐 뭔가가 있었다. 가까이에 있으면 마음을 사로잡는 뭔가가 있었다. 코디가 한 일 때문에, 나는 영원히 코디에게 연결되어 있다. 나는 버너 손잡이를 돌린다. 냄비 아래 레인지에 불길이 일어난다. 나는 그 불길을 잠시 응시하다가 줄인다. 코디는 졸업 이후에 말썽을 일으켰고, 결국 해외로 이주했다. 그날 일에 대해 물어볼 기회는 없었다. 그날 왜 그랬는지에 대해.

기부 행사가 있던 날 오후, 자포자기한 기분에 사로잡혀 경기장을 걷던 기억이 난다. 나는 최대한 수수하게, 장식 없는 밋밋하고 헐렁한 원피스를 입었고—엉덩이에 커다란 주머니가 달려 있었다—머리는 깔끔하게 올리고, 제일 오래된 플랫슈즈를 신었다. 해가 빛나고 있었지만 아침 일찍 비가 내린 뒤라 공기가 습하고 풀밭은 다 축축하니 진흙투성이였다. 대여한 트럭들이 트랙에 줄지어 서서, 출발 신호를 기다리는 달리기 선수들처럼 뒷문을 높이 올리고 적재용 경사로를 빼놓은 채 털털거리고 있었다. 경기장 야드 라인에 맞춰 줄줄이 놓인 대여한 테이블들은 쌓이는 기부 물품에 파묻혀가고 있었다. 교사들은 라텍스 장갑을 끼고 물건더미를 헤치며 기부 물품을 상자 안에 정리했다. 매디슨은 어쩌다가 라텍스 장갑과 접촉한 모양이었다. 경기장 엔드 존에서 친구들이 매디슨을 둘러싸고 두 팔에 돋아난 발진을 걱정스럽게 살피고 있었다. 돌리가 매디슨을 달래기 위해 얼린 커스터드가 담긴 와플콘을 매점에서 사 들고 뛰어가고 있었다. 매디슨이 그렇게 친구들에게 둘러싸인 모습을 보니 희미한 외로움이 스쳤다. 그때쯤에는 아이들 대부분이 행사장에 나온 지 몇 시간이 지났고, 부모님들도 이미 경기장 안으로 하나둘 들어와 관중석에 앉았다. 무대 연단 뒤에서는 교장이 마이크를 만지작거리고 있었다. 스코어보드는 깜깜했다. 대회라고는 해도 이름만 대회였다. 홈팀, 원정팀은 없었다. 기부는 점수가 아니었고, 집계가 되지도 않았다.

그 유니콘이 어떻게 된 건지는 나도 설명할 수가 없다. 분명 나는 더 분별력이 있었어야 했다. 좀더 자제력을 보였어야 했다. 나는 두 손을 원피스 주머니에 넣은 채, 연설에 대해서는 생각하지 않으려 애쓰면서, 무대 쪽을 보지 않으려 애쓰면서, 그렇지만 둘 다 실패한 채로 축구장 안을 돌아다니고 있었고, 관중석에 늘어나는 군중의 규모가 상상한 것보다 더 커서, 상상한 것보다 더 시끄러워서 겁에 질렸으며, 해가 스코어보드 쪽으로 기우는 것을 보면서 이제 곧, 금방이라도 행사가 시작되리라는 것을 깨달았다. 그렇게 오랜 세월 괴롭힘을 당했으면서도 그런 기분은 느낀 적이 없었다. 진짜 위험에 직면한 느낌이었다. 아직 무대에 오르지도 않았는데 벌써부터 몸이 벌벌 떨렸고, 불안과 공포와 걱정이 동시에 폭발하는 경험이 어찌나 강렬한지 다리가 휘청거리고 구역질이 났다. 그리고 공황 상태에 빠진 나는 본능적으로, 아무 생각 없이, 나를 저버린 적이 없는 유일한 방법으로 마음을 진정시켰다.

발을 끌며 늘어선 테이블 사이를 걸어다니면서 높이 쌓인 기부 물품들 옆을 지나치는데, 플라스틱 유니콘의 화려한 뿔 위에서 반짝이는 빛이 눈에 띄었다.

나는 멈춰 서서 유니콘을 응시했다. 그 유니콘에 특별하다고 할 만한 점은 없었다. 집에도 비슷한 것들이 있었다.

그럼에도, 고요한 히스테리에 사로잡힌 나는 무의식적으로 그 유니콘을 주머니에 넣었다.

공황이 즉시 가라앉았다. 안도감이 느껴졌다. 나는 새로운 물건을 소유했다. 이제 혼자가 아니었다. 혼자가 아니었다.

그 짧은 위안은 모자가 담긴 상자를 든 짧은 머리 여자애가 소리를 지르면서 깨어졌다.

"공주 마마가 기부 물품을 챙겼어!"

심장이 쿵쾅거리는 가운데 내가 그 테이블에서 물러서는 사이 그 여자애의 외침에 다른 사람들의 목소리가 합세했다.

"아무리 공주 모지리라도 그럴 리가!"

"맹세코 그랬어. 저 테이블에서 가져갔다고!"

"이야, 이런 정신 나간 이야기는 듣고도 못 믿을걸!"

"마마가 세금을 징수하셨네!"

"마마가 어려운 사람들의 물건을 훔치고 있어!"

짧은 머리 여자애가 이끄는 아이들 떼거리가 내 주위로 몰려들었다. 이미 무거운 상자를 이리저리 나르느라 짜증이 났던 터라 격분한 얼굴들이었다. 짧은 머리 여자애가 모자 상자를 내려놓고 앞으로 나서서 내 원피스 주머니를 뒤졌다. 그리고 의기양양하게 유니콘을 꺼내들었다.

"너에게 이걸 가질 권리가 있다고 생각했나보지?" 그애는 유니콘을 휘두르면서 코웃음을 쳤다.

다른 아이들은 충격받은 표정이었다. 나는 당황해서 달아나려고 몸을 돌리다가 코디에게 정통으로 부딪혔다. 코디는 새빨간 바람막이, 늘 입는 청바지, 늘 신는 운동화 차림이었고 경멸어린 표정을 짓고 있었다. 전부 다 목격한 것이었다. 그 순간—코디의 역겨워하는 얼굴을 본 순간—나는 그동안 내 안에 희망이, 한심할 만큼 절절한 희망이 둥지를 틀고 있었음을 깨달았다. 어쩌면 코디가 나를 친구로 생각하게 되었을지도 모른다는 희망. 나는 그 희망이 죽어버린 바로 그 순간에야 그 사실을 알아차렸다.

관중석 위 스피커들이 요란한 소리를 내더니 교장이 우리를 무대 위로 불렀다.

"네가 무슨 말을 할지 듣고 싶어 안달이 나네." 짧은 머리 여자애가 유니콘을 테이블 위에 다시 던져놓으며 기분 나쁘게 웃었다.

몇 분 뒤에는 교장이 우리를 이끌고 무대 계단을 오르고 있었다. 무대는 드넓고 위협적이었으며 연단 말고는 아무것도 없이 텅 비어 있었다. 연단까지 걸어가는 길이 끔찍했다. 나는 곁눈질로 군중을 보았다가 바로 후회했다. 이제는 관중석이 꽉 차서, 군중이 어마어마하고 무시무시했다. 셔츠와 블라우스와 재킷과 야구모자와 찰칵대는 카메라 들, 햇빛을 가리느라 올린 손들과 프로그램 팸플릿으로 부채질을 해서 뺨을 식히는 손들, 끝도 없어 보이는 익숙한 얼굴들의 덩어리였다. 빨간 바람막이 점퍼를 입은 코디가 메모장을 꽉 쥐고 앞장서서 걸었다. 나는 고개를 푹 숙이고 메모장을 주머니에 찔러넣은 채 그 뒤를 따라 걸었다. 그 연설을 위해 얼마나 많이 연습을 했던지. 평생 무엇도 그렇게 열심히 연습한 적이 없었다. 나는 내 부분만이 아니라 코디가 읽을 부분까지 달달 외우고 있었고, 그래도 연설중에 공포에 질려 머리가 텅 빌까봐 메모장에 적어놓기를 잘했다고 생각했다. 심장이 미친듯이 뛰었다. 연단에 도착해서 군중 쪽으로 고개를 돌릴 때, 나는 미소를 지어야 한다는 사실을 기억해냈다. 내 미소는 가짜인데다 딱딱하게 굳어 있었을 것이다. 오케스트라가 무대와 관중석 사이의 트랙에 서서 행진곡 연주를 마치고 극적으로 터져나오는 트럼펫소리로 마무리를 짓더니, 이제는 오케스트라마저 몸을 돌려 우리를 바라보았다.

그냥 연설을 끝까지 해낼 수만 있다면, 모든 것이 끝나고 모든 것이 괜찮아질 거라는 생각을 했던 기억이 난다.

교장은 참석자가 많아서 너무나 기쁘고 날씨가 좋아져서 다행이라고 짧게 말한 후 우리를 소개했고, 이어 열의 없는 박수갈채가 나오는 가운데 교장은 무대 위에 우리 둘만 남겨둔 채 천천히 계단을 내려갔다.

메모장을 꺼내는 내 손은 마구 떨리고 있었다. 청중 대부분은 전에 어디선가 본 적 있는 사람들이었지만, 그렇게 한자리에서 보기는 처음이었다. 말도 없고 표정도 없는 그 수많은 사람들의 시선을 받는 건 악몽의 한 장면 같았다.

코디가 첫마디를 시작하기로 되어 있었다. 내 옆에 선 코디가 앞쪽 연단의 마이크를 향해 몸을 기울이더니 입을 열었다가, 다시 입을 다물고 청중을 향해 기묘한 미소를 짓더니 메모장을 내려다보면서 뭔가를 다시 생각해보는 것처럼 고개를 갸웃했다. 코디가 메모장을 빤히 바라보았다. 메모장을 보며 얼굴을 찌푸렸다. 나는 코디와 군중을 번갈아 흘끗거리고 코디가 말문을 열기를 초조하게 기다리면서 불길한 예감에 사로잡혔다.

군중 속에서 누군가가 기침을 했다.

코디가 눈을 들어 군중을 보았다.

"저희가 연설을 쓰긴 했는데, 음, 솔직히 아주 지루해요." 코디가 말했다.

관중석 뒤쪽에서 누군가가 웃음을 터뜨렸다가 이내 조용해졌다.

"그냥 마음에서 우러나는 말을 하는 게 나을지도 모르겠네요." 코디가 말했다.

군중이 우리를 바라보았다.

"전 부유한 사람들이 좋아요." 코디가 말했다.

나는 고개를 돌리지도 않고, 몸을 조금도 움직이지 않은 채, 필사적으로 미소를 유지하려 애쓰면서 곁눈질로 코디를 보았다가,

다시 물을 끼얹은 듯 조용한 청중을 힐끔거렸다.

"잡동사니를 잔뜩 소유하는 일에는 아름다운 구석이 있다고 생각해요." 코디가 말했다.

관중석 뒤편에서 다시 누군가가 웃음을 터뜨렸다. 쾌활한 웃음이었다. 나머지 청중은 멍한 표정이었다.

"굉장하다고 생각해요." 코디가 말했다.

관중석 뒤쪽에서 누군가가 웃음을 터뜨리고는 열렬히 환성을 질렀고, 이내 군중의 얼굴에 희미한 웃음이 떠오르기 시작했다.

"저는 여분의 물건을 갖는 게 전혀 잘못된 일이라고 생각하지 않아요." 코디가 말했다.

나는 귀에서 이명이 울리고 피부에는 뭔가가 기어가는 것 같고 손에 든 메모장이 덜덜 떨리는 가운데 무대 위에 꼼짝 않고 서 있었다. 관중석 여기저기에서 아이들이 즐거워하며 히죽대고 있었다. 언제나 사람을 너무 믿고, 언제나 너무 순진했던 나는 그 순간 갑자기 그동안 한 번도 생각하지 못했던 사실을 깨달았다. 원래 그 전까지 나는 그 투표 결과가 늘 나를 괴롭히던 애들의 작품이라고 생각했었다. 아마도 돌리, 어쩌면 매디슨일 수도 있다고. 하지만 그 아이들 중에 그 정도 규모의 계략을 꾸며본 경험이 있는 아이는 없었다.

하지만 경험 있는 사람이 하나 있었다. 코디였다.

"솔직히, 집을 몇 채 소유하는 걸 가지고 본질적으로 비윤리적이라 할 수는 없잖아요." 코디가 말하고, 드문드문 웃음소리가 났다.

아마 나는 코디가 무슨 의도였는지 영영 모를 것이다. 몇 년이 지난 후에야 어쩌면 그날 그 무대 위에서 코디는 정말로 나를 방어하기 위해 그런 말을 했는지도 모른다는 생각이 떠올랐다. 돌이켜 보면, 코디는 따돌림받는 이들에게 공감할 수도 있는 사람, 규칙을 어기거나 사회적인 규범에 저항하는 것을 두려워하지 않는 종류의 사람 같기도 했다. 나와 시간을 보내고 나니 코디가 나를 동정하게 되었을지도 모른다고, 나를 염려하게 되었을지도 모른다고, 그날 유니콘 사건을 목격한 게 어째선지 마음을 어지럽혀, 나를 지키려고 했는지도 모른다고 생각하고 싶다. 그 자리에서 그런 말들을 통해 그저 날 도우려 했을 뿐이라고 말이다. 하지만 그때 그 무대 위에 서 있던 나는 코디가 투표를 조작한 장본인이었다고 생각했고, 처음부터 메모장에 적어온 연설을 할 계획이 아니었다고 생각했다. 내내 나를 공격할 기회로 그 행사를 이용할 계획이었다고. 나는 무대라는 덫에 걸렸고, 코디는 이제 청중 수백 명과 함께 나를 조롱할 수 있었다. 다 주목을 끌기 위해서였다. 전설적인 장난을 벌이기 위해서였다. 코디는 사실 그럴 만한 사람 같기도 했다.

그렇지만 코디가 하는 말이 진심이었든, 비아냥을 의도했든 상관없이 청중은 분명 코디의 말을 농담으로 해석했다. 악명 높은 장난꾸러기의 장난으로 받아들였다. 청중 사이에서도 몇몇 부모들은 예의를 지키느라 웃지 않으려고 노력했고 심지어 못마땅한 표정까지 지었지만, 코디가 계속해서 탐욕은 매력적이라고 주장하자 관중석에 산발적인 웃음이 번지다가 웃음소리가 잔물결이 되고, 파도가 되고, 마침내는 코디가 한 문장을 끝맺을 때마다 군중이 억누르지 못하고 터뜨리는 웃음소리가 방점을 찍기에 이르렀다. 코디는 일 분이 넘게 쉬지 않고 말했다. 나는 한마디도 하지 못했다. 그저 굴욕감에 벌벌 떨면서, 이제는 가짜 미소조차 떠올리지 못한 채, 내가 속한 공동체 전체가 웃고 있는 광경에 진저리를 치며 그 자리에 서 있기만 했다. 자선과 선의에 대한 연설을 해야 하는 것도 굴욕적이었겠지만, 코디가 부유함과 과잉에 대한 연설을 하는 동안 그 자리에 서 있으려니 발가벗겨진 기분이었다. 군중은 나를, 내 모든 탐욕과 자아도취와 추악함을 꿰뚫어보았다. 병적으로 부풀어오른 내 재산을. 코디가 부의 축적에 대해 지지를 표하는 동안 어색하게 그 옆에 서 있는 나야말로 그 연설을 참을 수 없이 웃기게 만드는 존재였다. 나는 마네킹이나 다름없었다. 나는 살아 있는 증거물이었다. 소도구였다. 교장이 격분한 얼굴로 마이크를 빼앗으려 무대 위로 달려오자, 군중이 갈채를 터뜨리고 휘파람을 불고 환호하며 기립박수를 쳤다. 아이들은 눈물까지 흘리며 웃고 있었다. 코디는 미소도 짓지 않고, 손을 흔들지도 않고, 고개 숙여 인사하지도 않았다. 어떤 식으로든 그 연설이 농담이었음을 암시하는 행동은 보이지 않았고 그저 마이크를 빼앗기면서도 청중을 노려보기만 했다.

나는 이미 움직이고 있었다. 메모장은 무대에 떨어뜨리고, 계단에서 풀밭으로 쏜살같이 뛰어내려가 텅 빈 경기장을 서둘러 가로지르고, 기부 물품이 쌓인 테이블을 모두 지나쳐, 뿌옇게 흔들리는 눈물 사이로 앞을 보려 애쓰면서, 속이 메스껍고 끔찍한 기분으로 군중을 뒤로하고 나왔다. 주차장이 끝날 때쯤 달리기 시작해서 바람에 원피스 자락을 휘날리며 길거리를 통과하고 교차로를 건너 달렸다. 폐가 불타는 것 같고 다리가 아프고 입에서 피맛이 날 때까지 달렸다. 내 마음속에 비해 동네는 무섭도록 평화로웠다. 집에 가는 길에 플랫슈즈도 잃어버렸다. 나는 지저분해진 발로 걸어서 집에 들어갔다. 헉헉거리고 땀을 흘리면서. 뛰느라 머리가 엉망이 되어 눈 주위로 머리카락이 늘어져 있었다. 아직도 웃음소리가 귀에 쟁쟁했다. 나는 그때까지도 눈물을 참고 있었다. 현관을 지나 대형 거실로 들어갔더니, 부모님이 동생과 함께 텔레비전을 보다가 고개도 돌리지 않고 나에게 인사했다. 나는 조용히 부엌으로 걸어가서 서랍장을 뒤져 성냥갑을 하나 찾아낸 후, 그 성냥갑을 움켜쥐고 내 탑으로 향하는 어두운 복도를 성큼성큼 지나서 나선 계단을 올라간 다음, 내 방으로 들어가서 벽장 옷걸이에 걸린 옷들을 다 잡아뜯어 마룻바닥 한가운데에 깔린 러그 위에 집어던졌다. 시어서커와 리넨과 깅엄과 실크와 페이즐리와 데님과 레이스와 캐시미어로 이루어진 호사스러운 옷감더미, 소매와 바짓가랑이와 옷깃이 엉킨 무더기를 만들어놓고 라벤더와 유칼립투스와 오렌지와 장미 방향유 병을 다 집어서 옷더미 위에 뿌린 다음, 성냥을 그었다. 그리고 옷더미 위에 불똥을 떨어뜨렸다. 창문을 통해 흘러드는 어둑한 황혼 속에 피어난 불은 기묘하게 아름다웠고, 환하게 옷더미를 태우며 놀라운 속도로 물건들을 먹어치우고, 모든 물건을 열과 빛으로 바꾸어놓으며 점점 강하게 타올랐다. 집밖에서는 헤드라이트를 켠 자동차들이 이따금 바깥 거리를 지나쳤다. 자욱해지는 연기 속에서 기침을 한 기억이 난다. 침대 캐노피가 확 타오르면서 갑자기 사위가 밝아졌던 모습도. 부모님이 연기 냄새를 맡고 내 방으로 달려왔을 때쯤에는 불길이 삼나무 궤짝, 의자, 화장대는 물론이고 천장 서까래까지 번져 있었다.

"이게 무슨 일이야?" 아버지는 공포에 질려 내 방을 둘러보며 외쳤다.

"더는 부자이고 싶지 않아." 나는 말했다. 그렇게 말하면 부모님이 이해할 수 있을 것처럼.

이제는 우리 가족이 다른 가족들에게 어떻게 보였을지 상상할 수 있다. 그 전해의 어느 서늘한 봄날 주말, 주 전역에 폭우가 쏟아져서 하루 만에 1피트가 내렸고, 강이 범람하여 강둑을 넘어서 도시 전체에 흘러넘치고 경기장, 극장, 브로드웨이 카바레까지 잠겼다. 대로가 잠기고, 골목이 잠기고, 집들이 잠겼다. 지하실도. 욕실도. 부엌도. 침실도. 잔디밭 장식들이며 포치 가구들이 진흙탕 물에 떠내려갔다. 수천 명이 노숙하는 신세가 되었다. 물이 다 빠지기도 전에 다른 집 가족들은 피해자들을 먹이고 재우고, 필수품을 다시 구입하고, 망가진 집을 재건하는 걸 돕기 위해 자선기금을 조성했다. 내 부모님은 구호 활동에 기부하지 않았다. 자선기금에는 기부했지만, 오직 세액공제로 세후 수입을 극대화할 수 있을 만큼만 내고, 한 푼도 더 내지 않았다. 다른 가족들은 낼 수 있는 돈은 다 냈다. 전국 어디에도 남부만큼 영적으로 건강한 지역은 없었고, 그중에서도 테네시주만큼 재산 비율이 낮은 주는 없었다. 자원봉사자들이 캔에 든 음식들을 식품 저장소에 배달했다. 자원봉사자들이 새로운 이주자들에게 다양한 옷가지가 담긴 상자들을 내밀었다. 자원봉사자들이 노숙인들을 위한 트레일러 공원 건설 비용을 대기 위해 돈을 모았다. 강에 놓인, 건축학적으로 숨막히게 멋진 보행자용 다리도 자원봉사자들의 크라우드소싱을 통해 건설된 것이었다. 공원에 조성한 거대한 꽃밭의 알록달록한 데이지와 수국도 밀짚모자를 쓴 자원봉사자들이 돌봤다. 블록마다 있는 공동체 텃밭에서 익어가는 싱싱한 열매와 호박들도 작업용 스웨이드 장갑을 낀 자원봉사자들이 물을 주며 돌봤다. 자원봉사자들에게 자금을 받은 화가들이 건물 옆이나 광장에 사다리를 놓고 올라가 다채로운 벽화를 그리고 반짝이는 금속 조각상을 설치했다. 자원봉사자들에게 자금을 받은 기술자들이 안전모를 쓰고 걸어다니며 장엄한 동상과 장려한 분수 설치를 점검했다. 자원봉사자들에게 자금을 받은 검안사와 치과의사와 내과의사 들이 일일 진료소를 열고, 내슈빌 전역에 안경과 칫솔과 의약품을 배급했다. 사회 협력 정신에 헌신하는 사람들 사이에서 우리 가족은 괴물 같은 반사회적 인물들로 보였을 것이다. 우리는 어마어마한 돈을, 자선에 낼 수도 있었을 돈을 필요도 없는 물건에 썼고, 필요 없는 물건에 쓰는 돈보다 더 많은 돈을 은행에 축적해놓고 이자를 쌓아 더 큰 돈으로 만들었다. 다른 가족들은 자발적으로 인프라 건설과 주택 공급과 보건 프로그램에 돈을 내고, 설치미술과 거대한 기념비 건설에 돈을 댐으로써 무수한 일자리를 창출하고 경제 건전성을 확보했다. 우리 가족은 오직 우리 재산의 건전성만 확보했다.

언젠가 어렸을 때, 놀이공원에서 네온 불빛에 둘러싸인 채 회전목마에 앉아서, 균형을 잡기 위해 목마의 갈기를 붙잡고 등뒤에서 다투는 아이들의 말을 들었던 기억이 난다.

"그냥 저런 사람들이 강제로 돈을 나눠주게 만들면 안 돼?"

"그건, 음, 공산주의 같잖아."

"그래서?"

"공산주의는, 음, 미쳤거든."

"사람들에게 자선을 강요할 순 없어."

"그게 자원봉사주의의 근본 원칙이라는 거야."

"자선은 자발적으로 해야 한다고."

나는 화재가 일어나고 며칠 후, 십대 애들이 차를 몰고 우리집 앞을 지나치며 새까맣게 타버린 탑의 잔해를, 지붕에 뚫린 구멍 위에 덮어놓은 거대한 방수포가 비바람에 퍼덕이는 모습을 멍하니 바라볼 때, 그 차 안에 있지 않고도 알 수 있었다. 뭐라고 떠드는지 엿들을 필요도 없었다. 그 아이들이 뭐라고 말했을지 알았다. 물건을 태우다니, 물건을 쓰레기통에 던져 넣는 것과 똑같다고, 필요 없는 물건을 사는 짓과 똑같다고 했겠지. 얼마나 낭비냐고.

나는 언제나 학교의 구경거리였는데, 그날 이후에는 분명 전설이 되었을 것이다. 고향에서는 아직도 사람들이 나에 대해 이야기하고, 화재 사건을 입에 올릴 게 틀림없다. 고향 사람들이 화재 이야기를 할 때면 분명 그 사건을 비극으로 묘사할 것이다. 슬픈 일이라고. 하지만 나에게는 탑에 불을 지른 것이 전환점이 되었고, 마침내 폭주와 청산을 반복하던 굴레에서 해방되었다. 탑의 내부는 완전히 소실되었다. 그후에 부모님이 내 신용카드를 다 빼앗아가서 폭주할 방법도 없어졌고, 내 물건은 다 망가졌으니 청산할 이유도 남지 않았다. 나는 어마어마한 짐에서 벗어난 듯 기막히게 홀가분해졌고, 동시에 기막히게 텅 빈 기분이었다. 동생은 식사 시간마다 내가 언제든 집에 또 불을 지를 거라는 듯 두려움에 찬 눈으로 나를 보았다. 나는 부끄러워서 부모님을 마주볼 수가 없었다.

아버지는 나에게 거의 한마디도 하지 않았다. 어머니는 이제 나를 끌어안으려 팔을 뻗지 않았다. 세탁실 옆의 빈방에서 일주일을 자고 나자 부모님이 어느 기숙학교 브로슈어를 들고 왔다. 부모님은 나를 위해서 보내는 거라고, 모두가 나를 집에 불을 지른 괴물로 알고 있는 이 도시의 학교에 다녀야 하는 난처한 상황에서 벗어나게 해주려는 거라고 주장했다. 하지만 나는 그때도 부모님이 나를 기숙학교로 보내는 진짜 이유를 알고 있었다. 내가 선을 넘었기 때문이다. 나는 우리 가족을 위험에 빠뜨렸다. 가족들은 나를 두려워했다. 특히 동생이 그랬다. 부모님은 나에게 새 옷가지를 한 벌씩 사줬다. 달리 쌀 짐은 없었다. 비가 내리는 기숙학교 파티오에서서, 천둥 속에서 가족들이 차를 몰아 도로로 나가는 모습을 지켜보던 기억이 난다. 그때도 부모님이 방학 때 집에 오라고 독촉하지 않을 것임을 알았다. 그후로 부모님을 본 게 열 번도 안 될 것이다. 동생은 더 드물게 보았다.

기숙학교는 전원 지역에 있었고, 산과 초원에 둘러싸여 제일 가까운 상점도 몇 마일은 떨어져 있었다. 나는 코를 고는 통통한 금발 여자애와 한 방을 써야 했다. 벽장은 없이 옷을 넣을 서랍장 하나뿐이었고, 그 서랍에는 여벌 교복과 속옷, 양말, 잠옷, 체육복, 비옷, 주말에 입을 평상복을 하나씩 넣을 자리밖에 없었다. 창가에 책상 하나와 교과서를 꽂을 선반 하나. 베개 하나에 겨울에 덮을 담요 하나가 딸린 침대 하나. 나는 거의 텅 빈 공간에 사는 데 익숙해졌다. 없이 지내는 방법을 배울 수밖에 없었다. 주말이면 우리는 지역 농장에 자원봉사를 가서 울타리를 치고, 헛간을 고치고, 필요한 가족에게 기부할 흙 묻은 당근과 비트와 감자를 포대에 담았다.

밤에는 휴게실에서 다 같이 영화를 보거나, 큰 식당에서 댄스파티를 열거나, 도서관에서 만화책과 판타지소설들을 교환했다. 나는 혼자 전원을 산책하며 잡초와 진흙을 밟았다. 첫해에는 거의 밤마다 소리 없이 울었다. 룸메이트는 걸걸한 아이였지만 나에게 친절했다. 결국에는 룸메이트의 코골이에도 익숙해지고, 심지어는 그 소리가 마음을 달래주기까지 했다. 어느 정도냐 하면, 대학에 가서 처음으로 남편과 잤을 때 남편도 코를 곤다는 사실을 알고 이상하게 마음이 편해졌을 정도다.

　　지금 나는 다른 삶을 산다. 농산물 직판장에서 일하며 생꿀을 파는 단순한 삶이다. 중년이라는 나이가 나에게 잘 맞는 것 같다. 우리 가족은 어쩌면 필요한 것 이상을 소유했을지도 모르지만 건강한 비율을 가지고 있고, 우리집은 마당에 타이어 그네를 달아놓은 검소하고 깔끔한 청록색 단층집이다. 나는 이런 생활방식을 더 좋아하게 되었다. 내 아이들은 다른 생활방식을 알지 못한다. 나는 식품 저장고에 기부할 페이스트리와 채소를 산다. 새로운 이주자들에게 줄 스웨터와 짧은 코트를 산다. 공립 도서관 보수공사를 위한 기금 조성을 돕는다. 나를 사랑하고, 겨울에 한 번씩 내 생일 파티를 열어주는 친구들도 있다. 자원봉사와 여가생활 사이에서 건강한 균형을 찾으려 하고 있다. 내 남편은 도시에서 일하는 변호사로, 숱 많은 검은 머리에 덩치 크고 쾌활한 남자이고 암벽등반과 수상스키를 좋아하며 동물 보호소에서 집 없는 고양이와 개들을 목욕시키는 자원봉사를 한다.

막내딸이 저녁식사 후에 구운 쿠키 때문에 집안에서는 밀가루 반죽과 초콜릿 냄새가 풍긴다. 지금은 아이들 모두 잠들었다. 남편은 욕조에 몸을 담그고 있다. 그 상태로 나를 주시하며, 세면대에서 가글을 하고 있는 나를 지켜본다.

나는 가글액을 뱉고 말한다. "왜?"

"당신은 아름다워." 남편이 말한다.

나는 남편이 그런 말을 할 때, 내 외면만이 아니라 내면까지 말한다는 걸 안다. 나는 인정 많은 사람이다. 나는 너그럽다. 나는 사치스럽지 않다. 남편과 마찬가지로 나도 다른 사람들을 돕는 데서 만족감을 느낀다. 행복할 때가 많다.

하지만 그래도 가끔은 어둡고 끔찍한 기분이 덮칠 때가, 으스러질 듯한 공허감이, 비참하기 그지없는 느낌이 찾아오고, 다락에서 새로운 연극의 안무를 짜는 내 아이들의 소리도 도움이 되지 않고, 남편이 부엌에서 잼을 만들면서 노래하는 소리도 도움이 되지 않고, 뒷마당 새 모이통에서 지저귀는 파랑새 소리도 도움이 되지 않고, 아무것도 도움이 되지 않는 듯한 시간이, 나도 모르게 지역 쇼핑몰로 차를 몰고 가게 되는 날들이, 그리고 정신을 차려보면 쇼핑몰에서 차를 몰고 돌아오고 있는 날들이, 몰래 혼자서 상자가 가득 든 쇼핑백을 들고 집 뒤편 숲속을 향해 필사적으로 걸어나가는 날들이 있다.

나는 숲속에 있는 깊은 협곡 가장자리, 빛과 그림자가 포개지며 가끔 돌풍이 불면 풀밭 위에 어룽어룽 잔물결이 지고, 구름이 해를 가리고 지나갈 때마다 어두워졌다가 밝아지기를 반복하는 양버즘나무 그늘에 앉는다. 상자들을 내 옆에 가지런히 놓고, 하나씩 천천히 세심하게 포장을 벗겨내며 그 경험을 음미한다. 비닐의 탄력. 그 인공적인 향기. 그 윤택. 벗겨달라고 애원하는 듯 아름답게 바스락거리며 벗겨지는 비닐. 나는 구겨진 비닐을 풀밭에 하나씩 내려놓고, 상자 뚜껑 위로 손가락을 부드럽게 미끄러뜨린다. 그리고 상자를 하나씩 연다. 안으로 손을 넣어 물건을 하나씩 꺼낸 다음 조심스럽게 주위 풀밭에 늘어놓는다. 도자기 찻주전자. 귀갑으로 만든 빗. 백랍으로 만든 칵테일 셰이커. 놋쇠 회중시계. 장밋빛 향수병. 이제 그 물건들은 내 것이다. 나는 흥분이 사그라들 때까지 그 물건들과 함께 앉아 있는다. 광택이 흐려지고, 새로움이 희미해질 때까지. 그러면 물건은 그저 물건에 불과하다. 나는 그 쓰레기들을 협곡 바닥에 던져 넣고, 집으로 간다.

스폰서

우리 결혼식이 한 달도 남지 않았을 때, 우리의 메인 스폰서가 파산하면서 갑자기 후원금이 날아가버린다. 전화를 받은 건 제나다. 타이와 나는 탱크톱과 카키 반바지 차림으로 토퍼에 앉아서 타이가 패트리어츠®의 트레이너로 일하는 질레트 스타디움™의 새로운 체력 단련실 사진을 멍하니 보고 있다. 떠오르는 해가 아직 하늘을 물들이는 중이고, 파랑새들은 나무 사이에서 행복하게 지저귀는데 갑자기 제나가 그 소식을 듣고 아파트 안으로 뛰어들어온다. 제나, 제나, 사랑스럽고 상냥하고도 섬세한 제나가, 반짝이는 두 눈과 들창코와 여기저기 조금씩 까진 매니큐어가 특징이며 키는 눈삽보다 크지 않은 제나가 요가 바지와 스포츠 브라 차림에 머리는 하나로 질끈 묶은 채, 눈물에 마스카라가 번진 얼굴로 서 있다. 스피닝 수업을 받고 있는 사이 광고부에서 음성 메시지를 남겼단다. 녹음된 로봇 목소리로. 회사가 파산했다고. 스폰서 후원이 취소되었다고. 그렇게 설명하는 제나의 목소리가 갈라진다. "다시 걸어봤지만 아무도 받지 않아." 제나가 말한다. 순식간에 우리 결혼식 예산이 반토막이 났다. 나는 낙관적으로 말하려고 노력한다. "그냥 결혼식 규모를 축소하면 되지 않을까." 내 말에 제나가 몸을 떤다. 울기 직전. 이성이 끊어지기 직전이다. "브룩, 이건 우리 인생에서 가장 중요한 날이란 말이야." 제나가 빽빽거리는 목소리로 말한다. 타이는 입가를 닦고 포장지에 싸인 맥머핀™을 테이블 위 컵받침에 놓인 폴저스® 컵 옆에 내려놓더니 말한다. "현실적으로 말해서, 당신은 아마 남은 평생 그 결혼식이 있었다는 사실마저 잊으려고 애쓰면서 살지도 몰라. 솔직히, 지금까지 참석한 결혼식 중에 삼 년 안에 이혼하지 않은 커플이 하나라도 있어?" 제나는 말문이 막힌다. 따귀라도 맞은 것처럼 뺨이 붉어진다. 제나는 나를 쳐다보고 타이를 가리킨다. "이게 당신의 신랑 들러리야? 이게? 이게?" 나는 "타이, 인마, 나가라" 하고 말할 수밖에 없다. 타이는 나가지만, 나는 도저히 이 절망적인 모험에 혼자 뛰어들 수 없기에 타이에게 기다리라는 메시지를 몰래 보내고, 제나를 달래며 내가 꼭 결혼식을 구해내겠다고 맹세하고 다른 스폰서를 찾아내겠다고 다짐하고 열정적인 키스로 작별인사를 한 후 타이를 만나러 길거리로 내려간다.

"난 그냥 상황을 똑바로 보게 해주려던 것뿐이야." 타이는 눈을 가늘게 뜨고 주차 요금 징수기에 기대서서 말한다.

"제나랑 나는 그렇지 않아."

"알아."

"이건 진짜배기야."

"그렇고말고."

"젠장, 야, 새로운 스폰서를 찾지 못하면 결혼식은 망하는 거야." 나도 점점 공황에 빠지며 그렇게 말한다.

타이가 내 어깨를 잡는다. 나는 키가 크지만, 타이는 더 크다. 타이가 내 눈을 들여다본다. "브록, 내가 여기 있잖아. 이래서 들러리가 있는 거야. 진심이야. 내가 어떻게든 해결하도록 도울게. 전화 좀 돌려보자."

우리는 슬리퍼를 보도 위에 던져놓고 월마트®가 후원하는 스테이션왜건 후드에 앉아서 어깨를 맞대고 전화번호를 누른다. 우리가 옆집에 살던 어린 시절, 자고 갈 친구나 게임 한 판 같이 할 친구를 찾아서 온 동네에 전화를 돌리던 그때처럼. 상황은 암울하다. 제나와 나는 일반적인 실내장식과 의복 스폰서들도 모두 섭외를 했지만, 그중 하나를 대체하는 일은 메인 스폰서를 대체하는 일에 비하면 간단했을 것이다. 결혼식까지 한 달도 남지 않았으니, 정식 지원 과정을 거칠 시간은 없다. 타이와 나는 기업에 직접 전화해서 바로 인터뷰를 따내야 한다. 우리는 해당 기업의 광고부에서 지역 커플을 안타깝게 여겨주기를 기대하며 시내에 본부를 둔 회사들 위주로 공략한다. 목소리를 전문가스럽게 바꾸고, 매력을 발산한다. 내 전화를 받은 안내 직원 대부분은 안 된다는 말조차 하지 않고 끊어버린다. 타이도 운이 따르지는 않아서, 거절당할 때마다 욕을 하고 있다.

시도해볼 만한 회사가 더이상 떠오르지 않던 차에 타이가 함성을 지르며 통화를 끊는다.

"비제이스BJ's와 인터뷰 잡았어!"

"그게 대체 어딘데?"

"코스트코나 샘스 비슷한 거야. 좀더 나쁠 뿐이지."

나는 얼굴을 찌푸린다.

"왜?" 타이가 묻는다.

"그냥 다른 이름이었으면 좋았겠다 싶어서."

"브룩. 이 정도 현금이 있는 다른 스폰서는 찾지 못할 거야. 솔직히 말하면, 제시간에 다른 스폰서를 찾는 것 자체가 불가능해. 다른 회사에는 접근도 못했어. 이만하면 감지덕지야."

나는 그 회사 이름이 예식 배너에 올라간 장면을 상상하고 움츠러들었다가, 일 분 전까지만 해도 어느 곳에서도 인터뷰를 따내지 못했음을 떠올린다. 원래 불가능해 보이는 임무였다. 결혼식은 망한 것 같았고. 하지만 이제 우린 해낼 수 있다. 아직 기회가 있다.

나는 씩 웃으며 타이와 주먹을 부딪친다.

"한 달도 남지 않았는데 인터뷰를 잡는 데 성공하다니, 믿을 수가 없다." 내가 말한다.

"그쪽도 급한가보지. 하지만 인터뷰가 한 시간 뒤야. 바로 출발하자." 타이가 말한다.

나는 주머니를 뒤져서 잘랑거리는 열쇠들을 꺼낸다. 타이는 나이키®의 후원을 받는 자기 쿠페를 흘긋 보고 데니스®의 후원을 받는 내 픽업트럭을 본다. "저걸 타고 인터뷰에 갈 순 없어." 타이가 말한다. "나쁜 뜻은 아니고. 내가 운전할게."

나는 픽업트럭 글러브박스에서 결혼식 기획서가 든 형광색 바인더를 꺼내고, 타이는 쿠페 클러치를 밟고 브레이크를 때리고 시동을 걸었으며, 우리는 레이밴® 선글라스를 쓰고 시내를 달린다. 원래는 오늘 둘 다 체육관에서 운동을 할 예정이었다. 뒷좌석에 크레아틴 보충제도 한 통 실어놓았다. 나는 사이드미러로 내 수염 자국과 목과 어깨와 팔과 자동차 뒤로 뻗어나가는 도로를 응시한다. 검은 벽돌과 회색 돌덩이들이 흐릿한 잔상으로 스쳐지나간다. 존 디어® 보스턴 코먼 공원 위에 색색의 연들이 날고 있다. 식민지 시대 복장을 한 투어 가이드들이 트와이닝™ 제공의 '프리덤 트레일'을 걷고 있다. 나는 내가 가진 울퉁불퉁한 근육이 좋다. 자동차가 모퉁이를 돌 때 변화하는 운동량에 긴장하는 탄탄한 복근의 감각이, 자동차가 과속방지턱을 넘을 때도 출렁이지 않을 정도로 단단한 흉근의 느낌이, 딱딱한 이두근이 긴장하는 느낌이, 단단한 삼두근이 이완하는 느낌이, 대퇴사두근과 종아리 근육이……

"다 왔어, 인마." 타이가 공원 안으로 들어서며 말한다.

비제이스®의 광고부 접수처에는 검은 가죽소파가 놓여 있다.

"말은 내가 할게." 내가 속삭인다.

"입으로 하는 거*에 대한 농담은 하지 마라." 타이가 속삭인다.

"내가 바보냐." 내가 속삭인다.

"그래도 진지하게 하라고." 타이가 속삭인다.

직원 한 명이 우리를 회의실로 안내하여 페이지와 케이티라는 광고 책임자 두 명과 만나게 해주는데, 둘 다 회색 정장을 입고 반무테 안경을 꼈다. 우리는 소개를 받고 자리에 앉는다. 직원은 옥스퍼드 구두를 또각거리며 내 손에서 형광색 바인더를 받아, 회의

---

* 회사명인 'BJ'가 구강성교를 뜻하는 'blow job'의 머리글자와 같다는 데서 착안한 농담.

테이블을 따라 늘어선 빈 의자를 모두 지나쳐서 페이지와 케이티에게 결혼식 기획서를 전달한 후 회의실을 나간다. 유리벽에 햇빛이 어른거린다.

"그러니까 비제이스에 관심이 있으시다고요."

"음, 이 회사 말이죠, 네."

페이지와 케이티가 바인더에 든 서류를 팔락팔락 넘긴다.

"결혼식에 대해 말씀해보시죠."

나는 반사적으로 자부심에 마음이 부푼다. "제 여자친구, 아니 정확히 말하자면 약혼자인 제나는 말이죠, 비전이 있달까, 보는 눈이 있어요. 제나는 이걸 유치원에 다닐 때부터 계획했는데……"

"그분은 무슨 일을 하시죠?"

"응급구조사입니다."

"브록 씨는요?"

"시멘트공입니다."

"하객 명단은요?"

"어, 사백이십일 명입니다."

"그게 다인가요?"

"요양원에서 스트리밍으로 결혼식에 참석할 증조부모님들도 계십니다."

"저희는 노년 하객에게는 관심 없습니다."

"아."

"저희는 활동적인 소비자들에게만 관심이 있습니다."

"그러시겠죠."

"이 약혼 사진들은 아주 멋지군요."

"고맙습니다."

"무척 아름다운 한 쌍이네요."

"그렇게 봐주시니 좋네요."

"재무 상태에 대해 이야기해보죠."

나는 솟아오르는 흥분을 느낀다. "음, 즉석사진 촬영소와 불꽃놀이, 댄서들, 그리고 무료 택시를 다 돌려야 하다보니 리셉션에만 필요한 돈이……"

"하객들의 재무 상태 말입니다."

"아."

"평균 수입이 어떻게 되죠?"

"어, 구만 육천오십 달러입니다."

페이지와 케이티는 서로에게 몸을 기울이고 뭔가 중얼거리더니, 고개를 끄덕이고 미소를 지으며 다시 우리를 돌아본다.

"죄송하지만 저희와는 조건이 맞지 않네요."

심장이 내려앉는다. 페이지와 케이티가 일어선다. 나는 압박감에 머리를 쓸고 입가를 만지다가 갑자기 애걸하기 시작한다. "제발 부탁드립니다. 실은 다른 스폰서가 있었는데요, 합법적인 전국 규모의 메인 스폰서였고, 필요한 절차는 모두 밟았고, 일 년 전에 미리 지원도 했고 그러느라 다른 제안도 다 거절해야 했는데, 갑자기 스폰서가 파산했다는데 오늘 아침이 되기 전까지는 무슨 일이 일어난 건지 전혀 말을 안 해줬어요. 저희 친구들과 가족들 모두가 지역 기업이 우리 결혼식을 구제해줬다는 말을 듣는다면 정말 뜻깊게 생각할 겁니다. 저희를 도와줄 수 있는 건 여러분뿐이에요."

하지만 페이지와 케이티는 이미 결혼식 기획서가 든 형광색 바인더를 두고 회의실을 걸어나가고 있다.

제나가 젤라토 한 통을 퍼먹고 있는 자기 사진과 함께 어떻게 되어가느냐는 메시지를 보냈다. 나는 땀을 흘리면서 웃는 얼굴과 엄지손가락을 치켜든 이모티콘 두 개를 붙여 보내면서 아직 찾고 있다고 답장을 한다. 사실은 아니다. 비제이스가 우리의 마지막 기회였다. 시내에는 더이상 시도해볼 곳이 없다. 건물 밖으로 나서는데 현기증이 난다. 나는 비틀거리다가 우편함에 부딪히고, 가로등에 몸을 기댄다.

"심호흡을 해." 타이가 말한다.

"이건 악몽이야." 내가 말한다.

타이는 다른 신랑 들러리들, 즉 브레이든, 파커, 알레한드로와 정오에 비상 회의를 소집한다. 브레이든과 파커는 쌍둥이다. 알레한드로는 형제가 없다. 어렸을 때 우리는 타이네 집 뒷마당에 중고 타이어와 금속 조각들로 요새를 지었고, 말다툼하는 부모님이나 죽어가는 조부모 문제가 생겼을 때, 혹은 그냥 놀고 싶을 때 그리로 가곤 했다. 브레이든은 에너자이저® 터프츠 대학교에 갔다. 파커는 지포® 에머슨 대학교에 갔다. 알레한드로는 어디로도 가지 않고 나처럼 건설 일을 했다. 우리는 새까만 조개탄이 그릴 안에서 타오르는 가운데 알레한드로의 집 앞에 놓인 형광색 접이의자에 앉아서, 쏟아지는 눈부신 햇빛을 받으며 마리화나를 피웠다. 그의 집은 원래 버드와이저®를 스폰서로 두었다가 파손 상태에 놓이는 바람에 감정을 받은 후 이제는 헬만스 블루리본 마요네즈®를 스폰서로 두고 있다.

"말 그대로 보스턴에 있는 회사는 전부 다 시도해봤어." 타이가 말한다.

"난 망했어." 내가 말한다.

"진짜 제대로 망했네." 브레이든이 말한다.

"완전 실패다." 파커가 말한다.

타이가 쿨러에 손을 넣어 얼음을 한 주먹 집어서 브레이든과 파커에게 던지고, 브레이든과 파커는 히죽거리며 얼음을 피한다. 길 건너편에서는 말보로®와 드라노®와 스팸®을 스폰서로 둔 집들의 잔디밭에서 밝은색 수영복을 입은 아이들이 스프링클러를 틀어놓고 뛰어다닌다. 물보라 위에 무지개가 나타났다 사라졌다 한다. 알레한드로가 삼각근을 부풀리며 종이 접시 포장을 뜯는다.

"결혼식이 취소된 건 아니잖아." 브레이든이 말한다.

"그래도 결혼식은 할 거잖아." 파커가 말한다.

나는 폭발한다. "이해를 못하는구나. 똑같지가 않아. 그 스폰서가 예산의 절반에 가까웠다고. 그 스폰서가 하이라이트는 다 떠받치고 있었어. 나머지 스폰서들은 그냥 소품용이었단 말이야. 젠장, 이 결혼식은 제나의 꿈이었어. 그 이야기를 할 때 제나 얼굴을 봤어야 해. 얼마나 광채가 났는데. 진심이야. 이 사태는 제나의 심장을 부수고 말 거야. 이럴 순 없어. 제나는 좋은 사람이야. 책임감 있고, 상냥하고, 온라인으로 욕하는 일도 없고, 정치적 의견을 게시하지도 않고, 노인들에게도 친절하고, 암 투병하는 아이들을 돌보는 자원봉사도 한다고. 심지어 스폰서를 얻기 위해 그러는 것도 아니야. 그냥 원래 그런 사람이지. 제나는 완벽해."

브레이든과 파커가 침울해진다.

"그런 여자는 어디서도 못 만나." 나는 말끝을 흐리며 중얼거린다.

가벼운 바람이 마당을 스친다. 새로 깎은 풀 냄새가 풍긴다. 쿨러 안에서 얼음이 녹으며 움직이는 바람에 병이 서로 부딪치더니, 이내 길 건너편에서 아이들이 이따금 내지르는 비명소리를 제외하면 사위가 조용해진다. 알레한드로가 현관에 쪼그려앉아서 존슨빌® 소시지를 지글거리는 그릴에 올리고는, 하인즈®와 프렌치스® 소스 병을 따고, 레이즈® 감자칩 한 봉지를 접시 옆에 놓다가 갑자기 화들짝 놀란 얼굴로 동작을 멈춘다.

"애들아. 브록." 알레한드로가 외친다. "방금 결혼식을 구해낼 방법이 떠올랐어." 알레한드로는 신이 난 얼굴로 나를 돌아본다. "사이먼에게 이야기하면 돼."

내 머릿속에 해골같이 창백하고 겁에 질린 얼굴이 스쳐지나간다. 사이먼, 같은 동네에 살던 고스족 녀석으로 늘 아이라이너를 그리고 립스틱을 바르고 다녔으며, 일 달러 상점* 건너편 묘지에서 교령회를 연다고 알려져 있었고, 불쌍하게도 정기적으로 두들겨맞았으며, 친구라곤 하나도 없었다.

타이가 눈을 가늘게 뜬다. "우리 블록에 살던 사이먼?"

"말도 안 돼." 내가 말한다.

"그 녀석이 어떻겐가 마텔**에 일자리를 얻었어."

"난 안 해."

"바비 인형 광고부를 운영한다고." 알레한드로가 말했다.

"난 못해."

---

* 저렴한 물건들을 판매하는 잡화점.
** 미국의 장난감 제조 회사.

"그 녀석 지금 워싱턴에 살아. 지난달에 우연히 마주쳤어. 자기 엄마를 보러 들렀다더라고. 전화번호도 받아놨어." 알레한드로가 말한다.

"그 녀석은 절대로 날 도와주지 않을 거야." 내가 말했다.

"무슨 소리야? 같은 동네에서 자랐는데? 그것도 같은 블록에서? 어떻게 그런 인맥을 거부할 수 있겠어?"

"그야 날 미워하니까." 내가 말한다.

"왜, 그 호박 사건 때문에?"

"야, 그건 네 잘못이 아니었어."

"그래. 그 일로 널 탓할 순 없어."

"정말이지 지금쯤 그런 일은 다 잊었을걸."

알레한드로는 벌써 번호를 누르고 있다. 알레한드로는 언제나 무리 중에서 제일 약했고, 지금은 근육질이 되었지만 여전히 키는 제일 작다. 그는 언제든 무리의 대변인으로 행동할 기회가 오면 좋아한다.

"사이먼? 여어, 잘 지내냐. 알레한드로야. 같은 블록 살던. 저기 말이지, 문제가 좀 생겨서 그런데, 너 브록 기억하냐?"

타이가 내 팔을 잡고 씩 웃으며 내 눈을 쳐다본다.

"인마, 바비 광고부에서 쓰는 연간 예산이 얼마나 될지 상상해봐."

알레한드로가 전화기를 가리고 속삭인다.

"차를 몰고 와서 직접 얼굴 보고 얘기했으면 한다는데."

타이가 주먹을 내지르고 브레이든과 파커와 하이파이브를 한다.

나는 얼굴을 찡그린다.

"이게 되면 진짜 기적의 마지막 승부다." 내가 말한다.

우리는 알레한드로의 지프차에 뛰어올라, 코카콜라™와 펩시콜라™(타이는 언제나 혼자 달라야 직성이 풀린다)를 사러 스피드웨이® 편의점에 들렀다가, 스테레오에서 힙합 음악이 흘러나오는 가운데 해안가를 달린다. 갈매기들이 고속도로 위로 날아오른다. 광고판의 모델들이 희미하게 빛난다. 하늘은 수정처럼 맑다. 우리는 해질녘에 워싱턴 D.C.에 도착해서 바람에 머리를 휘날리며 시내로 미끄러져 들어간다. 관광객들이 골드먼삭스® 백악관 사진을 찍어대고 있다. 비아그라™ 제공 워싱턴 기념비 기단부에는 깃발들이 위풍당당하게 휘날린다. 보도에는 남루한 옷을 입은 거지들이 잔돈이 가득 담긴 모자를 놓고 구부정하게 앉아 있다. 충혈된 눈에 멋지게 수염을 기른 과격해 보이는 부랑자 하나가 신호등의 붉은 빛을 받으며 모퉁이에 서서, 이런 슬로건이 적힌 너덜너덜한 마분지를 들고 있다. "브랜드는 노예의 낙인이다."

그 부랑자가 지프차 밖으로 흘러나가는 음악에 리듬을 맞추어 고개를 끄덕거린다.

"그 망할 음악 더 키워봐!" 부랑자가 외친다.

우리는 낄낄대고 환호하면서 음악소리를 키우고, 잠깐이지만 결혼식을 정말로 구해낼 수도 있을 거라는 굉장하고도 순수한 희망이 내 안을 관통한다. 제나는 아직도 스폰서를 못 구했느냐고 물으며 뾰로통한 얼굴로 욕조에 들어가 있는 사진을 보냈다. 나는 하트 이모티콘으로 꽃다발을 만들어 보내면서 자정까지는 새 스폰서를 구할 거라고 약속한다.

지프가 사이먼이 사는 동네에 접어들 때쯤엔 땅거미가 깔리고 있다. 현관 양편에 높은 기둥이 솟은 도시 궁전들이 모인 블록이

다. 우리는 모두 조용해진다. 스테레오도 껐다. 정문이 열리고 지프차가 들어선 진입로 위에 별들이 반짝인다. 타일을 깐 분수에 물이 보글거린다. 버드나무들은 윤곽선만 보인다. 사이먼의 컨버터블 스폰서는 롤렉스®와 샤넬®이다. 저택 스폰서는 페이스북®과 구글®이다.

"쉿. 이렇게 산다는 말은 안 했는데." 알레한드로가 경외하는 얼굴로 컨버터블과 저택을 보며 말한다. 타이가 초인종을 누르는 동안 우리는 포치에 불안하게 모여 서 있다.

사이먼의 아내는 외국 억양이 묻어나는 수척한 갈색 머리 미인으로, 오이 마스크와 실크 가운만 걸친 채 문을 연다. 우리가 온다는 사실은 알고 있었는지, 누군지 묻지도 않고 인사만 하더니 앞장서서 카펫이 깔린 웅장한 계단을 지나 벽지 바른 복도로 들어선다. 천장 유리를 통해 흘러드는 달빛만이 복도를 밝히는 유일한 조명이다. 숨겨진 스피커에서 명상 사운드트랙 같은 음악이 흘러나온다. 대나무 피리 소리에, 가끔 징소리가 울린다. 벽에는 어마어마한 풍경화들이 걸렸는데, 유화물감을 어찌나 두껍게 발랐는지 표면 질감이 도드라져 보일 정도다. 창문과 창문 사이에 서 있는 대리석 조각상들은 하나같이 기괴한 자세로 뒤틀려 있는데, 돌 속에 새겨진 감정이 만져질 것만 같다. 러그는 잔디밭처럼 폭신하다. 탱크톱에 카키 반바지 차림으로 바닥에 슬리퍼를 끌고 있는 나는 이곳과는 영 어울리지 않는 느낌이다.

사이먼의 아내는 우리를 어느 문 앞으로 안내하고, 그 안에는 벽에 목재를 덧대 장식한 사무실이 있다. 책상 위에서 번쩍이는 애플® 랩톱 옆에 티파니® 램프가 타오른다. 사이먼은 검은색 바지에 검은색 튜닉을 걸치고 갈고리 발이 달린 골동품 의자에 앉아서 크리스털 잔으로 와인을 마시고 있다. 어렸을 때 늘 대충 묶어서 늘 어뜨렸던 머리는 잘랐고 이제는 구불구불하게 무스를 발라 옆 가르마를 타서 넘겼지만, 눈가의 잔주름만 빼면 연회색 눈동자와 심하게 좁은 턱을 지닌 창백하고 여윈 얼굴이 어릴 때와 똑같다. 책상 위에 놓인 금빛 액자 속 화면에는 사이먼의 인생 흐름이 담긴 다채로운 영상이 재생된다. 사이먼은 마이크로소프트® 하버드와 아마존® 프린스턴 대학교를 둘 다 졸업했다. 마스터카드® 제공 벨라지오에서 도박을 하고, 스와로브스키® 제공 베일에서 스키를 타고, 베스트바이® 그랜드캐니언과 코노코필립스® 스모키산맥와 엑손모빌® 에버글레이즈에서 글램핑을 했다. 결혼식은 디즈니®가 스폰서였고, 열기구와 말이 끄는 마차, 그리고 매직킹덤™이 제공하는 무료 색유리 신발로 꾸며졌다. 사이먼과 그의 아내가 깜박이는 반딧불이에 둘러싸인 채 흐드러진 등나무 아래에서 결혼 서약을 주고받는 장면, 탑처럼 솟은 금박 케이크의 아이싱을 서로에게 먹여주는 장면을 보자 곧바로 제나 생각이 난다. 제나가 나를 믿고 있다. 여기에서 성공해야 한다.

"사이먼, 인마, 만나서 반갑다." 언제나 모두를 사랑하고, 특히 같은 블록 출신이면 누구라도 사랑하는 타이가 말한다. 정말로 신이 난 목소리다. "집 끝내주네. 완전 마음에 들어. 그래, 바비에서 결혼식 스폰서도 하나?"

"그럼. 결혼식도 하지." 사이먼이 말한다.

사이먼은 혐오스럽다는 표정으로 나를 노려본다.

호박 사건을 잊지 않은 것이다.

이게 성공할 리 없다.

"말했다시피 여기 브록이 다음달에 결혼을 하거든." 알레한드로가 말한다.

"내가 들러리 대표지." 타이가 뿌듯하게 웃으며 손을 흔든다.

"그런데 갑자기 메인 스폰서가 나가떨어진 거야." 알레한드로가 말한다.

"브레이든, 파커, 부탁인데 그건 만지지 말아줘. 아주 비싼 물건이거든." 사이먼이 내게서 시선을 돌리지 않은 채 딱딱거린다. 브레이든과 파커가 찔리는 얼굴로 아주 오래되어 보이는 단검을 책장 위 목재 스탠드에 다시 내려놓는다.

알레한드로가 머뭇거린다. "어쨌든 우린 네가 브록을 도와줄 수도 있겠다고 생각했어. 아무래도 같은 블록 출신이고 하니까."

사이먼은 무표정하게 고개를 끄덕인다.

나는 망설이다가 형광색 바인더를 꺼낸다. "사진, 하객 명단, 평균 수입 다 여기 들어 있어."

"그건 필요 없을 거야." 사이먼이 말한다.

"오." 나는 당황해서 결혼식 기획서를 내린다.

사이먼이 희미하게 미소 짓는다.

"브록, 길모퉁이 인도에 마구잡이로 꽂혀 있던 장대 기억해?"

"응?"

"난 언제나 궁금했어. 왜 너희는 다들 지나갈 때마다 그 장대를 때렸던 거지?"

나는 다른 친구들을 흘끗 쳐다본다.

"음, 그냥 전통이라서?" 내가 말한다.

사이먼은 두 손을 맞잡아 무릎 위에 올려놓는다.

"너희 모두가 아직도 친구로 지내는 걸 보니 감상적인 기분이 드네." 사이먼이 중얼거린다.

무스 바른 머리에 램프 불빛이 드리운 가운데 사이먼은 고개를 돌려 창밖의 달을 보더니, 문득 아득한 목소리로 말한다.

"이번 여름에 그 블록에 다시 갔었어. 주말 동안 어머니와 함께 지내면서 예전 욕실에서 샤워를 하고, 내 어린 시절 침대에서 잤지. 돌아가니 이상하더라. 동네가 변한 모습이 말이야. 자동차들이며, 집들이며. 이젠 거기 사는 사람들 대부분은 알아보지도 못했어. 그런데 거기 있는 동안 어머니가 하신 말씀이 있어. 인생에서 제일 중요한 건 진실성이다. 너 자신에게 진실해야 한다. 언제나 출신지를 명예롭게 여겨야 한다. 그런 말이었어."

나는 얼굴을 찌푸린다.

"잠깐만, 그러면 날 도와줄 거야?" 내가 말한다.

사이먼은 창문에서 고개를 돌리지 않은 채 달빛을 향해 눈을 깜박이고, 목소리가 갑자기 열렬한 어조를 띠고, 램프 불빛이 회색 눈동자 속에서 불꽃을 튀긴다.

"난 언제나 너와 친구가 되고 싶었어." 사이먼이 말한다. "너희 모두와. 너희가 우르르 모여 공원에서 농구하는 모습을 지켜보곤 했지. 너희 중 누구도 나와 비슷하지 않다는 걸 알면서, 그래도 어떻게든 우리가 친구가 되는 공상을 했어. 내가 혼자서 했던 모든 일들을 우리가 함께하는 상상을 했지. 학교 화장실에서 타로 점을 칠 때도. 나뭇가지와 신발끈으로 인형을 만들 때도. 인도나 나무에 문양을 그릴 때도. 묘지에서 영혼과 대화할 때도. 내가 상상한 건 언제나 너희들이었어. 그런 의미에서 너희는 언제나 나에게 특별했어."

나는 눈을 가늘게 뜬다.

"그래서, 날 도와줄 거야?"

사이먼이 내 쪽을 흘긋 본다.

"도와줄게." 사이먼이 말한다. "다만, 나와 같이 의식을 하나 하고, 언제까지나 악마에게 헌신하겠다고 맹세해야만 해."

나는 말문이 막힌다.

"사이먼, 그건 존나 심한데." 타이가 진심으로 충격을 받은 듯 말한다.

사이먼이 타이를 본다. "예전에 나한테도 '존나 심한' 일이 일어났다는 데 동의하지 않아?"

"호박 사건 말하는 거야." 알레한드로가 속삭인다.

"브록, 그건 선 넘는 짓이었어." 브레이든이 말한다.

"그건 인정해야지, 인마." 파커가 말한다.

"그 일은 내 잘못 아니라며?" 내가 잇새로 내뱉는다.

"어쨌든, 악마 숭배는 철저히 합법적인 종교야." 사이먼이 갈고리 발이 달린 골동품 의자에서 우아하게 일어나며 말한다.

"너하고 소름 끼치는 의식 같은 건 안 해." 내가 말한다.

"스폰서를 원한다면 해야 할걸." 사이먼이 말한다.

나는 얼굴을 일그러뜨린다.

타이가 험악한 얼굴로 생각하더니 말한다. "브록, 바비잖아."

사이먼이 앞장서서 조각이 새겨진 나무문을 통과하더니, 마감 처리가 안 된 콘크리트 계단을 내려가서 와인 저장고로 들어간다.

코르크 마개로 봉한 병들이 선반에 쭉 늘어서 있다. 지하실 공기는 서늘하지만, 와인 저장고 끝까지 간 사이먼은 우리를 데리고 손잡이도 문고리도 없이 열쇠 구멍만 있는 잠긴 문을 열고 들어가고, 그러자 따뜻한 바람이 우리를 맞이한다. 우리는 로커룸 샤워실만 한 덥고 어두운 방에 발을 들인다. 바닥에 하얀 페인트로 그린 오각별 주위에 심지가 까맣게 타고 밀랍이 녹아내려 울퉁불퉁한 검은 양초들이 원형으로 배치되어 있다. 반대쪽 벽에는 낡아빠진 제단에 궤짝이 하나 놓여 있는데, 걸쇠는 녹이 슬고 나무에는 흰 곰팡이가 피었다. 제단 위쪽에는 눈구멍이 거대하고 이빨은 작고 울퉁불퉁하며 뿔이 달린 머리뼈가 하나 걸려 있다. 염소 머리뼈다. 그 외에는 텅 빈 방이다. 창문도 없고, 환기구도 없다. 다른 문도 없다. 내 목과 팔은 이미 열기 때문에 흘린 땀으로 끈적거린다. 사이먼은 즐거운 얼굴로 성냥갑을 꺼내 양초에 불을 켜더니, 나에게 오각별 안에서 무릎을 꿇으라고 손짓한다. 나는 무릎을 꿇고 싶지 않다. 나는 무릎을 꿇는다. 무릎 아래 바닥의 감촉이 거칠다. 쾨쾨한 냄새에 콧구멍이 벌름거린다. 타이와 다른 친구들은 불안한 표정으로 오각별 주위에 모여 선다. 그 모습을 보니 우리가 어린 시절 지름길을 통해 주변에 잡초가 마구 웃자라 버려진 창고를 어슬렁거리며 지나다가, 누군가에게 총을 겨누고 강도질을 하고 있는 후드 쓴 십대 두 명과 우연히 마주쳤던 일이 떠오른다. 가지 말아야 할 곳에 발을 들였을 때 찾아오는 그 온몸이 굳는 느낌.

　나는 살면서 세 가지를 믿는다. 단백질, 근력 운동, 그리고 진정한 사랑. 신과 악마는 믿지 않는다. 지옥과 천국도 믿지 않는다. (이곳 지상의 낙원인 제나 말고는!) 하지만 내 조부모님들은 다 가

톨릭교도이고, 오각별을 보니 겁이 난다.

사이먼이 제단 앞, 염소 머리뼈 아래에 선다.

"내 말을 따라 해." 사이먼이 말한다.

"이건 아무 의미도 없다는 거 알고는 있지?" 내가 말한다.

"브록, 할 거야 말 거야?" 사이먼이 말한다.

"이건 그냥 말에 불과해." 내가 말한다.

사이먼은 미소를 짓는다.

우리는 촛불이 깜박이는 가운데 의식을 수행한다.

"저는 암흑의 왕자에게 고개를 숙입니다."

"저는 암흑의 왕자에게 고개를 숙입니다."

"루시퍼에게 제 생명을 바칠 것을 맹세합니다."

"루시퍼에게 제 생명을 바칠 것을 맹세합니다."

"사탄에게 제 영혼을 바칠 것을 약속합니다."

"사탄에게 제 영혼을 바칠 것을 약속합니다."

그후에도 달라진 점은 느껴지지 않는다. 어떤 운동을 했을 때보다도 심장이 빨리 뛰고 있기는 하다. 그래도 나는 여전히 나다. 그리고 의식은 끝났다. 이제 끝났다. 내가 그렇게 생각하고 있을 때, 의식은 끝났다고 생각하고 있을 때 사이먼이 제단 쪽으로 몸을 돌리더니 낡아빠진 나무 궤짝의 걸쇠를 연다. 뚜껑을 들어올린다. 궤짝에서 냉동실을 열었을 때처럼 안개가 쏟아져나온다. 사이먼이 검붉은 살덩이를 손바닥 위에 올려놓고 오각별을 향해 돌아선다.

"대체 그건 뭐야?"

"돼지 심장."

사이먼이 오각별 안으로 팔을 뻗어 나에게 심장을 내민다.

"먹어." 사이먼이 말한다.

"썅, 싫어." 나는 내뱉듯 말한다.

"브록, 먹지 않으면 의식이 완료된 게 아니야."

타이와 다른 친구들은 그림자 속에서 지켜보고 있다. 브레이든은 망연자실한 얼굴이다. 파커는 구역질을 할 것처럼 보인다. 알레한드로가 그렇게 눈을 크게 뜬 건 처음 봤다. 타이는 고개를 끄덕이고 속삭인다. "그냥 해치워."

탱크톱 속에서 척추를 따라 땀이 한 방울 흘러내리더니 꼬리뼈를 지나 카키 반바지 허리 부분으로 스며든다. 나는 제나의 얼굴을 떠올린다. 제나가 웃을 때 볼에 패는 작은 보조개를. 나는 망설이다가 다시 사이먼 쪽으로 몸을 돌린다. 무릎을 꿇느라 둔근이 긴장한다. 턱은 단단히 악물어진다. 두 손이 갑자기 떨리는 바람에 수치스러운 기분이 든다. 두렵다. 나는 심장을 받아 두 손바닥으로 날고기 덩어리를 감싸 든다. 서리가 한 겹 덮였지만 얼지는 않았다. 촛불이 깜박이며 양초에서 밀랍이 뚝뚝 떨어진다. 사이먼은 황홀한 얼굴이다. 나는 입을 벌리고 고개를 숙여 심장을 사과처럼 베어 물고, 이로 한 입을 뜯어내기 위해 머리를 비튼다. 고기는 차갑고 스펀지 같다. 아무 맛도 나지 않는다. 얼음 조각이 모래처럼 씹힌다. 피가 내 입에서 턱까지 흘러내려 바닥에 뚝뚝 떨어진다. 나는 제나가 지금까지 만나본 가장 강한 남자다. 제나가 예전에, 우리가 약혼한 날 밤에 그렇게 말했다. 그래서 나를 사랑한다고. 영혼도 강하고, 몸도 강하다고. 심장을 먹는 것쯤은 스쾃이나 바이셉 컬 운동과 다를 게 없다. 한 입이 한 동작이다. 나는 씹는다. 삼킨다. 토하고 싶은 충동과 싸운다.

그해 늦여름에 턱시도를 입고 네안데르탈 프린세스 바비™ 제공 결혼식에서 예배당 제단 앞에 섰을 때, 고용된 연주자들이 바이올린과 비올라와 첼로 현을 울리고, 말린 장미로 만든 거버® 아치길 근처에서는 훈련받은 백조들이 쌍쌍이 자리를 잡고, 갓 자른 난초를 꽂은 팸퍼스® 꽃병들 사이로 임대 나비들이 무리 지어 날아다니고, 스테인드글라스를 통해 성당 안으로 쏟아져 들어오는 햇빛 속에서는 실황 공연 배우들이 우리의 연애 역사에서 가장 중요한 장면들을 소리 없이 재연하고, 하객들은 긴 의자에 앉아 무료 배포한 실크 손수건으로 눈물을 찍어내고, 올스테이트® 베일을 쓰고 버라이즌® 귀걸이를 걸고 반짝이는 홈디포® 드레스를 입은 제나가 나를 향해 걸어오는 가운데 나는 스스로에게 묻는다. 그렇게까지 할 가치가 있었나?

있었다. 물론 있었다. 정말로 있었다.

행복한 대가족

동틀녘 보육원 건너편 길에 싱크홀이 생기면서 갑자기 무너진 아스팔트와 배관이 신호등 앞에서 기다리던 세미트레일러 한 대를 삼켜버렸고, 뒤이은 광경이 오전 내내 직원들의 정신을 흐트러뜨 렸다. 보육원의 보육사들은 맡은 일 사이사이 짬이 날 때마다 건물 각 층의 창문에 달라붙어 아래에 펼쳐진 장면을 넋 놓고 구경했다. 세미트레일러 운전칸 위에 놓인 부러진 관에서 물이 쏟아져나오는 장면, 소방관들이 사다리를 놓고 싱크홀에서 운전사를 구하는 모 습, 형광색 안전 조끼를 입은 고속도로 엔지니어가 구덩이 주위에 도로 표지용 형광 원뿔을 놓아 경계선을 치는 모습, 사고가 난 줄 모르던 차량들이 한 블록 아래에서 돌아 들어왔다가 교차로에서 유턴을 하는 모습, 세미트레일러에서 꺼낸 냉동 크랩 케이크가 상 하지 않게 서둘러 모퉁이에 있는 편의점 냉장고로 상자들을 나르 는 장면까지.

엘리너가 사무실 창가에 서 있는데 새로운 보안 책임자가 모자를 손에 들고, 대단히 죄지은 얼굴로 책상 너머 문가에 나타났다.

"아이가 하나 없어졌습니다." 보안 책임자가 말했다.

엘리너는 창문에서 고개를 돌리지 않고 유리에 비친 보안 책임자를 바라보았다.

"그게 어떻게 가능하죠?"

"이미 카메라 영상은 확인했습니다. 사전에 계획된 납치입니다. 그 여자가 키카드를 가지고 있었어요. 경비원들을 통과할 때는 방문객 출입증으로 들어왔고, 키카드를 써서 하역장으로 빠져나갔습니다." 보안 책임자가 말했다.

엘리너는 솟구치는 공포감을 억눌렀다.

"어느 아이가 납치됐나요?"

"마빈입니다."

엘리너가 아는 아이였다. 직접 안아보기도 했다. 태어난 지 한 달밖에 안 된 아기였다.

"경찰에는 내가 전화하지요. 아무도 언론과 이야기하지 않도록 하세요. 성명서를 준비할 겁니다." 엘리너가 말했다.

엘리너는 거의 반세기 가까이 이 보육원의 관리자로 일했다. 그 세월 동안 아이들 수천 명의 보육을 감독했다. 열병을 앓는 아이들과 밤을 지새우기도 했다. 맹장염이 온 아이들과 구급차를 타고 가기도 했다. 뼈가 부러진 아이들과 병실에서 같이 자기도 했다. 알레르기가 있는 아이들을 지켜냈다. 배앓이하는 아이들을 안정시켰다. 단 한 명의 아이도 잃은 적이 없었다. 엘리너는 속에서 끓어오르는 분노를 느꼈다. 그녀는 몸을 돌려 전화기에 손을 뻗었다.

"원장님." 보안 책임자가 말했다.

엘리너가 고개를 들었다.

"한 가지 더 있습니다. 그 여자의 아이였어요."

납치범은 조지타운에 있는 타운하우스에 살았는데, 조리대 상판은 반짝이는 화강암으로 되어 있고 바닥에는 반질반질한 견목을 깐 우아한 집이었다. 여자는 그곳에 없었다. 여자의 컴퓨터도 없었다. 차량도 없었다. 퀸은 부서 내 다른 사람들보다 늦게 그 집에 도착했는데, 성큼성큼 걷는 걸음마다 더비 슈즈가 보도 위에서 또각거리는 소리가 울리고 머릿속에는 납치범의 이름이 울려퍼졌다. 대니엘라, 대니엘라, 대니엘라. 연석을 따라 자라난 나무들에서 벚꽃이 흩날리고 있었다. 물웅덩이에 내려앉은 꽃잎은 어두운 분홍색으로 변했다. 퀸의 보좌역인 재러드가 일회용 컵을 들고 문 앞에 서서 기다리고 있었다. 재러드는 퀸에게 반해 있었다. 퀸이 부추긴 것은 아니었다. 퀸은 직업 정신이 강한 사람이었다.

"라테 사왔어요." 재러드가 미소 지으며 말했다.

퀸은 한 모금 마셨다가 얼굴을 찡그리며 현관 앞 계단에 뱉어버렸다. "두유예요?"

"비건 카페였어요." 재러드가 미안한 말투로 말했다.

퀸은 컵을 다시 재러드에게 넘겼다.

"그 여자는 벌써 이 동네를 떠났을 수도 있습니다." 재러드가 말했다.

"그런 일이 일어나기 전에 찾을 거예요." 퀸이 말했다.

"아버지는 안에 데려다 놨습니다." 재러드가 말했다.

재러드는 앞장서서 타운하우스 안으로 들어가더니, 환하게 조명을 밝힌 복도를 걸어서 모던한 세면대가 놓인 화장실을 지나, 모던한 서랍장이 놓인 침실을 지나, 부엌에 놓인 반짝이는 크롬 가전제품들 사이에서 잡담을 나누는 경찰관 두 명을 지나 널찍한 거실로 들어갔다. 아이 아버지가 거대한 양치식물 화분 사이에 놓인 모던한 가죽소파에 앉아 있었다. 짧게 깎은 머리에 젤을 발랐고 그럭저럭 매력 있는 얼굴에 호리호리한 체형의 젊은 남자로, 하얀 옷깃이 달린 하늘색 드레스셔츠에 멜빵을 메고 실크 타이를 했다. 초조해 보였다. 기다리고 있었을 테니까. 아마 여기에서 취조를 받고 싶지는 않았을 것이다. 그래도 그는 협조하고 있었다.

퀸은 볼펜과 메모장을 꺼냈다.

"성함을 말씀해주시겠습니까?"

"찰리요."

"찰리, 그리고 성은요?"

"찰리 로버츠요."

"어디에서 태어나셨죠?"

"에이브러햄 링컨 보육원입니다."

"그게 어딥니까?"

"일리노이요."

"양육은 어디에서 받았습니까?"

"재클린 케네디 오나시스 아카데미요."

"그건 어딥니까?"

"밀워키요."

"대학은요?"

"조지타운이요."

"직업은?"

"투자업이요."

"어디 사십니까?"

"다운타운에요."

"이 집에 와본 적이 있습니까?"

"대니엘라가 저희 집으로 왔습니다."

"오늘 당신 아이가 납치당했다는 사실을 알고 계십니까?"

"네."

"아이를 마지막으로 본 게 언제입니까?"

"본 적 없어요."

"한 번도요?"

"전 세금을 냅니다."

"아이 어머니와 마지막으로 이야기를 나눈 건 언제였습니까?"

"임신했다는 소식을 들었을 때요."

"대니엘라는 어디에서 만났나요?"

"직장 파티에서요."

"사랑하십니까?"

찰리는 소리 내어 웃었다. "아니요."

"그 사람은 당신을 사랑하나요?"

"우린 딱 한 번 잤을 뿐입니다." 찰리가 말했다.

"질문에 대답하지 않았습니다."

"그 여자는 저를 사랑하지 않아요."

"이런 사건이 일어난 경우, 99퍼센트는 부모가 사랑에 빠진 게 이유입니다." 퀸이 말했다.

"그 여자는 절 사랑한 적이 없어요."

퀸이 말했다. "어림잡은 빈도수가 아니에요. 데이터를 가지고 낸 정확한 통계가 그렇습니다."

"우리는 하룻밤 상대였을 뿐입니다." 찰리가 말했다.

퀸은 피아노 위에 걸린 그림을 가만히 바라보았다. 바다 위 햇살이 밝게 내리쬐는 벼랑 끝에 세워진 고전주의양식 신전의 폐허를 그린 거대한 인상파 풍경화였다. 그리스일까. 타운하우스 안에 그림이라곤 그것 하나뿐이었다. 나머지 벽은 다 비어 있었다.

"시스템 속에서 살면서 한 번이라도 학대를 받은 적이 있습니까?" 퀸은 그림을 보면서 중얼거렸다.

"없는 것 같은데요." 찰리가 말했다.

붓놀림에 희미한 그늘이 있었다.

"저는 시스템 속에서 태어나지 않았습니다." 퀸이 말했다. "알래스카 시골의 어느 채소 농장에서 자랐습니다. 나무 화덕에 물 펌프를 쓰는, 완전히 세상과 단절된 곳이었어요. 제 부모님은 정직하고 좋은 분들이었고 열심히 일했지만, 잘못된 신념을 가지고 있었습니다. 제게는 여섯 명의 형제자매가 있었습니다. 비행기가 농장 위로 날아갈 때마다 우린 눈에 띄지 않게 헛간에 숨어야 했습니다. 시스템 속에서 성장하는 데 비하면 얼마나 외로운 삶이었는지, 그곳에서 우리가 받은 교육이 얼마나 보잘것없었는지는 말로 다 설명할 수가 없군요. 부모님은 백신 거부자였어요. 우리 형제들은 어떤 백신도 맞지 못했지요. 간염, 뇌수막염, 파상풍, 풍진, 소아마

비, 유행성이하선염, 그 어떤 것도요. 부모님도 마찬가지였습니다. 조부모님도 백신 거부자였으니까요." 퀸은 얼굴을 찌푸렸다. "정작 조부모님은 농장이 아니라 도시에 있는 노인 돌봄 시설에 살았습니다. 믿기지 않는 위선이죠." 퀸은 잠시 말을 멈췄다. "어느 여름인가, 부모님이 주노에 물자를 사러 갔습니다. 그리고 쌀과 설탕만이 아니라 홍역도 가지고 돌아오셨지요. 홍역이 들불처럼 농장을 휩쓸었습니다. 병이 차례차례 번지고, 형제와 누이들이 기침을 하고 설사를 하고 폐렴에 걸리고 눈이 머는 모습을 지켜보았습니다. 그다음에는 저에게도 전염되었지요. 부모님도 너무 아파서 절 돌볼 수가 없었습니다. 일주일을 발진에 뒤덮인 몸으로 헛간 바닥에 깔린 건초 속에 누워서 열에 시달리며 암소들을 위해 양동이에 떠놓은 물을 마셨습니다. 전 살아남았어요. 그해 가을에 정부가 농장을 급습했을 때, 살아 있는 아이는 저 하나였습니다."

퀸은 솟구치는 분노를 느꼈다.

"그게 나머지 1퍼센트예요. 급진론자들. 정치적 극단주의자들. 보편 아동 보육에 뿌리깊이 반대하는 사람들."

퀸은 말하고 나서 그림에서 몸을 돌렸다.

"저 밖에 있을 아이에게 무슨 일이 일어날지 아십니까?"

"실례지만 그 아이는 제 책임이 아닙니다." 찰리가 말했다.

"맞습니다. 아니지요." 퀸은 말하며 찰리에게 다가섰다. "제 책임이지요." 그리고 퀸은 찰리를 손가락으로 가리켰다. "이것만은 약속할 수 있습니다. 그 아이에게 제가 겪은 일이 일어나지 않게 하겠다는 것만요. 그애를 집으로 돌려보낼 겁니다."

퀸은 부엌으로 들어갔다. 재러드는 경관들을 도와 찬장에서 증거를 찾고 있었다.

"아버지는 무관하군요." 퀸이 말했다.

재러드가 전자레인지 문을 열었다. 안에 랩톱이 들어 있었다.

"컴퓨터를 전자레인지에 돌렸나봅니다." 재러드는 놀란 목소리로 말했다.

여자의 차량은 아직도 발견되지 않은 상태였다. 여자는 번호판에 별 모양의 녹이 슬어 숫자가 먹혀 들어간 연푸른색 세단을 몰았다.

"모퉁이에 베이커리가 하나 있어요. 진짜 우유를 탄 카푸치노한 잔 사다줘요. 트리플 샷에 거품 추가로. 그리고 그 여자 차를 찾아요." 퀸이 말했다.

학생회관 안에는 접수원이 없었다. 카일이 카운터에 놓인 벨을 눌렀지만 아무도 오지 않았다. 전형적이기도 하지. 정말 전형적이었다. 딱 한 번 진짜 긴급 상황이 오자 사람이 없다니. 멀리 안쪽에서 목소리가 들려왔다. 카일은 보통 접수원과 상담원과 학생처장이 앉는 자리이지만 지금은 다 비어 있는 옹기종기 모인 책상들을 지나 학생회관을 가로질러갔다. 목소리가 흘러나오는 곳은 학장실이었다. 카일은 문 안을 엿보았다. 안에는 접수원과 함께 상담원인 테드, 그리고 학생처장 에이미까지 모두 엄청나게 걱정스러운 얼굴로 책상 앞에 서 있었다. 아빠도 그 자리에 있었다. 아빠라는 건 아카데미 아이들이 학장을 부르는 별칭이었다. 아빠. 아빠는 목에 배지가 달린 사슬 목걸이를 늘어뜨린 형사에게 무슨 이야기를 하고 있었다. 형사는 눈동자가 무척 특이했다. 진짜 경찰복을 입은 조수가 서류함을 뒤지고 있었다. 신참 경찰 같았다. 구석에 놓인 투박한 텔레비전에서는 토크쇼가 소리 없이 재생되고 있었다.

아빠는 카일이 거기 서 있다는 걸 알아차렸다.

카일은 끼어들려고 해보았다.

"아빠." 카일이 문틀을 두드리며 말했다.

아빠가 기다리라는 뜻으로 한 손을 들어올렸다.

"그냥 새 디오더런트가 필요해서요." 카일이 말했다.

"어디 가면 되는지 알잖니."

"관리사무소에 가봤는데 아무도 없었어요." 카일이 말했다.

"그러면 그냥 비품 창고에 들어가서 새 디오더런트를 하나 꺼내 거라."

"어째서인지 창고가 잠겨 있어요." 카일이 말했다.

"잠시만 기다려야겠다."

"하지만." 카일이 말했다.

"기다려."

카일은 그 자리에 서서 형사가 다시 질문을 이어가며 하는 말에 귀기울였다.

"국립은행에서, 그것도 중역으로 일하던 사람이 그 모든 것을 버리고 교육자 일자리를 얻겠다는데 의심스럽지 않았습니까?"

"그 사람은 매력적이었어요. 그리고 지적이었죠. 자신에게 변화가 필요하다고 했어요. 신원 조사도 보란듯이 통과했습니다. 그리고 말씀드렸다시피, 최근에 아기를 낳았다는 사실은 말한 적이 없어요. 그 아기가 같은 구역 보육원에 있다는 사실은 물론이고요."

아빠가 말했다.

"그래서 실제로 여기에서 일한 지는 얼마나 됐습니까?"

"엄밀히 말하자면 아직 연수중이었습니다."

"그런데도 키카드로 같은 구역 안에 있는 모든 보육원에 들어갈 수 있는 겁니까?"

"교육자들은 일주일에 한 번씩 보육원에 방문해서 유아들에게 짧은 교육을 합니다."

"그렇다고 보육원에 들어갈 수 있는 키카드가 정말 필요한 건가요?"

"이전까진 아무 문제도 없었습니다."

"왜 아직까지 출입문 보안에 키카드를 쓰는 거죠?"

"경탄스러운 국고보조의 세계에 오신 걸 환영합니다. 혹시 급하게 보낼 팩스라도 있다면, 저희 사무실에서는 여전히 팩스 기계도 쓰고 있답니다." 아빠가 말했다.

"아이들은 모두 해마다 새 랩톱을 받고, 저희는 공원관리청에서 물려받은 중고 컴퓨터를 쓰지요." 테드가 말했다.

"제 컴퓨터엔 사슴 스티커가 붙어 있었어요." 에이미가 말했다.

카일은 형사가 누구 이야기를 하는지 알았다. 문제의 새 교육자가 아카데미를 돌아보는 모습을 목격하기도 했다. 그 여자를 보자마자 뭔가 의심스러운 구석이 있다는 걸 알았다. 그냥 그때 말할 수도 있었는데. 하지만 그래 봤자 아무도 듣지 않았을 것이다. 카일이 뭘 알겠느냐며. 카일은 목숨을 위협하는 땅콩 알레르기와 평균을 웃도는 상식을 갖춘 열한 살짜리 기상학광狂에 불과했다. 납치당한 아이가 안타까웠다. 경찰이 결국 그 아이를 찾아서 집으로 데려온다 해도, 이제부터 그애는 영원히 '그 아이'가 될 것이다. 납치당했던 아이. 아기들도 창피함을 느낄 수 있는지 궁금했다.

"오늘은 대니엘라를 이곳 근처 어디에서도 보지 못했습니까?" 형사가 물었다.

카일은 접수원을 흘긋 보았다. 접수원은 충격받은 표정으로 텔레비전을 바라보고 있었다. 그리고 누군가가 형사에게 대답하기 전에 리모컨에 손을 뻗어 소리를 켰다. 스피커에서 갑자기 소리가 터져나왔다. 속보였다. 토크쇼 진행자가 가리키는 화면 한구석에서는, 슬로모션으로 재생되는 보안 카메라 영상이 운동복 차림으로 아기를 안고 하역장으로 들어가는 희미한 형체를 보여주고 있었다. 그 영상 옆에는 사진이, 숱 많은 곱슬머리에 블라우스와 블레이저를 입은 여자의 공식 프로필 사진이 떠 있었다.

"이건 미국의 가족에 대한 공격입니다." 토크쇼 진행자가 격분한 얼굴로 선언했다.

"와, 저기 있네요." 카일이 말했다.

티건은 향수 회사에서 젊은 소비자들을 위한 아방가르드적인 향을 개발하는 일을 했다. 티건이 쇼룸에서 직원들에게 새로운 향수들을 소개하고 있는데, 납치 소식이 인터넷을 강타했다. 티건은 충격을 받은 채 대기실로 가서 대니엘라에게 전화했지만, 음성 사서함으로 넘어가기에 횡설수설하는 메시지만 남겼다. 남색 정장에 뿔테안경을 쓴 형사가 쇼룸으로 걸어들어왔을 때도 티건은 아직 대기실에서 속보를 읽으면서 이게 대체 무슨 미친 상황인지에 대해 노엘과 문자를 주고받고 있었다. 형사는 매력 넘치는 남자였다. 그의 눈은 생전 처음 보는 강렬한 파란빛이었다. 티건은 그 남자의 아름다움에 말 그대로 정신을 차리지 못했다. 폴더를 떨어뜨릴 정도였다. 형사 옆에는 듬성듬성한 수염을 기른 조수가 따라왔는데, 이쪽은 엄청나게 없어 보였다.

"대니엘라 은두퀘와 친구이시죠?" 형사가 물었다.

"네, 제일 친한 친구예요." 티건이 말했다.

형사는 티건에게 몇 가지 질문을 하고 싶어했다. 티건은 형사가 펜과 메모장을 꺼내는 사이 쪼그려앉아서 떨어진 폴더를 주웠다. 직원들이 향수 샘플을 킁킁거리면서 티건을 흘끔 보고는 다시 향수 쪽으로 고개를 돌렸다.

"뉴스에서 다들 뭐라고 하는지 알지만, 그 아이를 데려간 게 대니엘라일 리가 없어요. 그런 짓을 했을 리 없어요. 대니엘라가 아니에요." 티건은 치맛자락을 매만지면서 말했다.

"오늘 대니엘라와 연락이 닿았습니까?"

"아니요."

"알고 지낸 지는 얼마나 됐습니까?"

"대학 때부터요. 오리엔테이션이 있던 주말에 만났죠."

"어떤 사람이라고 생각하십니까?"

"행복하고, 아름답죠. 자기 일에 뛰어나고요. 말도 못하게 성공한 사람이죠."

"정치적인가요?"

"절대 아니에요."

"그 사람에게 중요한 건 뭐였습니까?"

260

"일. 친구들. 섹스. 크루아상이요. 요가도 해요."

형사는 손가락 끝을 핥더니 메모장을 한 장 넘겼다. 정말이지 말도 못하게 멋졌다. 티건은 그 형사를 끌어안고 범선 갑판에 누워서 사적인 이야기들을 공유하고, 보글거리는 샴페인 잔을 들고 로맨틱하게 같이 웃으며 서로를 감정적으로 북돋우는 칭찬을 주고받는 장면을 상상했다.

"대니엘라가 아이를 원한 지는 얼마나 됐습니까?"

"원하지 않았어요."

"그렇다면 왜 약을 먹지 않았죠?"

"먹었어요. 대니엘라는 종교의식이라도 하듯이 약을 먹었어요. 무슨 일이 있어도, 매일 정해진 시각에 빠뜨리지 않고 먹었죠. 일 년 전에 같이 하와이로 여행을 가서 바다 위 리조트에 머무른 적이 있어요. 대니엘라는 오전 아홉시마다 알약을 먹거든요. 그런데 하와이에서 그 시각이면 한밤중이란 말이에요. 친구들 모두가 한 방에 묵으면서 킹베드 두 개에 비좁게 포개져서 잤는데, 매일 밤 아무리 취했어도 대니엘라의 알람이 울리는 소리가 들렸고, 그러면 대니엘라는 몸을 굴려 일어나서 알약을 먹고 다시 잤어요. 그 정도로 주의깊었다고요." 티건은 말했다. "그런데 작년 봄에 대니엘라가 체육관에 다니다가 백선에 걸렸어요. 무좀 같은 거요. 의사가 백선을 죽일 항진균제를 처방해줬죠. 그러고는 몇 달 뒤에 임신한 걸 알게 된 거예요. 의사는 항진균제가 피임약을 방해한 게 분명하다고 했어요. 하지만 그런 부작용이 있을 수 있다는 말은 해준 적이 없었고요. 대니엘라는 열받았죠."

"왜 그냥 임신중단을 하지 않은 겁니까?"

"그러려고 했는데, 의학적인 문제가 있었어요."

"어떤 의학적 문제요?"

"혈우병이요."

"대니엘라가 최근에 직장을 옮긴 건 알고 있었습니까?"

티건은 불편한 예감에 얼굴을 찡그렸다. "다른 은행으로 옮겼나요?"

"마지막으로 만난 게 언젭니까?"

"며칠 전이요. 브런치를 같이 먹었어요."

"뭔가 특이한 말을 하진 않던가요?" 형사가 물었다.

티건은 카페에서 대니엘라를 마주보고 앉아 있던 시간을, 건너편 테이블에 놓인 날붙이와 텀블러에 반사된 햇빛이 그녀 위에 드리운 모습을, 나무 선반 위에 놓여 있던 도자기 화분 속 파스텔빛 보라색과 청록색과 초록색 다육식물들을 떠올리며 생각했다. "저보고 사랑한다고 했어요." 티건은 문득 기억이 났다. "전 언제나 대니엘라가 너무 엄격하다고 놀리거든요. 감상에 빠지는 걸 싫어하는 애라서요. 아무리 이쪽에서 사랑한다고 해도 사랑한다고 말해주는 일이 없어요. 그런데 그날은 작별인사를 하면서 저보고 사랑한다고 했네요."

노엘은 구두 회사에서 부유한 고객들을 위한 고급 패션 스니커즈를 디자인하는 일을 했다. 노엘이 연구실에서 러닝머신 위를 뛰고 있는 피험자들의 걸음걸이를 관찰하고 있는데, 납치 뉴스가 인터넷을 강타했다. 노엘은 다른 사람들을 피해 근력운동용 벤치 쪽으로 가서 대니엘라에게 전화를 걸어보았고, 음성 사서함으로 넘어가자 걱정하는 메시지를 하나 남겼다. 남색 정장에 뿔테안경을 쓴 형사가 연구실로 걸어들어왔을 때, 노엘은 여전히 그 자리에 서서 새로 올라온 뉴스를 읽으며, 경찰에게 조사를 받았다는 티건과 문자를 주고받고 있었다. 형사의 눈은 생전 처음 보는 찬란한 파란빛이었다. 흠 하나 없는 남자였다. 노엘은 그 남자의 아름다움에 말 그대로 말문이 막혔다. 입을 열 수가 없었다. 형사 옆에는 수염이 듬성듬성 난 조수가 따라왔는데, 질척거리는 분위기를 풍겼다.

"대니엘라 은두퀘와 친구이시죠?" 형사가 물었다.

"제일 친한 친구죠, 네." 노엘은 손목시계를 만지며 대답했다.

형사는 노엘에게 몇 가지 질문을 하고 싶어했다. 노엘은 형사가 메모장과 펜을 꺼내는 사이에 자세를 가다듬으려 했다. 아직 달리고 있는 피험자 몇 명이 노엘 쪽을 흘끔거리다가 다시 러닝머신 쪽으로 고개를 돌렸다.

"걔가 한 짓이 아니에요. 그런 타입이 아니에요. 영상에 나온 게 대니엘라라면, 분명히 다른 누군가가 강제로 시켰을 거예요." 노엘은 말했다.

"오늘 대니엘라가 연락을 해왔습니까?"

"아무 연락 없었어요."

"만난 지는 얼마나 됐습니까?"

"대학 때 만났어요. 신입생 기숙사에서 같은 방이었죠."

"어떤 사람이라고 생각하십니까?"

"아름답고, 똑똑하죠. 말도 못하게 재능이 넘쳐요. 자기 직업에 전념했고요."

"정치적인가요?"

"아뇨."

"그 사람에게 중요한 건 뭐였습니까?"

"친구들. 운동. 데이트. 일. 베이킹을 좋아했어요."

형사는 잉크가 잘 나오도록 펜촉을 핥았다. 욕 나오게 멋있었다. 노엘은 추파를 던지는 호텔 안내원을 두고 그 남자와 싸우다가 호텔 욕조 안에서 화해의 섹스를 하는 장면을, 서로를 붙잡고 열정적인 사과의 말을 웅얼거리며 욕조 테두리 너머로 물을 튀기는 장면을 상상했다.

"대니엘라가 아이를 원한 지는 얼마나 됐습니까?"

"원하지 않았어요."

"그런데 왜 약을 먹지 않았던 거죠?"

"먹었어요. 그런데 다른 약이 효과를 방해한 거예요."

"무슨 약이요?"

"백선 치료제요."

"왜 그냥 임신중단을 하지 않은 겁니까?"

"할 수가 없었어요. 아니, 할 수야 있었겠지만, 위험 부담이 있었어요. 대니엘라에겐 혈액 질환이 있어요. 혈우병이요. 경증이긴 하지만요. 베이거나 긁히는 정도는 늘 괜찮았거든요. 낭종제거수술을 받으러 가기 전까지는 혈우병이 있는 줄도 몰랐죠. 수술대 위에서 피를 전부 쏟아낼 뻔했어요. 어쨌든, 그래도 의사들은 임신중단을 관철할 의지가 있었지만 대니엘라는 선택지를 다 가늠해보고 합병증의 위험을 감수하느니 그냥 아기를 낳기로 결정했어요." 노엘은 말했다. "몇 년 전에 같이 휴가를 간 적이 있어요. 호놀룰루에 있는, 아주 화려한 바다 위 리조트로요. 어느 날 밤 바닷가에서 파티를 하던 중에, 빈혈이 있는데 임신중단수술을 했다가 출혈 합병증이 와서 죽을 뻔했다는 여자와 대화를 하게 됐거든요. 그 기억 때문에 대니엘라가 임신중단에 그렇게 편집증을 일으켰는지도 몰라요. 그 이야기에 마음이 흔들린 거죠. 대니엘라가 혈우병에 대해 알게 된 게 바로 그전 겨울이었거든요."

"대니엘라가 최근에 직장을 옮긴 건 알고 있었습니까?"

노엘은 갑자기 몰려오는 걱정에 머뭇거렸다. "은행에서요?"

"마지막으로 만난 게 언젭니까?"

"일주일 전이요. 만나서 저녁식사를 했어요."

"뭔가 특이한 말을 하진 않던가요?" 형사가 물었다.

노엘은 비스트로에서 대니엘라를 마주보고 앉아 있던 순간을, 등뒤에 있는 다른 테이블에서 촛불이 흔들리던 모습을, 와인 잔과 날붙이들 사이에 예쁘게 접어서 세워놓은 파스텔빛 노란색, 오렌지색, 분홍색 냅킨들을 생각하며 얼굴을 찌푸렸다. "자꾸만 일어나는 시간을 늦췄어요." 노엘은 문득 기억이 났다. "제가 이제 시간이 늦었다고 말하면 화제를 바꿔서 옛날 이야기를 꺼내고, 과거에 대해 회상하기 시작했어요. 보통은 그러지 않거든요. 특히나 다음날 아침에 출근을 해야 할 때는요. 그런데 그날 밤은, 모르겠네요. 저를 보내고 싶어하지 않는 것 같았어요."

펜트하우스 창밖 하늘에 초승달이 걸려 있었다. 티건은 아직 일하는 중이었고 노엘도 아직 일하는 중이었지만, 그 둘을 뺀 모두는 이샨의 펜트하우스에서 다채로운 헤드셋을 끼고 조립식 소파에 앉아서 가상현실에 들어가 있었다. 물론 대니엘라도 제외한 모두였다. 서라운드 오디오가 돌아갔다. 지저귀는 새들, 뽀드득거리며 부서지는 눈, 딸랑거리는 종소리 사운드트랙. 맥스는 부엌에서 그 음악을 들을 수 있었다. 그는 가상현실에 접속할 수 없었다. 가상현실에 들어가면 구역질이 났다. 그건 상관없었다. 그보다는 모두가 마실 술을 준비하는 쪽이 더 좋았다. 그렇다 해도, 고맙다거나 부탁한다는 말조차 없다니. 맥스의 고마움을 알아준 사람은 대니엘라밖에 없었는데, 이제 대니엘라는 감옥에 가거나 영영 사라질 수도 있었다. 맥스는 지금 이 순간 대니엘라는 어디에 있을지 궁금했다. 그가 마티니에 올리브를 떨구는데 초인종이 울렸다.

강렬한 눈동자의 형사가 문 앞에 서 있었다. 어쩐지 허약해 보이는 조수도 같이 서 있었다. 맥스는 좌절했다. 대니엘라일지도 모른다고 생각한 터였다.

맥스는 형사와 조수를 거실로 안내했는데, 소파 위에 있는 모두가 가상현실 속에서 눈을 크게 뜨고 코웃음을 치고 뾰로통해하는 등 각기 다른 표정을 짓고 있었다.

"음, 여기 경찰분들이 오셨는데?" 맥스가 말했다.

형사는 대니엘라에 대해 이야기하고 싶어했다.

"앉으세요. 어차피 오늘밤 내내 대니엘라 이야기를 하고 있었어요." 이샨이 가상현실 속에서 뭔가를 피하면서 말했다.

"정말로 대니엘라가 용의자예요?" 개브리엘이 물었다.

"그 소식을 듣고 놀라셨습니까?" 형사가 물었다.

"네, 그럼요." 이샨이 말했다.

"대니엘라는 어떤 사람인가요?" 형사가 물었다.

"뭐랄까, 범죄자와는 정반대죠." 개브리엘이 말했다.

"수다쟁이예요. 붙임성이 엄청 좋죠." 브라이스가 말했다.

"인맥 만들기와 명함 주고받기에 빠져 있어요." 리엄이 말했다.

"좀 얄빠졌죠." 이샨이 말했다.

"그렇지 않아." 개브리엘이 항의했다.

"알았어, 얄빠진 건 아니라고 해두자. 하지만 얄팍해."

"넌 정말 못됐어."

"그냥 대니엘라는 깊은 대화를 나눌 사람은 아니라고 말하는 것뿐이야. 형이상학적인 철학이라든가, 그런 걸 이야기할 상대는 아니지. 그래도 멋진 사람이야. 재미있고. 음악 취향도 흠잡을 데 없어. 춤을 출 때 움직임도 놀랍고. 난 대니엘라를 사랑해. 너희도 다 알잖아." 이샨이 말했다.

"헤드셋을 벗어주실 수 있을까요?" 형사가 물었다.

"잠깐만요. 세이브 포인트에 거의 다 왔어요." 이샨이 말했다.

"저 유니콘이 얼마나 예쁜지 좀 봐." 밸러리가 탄성을 질렀다.

"창으로 저 유니콘을 찔러 죽이자." 레일린이 속삭였다.

"난 대니엘라와 의미 있는 대화를 많이 나눴어, 사적으로." 개브리엘이 말했다.

"대니엘라는 예전에 취했을 때 신부님에게 토한 적이 있지." 이샨이 말했다.

"경찰에게 그런 얘기 하지 마." 개브리엘이 앞이 보이지 않는 상태로 쉭 소리를 내며 손을 휘둘렀다가 소파만 때렸다.

"대니엘라는 납치범이 아니야." 밸러리가 말했다.

"대니엘라는 순해빠졌지." 레일린이 말했다.

"하지만 그렇다면 왜 계속 전화를 받지 않는 걸까?" 개브리엘이 말했다.

"너무 당황해서 전화를 못 받는 걸지도 몰라." 브라이스가 말했다.

"분명히 기자들이 미친듯이 전화를 걸고 있을 거야." 리엄이 말했다.

"너희들 정말로 대니엘라가 괜찮을 거라고 생각해?" 개브리엘이 말했다.

"걘 언제나 마지막에 남은 피자 한 조각을 먹는 타입이야." 이샨이 말했다.

맥스는 이샨이 피자 이야기를 하지 않았으면 좋았겠다고 생각했다. 맥스는 뚱뚱한 데 진력이 나서 엄격한 식단 조절을 하고 있었다. 치즈 섭취는 금지였다. 피자를 먹고 싶다는 욕망이 얼마나 강한지, 거의 에로틱하게 느껴질 정도였다. 시선을 돌린 맥스는 형사의 조수가 돌아다니면서 펜트하우스 안을 뒤지고 있다는 사실을 알아차렸다.

"그 사람이 자기 아이를 방문하는 문제에 대해 이야기한 적이 있습니까?" 형사가 물었다.

"사실 제게도 같은 보육원을 거친 아이가 몇 있어요." 이샨이 가상현실 속에서 뭔가를 주먹으로 때리며 말했다.

"자식들이 있습니까?" 형사는 못 믿겠다는 투였다.

"이 훌륭한 유전자를 국가의 유전자 풀에 기부해야 한다는 도덕적 의무감을 느꼈죠." 이샨이 말했다.

"저거 반만 농담이에요." 개브리엘이 말했다.

"전 애들을 좋아합니다. 애들은 굉장해요. 당연히 자식을 몇 명은 두고 싶었죠. 막내인 리오나이더스는 막 아카데미를 졸업했어요. 졸업식에서 연설도 했죠." 이샨이 말했다.

"오 맞다, 그건 어땠어?" 개브리엘이 물었다.

"난 안 갔어. 일이 있었거든. 애엄마는 갔을지도 모르지." 이샨이 말했다.

애니는 다리를 부딪혔을 때 생긴 허벅지의 멍에 은은한 통증을 느끼며, 세탁물이 가득 든 플라스틱 바구니를 들고 빨랫줄에서 걸어 돌아왔다. 뿔테안경을 쓴 형사가 목에 배지를 늘어뜨린 채 트레일러 문 앞에 서 있었다. 잊기 힘든 눈동자였다. 그 뒤에는 형사의 조수가 서 있었는데, 외판원처럼 열심히 웃고는 있었지만 멀리서만 봐도 짜증이 나는 성가신 분위기를 풍겼다.

"대니엘라 이야기를 하러 오셨나요?" 애니는 문 쪽으로 다가가면서 쓸쓸하게 물었다.

애니는 형사를 트레일러 안으로 들였다. 조수도 따라 들어왔다. 애니가 빨래 바구니를 바닥에 내려놓는 사이 형사와 조수는 트레일러를 둘러보았는데, 안에 있는 수많은 잡동사니를 가늠해보는 것 같았다. 애니의 트레일러엔 경찰을 세워둘 공간도 제대로 없었다. 벽장 하나 없는 트레일러였다. 복도에는 옷이 담긴 종이 상자가 양쪽으로 즐비했다. 찬장에는 식료품 통조림이 가득했다. 애니는 좁고 아늑한 공간에 사는 게 좋았다. 이 트레일러는 콘크리트블록 위에 올린 크롬 골동품으로, 천장은 둥글고 바닥은 리놀륨이었으며 모든 의자에 뜨개질한 쿠션이 놓였고, 애니의 온갖 보물들, 그러니까 싱크대 옆 선반에 보관하는 다양한 색깔의 차크라 수정들이며 텔레비전 옆 상자에 보관하는 짝짝이 뜨개바늘들, 카우치 위에 쌓아두는 수집 가치가 있는 봉제 동물 인형들, 꺼내기 편하게 침대 위 선반에 보관하는 타로 카드와 달의 위상 변화도 등등으로 미어터질 지경이었다. 옆집 트레일러가 보이는 희끄무레한 창문에 햇빛이 어른거렸다. 테이블 가운데에는 제일 최근에 산, 멀쩡히 작동하는 라디오가 달린 구식 카세트 플레이어가 놓였고 그 주위에 다른 수집품들이, 그러니까 벼룩시장에서 산 도자기 인형과 색칠한 문고리와 호두까기 인형과 빈티지 단추가 담긴 비닐봉투가 쌓여 있었다.

조수는 화장실을 쓰겠다고 갔는데, 아마 화장실 내부도 살펴보고 싶어서일 터였다.

"볼일 본 다음에 변기 시트 꼭 내려요." 애니가 소리쳤다.

"청소원으로 일하십니까?" 형사는 찬장 고리에 걸린 제복을 보고 물었다.

"청소원이자 계산원이자 서빙도 하죠. 두 손보다 직업의 개수가 더 많아요. 이 나라의 최저임금은 부끄러운 수준이에요. 댁들 모두 그걸 어떻게 좀 해야 해."

"전 경찰일 뿐입니다. 최저임금은 제 소관이 아닙니다." 형사가 말했다.

"그러면 누군가한테 말을 해요." 애니가 말했다.

형사는 나무상자에 담긴 털실을 살폈다.

애니가 말했다. "난 아카데미에서 낙제했어요. 머리는 좋아요.

시험을 잘 못 볼 뿐이지. 시험만 보면 갈팡질팡했어요. 결정적으로 역사 시험에서 정점을 찍었죠. 아주 크게 말아먹었거든. 답안 마킹을 밀려서 잘못된 문항에 답을 표기하다가 시험 시간이 끝날 때 되어서야 알아차린 거예요. 이런 직업들을 전전하면서 사는 것도 그래서죠. 학위가 없거든요. 혹시 담배 있어요?"

"디언과 헤어진 지는 얼마나 됐습니까?"

애니는 멘톨 담배를 찾아 서랍장 안을 뒤졌다. "우린 그애가 태어나기 전에 갈라섰어요."

"대니엘라가 유일한 자식인가요?"

"네."

"마지막으로 본 건 언제입니까?"

"이젠 오래전이네요."

"얼마나 오래전이요?"

"애가 대학을 졸업했을 때쯤일 거예요."

"아이가 어렸을 때는 자주 찾아갔나요?"

"별로요."

"가깝지 않았습니까?"

애니는 어깨를 으쓱였다. "애가 보육원에 있었을 때 더 자주 찾아갔죠." 애니가 멘톨에 불을 붙였다. "걘 보육원을 좋아했어요. 더 바랄 게 없었죠. 공작도 하고, 운동도 하고, 친구들과 인형극도 하고. 그 나이 또래에게는 천국이죠. 나도 그애를 지켜보는 게 좋았어요. 하지만 그 무렵에도 난 이런 직업을 여러 개 전전했어요. 그러니까, 지금과는 다른 일자리였지만 여러 군데서 일하는 건 마찬가지였죠. 자고, 일어나고, 차를 몰고 일하러 가고, 온종일 일하고, 다시 차를 몰고 돌아와서 쓰러졌다가 겨우 앉아서 좀 회복하고. 나도 아이에게 더 자주 찾아가고 싶었죠. 그냥 그럴 시간이 없었어요. 기력도 없었고. 하루 일이 끝나고 집에 오면 그냥 녹초가 되었으니까요."

애니는 담배를 한 모금 빨았다. 지난 며칠 동안 너무나 화가 났다. 너무나 언짢고 화가 나서 속이 부글부글 끓었다. 대니엘라가 아기를 훔치는 영상을 보고 또 보아야 했던 며칠 내내 그랬다.

"부모라면 자식에게 최선이 되는 일을 해야죠." 애니는 양탄자를 노려보며 말했다. "내가 분한 건, 그냥 불공평하다는 거예요. 개도 이보다는 잘 알 텐데. 뭐가 옳고 그른지 알 텐데. 교육도 받았는데. 시스템 안에서 자라는 이득은 다 누렸는데. 그런 짓을 저질렀을 때 그 아이에게서 뭘 빼앗는 건지 정확히 알고 있었을 텐데."

디언은 옥스퍼드 구두만 신으면 악화되는 발의 건막류를 조심하면서 식료품이 가득 담긴 종이봉투를 들고 계단을 나섰다. 뿔테안경을 쓴 형사가 목에 배지를 늘어뜨린 채 스튜디오 문 앞에서 기다리고 있었다. 영혼이 담긴 듯한 눈이었다. 그 뒤에는 형사의 조수가 서 있었는데, 갓 선교사가 된 사람처럼 열심히 웃고는 있었지만 어째선지 아주 무능한 분위기를 풍겼다.

"대니엘라 때문에 오셨습니까?" 디언은 문 열쇠를 돌리며 조심스럽게 물었다.

디언은 형사를 스튜디오 안에 들였다. 조수도 따라왔다. 디온이 봉투를 냉장고 옆에 내려놓는 사이 형사와 조수는 방안을 훑어보왔는데, 아기가 있다는 증거를 찾는 것 같았다. 디언에겐 아기 하나 숨길 공간도 없었다. 벽장 하나 없는 스튜디오였다. 옷은 바닥에 까는 요 옆에 둔 이동식 옷걸이에 걸었다. 식료품은 전기 레인지 옆 책장 위에 보관했다. 디언은 구획을 짓지 않은 원룸식 공간에 사는 게 좋았다. 이 스튜디오는 창고를 개조한 건물 꼭대기 층에 있어서, 바닥은 시멘트였고 천장은 둥글었으며 벽은 거칠고 오래된 벽돌이었고, 디언의 온갖 장난감들, 즉 그가 별을 관찰할 때 쓰는 천체망원경, 라디에이터 옆에 놓인 명상 연습용 매트, 보일러 옆에 두고 만지작거리던 양조 장비, 연주법을 배우려고 노력중인 디저리두*와 강철 스틸 드럼 등등을 다 둘 공간이 있었다. 강이 내려다보이는 커다란 창문으로 햇빛이 쏟아져 들어왔다. 방 중앙에는 가장 최근 작업물인, 용접 사슬로 만든 거대한 인간형 조각상이 자리했고 그 주위에는 띠톱과 양철 가위와 치핑해머, 지난 프로젝트 스케치들이 널린 제도대 등이 있었다.

조수가 화장실을 써도 되느냐고 물었는데, 거기 누가 숨어 있지 않은지 확인하려는 모양이었다.

"물을 내리고 조금 있다가 손잡이를 살짝 흔들어줘야 해요." 디언이 외쳤다.

"예술가이신가요?" 형사가 천장에 달린 배기 장치를 살피며 물었다.

"언제나 그랬죠. 아직도 보육원 시절에 처음으로 찰흙덩어리를 받았을 때 기억이 납니다. 두 손으로 찰흙을 만지던 감촉. 찰흙을

---

* 오스트레일리아 원주민이 연주하는 목관악기.

마음대로 뭉개고, 누르고, 펴고, 굴리던 그 느낌이요. 형태를 만들던 느낌. 전 꽤 괜찮은 경력을 오래 유지했습니다. 나라 전역에서 의뢰를 받아 만든 작품들이 있죠."

형사는 허리를 굽히고 우쿨렐레를 들여다보았다.

디언이 말했다. "예술가란 시간을 잡아먹는 직업이에요. 모든 집중력을 쏟아부어야 하죠. 깨어 있는 모든 시간을요. 그래도 예술을 할 기회가 주어져서 감사한 마음입니다. 그거야말로 이 인생에서 바랄 수 있는 가장 좋은 것이죠. 목적을 갖는다는 것. 무언가에 기여한다는 것. 이해하실 겁니다."

"전 경찰일 뿐입니다. 예술적인 능력은 전혀 없어요." 형사가 말했다.

"아, 수사에도 창의력이 필요할 텐데요. 뭔가 마실 거라도 드릴까요?" 디언이 물었다.

"애니와 헤어진 지는 얼마나 됐습니까?"

디언은 콤부차 병을 비틀어 땄다. "애니가 임신중이었을 때 이혼했습니다."

"대니엘라가 유일한 자식인가요?"

"맞습니다."

"대니엘라를 마지막으로 보신 게 언제입니까?"

"오래전이에요."

"얼마나 오래전이요?"

"걔가 대학을 졸업했을 때쯤일 겁니다."

"그때쯤에는 얼마나 자주 찾아가셨습니까?"

"별로 안 갔어요."

"어렸을 때 가깝지 않았나요?"

디언은 미소를 지었다. "아이들이 어떤지 아시죠. 부모는 성가신 존재일 뿐입니다." 그는 콤부차를 조금 마셨다. "아카데미 시절에 한 번 찾아갔었죠. 그때는 대니엘라가 아직 어렸어요. 대화를 좀 나눠보려고 했는데, 대니엘라는 그저 지루해하더군요. 제 질문에 대답도 제대로 안 하고 그냥 네, 아니요, 으응, 이라고만 했어요. 계속 문을 보고 있었죠. 결국에는 놀러 나가도 되냐고 묻더군요. 전 창가에 서서 대니엘라가 많은 아이들과 어울려 뛰어다니면서 물총을 쏘아대고 웃고 소리치는 모습을 지켜봤습니다. 그앤 거기서 행복했어요. 좋은 친구들이 있었고, 정말 즐겁게 지냈죠. 성가시게 하고 싶지 않았습니다. 그후에는 많이 찾아가지 않았어요. 어쨌든 저도 조각을 하느라 바빴고요."

디언은 조각상을 가만히 바라보았다. 그러다 갑자기 감정이 북받쳤다. 무력감과 괴로움이, 지난 며칠간 느낀 모든 슬픔이 덮쳐왔다. 대니엘라가 아기를 데려가는 영상을 보고 또 보아야 했던 며칠 내내 그랬다.

"전 그애가 자랑스러웠습니다." 디언은 울먹거리며 말했다. "부모라면 자식에게 그 이상을 바랄 수가 없지요. 그애는 소명을 찾았어요. 천직이 있었어요. 그 일을 잘했고요. 왜 아기 하나 때문에 그 모든 걸 내던져버렸는지 모르겠습니다. 이해가 안 가요."

막 봉에서 내려온 마리엘라는 성큼성큼 커튼을 지나, 거울 위에서 부드러운 흰색 불빛이 빛나는 분장실에 들어섰다. 클레어가 기다리고 있었다. 클레어는 이상하게 불안한 얼굴이었다.

"바에 너를 찾는 경찰이 있어." 클레어가 말했다.

마리엘라는 종이컵으로 정수기에서 물을 받아 마셨다.

"내가 둘러대줄까? 벌써 나갔다거나, 아프다거나 그렇게 말해줘?" 클레어가 물었다.

마리엘라는 구겨진 종이컵을 쓰레기통에 떨궜다.

"경찰이 왜 왔는지 알아." 마리엘라가 말했다.

"네가 원한다면 거짓말해줄게." 클레어가 말했다.

"나 때문에 온 게 아니야." 마리엘라가 말했다.

마리엘라도 아까 그 남자가 클럽에 들어오는 모습을 보았다. 그녀가 두 다리로 봉을 단단히 휘감고 머리카락을 무대 쪽으로 늘어뜨린 채 거꾸로 매달려 있는데, 그 순간 불빛이 문가에 선 그 남자의 눈동자를 비췄다. 사슬에 건 배지를 목에 늘어뜨린 아름다운 형사. 마리엘라는 분장실을 떠나 맨발로 여유롭게 클럽 안으로 걸어 들어가서 무대 주위의 그늘진 칸막이석에서 잡담하는 고객들, 검은 조명 아래 형광 칵테일을 든 실루엣들을 지나쳤다. 이 클럽에서 일한 지는 일 년이 안 됐다. 마리엘라는 군중 사이를 뚫고 걸을 때 얻는 권능감이 좋았다. 모두의 시선을 받는 기분. 이제 보니 형사 바로 옆에 조수가 하나 앉아 있었다. 아주 변변찮아 보이는 조수였다. 크림소다를 홀짝대고 있었다. 아마 한 번도 누구와 자보지 못했을 것이다. 마리엘라는 바에 깔린 네온 안개 속에서 형사 옆자리에 앉았다.

"저기서 춤추는 쟤 보여요?" 마리엘라가 물었다.

형사가 무대를 슬쩍 보았다.

"저 노래가 끝나면 내가 다시 나가야 해요. 그때까지만 시간을 내드리죠. 물어보고 싶은 거 물어봐요."

음악이 시작되자 클레어가 봉에 올랐다. 비밥과 테크노가 섞인, 누아르 느낌마저 나는 노래였다.

"대니엘라 은두퀘를 찾고 있습니다." 형사가 말했다.

"걔 못 본 지 몇 년 됐어요." 마리엘라가 말했다.

"하지만 같은 보육원에 있었죠."

"네."

"아카데미도 같이 다녔고요."

"네."

"아카데미에서 친구 사이였죠."

"적친이었죠." 마리엘라가 말했다.

형사는 마리엘라가 바텐더에게 손짓으로 술을 청하는 모습을 바라보았다.

"'적' 쪽에 강조를 둬서요." 마리엘라가 말했다.

헌터가 다가왔다.

"일하는 중에는 술 마시면 안 돼." 헌터가 말했다.

"지금 나한테 안 된다고 하는 건 좋은 생각이 아닌데." 마리엘라가 말했다.

헌터가 메스칼*을 한 잔 따랐다.

"납치 소식은 들었습니까?" 형사가 물었다.

마리엘라는 메스칼을 한 모금 마시고 고개를 끄덕이며 잔을 바

---

* 멕시코에서 유래한 증류주의 일종.

에 내려놓았다.

"이미 당신 아파트에는 가봤습니다. 혹시 대니엘라가 들를 경우에 대비해서 건물 밖에 순찰차를 한 대 배치할 겁니다. 협조해주시면 좋겠군요."

"도와달라고 날 찾아오진 않을 거예요." 마리엘라가 말했다.

"그러면 누굴 찾아갈까요?" 형사가 물었다.

클레어가 자줏빛에서 진홍빛으로, 다시 오렌지빛으로 변하는 불빛 속에서 봉 주위를 돌았다.

"걘 이기적이에요." 마리엘라가 말했다. "계획적이죠. 책략가랄까. 그리고 언제나 자기가 제일 우선이에요. 성공하려고 날 이용한 것만 몇 번이었는지 몰라요. 우린 같은 반이었고, 일주일 차이로 태어나서 옆 요람에서 자랐어요. 기는 법도 같이 배우고, 말하는 법도 같이 배웠죠. 침대에서 잘 나이가 되고부터는 보육원의 같은 이층 침대에서 잤어요. 각자 방을 가질 나이가 되고부터는 아카데미의 같은 복도에 살았어요. 떼려야 뗄 수 없는 사이였죠. 그리고 우린 매력적이었어요. 모두와 친구였죠. 우리가 그 사회 환경을 지배했어요." 마리엘라는 형사를 흘긋 보았다. "시스템에서 그런 친구를 두셨나 모르겠네요. 아마 어떤 건지 아시겠죠. 누군가와 그렇게 가깝다는 거요." 마리엘라는 고개를 돌려 바 뒤쪽의 거울을 보았다. "내가 걔의 첫 키스 상대였어요. 주말이면 서로의 기숙사 방에 가서 자곤 했어요. 가끔 다른 애들이 잠든 후면 둘이서 장난을 쳤죠."

"대니엘라가 바이섹슈얼이었습니까?"

"거기다 이름표를 붙여야 하는지 잘 모르겠네요. 우린 가끔 실험을 했어요. 호기심이 많았으니까요." 마리엘라가 말했다.

클레어는 음악의 박자가 달라지는 가운데 욕망어린 표정을 지으며 봉을 타고 미끄러져 내려왔다.

"우린 경쟁적이기도 했어요. 모두와 경쟁했지만, 특히 서로와 경쟁했죠. 라이벌 같은 거였어요. 그렇게 강렬한 관계는 두 번 다시 없었어요. 그걸 어떻게 설명해야 할지 모르겠네요. 서로와 놀아날 때조차도 그랬어요. 둘 다 서로를 능가하려고 애를 쓰는 거죠. 키스를 더 잘하는 쪽이 되려고 하고, 상대방을 더 흥분시키려고 하고. 성적에 대해서도 그랬고, 과외활동에 대해서도 그랬고, 스포츠와 합창에서도 그랬어요. 다른 친구들에 대해서는 특히 더 그랬죠." 유리잔에 담긴 메스칼이 희미하게 빛났다. "그러다가 졸업 직전에 사이가 틀어졌어요. 아주 심하게 싸웠죠. 그후에는 멀어졌어요." 마리엘라는 얼굴을 찌푸렸다. "어차피 서로 다른 방향으로 가고 있기도 했어요. 난 대학에 지원도 안 했으니까. 대니엘라와는 달랐죠. 걔는 언제나 멋있는 직업을 갖고 싶어했거든요. 난 그냥 모험을 하고 싶었고요. 여행도 하고. 실제로 그랬어요. 졸업을 하자마자 비행기에 올랐죠. 여기저기에서 현금 벌이 일을 하고, 지구 전역을 돌아다녔어요. 카리브해, 아프리카, 유럽, 아시아."

"돌아오신 지는 얼마나 됐습니까?"

"아기를 낳으러 왔을 뿐이에요. 이 년 전에 임신했거든요. 태국에서였죠. 어느 호스텔에서 만난 대학생 때문에요."

"임신중단은 하지 않기로 결정하신 겁니까?"

"망할, 당신네 경찰들은 정말 참견이 심하네요." 마리엘라는 그렇게 외치고는, 형사를 쏘아보면서 메스칼에 손을 뻗었다. "난 비건이에요. 달걀도 안 먹는다고요. 인간 배아를 죽일 순 없었어요. 죄책감을 느꼈을 거예요." 마리엘라는 또 한 모금을 마셨다. "아이 이름은 제이다예요. 귀여운 애죠. 이제 한 살이에요. 걸음마를 배우고 있죠." 그녀는 잔을 들어올렸다. "다시 해외로 나가려고 돈을 모으고 있어요. 다음에 어딜 갈진 모르겠네요. 어딘가 새로운 곳에 가고 싶어요. 브라질이라거나." 마리엘라는 나머지 술을 한 번에 털어 넣고 삼킨 후에 잔을 내려놓았다. "인생은 경험이 전부예요. 적어도 난 그렇게 생각해요. 난 그애와 전혀 달랐어요. 대니엘라와 말이에요. 난 경력 같은 건 신경쓰지 않았어요. 성공은 중요하지 않았어요. 그저 최대한 많은 경험을 하고 싶었죠. 멋진 사람들을 만나고. 세상을 구경하고."

마리엘라는 다시 형사 쪽을 흘끗 쳐다봤다가 그의 표정을 보고, 형사의 입매에 힘이 들어간 모습을 보고 머뭇거렸다. 형사의 눈에는 절박함이 깃들어 있었다. 마리엘라는 이 일이 그에게 단순한 직업 이상의 의미가 있음을 알아차렸다. 그는 정말로 신경쓰고 있었다. 걱정하고 있었다.

"그 여자가 사라진 지 일주일이 다 됐습니다. 지역 밖으로 나가는 고속도로마다 바리케이드를 쳤는데, 대니엘라의 차량은 한 번도 나타나지 않았어요. 흔적이 끊겼습니다. 시간이 없어요. 도와주셔야 합니다, 마리엘라. 부탁드립니다, 전 바깥에 있는 아이들에게 무슨 일이 일어날 수 있는지 직접 봤습니다." 형사가 말했다.

마리엘라는 불빛이 파랗게 변하자 인상을 쓰고 거울을 보았다.

"난 걜 위해 뭐든 할 거예요. 이유는 몰라요. 이렇게 긴 세월이 지났는데도. 걔가 나한테 한 온갖 짓거리에도 불구하고 말이에요.

이게 사실이라는 게 싫지만요. 정말 싫지만 사실이에요. 뉴스에 개 얼굴이 뜬 순간 바로 알았어요. 온 세상을 여행하고, 온갖 사람들을 다 만났는데도 대니엘라가 나한테는 세상에서 제일 중요한 사람이라는 걸요." 마리엘라가 말했다.

클레어가 다리를 쫙 펴고 무대에 주저앉았다. 쿵쿵거리는 음악이 잦아들었다. 마리엘라는 일어섰다.

"하지만 걔가 도움을 구하러 나한테 오진 않을 거예요. 그리고 바리케이드는 다 치워도 될걸요. 걔가 어떤 사람인데, 벌써 여길 떴죠." 마리엘라가 말했다.

로비는 그 도망자를 만나본 적이 없었지만, 온라인으로 온갖 뉴스 방송을 보고 온갖 팟캐스트를 듣고 온갖 기사를 읽었고, 일주일 내내 기분좋은 서스펜스를 느끼면서 문제의 이야기를 따라갔다. 어렸을 때 무법자들이 나오는 텔레비전 드라마를 보면서 팝콘을 먹었듯 밤이면 팝콘을 씹으면서 최신 기사를 찾아 인터넷을 검색했다. 로비는 피부에 쪼글쪼글 주름이 지고, 목에는 관절염이, 두 손에는 손목터널증후군이 생겨 고생하는 은퇴한 심리학자였다. 보육원과 아카데미가 존재하기 전, 가족이 국가를 의미하기 전, 그러니까 가족이 친족 관계를 의미했고 아직은 결혼하지 않는 사람보다는 결혼하는 사람이 많았으며 아이를 원하는 사람들에게 아직 집에서 아이를 키울 시간이 있었던 시절에 태어났다. 냉장고에 손가락으로 그린 그림을 자석으로 붙여놓은 소박한 콜로니얼양식의 집에서 성장했는데, 수줍은 성격의 회계사 부모가 로비를 길렀고,

두 사람 다 완벽하지는 않아서 가끔은 청하지도 않았는데 로비의 의견을 비판하고, 가끔은 로비에게 드는 돈을 두고 농담을 했으며, 수명을 다한 로비의 침실 전구를 제때 갈지 못하는 경우가 많았고, 치과와 안과와 소아과 진료 일정은 습관적으로 잊어버렸으며, 집에서 만든 음식을 먹고 싶다고 아무리 요구해도 걸핏하면 저녁식사로 포장 음식을 들고 돌아왔고, 공개 행사에는 로비가 부끄러워할 만한 옷을 입었지만, 그래도 늘 노력했고, 진심으로 노력했으며, 언제나 로비를 친절과 인내심과 사랑으로 대했던 양육자였다. 로비는 통계를 알고 있었고, 얼마나 많은 심리적 문제가 부모로 인해 발생할 수 있는지 알았고, 그 시절 얼마나 많은 아이들이 학대와 방치와 영양실조로 고통받았는지도 알았지만, 그래도 부모님과 같이 살아서 좋았고, 기관에서 양육받는다는 건 언제나 끔찍하게만 여겨졌다. 로비가 직접 낳은 아이는 없었고, 친구들에게는 아동보호 시스템을 전적으로 지지하는 척했지만, 마음속 깊은 곳에서는 아이는 부모와 함께해야 한다고 믿었다. 로비에게 대니엘라 은두퀘는 박애 정신을 가진 해커나 원칙 있는 강도단 같은 영웅이었다. 로비는 대니엘라의 범죄에 남몰래 신이 났다. 대니엘라가 탈출하기를 응원했다. 그렇다곤 해도, 주말이면 한 번씩 머리를 비우기 위해 산책하던 길가의 빈 들판에서 버려진 연푸른색 세단을 보았을 때, 그리고 번호판의 별 모양 녹슨 자국과 숫자가 수배중인 도망자의 차량과 일치한다는 사실을 알아차렸을 때 로비는 잠시 머뭇거렸을 뿐 바로 경찰에 전화를 걸었다. 통화를 끊고 나서야 끔찍한 후회가 몰려왔다. 왜 보지 못한 척, 그곳에 간 적이 없는 척 돌아서지 않고 경찰에 전화했는지 스스로도 설명할 수가 없었다. 의

무감을 느꼈던 것 같다. 로비는 법을 어긴 적이 없었으니까. 아니, 솔직하게 생각해보면 이유는 그게 아니었을지도 모른다. 어쩌면 그저 이 드라마의 일부가 되고 싶은 충동에 휩싸였는지도 모른다.

곧 트렌치코트를 입고 뿔테안경을 쓴 형사 하나가 조수와 경관 몇 명을 거느리고 현장에 도착했다. 형사는 로비에게 몇 가지 질문을 하더니 옆에 비켜서 있으라고 했다. 로비는 흥분되는 마음으로 지켜보았고, 동시에 직접 수사 과정을 일부 목격할 수 있다는 사실이 특별하게 느껴진다는 게 부끄럽기도 했다. 세단은 들판 깊숙이, 펜더 높이까지 풀이 자란 이슬 맺힌 풀밭에 버려져 있었다. 형사는 일회용 장갑을 단단히 끼고 차 안을 수색하면서, 차가운 커피가 담긴 컵 홀더 안의 텀블러, 글러브박스에 든 후추 스프레이 캔, 구겨진 옷이 가득 담긴 채 바닥에 놓인 쇼핑백, 계기반 위에 놓인 카지노 토큰 한 개, 뒷자리에 놓인 스쿼시 라켓, 트렁크에 든 전기 이발기를 기록했다. 형사가 뭐라고 중얼거렸다. 그러더니 차에서 물러나 빈 들판을 둘러보았다. 찌푸린 그의 얼굴은 당혹스러워 보였다.

"점점 가까워지고 있어요. 느낌이 옵니다." 조수가 확신을 담아 고개를 끄덕였다.

"하필이면 왜 여기에 차를 버렸을까?" 형사가 중얼거렸다.

형사는 들판 너머 숲속에서 기차가 기적을 울리는 소리를 듣고 경악한 얼굴로 고개를 돌렸다.

대니엘라는 기차를 타고 애팔래치아산맥을 통과했고, 안개에 싸인 오두막집들과 어슴푸레한 나무 집들을 지나쳤다. 텅 비어 싸늘

한 화물칸 깊숙이 앉아서 주기적으로 아기를 먹이며, 흐릿하게 스쳐지나가는 활기 없는 광산 마을을 바라보았다. 완벽하게 아름다운 아이, 안기기를 좋아하고 얼러주면 좋아하는 아기, 울지도 보채지도 않고 그저 방긋거리며 기분좋게 옹알이하면서 자그마한 손가락으로 엄마의 뺨을 잡는 아기였다. 기차가 덜컹거리며 화강암 채석장을 지나는 동안 그녀는 아기와 까꿍 놀이를 했다. 기차가 녹슨 다리 위를 지날 때는 손뼉 치기 놀이를 했다. 기차가 교차로에서 땡땡거리는 신호음과 함께 천천히 기어가는 동안, 아이는 그녀의 후드 티셔츠에 온통 침을 뱉어놓았고 그녀의 심장은 행복감으로 터질 것 같았다. 어둠이 내리자 그녀는 보육원에서 훔쳐온 면 아기띠로 아이를 자신의 품에 동여매고 잠에 빠져들었다가, 밤중에 배고픈 아이의 울음소리를 듣고 퍼뜩 깨어나 자신의 품에 아기가 안겨 있음을 확인했고, 그것은 평생 가장 경이로운 경험이었다. 누군가 알아볼까 두려웠던 그녀는 세단을 버리기 전에 머리를 바싹 깎았는데, 달빛 속에서 아이를 먹이려니 두피에 닿는 공기가 차가웠다. 하지만 아침이 되어 해가 뜨자 공기가 따뜻하고 습해져서 그녀는 후드 티셔츠의 지퍼를 내리고, 문 옆으로 덩굴식물들이 지나가는 가운데 무릎에 아이를 뉘었다. 화물칸에 탄 그녀 옆에는 천 배낭이 하나 놓여 있었는데, 견과 믹스와 그래놀라 바와 물병, 훔친 기저귀와 고무 젖꼭지와 이유식과 아기용 젖병과 손전등, 그리고 비상용 휴지가 가득 들어 있었다. 또 하이킹용으로 나온 휴대식 디지털 내비게이터도 하나 있었는데, 추적을 피하려고 현금으로 사둔 물건이었다. 그 내비게이터를 써서 기차의 진로를 확인했다. 화면에서 깜박이는 아이콘은 남쪽을 향해 움직였다. 기차가 끼익 소리를 내며 마이애미역에 멈추자 그녀는 러닝셔츠와 조깅용 반바지에 새로 산 하이킹 부츠를 신고 화물칸에서 내렸다. 그리고 아기 띠를 이용해 아이를 자신의 배 쪽에, 임신했을 때와 비슷한 위치에 묶고 그 위로 후드 티셔츠 지퍼를 올려서, 임신한 것처럼 꾸몄다. 대니엘라는 기차역 가장자리에 있는 선적 컨테이너 그늘 속에 쪼그려앉아서 아이에게 이유식을 조금 먹이고, 고무 젖꼭지를 빨리면서 아이가 잠들 때까지 기다린 다음, 후드 티셔츠 지퍼를 목까지 올리고, 선글라스를 낀 후, 속으로는 바싹 긴장했지만 차분한 표정으로 인도를 천천히 걸었다. 어느 호텔 앞에서 택시를 잡아타면서는 제발 아이가 깨어나서 옹알대거나 울지 않기를 빌어야 했지만, 아이는 택시가 달리는 동안 한 번도 깨지 않고 평화롭게 젖꼭지를 빨면서 잠을 잤다. 택시는 늪가에서 배를 빌려주는 어느 회사의 허물어져가는 건물 앞에 그녀를 내려줬고, 그녀는 그곳에서 뱀가죽 부츠를 신고 밀짚모자를 쓴 풍상에 닳은 남자에게 에어보트 한 대를 샀다. 현금으로 지불했다. 프로펠러가 반짝이고 선체가 빛나는 1인승 에어보트였다. 아이가 꼬물거렸다. 그녀는 조급한 마음으로 배낭을 갑판 위에 내려놓고 온라인 교습 영상에서 보았던 부품들을, 배터리와 스위치와 조종간을 살펴보았다. 에어보트를 판매한 남자가 여분의 연료통을 싣고 있는데 갑자기 아이가 고무 젖꼭지를 뱉고 후드 티셔츠 속에서 소리를 냈다. 그것도 기묘한 빽 소리를. 남자는 그 소리를 듣고 홱 몸을 돌려 그녀를 보았고, 그녀도 남자를 보았으며, 그 순간 남자가 방금 자신이 누구인지 알아보았다는 사실을 깨달았고, 그렇게 철저히 계획을 세웠는데 이제 그녀의 운명은 이 남자에게, 알지도 못하는 낯선 사람에게 달렸으며 혹시 그녀가 발각된다면 그건 남자가 신고하기로 했기 때문일 것이고 발각되지 않는다면 남자가 돕기로 했기 때문일 것임을 알았다. 남자의 표정은 읽을 수 없었다. 그녀는 후드 티셔츠 지퍼를 열었다. 에어보트 엔진이 굉음을 내며 살아났다. 그녀는 에어보트를 몰고 에버글레이즈습지로 들어갔다. 그곳에 부모와 자식들이 같이 숨어 사는 집단이 있다고 들었다.

대니엘라는 다시 아이와 둘만 남아서 화창한 하늘 아래 물위를 달리자 안도감을 느꼈다. 그녀는 내비게이터를 이용해 습지 깊숙이 들어갔다. 강을 따라 에어보트를 몰며 못을 건너고, 수련 잎 사이를 날아다니는 잠자리들이며 떡갈나무 위에 돋아난 색색의 난초들, 통나무로 기어오르는 거북이, 개울에 떠다니는 수달, 까딱거리는 부들, 흔들리는 골풀, 바위에서 햇볕을 쬐는 둥근 주둥이의 어두운색 악어, 참억새 사이에서 헤엄치는 뾰족한 주둥이의 베이지색 악어, 거대한 늪 위로 하늘을 나는 밝은 분홍색 플라밍고를 지나쳤다. 해질녘에 대니엘라와 아이는 이전에 받아둔 좌표에 도착했는데, 물에 잠긴 채 나뭇가지에 희끄무레한 이끼 덩어리를 주렁주렁 매단 거대한 사이프러스 숲이었다. 에어보트에서 사방에 보이는 것은 물과 하늘과 사이프러스뿐이었다. 에버글레이즈에 사는 사람들이 그날 밤 그녀를 만나러 이 좌표로 올 것이라고 들었던 터라, 그녀는 책상다리를 한 채 무릎 위에 아이를 안고 앉아서 기다렸다. 다가오는 보트에 탄 사람들이 석유램프를 높이 들고 있다면 우호적인 거라고 들었지만, 초승달과 나뭇잎 사이로 반짝이는 별들을 제외하면 숲은 밤새도록 어둡기만 했고, 다른 보트는 나타나지 않았다. 개구리들이 개굴대는 소리, 근처에서 두루미들이 내는 소름 끼치는 울음소리, 멀리서 아비새들이 내는 으스스한 울음소리밖에 들리지 않았다. 에어보트 선체에 이따금씩 물살이 철썩였다. 아무도 오지 않았다. 해뜰 무렵이 되자 그녀는 아이를 먹이고 기저귀를 갈아준 후, 아이가 까르륵 웃을 때까지 간지럼을 태우고 무릎 위에서 어르고 코를 비비며 아이를 편안하게 해주려고 애썼다. 혹시나 아이가 점점 커져가는 그녀의 두려움을 느낄 수 있을까봐 걱정스러웠다. 그날 아침과 다음날 아침, 그녀는 통에 든 연료를 에어보트에 채운 후 사이프러스 숲을 떠나 가까운 습지를 탐험하며 그곳에 사는 사람들의 흔적을 찾아다녔다. 이틀 낮 모두 아무것도 찾지 못했다. 이틀 밤 모두 원래 받았던 좌표를 확인하고 사이프러스 숲에서 기다렸지만 배는 오지 않았고, 석유램프도 나타나지 않았으며, 그다음날 아침이 되어서야 불현듯 그곳에 사는 사람들은 애초에 그녀가 온다는 사실을 듣지 못한 게 분명하다는 사실을 깨달았다. 그곳에 사는 사람들이 정말로 있긴 있다면 말이다. 그녀는 있다고 믿었고, 있다고 믿어야 했지만, 이제는 상황을 제대로 이해했다. 그 공동체가 그녀를 찾아올 일은 없었다. 그녀 쪽에서 찾아야 했다. 내비게이터는 배터리가 방전됐다. 절박한 마음에 에어보트를 몰고 사이프러스 숲을 떠나 다시 수색에 나섰지만, 그러자마자 에어보트 연료가 바닥나서 엔진이 털털거리다가 정지했고, 프로펠러도 서서히 회전을 멈췄으며, 에어보트는 조용히 미끄러지다가 얕은 늪 한가운데에서 멈춰 섰다. 연료 통도 비었다. 그녀는 절망 속에서, 무력하게, 울고 싶은 충동과 싸우며 하루종일 꼼짝 않고 에어보트에 앉아서 내리쬐는 태양이 아이에게 닿지 않도록 등으로 가렸다. 그러다가 목도 타고 귀도 벌겋게 타고 두 팔도 탔으며 목이 말라서 혀가 입에 달라붙었고 입술이 갈라질 지경이 되어서야 계속 수색을 하지 않으면 그녀도 죽고 아이도 죽을 것이라는 사실을 알았다.

무릎까지 오는 검고 따뜻한 물이 하이킹 부츠를 적셨다. 점점이 흩어진 소나무 위로 밤이 내리는 동안, 그녀는 아이를 가슴팍에 단단히 비끄러매고 물속을 걸어 제일 가까운 섬으로 올라갔다. 배낭에서 손전등을 꺼내 켜고 섬 위를 돌아다니면서 사람이 사는 흔적을 찾아 헤맸지만, 결국 아이가 보채기 시작했고 그녀도 너무 지쳐서 계속 걸을 수 없게 되었다. 대니엘라는 그루터기에 기대앉아서 배터리를 아끼려고 손전등을 껐다. 하이킹 부츠는 아직도 젖어 있었다. 두 눈이 어둠에 익자 근처에서 불빛이 보여 심장이 펄쩍 뛰었지만, 그 불빛이 인간의 것이 아니라는 사실을 깨닫고 다시 심장이 내려앉았다. 형광 초록색 도깨비불은 바로 앞에 쓰러진 나무줄기에서 물결 모양으로 희미하게 빛나는 발광 버섯이었다. 연노란색 반딧불이 무리가 깜박거리며 저멀리 강둑을 따라 자란 갈대밭을 날아다녔다. 그날 밤에 보인 불빛이라곤 그것뿐이었다. 그녀는 꾸벅꾸벅 졸았다. 제대로 자지는 못했다. 어둠 속에서 나뭇가지가 부러질 때마다 퍼뜩 놀라 깨어나서 악어인가 싶어 손전등을 비춰 보았지만, 손전등을 비출 때마다 그곳에는 아무것도 없었다. 새벽이 오자 그녀는 계속 걸으며 반짝이는 거미줄을 피하고, 빽빽한 덤불을 조심스럽게 통과하고, 가시 돋은 들장미를 아슬아슬하게 헤치고, 떨어진 나뭇가지로 흙탕물을 휘저어 깊이를 가늠해보고, 섬과 섬 사이 얕은 개울을 걸어서 건너고, 아이를 그루터기나 풀밭에 내려놓고 기저귀를 간 다음 다시 아기 띠로 맸다. 다음 이틀 밤 동안에는 아무 불빛도 보지 못했다. 그때쯤에는 견과 믹스와 그래놀라 바도 떨어지고 물병은 하나밖에 남지 않았으며, 손전등도 배터리가 나갔다. 그녀는 어둠 속에서 아이를 먹였다. 손전등이 없으니 어둠이 무서웠다. 대니엘라는 아이에게 말을 걸었다. 아이에게 노래를 불러줬다. 아이는 그녀의 턱을 잡았다. 정신이 혼미했다. 해가 뜨자 그녀는 다시 아이 기저귀를 갈아주고 흙바닥에서 비틀비틀 일어나 계속 걸었다. 걸으면서 자신의 지난 인생을 떠올렸다. 보육원에서는 매일 누군가가 목욕을 시켜주었고, 아카데미에서는 하루에 한 번 목욕을 했고, 평생 실내에 살면서 먼지를 떨어낸 가구와 진공청소기를 돌린 바닥이 있는 깔끔한 방에서, 향기 나는 세제와 섬유유연제 냄새가 풍기는 깨끗한 옷을 입고 지냈다. 이전에는 지저분해진 적이, 이렇게 진짜로 지저분해진 적이 없었다. 두 팔은 흙투성이였고, 손가락에는 진흙이 튀었으며, 손톱 끝에는 흙이 말라붙었고, 셔츠에선 땀냄새가 나고, 반바지에는 가시가 달라붙고, 허벅지는 긁히고, 종아리엔 생채기가 나고, 하이킹 부츠에는 진흙이 두껍게 엉겨붙었다. 눈에 보이는 꽃이나 열매는 먹어보기가 무서웠다. 주위에는 모기떼가 윙윙거렸고, 그녀는 아이의 살갗을 보호하기 위해 허공에 손바닥을 휘저으며 모기가 대신 자신을 물게 놓아두었다. 뱃속이 고통스럽게 부글거렸다. 입술에서는 피맛이 났다. 그날 오후에 그녀는 풀로 뒤덮인 섬 끄트머리에 도달했는데, 석호 건너편 맹그로브나무의 뿌리 사이에 새빨간 커피 통 같은 것이 끼어 있었다.

다른 사람의 흔적을 보자 희망이 솟구쳤고, 그 희망이 너무나 강렬해서 안도감에 신음이 나올 정도였지만, 동시에 걱정스럽기도 했다. 환각을 보고 있는 건 아닐까 겁이 났다. 그 커피는 집에서 그녀가 마시던 바로 그 브랜드였기 때문이다. 하지만 아무리 오래 노려보아도 커피 통은 그대로 맹그로브나무의 뿌리 사이에 떠 있었다. 두 팔이 부들부들 떨렸다. 다리가 휘청거렸다. 맹그로브나무가 있는 섬으로 가려면 석호를 건너야만 했다. 물은 맑고 투명했다. 근처에는 아무 짐승도 보이지 않았고, 벌레조차 없었다. 석호는 이상하게 잔잔했다. 그녀는 아이를 아기 띠에서 빼내어 가슴에 끌어안고 물속으로 걸어들어갔다. 발목까지 오는 물에 하이킹 부츠가 젖었다. 석호 안으로 더 깊이 들어가자 물이 허벅지까지 올라와서 반바지를 적시더니, 이내 배까지 차올라 셔츠를 적시고, 어깨까지 올라왔다. 마침내는 철썩이는 물에 목까지 잠긴 채 아이를 머리 위로 들어올려야 했다. 불안하게 한 걸음을 내디딜 때마다 발 아래 석호 바닥에 깔린 고운 흙이 움직였다. 균형을 잃을까봐 무서웠고, 넘어질까봐, 아이를 물속에 떨어뜨릴까봐 겁이 났다. 두 손에 들린 아이가 행복하게 가르랑거리는 소리가 들렸다. 그녀는 맹그로브나무에만 시선을 고정했다. 햇빛이 수면 위 잔물결을 비췄다. 석호를 반쯤 건넜을 때 힘센 무언가가 물 아래에서 그녀에게 세게 부딪히는 느낌이 났고, 그녀는 심장이 쿵쾅거리는 가운데 그 육중한 짐승의 움직임을 피하며 공포에 질려 몸을 틀었지만, 물속을 내려다보니 악어의 비늘 덮인 몸이 아니라 바다소 한 쌍이 보였다. 해초가 얼룩덜룩 덮인 거대한 성체와 매끄러운 피부의 아름다운 새끼가 부드럽게 지느러미발을 첨벙거리고 꼬리를 가볍게 퍼덕이면서 까만 눈으로 그녀를 바라보며 주위의 물속에 떠 있었고 그 순간에, 아기를 머리 위로 들어올린 채 야생의 석호 한가운데에 서서 부모와 자식으로 이루어진 한 쌍의 바다소가 주위를 맴도는 그 순간에, 대니엘라는 이 행성에 사는 모든 동물과의 연대감에 압도당할 뻔했다. 다음 순간 바다소 두 마리는 석호 안으로 헤엄쳐 가버렸고, 다시 그녀와 아이만 남았다.

맹그로브나무 주위의 물은 다시 아이를 아기 띠로 감싸안아도 될 만큼 얕았다. 해가 지고 있었다. 커피 통은 진짜였다. 뚜껑을 열어보았다. 플라스틱 통에서는 아직도 커피 냄새가 났지만, 커피 가루는 없었다. 그녀는 통을 다시 물속에 떨구고, 맹그로브나무 사이를 헤치고 석호 안에 있는 섬으로 철벅거리며 올라갔다. 그녀는 그 자리에 서 있었다. 손가락 끝에서 물이 뚝뚝 떨어졌다. 다리를 타고 물이 흘러내렸다. 사람의 또다른 흔적은 보이지 않았다. 대니엘라는 어지러움을 느끼며 비틀거리다가 아이 울음소리를 듣고 시선을 내렸고, 그녀를 향해 미소를 짓고 있는 아이를 보고는 우는 건 그녀의 아이가 아니라는 사실을 깨달았다. 시선을 들었다. 주위를 둘러보았다. 야자나무들. 자줏빛 하늘. 그녀는 야자나무 사이로 발을 끌며 울음소리를 따라갔지만 곧 울음소리가 그치고 섬이 다시 조용해졌다. 현기증에 비틀거리다가 나무 하나에 기대어 머리를 숙이고 거친 숨을 몰아쉬었다. 산들바람이 불었다. 땅거미가 내리고 있었고, 앞쪽 나무줄기 사이로 금색 횃불 같은 불빛이 보였다. 대니엘라는 비척비척 걸어가 어느 공터에 도착했고, 그곳에는 부서질 듯한 두 채의 선상가옥 창가에 석유램프 한 쌍이 놓여 있었다. 늪 위에 고정된 선상가옥 옆에는 나무 기둥 위에 세운 낡은 판잣집이 있었다. 버터 녹는 냄새가 났다. 그녀는 흙바닥에 쓰러졌다.

그녀는 아이를 원한 적이 없었다. 성인이 된 뒤, 박물관에 견학을 온 아이들이 입구에 가지런히 줄을 선 모습을 보아도, 직원들이 아이들과 비눗방울을 불고 있는 환한 보육원 창문 옆을 지나도, 직원들이 아이들과 울타리 안에서 크로케 경기를 하고 있는 아카데미 운동장을 지나도 어떤 욕망을 느낀 적이 없었다. 임신은 짐처럼, 불운처럼, 자라나는 종양처럼, 기생충처럼 느껴졌고, 제거될 때까지 그녀의 몸에서 힘과 건강과 영양분을 빨아먹는 이물질의 침입을 받은 느낌이었다. 대니엘라는 제일 좋아하는 해변 사진들만 실은 맞춤형 벽걸이 달력을 하나 사서 날짜를 지워가며 다시 자신의 몸을 되찾는 날을, 다시 제일 좋아하는 음식을 먹을 날을, 다시 제일 좋아하는 옷을 입을 수 있는 날을, 다시 정상적인 운동 주기로 돌아갈 날을, 다시 정상적인 성생활을 할 수 있는 날을, 다시 팔을 뻗어 다리털을 밀 수 있는 날을, 회의실에 뒤뚱거리면서 들어가지 않아도 될 날을, 소변을 보기 위해 일어날 일 없이 밤새 잘 수 있는 날을 기다렸다. 구역질과 홍조 때문에 놓친 그 모든 파티들. 경련과 부은 발 때문에 놓친 그 모든 파티들. 속쓰림과 안개 낀 머릿속. 마침내 출산을 하고 나자, 친구들이 계획해둔 축하 파티가 열렸다. 그녀가 제일 좋아하는 술집에서 열린, 춤과 상그리아가 있는 파티. 그러나 주위에서 재잘거리는 친구들처럼 행복하기는커녕, 그녀는 당황스러울 만큼 외로운 기분으로 앉아 있었다. 병원에서의 그 순간을, 가운을 걸치고 땀에 흠뻑 젖어서, 마지막에 아이를 밀어내느라 아직도 숨을 헐떡이며 처음 그 아이를 본 순간을, 까만 머리에 상상도 못할 만큼 이상한 웃음을 짓고 있던 통통한 갓난아이를 처음 본 순간을, 느닷없이 격렬하고도 끔찍한 사랑에 빠진 그 순간을 어떻게 설명할까. 의사의 품에서 아이를 빼앗고 싶었지만, 다음 순간 의사가 몸을 돌렸고 아이는 가버렸다.

그녀는 다시 그날 밤에 대한 꿈을 꾸고 악몽 속에서 소리를 질렀으며, 깨어났을 때는 물병에 담긴 차갑고 깨끗한 물을 고맙게, 게걸스럽게 마셨고, 물병을 돌려준 뒤 코와 턱에서 물이 뚝뚝 흐르는 채로 아이에게, 삐걱거리는 판잣집 침대에 누운 그녀의 곁에 데려다놓은 아이에게 손을 뻗어 품에 안고는, 탐욕스럽게 아이를 끌어안고 머리에 입을 맞추고 뺨을 비비며 속삭였다. "넌 내 거야, 아가. 나만의 것이야."

출현

우리는 주차장에 앉아서 기다린다.

우리는 당신이 기대하는 것 같은 차를 몰지는 않는다. 밴이 제일 좋았을 테고, 어쩌면 트럭도 괜찮았을 테고, 기왕이면 어두운색이 좋았겠지만, 할아버지 차는 하얀색 세단이다.

술집 뒷문 위에 켜진 조명이 시멘트 바닥에 노란 사각형을 드리운다. 그 뒷문은 술집 주방과 술집 쓰레기장 사이를 가른다. 문은 금속으로 되어 있고, 바깥쪽에는 손잡이가 없다.

우리는 한 번에 하나, 기껏해야 둘밖에 잡지 못한다. 할아버지의 트렁크엔 한계가 있다.

우리는 라디오 소리에 귀기울이지 않는다.

우리가 겪고 있는 문제는 경계선 문제다. 우리집은 우리 땅의 북쪽 경계에 지어졌고, 우리 땅은 우리 마을의 북쪽 경계에 있다. 우리 마을은 우리 주, 즉 로드아일랜드의 북쪽 경계에 있으며 그렇다는 것은 우리집 전자레인지 위에 있는 창문 밖으로 북쪽을 보면 같은 공간 안에 첩첩이 쌓인 경계선들이 보인다는 뜻이다.

요리사들은 밤새 돌아가면서 쓰레기통에 쓰레기를 내다 버린다. 이미 검은색 드레드록 머리를 한 요리사는 자기 차례를 끝냈고, 우리 학교에서 나보다 윗 학년에 다니면서 요리사로도 일하는 라이언 윌리엄스도 나왔다 들어갔다. 우리는 '불청객'을 기다리고 있고, 그자는 모든 불청객이 다 그렇듯 투명할 정도로 하얀 피부에 피부만큼 하얀 머리일 것이다. 술집에서 그자를 몇 주 전에 고용했다. 술집 주인은 우리 할아버지와 그 문제에 대해 논의하지 않았다.

나도 그자들의 정식 용어가 뭔지 안다는 점은 알아달라. 나도 팟캐스트와 텔레비전에서 쓰는 용어가 뭔지 안다. 다만 할아버지가 선호하는 용어를 쓸 뿐이다. 불청객, 무단 거주자, 무단 침입자, 떨거지…… 슈퍼마켓에서, 철물점에서, 이웃집 현관에서 듣는 말들이다. 불청객이라는 말은 단수로도 복수로도 쓸 수 있다. 양쪽 모두 들은 적이 있다.

뒷문이 열린다. 요리사 하나가 엉덩이로 문을 밀어 열고, 허리를 굽혀 쓰레기봉투 두 개를 끌고 뒷걸음질로 쓰레기통에 다가간다. 시멘트 위에 드리운 네모난 불빛 사이를 밟고 선 요리사는 요리사들이 늘 그 자리에 두는 벽돌로 문을 괴어놓는다.

나는 고등학교 체스 클럽에서 입는 하얀 티셔츠에 검은색 운동복 반바지를 입고 플라스틱 샌들을 신었다. 지금은 12월이지만 나는 언제나 덥다. 이것밖에 입지 않았는데도 땀이 난다. 내 몸에 덕지덕지 붙은 지방 때문이다. 할아버지처럼 두 손을 깍지 끼고 배위에 얹은 채 앉고 싶지만, 내 손은 살이 너무 많아서 손가락으로

298

깍지를 끼기가 어렵다. 그 일이 일어났을 때, '출현'이 일어났을 때 나는 네 살이었다. 불청객들이 여기서 우리와 함께 지낸 지 십삼 년이 되었으니, 이제 내 나이는 열일곱 살이다.

브렛, 차에서 내리거라. 할아버지가 말하자 나는 이 요리사가 우리가 기다리던 자라는 걸 안다.

그자들을 셋이나 잡는 불운이 닥쳤다.

그중 둘은, 그러니까 쓰레기를 버리러 나온 요리사 뒤를 따라 나온 두 불청객—하나는 라이터를 쥐고 다른 하나는 담배를 들고 있었다—은 트렁크 안에 있다. 그 술집이 심지어 그새 불청객을 더 고용한 모양이다. 우리는 그들의 손목과 발목을 테이프로 묶은 다음, 앞치마를 재갈 삼아 물려놓았다.

나머지 한 요리사는 뒷좌석에 있다.

그는 우리가 물려놓은 앞치마를 뱉어냈다.

살려주세요. 제 이름은 재커리입니다. 그자가 말한다.

머리카락은 두피가 보일 정도로 바싹 깎았다. 불청객은 머리색이 특징적이다보니, 이런 스타일을 선호하는 이들이 많다. 얼굴 피부에는 옅은 파란색 핏줄이 비쳐 보이는데, 이마와 관자놀이와 뺨에 핏줄이 지도처럼 얼기설기 퍼져 있다. 이것도 불청객에게 보이는 특징이다. 출현 이전에 여기 살던 우리들은 피부 아래에 무엇이 있는지 보이지 않는다. 불청객들은 피부를 좀더 불투명하게 만들려고 화장을 하기도 하지만, 우리 뒷좌석에 엎어져 있는 재커리는 화장을 하지 않았다.

다른 둘은 화장을 하고 있었다.

밖에는 별이 뜨고 다양한 별자리가 보인다.

내 손가락에는 그자들의 목에서 묻은 화장품이 번들거린다.

내가 이 불청객을 재커리라고 생각한다는 사실을 알면 할아버지가 좋아하지 않을 것이다. 할아버지는 이름이란 태어날 때 받는 것이라고 했다. 불청객은 태어난 적이 없으니, 그자들에게 이름이 있는 건 부자연스러운 일이라고도 했다. 할아버지는 불청객에게 말을 걸 때, 거기 너, 아니면 떨거지라고 부른다.

할아버지는 낡은 청바지에 공장 작업복 셔츠를 입고, 그 위에 검은색 카디건을 단추를 채우지 않은 채로 걸쳤다. 할아버지는 불청객을 잡으러 나올 때 작업복 셔츠를 입는 걸 좋아하는데, 마치 모종의 선언 같다. 하지만 작업복 셔츠 주머니에 수놓인 에드워드라는 글자를 가리기 위해 카디건을 걸친다. 불청객이 할아버지의 이름을 알아서 좋을 게 없으니까.

날 어디로 데려가는 거예요. 재커리가 묻는다. 근무를 마쳐야해요.

브렛, 저 떨거지에게 앞치마 다시 물려라.

손이 안 닿아요. 내가 말한다.

우리가 지금 지나치고 있는 들판이 바로 십삼 년 전 불청객들이 처음 나타났던 들판 중 일부다. 내가 다니는 학교나 재커리의 술집은 둘 다 마을 중심부에 있다. 우리는 마을 중심부에서 외곽을 향해, 우리집 쪽으로 이동하고 있다.

나는 출현을 기억하지 못한다. 우리 학년에서 몇 명은 그때 자기들이 어디 있었는지, 뭘 하고 있었는지, 처음 소식을 들은 게 언제인지 기억한다. 나는 그날을 전혀 기억하지 못한다.

내가 기억하는 건 몇 년 후, 일곱 살 때, 할아버지가 해고당했다는 소식을 들은 날이다. 할아버지가 해고당했다는 소식을 들었을 때 내가 어디에서 뭘 하고 있었냐 하면, 길고양이들을 우리 헛간에 몰아넣고 있었다. 나는 길고양이들을 헛간에 몰아넣고, 녀석들이 서로 싸울 때까지 가둬두기를 좋아했다. 할아버지가 직접 해고당했다고 말해준 건 아니었다. 막대기로 고양이를 몰 때 도와주던 친구에게 들었다. 너희 할아버지 휴가 낸 거 아니야. 친구는 그렇게 말했다. 너희 할아버지 해고당했어. 우리 아빠처럼.

할아버지는 병가를 냈다고 했었다.

할아버지는 일주일 동안 부엌에 앉아서 주스를 마시며 창밖만 보았다.

살려주세요. 오늘밤엔 제 딸을 댄스 교습에 데려다줘야 해요. 재커리가 말한다. 제 아내는 운전을 못해요.

재커리는 영어가 능숙하다. 대부분의 불청객보다 낫다.

온라인에서 출현 날을 담은 영상들을 보았다. 출현의 영향을 받은 건 우리 주만이 아니었다. 미국의 중부 지역 대부분, 남서부 지역 일부와 북서부 지역 일부, 뉴잉글랜드 대부분이 영향을 받았다. 로드아일랜드에만 팔천에서 구천 명의 불청객이 출현했다. 다른 모든 지역과 마찬가지로 갑자기, 아무것도 없던 들판에서 느닷없이 나타났다. 영어는 아무도 하지 못했다. 아예 아무 말도 하지 못했다. 노인도 있었고 아이들도 있었으며, 하나같이 벌거벗은 몸이었다. 모두가 들판에서 제일 가까운 마을의 불빛을 향해 걸어갔다.

우리 주는 섬이 아니다.

영상 속에서 여러 병원과 경찰서에 불청객이 가득찼다.

아무도 그들을 어찌할지 알지 못했다. 불청객들은 자기들이 어디에서 왔는지 말하지 못했기에, 돌려보낼 수도 없었다.

많은 불청객들이 영어를 할 수 있게 된 지금도 그들은 자신들이 어디에서 왔는지 말하지 않는다. 출현 이전에 대해 뭔가 기억한다 해도, 우리에게 말하지 않는다.

브렛. 할아버지가 내 이름을 부른다. 재커리가 계속 떠들고 있기 때문이다.

재커리의 앞치마는 할아버지의 좌석 뒤편, 세단 바닥에 떨어져 있다.

재커리의 손목과 발목은 여전히 테이프에 묶여 있다.

나는 여전히 땀을 흘리고 있다.

기어 변속기 위로 몸을 기울여 재커리의 앞치마에 손을 뻗는다. 여전히 손이 닿지 않는다.

네 셔츠를 써라. 할아버지가 말한다.

혼자 있을 때가 아니면 셔츠를 벗고 싶지 않다. 뚱뚱하면서 고등학교에 다닌다는 게 어떤 건지 말로는 설명할 수가 없다.

그보다 더 나쁜 건 고등학교에 다니면서 불청객인 경우뿐이다.

재커리가 말한다. 부탁입니다. 돈을 원하는 거라면 있……

재커리는 내 셔츠에 입이 막힌다.

내가 다니는 고등학교는 8학년부터 12학년까지 있다. 8학년, 그러니까 출현 다음해에 태어난 아이들 중 몇몇은 완전히는 아니라도 반쯤은 불청객처럼 보인다. 피부도 어쩐지 투명하고, 머리카락도 피부만큼 하얗다. 하지만 그애들은 여기 로드아일랜드에서 태

302

어났고, 미합중국 시민이므로 학교 관계자들도 추방할 수 없다.

로드아일랜드는 아직도 불청객이 불법인 유일한 주다. 할아버지는 해고당한 후에 주 법원에 소송을 제기한 다른 실직자들과 같이 싸웠다. 낙오된 검은 고양이를 헛간에 몰아넣던 내 친구는 우리 할아버지나 자기 아버지가 가난한 노동자라서 해고당한 게 아니라고 했다. 일자리를 빼앗겼기 때문에 해고당한 거라고 했다.

친구는 떨거지 놈들은 무슨 일이든 한다고 했다. 시간당 일 달러를 받고도 일한다고. 그 씹새끼들.

내 친구는 그런 식으로 욕할 때가 많았다. 언제나 욕설에 강세를 둬서 말했다. 마치 욕설 자체만으로는 충분히 강조가 되지 않는다는 듯이.

로드아일랜드는 불청객들을 버스에 실어서 다른 주로 추방하는 유일한 주였지만, 출현의 영향을 받은 건 우리 주만이 아니었다. 일자리 부족은 어디나 마찬가지다. 다른 주에는 순전히 불청객만으로 돌아가는 공장들도 있다. 식료품점도. 주유소도. 식당과 술집 주방도. 심지어 우리 주에서도 불청객 금지법만으로는 부족하다. 불청객은 여전히 이곳에 와서 서류가 필요 없는 일자리들, 대학이나 고등학교 학위가 필요 없는 자리들을 차지한다. 주정부에도 그자들을 전부 추방할 돈은 없다.

어느 인기 있는 메탈 밴드 하나는 불청객을 리드 싱어로 두고 있다. 그 여자가 부르는 노래 가사는 불청객으로서 겪은 경험을, 불청객이 받는 대우에 대한 비판을 담을 때가 많다.

그 여자는 이해하지 못한다.

우리는 그들이 온다는 걸 몰랐다는 사실을.

나는 할아버지가 일자리를 찾으러 나갔을 때만 그 여자 노래를 들을 수 있다. 그리고 그 여자의 밴드는 투어 공연을 할 때도 로드아일랜드에는 올 수 없다.

그들이 내게 가르쳐준 첫마디는 '쓸어'였지/ 우리를 어디에 둬야 할지 몰라서, 빈방을 줬어/ 리틀록의 공항 호텔에/ 그리고 호텔비 대신 쓸고 닦게 했지.

다른 주에서 불청객들은 그렇게 너그러운 대우를 받지 못했다.

나는 온라인에서 차마 말할 수 없는 영상들을 보았다.

세단이 우리 우편함과 진입로와 그 너머에 있는 집을 휙 지나친다. 우리집 창문은 다 어둡다. 그 너머에는 빈 헛간이 보인다.

재커리가 내 티셔츠를 뱉어냈다.

제이미와 폴은 어쩐 겁니까? 재커리가 묻는다. 날 차 안에 밀어넣고 나서…… 그 친구들에게 무슨 짓을 했죠? 해쳤습니까?

그들도 같이 가고 있다. 할아버지가 말한다. 브렛, 셔츠 다시 쑤셔넣어.

재커리는 뺨과 턱에 하얀 수염 자국이 있다. 두 눈동자는 짙은 갈색이다. 갈색 눈을 가진 불청객을 보기는 처음이다. 보통 불청객의 홍채는 옅은 파란색, 흰색인가 싶을 정도로 옅은 파란색이다.

나는 티셔츠를 다시 그의 입에 쑤셔넣는다.

우리는 도로를 따라 들판을 더 지나서 주 경계의 출입국으로 향한다. 출입국에 밝힌 불빛이 하늘에 노란색 원뿔을 쏘아올리고 있다. 할아버지는 주 경계 출입국 요원의 부스에 차를 세우기 전에 나에게 재커리를 세단 바닥에 내려놓으라고 지시한다. 그런 다음 재커리의 머리에 카디건을 덮고, 펼쳐놓은 지도 몇 장으로 몸을 가린다.

우리가 하는 일은 불법이다. 하지만 우리 주의 법집행기관은 불청객이 로드아일랜드주 경계선 안에 살면서 일을 하고 있다는 사실을 모르는 척할 때와 마찬가지로, 그 불청객들이 가끔 사라진다는 사실도 모르는 척한다. 우리가 그 모르는 척을 유지하게 해주는 한, 우리를 내버려둔다.

우리가 잡은 불청객이 보이지만 않으면 된다.

할아버지가 한 번에 하나, 기껏해야 둘만 잡아가려고 하는 이유도 그래서다.

할아버지의 트렁크에는 한계가 있기 때문이다.

그냥 전부 트렁크 안에 넣는 게 더 쉽다.

우리는 출입국 요원의 부스에 차를 세운다. 할아버지는 세단을 주차 상태로 놓고, 내 운전면허증을 받은 다음, 출입국 요원에게 창문을 내릴 수가 없다는 손짓을 하고 세단에서 내린다. 나는 할아버지의 지시에 따라, 라디오에서 나오는 노래를 따라 부르는 척하며 재커리가 재갈을 문 채 외치는 소리를 가린다. 우리 라디오는 켜져 있지 않다. 나는 노래에 재능이 없다. 할아버지가 문을 닫는다.

나는 여기, 세단 안에 재커리와 함께 있다.

재커리는 지도 더미에 덮여 바닥에 누워 있다.

문 닫혔어. 그만 소리질러. 내가 말한다.

재커리가 소리지르기를 멈춘다.

내가 알고 싶은 건 말이지, 여기엔 왜 온 거야? 내가 묻는다. 할아버지가 어깨 너머를 돌아보더라도 내가 말을 하고 있다는 걸 알아차리지 못하도록, 입술을 움직이지 않고 잇새로 말한다.

재커리가 소리를 낸다.

어디로든 갈 수 있었잖아. 뉴햄프셔, 버몬트, 코네티컷. 합법인 곳도 많아.

재커리가 또 소리를 낸다. 할아버지가 문을 열더니 출입국 요원에게 좋은 밤 되라고 외치면서 자리에 앉은 뒤 문을 닫는다. 출입국 요원이 손을 흔들어 우리를 통과시킨다. 할아버지가 나에게 면허증을 돌려준다. 우리는 북쪽으로 차를 달린다.

내 친구는 나를 도와 헛간 문을 닫으며 말했었다. 저 씹새끼들은 왜 자기네 행성으로 돌아가지 않지?

내 친구와 마찬가지로 많은 이들이 불청객은 다른 행성에서 이주해 온 외계인이라고 믿었다. 일종의 휴가를 온 거라고 말이다. 또 우리 버스 기사 같은 사람들은 불청객이 다른 평행 우주에 사는 존재인데, 어쩌다가 자기네 우주에서 우리 우주로 전송되었다고 믿었다. 또 어떤 사람들은 불청객이 지옥이 가득차서 튕겨 나온 악마라고 믿었다. 또 어떤 사람들은 천국이 가득차서 튕겨 나온 천사라고 믿었다.

하지만 나는 이미 불청객에 대한 진실을 알았다.

그들이 그저 사람일 뿐이라는 진실을.

내 말 듣고 있나? 할아버지가 말한다. 떨거지, 너 듣고 있냐고?

재커리가 소리를 낸다.

난 네놈들을 내쫓는 법을 통과시키려고 오 년을 주 법원에서 보냈어. 할아버지가 말한다. 그런데 이제는 그 법을 집행하지 않아. 그러니까 내가 집행할 거다. 우리가 집행할 거야. 나와 내 손자가.

재커리가 소리를 내더니, 더는 아무 소리도 내지 않는다.

우리 세단이 매사추세츠에 사는 사람들의 마을을 지나친다.

할아버지는 보스턴 교외에서 그 일을 실행하는 걸 좋아한다.

할아버지는 운전을 하고 있을 때는 평소에 좋아하는 자세―두 손을 깍지 끼고 배 위에 올려놓은 자세―로 앉을 수가 없지만, 표정만 보면 여전히 그런 자세로 앉아 있는 것 같다.

이주에 대해서라면 할머니가 일가견이 있다―내 어머니가 아직 어렸을 때 할아버지 곁을 떠나서 어디 있는지도 모르는 할머니.

할아버지의 뺨과 턱에는 하얀 수염 자국이 점점이 나 있다.

아마 할아버지는 나이가 들어서 제일 싫은 게 그 부분일 것이다. 불청객들과 비슷한 구석이 생긴다는 것.

나는 언제나 할아버지와 같이 살았다. 어머니도 이주에 일가견이 있는 사람이라서다.

그리고 아버지 이름은 어머니도 알지 못했다.

우리는 보스턴 외곽, 시 경계선 바로 너머에 있는, 할아버지가 좋아하는 묘지 안에 세단을 세운다.

할아버지가 팔을 뒤로 뻗어 카디건을 다시 집어들고, 작업복 셔츠 위에 단추를 채우지 않은 채로 걸친다. 우리는 세단에서 내려 뒷좌석에서 재커리를 끌어낸 다음, 트렁크에 든 제이미와 폴을 끄집어낸다. 재커리가 내 티셔츠를 뱉어낸다. 나는 굳이 셔츠를 다시 쑤셔넣지 않는다.

제이미와 폴의 입에 물린 앞치마도 빼낸다.

재커리와 마찬가지로 제이미와 폴도 질문을 던진다.

할아버지가 칼을 꺼낸다.

살려주세요. 제 이름은 제이미예요. 그리고⋯⋯

할아버지가 제이미의 발목을 묶은 테이프를 끊는다.

너희는 로드아일랜드에서 환영받지 못해. 할아버지가 말한다.

할아버지가 폴의 발목을 묶은 테이프를 끊는다.

할아버지는 모르는 것 같지만 나는 안다. 우리가 그자들을 어디에 버리든 그들의 고향은 아닐 것임을. 그들은 여기에서 환영받을 수 없다. 존재가 합법인 곳에서도 그들은 여전히 불청객이라 불린다.

여기가 어딥니까? 폴이 말한다. 제발, 여기에 우릴 버리고 가지 마세요. 내 애인이……

할아버지가 재커리의 발목을 묶은 테이프를 끊으며 말한다, 손목은 우리가 가고 나면 서로 풀어줄 수 있겠지.

제이미와 폴의 목에서 묻은 화장품이 아직도 내 손가락에 남아 있다. 볼 수는 없지만 느낄 수 있다. 묘지에는 불빛이 하나도 없다. 나는 그들의 목에 있는 혈관이, 화장이 지워지지 않은 얼굴의 혈관보다 더 잘 보이리라는 것을 안다. 달빛이 불청객들의 윤곽은 보여주지만, 그 이상은 보이지 않는다.

우리는 세단을 향해 되돌아간다.

재커리가 나를 향해 외친다. 질문에 답을 하자면, 로드아일랜드에 돈이 있기 때문이야. 그리고 로드아일랜드가 내 고향이기 때문이야. 네가 거기 사는 것처럼, 나도 거기 출신이라고.

무슨 질문 말이냐? 할아버지가 나에게 묻는다.

나는 아무 말도 하지 않는다.

넌 거기 출신이 아니야. 할아버지가 재커리를 향해 외친다. 넌 아주 먼 곳에서 왔어. 로드아일랜드는 나와 내 가족의 땅이고, 언제나 그랬다. 내 할아버지도 거기 사셨고, 할아버지의 할아버지도 거기 사셨지. 너희 땅이 아니야.

우리는 다시 세단에 오른다.

나는 재커리의 침으로 아직 축축한 티셔츠를 뒷좌석에 걸쳐놓는다.

우리가 탄 세단은 매사추세츠에 사는 사람들의 마을을 지나친다.

우리는 다시 로드아일랜드로 달려간다.

내가 이주에 대해 아는 거라곤 학교에서 배운 내용밖에 없다. 내 할아버지의 할아버지는 정말로 로드아일랜드에 살았고, 할아버지의 할아버지의 할아버지도 그랬다. 하지만 우리 가족이 언제나 여기 산 건 아니었다. 미국으로 오기 전에는 지금의 독일에 살았다. 독일에 가기 전에는 지금의 튀르키예에 살았다. 그전에는 또다른 어딘가에 살았다.

우리가 로드아일랜드주에 살기 전에는 이곳에 다른 사람들이 살았다. 좀더 피부색이 짙고 머리색도 짙은 사람들이었는데, 그 사람들도 처음부터 여기 살았던 건 아니었다.

대체 왜 그 씹새끼들이 우리 행성에 와야 했던 걸까? 내 친구는 나와 함께 창문 틈으로 헛간 안에 있는 길고양이들을 보면서 말했다. 그전엔 우리 아빠도 행복했는데.

하지만 나는 그때도 생각했다. 오지 않을 이유는 또 뭐야?

길고양이들은 아직 싸우지 않았다. 배가 고파지기 전에는 싸우지 않는다고, 나는 친구에게 말했다.

친구는 기다리고 싶어하지 않았다. 헛간 벽을 두들기면서 길고양이들끼리 싸움을 붙이려 했다.

친구가 있다는 건 좋은 일이었다.

나이가 들수록 친구도 줄어들었다.

말해두지만, 나는 법집행기관이 불청객들을 추방하지 않는다면 할아버지와 나라도 그 일을 해야 한다는 사실을 알고 있다. 학교에서 나는 체스 클럽 소속이다. 두 기물이 같은 칸을 공유하지 못한다는 사실을 이해한다. 같은 경계선 안을 점유할 수 없다는 사실을. 그런 일이 벌어지면 한쪽이 다른 한쪽을 죽여야 한다.

나도 할아버지만큼이나 우리가 하는 일을 믿는다. 우리에겐 대의가 있고, 그 대의 덕분에 지금껏 우리 둘은 내가 아는 많은 가족들과 달리 끈끈할 수 있었다. 우리 마을 경계선 안에 사는 불청객은 이제 얼마 없다. 우리가 그만큼 많이 추방했기 때문이다. 할아버지는 일 년, 어쩌면 이 년만 더 지나면 우리가 낙오자들까지 다 쫓아낼 거라 생각한다.

운전대를 잡은 할아버지의 두 손이 떨린다. 우리가 해야 할 일이라곤 해도, 그 일을 해야 한다는 게 마음을 휘젓는 탓이다.

출입국 요원이 다시 손짓해서 우리를 통과시킨다.

밖에서는 다양한 별자리가 반짝인다.

내 심장이 잠깐 멈춘다.

온몸에 소름이 돋는다.

나는 할아버지의 이름을 부른다.

뭐냐. 할아버지가 말하다가 뒤늦게 본다. 차도 옆 들판에서 사람들의 그림자가 움직이고 있다.

그러다가 우리는 차도 옆이 아니라, 차도 안으로 걸어들어오는 그들을 본다.

안 돼. 할아버지가 속삭인다.

할아버지는 브레이크를 밟아, 속도를 시속 30마일에서 15마일로, 5마일로 떨어뜨린다.

그리고 차가 멈춘다.

우리 차 헤드라이트가 차도에 노란 원뿔 모양의 불빛을 비춘다. 헤드라이트 불빛 너머, 투명한 피부에 하얀 머리털의 사람들이 들판에서 오고 있다. 둘씩 짝을 지어서, 여덟아홉 명씩 무리를 지어서 차도를 건너고 있다. 몇 명은 혈관이 어찌나 짙은지 거의 자주색으로 보인다. 그들은 팔을 문지르면서 몸을 데우려 한다. 몇 명은 발에 진흙이 묻어 있다. 몇 명은 발에 생채기가 나 있다. 모두가다 벌거벗었다.

할아버지가 말한다. 이해가……

나는 아무 말도 하지 않는다.

뒤쪽 창문으로 더 많은 이들이 차도를 건너는 모습이 보인다. 그들은 우리 차의 브레이크등 불빛을 받아 불그스름하다.

전에도 이런 모습이었어요? 내가 묻는다.

할아버지는 말하지 않는다. 그저 고개만 끄덕인다. 그것도 간신히 한 번.

우리가 한 일. 다 헛짓이었구나. 할아버지가 말한다.

나는 십삼 년 전의 출현은 기억하지 못하지만, 이번 출현은 잊지 못할 것임을 안다.

나는 이곳에 있었어, 나는 생각한다. 이런 짓을 하고 있었어.

아기를 안은 여자 하나가 차도에 멈춰 선다. 나만큼 뚱뚱한 남자 하나가 같이 멈추고, 이어서 또다른 여자가 멈춘다. 그들은 들판 너머 우리 마을의 불빛을 보다가, 더 가까운 불빛을 향해 고개를 돌린다. 우리 세단 불빛을 향해.

선택을 하려는 것이다.

그러다가 우리를 향해 걸어온다.

문을 잠그는 할아버지의 두 손이 덜덜 떨린다. 불청객들은 세단 쪽으로 걸어오면서 헤드라이트 불빛에 손을 뻗고, 그들이 불빛 속으로 걸어들어오는 내내 아기는 울고 또 운다. 할아버지는 전면 유리 너머로 그들에게 비키라고 외친다. 그들이 우리 차를 막고 있으니까, 비키라고 외친다. 이대로 차를 몰아 가려면 그들을 치고 지나가야 할 것이다. 그들은 우리 헤드라이트 불빛 속에 서 있고, 할아버지는 비키라고 소리치고 있으며, 나는 아직도 땀을 흘리고 있지만, 두렵지는 않다. 나는 두렵지 않다. 우리 세단에는 넘어올 수 없는 경계선이 있고, 열 수 없는 문이 있다. 안에서 잠근 문이 있다. 여기, 이 안에 있으면 우리만의 작은 세계 속에 있는 것만 같다.

사라진 영혼들

야훼를, 알라를, 부처를, 비슈누를, 시바를, 브라흐마를, 아마테라스를, 예수를, 누구든 우리의 간청을 들을지 모르는 분들을 찬미하라!

텅 빈 몸뚱이들이 태어나기 시작했던 그날, 나오미는 병원에서 일하고 있었다. 나오미는 신생아집중치료실 간호사였다. 신입이었다. 졸업한 지 겨우 일 년이 된 참이었다. 계곡 너머 산맥에는 산불이 맹위를 떨치고 있었고, 시커먼 연기 구름이 도시까지 불어와 리조트와 카지노들 위에 으스스한 안개를 뿌렸다. 나오미가 막 출근했을 때 첫 아기가 급하게 신생아집중치료실로 들어왔다. 새파란 눈동자에 포동포동한 분홍빛 피부의 신생아였다. 조산아도 아니었다. 심지어 의학적으로 아픈 곳도 없었다. 맥박 정상, 호흡 정상,

체온도 문제가 없었다. 그런데도 뭔가가 잘못된 게 분명했다. 심장이 뛰고, 폐는 호흡을 하고, 손가락 끝을 찌르면 움찔하고, 손전등을 비추면 동공이 커지는 등 자율신경은 제대로 기능하고 있었지만, 의식의 징후가 전혀 보이지 않았다. 머리를 움직이지 않았고, 팔을 움직이지 않았으며, 다리를 움직이지도 않았다. 울지 않았고 소리를 지르지도 않았으며 옹알거리지도 않았다. 몸을 움직이지도 일체의 소리를 내지도 않았다. 그저 소름 끼치도록 텅 빈 시선으로 천장을 가만히 보고 있을 뿐이었다. 당직 의사가 아기의 등을 문질러보고, 엉덩이를 때려보고, 간질여보았지만 아기는 아무 반응이 없었다. 그리고 당직 의사가 그렇게 서서 문제를 해결해보려고 애쓰는 사이, 아기는 죽었다. 그냥 그렇게. 그 자리에 있다가 없어졌다. 맥박도, 호흡도 없었고 소생도 불가능했다. 두 눈은 반짝이지 않았다. 감기지도 않았다. 나오미는 마치 영아돌연사증후군 같다고 생각했다. 아기가 자고 있지 않았다는 점만 빼면 말이다. 나오미가 혼란에 빠진 채 죽은 신생아를 보고 있는데 또 텅 빈 눈을 한 아기 하나가 치료실로 급히 실려왔다. 그리고 또 하나. 그리고 또. 치료실은 혼란의 도가니였다. 묘지였다. 그날 병원에서 태어난 아이의 절반 이상이 같은 증상을 보였다. 완벽한 의식 결여. 급작스러운 죽음. 처음에는 다들 그 현상이 병원 한 곳에 국한된 일이라고 여겼지만, 라스베이거스 전역에서 빈 몸뚱이들이 태어나고 있다는 소문이 퍼지기 시작했다. 아니, 네바다주 전역. 미합중국 전역. 지구 전역에서.

나오미는 충격을 받은 상태로 차를 몰아 집으로 돌아갔다.

"지금 우리가 말하는 건 사산아가 아닙니다. 살아서 태어난 아기들이에요. 신체적으로는 모든 아기들이 아무 문제 없이 멀쩡했습니다. 그저 비어 있었을 뿐이죠. 완벽하게 무반응이었어요. 안에 아무것도 없는 것처럼요." 라디오에서 걸걸한 목소리가 말했다.

"그리고 그 아기들 모두가 몇 분 만에 죽었다고요?"

"지금 멸종 시나리오를 이야기하는 게 아니라는 점은 분명히 해두고 싶군요. 겁먹으실 필요는 없습니다. 오늘 전 세계에서 건강하고 정상적인 아기들도 태어났어요. 무슨 문제인지는 몰라도 모든 신생아가 영향을 받지는 않은 모양입니다."

"하지만 질병이 퍼지면 어쩌죠?"

"이 현상을 질병이라고 부르기에는 아직 정보가 충분하지 않습니다."

"질병이 아니라면 무슨 설명이 가능합니까?"

"아직은 모릅니다."

"계속 이런 일이 일어날까요?"

"그것도 모릅니다."

나오미가 임신 사실을 알게 된 건 지난주였다.

동네 입구 하늘에는 큰까마귀들이 맴을 돌고 있었다. 거리는 비어 있었다. 인도에도 사람이 없었다. 어느 집 마당에 버려진 세발자전거 한 대가 뒤집힌 채 놓여 있었는데, 바퀴가 계속 돌아갔다. 태드는 슬리퍼 차림으로 목욕 가운을 바람에 휘날리면서 아파트 진입로에서 나오미를 기다리고 있었다.

"다 괜찮을 거야." 태드가 나오미를 끌어안으며 말했다.

"오늘만 아기 열셋이 죽는 걸 봤어." 나오미가 말하자, 태드는 집안으로 그녀를 데리고 들어갔고, 나오미는 욕조 안에서 울었다.

그후에는 목욕 수건을 두른 채 젖은 머리로 소파에 앉아서 스무디를 마시며, 모든 채널에 나오는 뉴스캐스터들이 생방송중에 신경쇠약으로 무너지지 않으려고 애쓰는 모습을 보았다.

"망할 술이나 마실 수 있었으면." 나오미가 말했다.

"미안해." 태드가 말했다.

"그냥 취하고 싶어." 나오미가 말했다.

"나도 그래."

"당신은 임신하지 않았잖아." 나오미는 화를 내다시피 말했다.

"알아."

"냉장고 안에 사케 한 병 아직 있어."

"알아."

"이런 상황에서는 둘 중 한 사람이라도 취해야지."

"당신이 못 마시는데 나 혼자 마시진 않을 거야." 태드는 화면을 똑바로 바라보면서 말했고, 그 태도가 어찌나 진지하고 진심어리고 단순 명료한지 나오미의 분노가 희미해질 정도였다. 도무지 태드에게는 계속 화를 낼 수가 없었다. 가끔은 그에게 화를 낼 수 있었으면 했다. 태드에게 화를 내고 싶었다. 하지만 그건 붕대에 대고 화를 내는 것과 비슷했다. 태드는 그저 돕고 싶어할 뿐이었다. 텔레비전에서는 체크무늬 셔츠를 입은 당황한 기색의 보건 공무원이 인터뷰를 하고 있었다. 새끼 고양이 라마가 짓궂은 표정으로 어슬렁어슬렁 거실에 들어오자 이제 온 가족이 다 모였다. 나오미와 남편과 고양이와 뱃속에서 자라는 아기…… 이제는 어쩌면 빈 몸뚱이로 태어날지도 모르는 아기까지.

자궁 속에서 빈 몸뚱이가 자라고 있을지 모른다는 생각은 하지 않고 싶었지만, 그래도 나오미는 일터에 있는 매 순간 끊임없이 그 가능성을 마주했다. 다음날도 그다음날도, 아니 그달 내내 병원에서는 계속 빈 몸뚱이들이 태어났고 모두 다 곧장 신생아집중치료실로 급히 실려왔으며, 나오미는 그 자리에 서서 아기들이 모두 죽는 모습을 지켜보아야 했다. 긴장증 치료제는 아무 효과도 없었다. 전기충격요법도 아무 효과가 없었다. 사실 아기들이 보여주는 증상은 전혀 트랜스 상태가 아니었음에도, 병원은 절박한 나머지 철저히 비밀리에 전문 최면술사를 불러들였으나, 최면술사 역시 빈 몸뚱이에 어떤 형태의 의식도 유도해내지 못했다. 산부인과 병동에는 슬퍼하는 부모들의 통곡소리가 가득찼다. 그사이 바깥의 길거리에서나 인터넷 포럼에서는 다양한 이해집단들이 이 전염병의 책임을 어딘가에 돌리느라 바빴다. 환경주의자들은 뒷받침할 증거가 전혀 없었음에도 이 현상은 널리 퍼진 유전자변형식품 소비와 관련되어 있다고 믿었고, 청교도주의자들은 뒷받침할 증거가 전혀 없었음에도 이 현상은 널리 퍼진 피임약 소비 때문이라고 믿었으며, 의존성 물질 금지론자들은 뒷받침할 증거가 전혀 없었음에도 이 현상은 널리 퍼진 마리화나 소비 탓이라 확신했다. 인류가 취한 채 살아온 지 천 년이 넘었는데도 말이다. 나오미는 환경주의자가 아니었다. 나오미는 청교도주의자가 아니었다. 나오미는 의존성 물질 금지론자가 아니었다. 나오미는 과학자였다. 나오미는 논리를 믿었다. 데이터를 믿었다. 그리고 그렇기 때문에 이 현상이 섬뜩했다. 나오미는 현대 의학으로 설명할 수 없는 전염병 시대를 살아본 적이 없었다. 대부분 연구자들은 이 현상이 일종의 감염일 것이라고, 신종 바이러스나 변종 박테리아가 원인일 것이라는 가정하에 연구하고 있었지만, 그런 가설을 내미는 과학자들조차도 이 가설에 흠이 있다는 사실을 인정했다. 아기들이 바이러스나 박테리아 감염의 전형적인 증상은 무엇 하나 보여주지 않은데다. 바이러스나 박테리아라면 발원지가 있고 그곳에서부터 퍼져나가야 하는 반면, 이 현상은 지구 전역에서 동시에 나타났기 때문이다. 아기들이 보여주는 완전한 의식 결여는 신경학적인 문제라는 뜻 같기도 했고, 어쩌면 감각기관의 문제처럼 보이기도 했지만, 부검 결과 해당 신생아들의 뇌조직에서 어떤 이상도 발견되지 않았고, 눈이나 귀나 피부 신경에서도 마찬가지였다. 결론적으로 부검에서는 어떠한 이상도 발견되지 않았다. 과학은 무슨 일이 일어나고 있는지 설명하지 못했다. 전염병이 하루에 수만 명의 생명을 앗아가고 첫 달에만 수백만 명의 생명을 앗아갔는데도, 의학계에서 이 현상에 대처하기 위해 개발한 최선의 절차는 그저 죽음을 목록화하는 것뿐이었다. 앉아서 죽어가는 아기들을 지켜보는 것뿐이었다. 나오미는 일하러 가기를 두려워한 적이 없었으나, 텅 빈 몸뚱이의 멍한 시선들은 무서웠다. 그러나 이 현상에서 제일 무시무시한 부분은 빈 몸뚱이가 아니었다. 이 현상에서 제일 무시무시한 부분은 숫자의 정확도였다. 주 경계선 하나만 넘으면 나오는 애리조나의 대학병원에서, 어느 유명한 산부인과 의사가 통계학을 활용해보기로 했다. 손에 넣을 수 있는 데이터를 조사해본 이 산부인과 의사는 날마다 태어나는 빈 몸뚱이의 숫자가 이상할 정도로 한결같다는 사실을 발견했다. 그 숫자는 전형적인 전염병 시기의 사망률처럼 치솟거나 떨어지지 않았다. 매일 조금씩 변하기는 해도 대체로 숫자가 일정했다. 마치 어떤 지성체가 숫자를 조정하는 것처럼 보일 정도였다. 그 사실만으로도 소름이 끼치는데, 문제의 산부인과 의사는 매일 태어나는 아기들의 총합에서 매일 태어나는 빈 몸뚱이의 숫자를 빼서, 매일 의식을 갖추고 건강하게 태어나는 아기들의 평균 숫자를 구해보기로 했다. 그런 다음 그 숫자를, 그러니까 보정된 전 세계 출생률을 전 세계 사망률과 비교했다. 그 비율은 똑같았다. 현재 날마다 태어나는 인간의 수는 날마다 죽는 인간의 수와 거의 일치했으며, 결과적으로 전 세계 인구를 딱 백삼십억 조금 넘는 숫자로 안정시키고 있었다. 나오미는 그 산부인과 의사가 온라인으로 출간한 논문을 읽으면서 공포와 경외심에 몸을 떨었다. 신비주의자인 그 산부인과 의사는 이 현상이 어쩌면 환생의 굴레와 연관이 있을지도 모른다는 의견을 냈다. 폭증하는 세계 인구가 가용한 인간 영혼의 총수를 넘어선 것처럼 보인다고 했다. 몸이 비어 있는 듯 보이는 건 실제로 몸이 비어 있기 때문이라고, 영혼 없이 태어난 껍데기 육신에 불과하기 때문이라고 주장했다. 다른 과학자들이 얼른 나서서 상관관계가 인과관계는 아니며, 출생률과 사망률 사이에 꼭 어떤 관련이 있는 것은 아니라고 지적했다. 그러나 그럴듯한 다른 설명이 없는 상황에서 이 가설은 강력한 설득력을 발휘했다. 이 가설은 증상을 설명했다. 숫자도 설명했다. 해당 가설은 몇 시간 만에 인터넷에 쫙 퍼지고 뉴스 속보로 나갔으며, 포럼마다 사실로서 회자되고, 전 세계적으로 이 현상에 대한 가장 널리 알려진 이론이 되었다. 곧 '피닉스 가설'이라는 이름도 붙었는데, 문제의 산부인과 의사가 일하는 도시 이름이기도 했고 순환 재생하는 신화 속 생물의 이름이기도 했다.

그러나 널리 알려진 설명이라는 것이 인기 있는 설명이라는 뜻은 아니었다. 과학계는 영적인 영역이 존재할 수 있다는 암시, 인간의 영혼이 암흑에너지나 암흑물질처럼 아직은 관찰된 적 없는 물질로 구성되어 있다고 가정하지 않는 한 현대의 물리우주론적 이해에 도저히 들어맞을 수 없는 어떤 보이지 않는 영역이 있다는 암시에 발칵 뒤집혔다. 그해 가을에 열린 물리학 컨퍼런스는 전부 조용하고 엄숙한 분위기 속에서 진행되었다. 소중한 동료들끼리도 대화조차 피했다. 피닉스 가설을 진지하게 고려하지 않겠다는 연구자들과 양자역학과 피닉스 가설을 조화시켜보려는 연구자들 사이에 실랑이가 벌어졌다. 종교계라고 나을 것도 없었다. 기독교와 이슬람교는 이 가설이 독자적인 불멸의 영혼이 존재한다는 것을 증명하는 듯 보인다는 사실에 기뻐하는 한편, 인간의 영혼이 환생한다는 암시는 수백 년 쌓은 신학을 엉망으로 만드는 것이었으므로 낙담하는 분위기였다. 도교와 불교는 이 가설이 환생의 존재를 증명하는 듯 보인다는 사실에 기뻐하는 한편, 모든 인간에게 독자적인 불멸의 영혼이 존재한다는 암시는 수백 년 쌓은 신학을 엉망으로 만드는 것이었으므로 낙담하는 분위기였다. 물론 자이나교와 힌두교는 이 가설이 독자적인 불멸의 영혼이 존재한다는 것을 증명하는 듯 보인다는 사실과 이 가설이 환생의 존재를 증명하는 듯하다는 사실 모두에 기뻐했으나, 인간의 윤회는 다른 동물들의 영혼과 별개로 이루어진다는 암시에 고뇌했고 인간의 영혼이 어떤 식으로든 유한하거나 수량화할 수 있는 대상이라는 개념에는, 시크교와 마찬가지로, 대단히 괴로워했다. 이 또한 수백 년의 신학을 엉망으로 만드는 지점이었다. 모두가 이런 식 아니면 저런 식으로 틀린 것 같았다. 인터넷은 괴로워하는 수도사와 사제들, 신문 인터뷰나 브이로그에 나와서 혼란스러운 세태를 한탄하는 음울한 망령들로 가득해졌다. 심지어 사이언톨로지 신자들도 이 가설이 암시하는 바에 괴로워하는 것 같았으나, 사이언톨로지 신자 말고는 아무도 그들이 낙담한 이유를 알지 못했다. 사이언톨로지 신자가 아니면 사이언톨로지가 대체 무엇을 믿는지 알지 못했기 때문이다.

"그러니까 말이죠, 영혼이 진짜고, 환생도 진짜라면, 그 영혼들이 인간과 다른 동물 사이를 왔다갔다하지 않는지 어떻게 알아요?" 얼굴에 여드름 흉터가 있는 관리인이 병원 로비에서 색색의 인포그래픽이 들어간 전염병 관련 안내 포스터를 붙이는 걸 도와주면서 말했다.

데이터는 결정적인 듯 보였다. 이 현상은 다른 동물들에게는 영향을 미치지 않는 듯했다. 소들은 텅 빈 송아지를 낳지 않았다. 개들은 텅 빈 강아지를 낳지 않았다. 말들은 텅 빈 망아지를 낳지 않았다. 영혼 결핍은 인간에게만 영향을 미치는 것 같았다. 그리고 기본적인 논리로만 따져봐도 같은 결론에 도달했다. 인간이 지난 세기에 이 행성에 살던 무수한 종을 몰살시켜, 제4차 대멸종 이후 가장 대규모의 멸종을 일으켰다는 점을 감안하면, 신생아들의 영혼 결핍은 오직 인간 영혼이 다른 동물 영혼과 별개로 존재할 때만 가능할 터였다. 종합하면, 아무리 지난 세기에 인구가 극적으로 증가했다 할지라도 행성 전체에 살아 있는 유기체의 숫자는 상당히 줄어들었다. 인간이 다른 동물과 영혼을 공유할 수 있었다면, 영혼 결핍보다는 과잉이 일어났을 것이다. 그러나 반대 증거가 압도적인데도, 동물을 죽이면 거기서 해방된 영혼을 인간 아기가 쓸 수 있을지 모른다는 생각이 퍼졌다. 그중에서도 미국만큼 이 생각이 심하게 번진 곳은 없었다. 가설이 나오고 며칠도 지나지 않아서 광란에 휩싸인 마을들이 생겨났다. 시골에 있는 마을, 광산 마을과 농촌 마을, 중생重生 복음주의, 토크쇼 윤리학, 총기 숭배, 트럭 숭배, 서적 혐오, 그리고 대학 운동선수들에 대한 이교도적 미신이 뒤섞인 기이한 신앙 체계를 가진 불가사의한 민간 종교를 지지하는 마을들이었다. 감정이 논리를 지배하는 마을들. 소문이 데이터를 지배하는 마을들. 그런 곳에서는 인간이 아닌 동물은 모두 도살하여 그 사체가 건초 더미처럼 높이 쌓였다. 이마에 총을 맞은 코기, 이마에 총을 맞은 비글, 이마에 총을 맞은 테리어, 이마에 총을 맞은 퍼그, 피에 젖어 미끌거리는 고양이, 피가 솟구치는 말, 자동차에 들이받힌 사슴, 망치로 내리쳐 죽인 카나리아, 삽으로 짓이겨 죽인 잉꼬, 돌로 쳐죽인 왕관앵무, 쇠스랑에 꿰인 토끼, 목이 잘린 닭, 난도질당한 호저, 마멋, 너구리, 족제비, 되새, 홍관조, 울새, 딱따구리, 왜가리, 그리고 목이 꺾인 다람쥐 들…… 산더미처럼 쌓인 다리와 앞발과 발굽과 꼬리와 부풀어오른 혓바닥 들이 해질녘 마을 광장에서 불타올랐고, 군복을 입은 아이들이 불타는 사체들 주위를 행군했다. 그런 살육은 영혼 결핍 현상에 눈에 띄는 영향을 전혀 미치지 않았다. 그래도 도살은 계속되었다.

체외에서 수정되는 아기들도 텅 빈 채 태어나는 확률은 똑같았다.

제왕절개로 분만하는 아기들도 텅 빈 채 태어나는 확률은 똑같았다.

한편 아이를 입양하는 비용은 백만 달러 이상으로 치솟았다.

"아기가 움직이는 게 느껴진다고 해서 의식이 있다는 뜻은 아닙니다. 대부분의 자궁 내 움직임은 무의식적이에요. 아니면 반사적이지요. 실제 통제력이 반드시 개입되는 건 아닙니다." 복도에서 적갈색 머리의 의료기사 한 명이 휠체어에 앉은 가운 차림의 환자를 밀고 가면서 말했다.

독자 생존이 가능한 아기들이 워낙 적게 태어나다보니, 병원에서 돌보는 미숙아의 숫자도 격감했다. 신생아집중치료실은 죽음의 고속도로에 있는 모텔 같았다. 빈 침상만 가득했다.

그해 가을이 끝날 무렵, 병원 행정실은 신생아집중치료실 직원 수를 축소하기로 결정했다. 나오미는 신참이었다. 제일 먼저 잘렸다. "그간 우리 병원에서 일해줘서 고맙습니다." 인사과장이 미소 띤 얼굴로 악수를 건네며 말했다.

나오미는 굳이 새 직장에 지원하지 않았다. 신생아집중치료실에 사람을 채용하는 병원은 없었다. 직장을 잃은 후 나오미는 극심한 우울에 사로잡혀 일주일 동안 속옷에 후드 티셔츠 차림으로 소파에 누워 크림 퍼프와 젤리 도넛을 폭식하면서 커튼을 치고 텔레비전만 봤다. 문제의 현상에 대해 듣는 건 지긋지긋했다. 그것에 대해 듣기만 해도 너무 피곤했다. 그래도 나오미는 그 현상을 다루는 프로그램을 계속 돌려가며 보았다.

판초를 입은 누군가의 인터뷰가 나왔다.

"신이 이렇게 생각하신 겁니다. 좋아, 너희가 낙태를 합법화한다 이거지? 더는 아기를 원치 않는다 이거지? 아기들은 가끔만 원한다고? 이제부턴 아기들을 무작위로 죽이겠다고? 그럼 나도 그러마."

머리칼을 여러 가닥으로 나누어 땋아 비즈로 장식한 누군가도 인터뷰에 나왔다.

"언제나 신은 선할 것이라고들 가정했지요. 우리의 경전들에 그렇게 쓰여 있으니까요. 하지만 경전이란 신의 말씀일 뿐입니다. 우린 신의 말씀을 곧이곧대로 받아들이고 있어요. 신은 절대 거짓말을 하지 않는다고 생각하는 거죠. 어떤 사람이 문 앞에 찾아와서 자기는 선하다고 주장하는데, 그 증거라는 게 자기가 선하다고 직접 써놓은 책밖에 없다면 그 말을 믿겠습니까?"

100에이커의 대초원을 불태운 목장주도 풍상에 시달린 얼굴로 인터뷰에 나왔다.

"왜 들판을 다 태우십니까?"

"곤충을 다 죽이려는 중이오."

"환생을 믿으십니까?"

"믿는 걸로 생각을 바꿨소."

"인간의 영혼은 다른 동물들과 따로 환생한다는 여러 증거에 대해서는 어떻게 생각하십니까?"

목장주는 새까맣게 타버린 초원을 향해 무기력하게 손짓하며 얼굴을 찡그렸다.

"이 시점에선 무슨 짓이든 해봐야지. 내 딸이 임신했어요."

배경에서는 잿더미 위를 날던 매 한 마리가 소총을 쥔 어린아이의 총탄에 맞아 추락했다.

태드가 무선전화기 송화구를 가리고 머뭇거리며 거실로 들어왔다.

"오늘밤에 당신 부모님과 저녁 먹자." 태드가 속삭였다.

나오미는 소파에서 태드를 쳐다보았다. 라마가 거실로 따라 들어와서 태드의 발목에 몸을 감고 발치에서 가르릉거렸다. 나오미의 부모님은 도시 위 언덕에 위치한 현대적인 빌라에 살았는데, 인피니티 풀이 딸려 있고 물속에서는 네온 조명이 보라색과 청록색과 남색과 초록색을 오가며 반짝였다. 그곳이 나오미가 태어난 집이었다. 태드는 나오미의 부모님을 좋아했지만, 이전에는 어떤 상황에서도 자진해서 그분들과 저녁을 먹자고 제안한 적이 없었다. 태드는 그저 도우려는 것뿐이었다. 나오미를 소파에서 일으키려고. 집밖으로 나가게 하려고. 나오미는 어울려주기로 했다.

"가겠다고 말해도 돼."

나오미는 오랫동안 샤워를 했다. 멀쩡한 옷을 입었다. 그래도 끔찍하게 우울해 보이기는 했다. 그날 밤, 나오미는 빌라 안에서 부모님과 마주앉아 무알콜 다이키리를 마시고 있었다. 부모님은 원래 신념이라기보다는 습관으로 종교를 믿는 분들이었지만, 전염병이 모두에게 종교에 대한 관심을 새로이 불러일으켰고 그건 나오미의 부모도 마찬가지였다. 어머니는 사당에 새로 꺾은 꽃을 바쳐놓았다. 아버지는 짙은 회색 정장에 밝은색 다스타르*를 썼다. 어머니는 실크 사리를 입고 젤리 샌들을 신었다. 부모님은 나오미보다 훨씬 나이가 많아서 이제 노령이었고, 돈을 벌고 스포츠를 보는 것 외에 취미라곤 없었다. 최근 나오미의 아버지는 프로 서바이벌 게임에 심취해 있었다. 텔레비전에 무음으로 서바이벌 게임 중계가 나오고 있었다.

"꼴이 말이 아니구나." 아버지가 말했다.

"정말 그래." 어머니가 말했다.

"굳이 말해줘서 고마워요." 나오미가 말했다.

---

* 시크교도가 쓰는 터번.

몸에 페인트가 튄 적들이 땅에 쓰러지자 서바이벌 전사들이 주먹을 맞부딪쳤다.

"어떤 면에서는 직장을 잃은 게 오히려 잘된 일인지도 몰라." 크림색 폴로셔츠를 입고 옆에 앉은 태드가 머뭇거리며 말했다.

"이젠 필요하면 여행도 할 수 있게 됐잖니." 아버지가 말했다.

"이제 가능한 모든 선택지를 탐구해볼 자유가 생긴 거야." 어머니가 말했다.

나오미는 부모님의 말에 담긴 애매모호한 암시를, 뭔가 꿍꿍이가 있는 듯한 기류를 감지하고 의심스러운 눈으로 그들을 보았다. 부모님이 뭔가를 계획한 것이다. 오늘밤 저녁식사는 즉흥적으로 이루어진 게 아니었다. 오늘밤 저녁식사는 매복이었다. 나오미는 남편을 흘긋 보았다. 태드는 긴장한 얼굴이었다. 태드도 공모했다는 뜻이었다. 같이 꾸민 계획이었다.

"이런 식으로 뒤에서 몰래 나에 대한 계획을 짜는 거 정말 싫어." 나오미가 못마땅한 얼굴로 말했다.

"부탁이야, 여보. 이야기만 들어봐." 태드가 말했다.

"사막에 어떤 곳이 있다." 아버지가 말했다.

"특별한 곳이지." 어머니가 말했다.

"임신한 여자들을 위한 곳." 아버지가 말했다.

"일종의 보험을 찾는 여자들이 가는 곳이란다." 어머니가 말했다.

"유일무이한 시설이야. 예방책이라고 생각해도 돼. 아기가 반드시 영혼을 가진 채 태어나도록, 출산할 때까지 거기 사는 거야." 태드가 말했다.

나오미는 태드를 노려보았다.

"난 집에서 낳을 거야." 그녀가 말했다.

태드가 나오미의 부모를 슬쩍 보더니 애원하는 목소리로 다시 나오미를 설득했다.

"이건 평생 단 한 번뿐인 기회야." 태드가 말했다.

"돈은 우리가 내마." 아버지가 말했다.

"정말이지 엄청나게 비싸거든." 어머니가 말했다.

"절대 안 돼." 나오미가 말했다.

부모님은 실망감에 얼굴을 찌푸렸다.

"나오미. 네 안에서 자라고 있는 육신이 있다. 넌 그 육신에 영혼이 깃들게 하기 위해 할 수 있는 일은 뭐든지 해야 할 책임이 있어." 아버지가 말했다.

"아기를 두고 마치 사람이 아닌 것처럼 말하시네요." 나오미는 울컥해서 말했다.

"아직은 그 안에 영혼이 있는지 없는지 알 도리가 없고, 영혼이 없다면 사람이 아니지." 어머니가 말했다.

나오미는 부모님 뒤편으로 보이는 지하실 계단을, 오랫동안 그 자리에 있었던 유아용 안전문의 고무 지지대가 벽지에 계속 닿으면서 남긴 자국을 바라보았다. 나오미는 어렸을 때 몽유병이 있어서, 멍한 눈으로 한밤중에 집안을 돌아다니면서 욕실 어둠 속에서 머리를 빗고, 놀이방의 어둠 속에서 장난감을 쥐고, 마치 식사가 나오기를 기다리듯 빈 식탁 앞 자기 자리에 앉곤 했다. 부모님은 부끄러울 것 없다고, 몽유병은 그저 영혼이 깨어나기 전에 몸이 너무 빨리 깨어나서 벌어지는 일이라고 했었다. 부모님이 그녀가 잠결에 돌아다니다가 계단 아래로 떨어질까봐 유아용 안전문을 설치할 때 얼마나 창피했는지, 부모님이 넌 의예과에 가기에는 공부가 부족하다고 했을 때 얼마나 화가 났었는지, 의예과를 포기하고 나서 부모님이 간호학과는 어떠냐고 했을 때 얼마나 짜증이 났었는지 나오미는 기억했다. 부모님이 수수한 외모의 별난 수학자인 태드와의 결혼을 주선했을 때 얼마나 미심쩍었는지 기억했다. 결혼식 당일까지도 그와는 인연이 아니라고, 활기 없고 슬픈 결혼생활이 될 거라고 확신했다가, 그후에 어떻게 태드와 가까워지고, 심지어는 태드를 사랑하게 되었는지도 기억했다. 결혼한 이래 태드가 얼마나 다정하고 상냥하게 매일같이 자신을 보살폈는지. 잠들기 전 침대에서 그와 대화하는 시간을, 태드가 치아 교정기 때문에 가끔씩 내는 혀짤배기소리를 얼마나 좋아하는지. 어떻게인지는 몰라도 부모님은 언제나 나오미에게 무엇이 제일 좋은지 알았다. 나오미는 집안 대대로 내려오는 긴 의자에 앉은 어머니와 아버지의 모습을, 걱정과 불면으로 구겨진 지치고 주름진 얼굴을 보았다.

"이 나라에 오는 게 쉽지는 않았다만, 우리는 가족의 미래를 위해 해냈지. 이제는 네가 가족의 미래를 위해서 이 일을 꼭 해주었으면 좋겠다."

나오미는 아기의 약한 발길질을 느꼈고, 망설이며 심호흡을 하고는 남편을 돌아보았다.

"라마를 데려갈 수 있어?" 나오미가 물었다.

일주일 후, 나오미는 차를 타고 사막을 가로지르는 황량한 고속도로를 달리며 창밖으로 모래와 관목들을, 그리고 녹색이 점점이 뿌려진 지평선의 거대한 능선을 응시하고 있었다. 멀리서 아른아른 빛나는 아지랑이가 흔들리는 유령처럼 보였다. 라마는 그녀의 무릎 위에 몸을 동그랗게 말고 자거나, 자는 척을 했다. 태드는 물방울무늬 셔츠를 입고 운전석에 앉아서 가끔 한 번씩 초조한 표정으로 계기반의 시계를 흘끔거렸고, 어머니와 아버지는 선글라스를 쓰고 뒷좌석에 앉아서 주거니 받거니 잡담을 하고 암호 화폐에 대한 농담을 나눴다. 시설에서 부모님에게 전달한 지시에 따라, 태드는 고속도로를 벗어나 아무런 표시도 없는 흙길에 접어들었다. 이후 한 시간 동안 차는 생명의 흔적이라곤 전혀 보이지 않는 크고 작은 협곡과 계곡을 구불구불 꾸준히 통과해 나아갔다. 타이어 아래에서 돌이 갈렸다. 선루프 위에는 구름이 떠다녔다. 라디오에서 웅얼웅얼 흘러나오던 소울 음악이 서서히 잡음으로 변해갔다. 마침내 험악하게 생긴 대문을 통과한 자동차는 대머리수리 한 무리가 지붕에 올라앉은 거대한 콘크리트 시설에 도착했다.

출산지원센터 매니저 제인이 우뚝 솟은 문 앞에서 기다리고 있었다.

"오아시스에 오신 것을 환영합니다." 제인이 말했다.

나오미는 임신 십삼 주 차였다.

시설 입구에서 안쪽 방으로 이어지는 거대한 현관 천장에는 빛바랜 기도용 깃발들이, 닳아 해어진 색색깔의 네모난 천들이 잔뜩 걸린 채 공기의 흐름에 따라 흔들리고 있었다. 제인은 중년의 여성으로, 블라우스와 블레이저 차림에 굽 있는 구두를 신고 최근 유행하는 헤어스타일을 하고 있었으며, 서커스 곡마단장처럼 활력 넘치는 사람이었다. 제인은 그들을 이끌고 앞장서서 걸으며 시설 투어의 하이라이트가 나올 때마다 열정적인 몸짓을 했다. 나오미와 가족들은 제인을 따라서 아치형 문을 지나 드넓은 원형 제단실로 들어갔는데, 둥근 천장에 난 천창으로 흘러드는 눈부신 햇살이 기둥마다 그림자를 드리우고 공간 전체를 환히 밝혔다. 시계와 안경 유리에 반사되어 벽에 아른거리는 햇빛 조각들이 파르르 떨렸다. 제단실에는 백 개가 넘는 침대가 있었는데, 중앙에 있는 돌 제단을 중심으로 방사형으로 배치된 침대마다 쇠약한 몸뚱이가 놓여 있었다. 여기저기서 임신한 여자들이 낡은 나무 걸상에 앉아 평화로운 생명 유지 장치의 소음을, 심전도와 뇌전도 모니터의 작은 신호음을 배경으로 서로 속닥거리고, 키득거리고, 명상용 싱잉볼을 연주했다. 침대맡에는 모니터와 함께 약병과 물병이 놓인 테이블이 있었다. 놋쇠 단지에서 향이 타오르고, 점토 화병에는 백합이 꽂혔다. 이끼로 얼룩덜룩한 오래된 조각상들이 마치 수호자처럼 벽을 따라 배치되어 있었다. 모두 출산의 신들, 모성의 신들이었다.

"영혼이란 영적인 존재일지도 모르지만, 그렇다고 마법이라거나, 하고 싶은대로 뭐든 할 수 있다는 뜻은 아니에요. 지금 발생하고 있는 전염병이야말로 영혼에 한계가 있다는 증거이고, 그것은 즉 천사나 악마와 마찬가지로 영혼도 물리학의 법칙에 매여 있다는 뜻이지요. 그게 실마리예요. 영혼은 그냥 새로운 몸으로 텔레포트할 수 없어요. 영혼은 시간과 공간을 통과해야 해요. 저희가 이곳에서 제공하는 것은 근접성이지요. 이 시설은 제일 가까운 도시에서도 100마일은 떨어져 있어요. 그리고 죽어가는 사람이 백 명 이상 상시 거주하고 있지요. 상당수가 생명 유지 장치에 의지해 기계의 힘으로만 겨우 살아 있고, 저희에게 언제든 기계를 끌 수 있는 권한을 주셨습니다. 그러니 이 시설에서는 매일 한 명 이상의 죽음을 보장할 수 있지요. 또한 저희는 하루에 짐승을 몇 마리씩 희생시킵니다. 보통 동틀녘에는 비둘기와 양을, 정오에는 수탉을, 해질녘에는 공작을, 자정에는 염소를 희생시키지만, 혹시 다른 종과 특별한 유대감을 느끼신다면 매일 일정에 그 동물을 기꺼이 포함시켜드립니다."

나오미는 방 저편에 있는 돌 제단을 보았다. 구부러진 날에 흑단 손잡이를 단 의식용 단검이 받침대 위에 놓여 있었다.

"임부님은 바로 여기 오아시스에서, 이 나라에서 가장 뛰어난 산부인과 의사들의 보살핌을 받으며, 매일 갓 몸을 떠나 새로 깃들 몸을 필요로 하는 영혼들에 둘러싸인 채 아이를 낳으실 겁니다." 제인이 말했다.

제인이 얼룩이 묻은 앞치마를 두른, 포동포동하고 수염을 기른 요리사에게 손을 흔들었다. 요리사는 잎채소가 가득 든 가방을 들고 아치형 문을 지나고 있었다.

"저분이 주방장인 호아킨이에요. 여기 음식은 아주 탁월하지요. 욕실은 공용입니다. 수건은 제공합니다. 침대보는 매일 빨고요. 임부님은 개인 침실을 받으시겠지만, 여기 죽어가는 분들 사이에서 자는 것을 더 좋아하는 분들도 있어서 요청하시면 자리를 마련해드릴 수 있습니다." 제인이 말했다.

나오미는 멈춰 서서, 눈은 충혈되고 안색은 누렇게 뜬 노인의 침대 옆에 앉아 그 쪼글쪼글한 손을 쓰다듬는 아름다운 금발의 임부를 보았다.

"나에게 와요." 여자는 속삭였다. "당신이 쿠키를 먹을 때 웃는 모습을 봤어요. 쿠키를 좋아하시죠. 쿠키를 먹고 싶은 만큼 먹게 해드릴게요. 완벽한 어린 시절을 보내게 될 거예요. 디즈니랜드. 말리부. 더비 경마장의 박스석. 햄프턴에서 보내는 여름. 신탁 자금도 받게 될 거예요. 스포츠카도 갖게 될 거고. 갖고 싶은 건 뭐든 사줄 거예요. 우린 영향력 있는 가문이에요. 강력한 연줄도 있어요. 엑세터. 예일. 독립혁명 때 참전하기도 했어요. 메이플라워호에 조상님들이 있었죠. 죽으면 나에게 와요."

나오미는 그 금발 여자가 몸을 돌리고 질시의 눈초리로 그녀를 바라보자 갑작스러운 오한을 느꼈다.

"나오미, 작별인사 하실 시간이에요." 제인이 미소 띤 얼굴로 외치더니, 그들을 기도용 깃발이 걸린 현관으로 다시 안내했다.

나오미의 부모님에게 태드가 무척이나 쾌활하게 작별인사를 하고, 나오미가 어머니와 아버지를 차례로 꼭 안아드린 후, 부모님은 시설을 떠나서 도시로 향했고 나오미는 태드를 따라 거친 나무문이 늘어선 복도로 걸어갔다.

침실은 간소해서, 베이지색 모직 담요를 늘어뜨린 큰 침대 하나와 서랍장 하나, 거울 하나, 의자가 딸린 책상 하나, 그리고 방 전체에 따뜻한 사프란색 불빛을 드리우는 소금 램프가 하나 있었다. 창문은 없었다. 문에는 슬라이드식 자물쇠가 달려 있었다. 짐 가방은 이미 와 있었다. 라마는 바닥에 놓인 새틴 쿠션에 몸을 말고 졸았다. 나오미가 침대에 앉자 삐걱 소리가 났다. 태드는 책상 위에 기하학 책들을 정리하고 있었다.

태드가 나오미의 시선을 느꼈다.

"왜?"

"당신은 이런 거 하나도 안 믿잖아."

"그런 말 한 적 없는데."

"당신은 정통 무신론자잖아."

태드는 찌푸린 얼굴로 매트리스에 앉아서 한 팔로 나오미를 안았다.

"난 당신처럼 그 텅 빈 아기들을 직접 보진 못했어. 그렇지만 영상은 봤지. 그것만으로도 끔찍하게 무서워. 우리 아기에게 그런 일이 일어나지 않았으면 좋겠어. 그러니 뭐든 할 거야. 아무리 미심쩍은 유사 과학이라도 상관없어. 돈이 아무리 많이 들어도 상관없어." 태드가 말했다.

시설에는 나오미를 포함하여 열두 명의 어머니가 살고 있었다. 아버지들은 대부분 재택근무를 할 수 없었기에 주말에만, 아니면 한 달에 한 번 정도만 방문했다. 시설에 같이 사는 아버지는 태드밖에 없었다. 낮 동안 태드는 침실을 거의 떠나지 않았고, 김이 오르는 커피잔을 옆에 놓고 책상 위로 구부정하게 몸을 숙인 채 종합 기하학의 새로운 증명을 열심히 연구했다. 나오미는 혼자 시설 안을 돌아다니며 낮시간을 보냈다. 이 시설의 주요 임무는 임부들에게 갓 몸을 떠난 영혼들에 대한 배타적 접근권을 제공하여 아기들의 영적 건강을 보장하는 것이었지만, 아기들의 육체 건강 역시 보장할 수 있도록 설계되어 있었다. 매일의 의제는 건강이었다. 식당에는 건강에 좋은 영양 식품이 쌓여 있었고, 그중에는 주문하면 주방장이 바로 착즙해 크리스털 잔에 따라주는 빛나는 분홍색과 노란색과 빨간색과 오렌지색 주스들, 자몽이나 망고나 수박이나 당근 주스도 있었다. 욕실에 가면, 거친 석재 카운터에 임부용 비타

민과 제산제 약병들, 향기로운 바디 워시와 샴푸와 각질 제거제와 클렌저와 보습제와 크림이 가득 담긴 반짝거리는 호박색 병들이 늘어서 있었다. 가정부 한 명이 매일 침실을 청소하고 세탁을 했다. 마사지 전문가도 있어서, 타월 위에 누운 여자들의 오일 바른 피부를 부드럽게 주물렀다. 요가실에서는 매일 차를 타고 출근하는 요가 강사가 강습을 열어, 여자들이 뻣뻣한 자세를 취하고 있는 고무 매트 사이를 거닐었다. 명상실에서는 매일 차를 타고 출근하는 명상 강사가 강습을 열어, 자수 방석에 앉은 여자들에게 마음을 누그러뜨리는 호흡 기술을 가르쳤다. 피트니스센터에서는 여자들이 실내 자전거를 타면서, 부정적인 에너지를 없애고 긍정적인 에너지를 불어넣으며 마음을 차분하게 가라앉히도록 도와주는 색색의 석영 덩어리가 든 유리 물병으로 정제수를 마시는 한편, 또 어떤 여자들은 온실 벤치에 다이어리를 들고 누워서 깨끗하게 정제된 고온다습한 공기 속에서 일기를 썼다. 제인은 하루종일 활기차게 일하면서 모든 입주자가 무엇이든 필요한 것을 얻도록 살피고, 매니저 사무실 안에 있는 비품 창고를 들락거리며 기다란 베개와 복대와 안대와 임부용 브래지어와 트러플 상자를 가지고 나왔다. 그레이트베이슨 분지 한가운데, 모래와 관목과 이글거리는 열기로 이루어진 황량한 자연 속에 위치하고 있지만 않다면 낙원이라고 할 만한 출산지원센터였다. 나오미는 응석받이가 된 기분과 외로움을 같이 느꼈다. 라마는 가끔씩 그녀를 따라다니면서 지나치는 입주자들에게 야옹거렸다. 또 어떤 때는 태드와 함께 침실에 남아 있기도 하고, 혼자 빠져나가서 시설 안을 돌아다니기도 했다. 고양이가 같이 있든 없든, 다른 입주자들은 나오미에게 한 번도 말을 걸지 않았고 그저 지나치면서 굳은 미소를 지을 뿐이었다. 아름다운 금발의 임부 에밀리는 이 시설의 여왕으로, 언제나 기분좋게 재잘거리는 친구들에게 에워싸여 있었고 관심의 중심이었다. 호화로운 최고급 옷감으로 만든 최신 유행 맞춤옷을 입는 에밀리는 키가 크고 늘씬하면서 우아했고, 강렬하고 굶주린 눈빛과 매섭고 각진 얼굴이 지닌 아름다움은 폭풍에서 느껴질 법한 것이었으며, 머리카락은 교과서에 나오는 인물처럼 기하학적으로 복잡하게 땋아서 말아올린 모양이 환상적인 섬세함을 자랑했다. 에밀리가 방안을 지나가면 금빛 머리 타래가 불빛을 받아 반짝였다. 시설에는 거의 매일 에밀리의 새로운 옷꾸러미가 도착했다. 다른 입주자들은 에밀리에게 알랑거렸다. 나머지 입주자들도 에밀리처럼 대단한 집안 출신들 같았다. 사교계 명사, 유산 상속자, 명문가의 후예, 누군가의 후계자들이었다. 나오미는 외부인이었다. 따돌림의 대상이었다. 식당에서 다른 여자들과 같이 앉으려 해보았지만 대화를 해주는 사람은 없었다. 나오미가 식당에 먼저 도착해 있으면, 다들 나오미 자리에서 멀찍이 떨어진 테이블에 앉았다. 에밀리는 가끔 나오미를 힐끔거리며 그녀에 대해 뭐라고 속삭이는 것 같았고, 그러면 다른 여자들이 키득거리며 웃음을 터뜨렸다. 나오미는 아침과 점심을 혼자 먹는 데 익숙해졌다.

나오미는 통증이나 괴로움이나 죽음을 무서워한 적이 없었지만, 제단실에는 뭔가 으스스한 구석이 있었다. 그곳에 있는 말기 환자들은 대부분 혼수상태였다. 정맥주사로 영양분을 공급받는 시들고 쇠락한 육신이었다. 나머지 환자들도 침대에서 일어나지 못했다. 쪼글쪼글한 껍데기로 몰락해가는 나이든 육신이었다. 당직 의료인들이 요강을 비우고 수액 주머니를 갈고 떨리는 입술 사이로 으깬 콩과 덩어리진 사과소스를 숟가락으로 밀어넣는 동안, 죽어가는 이들은 침대에서 기침하고 신음하고 웅얼거리고 소리를 쳤다. 공기 중에 향냄새와 백합 향기가 진동을 했다. 의식이 있는 환자들이라 해도 대개 치매나 약기운에 정신이 흐려져서 대화를 할 상태가 아니었으나, 입주자들은 죽어가는 사람들과 어울리라는 권고를 받았고, 여자들 모두가 적어도 하루에 한 번은 제단실에 들러 침대 옆에 놓인 낡은 의자에 앉아서 의식 없는 환자의 손을 잡고, 침대에 누운 환자의 이마를 쓸어주고, 오래된 조각상 발치에서 기도를 드리고, 나무공이로 조용히 싱잉볼을 연주했다. 주방장인 호아킨이 주기적으로 제단실을 돌아다니며 다과를 배달했다. 감이 쌓인 은 접시. 통통한 배가 쌓인 쟁반. 레몬 조각이나 얇게 자른 딸기를 넣어 차갑게 식힌 물병. 에밀리는 자주 제단실에 가서 혼수상태에 빠진 환자의 귓가에 뭔가를 속삭이고, 침대에 누운 환자들에게 큰 소리로 동화책을 읽어주고, 갈망어린 표정으로 침대 사이를 거닐었다. 나오미는 에밀리가 있을 때는 제단실을 피했고, 죽음에 겁먹은 적은 없지만 폭력은 어떤 종류든 심란하기 그지없었기에 희생 의식이 있을 때도 제단실을 피했다. 의식용 단검의 날카로운 곡선 칼날이 꽥꽥거리는 수탉이나 몸부림치는 공작의 부드러운 목을 긋고 검붉은 피가 제단의 거친 흰 돌 위에 흩뿌려지면, 그 피가 다 증발하는 데 몇 시간이 걸렸다. 매일 오후에 혼수상태인 환자 한 명씩을 골라 의료진이 생명 유지 장치를 제거했고, 그 환자는 세상에서 사라져 삐 소리와 함께 수평선이 되었다. 에밀리는 언제나 그 자리에 가서 생명이 몸을 떠날 때 희망에 가득찬 표정으로 근처를 맴돌았다. 침대에 누운 환자 중에 누군가가 갑자기 죽으면 해방된 영혼에 최대한 가까이 있으려고 제단실로 뛰어갔고, 다른 여자들이 우르르 뒤따르기도 했다. 나오미는 좀더 조용한 시간에 제단실에 가는 게 좋았다. 도움을 주는 쪽이 좋았다. 혼수상태 환자의 팔을 문질러 욕창을 방지하고, 침대에 누운 환자의 다리를 긁어 가려움증을 가라앉혀주고, 가만히 앉아서 생명 유지 장치의 평화로운 소리에 귀기울이며 근무하던 병원에 대한 향수에 젖는 쪽이 좋았다. 하지만 그럴 때조차도 제단실에는 소름 끼치는 구석이 있었다. 물론 병원에서도 임부와 말기 환자가 같은 건물을 쓰기는 했다. 그래도 임부와 말기 환자가 제단실에 그렇게 나란히 있는 모습을 보면 마음이 불편했고 가끔은 벽을 따라 놓인 신상들의 텅 빈 시선이 자신을 따라오는 것처럼 느껴졌다.

분만실에도 으스스한 면이 있었다. 분만실은 반대편 건물에 있는, 크기와 모양이 제단실과 정확히 똑같은 거대한 원형의 방이었는데, 돌 제단을 중심으로 백 개의 침대가 방사형으로 놓인 제단실과는 달리 방 한가운데에서 집중 조명을 받으며 빛나는 침대 하나만 빼면 텅 비어 있었다. 둥근 벽에는 조각상들을 세우지 않고 가장자리를 따라 투박한 나무 선반을 놓았는데, 선반마다 늘어선 거대한 치유 수정들, 자수정과 황수정과 토파즈와 석영이 아래쪽에서 비추는 희미한 조명을 받아 바닥에 색색의 빛을 드리웠다. 허공에서는 먼지가 반짝거렸다. 분만실에는 늘 아무도 없었다. 몇 달 동안은 출산할 입주자가 없었다. 나오미는 가끔 아치형 문 사이로 그 방을 들여다보며, 두 손을 배에 얹은 채 손가락으로 안에서 움직이는 아기를 느끼면서 언젠가 그 방에서 아이를 낳는 상상을 했다.

그 방에서 소리를 지르면 목소리가 방 전체에 울려퍼지고, 그 소리가 계속 벽에 부딪히면서 몇 초에 한 번씩 메아리를 낳을 터였다.

나오미는 오아시스에서 그렇게 하루하루를 보냈다. 의사들에게 정기적으로 진료를 받고, 자기를 무시하는 여자들과 함께 요가를 하고, 자기를 무시하는 여자들과 함께 명상을 연습하고, 찹쌀떡을 먹고, 라씨를 마시고, 마사지를 받고, 시설 안을 돌아다녔다. 저녁식사가 준비되면 땡땡거리는 종소리가 울렸다. 태드는 밤마다 나오미와 저녁을 함께 먹으며, 일하는 동안 들었던 팟캐스트 내용을 신나게 떠들었다. 저녁을 먹은 후에는 태드와 함께 오락실에서 보드게임을 하거나, 부모님과 영상통화를 하거나, 같이 새로운 로맨틱 코미디를 보거나, 인기 있는 과학 잡지를 읽었다. 어떤 밤에는 태드와 섹스를 했다. 어떤 밤에는 하지 않았다. 태드는 밤마다 꼬박꼬박 교정기를 끼고 침대 속으로 들어와서 혀짤배기소리로 그날을 마무리하며 떠올린 생각을 웅얼거리다가 잠들었다. 콘크리트 벽은 두꺼웠다. 나오미는 다른 침실의 소음을 들은 적이 없었다. 태드는 꿈에서도 선과 도형, 변화하는 각도에 따라 달라지는 크기를 계산하고 있는지 평화롭게 잤다. 나오미는 자다 깨다 했다. 도저히 잠이 오지 않을 때는 가끔 산책을 나가서, 욕실 문 위에 켜진 흐릿한 비상등 불빛만이 복도를 비추는 캄캄한 밤에 시설 안을 맨발로 돌아다녔다. 제인도 시설 안에 살았지만, 그런 밤중에 깨어 있는 일은 없었다. 그런 밤중에 깨어 있는 직원은 경비실 당직자와 진료실 당직자, 비상시를 대비해 조용히 앉아 있는 대가로 돈을 받는 그 사람들뿐이었다. 나오미는 중앙 계단을 올라 낮에 다른 입주자들이 일광욕을 하는 지붕 위의 타일 깔린 파티오에 나가기를 좋아했다. 달빛 아래 앉아서, 그냥 별을 보았다. 라스베이거스가 그리웠다. 그런 일이 가능하리라곤 상상도 못했으나 그랬다. 네온사인과 소음과 열기와 차량들이 그리웠고, 유명인 흉내쟁이들, 우스꽝스러운 간판들, 딱 달라붙는 옷을 입고 취해서 인도를 비틀거리며 걸어가는 관광객들, 전당포 앞에 늘어서서 차례를 기다리는 도박 중독자들, 어쩌다 눈이 맞았는지 조잡한 예배당 밖으로 행진해 나오는 갓 결혼한 커플들, 가방 속에 뷔페에서 훔친 페이스트리를 가득 채워 나오는 구두쇠들, 노상에서 캣콜링을 하는 인간들, 깡패들, 전도사들, 예언자들, 심지어는 골목길의 녹슨 쓰레기통 안에서 푹 익어가는 쓰레기의 썩은 냄새까지 그리웠다. 차를 몰고 돌아다니고, 이런저런 볼일을 보고, 식료품점에 가던 때가 그리웠다. 집 안에서 빈둥거리고. 부모님을 보러 가고. 남편이 브런치를 준비하는 동안 마늘 볶는 냄새를 맡으며 목욕을 하던 날들…… 라마는 가끔 나오미와 함께 지붕에 앉아서 시설 위에서 호선을 그리며 나는 박쥐들을 열심히 구경했다. 밤시간에 거기서 다른 사람을 본 적은 없었다. 가끔 나오미는 새벽까지 지붕 위에 있다가, 주방장이 모는 스테이션왜건이 자갈 부서지는 소리를 내면서 주차장에 도착하면 슬그머니 계단을 내려가 아침식사를 하러 식당으로 향하기도 했다.

어느 날 나오미는 오락실에 있는 비디오를 뒤지다가, 입주자들 한 무리가 어슬렁어슬렁 들어오더니 소파에 주저앉거나 안락의자에 앉아서 에밀리와 잡담을 나누는 소리를 들었다. 안락한 가죽 오토만 의자에 앉은 에밀리는 땋은 머리를 우아하게 폭포처럼 늘어뜨린 채 다른 여자들에게 짓궂은 웃음을 지어 보였다.

"잠깐만, 어느 경비원이요?"

"젊은 쪽이요." 에밀리가 말했다.

"측정기 가지고 다니는 체이스요?"

"한 번은 온실에서도 했죠." 에밀리가 말했다.

"잠깐만, 한 번 이상 한 거예요?"

"더는 참을 수가 없었어요. 완전히 미치겠더라고요. 첫 삼 개월이 지난 후로 말도 못하게 달아올랐단 말이에요. 대니도 알아요. 내가 다른 사람과 자는 게 싫었으면 자기가 여기 있었어야죠. 돈은 문제가 아닌데도 그이는 계속 일하는 쪽을 택했어요. 오지 않기로 한 거죠."

"전 그냥 바이브레이터를 쓰는 게 낫겠어요."

"난 아예 성욕이 일지도 않던데요."

나오미는 카세트 하나를 더듬거리다가 실수로 탁 소리가 나게 떨어뜨렸다. 에밀리가 나오미 쪽을 슬쩍 보더니 다시 다른 사람들에게 고개를 돌렸다.

"뭐, 아무려나요. 이 주변에선 그 사람이 최선인걸요. 다른 경비원은 너무 늙었고. 요리사는 그냥 소름 끼치고. 그 작자와 얽혔다가 습진이라도 옮을까 무서워요. 등도 털투성이일 게 뻔하고요. 안 봐도 알죠. 그다음에 남는 다른 선택지는 그냥 매력이 없잖아요." 에밀리는 살짝 삐딱하게 웃으면서 다시 나오미 쪽을 보았다.

나오미는 그게 태드 이야기라는 사실을 깨달았다.

나오미는 그 여자가 자신의 남편을 유혹의 선택지로 고려했다는 사실과 그가 성적인 매력이 전혀 없다고 폄하했다는 사실 모두에 화가 나서 앞이 보이지 않을 정도로 격분한 채 주위를 보지도 않고 사납게 복도를 걸었다. 겨우 억누른 분노 때문에 몸이 벌벌 떨렸다. 나오미는 침실로 돌아가서 말했다.

"더는 못해먹겠어."

책상 앞에 앉은 태드가 고개를 들었다.

"집에 가고 싶어." 나오미가 말했다.

태드는 숨을 깊이 들이쉬더니 한숨을 내쉬었다. 그리고 연필을 내려놓았다. 라마가 침대 아래 그늘에서 내다보며 야옹거렸다.

"당신 못지않게 나도 여기 있고 싶지 않아." 태드가 말했다.

"나만큼 싫어하는 건 불가능할걸." 나오미가 말했다.

"내 말 믿어." 태드가 말했다.

"여기 사람들은 나한테 말도 걸지 않아." 나오미가 말했다.

"여보, 이제 얼마 안 남았어. 조금만 버텨. 몇 달만 더 견디면 돼."

그래서 나오미는 노력했지만, 상황은 더 나빠지기만 했다. 요가 수업 도중에 물을 마시러 다녀왔더니 에밀리가 그 자리를 차지하고 앉아 있어서 방 뒤쪽에 깔린 매트로 이동해야만 했고, 그 자리에서는 나오미를 멀리하는 여자들 모두의 비틀린 사지 때문에 강사가 보이지도 않았다. 명상 수업 도중에 화장실에 다녀왔더니 에밀리가 나오미의 방석에 앉아버려서 방 뒤쪽으로 이동해야만 했고, 그 자리에서는 나오미를 멀리하는 여자들의 성가신 소곤거림 때문에 강사의 말에 집중할 수가 없었다. 에밀리가 오락실 밤샘 파티를 계획해서 온라인으로 침낭 열두 개를 주문하고 전자레인지 팝콘을 사고 피자를 배달시키더니 나오미만 빼고 모든 입주자를 초대했다. 나오미는 다른 입주자가 혼자 있을 때 접근해서 친근한 우스갯소리를 던져보기도 하고, 가벼운 농담을 해보기도 하고, 심지어는 빌어먹을 날씨에 대한 인사를 나눠보려고도 했는데 여자들은 나오미를 거부하라는 지시라도 받은 것처럼 일체의 대화 시도를 묵살했다. 일정에 맞춰서 진료를 받으러 진료실에 가면 에밀리가 먼저 와서, 제시간에 마사지를 받으러 가려면 지금 당장 자기 먼저 검사를 받아야 한다고, 스트레스는 자궁에 든 아이에게 엄청나게 해로울 수 있고 마사지는 아기의 건강에 절대적으로 중요하다고 우겨대며 성질을 부리는 바람에 결국 항복한 의사가 나오미와의 약속 시간을 미루게 만들었다.

그후에 제인이 난처하고 미안한 표정으로 나오미를 찾아왔다.

"그 일은 정말 죄송합니다." 제인이 말했다.

"저도 여기 돈을 내고 있어요." 나오미는 폭발했다.

"알아요." 제인이 말했다.

"내가 왜 이런 교활한 짓거리를 상대해야 하느냐고요." 나오미가 외쳤다.

"죄송합니다. 지금까지 엄청난 인내심을 발휘해주셨다는 거 알고 있어요. 감사드립니다. 진심으로요. 에밀리를 대하기가 얼마나 힘든지 알아요. 이 시설에서 에밀리만큼 자주 제 사무실에 찾아오는 사람은 없어요. 매일같이, 어떤 때는 밤에도 찾아와서 새로운 문제나 요구를 들이밀지요. 드릴 말씀이 없습니다. 저는 그저 그분이 힘든 성장 과정을 겪었다는 점을 기억하려고 해요. 정신 건강에 문제가 있거든요. 가족에게 엄청난 압력을 받고 있고요." 제인이 말했다.

나오미는 욕실로, 그 시간에 혼자 있을 수 있는 유일한 장소로 들어가서 문을 닫고 잠궈버린 다음 세면대 아래 바닥에 책상다리를 하고 앉아서 헤드폰으로 트랜스 음악을 크게 틀어놓고 그 소리가 자신을 흔들고 삼켜버리도록 했다. 십대 시절 극심한 좌절감에 비명을 지르고 싶을 때 하던 행동이었다. 이런 고립된 환경에서는 그런 사소한 상호작용이 너무나 중요하게 느껴진다는 사실이 싫었다. 나오미도 도시에는 친구들이 있었다. 대학 친구들. 어린 시절 친구들. 나오미는 이성적으로는 자신이 호감을 살 수 있는 사람이라는 걸 알았다. 그러나 감정적으로는 패배자처럼 느껴졌다. 집에서라면, 현실 생활 속에서라면 그따위 여자들이 뭐라고 생각하든 쥐뿔도 신경쓰지 않았을 테지만 매일 그 여자들과 같이 살아야 하고, 공간을 공유해야 하고, 오직 그 여자들만 보아야 하는 상황에서는 미소 한 번에 인생을 팔 수도 있었다. 그곳에 들어온 다른 여자들에게 거부당하는 게 모든 인간 사회에서 거부당하는 것처럼 느껴졌다. 불합리했다. 참담했다. 나오미가 원하는 것은 오직 친구 하나뿐이었다.

다음날 저녁에 새로운 커플이 시설에 도착했는데, 탈색을 한 숱 많은 머리에 홀로그램 재킷을 입은 여자와 검은색 운동복을 입은 근육질의 남자로, 둘 다 왠지 낯이 익었다. 나오미는 라마와 함께 제단 근처에 앉아서 라마의 귀 뒤를 긁어주고 있었다. 커플이 시설 안내를 받는 소리를 흘려듣던 나오미는 그 여자가 유명한 테니스 선수로 금메달리스트이자 세계 챔피언이며, 남자는 슈퍼모델이라는 사실을 깨달았다. 남자의 얼굴을 시내 간판에서, 섹시 콘셉트의 코트와 속옷 광고에서 본 기억이 있었다. 남자는 뉴어크 출신이었다. 어디에서 그런 이야기를 읽었는지는 기억이 잘 나지 않았고, 자신이 그런 기사를 읽었다는 사실이 당혹스러웠다.

테니스 선수인 애너벨은 아직 임신한 몸이 아니었다.

"누군가의 플러그를 뽑을 때 섹스를 하는 게 좋을까요?" 애너벨이 물었다.

"그러실 필요는 없습니다." 제인이 말했다.

"하지만 수정이 이루어지는 순간에 영혼이 새로운 몸에 들어간다면요?" 애너벨이 물었다.

"그건 그럴 수도 있겠군요." 제인이 말했다.

애너벨은 얼굴을 찌푸리며 제단실 안 침대 여기저기에 누운 쇠약한 몸뚱이들을 보았다. "그렇다면 이 사람 중에 누군가가 죽을 때 딱 맞춰서 남편이 사정하도록 해야 하지 않을까요?"

제인이 어색한 미소를 지었다. "수정은 정액이 질 안에 들어가는 순간에 일어나는 게 아닙니다. 성교 이후 한 시간에서 일주일 사이에 언제든 일어나지요. 정확하게 임신하는 순간을 예측하기란 불가능합니다." 제인이 자신의 두 손을 맞잡았다. "마찬가지로 하나의 몸이 죽는 순간도 정확하게 특정할 수는 없습니다. 과거에는 의학적으로 심장이 멈춘 후에 몸이 죽었다고 여겼지만, 이제는 제세동기로 심장이 다시 뛰게 만들 수 있다보니 이 정의에는 문제가 생겼지요. 지금은 많은 의사들이 뇌의 전기적인 활동이 모두 멈추는 순간을 죽음으로 정의합니다만, 몸속의 장기들 중 상당수는 뇌사가 일어난 후에도 오랫동안 기능할 수 있기 때문에 이 정의에도 문제가 있어요." 제인이 다시 두 손을 펼쳤다. "그리고 설령 몸이 죽는 순간을 정확하게 집어낼 수 있다 하더라도, 영적으로는 이런 일이 어떻게 일어나는지 알 수 없습니다. 영혼이 한동안 몸속에 머무는지, 아니면 즉시 몸을 떠나는지요."

슈퍼모델 스펜서는 완전히 멍한 얼굴이었다.

"그러면, 누가 죽는 동안 섹스를 하는 게 아니라면, 우린 여기까지 대체 왜 온 거죠?" 스펜서가 물었다.

제인은 두 사람에게 침실 열쇠를 건넸다.

"두 분은 이곳에서 지내기 위해 많은 돈을 지불하셨고, 그 돈은 이 시설에 죽어가는 신체를 꾸준히 공급하는 데 쓰입니다. 언제든 준비가 되시면 임신을 시도하셔도 됩니다. 원하신다면 오늘밤에라도요. 두 분의 아이가 잉태되는 날이든, 아이가 성장하는 다른 모든 단계에서든, 언제나 가까이에 막 몸을 떠나 새로 깃들 건강한 인간의 육신을 찾는 영혼이 있을 것을 보장해드립니다." 제인이 말했다.

나오미는 잠시 저 새로운 커플과 친구가 되고, 그룹 활동을 하고, 더블 데이트를 하는 환상을 품었다. 우스꽝스러운 생각이라는 건 알았다. 터무니없는 환상 같았다. 하지만 다음날 식당에 혼자 앉아 있는데 테니스 선수가 음식 쟁반을 들고 다가왔다.

"혼자 있고 싶어요?" 애너벨이 물었다.

나오미는 애너벨을 멍하니 쳐다보았다.

"앉아도 돼요." 나오미가 말했다.

"왜 다른 사람들과 같이 먹지 않아요?" 애너벨이 물었다.

나오미는 머뭇거렸다.

"여기엔 계층이 있거든요."

나오미의 말에 애너벨은 눈을 굴리더니 쟁반을 내려놓고 의자에 앉았다. 그녀의 머리는 대충 하나로 묶여 있었다. 충격 속에서 나오미는 애너벨이 그릇에 시리얼을 담아 온 것을 보았다. 나오미는 경이로운 눈으로 그 시리얼을 보았다. 우유 속에 기하학적 모양의 마시멜로들이, 색색깔의 삼각형과 원과 사각형이 떠다녔다. 나오미도 몇 달 동안 시리얼이 먹고 싶었지만 식당에는 그런 게 없었고, 시리얼을 달라고 하거나 온라인으로 주문하자니 민망했다.

"그 시리얼은 어디에서 났어요?" 나오미가 물었다.

"한 상자 몰래 가지고 들어왔죠. 여기 음식은 다 자연산 아니면 유기농 아니면 프로바이오틱 제품일 것 같아서요. 그런 걸 먹다간 굶어죽을 거예요. 하루를 헤쳐 나가려면 인공 조미료를 균형 있게 먹어줘야 한다고요." 애너벨이 말하더니 시리얼을 한 입 먹었다.

나오미는 애너벨이 시리얼을 씹어 삼키는 모습을 간절한 마음으로 지켜보았다.

"사실 전 당신이 테니스 치는 모습을 본 적이 없어요." 나오미가 솔직하게 말했다.

"난 전형적인 베이스라이너*예요." 애너벨이 말했다.

"그게 무슨 뜻인지 전혀 모르겠는데요." 나오미가 말했다.

"정신 나간 각도로 친다는 뜻이죠." 애너벨이 씩 웃었다.

미소를 보자 나오미의 심장이 펄쩍 뛰어올랐다. 나오미는 식당 저편, 나머지 입주자들이 에밀리를 열심히 바라보며 에밀리가 하는 이야기에 귀기울이는 모습을 슬쩍 보고는 다시 애너벨에게 고개를 돌려서 그녀가 초콜릿 우유를 들이켜는 모습을 보았다. 갑자기 황홀한 기분이 들었다. 특별해진 기분이 들었다. 환상적이었다. 호아킨은 카운터 뒤에서 오믈렛을 뒤집고 있었다.

---

* 테니스코트의 뒤쪽 베이스라인 근처에서 공을 치는 선수.

"어젯밤에 재미있는 소문을 들었어요." 애너벨이 마시멜로를 입 안 가득 물고서 말했다.

"무슨 소문요?" 나오미가 물었다.

"여기서 죽는 사람은 대부분 노숙자래요." 애너벨이 말했다.

"여기에서 죽는 사람은 모두 돈을 받는 줄 알았는데요?"

"그야 뭐. 가족이 받는 거죠. 공평한 것 같아요. 생각해봐요. 당신한테 지난 오십 년 동안 길거리에서 산 약쟁이 삼촌이 있는데, 재활원에 가는 건 절대 싫다고 하고, 마약을 포기할 생각도 없고, 가끔 돈이나 뭔가를 내놓으라고 가족을 때리던 사람이 병원에서 혼수상태가 되어 생명 유지 장치에 매달린 채 다시 살아날 가망이 없을 때, 웬 회사가 나타나 그 삼촌을 사막에 데려가서 플러그를 뽑게만 해주면 현금을 왕창 주겠다고 하는 거죠."

슈퍼모델 스펜서가 헝클어진 머리에 구겨진 파자마를 입고 매혹적으로 하품을 하며 식당 안으로 걸어들어왔다.

"소문이 진짜였으면 좋겠어요. 난 어렸을 때 가출 청소년이었거든요. 한동안 노숙자 보호시설에서 살았죠. 거기서 친구도 많이 사귀었고. 여기 모인 부자들이 다 노숙자의 영혼이 깃든 아이들을 낳을 거라고 생각하면 이상하게 만족감이 들어요." 애너벨이 말했다.

라마가 식당 안으로 들어왔다. 고양이가 식탁 위에 뛰어오르자 식기가 달그락거렸다. 나오미는 고양이를 다시 바닥에 내려놓았다. 라마는 뚱한 표정으로 뷔페 음식이 있는 곳을 향해, 접시에 베이컨을 담고 있는 스펜서를 향해 걸어갔다.

애너벨이 감탄하는 얼굴로 현관 쪽을 돌아보았다.

"이걸 다 돈으로 바꿀 생각을 해내다니 천재네요." 애너벨이 말했다.

"아직은 여기에서 출산한 사람이 없어요." 나오미가 말했다.

애너벨이 나오미를 쳐다보았다.

"그래서 밤에 잠이 오질 않아요. 사실 이 방법이 통할지 어떨지 모르는 거잖아요." 나오미가 말했다.

지붕에 빗방울이 떨어지고 있었다. 나오미는 식당에서 보드게임을 사이에 두고 애너벨과 마주앉았다. 태드는 스펜서와 마주앉았다.

"영혼이 죽은 다음에 새 몸을 선택한다고 생각해요?" 애너벨이 물었다.

"당연하지." 스펜서가 한 턴을 잃고 주사위를 넘기며 말했다.

"사실 그건 말이 안 돼요." 태드가 말했다.

"우리한테 수학을 들이댈 생각은 마세요." 스펜서가 말했다.

"수학이 아니에요. 그냥 논리가 그래요. 아무도 전체주의 국가의 빈민가 판잣집에 사는 폭력적인 마약중독자로 태어나기를 선택하진 않을 텐데요. 하지만 그런 사람은 태어나죠." 태드가 말했다.

나오미가 주사위를 굴리고 병사 말에 손을 뻗어 전쟁을 시작하려 했다. 나오미는 이제 임신 이십구 주 차였다.

"영혼에는, 그 뭐냐, 다른 기준이 있나보죠." 스펜서가 말했다.

바람에 날린 흙먼지가 창문 앞을 지나가고 있었다. 나오미는 오락실에 있는 테이블 축구대 앞에 애너벨과 나란히 서 있었다. 태드는 스펜서와 나란히 서 있었다.

"누구든 전생이 기억나는 사람 있어요?" 애너벨이 물었다.

"전혀요." 태드가 막대기를 돌렸다가 공을 놓치며 말했다.

"난 언젠가 뱃사람으로 사는 진짜 강렬한 꿈을 꾼 적 있어." 스펜서가 말했다.

"뱃사람에 대한 꿈을 전생이라고 할 수는 없을 것 같은데요." 태드가 말했다.

"하지만 꿈에서 나한테 온갖 기술이 다 있었어요. 매듭짓기 같은 거요. 물고기도 잡았고요. 그러다가 배에 타고 있던 모두가 나보고 백파이프를 훔쳤다는 거예요." 스펜서가 말했다.

나오미가 손잡이를 비틀어서 골키퍼를 뒤로 공중제비 시키고 공을 코트 저편으로 걷어찼다. 이제 임신 삼십일 주 차였다.

"난 우리가 이 물리적인 육체와 분리된 존재라는 생각이 좀 받아들이기 힘들어요." 태드가 말했다.

나오미는 애너벨과 함께 온실 벤치에 드러누워서 우유 없이 시리얼만 담은 그릇을 주거니 받거니 했다.

"진짜 웃겨. 우리 부모님은 평생 그런 것들에 철저히 반대하셨거든. 운동으로 요가를 한다거나, 정신 건강을 위해 명상을 해서 생산성을 높인다거나 그런 거 있잖아. 부모님은 그게 인도 종교의 변질이라고 생각해. 정말로, 차를 몰고 집 근처 요가 스튜디오를 지날 때면 차 안에 정적이 쫙 깔린다니까. 무슨 연합군 기념비 옆이라도 지나쳤나 싶을 정도야. 아무튼 내 평생 그분들은 늘 그랬단 말이야. 대학 때 내가 요가와 명상에 푹 빠졌는데, 그거 가지고 부모님한테 완전 폭격을 받았었지. 그런데 여기서 시설 안내를 받을 때는 이 센터의 아이디어에 얼마나 푹 빠졌는지, 여자들이 다 요가와 명상을 하는 걸 보더니 이러는 거야. '요가! 명상! 나오미, 여긴 낙원이구나!'" 나오미가 말했다.

애너벨이 고개를 젖히고 웃어댔다.

"진짜 자기 부모님 만나보고 싶네." 애너벨이 말했다.

"분명 만나게 될 거야. 양수가 터지자마자 달려올 테니까." 나오미는 마시멜로를 씹으면서 말했다.

"얼른 두 분이랑 어울리고 싶다." 애너벨이 말했다.

벤치 건너편에서는 과일나무 가지에 매달린 색색의 복숭아와 자두와 천도복숭아에 맺힌 물방울이 반짝거렸다. 태드는 일을 하고 있었다. 스펜서는 낮잠을 잤다. 온실의 따뜻하고 습한 공기가 상쾌하게 느껴졌다.

"난 자기가 우리 엄마를 만나봤음 좋겠어." 애너벨이 말했다.

"나도." 나오미가 말했다.

애너벨은 몇 달이 지나서야 자신이 출산지원센터에 도착한 바로 다음주에 임신했다는 사실을 알았다. 그후에 나오미는 애너벨과 같이 산책을 했다. 애너벨이 그렇게 행복감에 빛나는 모습은 처음 보았다. 그녀는 아직 판판하기만 한 배에 자꾸만 손을 갖다댔다. 나오미는 편한 운동복을 입고도 배가 튀어나왔고, 늘어난 몸무게 때문에 허리가 아팠다. 거대해진 기분이었다. 애너벨은 제단실에서 돌 제단 옆에 나오미와 나란히 앉았다.

"자기가 떠나면 정말 보고 싶을 거야." 애너벨이 말했다.

"알아." 나오미가 말했다.

"그러고도 난 한참 남아 있어야겠지." 애너벨이 말했다.

에밀리도 제단실에 있었다. 헐렁한 리넨 튜닉을 입고 금색 버클 달린 가죽끈 샌들을 신은 채 오늘따라 유난히 열렬한 모습으로 방금 전에 사망한 누군가의 침대 옆에서 싱잉볼을 연주하고 있었다.

"다시 만나러 올게." 나오미가 말했다.

"맹세해?" 애너벨이 나오미를 보며 말했다.

"약속해."

"살았다, 정말."

라마가 천장의 빈 지점을 노려보고 있었다.

"저 귀염둥이도 꼭 데려와." 애너벨이 말했다.

라마는 계속 천장의 빈 지점을 노려보고 있었다.

"뭘 쳐다보는 거니, 라마?" 애너벨이 웃으면서 손을 뻗어 고양이의 턱 아래를 간질였지만, 고양이는 그 손길을 무시하고 천장만 뚫어져라 보고 있었다. 마치 인간은 볼 수 없는 뭔가를 보는 것처럼.

제단실 저편에서는 의료인 한 명이 시체 위에 하얀 시트를 덮으며 밖에서 대기중인 구급차로 밀고 나갈 준비를 했다. 향에서 연기가 피어올랐다. 백합 꽃잎이 떨어졌다. 라마는 고개를 돌려 보이지 않는 무언가가 벽을 따라 내려오는 모습을 보더니, 뒤로 물러섰다가 다시 앞으로 살금살금 기어가서 바닥에 있는 보이지 않는 무언가를 발로 때리고는, 뭔가를 뒤쫓듯 잽싸게 복도로 달려나갔다.

"고양이는 정말 최고야." 애너벨이 말했다.

그날 밤에 나오미는 피트니스센터에서 러닝머신을 달리고 내려오다가 에밀리와 마주쳤다.

"나오미, 안녕하세요." 에밀리가 말했다.

한 달이 넘도록 에밀리와 전혀 교류가 없었던 나오미는 얼어붙어서 에밀리와 맞설 마음의 준비를 했다. 하지만 에밀리는 나오미에게 미소를 짓고 있었다. 정말로 만나서 반갑다는 얼굴이었다. 피트니스센터에 온 것도 그저 나오미와 대화하기 위해서인 듯, 운동복이 아니라 여전히 리넨 튜닉과 가죽끈 샌들 차림이었다. 두 손은 부푼 배를 감싸안고 있었다.

"오늘 정말 아름답네요, 나오미." 에밀리가 말했다.

"오." 나오미는 놀라서 그렇게만 답했다.

"말 그대로 광채가 나는데요." 에밀리가 말했다.

"고마워요." 당황한 나오미가 대답했다.

실내 자전거를 타던 태드가 혹시 구해줘야 하나 살피듯 지켜보고 있었다.

"방금 진단을 받았는데요. 모든 게 완벽해 보여요. 모든 게 훌륭해요. 그리고 최근에는 아기가 아주 활발해졌지 뭐예요. 많이 움직여요. 다들 움직임 자체에는 아무 의미도 없다고 하는 걸 알지만 그래도 좀 안심이 되잖아요. 그렇죠?" 에밀리가 말했다.

나오미는 이 명랑한 잡담에 너무 놀란 나머지 잠시 말을 잃었다.

"나오미도 곧 출산이죠?" 에밀리가 말했다.

"어, 맞아요. 일주일 남았어요." 나오미가 말했다.

"우린 아이 성별은 몰라요."

"우리도 그래요."

"놀라고 싶거든요."

"우리도 그래요."

"내내 남편과 같이 있을 수 있다니 당신은 정말 운이 좋아요. 정말 특별한 일이에요. 참 좋은 일이고요. 대니는 앞으로 한 달은 외국에 있거든요. 스위스에서 일하는 중인데, 그후에는 곧장 이리로 올 거예요. 마지막 달에는, 아기가 태어날 때는 여기 있을 거예요." 에밀리가 말했다.

태드는 실내 자전거 손잡이 쪽으로 다시 몸을 돌리고 헉헉거리며 페달을 밟고 있었다.

에밀리는 나가려는 듯 문 쪽으로 홱 몸을 돌렸다가, 다시 불안한 표정으로 돌아보았다.

"그동안 끔찍하게 굴어서 미안해요. 당신에게 좀더 잘해줬어야 했는데. 제가 가끔 그런 괴물이 돼요. 솔직히 왜 그런지 모르겠어요. 정말로요, 평생 이랬거든요. 그냥 이유 없이 사람들을 닦아세우는 거예요." 에밀리가 말했다.

나오미는 다시 할말을 잃었다.

"우린 친구가 될 수도 있었겠죠. 그랬으면 좋았을걸. 당신은 제대로 된 사람이에요. 그러니까, 무언가에 대해 진짜로 생각을 하는 사람 말이에요. 당신이 도착한 순간부터 어쩐지 알 수 있었어요. 당신은 여기에서 제일 진짜 같은 사람이에요." 에밀리는 머리카락 한 올을 귀 뒤로 넘기면서 말했다.

나오미는 가슴에 밝고 따뜻한 빛이 퍼지는 느낌이었다. 그토록 오랫동안 거부당한 후에 마침내 사과를 받고 받아들여지고 대화를 하게 되다니, 더없는 행복감과 강력한 화해의 감정이 밀려왔다. 에밀리가 갑자기 너무나 연약하고 불안해 보였다. 그러고 보니 평소처럼 꼼꼼하고 완벽하게 땋은 머리가 아니라 살짝 풀어져서 귀갑으로 만든 머리집게에서 빠져나온 금발 몇 가닥이 흘러내리고 있었다. 두 뺨은 이상하게 야위었다. 눈 아래는 살짝 부었다. 나오미는 에밀리를 안아주고 싶을 지경이었다. 이제 나오미는 친구로서 에밀리가 필요하지 않았다. 이젠 그녀를 지지해줄 다른 친구들이 있었다. 그런데도 어째서인지 에밀리에게 상냥한 대접을 받고, 에밀리와 가까워질 수 있다는 사실이 그렇게 기쁠 수가 없었다. 압도적인 감정이었다.

"괜찮아요." 나오미가 말했다.

"그리고 당신 고양이는 미안해요." 에밀리가 불쑥 말했다.

나오미는 얼굴을 찌푸렸다.

"내 고양이요?"

"아, 누군가가 얘기했을 거라고 생각했는데요." 에밀리가 불안한 웃음소리를 내며 말했다.

"뭘 얘기해요?" 나오미가 말했다.

"나도 다들 인간은 다른 동물에게서 영혼을 받을 수 없다고 말하는 거 알아요. 하지만 난 성취욕이 강한 사람이거든요. 이미 만점을 받았어도 꼭 뭘 더 하는 그런 사람이죠. 뭐든지 다 그래요. 인간이 다른 동물에게 영혼을 받을 수 없다 해도 혹시 도움이 될지 모르니까, 낮 동안 직원들이 짐승들을 희생시키는 쪽이 좋더라고요. 사실 정말로 도움이 될지도 모른다고 생각해요. 어쨌든 처음에는 그 고양이가 당신 것인 줄도 몰랐어요. 직원 누군가의 고양이라고 생각했죠. 난 언제나 고양이들과 연결되었다고 느꼈거든요. 어떻게 설명해야 할지 모르겠네요. 그냥 그래요. 그래서 뭐랄까, 다른 동물만으로는 충분하지 않다는 생각이 그냥 떠오른 거예요. 고양이도 희생해야 한다는 생각이요. 물론 제인은 안 된다고 했죠. 그야, 당신 고양이니까요. 그게 당신이 처음 들어왔을 때쯤의 일이었어요. 그 일로 내가 크게 발작을 했어요. 그후엔 많이 민망하더라고요. 분명히 당신도 들었을 줄 알았어요. 어쨌든, 제인이 나한테 다른 고양이들을 구해줬어요. 일주일 동안 매일 밤에요. 자정에 희생 의식을 했죠." 에밀리가 말했다.

나오미는 충격에 빠져서 바라보기만 했다.

"내가 그냥 맛이 좀 갔었나봐요. 스트레스 때문에 미칠 것 같아요. 압박감이 어지간해야죠. 대니나 저나 둘 다 난임 문제가 있거든요. 특히 내 쪽이요. 그냥 입양할 수도 있다는 건 알지만, 우리 부모님은 우리 핏줄의 아기를 낳았으면 했고, 우리도 그러길 원했어요. 난임 치료에만 백만 달러 넘게 썼어요. 얼마나 많이 시도했던지. 열 번도 넘는 시술에, 열 개가 넘는 배아에, 하나같이 다 실패했죠. 모조리 실패했어요. 마지막만 빼고요. 이 아기는 기적이에요. 나한테 일어난 최고로 아름다운 일이에요. 이 아기가 건강하게 태어나도록 가능한 일은 뭐든 다 하고 싶어요. 건강하게 태어나리라는 건 알아요. 그럴 거란 믿음이 있어요. 그냥 가끔 불안해질 뿐이에요." 에밀리가 말했다.

"모두에게 힘든 한 해였죠. 하지만 다 괜찮아질 거예요." 나오미가 말했다.

"정말 그렇게 생각해요?" 에밀리가 나오미를 보면서 물었다.

나오미는 고개를 끄덕였고, 진심이었다.

"그동안 엄청나게 힘들었어요. 하지만 이제 거의 다 왔네요." 에밀리는 두 손으로 배를 어루만지며 행복한 얼굴로 눈을 가늘게 뜨고 말했다.

다음날에는 시설 입주자 두 명이 분만에 들어갔는데 하나는 아침식사 때, 하나는 점심식사 때 들어갔고 저녁 무렵에는 둘 다 아기를 낳았으며, 둘 다 건강하고 영혼이 있었다. 몇 달 동안 계속 두려움과 의혹과 비극의 예감에 시달리며 살았던 출산지원센터 입주자들은 복도 저편에서 울려퍼지는 멀쩡한 아기의 울음소리와 옹알이를 듣자 밀려드는 희망을 느꼈다. 여자들은 계속 안도의 웃음을 발작적으로 터뜨렸다. 나오미도 미소를 거둘 수 없었다. 그날 밤 직원들은 축하연을 열었다. 제인은 금색 풍선으로 식당을 장식했다. 호아킨은 초콜릿 생일 케이크를 두 개 만들었다. 자정에는 제단에서 황새를 한 마리 도살했다.

"그리고 이제 우린 이 시설의 방식이 정말로 통한다는 걸 알게 되었습니다." 제인이 승리의 연설을 하며 말했다.

호아킨이 주방 카운터 뒤에서 입주자들과 함께 갈채를 보냈다.

나오미가 다음 출산 예정자였지만, 예정일이 왔을 때 정작 분만에 들어간 사람은 에밀리였다.

나오미가 식당에서 애플파이를 한 조각 먹고 있는데 간호사가 황망한 표정으로 문간에 나타났다.

"나오미 씨를 불러달래요." 간호사가 말했다.

나오미는 서둘러 간호사를 따라서 복도를 걸어 분만실로 들어갔고, 분만실 벽에는 여전히 투박한 나무 선반들이 늘어서 있었으며 선반 위에서는 여전히 거대한 치유 수정들이 빛났고 거칠거칠한 콘크리트 바닥에는 그 수정들이 드리우는 다채로운 빛이 폭발하듯 반짝거렸다. 스포트라이트가 침대를 비추었다. 에밀리의 예정일은 아직 한 달 넘게 남은 상태였다. 에밀리는 새틴 가운을 입고 침대에 누워 있었다. 제인이 마닐라 폴더를 움켜쥐고 그 옆에 서 있었다.

"대니가 아직 안 왔어요." 에밀리가 땀에 젖고 겁에 질린 모습으로 말했다.

"에밀리, 대니는 몇 주 있어야 와요." 제인이 말했다.

"전화해요. 대니에게 전화해야 해요. 오늘이라도 날아올 수 있어요." 에밀리가 고집했다.

"공항까지 가서 바다를 건너 날아온 다음에 다시 여기까지 차를 몰고 오려면, 그것만으로도 하루가 넘게 걸려요." 제인이 말했다.

"그이를 기다려야 해요." 에밀리가 말했다.

"못 기다려요." 제인이 단호하게 말했다.

"하지만 아직 예정일이 아니에요." 에밀리가 말했다.

"지금 아기가 나오고 있어요." 제인이 말했다.

에밀리는 의심과 고집과 부정과 분노 사이를 오가는 표정으로 잠시 제인을 쳐다보았다. 그러더니 입매에 힘이 들어가고 눈빛이 누그러들면서 마침내 고개를 끄덕이고 심호흡을 했다. 그리고 땀에 젖어 뺨으로 흘러내린 머리카락을 걷어냈다.

"중요한 건 아기뿐이죠. 준비됐어요. 시작해요." 에밀리가 말했다.

에밀리는 다른 입주자를 아무도 부르지 않았다. 나오미만 불렀다. 나오미는 분만 과정 내내 옆에 앉아서 에밀리의 손을 잡고 이마를 문질러줬다. 출산은 힘들이지 않고 수월하게 진행되어 한 시간밖에 걸리지 않았다. 아기는 정오 직후에 태어났는데, 연약한 두 팔과 섬세한 두 다리와 아름다운 두 개의 푸른 홍채가 빛나는 크고 둥근 눈을 지닌 작고 앙상한 아기였다. 부와 권력을 쥘 아이였다. 의사가 탯줄을 고정하고 잘랐다. 나오미는 믿기지 않는 기분으로 아이를 응시했다. 아이는 움직이지 않았다. 울지도 않았다. 그저 기계적으로 숨을 쉬며 고요히 천장만 볼 뿐이었다.

빈 몸뚱이였다.

"정말 가슴 아픈 일이에요." 나오미가 말했다.

제인은 공포에 질린 얼굴이었다. 에밀리는 멀쩡해 보였다. 에밀리는 경외하는 표정으로 아이에게 손을 뻗었다.

"완벽해요." 에밀리가 속삭였다.

나오미와 다른 사람들은 에밀리가 아이를 안고 텅 빈 눈 속을 들여다보며, 빈 몸뚱이를 부드럽게 흔들면서 사랑스러운 말들을 속삭이는 모습을 지켜보았다. 아이는 계속 숨을 쉬었다. 스포트라이트 속에 먼지가 둥둥 떠다녔다. 피부에 맺힌 땀이 말라갔다. 에밀리도 슬슬 불안한 표정으로 변했다.

호흡이 멎자 의사가 아이를 돌려받으려고 다가갔다.

"아직도 영혼이 없어." 에밀리가 당혹한 목소리로 말했다.

"너무 늦었습니다." 의사가 말했다.

의사가 머뭇거리더니 다시 아이에게 손을 뻗었다.

"그냥 내가 안고 있게 해줘요." 에밀리가 애걸했다.

"이미 떠났습니다." 의사가 부드럽게 말했다.

"내게서 빼앗아가지 말아요." 에밀리가 애걸했다.

나오미는 그 자리를 떠났다. 그때쯤에는 센터 전체에 소식이 퍼져 있었다. 이 시설에서 낳는다고 아기에게 영혼이 있다는 보장은 없었다. 그날 밤 저녁식사 자리에서 입주자들은 침울했고, 음울한 침묵 속에서 연어와 브로콜리를 깨작이면서 소리 죽여 소금이나 버터를 건네달라고 했다. 스펜서는 멍하니 블루베리 타르트를 보고 있었다. 애너벨은 머랭 한 접시를 앞에 두고 똑같이 우울한 얼굴로 구부정하게 앉아 있었다. 숟가락이 그릇에 부딪히는 소리가 났다. 에밀리는 보통 식당에서 관심의 중심이었는데, 그날 밤에는 없었다.

태드는 걱정하지 않았다.

"보장할 순 없다 해도, 여기 있으면 가능성은 올라갈지 몰라." 태드는 침실로 걸어가면서 말했다.

"난 정말로 이제는 걱정하지 않아도 된다고 믿었어." 나오미가 말했다.

"아기는 괜찮을 거야." 태드가 말했다.

태드는 그날 일찍 새로운 유형의 불가능 도형을 발견한 참이었다. 삼차원공간에 존재할 수 없는 이차원 도형이었다. 놀라운 업적이었다. 침실로 돌아간 태드는 마스킹 테이프를 뜯어서 연필로 그린 불가능 도형 스케치를 책상 위 벽에 붙이더니 뒤로 물러서서 감탄했다. 부모가 갓 태어난 아이를 볼 때와 똑같은 눈으로 도형을 바라보았다. 블랙헤드가 도드라진 태드의 얼굴은 투박하고 못생겼지만, 그런 자부심을 보일 때, 그렇게 사랑에 빠져 있을 때면 어쩐지 몹시도 잘생겨 보였다. 태드는 도시에서 이곳으로 오던 날 입었던 물방울무늬 셔츠를 입고 있었다.

"불가능 도형이 가능해 보이는 건 오직 인간의 사고가 가진 한계 때문이야." 태드가 말했다.

나오미는 그날 밤 태드가 잠든 후에 산책에 나섰다. 헐렁한 면 잠옷을 입고 어두운 복도를 헤매며 잠시 동안 제단실의 침대에 누운 시든 육체들을, 깜박거리는 생명 유지 장치를 생각한 후 슬그머니 계단으로 가서 지붕 위 파티오로 올라갔다. 나오미는 책상다리를 하고 두 손을 배에 올린 채 몇 시간 동안이나 사막 위를 나는 비행기들을 바라보고, 하늘을 유영해 지나가는 위성을 지켜보고, 별들을 응시하면서, 이제 이 시설도 영혼을 가진 아이의 출산을 보장해주지 못한다는 사실을 알았으니 어떻게 할 것인지 결정하려 했다. 그냥 집에 갈 것인지 말 것인지를. 나오미의 아기는 이제 예정일이 하루 지난 상태였다. 일광욕에 쓰는 수건들이 난간에 걸려 있었다. 심심풀이용 잡지가 산들바람에 바스락거렸다. 누군가가 태닝 오일 병의 뚜껑을 열어놓고 가서 달콤한 코코넛 향이 풍겼다.

나오미는 잠시 눈을 감고 영혼과 몸을 따로 느껴보려고 했다. 영혼이 몸과 분리되면 어떤 느낌일지 상상해보려 했다. 자신의 영혼이 인류의 역사에서 어떤 경로를 거쳤을지 상상해보려 했다. 부유하게 살았을 삶과 가난하게 살았을 삶. 전쟁 속에서 살았을 삶과 평화롭게 살았을 삶. 건강하게 살았을 삶과 고통스럽게 살았을 삶.

노예로 살았을 삶과 자유롭게 살았을 삶. 다시 태닝 오일의 달콤한 향기가 났는데, 그 냄새를 감각한 것은 몸이었지만 자각은 영혼에서 왔다. 어딘가에 영혼의 짝이 있을지 궁금했다. 그런 다음 다시 눈을 뜨자 멀리서 마른번개가 쳤고, 나오마는 아기를 떠올렸다. 이 시설에서 이렇게 오랜 시간을 보내고 나서도 아이가 여전히 텅 빈 채로 태어날지도 모른다는 사실을 떠올렸다.

나오미는 시설 안으로 돌아가면서도 아직 집으로 갈지 말지 결정하지 못한 상태였다. 생각에 잠겨서 계단을 나서다가, 제단실에서 흘러나오는 희미한 소리에 멈칫했다. 심전도와 뇌전도의 전자음. 사망을 알리는 가로선이 내는 소리였다. 천창이 어두우니, 제단실 안에 불빛이라고는 침대 사이사이에서 깜박이는 촛불뿐이었다. 나오미가 선 자리에서 모니터들이 보였다. 모든 환자가 한꺼번에 죽은 것처럼, 모든 화면에 빠짐없이 가로선이 떠 있었다. 나오미는 얼굴을 찡그리며 모니터가 고장난 게 틀림없다고, 어쩌면 과부하로 회로가 타버렸을지 모른다고 생각했다. 그러나 거대한 아치형의 제단실 문을 통과해 안으로 들어간 순간 모니터가 전부 멀쩡하게 기능하고 있음을 깨달았다. 모든 환자가 죽었다. 몸도 심하게 훼손되어 있었다. 침대보가 흠뻑 젖었고, 침대에서 바닥으로 피가 뚝뚝 떨어졌다. 발바닥에 닿는 콘크리트가 갑자기 차갑게 느껴졌다. 겁에 질린 나오미가 돌 제단 쪽을 쳐다보니, 의식용 단검이 사라지고 없었다. 촛불 빛 속에서 방 전체에 그림자가 깜박거렸다. 나오미는 환자들을 찌른 사람이 방안 어딘가에, 침대 뒤나 밑에 숨어 있을지 모른다는 생각에 꼼짝도 하지 않고 서서 그림자들을 유심히 보았다. 어둑한 불빛 속에서 방 주위에 둘러선 신상들이 실루

엣으로만 보였다. 나오미는 그 실루엣 중 하나가 조각상인 척하는 살인자일 수 있다는 망상에 사로잡혀 원래 신상들이 어떤 자세를 취하고 있었는지 기억해내려고 머리를 쥐어짰다. 가로선들이 계속해서 모니터를 가로지르며 웅웅거렸다. 조각상들은 움직임이 없었다. 나오미는 심장이 쿵쾅거리는 상태로 문가에 서 있었고, 마침내 이곳에는 그녀 혼자뿐이라는 믿음이 생기고 방안에 아무도 숨어 있지 않다는 생각이 들었지만 여전히 움직이기가 무서웠다. 그래도 억지로 몸을 움직여 도움을 청하러 가기로 했고, 피부가 뜨겁게 달아오르고 목덜미에 땀이 흐르는 가운데 복도를 타박타박 걸었다. 토할 것 같았다. 경비실까지 가는 길이 말도 안 되게 길어서 몇 분은 걸리는 것 같았다. 이윽고 경비실 문에서 흘러나오는 불빛과 경비원들이 앉는 책상에 놓인 소금 램프를 보자 안도감이 밀려왔다. 그러나 당직 경비원은 책상 앞에 앉아 있지 않고 바닥에 대자로 뻗어 있었고, 칼에 어찌나 많이 찔렸는지 제복이 갈가리 찢어졌으며, 경비원이 귀에 꽂고 있던 이어폰에서는 아직도 흐느끼는 듯한 고음의 바이올린 코러스가 작게 새어나오고 있었다. 진료실 문에서도 불빛이 흘러나왔고, 의사들이 앉는 책상 위의 소금 램프도 켜져 있었지만, 당직 의사 역시 책상 앞에 앉아 있지 않고 바닥에 대자로 뻗어 있었고, 두꺼운 제복이 뚫리도록 칼에 찔렸으며, 태블릿에서는 고전 시트콤이 재생되며 웃음소리가 울리고 있었다. 매니저 사무실로 가보니 제인이 실크 더미에 싸여 시멘트 바닥에 누워 있었는데, 목이 베이고 이목구비가 기괴하게 뒤틀린 굳은 얼굴로, 바닥에 쏟아진 아스피린에 둘러싸인 모습이었다. 나오미는 공포의 파도가 밀려오는 것을 느꼈다. 밤시간에는 시설에 다른 직원이 없었다. 나오미와 다른 입주자들만 있었다. 입주자들에게 경고해야 했다. 태드에게. 애너벨에게. 스펜서에게. 모이면 안전할 것이다. 나오미는 죽지 않을 것이다. 손이 덜덜 떨렸다. 복도를 따라 시설 안으로 더 깊이 들어가면서 뒤를 한 번 돌아보았지만, 뒤에는 아무도 없었다. 그곳에는 아무도 없었다. 욕실은 컴컴했다. 욕실 앞을 지나려니 재스민과 레몬그라스 디퓨저 향기가 나고, 똑똑 떨어지는 물소리가 들렸다. 그리고 나오미는 입주자 거주 구역에, 마감을 하지 않은 침실 나무문들이 일정한 간격을 두고 서 있는 구역에 도착했다. 원래 한밤중에는 방문이 다 닫혀 있는데, 지금은 마치 입주자들이 노크 소리나 익숙한 목소리를 듣고 자다가 불려 나온 것처럼 모든 문이 열려 있었다. 나오미는 공포에 질려 그 복도를 보았다. 첫번째 방 문가에는 갈색 단발머리에 빈티지 안경을 쓴 부동산 재벌 후계자인 매들린이 피에 젖은 마드라스 파자마 차림으로 쓰러져 있었다. 복도를 따라 문마다 각기 다른 사람들의 사지가, 손이나 발이나 반짝이는 머리 타래가 삐져나와 있었다. 침실 안에 밝혀진 소금 램프의 부드러운 불빛을 받아 문가에서 복도 바닥으로 번져 나온 피 웅덩이가 희미하게 빛나며, 복도 위에서 어둠 속을 향해 뻗어나가는 검은 웅덩이들의 군도를 이루었다. 덜컹 소리와 함께 환풍기가 켜졌다. 공기가 삐걱거리며 천장 배관을 통과했다. 나오미는 시체를 하나씩 지나칠 때마다 더해가는 메스꺼움 속에서 조심스럽게 피 웅덩이를 피해 복도를 걸었다. 여자들은 모두 목과 배를 여러 번 찔렸다. 스펜서는 벌거벗은 몸으로 압생트 병을 쥔 손이 뻣뻣하게 굳은 채, 가슴과 목에서 피를 흘리며 바닥에 쓰러져 있었다. 애너벨은 밝은색 기모노 가운 차림으로 목과 배에서 피를 흘리며, 두려움에 질려 크게 뜬 눈으로 바닥에 쓰러져 있었다. 나오미는 과호흡으로 현기증이 났다. 복도 끝 어둠을 향해 걸으면서 이제 그녀는 울고 있었다. 아무 소리도 내지 않으려고 애쓰며 조용히 울고 있었다. 나오미의 침실은 복도 끝에 있었다. 그 침실의 소금 램프도 빛나고 있었다. 따라오는 사람은 아무도 없었다. 나오미는 머뭇거리며 침실 안으로 들어갔다. 새틴으로 만든 고양이 방석은 비어 있었다. 바닥에는 기하학 책들이 쏟아져 있었다. 책표지에 그려진 금속 재질의 도형들이 희미하게 빛났다. 은색 격자들도. 연필로 그린 불가능 도형 스케치는 아직도 책상 위에 붙어 있었다. 태드는 헝겊 인형 같은 소름 끼치는 자세로 콘크리트 바닥에 널브러졌는데, 크게 벌어진 입에는 아직 교정기를 끼고 있었다. 나오미는 몸을 홱 돌렸다. 눈 앞에 별이 반짝거렸다. 어지러웠다. 메스꺼움이 심해지는 가운데 위산이 뱃속을 휘저으며 울컥 솟구쳐서, 그녀는 몸을 쪼그리고 책상 옆 쓰레기통에 토했다. 그런 다음에는 쓰레기통 옆 바닥에 앉아 헉헉거리며 숨을 골랐다. 입안에 남은 위산의 맛을 없애려 침을 뱉었다. 문 앞에는 아무도 없었다. 몸이 벌벌 떨렸다. 생각을 해보려고 했다. 나오미에게는 주차장에 있는 차의 열쇠가 없었다. 열쇠를 찾아 방마다 뒤지고 다닐 시간도 없었다. 그냥 도망쳐야 했다. 도망쳐야만 했다. 문 앞에는 아무도 없었다. 나오미는 잠옷 차림 그대로 바닥에 무릎을 꿇고 운동화를 신었지만, 손이 너무 벌벌 떨려서 운동화 끈을 묶을 수가 없었다. 그녀는 욕을 내뱉었다. 끈을 더듬거렸다. 끈에 매듭을 지었다. 비틀거리면서 일어섰다. 문 앞에는 아무도 없었다. 보호하듯 두 손으로 배를 감싸고 살금살금 복도로 다시 나가서 양쪽을 다 둘러보았지만, 복도는 여전히 비어 있었다. 사막을 걸어서 건너야 할 터였다. 시설에서 도망치기 전에 물을 챙겨야 했다. 물통을. 주방으로 가는 제일 빠른 길을 택한 나오미는 온실을 통과하기로 하고 꽃과 덩굴과 쉭쉭거리는 분무기로 이루어진 어두운 정글을 가로질러 다시 복도로 나갔고, 매트와 방석이 가지런히 쌓인 어두운 요가실과 명상실 입구를 서둘러 지나쳤다. 이제 멀리서 주방 기계들의 소음이, 얼음 기계와 탄산음료 기계, 냉장고와 냉동고 소리가 들렸다. 입이 마르고 두 손바닥에 땀이 찼다. 운동화가 끽끽거리며 바닥을 밟는 소리가 작게 울려퍼졌다. 그러다가 분만실의 거대한 아치문에 이른 나오미는 문 안쪽에 선 실루엣을 보고 심장이 펄쩍 뛰었다. 살아 있는 사람이었다. 분만실 선반에 줄줄이 놓인 수정 불빛을, 눈부신 자수정과 토파즈와 황수정과 석영 불빛을 역광으로 받고 있었다. 나오미는 돌이 된 듯 멈춰 섰다. 그 사람은 우아한 가운을 걸치고 몽유병 환자같이 으스스하고 넋 나간 자세로 서서 빛나는 수정들을 바라보고 있었다. 그 사람이 살짝 움직이더니 몸을 돌렸다. 늘어뜨린 손에 단검을 쥐고 있었다. 품에는 생명이 없는 신생아의 빈 몸뚱이를 안고 있었다.

나오미는 한 걸음 뒤로 물러섰다.

"이애한테는 아직 영혼이 필요해."

"에밀리." 나오미가 말했다.

"영혼만 있으면 돼."

"에밀리." 나오미는 애걸했다.

"아직 그렇게 늦지 않았어." 에밀리가 말했고, 어둠 속에서 빛을 향해 걸어오는 에밀리는 울면서 웃고 있었다.

바깥 사막에서는 해가 산맥 위로 떠오르는 가운데, 모래바람이 소용돌이치며 흙과 자갈이 뒤섞인 일그러진 기둥을 일으켰다. 사막은 고요했다. 검은 꼬리의 멧토끼 한 마리가 선인장 근처에서 엉겅퀴를 씹으며 해를 바라보았다. 로드러너 한 마리가 잔가지 둥지에 담긴 알을 깔고 앉아서 해를 쳐다보았다. 파리떼가 협곡 안을 맴돌았다. 참새떼가 시설 위를 빠르게 지나쳐 사막을 가로지르고, 모래밭과 관목 위를 날며 하늘의 상쾌하고 순수한 공기 속에서 자맥질하고 날갯짓했다.

루페는 새벽녘에 까무룩 잠들었다가 정오쯤 아기가 뱃속에서 밀고 발길질을 하는 통에 깨어났고, 침대에서 빠져나와 잠옷 가운을 걸쳤다. 세수를 했다. 이를 닦았다. 안경을 꼈다. 마당에서는 참새들이 지저귀고 있었다. 호아킨이 싱크대에 씻지 않은 접시를 하나 두고 갔는데, 그 접시를 닦고 있으려니 사이렌소리가 들리고 구급차가 우르르 고속도로를 달려갔다. 루페는 군사기지에 사고가 났나보다 생각했다. 호아킨이 오아시스의 주방을 맡기 전에 일하던 곳이었다. 호아킨은 루페가 임신 말기에 집안일을 하는 것을 좋아하지 않았지만, 루페는 불편함과 단조로움을 조금이라도 잊으려면 뭔가를 해야 했기에 집안의 먼지를 떨고, 방을 쓸고, 욕조 배수구에서 머리카락을 건져냈고, 그리고 나니 지쳐서 거실에 들어가 스도쿠를 했다. 정적이 지겨워지자 배경 소음이라도 좀 있으면 좋겠다는 생각에 소파에서 일어나서 텔레비전을 켰다. 화면에 뜬 영상을 본 루페는 영상 속 건물을 알아보고 얼어붙었다. 호아킨이 그녀를 그곳에 한 번 데려가서 자랑스럽게 주방을 구경시켜주고, 전문 믹서와 레인지들을 보여준 적이 있었다. 출산지원센터였다. 그날 아침 일찍 센터에서 학살이 일어났다. 지난 한 달간 이 나라에서 일어난 최악의 대량 살상이었는데, 심지어 살인자는 총도 들고 있지 않았다. 백 명이 넘는 사람이, 시설 안에 있던 사람 모두가 칼에 찔려 죽었고 그후에 살인자는 긴급 신고 전화를 걸어 횡설수설 자백을 하더니 알약을 한 통 다 삼켜버렸다. 이 학살극에서 살아남은 생물은 고양이 한 마리뿐이었다. 소방관 한 명이 고양이를 안고 있는 장면이 화면에 나오더니, 이내 시설 내부를 촬영한 영상으로 바뀌었는데, 식당 바닥에 시신이 하나 누워 있었고, 얼굴은 흐릿하게 처리했지만 루페는 그 머리그물을, 앞치마를, 호아킨이 그날 아침 일찍 출근하기 전 침실에 물을 한 잔 가져다줄 때 입고 있었던 화려한 염색 티셔츠를 알아보았다. 이어서 화면은 사이렌을 울려대는 구급차에 둘러싸인 시설의 모습을 비췄다. 루페는 스도쿠 퍼즐을 떨어뜨렸다. 바닥에 주저앉았다. 울거나 비명을 지르지는 않았다. 그저 같은 장면들이 반복해서 화면에 떠오르는 동안 충격에 빠져 텔레비전만 바라보았다. 마치 망령 한 무리가 사막을 건너 도시로 질주하는 것처럼, 큰 바람이 마당을 휩쓸며 현관 위에 걸린 풍경을 흔들고 빨랫줄에 걸린 빨랫감을 휘저었으며, 그 돌풍에서 빠져나온 희미한 바람 한줄기가 창문 스크린 틈으로 집안에 들어와 루페의 몸을 부드럽게 휘감자 피부에 소름이 돋았다. 텔레비전에서는 경쾌한 중간 광고 음악이 흐르고, 노래하는 듯한 목소리들이 보험과 진공청소기를 팔았다. 부엌에 있는 전화기가 울리고 울리고 또 울리다가 결국 조용해졌다. 시간이 흐르고, 창가로 흘러들던 눈부신 금빛 햇살이 초저녁의 타는 듯한 붉은 빛깔로 바뀌었을 때, 루페는 러그 위에 태아 같은 자세로 몸을 웅크린 채, 토크쇼에서 정치 평론가들이 주거니 받거니 싸우는 동안 구석에 있는 빈 전기 콘센트를 응시했다.

"우리는 고마워해야 합니다. 축하해야 합니다. 이 현상은 우리 시대의 가장 큰 문제를 해결했어요. 기후변화를 말하는 게 아닙니다. 기후변화는 근본적인 문제로 인한 증상일 뿐이었지요. 오염, 기근, 물 부족, 다 그저 증상에 불과했습니다. 근본 문제는 언제나 인구과잉이었습니다. 하지만 이제는 인구 증가에 대해 걱정하지 않아도 됩니다. 이제는 숫자가 고정됐어요."

"아이들이 죽는데 어떻게 사람들이 행복하길 기대합니까?"

"종교계의 말이 옳고, 이 아기들이 정말 영혼 없이 태어나는 거라면 사실 슬퍼할 이유도 없지요."

"하지만 이 빈 몸들이 품고 있던 잃어버린 잠재력을 어떻게 무시할 수 있나요?"

루페는 그날 밤이 되어 텔레비전에서 대통령 후보 토론회가 흘러나올 때도 러그 위에 누워 있었다.

"위기의 시대입니다. 우리의 과학자들은 현재 일어나는 일을 멈출 수가 없고, 우리의 기도는 응답받지 못하고 있습니다. 하느님께서 우리에게 메시지를 보내고 계십니다. 행동은 우리의 몫입니다. 하느님의 선택받은 국가로서요. 제게 투표하시는 것이 미래를 위한 투표입니다. 이 행성에는 백삼십오억 명이 살고 있지만, 이 나라에는 오억 명밖에 없습니다. 미국의 아이들이 우선입니다. 우리에겐 나머지 세상을 융단폭격해서 흔적도 없이 사라지게 만들 군사력이 있습니다. 그리고 바로 그렇게 할 것입니다. 백삼십억 영혼을 일시에 하늘로 돌려보내는 겁니다. 제게 투표하시는 것이 아이들을 위한 투표입니다. 이 땅에서 더는 영혼 없는 아이가 태어나지 않을 것입니다."

루페는 겨우 바닥에서 일어나 침실로 들어갔고, 마당에서 매미들이 우는 가운데 아직 남편의 냄새가 나는 파자마를 끌어안고 다시 잠들었다.

다음날 아침 일찍 양수가 터졌고, 루페는 혼자 차를 몰고 사막을 달려 라스베이거스로 가서, 산부인과 병동 벽이 평화로운 파스텔색으로 칠해진 병원에서 아이를 낳았다. 루페의 아이는 건강하고 화가 난 채 태어나서 세상을 보고 목이 찢어져라 울어댔다. 루페는 다시 사막으로 돌아가서 아이를 키웠다. 아이는 비관적이고 무기력하고 이기적이었으며 숙제에 대해 우울하게 투덜거리고, 끊임없이 지루하다고 불평했으며, 주유소 주차장에서 소름이 끼칠 정도로 성질을 부렸다. 아이는 루페와 똑같이 별 모양의 갈색과 녹색 패턴이 들어간 눈동자에, 루페의 아버지와 똑같이 둥글납작한 귓불, 그리고 루페의 어머니와 똑같이 비딱한 덧니가 있었지만, 세상그 누구보다도 호아킨을 많이 닮았다. 똑같이 둥글고 매력적인 얼굴. 똑같은 머리카락. 똑같은 미소. 그런데도 기질 면에서는 제 어미도, 아비도, 외조부모 누구도 전혀 닮지 않았다. 루페는 아이가 열심히 일하도록, 맡은 일을 주의깊고 온전하게 해내는 데 자부심을 갖도록 가르치려 했지만 아이는 하기 싫은 일은 대충 하고, 어설프게 정리한 침대나 지저분하게 접은 세탁물을 지적하면 무관심하게 어깨만 으쓱했다. 루페는 아이가 동물에게 친절하도록, 다른 생물을 먹이고 쓰다듬는 일에서 즐거움을 찾도록 가르치려 했지만 아이는 사슬에 묶인 개들에게 돌을 던지고, 개가 아파서 낑낑거리거나 비명을 지르면 만족해서 깔깔거렸다. 루페는 아이에게 물질주의와 겸손에 대해 가르치고, 삶의 단순한 즐거움에서 만족을 찾도록, 인생이 내어주는 바를 받아들이고 감사하도록 가르치려 했으나 아이는 슈퍼마켓 바닥에서 구르며 소리를 질러대고, 새 장난감을 사주지 않으면 격분해서 빽빽거렸다. 루페는 언제나, 빈 몸뚱이들이 태어나기 전에도, 영혼의 존재를 믿었고 그 이유가 바로 이것이었다. 영혼 말고는 아이가 이렇게나 부모와 다른 이유를 설명할 길이 없었다. 독서를 좋아하는 부모에게서 태어나 독서를 좋아하는 부모가 키웠는데도 배움에 아무 관심이 없는 아이. 야외 활동을 좋아하는 부모에게서 태어나 야외 활동을 좋아하는 부모가 키웠는데도 자연 속에서 하는 활동을 싫어하는 아이. 검소한 부모에게서 태어나 검소한 부모가 키웠는데도 말도 안 되는 멍청한 일에 돈을 낭비하는 아이. 그런 일들은 본성이나 양육으로 설명할 수가 없었다. 오직 우연으로만 설명이 됐다. 영혼의 개별적인 특성이라야 설명이 됐다. 루페는 마당에서 그네를 타는 아이를 바라보면서 그 몸안에 살고 있을 영혼에 대해 생각했다. 루페는 시설 직원들이 홍보하던 가설을 알고 있었다. 막 몸을 떠난 영혼은 제일 가까이에 있는 배아나 태아에게 달라붙을 거라는 가설이었다. 루페는 학살이 있던 밤에 시설에서 10마일도 떨어지지 않은 곳에 있었다. 아이에게 그날 죽은 사람들 중 누군가의 영혼이 깃들었을지도 몰랐다. 심지어 살인자의 영혼이 들어왔을 가능성도 있었다. 루페의 남편을 죽인 사람. 생각해보면, 솔직하게 생각해보면 아이에게 들어온 영혼이 바로 그 살인자일 거라는 확신마저 들었다. 그래도 루페는 아이를 사랑했다. 루페는 언제나 사람을 외면이 아니라 내면으로 판단해야 한다고 배웠다. 신체적 특성을 기준으로 사람을 판단해서는 안 된다고. 영적인 특질을 기준으로 판단해야 한다고. 그녀의 아이는 잔인하고 탐욕스럽고 심술궂은 영혼을 지녔다. 재미로 나방과 나비의 날개를 잡아뜯었다. 일부러 바닥에 우유를 쏟았다. 대대로 물려받은 진열장에 못을 박았다. 어머니인 루페에게 끔찍한 욕을 했다. 루페가 밉다고 소리쳤다. 그녀의 보석 상자에서 귀걸이를 훔치고, 반짝이는 은과 금을 탐냈다. 재미삼아 거짓말을 했다. 그래도 루페는 아들을 사랑했는데, 그애가 자기 몸에서 나왔으며 자신을 조금 닮았고, 자신의 부모님도 닮았고, 남편도 닮았다는 것 외에 다른 이유는 없었다. 루페가 사랑했던 다른 사람들을 닮았다는 이유밖에 없었다. 루페는 부엌 창밖으로 마당을 뛰어다니는 아이를 바라보았다. 크면 나아질지도 몰랐다. 나아지지 않을지도 몰랐다. 아이는 커서 개자식이 되거나, 광신적인 우월주의자가 되거나, 인종차별주의자가 되거나, 살인자가 될 수도 있었다. 상관없었다. 그냥, 상관없었다. 루페는 이미 자신이 죽는 날까지 저 아이를 사랑하리라는 것을 알았다.

투어

직업인으로서 그녀는 '마스터The Master'라는 이름으로 일했지만, 그는 온라인 팬 사이트에서 본 그녀의 본명을 알고 있었다. 마스터는 조이 애벗이라는 이름으로 태어나서 조지아에서 성장했는데, 그 지역의 산속에 있는 낙후한 업소에서 첫 공연을 했다는 소문이 있었다. 방에는 퀴퀴한 시트를 씌운 매트리스만 덜렁 있고, 복도에는 빈 전구 소켓만 있는 그런 업소에서 일하면서 곧 광적인 추종자들을 모았는데, 오직 돈을 내는 고객에게만 얼굴을 보여준다는 별난 고집이 그 엄청난 인기 비결 중 하나였다. 그녀는 그곳에서 딱 이 년 일한 후에 사라졌다. 흔적도 남기지 않고 감쪽같이 사라졌다. 그리고 이 년 후, 두 손은 흉터투성이에 후드 달린 망토 차림으로 해안가 어느 항구에 나타나, 자신이 접촉과 관련된 모든 기술을 터득했다고 주장했다. 안마, 지압, 도수 치료, 족압 마사지, 그리고 수많은 종류의 성교 방식을 다 터득했다고. 그녀는 기자와 블로거들을 대상으로 첫 독립 공연을 했고, 그들은 재빨리 그녀가 본인의 주장대로 달인master이라는 말을 퍼뜨렸다. 그후로 그녀는 끝나지 않는 기나긴 전국 투어를 하는 중이었다. 오직 북미 대륙 도시에만 나타나 한 도시에서 딱 일주일을 지내고, 한 도시에서 딱 한 번의 공연만 했다. 그녀의 얼굴을 찍은 사진은 없는 것으로 알려져 있었다. 공개 석상에 나타날 때는 언제나 똑같은 검은색 후드 망토를 뒤집어썼고, 오직 두 손의 흉터와 어디든 대동하는 한 쌍의 대머리 거인 보디가드들로만 알아볼 수 있었다. 그녀의 능력은 전설적이었다.

카베는 여행중에 열세 번 그녀의 투어 경로를 지났고—시애틀, 포틀랜드, 댈러스, 털사, 버밍햄, 루이빌, 맨체스터, 하트퍼드, 필라델피아, 리치먼드, 파고, 투손, 샤이엔까지—매번 티켓을 살 기회를 얻을 수 있는 추첨에 응모했으며, 매번 당첨되지 않았다는 자동 응답 메일을 받았다.

"여기에 비하면 큰 도시들이었네." 레이철이 말했다.

"그래도 여전히 천분의 일 확률이야." 카베가 말했다.

"하지만 여기 사는 사람 모두가 응모하진 않을 거야." 레이철이 말했다.

레이철은 창밖 들판에서 비둘기들이 우는 가운데 카베와 나란히 침대에 누워 있었다. 레이철은 머리를 연보라색으로 염색했다. 눈꺼풀에는 글리터를 발랐다. 피부는 짙게 태웠다. 언제나처럼 달콤한, 거의 마지팬* 냄새와 비슷한 향수를 뿌리고 있었다. 레이철은

---

* 아몬드 가루, 설탕, 계란을 넣어 반죽해 만드는 디저트로 케이크 장식용으로도 쓴다.

업소에서 이제 일 년 일했고, 스무 살이라고 주장했지만 새벽빛에 반짝이는 듯한 순진무구한 예쁜 얼굴은 스무 살보다 어려 보였다. 입 주변에는 카베가 떨군 정액 방울이 말라붙고 있었다.

"하지만 이걸 위해 다른 도시에서 오는 사람들이 있거든. 버필로, 캐스퍼 같은 도시. 심지어 다른 주에서도 와. 몬태나, 네브래스카 같은 주에서. 전국 사람들이 다 응모할 거야." 카베가 말했다.

"저런, 맞네." 레이철이 찌푸린 얼굴로 말했다.

마스터는 그해 가을 일정을 막 발표한 참이었다. 한 달 후면 와이오밍을 통과할 것이고 선댄스에서 공연을 할 예정이었다.

"확률은 여전히 쓰레기야." 카베가 말했다.

레이철은 경이롭다는 얼굴로 침대 캐노피를 올려다보았다. "나라면 그 티켓을 위해 무슨 짓이든 할 거야. 마스터와 같은 방에서 하룻밤을 보낼 수 있다면. 그러면 마스터의 기술을 연구할 수 있겠지." 레이철이 씩 웃으면서 카베를 건너다보았다. "마스터는 내 영웅이야, 알아?" 레이철은 다시 천장으로 시선을 돌렸다. "나도 언젠가는 유명해질 거야. 전국 투어를 하면서 제일 좋은 장소에서 공연하는 거지. 마스터처럼."

창문 커튼이 산들바람을 받아 부풀어오르는 순간 카베는 갑작스러운 공황감에 가슴이 죄어들었다.

"같이 응모하자. 동시에." 레이철이 말했다.

그래서 카베는 레이철과 동시에 티켓 추첨에 응모했고, 각자 밝은 휴대폰 화면 위로 몸을 구부리고 시간을 맞춰서 버튼을 눌렀다. 다시 옷을 입은 후에 카베가 레이철에게 구겨진 백 달러짜리 지폐를 내밀자 레이철이 카베의 엉덩이를 두드렸다. 그리고 카베는 레이철이 속삭이는 작별인사를 들으며 문을 나섰다. 복도에서는 실크 로브를 입은 매춘인 두 명이 서로 마주보는 문가에 서서 잡담을 나누다가 지나가는 카베를 흘긋 보았다.

"카베." 이마니가 고개를 끄덕이며 말했다.

"카베." 퍼넬러피가 미소 지으며 말했다.

업소를 나선 카베는 낡은 목장 건물의 흔들거리는 포치에 섰다. 떠오르는 해가 지평선의 거대한 산맥 위에 분홍색과 오렌지색이 섞인 빛을 드리우고, 멀리 보이는 큰 미루나무들에서는 솜털씨앗이 둥실둥실 떨어지고, 매춘 업소를 둘러싼 초원에서는 세이지브러시와 치트그래스가 바람에 가만히 흔들리고, 부츠 아래에서는 오래된 널판이 삐걱거리는 가운데, 아까 카베의 몸을 사로잡았던 공황감이 이제는 두려움과 공포와 임박한 위험이 뒤섞인 포효가 되어 터져나왔다. 카베는 그 느낌을 억누르려 뺨 안쪽을 깨물고 트럭에 올라 마을로 다시 차를 몰았다. 마을에 들어서자 어떤 멍청이가 쓰레깃더미에 불을 붙였는지 모텔 뒤 골목길에서 플라스틱 타는 냄새가 진동을 했고, 어떤 머저리는 교차로에 서서 휘어진 마분지를 들고 지나가는 차들을 멈춰 세우며 남들이 힘들게 번 돈을 구걸하고 있었고, 선글라스를 쓴 어떤 맹추는 카베의 가슴속에서 베이스 비트가 느껴질 만큼 어처구니없게 커다란 음량으로 픽업트럭 스테레오를 틀어놓고 랩을 쏟아내고 있었으며, 카베는 마음속의 분노가 너무 커서 운전대를 잡은 손이 덜덜 떨릴 지경이었다. 그는 집으로 갔다. 정오쯤에는 샤워를 하고 짐을 챙겨서, 기어 옆 컵 홀더에 커피 보온병을 놓고 길을 나섰다. 그리고 다음 몇 주는 운전을 하면서 보냈다.

카베는 트럭 기사로 일했다. 카베라는 이름은 할아버지에게서 물려받았는데, 할아버지는 소떼를 몰던 난민 이민자였다. 그는 소 대신 화물을 몰았다. 그의 오래된 트럭 운전칸 뒤쪽에는 개수대와 냉장고와 좁은 침대가 있었다. 카베는 온갖 상품을 다 배달했다. 어둠 속에서 빛을 발하는 치즈 강판을 수송했다. 시가 향을 풍기는 방향제를 수송했다. 주름 잡힌 항문처럼 생긴 자명종 시계를 수송했다. 우산으로도 쓸 수 있는 배관 청소기를 수송했다. 자본주의 시장 논리가 만들어낸 불가해한 작품들이었다. 카베는 애국자였고, 이 나라에서 애국이란 자본주의의 위대함에 대해 의심 없는 믿음을 가진다는 뜻이었기에, 그는 마치 겸손한 수도사가 신의 수수께끼를 대하듯 숭배하는 마음으로 이런 물건들을 대했다. 그는 기적을 행한다는 평판을 받았다. 교통 상황이 아무리 나빠도, 날씨가 아무리 나빠도, 제일 가까운 마을까지 100마일은 남은 상황에서 트럭 후드에서 연기가 뭉클뭉클 솟는다 해도 그는 늦지 않게 배달을 해냈다. 운전칸 창문에는 미국 국기가 붙어 있었다. 카베는 군살이 없고 탄탄한 몸에, 검은 머리는 짧게 깎았고 이목구비는 날카로웠다. 미국으로 돌아온 후 줄곧 운전을 해서 경력이 십 년 가까이 되었다. 그는 한 번에 몇 달씩 트럭에서 살 수 있었다.

주유소와 휴게소에서는 가끔 떠돌이 예술가들과 마주쳤다. 전기 기타와 신시사이저 키보드와 번쩍이는 소도구들로 가득한 전세 버스에서 대마초를 피우는 드레드록 머리와 상투머리의 음악가들, 운동복이나 준비운동용 복장으로 자그마한 다이어트 콜라 캔을 들고 유연한 동작으로 대형 버스의 반짝이는 계단을 내려오는 댄서들, 바가지 머리에 코걸이를 끼고서 밴의 타이어를 터뜨린 녹슨 못에 대한 즉흥 독백을 늘어놓는 코미디언들, 트렌치코트에 비싼 선글라스를 끼고 기다란 리무진의 푹신한 가죽 의자에 앉아서 반질거리는 패션 잡지를 뒤적이는 매춘인들. 다들 카베와 마찬가지로 전국을 오가며 투어중이었다.

서류상으로 카베는 선댄스에, 몇 년 전에 그곳에 산 작은 집에 살았다. 그 집에는 거실에 놓인 접이식 소파와 부엌 개수대에 쌓인 지저분한 냄비들, 욕실 세면대에 뒹구는 치약, 문가에 놓인 부츠 한 켤레 말고는 아무것도 없었다. 벽도 비었다. 조리대도 비었다. 카베는 그 집에 오래 머무는 일이 없었다. 꼭 필요한 물건이 아니면 어디에도 돈을 쓰지 않았다. 연료, 식사, 술, 섹스에만 썼다.

몇몇 다른 트럭 기사들이 데이트 앱을 쓰거나, 심지어는 술집에서 얻어걸리는 사람을 꼬시는 구시대적인 방법으로 모르는 사람과 잔다는 걸 알고 있었지만, 카베는 모르는 사람과 섹스를 하는 건 불필요한 위험이라 느꼈고, 대체로 해봤자 실망스러웠다. 그는 보건부 검사관이 정기적으로 확인하는 시설에서 밥을 먹는 편이 더 좋았고, 보건부 검사관이 정기적으로 확인하는 시설에서 술을 마시는 편이 더 좋았으며, 성병이 없다는 사실을 증명하는 서류를 갖고 있고 상대에게도 같은 서류를 요구하는 사람과 섹스하는 편이 더 좋았다. 아래에 깔려서 안타까울 정도로 가짜 같은 신음소리를 내며 오르가슴을 꾸며내거나, 얼른 해치울 생각으로 취한 채 더듬거리며 어설픈 전희를 시도하는 사람 말고, 전문가가 좋았다. 리뷰를 확인할 수 있는 사람이 좋았다. 카베는 집에 있을 때는 며칠에 한 번씩 그 목장에 자리잡은 매춘 업소에 갔다. 도로 위에서 지낼 때는 배달을 한 건 끝낼 때마다 새로운 업소에 찾아갔다. 그는 동시대의 매춘업에 대해 해박한 지식을 갖고 있었다. 마스터가 카베를 홀린 지 오 년이 넘었다. 그는 은행 계좌에 정확히 십만 달러를 넣어두었다. 마스터를 보기 위한 티켓값이었다.

카베는 다음 몇 주 동안 길을 달리면서 마스터에 대해 묻고 다녔다. 맥줏집에서, 여관 술집에서 마스터를 보았던 사람들을 만났다. 미줄라 근처의 유령도시를 돌아다니던 마스터와 보디가드들을 봤다는 지질학자. 빌링스 근처의 벽화 동굴에 들어가는 마스터와 보디가드들을 보았다는 레인저. 두 번 다 마스터는 후드 망토를 걸치고 있었고, 지질학자도 레인저도 그녀의 얼굴은 볼 수 없었다. 플래그스태프에서는 마스터의 보디가드들에게 올드패션드 칵테일을 서빙했다고 맹세하는 문신한 바텐더를 만났고, 리노의 어느 술집에서는 모조 다이아몬드 브래지어 위에 데님 재킷을 걸친 로데오 스타를 만났는데, 자신이 일 년 전에 마스터와 밤을 보냈다고 주장했다.

"내 인생에서 가장 심오한 경험이었어요." 로데오 스타는 깊은 생각에 잠긴 눈으로 버번 잔을 들여다보며 말했지만, 카베가 마스터가 어떻게 생겼는지 묻자 미소만 짓고 군중 속으로 사라졌다.

마스터는 채식주의자로 알려졌고, 유당불내증이라는 소문이 있었다. 부두 주술에 관심이 있다는 의심을 받았다. 향을 피우는 걸 아주 싫어한다고도 했다. 마스터의 별자리는 수수께끼였다. 마스터가 다닌 학교의 이름은 알려지지 않았지만, 온라인에는 조이 애벗이라는 학생의 너덜너덜한 생활기록부를 흐릿하게 복사한 스캔

이미지가 떠돌았는데, 그 조이 애벗이 마스터가 맞는다면 그녀는 학교에서 난독증으로 고생했고, 수학 시간에는 자주 잠들었으며, 미술과 역사와 심리학과 체육에는 뛰어났다. 그녀는 형제가 없었다. 십대에 고아가 되었다. 뒷받침할 증거는 하나도 없었으나, 어렸을 때 일본 문화에 푹 빠졌다는 소문이 끈질기게 이어졌다. 다른 면에서는 유머 감각이라고는 눈을 씻고 찾아도 없는 보디가드들이 딱 한 번 어느 기자에게 마스터가 제일 좋아하는 색깔은 적외선과 자외선이라고 한 적이 있었다. 마스터가 마커나 펜으로 사인을 해주는 영상들은 그녀가 양손잡이라는 사실을 확인해주었다. 두 손에 남은 흉터는 어찌된 사연인지 아는 사람이 없었다. 정확한 동기가 무엇인지는 몰라도 돈 때문에 이 게임에 뛰어든 것 같지는 않았다. 마스터는 백만장자였고, 세상에서 제일 돈이 많은 매춘인이었으며, 소유한 부동산은 없었다.

카베는 가끔 고속도로를 달리는 중에 옆 차선으로 시선을 돌렸다가 운전칸이 비어 있는 채로 도로를 달리는 자율 주행 세미트레일러를 보곤 했다. 알고리즘과 센서로 운행되는 프로토타입으로, 인간 운전사가 필요 없었다. 카베는 줄을 당겨 경적을 울릴 수 있었지만, 자율 주행 트럭은 그를 향해 경적을 울리지 못했다.

카베는 그런 면에서 마스터와 유대감을 느꼈다. 합법화 이후 십년은 마스터의 업계에 르네상스를 불러왔고, 십 년만 지나면 카베의 업계는 컴퓨터로 대체될 것이다. 그는 직업을 잃게 될 것이다.

오마하에서 편의점을 나서던 그는 전쟁 기념비에 스프레이 페인트를 뿌리는 십대 청소년 둘을 보았다.

"뭣들 하는 거냐?" 카베가 소리쳤다.

아이들은 길거리를 뛰어 도망쳤다.

"엉?" 카베는 도랑에서 주운 녹슨 파이프를 들고 아이들을 쫓아가면서 외쳤다.

카베는 엘패소에 있는, 벽에 나무판을 덧댄 업소에서 베아트리스라는 매춘인과 하룻밤을 보냈다. 수폴스에 있는, 벽에 벨벳을 덧댄 업소에서는 니알라라는 매춘인과 하룻밤을 보냈다. 툼스톤에 있는 업소에서는 세쌍둥이와 하룻밤을 보냈는데, 하나는 머리를 틀어올리고 하나는 단발로 잘랐으며 나머지 하나는 여러 가닥으로 땋아 늘어뜨렸고, 셋 다 관절이 잘 휘어지는 체질이었으며 '경쟁자매'라는 이름으로 일했다. 덴버에서는 마일 하이 클럽이라는 업소에서 하룻밤을 보내며 로키산맥 위에 분홍색과 초록색 오로라가 빛나는 가운데 아나스타샤, 과달루페, 브린디스, 브랜던, 렛, 그리고 채스티티와 함께 즉흥 난교 파티를 벌였다. 카베는 샌타모니카에 있는 어느 창고에 자살 폭탄 흔들머리 인형을 배달한 다음 베니스비치에서 잘나가는 환락소인 플레이하우스에 갔고, '해와 바다의 여신'이라는 이름으로 일하는 유망주 매춘인과 아침을 보냈다. 그 여자는 혀로 한 번도 본 적 없는 재주를 부릴 수 있었다.

"포르노 배우, 캠 스타, 스트리퍼, 매춘인, 우린 다 공연자예요." 해와 바다의 여신은 관계 후에 카베에게 포도를 먹여주면서 말했다. 발코니 너머 파도 위에 반짝이는 눈부신 빛이 그녀의 얼굴과 몸과 그녀의 체액으로 젖은 침대보 위에 아른거렸다. "난 이 업계에서 일하는 사람이라면 누구나 전적으로 존경해요. 하지만 포르노 배우가 제일 쉽죠. 영상으로 찍으면 재촬영이 가능하고, 실수를 해도 괜찮고, 이상한 소리를 내거나 이상한 표정을 지어도 나중에 감독이 편집해줄 수 있으니까요. 나도 한동안은 포르노 배우 일을 했어요. 캠 스타 일도 했죠. 캠 스타는 포르노만큼 쉽진 않아요. 실시간이고 쌍방향이니까. 그렇지만 여전히 공연자와 관객 사이에 카메라가 있으니, 쇼를 많이 통제할 수 있죠." 그녀는 금발 곱슬머리를 꼬아서 틀어올렸는데, 머리카락 한 가닥이 주근깨가 있는 코 주위로 흘러내려 있었다. "자, 이젠 스트립쇼인데, 그건 힘들죠. 실시간 공연일 뿐 아니라 관객들이 바로 앞에, 같은 방에 있으니까요. 그래도 스트립쇼는 대부분 안무가 짜여 있고, 그냥 정해진 대로 반복하면 되는데다가 보통은 관객을 건드릴 필요가 없어요. 그다지 쌍방향은 아니라는 거죠." 그녀는 장난스럽게 허공에 발길질을 했다. "하지만 이거, 지금 하는 이건, 제일 힘든 공연이에요. 매춘. 카메라도 없고, 완전히 쌍방향인데다가, 실시간 공연이고, 관객과 말 그대로 한방에 있고, 한 번도 나한테서 눈을 돌리지 않죠." 그녀는 협탁에 놓인 그릇에 손을 넣어 포도를 한 알 비틀어 땄다. "이런 조건에서 공연해서 예술의 경지를 성취한다는 것, 그거야말로 궁극적인 도전이죠."

그녀는 발코니 너머에서 야자나무들이 산들바람에 흔들리는 가운데 카베에게 포도를 또 한 알 먹였다.

"모든 춤이 예술은 아니에요. 모든 영화가 예술은 아니에요. 때로 어떤 춤이나 영화는 그냥 오락이죠. 최근에 나도 많이 생각해봤거든요. 영 베이비 엘비스라고, 여기에서 공연하는 다른 매춘인이 있는데, 어제 그 사람이 예술과 오락의 차이는 감정이라고 했어요. 예술이란 흥분이나 자극 같은 원초적인 동물의 감각을 넘어서는 감정적 요소를 가지고 있대요. 그러니까 빌어먹을, 진짜라는 거예요. 다람쥐도 흥분은 할 수 있어요. 주머니쥐도 발정은 할 수 있어요. 하지만 감정적으로 다른 인간과 접촉하는 것, 오직 인간만 할 수 있는 방식으로 그렇게 하는 것이야말로 빌어먹을 예술이죠." 해와 바다의 여신이 말했다.

발코니 밖에서 갈매기 한 쌍이 우는 가운데, 그녀는 카베에게 포도를 한 알 더 먹였다.

"우리가 하는 일이 이렇게 가치 있는 이유가 그거라고 생각해요. 발레나 연극 같은 다른 공연은 근본적으로 재연이 가능하죠. 하지만 우리가 하는 건 재연이 안 돼요. 그림이나 조각처럼, 각각의 섹스가 유일무이해요. 반복이 불가능해요. 별개의 예술작품이죠. 여기에서 방금 있었던 건 나만이 아니라 당신의 작품이기도 했어요." 해와 바다의 여신이 말했다.

그녀는 포도 한 알을 입에 넣고, 혀로 포도알을 한참 굴리다가 즐거움이 뚜렷하게 드러나는 얼굴로 씹어 삼켰다.

"마스터가 다음주에 우리 마을에서 공연을 해요." 카베가 말했다.

그녀가 동작을 딱 멈췄다. 그 얼굴에 두려움에 가까운 경외심이 번졌다. 그 표정을 보자 카베도 소름이 돋았다. 그녀가 그 이름을 알 거라고 예상하긴 했어도, 이렇게 강렬한 반응을 기대하지는 않았다. 그 이름을 언급한 것만으로 그녀를 뒤흔들어놓은 것 같았다. 그녀가 발코니 쪽으로 몸을 돌렸다.

"그 누구도 마스터처럼 하진 못해요." 해와 바다의 여신이 중얼거렸다.

그날 밤 카베는 운전칸 침대에서 퍼뜩 깨어났다. 심장이 쿵쾅거리고, 가슴팍은 땀에 젖어 있었으며, 두려움에 온몸에 닭살이 돋았다. 그는 벌거벗은 채 달빛을 받으며 매트리스 가장자리에 앉아서 두 손에 얼굴을 묻고 숨을 몰아쉬다가, 맥박이 안정되자 개수대에서 물을 끼얹어 얼굴을 씻었다. 한밤중이었다. 무슨 악몽을 꿨는지는 기억할 수 없었다.

그는 카운터 위에서 빛을 발하는 휴대폰에 손을 뻗었다. 한 시간 전에 온 자동 응답 메일이 있었다. 티켓에는 당첨되지 못했다. 그는 쓴웃음을 터뜨렸다. 홈경기라는 유리한 조건에서도 이기지 못하다니.

레이철에게 부재중 전화가 와 있었다. 카베는 레이철에게 전화를 걸었다. 연결이 되었는데도 레이철은 아무 말이 없었다. 주위에서 올빼미 울음소리가 들렸다.

"나도 메일 받았어." 카베가 말했다.

"난 그 메일 못 받았어." 레이철이 말했다.

레이철의 목소리에는 겨우 억누른 불꽃이 담겨 있었다.

"당첨된 거야?" 카베가 물었다.

횡설수설 말을 늘어놓는 레이철의 목소리에 들뜬 웃음기가 섞여 있었다. "바로 자기한테 전화했었어. 누군가에게 말을 해야겠어서. 평생 한 번도 무언가에 당첨돼본 적이 없는데, 이게 확률이 얼만데, 내가 여기 당첨됐다고?" 레이철이 웃음을 터뜨렸다. "완전 미쳤어. 난 정말 바보야. 사실 가지도 못하는데. 그럴 돈이 없거든. 은행에 백 달러나 있을까. 이 티켓은 그냥 거절해야겠지." 레이철이 한숨을 쉬었다. "난 지금 계속 여기 앉아서 멍하니, 완전히 믿을 수 없는 기분으로 이메일만 노려보고 있어. 그냥 응모 기회가 왔으니 이름을 넣어본 건데. 정말로 뽑힐 거라곤 생각도 못했어." 갑자기 목소리에 간절함이 깃들었다. "그렇지만, 그래도 굉장한 데가 있잖아. 직접 만나진 못하더라도, 마스터가 내 이름을 읽기는 했다는 거 아냐."

카베는 근처에서 유리가 깨지는 소리에 움찔했다. 앞유리를 내다보았다. 후드 티셔츠를 입은 머저리들이, 아마도 실업수당을 받고 있을 실직자들이, 재미삼아 쓰레기통에 맥주병을 던지고 있었다. 빌어먹을 한밤중에, 짐을 실은 트럭이 잔뜩 서 있는 주차장에서, 진짜 직업이 있는 사람들이 잠을 자려고 하는데 말이다. 애국이란 이 나라의 전통과 가치를 사랑하는 동시에 이 나라에 사는 사람들 대부분을 미워한다는 뜻이었다. 하지만 레이철은 아니었다. 카베는 그날 밤 침대에서 마스터에 대해 말하던 레이철의 모습을, 반짝이는 연보라색 머리와 매끄럽게 태운 피부를, 야심으로 눈을 반짝이며 침실에 누워 있던 모습을 떠올렸다. 그는 레이철 외에 그런 꿈을 꾸는 사람을 알지 못했다. 레이철을 믿었다. 레이철은 언젠가 유명해질 수 있다. 유명해질 자격이 있다. 그리고 이 티켓은, 레이철이 자기 영웅과 하룻밤을 보내게 해줄 이 티켓은 앞으로 레이철의 경력에 큰 변화를 가져올 수 있었다.

"아직 듣고 있어?" 레이철이 물었다.

"내가 돈을 낼게."

레이철이 휴대폰을 떨어뜨리는 바람에 덜그럭 소리가 나더니, 잠시 후 다시 그녀의 숨가쁜 목소리가 들렸다.

"농담이지?" 레이철이 물었다.

"내게 돈이 있어."

레이철의 목소리가 갑자기 낮고 절박해졌다. "카베, 날 위해 그렇게 해준다면 다시는 날 만날 때 돈을 내지 않아도 돼."

"내일 다시 동네로 돌아갈 거야. 돈은 그때 이체해줄게."

"오 세상에." 레이철이 흥분해서 꺅 소리를 냈다. "이런 일이 일어나다니 믿을 수가 없어." 그리고 웃음을 터뜨렸다. "여기 있다면 세상에서 제일 진한 키스를 해줄 텐데."

카베는 전화를 끊고 운전칸 침대에 다시 누워서, 초원 위에 별이 빛나는 가운데 침실 화장대 앞에 앉아 있을 레이철의 모습을 그려보았다. 언젠가 레이철이 유명인이 되면 카베를 보디가드로 고용할지도 모른다. 그게 바로 컴퓨터들이 도로를 장악하면 그가 하게 될 일인지도 모른다.

마스터는 자정에, 그것도 폭풍이 불 때 마을에 도착했고, 창문을 검게 코팅한 리무진의 어두운 뒷좌석에서 석류가 가득 담긴 것으로 보이는 쇼핑백을 들고 내렸다. 시내에 있는 유서 깊은 호텔을 일주일간 빌릴 예정이었다. 방 하나가 아니라 호텔 건물 전체를. 보디가드들이 검은색 우산을 들고 문까지 마스터를 모신 후에 다시 리무진으로 뛰어가더니, 트렁크에서 짐을 꺼내 로비로 옮겼다. 반짝이는 황동 걸쇠가 달린 고풍스러운 가죽 여행가방 두 개였다.

그 주에 카베가 술집에 갔더니 색색깔의 불빛 속에 모인 사람들이 자기가 목격한 바에 대해 떠들고 있었다. 호텔 주인 캐시 테일러는 마스터가 도착한 밤에 로비에 있다가 열쇠를 건넸다고 했다. 언제나처럼 후드 달린 망토를 입고 있었고, 두 손에 있는 분홍색 흉터는 무시무시해서 보기만 해도 겁이 났다고 했다. 망토가 발까지 가리기는 했지만, 마스터가 로비를 가로질러 계단으로 걸어갈 때 분명히 플립플롭 특유의 소리가 들렸다고 그는 맹세했다.

"이것만은 장담하지. 마스터는 말을 하는 법이 없어." 지역 관광 가이드이자, 마스터가 도착한 다음날 아침 그녀의 시내 관광 안내인으로 고용된 바트가 말했다. 대머리에 살집이 있고 턱에 우둘투둘한 수염 자국이 있는 바트는 마스터가 플립플롭을 신었다는 사실을 확증했을 뿐 아니라, 흙바닥에 남긴 발자국 크기로 미루어보아 그녀의 발도 손처럼 크다는 사실까지 증언할 수 있었다. 바트는 해가 뜰 때부터 질 때까지 마스터와 꼬박 하루를 같이 보냈지만 말소리는 한 번도 듣지 못했다. 바트는 지역 박물관, 트러스교, 버펄로 점프*, 고고학 발굴지에서 옹기종기 바람을 맞고 있는 천막들로 마스터를 안내했고 발굴지에서는 대학원생 하나가 얼굴을 붉히며 지저분한 손수건에 사인을 부탁했다. 마스터는 딱 집어서 데블스타워**를 보겠다고 했는데, 물론 이 나라 최초의 천연기념물이니 요청하지 않았어도 데려갔을 것이다. 마스터는 후드 망토를 뒤집어쓰고 그 자리에 선 채, 어떤 개인적인 의미라도 있는 것처럼 한 시간 가까이 그 바위 기둥을 바라보았고, 그후에 바트는 마스터를 산맥 더 깊숙한 곳으로 안내하여 오직 지역 토박이만 보여줄 수 있는 곳들, 지도에도 나오지 않는 비밀스러운 장소들을 보여줬다. 절벽에서 떨어지다가 안개가 되어 허공으로 흩어지는 단층 폭포, 주변 흙을 잿더미 색깔로 물들인 연기 오르는 분기공, 폰데로사 소나

---

* 아메리카 원주민이 들소를 대량으로 몰아서 사냥할 때 썼던 절벽.
** 와이오밍주 북동부에 위치한 수백 미터 높이의 거대한 천연 화성암 기둥.

무 숲에 숨겨진 비밀 온천. 반짝이는 에메랄드빛 물에서 수증기가 피어오르는 이 온천은 혈색에 아주 좋다는 전설이 전해졌다. 아마도 마스터는 후드 망토를 벗고 온천에 몸을 담갔을 테지만, 보디가드들이 바트에게는 길 아래 멀찍이 떨어진 곳에서 기다리라고 하고 망을 보았다.

관광이 끝난 후, 바트는 혹시 마스터가 뭐라도 깜박 잊고 놓고 갔을지 모른다는, 머리끈이나 립밤이나 온라인 경매에 올릴 수 있는 유명인의 진짜 소지품이 남아 있을지 모른다는 기대를 품고 혼자 온천에 다시 가보았다. 그러나 마스터가 남기고 간 것은 오직 으스스한 정적뿐이었다.

"그 숲이 그렇게 조용한 건 처음이었네. 새소리도, 벌레 소리도 완전히 잦아들었더라고. 물에서 열기가 올라오는 소리가 들릴 정도였어." 바트가 말했다.

희끗희끗한 머리에 몸이 다부지고 사서로 일하는 재니스는 그다음날 고속도로에서 마스터를 보았다. 마스터는 차에 치인 스컹크를 살피려고 리무진에서 내린 것 같았다. 재니스는 스컹크 사체를 내려다보고 선 마스터 옆을 지나쳐 차를 몰았다. 얼굴은 망토에 가려져 있었지만, 어깨가 떨리고 있는 것 같았다고 했다.

"거기서 뭘 하고 있었던 거죠?" 카베가 물었다.

"웃고 있었을까? 울고 있었을까?" 재니스의 추측이었다.

"떨고 있었겠지." 바트가 말했고, 술집에 둘러앉은 다른 사람들도 그날은 바람이 맹렬했고 마스터는 남쪽에서 왔으니 이 날씨에 익숙하지 않았을 거라는 데 의견을 같이했다.

소여는 마스터가 세제 통을 들고 호텔에 들어가는 모습을 보았고, 퀸트는 마스터가 튤립 꽃다발을 들고 호텔에 들어가는 모습을 보았으며, 오래된 목장 업소에서 매춘인으로 일하는 에밀리오는 마스터가 멕시칸 타코 식당에서 칩과 과카몰리를 먹으며 유명한 오르차타*를 마시는 모습을 보았을 뿐 아니라 그후에 마스터가 입을 닦는 데 쓴 냅킨 한 장을 손에 넣기까지 했다. 에밀리오는 바로 그날 아침에 그 냅킨을 액자에 넣었고, 술집에도 들고 왔다. 몸집이 작고 섬약해서 요정 같은 매력이 있는 에밀리오는 서부에서 제일 달콤한 정액을 가졌다는 명성이 있었다. 카베는 매춘 업소에서 벌거벗은 채 나무막대기를 들고 깔깔거리며 고객을 쫓아 복도를 달리는 에밀리오를 본 적이 있었고, 이 매춘인이 잘 다듬어진 복근과 깎은 듯한 엉덩이, 그리고 달릴 때 묵직한 중량감으로 허공에서 흔들리는 놀랍도록 아름답고 큰 자줏빛 성기를 지니고 있다는 사실을 직접 증언할 수 있었다. 재니스가 최근 술집 사람들에게 단언하기를, 에밀리오가 언젠가 재니스를 하룻밤 만에 열두 번이나 절정에 오르게 해서, 그녀는 일주일 동안 일터에서 고리 모양의 방석을 깔고 앉아서 일해야 했다. 최근에 재니스와 결혼 이십오 주년을 맞이했고 성욕은 다소 부진한 바트는 자기들의 결혼을 구해준 에밀리오에게 고맙다며 감격적인 건배를 올리는 일이 자주 있었다. 재니스는 한 달에 한 번꼴로 업소에 에밀리오를 보러 갔다. 바트와 에밀리오는 가끔 주말에 같이 체커를 뒀다.

"그걸로 온라인에서 얼마나 벌 수 있을지 생각해봐!" 바트가 외쳤다.

---

* 쌀을 주원료로 만드는 멕시코식 찬 음료.

에밀리오는 파충류 같은 미소를 머금고 액자를 끌어안았다.

"이 보물은 평생 안고 살 거야." 에밀리오가 외쳤다.

냅킨에는 새빨간 얼룩이 진하게 남아 있었는데, 립스틱이거나 살사소스인 듯했다. 카베는 실눈을 뜨고 그 자국을 남긴 입 모양을 추측해보려 했지만, 잉크 얼룩만큼이나 해석이 불가능했다.

"마스터가 입는 망토는 마법이나 주술 같은 게 걸려 있다고 들었어." 메이지가 말했다.

"섹스를 할 때도 망토는 안 벗는다던데." 테사가 말했다.

"그럴 리가 없어." 카베는 코웃음을 쳤다.

"그 망토가 마법이라는 거, 아니면 성관계중에도 안 벗는다는 거?" 캐시 테일러가 물었다.

"아직도 우리 중에 하나가 당첨됐다는 게 믿기지가 않아." 통통하고 굴곡진 몸에 야생 딸기 색깔이 섞인 금발로, 역시 오래된 목장 업소에서 일하는 매춘인인 제저벨이 말했다. 제저벨의 특기는 항문 성교, 피스팅*, 페깅**, 트리빙***, 그리고 성별을 가리지 않는 첫 경험이었다. 카베의 첫 경험도 매춘 업소 뒤편 초원에서 제저벨이 가져갔는데, 카베가 막 졸업한 여름, 자대 배치를 받기 전주, 그가 아직 어린애일 때였다. 당시 카베는 미리 예약을 할 엄두도 내지 못했다. 카베의 아버지는 아들이 바이크를 타러 나갔다고 생각했다. 카베가 업소 바깥에서 지저분한 바이크에 앉은 채, 겁이 나서 차마 들어가지는 못하고 덜덜 떨면서, 발은 페달에 얹고 언제

---

* 주먹을 넣는 성교 방식.

** 딜도를 찬 여성이 남성의 항문에 삽입하는 성교 방식.

*** 여성 외음부를 비벼 음핵을 자극하는 성교 방식.

라도 다시 시동을 걸어서 가버리려던 중에 하늘색 페티코트를 입은 사람이 리넨 숄을 휘날리면서 현관 밖으로 나왔다. 제저벨은 카베가 목장 안에 들어가기엔 너무 긴장해 있는 것을 알고 업소 바깥 초원으로 데리고 가더니, 놀란 영양들이 언덕 쪽으로 뛰어가는 가운데 전나무 아래에 숄을 깔았다. 제저벨은 업소에서 제일 나이 많은 매춘인으로 이제는 쉰 살이 훌쩍 넘었고, 롤플레이를 좋아했다. 카베는 바다 건너편에서 돌아온 후 한 번도 제저벨과 잔 적이 없었지만, 그래도 제저벨은 카베를 볼 때마다 교태어린 미소를 지으며 넌 내 거라는 듯이 쳐다보았다.

"레이철은 이렇게 운이 좋은 거 보면 주식을 해야겠어." 오언이 말했다.

"운이 좋으니까 이렇게 관대한 후원자를 뒀지." 하퍼가 카베를 슬쩍 보면서 말했다.

"카베, 혹시 너 사랑에 빠진 거야?" 에밀리오가 달콤하게 속삭였다.

"그런 거 아니야."

"그런데 오늘밤 레이철은 어디 있어?" 제저벨이 얼굴을 찌푸렸다.

"일하겠지."

카베는 자신이 레이철의 티켓값을 낸다는 사실을 모두가 알고 있는 게 민망해서 라거를 쭉 들이켰다. 하지만 레이철이 공연에 간다는 생각, 레이철이 자기 영웅을 만난다는 생각, 자신이 레이철의 꿈을 이뤄줬다는 생각을 하면 자부심이 민망한 마음을 밟고 올라섰다. 카베가 한 일이었다. 카베가 가능하게 했다. 그토록 중요한 순간에 기여한다는 건 십만 달러의 가치가 있었다. 맥주를 마시고 취기가 오른 덕분에 술집 불빛이 금덩어리처럼 반짝반짝해 보였다.

"신에게 맹세코, 마스터가 이곳에 온 일이야말로 크룩 카운티 역사상 가장 신나는 사건이야. 선댄스 키드*보다도 더!" 캐시 테일러가 선언했다.

그들 옆을 지나쳐서 술집 문으로 향하던 레드넥** 한 무리가 청하지도 않은 의견을 외쳐댔다.

"그년이 마을에서 없어져야 하는데."

"너희 나머지 창녀들도 마찬가지야."

"이 새끼야, 좆까." 카베가 침을 뱉으며 그자들에게 주먹을 한 방 날리려고 의자에서 몸을 일으키는데, 뒤에서 붙잡는 손길이 느껴졌다.

"진정해, 인마." 캐시 테일러가 그렇게 말하고 카베를 붙잡고 있는 사이, 그 망할 작자들은 문으로 몰려나가면서 위장색 야구모자 챙을 까딱이며 작별인사를 남겼다.

카베는 그날 밤 술집을 나선 후에 목격했다. 마스터는 아니고, 마스터의 보디가드들을. 발을 끌면서 호텔 건너편 편의점 앞을 지나는데, 두 보디가드가 안쪽 문가의 책꽂이 앞에서 잡지를 팔락팔락 넘기는 모습이 보였다. 카베는 그 광경에 아연해졌다. 두 보디가드의 사진이라면 온라인으로 수백 장은 보았지만, 실물로 보니 더더욱 엄청났다. 한 명은 피부색이 옅었는데, 주짓수를 배웠다는 소문이 돌았다. 한 명은 피부색이 어두웠는데, 전직 권투 선수라는

---

* 19세기 말 와이오밍 선댄스에서 활동했던 유명한 무법자.

** 미국의 가난하고 보수적인 시골 지역 백인들을 가리키는 비하적인 표현.

소문이 있었다. 두 보디가드의 이름은 아무도 몰랐다. 일군의 팬들
은 두 보디가드가 연인 사이이기를, 심지어 비밀리에 결혼까지 한
사이라면 더 좋겠지만 그 정도는 아니라도 비밀리에 데이트를 하
고 섹스를 많이 하는 사이이기를, 기왕이면 아주 관능적인 샤워를
즐기면서 서로의 귀에 아무 의미 없는 달콤한 말을 부드럽게 속삭
이는 사이이기를 간절히 바라기도 했다. 이 집단에 속하는 팬들을
일컬어 '관능적인 보디가드 섹스' 또는 줄여서 '관보섹' 팬이라고
했다. 두 보디가드가 정말로 커플인지 여부는 알려져 있지 않았다.
어느 구경꾼이 찍은 흐릿한 영상 덕분에 알려진, 그러니까 입증할
수 있는 사실은, 언젠가 집착에 사로잡힌 미치광이 둘이 식칼을 들
고 마스터에게 달려들었을 때, 두 보디가드가 주저 없이 마스터와
습격자들 사이에 뛰어들었고, 몸을 숙여 칼날을 피하고 목에 빠르
게 주먹을 날리고 찌르는 칼날을 피하고 정강이를 잽싸게 걷어찬
후 습격자들의 구겨진 몸뚱이를 내려다보며 숨을 몰아쉬다가 눈을
들어 서로가 다치지 않았다는 사실을 확인했을 때 뭔가 강렬한, 사
람에 따라서는 심지어 낭만적이라고도 주장하는 눈빛을 주고받았
다는 점이었다. 두 보디가드는 또한 감히 마스터의 후드를 벗기려
든 무수한 동인회 형제들의 손목과 손가락을 부러뜨리기도 했다.
이 장르에 속한 영상들은 일명 '참패하는 형제들', 줄여서 '참형'이
라 불렸다. 어떤 이유인지는 몰라도 관보섹 팬들은 참형 영상을 보
며 특히 즐거워하는 것 같았다.
　카베가 편의점에 머리를 들이밀자 문 위에 달린 종이 울렸다.
　"마스터를 한마디로 표현해봐요." 카베가 불분명한 발음으로 말
했다.

두 보디가드는 카베를 쳐다보더니, 동시에 대답했다.

"순수."

"불멸."

카베는 발을 끌고 편의점 주차장을 가로질러 걸으며 전화기를 꺼냈다.

"여보세요?" 레이철이었다.

"방금 마스터의 용병들을 실물로 봤어." 카베가 말했다.

레이철이 웃음을 터뜨렸다. "완전 취했네."

"난 널 믿어."

"고마워 자기."

"넌 마스터보다 더 훌륭해질 거야."

"자기가 나를 과대평가하는지도 몰라."

"역사상 가장 위대한 예술가가 되는 거야."

레이철의 목소리에는 간신히 억누른 환희가 배어났다. "정말 그렇게 생각해?"

레이철은 전화를 끊어야 했다. 그날 밤 레이철의 공연 상대가 욕실에서 돌아오고 있었다. 그녀는 잽싸게 작별인사를 속삭였다.

전화기를 집어넣던 카베는 술집에서 만났던 레드넥 무리가 길 건너편 보도를 어슬렁거리며 걸어가는 모습을 보았다.

"씨발 청교도들아." 카베가 소리치자 레드넥들이 우르르 몰려와서 마구잡이로 주먹을 날리고, 그를 보도에 쓰러뜨리고, 갈비뼈를 발로 차서 숨이 턱 막히게 만들었다. 카베는 어찌어찌 보도를 기어서 트럭을 주차해둔 곳까지 갔고, 운전칸 밑에 보관해두는 타이어 지레를 꺼내 야구방망이처럼 움켜쥔 채로 트럭 옆에 몸을 웅크리고서 다음에 덤비는 놈은 때려눕히겠다고 위협했다. 그러자 레드넥들은 기회를 틈타 카베를 보지니 자지니 똥구멍이니 사회주의자니 하고 불러대다가 가운뎃손가락을 들어 보이고는 다시 인도 저편으로 걸어가버렸다.

카베는 헉헉거리며 타이어 지레를 바닥에 떨어뜨리고 편의점 쪽을 보았다가, 그대로 얼어붙었다.

마스터가 그를 보고 있었다.

마스터를 직접 보자 목덜미가 찌릿했다. 마스터는 보디가드들과 함께 편의점 문 옆에 서 있었다. 마스터도 편의점 안에 있는 줄은 미처 몰랐다. 뒤에 있는 문을 통해 흘러나오는 밝은 형광등 불빛 때문에 마스터는 눈부신 아우라를 가진 사람처럼 보였다. 망토 후드가 얼굴을 완전히 가리기는 했지만, 얼굴이 향하는 방향을 보면 분명 카베를 똑바로 바라보고 있었다. 카베는 그 시선에 마비되고 말았다. 마스터가 마침내 고개를 돌릴 때까지 근육 하나 움직이지 못했다.

마침내 카베는 입술에 묻은 피를 닦았고, 마스터는 화장품이 가득 든 쇼핑백을 들고 보디가드 둘을 거느린 채 호텔 쪽으로 길을 건넜다.

카베가 운전을 하고 다닌 지 어언 십 년이 다 되었다. 이제 카베는 전국을 다 보았다. 디모인 시내의 하늘을 어둡게 물들이는 일식을 보았다. 샌타페이 시내 위 하늘에 반짝이는 무지개를 보았다. 배턴루지 어느 식당 주차장에서 갑작스럽게 쏟아진 우박 폭풍도 보았는데, 무거운 우박 덩어리들이 앞유리를 때리고 지붕을 찌그러뜨리는 가운데 차 주인들은 불평하며 소리를 질렀다. 유타의 솔트플랫*도 보았는데, 새하얀 소금이 벌집 같은 모양으로 갈라진 채 햇빛을 받아 빛나던 여름에도 보고, 소금을 얇게 덮은 물이 유리처럼 빛나면서 구름을 비추던 겨울에도 보았다. 그레이트솔트호수의 분홍색과 초록색 물 너머 들쭉날쭉한 구릉지대 위로 타오르는 일출도 보았다. 그레이트샌드듄스 국립공원의 완만한 경사지에 금빛과 분홍빛 광채를 던지는 일몰도 보았다. 배드랜즈 국립공원의 뾰족뾰족한 봉우리들 위에 빛나는 달빛도. 자이언 국립공원의 우뚝 솟은 메사** 위로 반짝이는 신월의 별들도. 스트로베리뱅크의 초기 식민지 시대 건축물들. 메사버드 국립공원의 오래된 절벽 거주지. 콜로라도 초원에서 풀을 뜯는 엘크들. 오하이오의 풀덤불에서 튀어나온 무지갯빛 깃털의 꿩들. 메인의 해조 웅덩이 속 바위에 달라붙은 선명한 불가사리들. 위스콘신의 눈밭에서 김이 나는 숨을 뱉던 무스 사슴들. 루이지애나의 바위 만에서 물고기를 잡으려고 뛰어들던 새빨간 부리의 펠리컨들. 버지니아 어느 숲속에서 너도밤나무 껍질을 씹던 육중한 꼬리의 비버들. 그는 앨버커키 교외에서 전신주와 길과 신호등과 집들을 다 집어삼키는 모래 폭풍을 보았다. 몬트필리어 교외에서 소화전과 인도와 전선과 집들을 다 얼려버린 얼음 폭풍도 보았다. 컷앤드슈트***에서 퍼레이드 중에 튀튀 스커트를 입고 지휘봉을 던지던 청소년들. 트루스오어콘시퀀시즈****의 하늘을 수놓는 불꽃놀이 속에서 재킷을 입고 폭죽을 흔드

---

* 바닷물이 증발하면서 결정화된 염분으로 뒤덮인 평지.
** 꼭대기가 평평한 언덕 지형.
*** Cut and Shoot. 텍사스 동부에 있는 도시.
**** Truth Or Consequences. 뉴멕시코에 있는 도시.

는 아이들. 몬토크에서 물이 뚝뚝 떨어지는 다이빙 슈트를 입고 파도를 타는 서퍼들. 할리우드에서 몸을 웅크리고 스케이트보드를 몰아 야자수 대로를 지그재그로 달리는 사람들. 로스웰에서 외계인 옷을 입고 현금인출기에서 돈을 뽑는 사람들. 키스제도에서 유명인으로 분장한 채 해변 리조트 화장실 앞에 줄을 서 있는 사람들. 라스베이거스 스트립 지구 어느 카지노 뒤에서 담배를 피우던 깃털 모자 차림의 벌레스크 쇼 공연자들. 오클랜드, 오스틴, 샬럿, 미니애폴리스, 토피카, 서배너, 잭슨, 플리머스, 그리고 헬의 할로윈. 51구역 근처 사막의 고속도로에 쌍안경을 들고 서 있는 음모론자들. 66번 국도에 있는 버려진 수리점에서 포즈를 취하며 사진을 찍는 인터넷 인플루언서들. 카베는 올드페이스풀 간헐천의 찬란한 아름다움을 오래도록 보았고, 매머드케이브 국립공원의 동굴 깊은 곳에 촛불로 그을려 새겨놓은 서명들을 살펴보았으며, 나이아가라폭포의 웅장함을 감상하기도 했다. 인간이 만든 온갖 설명할 수 없는 구경거리를, 어떤 가이드북에도 실리지 않은 신비로운 장면들을, 오직 평생 한 번밖에 볼 수 없는 것들을 보았다. 뉴저지 어느 잡화점을 털고 나서 도주 차량에 뛰어드는 빅풋 가면을 쓴 갱스터. 미시시피에서 화려한 알로하셔츠 차림으로 신발끈을 하나로 묶어 연결한 하이톱 운동화 한 켤레를 전화선 위에 던져 올리던 사람. 인디애나 어느 모텔 뒤에서 쓰레기통에 불을 붙이고 빵빵한 서류가방을 든 채 골목길로 달아나던 사람. 오클라호마에서 짝짝이 잠옷 차림으로 불타는 복층 아파트를 뛰쳐나오던 어느 가족. 델라웨어의 어느 아파트 단지를 집어삼키는 불길 앞에서 서로 부둥켜안고 있던 넋 나간 입주민 무리. 워싱턴에서 옆으로 빗어 넘긴

머리 몇 가닥이 흐트러진 채 불타는 장난감 가게에 들어가려고 몸부림치던 가게 주인과 그를 붙잡는 소방관들. 멤피스 어느 잔디밭에서 십자가에 붙은 불을 끄려고 애쓰는 잠옷 차림 커플을 창밖으로 내다보던 아이들. 콜럼버스에서 유아차를 밀다 말고 장우산으로 가로등에 걸린 올가미를 걷어내려 애쓰던 커플. 남루한 옷차림으로 보이시의 어느 인도에 놓인 우유 상자에 앉아서 높고 날카로운 목소리로 종말의 예언을 외치던 햇볕에 탄 남자. 프로비던스 어느 드라이브스루 식당 스피커 밑에 흐릿한 눈으로 무릎을 꿇고 앉아서 죽은 대통령들을 향해 앞뒤가 안 맞는 기도를 중얼대던 눈먼 여자. 켄터키 어느 자동차 극장 프로젝터 불빛 속에서 음란한 손짓을 하던 어느 손그림자. 미주리 어느 카니발 롤러코스터에서 아래에 모인 군중 위로 후두둑 떨어지던 동전들. 시카고에서 진압용 장비로 무장한 경찰들이 최루가스를 발사하는 가운데 주차된 차들 뒤로 몸을 숙이던 반다나 두른 시위자들. 올랜도에서 자동차 총격전으로 스트립몰 유리창이 박살나는 와중에 인도에 납작 엎드리던 보행자들. 샌디에이고에서 네온 선글라스를 쓰고 머리는 바람에 날린 누군가가 로드스터에 탄 채로 자전거 탄 사람을 옆에서 치고 나서 신호등을 무시하고 달려가던 뺑소니 사고 장면. 웨스트버지니아 어느 산길에서 접이식 세미트레일러가 가드레일을 뚫고 지나가면서 남긴 구멍을 얼빠진 듯 바라보던 구경꾼들. 오리건의 어느 커피숍 주차장에서 아이스모카 잔을 든 채 구급차의 페인트를 긁던 사람. 메릴랜드에서 모카신과 여름 원피스 차림으로 감자칩이 가득 들어 있는 자판기 유리를 때리며 소리를 질러대던 사람. 아이오와에서 수술복 차림으로 우체국 직원에게 고함을 지르며 잃어버린 소포에 대해 복수하겠다고 맹세하던 사람. 앨라배마 어느 은행에서 담보대출을 거절당하고는 작업복 차림으로 대출 담당자에게 꽥꽥대며 고소하겠다고 위협하던 사람. 링컨의 어느 전자제품 매장 통로에서 쇼핑하던 두 사람이 한정판 헤드폰 한 상자를 두고 싸우다가 무너뜨린 홀리데이 장식들. 티턴의 어느 유료 고속도로에서 방향을 바꾸는 차량들의 경적소리를 무시하고 이동 주택 창밖으로 쓰레기를 던지던 사람. 다코타의 어느 무료 간선도로에서 취한 듯 차선 사이를 왔다갔다하던 운전자. 캐롤라이나 어느 고속도로에서 엉뚱한 방향으로 달리던 운전자. 윈도록의 도로에서 녹슨 미니밴의 운전대를 잡고 방향을 틀다가 토끼를 친 사람. 리오그랜드의 어느 다리에서 오리떼에게 반자동 소총을 쏘아대던 사람.

마스터는 카베와 똑같은 유람객이었다. 오 년 가까이 멈추지 않고 여행을 다녔으니, 지금쯤은 마스터도 전국을 다 보았으리라.

카베는 공연 날 한낮에, 그의 집 접이식 소파 매트리스 위에서 대자로 뻗은 채 깨어났다. 초조했지만 공황 상태는 아니었다. 시리얼을 조금 먹고, 팔굽혀펴기를 몇 번 하고, 크런치도 몇 번 하고, 스쾃도 몇 번 한 다음 샤워를 하고, 남색 작업복 셔츠와 빛바랜 검은색 청바지를 입고 트럭으로 나갔다. 지금쯤이면 레이철이 티켓을, 공연에 들어가는 진짜 실물 티켓을 손에 넣었을 터였다. 카베는 목장에 들러서 레이철과 이야기를 나누고, 티켓을 직접 보고, 레이철이 자기 영웅을 만나러 가는 일로 기뻐서 방방 뛰는 소리를 듣고, 나중에 그에게 경험을 상세하게 이야기해주겠다는 맹세도 받아내고, 어쩌면 언젠가 카베를 보디가드로 쓰면 어떠냐는 아이디어도 말해주고 싶었지만 트럭에 막 오르는데 전화가 울렸다. 이웃에 사는 여자인 레인이었는데, 지하실에 있는 오래된 온수보일러를 끌고 나오는 걸 도와달라고 했다. 레인의 새 여자친구인 캐리도 온수보일러를 나르려고 와 있었다. 그래서 카베는 목장으로 트럭을 모는 대신 옆집에 가서 한 시간 동안 낑낑대며 힘을 쓰고 두 손에 묻은 기름과 때와 녹 얼룩을 바지에 닦아가며 온수보일러를 지하실에서 끌어내 계단 쪽으로 옮기는 걸 도왔다. 다른 모두와 마찬가지로 레인과 레인의 여자친구도 마스터에 대해 떠들고 싶어했다.

"레이철이 티켓을 땄지?" 레인이 계단에 앉아서 한숨을 돌리며 말했다.

"레이철이라면, 업소에서 일하는?" 캐리가 난간에 등을 기대고 헉헉거리며 말했다.

카베는 온수보일러에 기대어 쉬고 있었다. 어찌나 무거운지 보일러 밑부분이 시멘트 바닥 위로 끌리며 비뚤배뚤한 선을 파놓았다. 카베는 여전히 초조했지만 공황 상태는 아니었다.

"레이철도 언젠가 유명해질 거야." 카베가 말했다.

"나도 한 번 자봤어." 레인이 말했다.

"레이철과?" 카베는 몸을 돌려 레인을 보았다.

"레이철은 정말로 유명해져야 해. 클리토리스에 기막힌 재능이 있어. 거기 있는 나머지 헤픈 애들과는 완전히 다른 수준이야." 레인이 말했다.

레인도 레이철을 믿는다고 하니 카베는 십만 달러를 잘 썼다는 확신이 더 강해졌다.

"자, 이 물건을 마저 위로 올리자." 캐리가 일어서서 말했다.

카베는 다시 온수보일러를 계단 위로 끌어올리는 작업에 힘을 보탰지만, 다시 한 시간 동안 힘을 쓰고도 계단에는 흠만 생기고, 난간은 부서졌으며, 온수보일러는 여전히 지하실에 있었다. 레인이 결국 포기해야겠다고 선언했다. 캐리도 포기해야겠다고 말했다. 카베는 온수보일러에 지고 싶지 않았다. 가만히 서서 그 거대한 녹슨 금속 원통을 노려보고 있는데 길에서 어떤 차가 백파이어를 일으키는 소리가 멀리서 나는 총격전 소리처럼 집안에 울려퍼졌고, 그러자 초조한 느낌에 피부가 따끔거리더니 이제는 공황이 밀려왔다. 갑자기 온수보일러를 보기만 해도 화가 났다. 격분했다. 격노했다. 갑자기 온수보일러가 자신을 위협하는 것 같았다. 그 물건을 집밖으로 내보내고 싶었다. 다시 시도하고 싶었다.

"그냥 돈을 내고 사람을 써서 들어내야겠어." 레인이 반다나로 땀을 닦으며 말했다.

"우리가 할 수 있어." 카베는 고집했다.

"카베, 방법이 없어." 캐리가 말했다.

"그냥 내가 밀 테니까 도와줘." 카베가 날카롭게 말했다.

"너무 무겁다니까." 캐리가 말했다.

카베가 온수보일러에 대해 너무 고집을 부리는 바람에 결국에는 나머지 두 사람이 왜 포기를 못하느냐고 화를 내기에 이르렀고, 카베는 그제야 겨우 포기하고 이웃집을 떠났다. 그는 트럭으로 돌아가서 레이철에게 메시지로 몇시에 공연에 갈 건지 물었다. 그대로 목장으로 차를 몰 수도 있었겠지만 다시 배가 고파졌고, 집에는 시리얼 말고 먹을 게 없었기에 카베는 시내로 차를 몰고 가서, 현금을 찾으려고 은행에 들렀다. 은행 앞 깃대가 비어 있었다. 화를 내지 않으려고 했지만 로비에 들어섰을 때는 이미 화가 나 있었다.

그는 카운터에 앉은 창구 직원에게 걸어갔다.

"깃발은 어떻게 된 겁니까?" 카베가 물었다.

창구 직원이 어색하게 웃었다. 관리인 게리가 아침에 깃발을 올렸어야 하는데, 출근 직전에 아프다고 전화를 했고, 다른 관리인 중에는 그 시간대에 대신 일할 사람이 하나도 없었으며, 은행의 다른 직원들은 그 일까지 하기엔 너무 바빴다. 그래서 깃발은 하루 종일 청소 도구함 상자 안에 접힌 채 놓여 있었다. 카베가 대신 나가서 깃발을 올리겠다고 제안했지만, 직원은 카베에게 깃발 올리는 작업을 시킬 수는 없다고, 법적으로 은행은 그런 일을 허용할 수 없다고, 혹시라도 일을 하다가 카베가 다치면, 발목이 접질리거나 하면 은행을 고소할 텐데, 은행은 그런 사태를 원하지 않기 때문에 안 된다고 했다. 카베가 자신은 은행을 고소하는 일에는 관심 없다고, 그저 도우려는 것뿐이라고 설득해보려 했지만 직원은 은행을 고소하고 싶은 사람도 바로 그렇게 말했을 거라고 대답했고, 게다가 어차피 은행 문을 곧 닫는다고, 그러면 깃발을 다시 내려야 할 테니 괜한 짓이라고 말했다. 카베는 아니라고, 그래도 의미가 있다고 반박하려 했지만, 그때 밖에서 드릴이 은행 근처 보도를 뚫기 시작하면서 카운터 뒤에 보이는 사무실의 문손잡이가 덜덜거렸고, 손잡이가 덜덜거리는 소리를 듣자 다시 공황이 솟아올라서 이곳에서 나가고 싶어졌다. 그래서 카베는 포기하고 현금만 인출해서 나갔다. 카베는 치즈버거를 먹으러 그릴 요리 식당으로 갔다가 어떤 가족 옆에 앉았는데, 아이들이 지나다니는 직원에게 계속 플라스틱 장난감을 던지는데도 부모는 저지하지 않았다. 밀크셰이크를 먹으려고 유제품 가게에 가서 줄을 섰는데, 앞에 선 코에 피어싱을 한 손님이 계속 계산대 직원에게 욕을 하는데도 친구들은 낄낄거리기만 할 뿐 막지 않았다. 길거리로 다시 나갔더니 누군가가 엔진오일 한 통을 길에 쏟아놓고는, 치우지도 않고 통까지 버려둔 채 가버렸다. 그릴 요리 식당과 유제품 가게의 스피커에서 미친듯이 터져나오던 팝음악소리가 머릿속에 눌어붙었다. 카베가 휴식기를 싫어하고, 집에 가만히 붙어 있는 시간을 싫어하는 것도 바로이래서였다. 이 마을이 특별히 끔찍해서가 아니라, 이 마을도 다른모든 마을과 똑같이 끔찍해서였다.

하지만 이제 해가 지평선을 향해 떨어지고 있었다. 레이철은 아직도 카베가 보낸 메시지에 답을 하지 않았다. 카베는 트럭으로 걸어가다가 가죽 재킷을 입은 사람 둘이 길 건너 베이커리 앞에 서 있는 컨버터블의 타이어를 스크루드라이버로 찌르는 모습을 보았다.

"어이, 뭐하는 짓이야?" 카베가 외쳤다.

두 사람은 달아났고, 카베가 그 망할 작자들을 쫓아가긴 했지만 그들은 따라잡을 수 없을 만큼 빨리 달려가서 오토바이에 올라타더니 시동을 걸고 고속도로를 향해 속도를 높여 달아나버렸다. 그리고 카베가 컨버터블 주인에게 타이어에 펑크가 났다고 경고해주려고 베이커리로 돌아갔을 때, 문제의 컨버터블은 이미 떠나고 없었다.

"이런 젠장." 카베는 빈 주차 공간을 노려보며 중얼거렸다.

레이철은 곧 공연에 가야 할 것이다. 카베가 전화를 해도 받지 않는 걸 보면 이미 호텔로 가는 중일 것 같았지만, 그래도 카베는 공연 전에 레이철을 볼 수 있을지 모른다는 희망을 품고 업소로 차를 몰았다. 고속도로에서 목장까지 가는 구불구불한 흙길에서 레이철과 마주칠 줄 알았는데, 아무도 지나가지 않았다. 미루나무 사이로 메추라기가 휙 날아갔다. 초원은 금빛으로 변해가고 있었다. 씨발, 카베는 불안한 상태였다. 불안감을 억누르려 뺨 안쪽을 깨물었다. 매춘 업소 앞에는 평소에 보던 차가 모두 다 서 있었다. 레이철의 상태 나쁜 연파란색 해치백은 주차장 가장자리에 있는 히코리나무 그늘에 서 있었다. 와이퍼와 후드 사이에 나무에서 떨어진 꽃차례가 끼어 있었다. 트럭에서 뛰어내려 현관으로 향하는 카베의 부츠 주위로 먼지가 피어올랐다. 전화기가 울리는 소리가 들리자 비로소 전화기를 트럭 안에 두고 내렸음을 깨달았지만, 이미 걷고 있었기에 돌아가지 않았다. 그는 트럭 안에서 전화기가 울리는 가운데 목장 안으로 들어갔다.

"레이철 아직 여기 있어?" 카베는 로비에서 주사위 놀이를 하는 경비원들에게 물었다. 블레이크가 고개를 끄덕이고, 웨인이 끙 소리를 내며 그렇다고 한 후, 둘 다 컵 아래에 숨은 주사위로 주의를 돌렸다. 매니저인 딜라일라가 전화로 예약을 받으며 은색 펜으로 정보를 적고 있었다. 카베는 물었다. "왜 아직도 레이철이 안 나간 거야?"

딜라일라는 마치 그 질문에 대한 답이 얼마나 어처구니없는지 못 믿을 거라는 듯, 찌푸린 얼굴로 카베를 보고 눈을 굴리더니 다시 예약 정보를 기록하는 데 집중했다.

카베는 성큼성큼 복도를 걸었다. 복도는 어두웠고, 조명이라고는 로비 뒤쪽 창문을 통해 목장으로 흘러드는 햇빛뿐이었다. 복도에 보이는 문은 모두 닫혀 있었다. 닫힌 문 뒤에서 제각기 둔탁한 소음이 흘러나왔다. 웃음소리. 훌쩍이는 소리. 신음소리. 하지만 복도 끝에 있는 문에 도착해보니, 레이철의 침실은 조용했다. 그는 문을 두드리고 기다렸다가, 다시 문을 두드리고 기다렸다. 돌아오는 건 침묵뿐이었다.

"레이철." 카베가 말했다.

마침내 안에서 움직이는 소리가 들렸다. 침대 스프링이 삐걱거리고 바닥 나무판이 끼익 소리를 내며 누군가가 문 쪽으로 다가오고 있음을 알렸다.

레이철이 침실 안에서 복도를 내다보았다. 카베가 이제까지 본 레이철의 차림새란 실크 로브, 새틴 슬립, 모래시계 모양의 코르셋, 레이스 란제리, 망사 내의, 푸시업 브래지어, 허리까지 올라오는 팬티, 끈 팬티, 허리선이 어찌나 엉덩이 아래쪽에 걸쳐 있는지 옴폭 팬 등허리까지 보이는 가죽 바지, 단추를 워낙 아래까지 풀어서 느슨한 네크라인 위로 가슴골이 넘쳐 보이는 얇은 빈티지 원피스, 잡아당기면 팅 소리가 날 정도로 단단히 조인 가터로 얇은 스타킹과 연결한 자카르 뷔스티에, 선명한 립스틱, 화려한 아이섀도, 다이아몬드 귀걸이, 진주 목걸이, 반짝이는 금팔찌와 금 발찌 같은 것들뿐이었는데, 오늘밤 레이철은 근처 학교 이름이 새겨진 헐렁한 축구팀 후드 티셔츠에 잼인지 초콜릿인지 모를 얼룩이 묻은 주름진 면 반바지를 입고, 짝이 맞지 않는 양말을 신고 있었다. 머리는 헝클어졌고, 손톱 매니큐어는 깨졌고, 눈 밑은 이제까지 본 적 없었던 모양새로 칙칙하게 부어올랐다.

카베는 멍하니 레이철을 보았다. "공연이 곧 시작하지 않아?"

"안 갈 거야." 레이철이 말했다.

카베는 웃음을 터뜨렸다. "무슨 소리를 하는 거야?"

"진심이야." 레이철이 말했다.

이상하게 단조롭고 우울한 목소리였다.

"돈은 어쨌는데?" 카베는 문득 레이철이 십만 달러를 다른 곳에 쓴 게 틀림없다는 생각이 들어서 얼굴을 찌푸리며 물었다.

하지만 아니었다. 레이철은 후드 티셔츠 주머니에 손을 넣어, 금속 재질의 금빛 인쇄용지에 반짝이는 검은색 활자가 박힌 티켓을 꺼내서 보여줬다.

마스터, 그랜드호텔, 6월 1일, 아홉시, 선댄스, 와이오밍.

레이철은 문지방 너머로 손을 뻗어 그 티켓을 카베의 셔츠 주머니에 꽂았다.

"뭐하는 거야?" 카베는 혼란에 빠져서 티켓을 내려다보며 물었다.

"이미 티켓을 자기 이름으로 바꿨어." 레이철이 말했다.

"안 돼."

"확인 연락이 올 거야." 레이철이 말했다.

"얼른 옷 입어."

"기본적인 서류만 준비하면 돼." 레이철이 말했다.

"그러다가 늦겠어."

"자기한테 말해주려고 방금 전화했었어." 레이철이 말했다.

"내가 태워다 줄 수 있어."

"카베, 이미 마음을 굳혔어. 난 안 가."

"이건 당신 꿈이잖아." 카베가 폭발했다.

레이철은 비참한 얼굴로 카베를 외면했다.

"난 예술가가 아니야." 레이철은 서글프게 말하더니 다시 발을 끌고 침실로 들어가서 천천히 문을 닫았다.

"레이철." 카베는 문에 대고 말했다.

레이철이 나무문에 기대어 주저앉으면서 문이 살짝 흔들렸다.

"레이철." 카베는 문을 두드리며 외쳤다.

가까운 문에서 불안한 얼굴들이 나타났다. 이마니와 퍼넬러피였다.

"둘이 레이철한테 뭐라고 했어?" 카베가 외쳤다.

제저벨, 에밀리오, 그리고 다른 얼굴들이 복도 문밖에 나타났다.

"다들 씨발 레이철한테 뭐라고 한 거냐고?" 카베가 외쳤다.

카베가 레이철의 방문을 다시 두드리는데 경비원들이 나타났다. 블레이크가 카베의 허리를 잡고 웨인이 발목을 잡더니, 이내 카베는 심장이 철렁하는 중력의 요동과 함께 허공에 들어올려졌고, 경비원들은 카베를 떠메고 복도를 걸어내려갔다.

"레이철." 카베는 필사적으로 벽지를, 색 바랜 융단을, 벽에 붙은 나무 몰딩을, 로비 바닥에 깔린 곰 가죽 깔개를 긁으면서 복도 끝에 있는 레이철의 문이 점점 작아지다가 어둠 속으로 사라지는 광경을 무력하게 지켜보았다.

경비원들은 카베를 포치까지 떠메고 가서 흙바닥에 던졌다. 문이 쾅 닫히면서 문 위에 달린 수소 머리뼈가 덜거덕거렸다. 카베는 흙먼지 속에서 기침을 했다.

들종다리 한 무리가 지붕 위로 날아올랐다. 귀뚜라미들이 지는 해를 보며 울고 있었다. 카베는 목장 건물 창문에 달린 리넨 커튼들을, 입김을 불어 만든 잔물결 모양 유리창 위로 아른거리는 흐린 보라색과 오렌지색 빛을 보면서 업소에서 일하는 다른 매춘인들은 레이철에게 아무 말도 하지 않았다는 사실을 깨닫고 절망감을 느졌다. 아무도 레이철에게 넌 예술가가 아니라고 하지 않았다. 레이철이 내내 자신은 예술가가 아니라고 믿었던 것이다. 레이철은 카베가 아는 사람 중에 꿈을 품은 유일한 사람이었는데, 실패할까봐 두려운 나머지 꿈을 이루려고 시도하지 못했다. 레이철은 이 마을에서 죽을 것이다.

카베는 가속페달을 운전칸 바닥까지 닿도록 밟고, 도로의 요철 위로 덜컹 뛰어올랐다가 쿵 소리나게 떨어지고, 미끄러지듯이 커브를 돌아 놀란 제비떼를 뿔뿔이 흩어놓고, 흙먼지와 격분의 소용돌이 속에서 미친 듯한 속도로 마을로 돌아갔다. 집에 들를 시간도, 목욕할 시간도, 옷을 갈아입을 시간도 없어서 온수보일러를 옮기러 갔을 때 입었고 은행 직원에게 거절당했을 때도 입었으며 타이어 굿던 녀석들을 쫓아가려 했을 때도 입었고 매춘 업소에서 쫓겨났을 때도 입어서 기름과 흙과 녹 얼룩과 먼지가 묻은 남색 셔츠에 빛바랜 바지 차림이었고, 아직도 그는 온수보일러에 화가 났고 아직도 은행 직원에게 화가 났으며 아직도 타이어 굿던 녀석들에게 화가 났고 아직도 레이철에게 화가 났지만, 그 무엇보다도, 세상 그 무엇보다도 마스터에게 격분했다. 마스터의 모든 행동이, 얼굴을 감추고 절대 말을 하지 않으며 신비롭게 구는 모든 행동이 다 사기였고 과장된 광고와 선전에 불과했는데, 그녀와 하룻밤을 보낸 사람들은 겁이 나서 그걸 인정하지 못한 것이었다. 그로 인한 여파가 무서워서, 사기 행각에 십만 달러를 날렸다는 굴욕감이 무서워서 말이다. 갑자기 그런 확신이 든 카베는 분노에 휩싸였고,

이제는 티켓이 있다는 게 기뻤다. 이제 직접 환멸을 경험하고 세상에 진실을 폭로할 수 있을 테니 말이다. 호텔에 도착한 카베는 트럭을 텅 빈 주차장 한가운데에 비딱하게 주차했다. 그럴 수 있으니까 그렇게 했다.

보디가드 둘이 로비 데스크에서 기다리고 있었는데, 둘 다 턱시도 차림이었고 둘 다 조급한 얼굴이었다.

"부츠 벗으세요."

"양말도."

카베는 맨발로 데스크까지 걸어갔다. 두 보디가드가 카베의 내과의사가 발급한 서류에 찍힌 비가시광선 워터마크를 스캔하더니 표준 절차인 책임면책서와, 표준 절차가 아닌 기밀유지협약서에 서명을 시켰다. 다른 제약도 이것저것 있었지만 특히 마스터의 사진을 찍거나 영상을 찍는 것은 금지였고, 기억을 살려서 스케치를 하거나 그림을 그리거나 어떤 식으로든 시각적으로 재현하는 것도 금지였으며, 공개적으로든 사적으로든 마스터에 대해 이야기하는 것 역시 금지였다. 말로 해도 안 되고, 글로 써도 안 된다고 했다.

보디가드들이 카베를 빤히 쳐다보았다.

"카베, 이 내용을 주의깊게 읽었습니까?"

"네." 카베가 말했다.

"그렇다면 계약을 어길 경우 무슨 일이 일어나는지 이해하셨겠죠."

"네." 카베가 말했다.

"이 나라의 어떤 매춘 업소에서도 환영받지 못하게 될 겁니다."

카베가 열쇠와 지갑과 전화기를 자물쇠가 달린 상자 안에 넣자,

보디가드들이 금속탐지기로 몸 주위를 훑고, 몸을 두드려서 조사하고, 꼼꼼하게 살펴본 다음, 털이 보송보송한 양을 감상하는 한 쌍의 농부 같은 눈으로 카베를 보며 고개를 끄덕여 승인했다.

"안에 있는 동안에는 말을 하지 마십시오."

"그리고 예의를 지키도록 하세요."

"티켓은 필요 없나요?" 카베는 셔츠 주머니에서 티켓을 꺼내며 물었다.

카베는 마스터의 보디가드들이 웃는 모습을 전혀, 단 한 번도, 둘 중 어느 쪽이든 본 적이 없었는데 그 순간 그들이 그를 향해 미소를 지었고, 그 미소는 무시무시했다.

"그건 기념품입니다."

카베는 티켓을 다시 셔츠 주머니에 넣으며 거대한 계단을 혼자 올라갔다. 이 마을에서 평생을 살았지만, 이 호텔에 발을 들여보기는 처음이었다. 계단 위에 거대한 샹들리에가 달려 있었다. 나무 난간에는 총탄 구멍이 별자리처럼 남았는데, 아마도 개척 시대의 총격전이 남긴 자국일 터였다. 바람이 샹들리에를 훑고 지나가자 크리스털이 잘그랑거렸다. 호텔은 으스스할 정도로 조용했다. 막상 도착하고 보니 긴장이 되었다. 위층에는 방문이 모두 활짝 열려 있었지만, 모든 방이 깜깜한 가운데 복도 끝에 있는 마스터 스위트룸만 불이 밝혀져 있었다.

마스터 스위트룸에는 벽에 걸린 흐릿한 거울, 새하얀 침대보가 깔린 거대한 침대, 깜박거리는 석유램프를 올려놓은 한 쌍의 협탁밖에 없었다. 창밖으로 마을 너머 평원 위로 떠오르는 보름달이 보였다. 카베는 창가로 걸어갔다. 그렇게 일 분 남짓 서 있었을까, 그녀가 방으로 들어왔다.

카베는 편의점 주차장에서 마스터가 얼마나 강력한 존재감을 내뿜었는지를 잊고 있었다. 언젠가 항성과 혜성과 행성에 중력장이 존재하듯 우주의 모든 물체는 중력을 행사한다고, 인간의 몸도 그렇다는 내용을 읽은 적이 있었지만 이전에는 한 번도 이렇게 마스터 주위의 공기압이 변하듯이 방안의 압력이 변하는 느낌을 받아본 적이 없었다. 마스터는 후드 망토를 걸치고 있었다. 가까이에서 보니 두 손에 있는 흉터 조직은 뚜렷한 특징을 가지고 있었다. 카베는 그런 흉터를 전에도 본 적이 있었다. 살이 그슬리고 피부가 탄 흉터. 불의 흔적이었다. 마스터는 우아하게, 소리가 나지 않을 정도로 우아하게 문을 닫고 창문 쪽으로 걸어왔다. 마스터가 그토록 가까이 서 있으니 카베의 맥박이 빨라졌고, 그녀가 손을 뻗자 심장이 펄쩍 뛰었지만, 마스터는 카베를 건드리지 않고 뒤에 있는 커튼을 묶은 장식 줄을 당겨 풀었다. 커튼이 스르륵 펼쳐지며 창을 가렸다. 그러더니 그녀는 카베에게 말할 기회도 주지 않고, 인사할 기회도 주지 않고 그의 등뒤로 움직였다. 등뒤에서 팔을 뻗어 카베의 셔츠 단추에 손을 올렸다.

"내가 할 수 있어요." 카베가 말했지만, 마스터가 쉿 소리를 냈다.

그녀의 손가락은 날렵했다. 마치 차의 달인이 말차 한 숟가락으로 차를 우려내듯, 숙련된 석공이 벽돌 사이 틈에서 모르타르를 퍼내듯 세심한 손길로 단추를 단춧구멍 사이로 밀어냈다. 카베에게는 어떤 압력도 가지 않게 주의했다. 오직 옷감만 건드렸다. 아직 그의 몸은 건드리지도 않았다. 셔츠가 남색 옷더미가 되어 바닥으로 떨어지고, 그녀의 두 손이 바지 쪽으로 내려가더니 손가락을 정교하게 놀려 단추를 구멍 밖으로 빼내고, 천천히 지퍼를 내렸다. 마치 지퍼가 툭툭 갈라지는 소리를 음미하는 것 같았다. 청바지가 데님더미가 되어 바닥으로 떨어지고, 그녀의 두 손이 트렁크 팬티 아래쪽으로 향하더니, 손가락으로 천 가장자리를 집고 서서히 아래로 끌어내렸다. 엉덩이뼈를 지나고, 뻣뻣하게 곤두선 음모를 지나고, 통통한 엉덩이 둔덕을 지나 아래로. 성기가 단단해져서 천이 팽팽해졌고, 트렁크 허리 부분이 성기 머리 부분을 스치면서 아래로 내려가자 뻣뻣한 성기가 허공에 튀어올랐다. 그녀가 손을 놓자 트렁크가 발목까지 떨어졌고, 카베는 옷더미에서 걸어나와 거울에 비친 자기 모습을 슬쩍 보면서 처음으로 자신의 몸을 그녀의 눈에 비치는 대로 보려고 해보았다. 짧게 깎아서 두피에 비스듬하게 남은 흉터가 보이는 머리. 커다란 두 눈. 날카로운 턱선. 뭉툭한 턱 끝. 얼굴에 거무스름하게 남은 수염 자국. 넓은 어깨. 튀어나온 이두근. 털이 많은 팔뚝. 손에 불거진 핏줄. 털이 많은 가슴. 둥근 배꼽. 울퉁불퉁한 볼기뼈. 성기에 불거진 핏줄. 매끄러운 엉덩이. 단단한 허벅지. 털투성이 정강이. 발에 불거진 핏줄. 위험한 야생동물 같았다. 그리고 후드 망토가 바닥으로 떨어지는 소리가 들렸다.

카베는 몸을 돌렸다. 마스터는 예상보다 나이가 많아서, 거의 카베와 동년배 같았다. 갑자기 두 사람이 이 나라의 서로 다른 곳에서 같은 시기에 성장했으리라는 생각이 들었다. 서로 다른 병원의 플라스틱 아기 침대 안에서 흔들리던 신생아, 서로 다른 보육원에서 모래밭을 아장아장 걷던 유아, 서로 다른 교실에서 합판으로 만든 책상 앞에 앉아 연필을 씹던 어린이, 서로 다른 쇼핑몰 적하장 뒤편에서 몰래 담배를 피우던 청소년으로, 똑같은 국가적 승리와 재난에 영향을 받으며 자랐을 것이다. 두 사람이 지금 이 순간 이 곳에서 서로를 만나기까지 삼십 년 넘게 걸어왔을 복잡한 경로. 그녀는 장신구를 전혀 하지 않고 느슨한 리넨 원피스에 얇은 가죽 플립플롭 차림이었는데, 그 신발을 벗고 나자 샌들 끈이 발에 희미한 줄을 남겨놓은 것이 보였고, 잠깐 동안은 그게 탄 자국인가 했다가 그녀의 발은 햇빛을 본 적이 없다는 사실을 기억해냈고, 그제야 그녀의 발이 지저분하고 발에 흰 줄처럼 남은 부분만 깨끗한 것이라는 사실을 깨달았다. 그녀가 어깨를 늘어뜨려 원피스 끈을 팔 아래로 내리고 엉덩이를 한 번 흔들자 원피스가 바닥에 떨어진 리넨더미가 되었고, 그녀는 이제 벌거벗은 몸으로 카베를 마주보고 섰다. 가는 허리, 평균 정도의 가슴, 가느다란 목, 기이한 얼굴이었다. 다만 그 독특한 이목구비 때문에 아름다워 보였다. 까만 구슬 같은 두 눈은 사이가 너무 멀었고, 코는 끝이 뭉개진 것 같았으며 입과 너무 가까웠다. 높이 솟은 광대뼈가 드러난 두 뺨은 초췌한 인상을 줬다. 검은색 머리카락은 길고 곧았다. 손톱에도 발톱에도 색을 칠하지 않았다. 아이라이너 외에는 화장도 하지 않았다. 피부는 섬뜩할 정도로 창백했다. 손의 흉터는 손목을 지나서야 흐릿해졌다.

온라인에서 어떤 사람들은 그녀가 루마니아계라고 주장했고, 또 어떤 사람들은 이집트계라고 주장했지만, 카베가 보기에는 이란계 같았다. 그 사실을 알아보고 그는 깜짝 놀랐다. 거의 확실했다.

카베가 말했다. "어디 출신……"

"말을 하면 아프게 해줄 줄 알아." 조이가 말했다. 살짝 혀짤배기소리가 났다.

카베는 말했다. "그냥 얼굴을 보니……"

조이가 두 손가락으로 카베의 목 아래 옴폭 파인 곳을 찔렀다. 그는 비틀거리며 창가로 물러서서 커튼을 붙잡고 공기를 들이마시려 애써야 했다.

"씹." 카베는 기침을 했고, 그녀는 그의 턱 옆으로 손을 뻗어 귀 아래 움푹 들어간 곳을 깊숙이 찔렀다. 그러자 무릎이 풀릴 정도로 강렬한 통증이 몸을 훑고 지나갔다. 다만 이번에는 카베도 뺨 안쪽을 씹으며 비명을 참았다. 그녀는 감히 카베가 다시 말을 하는지 두고 보겠다는 듯이 그를 바라봤다. 카베의 다리 사이에서 성기가 힘을 잃고 늘어졌다.

"지금 원한다고 생각하는 그거, 원하지 않을걸." 조이가 말했다.

그녀가 카베의 손을 잡았다. 그냥 그의 손바닥을 감싸쥔 게 아니라 손가락을 깍지 껴 잡았다. 너무나 친근한 몸짓이어서 카베의 두 뺨에 피가 몰렸다. 질책을 당해서 민망했고 불안한 기분이었지만, 다시 친근하게 대해주니 기쁨에 마음이 부풀었다. 카베는 그녀에게 사로잡혔다. 조이는 침대로 그를 이끌고 가서 침대보 위에 대자로 엎드리게 했다. 두 다리를 벌리고, 두 팔을 활짝 벌리고, 이마를 베개에 대도록 했다.

"행복은 결코 뒤쫓는다고 잡히는 게 아니었고." 조이가 중얼거렸다.

그리고 침대 옆에 놓인 석유램프를 불어서 껐다.

"모험은 언제나 쾌락보다 우월했어." 조이가 중얼거렸다.

그녀가 침대에 오르자 매트리스가 내려앉는 것이 느껴졌다. 그녀는 어둠 속에서 카베를 타고 앉은 다음, 손가락을 쫙 펴서 그의 어깨에 가볍게 얹었다. 마치 연주를 시작하기 전에 건반 위에 손을 없는 피아니스트 같은 자세였다. 방금 전 그녀에게 고통을 당한 탓에 조심스럽기는 했지만, 그런 식의 부드러운 접촉은 전기처럼 강렬했다. 마치 피부 원자의 양자와 전자까지도 그녀의 에너지에 흥분하는 것 같았다. 그녀의 손끝이 어깨를 가만히 건드리는 느낌, 그녀의 음모가 등에 닿는 감촉, 그녀의 엉덩이가 그의 엉덩이 위에 놓이는 감각이 좋았다. 그녀는 마사지를 시작했다. 손바닥으로 머리뼈를 감싸고 손끝으로 가만히 두피를 문지르다가 손톱으로 두피를 긁자 찌릿한 쾌감이 척추를 타고 내려왔다. 그녀는 카베의 목을 마사지하고, 등에 뭉친 근육을 주무르고, 두 팔을 쓰다듬고 치대고, 손목 인대를 부드럽게 어루만지고, 자신의 엄지손가락과 손바닥 아래쪽으로 그의 손바닥을 문지르고, 그의 손가락 근육까지 일일이 풀어주었다. 침대와 배 사이에 낀 그의 성기가 다시 단단해지기 시작했다. 더없는 희열이 밀려왔다. 조이가 침대 위에서 몸을 돌려 반대 방향으로 올라타자 매트리스가 출렁였다. 그녀는 그의 발가락 근육을 마사지하고, 자신의 엄지손가락과 손바닥 아래쪽으로 발바닥을 문지르고, 발목 관절을 부드럽게 어루만지고, 종아리를 쓰다듬고 치대고, 허벅지 근육을 주무른 다음 엉덩이로 손을 옮겼다. 그의 엉덩이가 등과 이어지는 지점에 뭉친 자리를 찾아냈다. 운전으로 받은 온갖 스트레스, 매일 해가 뜰 때부터 해가 질 때까지 운전대를 잡고 앉아 있느라 받은 압박, 온갖 도로 정체와 교통 대란과 우회로와 도로 시공으로 인해 심하게 뭉친 근육을 찾아냈다. 그녀는 주먹을 쥐더니 몸무게를 다 실어서 손마디를 그의 피부 깊숙이 밀어넣고 억지로 엉덩이의 뭉친 부분을 풀었다. 뭉친 근육이 풀리는 쾌락이 어찌나 강한지 반사적으로 발가락이 구부러졌다. 그녀는 다시 몸을 돌리고 그의 등에 손을 미끄러뜨리며, 피부에 손이 닿을 듯 말 듯 우아하게 쓰다듬었다. 이렇게 마음이 잔잔해진 적이 없었다. 고요함이 찾아왔다. 근육이 다 풀리고, 긴장이 다 사라졌다. 성기는 욱신거렸다.

"네가 사랑하는 죽은 사람을 떠올려봐." 조이가 속삭였고, 카베는 그 순간 아버지에 대해 생각하고 싶지 않았는데도 바로 아버지가 떠올랐다.

조이의 두 손이 다시 어깨로 올라가더니 살을 꽉 쥐는 바람에 통증이 힘줄을 타고 흘렀고 카베는 몸을 움찔했다.

"네가 사랑하는 사람은 다 죽었지." 조이가 속삭였다.

조이의 손가락이 카베의 어깨를 파고들었다.

"네가 사랑하는 사람은 다 떠났어." 조이가 속삭였다.

조이의 손가락 아래 카베의 힘줄이 경련했다.

"넌 아무도 구할 수 없었어." 조이가 속삭였다.

카베는 그녀의 손톱이 살을 파고들자 고통스러운 소리를 냈다.

"행성들이 나란히 늘어서고 있어." 조이가 속삭였다.

그녀의 손이 카베의 피부에서 멀어졌다.

그러더니 갑자기 그녀가 사라져버린 듯, 방안에 다른 사람이 있다는 느낌이 사라지고 카베는 어둠 속에 혼자, 벌거벗은 몸으로 침대에 혼자 엎드려 있었다. 등과 다리에 빗방울이 후두둑 떨어졌고—그게 빗방울이었을까, 손가락 끝이었을까, 아니면 뿜어 나온 침이었을까?—이어서 카베의 목과 등에 또 한번 후두둑 떨어지는 것이, 마치 폭풍이 지나간 후 삼나무 잎사귀 끝에 맺혀 있던 굵은 물방울들이 돌풍에 흔들리며 나뭇가지 아래에서 쉬고 있던 사람들에게, 끈 달린 부츠를 신고 위장복을 입은 군인들에게 떨어지는 것 같았다. 카베는 놀라서 끙끙거렸다. 다시 빗방울이 떨어졌지만, 손을 뻗어 정말로 피부가 젖었나 확인해보기 전에 거미줄이 목을 스치고 지나갔고—그게 거미줄이었을까, 손가락 끝이었을까, 아니면 젖어서 달라붙은 머리카락이었을까?—이어서 거미줄이 또 한번 얼굴과 귀를 살짝 쓸고 지나가는 것이, 마치 넓은 풀잎 사이에 매달린 물방울 맺힌 거미줄이, 머나먼 협곡 너머 눈부신 새벽빛을 받아 반짝이는 그 거대하고 반투명한 나선형 구체들이 초원 위를 조용히 기어가는 사람들을, 위장복을 입고 헬멧 끈을 조인 군인들을 스치고 지나가는 것 같았다. 카베는 이제 흥분보다는 호기심이 치솟았다. 성기에서도 힘이 빠졌다. 거미줄이 또 달라붙었고, 반사적으로 피부에 달라붙은 거미줄을 떼어내려 손을 뻗었는데 갑자기 매트리스 위에서 몸이 뒤집혔고, 한 쌍의 손이 폭발적인 힘으로 그를 뒤집어놓자, 이어서 꼬집히는 느낌이, 마치 그녀가 손톱으로 피부를 꼬집는 것 같은 느낌이 들었는데, 다만 한 곳이 아니라 한꺼번에 백 쌍의 손이 온몸을 꼬집어대는 느낌, 아니면 호텔 침대에 누워 있는 게 아니라 자갈길에 엎드려 있고 귓가에는 폭발음의 잔향이 웅웅거리는 가운데 날카로운 돌멩이가 서서히 살을 파고드는 듯한 느낌이었다. 이제는 두려웠다. 성기가 축 늘어졌다. 꼬집히는 아픔이 고통스러운 지경에 이르러 그만하라고 소리치고 싶었지만, 그녀를 멈출 수 있는 세이프 워드safe word는 없었다. 어둠을 향해 팔다리를 휘저었지만 허공만 때릴 뿐이었고, 이어서 관자놀이에 무시무시한 압력이 느껴졌다. 침대보를 움켜쥐고 다시 가만히 있었더니 압력이 사라지고 카베만 혼자 남았다. 점점 불안감이 강해졌다. 아무것도 볼 수 없었고, 아무것도 들을 수 없었고, 아무것도 느낄 수 없었다. 그러다가 뜨거운 폐에서 빠져나온 입김 같은, 아니면 앞유리에 햇빛이 일렁이는 가운데 해안가 고속도로를 덜컹거리며 달려가는 트럭의 살짝 열린 창문으로 불어 드는 공기 같은, 아니면 예전에 아버지의 도움으로 뒷마당에 만든 이글루를 밤 사이에 녹여 진흙으로 만들어버린 거센 치누크 바람* 같은 따뜻한 바람이 그의 얼굴을 건드렸다. 막사 안에 침대를 배정받은 군인들의 군복을 스치던 습한 바람과도 비슷했다, 안드레는 베개 위에 헤드폰을 던지고, 트레버는 침대 몇 개 건너편에서 블랙잭으로 내기를 하고, 리브카는 또 침대 몇 개 건너편에서 랩 배틀을 열고, 데니스는 막사 천막 문에서 제일 가까운 침대 아래에 〈파머스 얼머낵〉** 을 가지런히 쌓고, 카베는 너무 진지하고 수줍어서 아무에게도 말을 걸지 못하고 앉아 있던 그때처럼. 바람이 몸을 훑고 팔뚝과 가슴과 종아리에 난 털을 스치면서 카베의 마음을 달래주었다. 어쩌면 공기를 머금고 팽팽하게 부풀어오른 볼의 피부일까, 풍선 하나가 카베의 가슴을 가볍게 때리고 지나가고, 또다른 풍선이 가슴을 가볍게 때리고 지나가고, 다음에는 풍선들이 우르르 몸을 훑고 지나가는 통에 카베는 즐거운 미소를 지었다가, 갑자기 매끈한 잎사귀가 몸을 때리는 느낌에 화들짝 놀랐다. 미끌미끌한 해초가 발목을 휘감고, 매끄러운 물거품이 얼굴 위에서 부드럽게 터지고, 모래 투성이 비치 타월이 아무렇게나 뭉친 채 가슴 위로 떨어지고, 폭신

* 로키산맥 동부에 부는 온난하고 건조한 바람.
** 미국과 캐나다의 기후 정보와 정원 가꾸기, 낚시 정보 등을 싣는 정기간행물.

한 침낭의 미끄러운 폴리에스테르 원단이 가볍게 피부 위를 스치고, 나뭇가지가 발바닥에 밟혀 부러지고, 이끼가 발바닥에 밟혀 쑥 꺼지고, 가시투성이 식물이 허벅지와 정강이를 찌르고, 사슬 울타리의 금속 고리가 살을 파고들더니 다시 산들바람이, 이제는 아까보다 서늘한 바람이 불어왔고, 이내 더 차가워지더니, 진눈깨비 아니면 질척한 침 줄기가 얼굴을 후려쳤고, 그날 아침에 대해 생각하지 않은 지 몇 년은 되었건만 갑자기 안드레와 함께 계곡 마을에 순찰을 갔던 때가, 그날 아침에 진눈깨비가 어떻게 내렸는지가 생각났고, 그들은 그때 카베도 얼굴에 묻은 진눈깨비를 닦고, 안드레도 얼굴에 묻은 진눈깨비를 닦으면서, 풍상에 닳은 채 휘날리는 기도 깃발 아래에 서서 나이 많은 어느 과부에게 찰로*를 얻어먹었는데, 그 과부는 직접 자기 손으로 병사들을 먹이겠다고 고집하면서 여윈 손가락으로 쌀을 집어들고 심오한 감정이 담긴 얼굴로 병사들을 올려다보며 통역가도 이해할 수 없는 방언으로 중얼거렸고, 그날 계곡에서 과부에게 찰로를 얻어먹은 이후 카베와 안드레 사이에는 이상한 유대감이 생겨 서로를 믿는 친한 친구 사이가 되었고, 기지에서는 안드레가 카베를 챙겨주었다. 이번에는 축축한 덩어리가, 철벅이는 혓바닥 아니면 거머리 같은 축축한 덩어리가 가슴과 배와 다리에 달라붙는 느낌이 났다. 마치 트레버와 함께 지름길을 통해 연못 위 능선 너머에서 피어오르는 연기 구름을 조사하러 가다가, 금광 뒤에 있는 진흙 웅덩이를 걸어서 건넌 뒤 카베의 다리에 붙어 있었던 반짝이는 검은색 거머리 같았는데, 그후에 트

---

* 아프가니스탄식 쌀밥.

레버가 자기 몸에도 거머리가 붙은 것을 알고 소리를 지르던 모습이, 카베와 트레버가 능선 위에서 엉덩이를 내놓고 바람을 맞으며 서서 라이터로 서로의 거머리를 지지며 거머리가 한 마리씩 흙 위로 떨어질 때마다 승리의 함성을 지르고 서로에게 히죽 웃던 기억이 났고, 며칠 후에 트레버는 겸연쩍은 얼굴로 찾아와 자꾸 자기를 괴롭히고 기분 나쁘게 어깨를 문지르거나 소름 돋게 엉덩이를 토닥이는 상병을 어떻게 하면 좋을지 조언을 구했고, 그날 밤 카베와 트레버는 해가 뜰 때까지 잠도 자지 않고 빈 식당에 앉아서 이 민감한 상황에 대해 열심히 토론을 했고, 그다음부터 트레버는 유커 카드놀이를 할 때마다 실력이 형편없는 카베를 파트너로 고집했다. 이번에는 가슴과 목과 머리에 보풀 같은 것이, 끝이 갈라진 머리카락 아니면 깃털 같은 것이 내려앉는 느낌이 들었다. 마치 리브카와 같이 사막에 있는 버려진 철도역으로 정찰을 나갔을 때 머리 위에 쏟아졌던 폭신한 흰 깃털들 같았는데 그때 철도역 처마에 둥지를 지어놓은 황새를 놀라게 하는 바람에 카베와 리브카가 얼마나 공포에 질려서 처마에서 뒷걸음질쳤는지, 황새가 날개를 퍼덕이며 철로 저편으로 날아가는데 얼마나 심장이 쿵쾅거렸는지 기억이 났고, 며칠 후에 기지에서 이동식 화장실에 들어갔다가 우연히 리브카가 바이브레이터를 가지고 자위를 하는 것을 목격했고, 그 후에 리브카가 단호한 표정으로 쫓아와서는, 카베가 아무리 저항을 해도 듣지 않고 자기도 카베가 자위하는 모습을 보기 전까지는 둘 사이가 결코 다시 괜찮아질 수 없다고 주장했고, 그래서 카베는 그날 밤 리브카가 전자레인지에 돌린 팝콘 봉지를 들고 앉아서 지켜보는 가운데 구겨진 휴지에 대고 자위를 해야 했으며, 리브카는 내내 냉소적인 조언으로 그를 괴롭히더니 카베가 절정에 도달하자 비꼬듯이 박수를 쳤고, 그뒤로 리브카는 고향에서 온 심란한 소식을 들고, 심지어는 자매에 관한 비밀을 가지고도 카베를 찾아왔었다. 이번에는 청개구리의 끈적한 발이 폴짝폴짝 가슴 위를 뛰어가는 느낌이 들고, 꿀벌의 억센 털이 몸을 훑고 지나가는 느낌이, 섬세한 나비 날개가 피부를 톡톡 때리는 느낌이 들더니, 공중에 확 퍼진 민들레 씨앗이 얼굴 위로 흩어지는 느낌, 아니 어쩌면 속눈썹이 파닥이는 느낌이 들면서, 데니스와 함께 어느 유전을 순찰하다가 새까맣게 탄 흙에서 자라난 민들레를 발견했던 기억이 났는데, 그곳에는 사방 어디를 보아도 살아 있는 식물이라곤 그 민들레 한 송이뿐이었고, 데니스는 두어 명의 유전 노동자들에게 민들레 홀씨를 불면서 소원을 비는 방법을 가르치더니 비굴할 정도로 저자세를 취하며 노동자들에게 꽃과 관련된 그 지역의 관습을 열심히 물어보았고, 카베는 데니스가 언제나 군대를 무슨 문화 교류 프로그램처럼 대하는 것에 짜증이 났는데, 그날 오후에 기지로 돌아간 카베는 데니스가 향수 가득한 얼굴로 부모님이 보낸 편지를 또 읽는 모습을 보았고, 그날 저녁 데니스가 낮잠을 자고 있는데 다른 병사들이 침대 주위에 옹기종기 모여서 바지 지퍼를 열고 데니스의 성기로 장난을 치는 것을 목격했고, 데니스가 수건으로 맞거나 침 묻은 손가락을 귓구멍에 넣는 장난을 당하는 모습을 얼마나 많이 보았는지 생각하면 놀라운 일은 아니었지만, 그날 밤 카베는 식당에서 혼자 밥을 먹는 데니스를 보고 갑자기 군대에 들어오기 전 자신의 삶이, 언제나 너무 진지하고 수줍음이 많아서 겉돌던 시절에 학교에서 친구 하나 사귀지 못하고 느끼던 외로움과 소외감이 되살아났으며, 그래서 비록 데니스가 가끔 소름이 돋을 정도로 괴상한 구석이 있는 괴짜이긴 해도, 그날 카베는 자기를 부르는 병사들을 무시하고 식당을 가로질러 걸어가서 데니스와 함께 저녁을 먹었고, 그후에는 다른 군인들에게 그와 친구가 된다는 건 데니스와도 친구가 된다는 뜻임을 분명하게 못박았다. 잠자리 한 마리가 가슴에 내려앉았고, 피부 위에서 잠자리 날개가 가만히 접히는 느낌과 함께 어렸을 때 집 뒤편 숲속에서 놀던 중에 그의 티셔츠에 내려앉았던 투명한 날개가 달린 에메랄드빛 잠자리가 떠올랐는데, 그때 그는 숨을 참고 움직이지 않으려고 최선을 다하면서 경이로운 기분으로, 마치 그 잠자리가 자신을 선택한 것처럼 특별해진 기분으로 잠자리를 내려다보았고, 그러다가 아버지가 모는 스테이션왜건이 털털거리며 진입로에 들어오는 소리가 나더니 잠자리가 홀쩍 날아올라 숲 사이로 사라져버렸고, 카베는 아버지에게 방금 일을 이야기할 생각에 들떠서 얼른 진입로로 달려갔었다. 뺨과 손에 닿는 울퉁불퉁한 나무껍질, 다리를 스치며 바스락거리는 밀 이삭, 발밑에서 질벅거리는 진흙, 무너질 듯한 비상계단, 부둣가의 거친 나무판, 가슴팍에 파닥거리는 갓 태어난 바다거북의 비늘 덮인 물갈퀴, 산들바람에 가슴을 때리는 벨벳 같은 부들 풀, 얼굴에 묻은 흙을 닦아낸 거칠거칠한 스펀지에서 떨어지던 비누 거품, 흰개미에 파먹히고 썩어서 물러진 나머지 손가락 사이에서 가루가 되어 부서지던 목재, 다리를 스치던 양치류, 발 아래 짓이겨지던 독버섯, 그의 가슴팍에 올라앉았다가 뛰어가버리던 메뚜기들, 그는 부드러운 털의 고양이가 정강이에 코를 비비는 것을 느꼈고, 개가 열심히 그의 허벅지를 발로 건드리는 것을 느꼈으며, 이어서 물고기한 상자를 가슴 위에 들이붓는 느낌에 놀라서 숨을 들이켰는데, 물고기들이 공기 속에서 헤엄을 치려고 애쓰는 가운데 머리와 꼬리가 미친듯이 그의 피부를 두드리더니, 물고기가 버둥거리면서 떠나간 후에 축축한 어망인지, 돛천인지, 나일론 재질의 낙하산인지가 몸 위에 내려앉았고, 그는 리넨을 늘어뜨린 문을 통과했고, 아니 구슬발이 달린 문, 종이 테이프를 늘어뜨린 문이었고, 이어 숨막히게 몰아치는 색종이 조각, 폭발하는 증기, 소용돌이치는 잔불, 머리와 어깨를 두드리며 쏟아지는 폭포, 상체를 단단히 조이는 올가미 밧줄이 느껴지다가 갑자기 중력이 휙 당기는 감각과 함께 침대가 출렁였다. 막사 뒤에 걸린 해먹이 출렁이는 가운데 군복을 입은 군인들이 주위에 몰려들어서 그의 랩톱 위로 몸을 기울이고 화면을 들여다보더니, 아버지와의 영상통화에 마구 끼어들며 카베의 부끄러운 과거를 들려달라고 했다. 트럭이 고갯길에 팬 구덩이를 지나면서 출렁이는 가운데 군복을 입고 뒷자리에 앉은 군인들이 흔들거리며 카베의 말에, 여기까지 온 건 이곳에 사는 사람들을 돕고 싶어서였다고, 자유를 믿어서였다고, 민주주의를 믿어서였다고, 아무리 아버지가 종교적인 사람이 아니었고 그래서 평생 모스크에 간 적이 없다 해도 그들의 뿌리였던 이곳에 언제나 특별한 연결감을 느꼈다고, 마치 여기 사는 사람들을 직관적으로 이해할 수 있을 것만 같은, 텔레파시 같은 이해가 있었다고 설명하는 이야기에 귀를 기울이는데, 트럭에 탄 다른 군인들이 진지하게 카베의 말을 듣던 중 누군가가 그런데 부르카가 라마 같은 동물 이름인 줄 알았던 건 너 아니었냐는 말을 꺼내자 모두들 카베를 신나게 비웃고 말았다. 쿠션이 출렁이는 가운데 군복 입은 군인들이 맥주 상자들을 라운지 소파 위에 내려놓으며 이중에 네 맥주는 없다고 놀려 댔는데, 카베는 공동 자금에 한 푼도 낸 적이 없었고, 금욕주의자 인지 천사인지 모르지만 말 그대로 어디에도 돈을 쓰는 법이 없이 봉급 전체를 꼬박꼬박 은행에 송금해 아버지와 함께할 여행 자금 을 모았기 때문이다. 다른 병사들은 카베 주위에 모여서 과장스레 안됐다는 표정, 낙담한 표정, 우울한 표정, 뾰로통한 표정을 지으 면서 아, 난 휴가를 위해 돈을 모아야 해, 아, 난 아빠를 위해 돈을 모아야 해, 라고 했다. 그렇게 놀리기는 해도 군인들은 카베를 사 랑했기에 각자 맥주 한 모금씩을 나누어줬고, 그날 밤 캔을 딸 때 마다 한 모금씩 나누어줬기에 결국엔 카베도 다른 모두와 똑같이 취할 수 있었다. 갑자기 손들이, 매끄러운 손, 굳은살 박인 손, 진 득거리는 손, 차가운 손, 따뜻한 손, 힘센 손, 앙상한 손, 통통한 손 들이 온몸을 건드리며 갈비뼈를 가볍게 만지고, 배를 스치고, 겨드 랑이를 찌르고, 발바닥을 쓸어내리고, 간질이는 느낌이 들었고 그 는 순수하게 밀려오는 황홀감에 웃음을 터뜨렸지만, 그러고 나서 도 손들은 계속 그를 간질였고 그는 미친 사람처럼 계속 웃다가 제 발 그만 간질이라고 애걸을 하기에 이르렀고, 불편이 곤란이 되고 공포가 되는 가운데 몸을 비틀고 발길질을 하고 숨이 차서 헉헉거 리면서 그 손들을 밀어내려고 애쓸 지경이 되자 갑자기 손들이 사 라졌고, 그는 이제 두려움에 차서, 갑작스러운 예감을 느끼며 어둠 속에서 불안하게 미친듯이 헐떡거렸다. 꺼칠한 굳은살 아니면 녹 슨 칼이 불길하게 목을 가로지르는 느낌이 들었고, 가까이에서 시 계탑 종소리가 울리며 진동이 퍼지더니 속이 철렁 내려앉는 공황 감과 함께 발 아래 계단이 무너지고, 덮개문이 탕 닫히고, 천창이 부서지고, 산비탈이 무너지고, 밧줄이 흔들리고, 사다리가 건들거렸다. 카베가 공포로 몸을 들썩이는 가운데 털이 기름으로 떡이 된 쥐가 얼굴 위를 달려가고, 박쥐떼의 가죽 날개가 몸을 두드리고, 꿈틀거리는 지네들이 피부 위를 스르륵 움직이고, 뾰족한 다리가 달린 전갈들이 도도도 피부 위를 달리고, 선인장 가시가 손등에서 손바닥까지 꿰찌르고, 파리떼가 허벅지와 팔과 가슴을 물어뜯고, 말벌떼가 팔과 허벅지와 가슴을 쏘아대고, 건조하고 딱딱한 비늘이 덮인 무거운 뱀이 배 위에서 꿈틀거리더니 가슴팍에 또아리를 틀고 덤벼들어 인정사정없는 송곳니로 목을 뚫고, 부리가 굽은 육중한 독수리들이 살점을 파헤치고, 전기 충격이 온몸을 뒤흔들고, 녹슨 가시철조망과 철선이 정강이를 자르고, 부식된 못들이 귓불을 뚫고, 구부러진 나사들이 무릎을 파고들고, 끓는 기름이 몸 위에 흩뿌려지고, 손들이 얼굴을 때리고, 손들이 가슴팍을 밀고, 손들이 어깨를 잡아 흔들고, 손들이 목을 감아 단단히 움켜쥐고 조르기 시작했으며, 그가 온몸을 비틀고 몸부림을 치고 숨을 쉬려 안간힘을 쓰는 가운데 수백 개의 입들이 온몸을 깨물고, 날카로운 송곳니와 뻐드렁니와 부러진 앞니들이 피부를 갉고 뚫는 가운데 귓가에서는 계속 발작적인 웃음소리가 메아리쳤는데 밤이면 밤마다 악몽 속에서 듣던 웃음소리 같았다. 게이 카우보이에 대한 농담을 하다가 폭발물을 밟고 모래와 흙기둥 속으로 사라져버린 안드레. 자기가 한 이야기를 두고 눈물을 흘릴 정도로 웃다가 다음날 아침에 목에 총을 맞고는, 모기에 물렸나 생각하는 듯 어리둥절한 얼굴로 상처를 탁 때리더니 시커먼 피거품을 토하며 비틀거리다가 옆에 있던 카베의 품으로 쓰러진 트레버. 코에서 주스를 뿜어낼 정도로 심하게 웃다가 다음날 오후에 두 손이 날아간 뒤, 마치 이해할 수 없는 마술이라도 본 사람처럼 믿기지 않는 눈으로 두 팔을 내려다보다가, 양쪽 손목에서 피가 멈추지 않고 흘러내리는 가운데 무력하게 카베 쪽으로 휘청거리던 리브카. 유머 감각이 형편없다고 기지 전체에서 조롱을 당하고도 온화하게 그 조롱을 포용했고, 몇 시간이나 지연된 철수 명령을 기다리며 양의 배설물 옆에서 피를 흘리다가도 카베를 붙잡고 '똑똑, 누구세요' 농담을 하고는 심지어 정말로 웃기까지 했던 데니스. 쌀과 콩과 부서진 단지 조각이 널린 지저분한 부엌바닥에 혼자 몸을 웅크리고는, 공포에 질려 그 자리에 붙박인 채 시장 건너편 지붕 위 저격수의 무차별 사격을 피하던 카베. 창문에 매달린 성긴 커튼이 바람에 부풀고, 지붕으로 올라가는 계단 널판은 바람에 삐걱거리고, 그 바람이 길거리에 면해 있는 문의 손잡이를 흔드는데 카베는 커튼이 부풀 때마다, 널판이 삐걱거릴 때마다, 손잡이가 덜거덕거릴 때마다 창가나 계단이나 문 앞에 적이 와 있을지도 모른다는 생각에 소총을 들고 움찔하거나 화들짝 놀라거나 몸을 돌렸고, 마침내 누군가가 나타났지만 어린아이에 불과했고, 갈색 원피스를 입고 맨발로 광장에 선 어린 여자애에 불과했고, 카베가 엎드리라고 고함을 질러도 무슨 말인지 이해하지 못했고, 카베는 겁쟁이처럼 집안에 숨어서 두려움에 마비된 채 꼬박 몇 분 동안 그 아이가 시장에 쏟아지는 총소리 속에서 광장에 서 있는 모습을 지켜만 보다가, 결국에는 집안에서 광장으로 뛰어나가서 버려진 수레를 피하고, 엎어진 전기 자전거를 뛰어넘어 아이를 붙잡고 바닥에 쓰러뜨린 후 그 위에 몸을 굽히고 보호하면서 다 괜찮아질 거라고 중얼거렸는데, 그 아이는 몇 분 후에 저격수가 죽으면서 살아남았지만, 그래 봤자 일주일 후에 드론 공격으로 온 가족이 함께 몰살당했다. 엔지니어들과 훌라후프 하기를 좋아했던, 그러나 나일론 줄에 손목이 묶이고 반군에게 목이 잘린 채 전신주에 매달려서 부은 혀를 늘어뜨리고 있던 그 지역 군■ 계약 업자의 시신. 반군이 근처에 팽개쳐놓은 피투성이 전선으로 채찍질을 해서 등을 너덜너덜한 고깃덩이로 만든 다음 도랑에 버리고 간, 결혼한 지 일주일밖에 안 된 그 지역 군 정보원의 시신. 생기 넘치는 녹색 눈이 특징이었던, 손자들의 연을 고쳐주다가 느닷없는 일제 사격에 말려들어 두개골에 총을 맞고 비명을 지르는 손자들에게 뇌수를 뿌리며 죽은 나이 많은 난* 행상인. 그게 카베가 악몽 속에서 보는 얼굴들이었다. 눈물샘에서 피를 뚝뚝 흘리며 그를 응시하는 행상인의 생기 넘치는 녹색 눈동자, 다시 기워 붙이라는 듯 피투성이 조각 상태로 마분지 상자에 담겨 소포로 도착한 안드레, 끓는 산성용액 통에서 끔찍한 비명을 지르며 녹아가는 트레버, 무시무시한 소리를 지르면서 쓰레기 소각로 불길 속에 무너지는 리브카, 갈색 원피스를 입은 여자아이의 가족과 함께 얼어붙은 호수 아래 갇혀서 애타게 얼음을 두드리는 데니스, 총상으로 죽는 카베, 비행기 충돌 사고로 죽는 카베, 집에 불이 나서 죽는 카베, 혼자만 살아남은 카베. 카베는 고작 한 번, 육 개월간 해외 파병을 나갔는데 그 기간이 끝날 때쯤에는 신경이 다 엉망이 되어서 토스트에 버터도 고르게 펴 바르지 못하는 몸이 되었다. 집에 돌아갔을 때 느낄 안도감을 꿈꾸었건만 돌아왔을 때쯤엔 나라가 달라져 있

---

* 중앙아시아 지역에서 먹는 납작한 빵.

었다. 전쟁이 그를 뒤따라온 것 같았다. 카베는 어렸을 때 아버지가 야구장에서 국가를 따라 부르던 순간을, 아버지가 얼마나 이 나라를 사랑했는지를, 와이오밍 바깥으로는 여행도 가보지 못한 아버지가 얼마나 나라 전체를 사랑했는지를 기억했다. 카베는 아버지가 진짜 여행을 가기엔 너무 가난하다는 걸 항상 알고 있었지만, 아버지는 언젠가는 꼭 둘이 함께 반짝이는 이쪽 바다부터 저쪽 바다까지 전국을 여행하자고 다짐하곤 했다. 그렇게 하지는 못했지만, 대신 카베와 아버지는 선댄스 주변으로 소박한 당일치기 나들이를 다녔다. 밝은색 파카와 방한 바지를 입고 설피를 신은 채 열심히 산길을 따라 걸으며 눈더미를 밟던 아침도 그랬다. 햇빛이 눈밭 위에서 반짝거렸다. 저만치 앞에 보이는 아버지가 석영 광맥이 점점이 흩어진 거대한 화강암 노두 앞에 막 도착했을 때였다. 카베는 눈 위를 폴짝폴짝 뛰어다니는 박새인지 오색방울새인지에 정신이 팔려서 뒤처져 있다가 멀리서 우르릉거리는 소리를 들었고, 산쪽으로 몸을 돌렸더니 산비탈에 눈사태가 나서 소나무들이 쓰러지는 모습이 보이고 나무 꺾이는 소리가 났는데, 다시 노두 쪽으로 몸을 돌렸더니 아버지가 공포에 질린 얼굴로 카베에게 손을 뻗고 있었고, 카베는 아버지의 비명을 듣고서야 아버지는 안전한데 자신이 안전하지 않다는 사실을 깨달았으며, 새는 하늘로 날아올랐고 눈사태가 그대로 카베를 쳐서 산 채로 묻어버렸다. 카베는 사지가 얼어붙은 채 얼음으로 둘러싸인 어두운 공간에 갇혀서 무력하게 깨어났고, 무슨 일이 일어났는지 깨닫자 공황이 찾아오고 과호흡과 현기증이 일어났고, 다시는 아버지를 만나지 못할 거라는 암담한 마음밖에 들지 않았다. 카베는 아버지를 외쳐 불렀다. 절망에 굴복했다. 그러다가 빨간 장갑이 머리 위 눈을 뚫고 들어오고 아버지가 나타났을 때, 그리고 아버지가 눈 속에서 그를 꺼내줬을 때, 그후에 기진맥진한 채로 같이 눈밭에 누워서 넋 놓고 웃어댔을 때, 실눈을 뜨고 눈부신 햇빛을 보면서 느꼈던 압도적인 기쁨을 기억했다.

"이제는 우리가 어딘가에 같이 다녀왔다고 할 만하구나." 아버지는 씩 웃으면서 손을 뻗어 카베의 가슴팍을 토닥였다.

카베는 그 눈사태 이후 악몽에 시달렸지만, 악몽을 꾸고 깰 때마다 아버지가 코코아를 타주고, 부엌에 놓인 청록색 식탁에 같이 앉아 카베가 다시 잘 수 있게 될 때까지 야구 이야기를 나누었기에, 일주일 후에는 악몽도 끝이 났다. 그러나 전쟁터에서 돌아왔을 때는 아버지가 죽은 후였고, 악몽을 꾸고 나서 같이 있어줄 사람이 아무도 없었다. 카베는 머리를 바싹 깎아서 언젠가 수류탄 조각이 뼈까지 스치면서 남은 비스듬한 흉터 자국을 드러냈고, 아버지와 함께 여행하려고 모았던 돈으로 트럭을 한 대 샀다. 그리고 혼자 전국을 여행했다.

침대 너머 창밖에는 흐릿한 분홍빛 새벽이 밝아오고 있었다. 커튼은 열려 있었다. 가까이에 그녀가 있음을 느낄 수 있었다. 그녀의 숨소리를 들을 수 있었다. 어둠 속에서 카베는 그녀를 초자연적인 생물로, 비가 되고 바람이 되고 모래가 되고 흔들리는 대나무 숲이 되고 무엇이든 원하는 형태가 될 수 있는 변신자로 생각하게 되었다. 그러나 이제 조이는 다시 육체를 가지고 있었다. 침대에 누워 있었다. 희미한 빛 속에서 그녀의 윤곽을, 엉덩이의 곡선과 오목한 허리선과 솟아오른 어깨를 볼 수 있었다. 접촉은 없었다.

"지옥도 없고, 천국도 없어. 이 우주에는 오직 분자와 별들뿐이야." 조이가 속삭였다.

침대 기둥도 윤곽선만 보였다.

"목적도 없고, 창조자도 없어. 인간의 삶은 나방의 삶과 똑같이 무의미해." 조이가 속삭였다.

침대 옆 협탁도 윤곽선만 보였다.

"삶은 무의미해." 조이가 부드럽게 노래하듯 말했다. "죽음은 무의미해." 조가 부드럽게 노래했다. "네가 평생토록 한 모든 일, 네가 얻기 위해 싸운 모든 것이 무의미해. 무의미해."

석유램프의 유리갓에 희미한 빛이 반짝였다.

"네가 느낀 것은 전부 다 진짜였어." 조이가 속삭였다.

마침내 그 얼굴을 다시 알아볼 수 있었다. 어둠 속에서 그 얼굴이 보고 싶었었다. 조이의 기묘한 이목구비, 불균형한 간격으로 벌어진 두 눈, 뭉개진 코끝, 초췌한 두 뺨을 보자 기이한 경외감이 솟았다.

"자, 이제." 조이가 갑자기 알아봤다는 듯, 흥분한 숨을 몰아쉬며 매트리스에서 몸을 일으켜 욕망어린 눈으로 카베를 응시했다. 카베는 성교에 흥미를 잃은 상태였지만, 겁에 질렸고 동시에 조이에게 매혹되었기에, 그런 눈길을 받자 아드레날린이 솟구쳤다. 조이의 얼굴은 땀에 젖어 달아올라 있었다. 조이가 몸을 기울여 카베의 입에 부드럽게, 서로의 입술만 가볍게 스치도록 키스를 하더니 다시 좀더 강하게, 갈급한 느낌으로 입술을 누르며 손으로 그의 얼굴을 어루만지고 다시, 다시, 또다시 키스했다. 카베의 턱끝에 입맞추고, 턱선에 입맞추고, 목에 입맞추더니 목을 빼면서 손가락으로는 그의 피부를 더듬으며 배를 스치듯 건드렸다가, 볼기뼈에 원을 그리고, 허벅지를 꽉 쥐었다가, 허벅지와 고환 사이의 파인 피부를 문지르고, 고환 바로 아래의 민감한 피부를 어루만지더니, 손으로 고환을 감싸쥐고 음낭 피부를 부드럽게 쓸었다. 조이가 성기를 쥐었을 때는 이미 다시 단단해져 있었는데, 조이는 쓰다듬지 않고 그저 꽉 쥐어 온몸에 강렬한 쾌락의 물결을 퍼뜨렸다. 카베의 허리께에 앉은 조이는 그의 성기 머리를 외음부에 대고 문지르며 조용히 만족스러운 신음을 흘리더니, 성기를 질 안에 집어넣고 카베의 골반 위로 깊게 내려앉았다. 조이의 몸안이 어찌나 젖어 있는지, 카베는 반사적으로 숨을 들이쉬며 침대보를 움켜쥐었다. 조이는 마음에 드는 각도를 찾을 때까지 실험을 해보느라 몸을 앞으로 기울여 두 손으로 카베의 허리를 잡았다가, 더 가까이 기울여 두 손으로 카베의 가슴을 눌렀다가, 마침내는 두 손을 카베의 허벅지 위에 둔 채 뒤로 몸을 젖히고 엉덩이를 들썩였다. 창문으로 흘러드는 기묘한 새벽빛을 받는 모습이 신비롭기까지 했으나, 또 음모가 거칠게 긁고 지나가는 느낌이며 따뜻하고 촉촉하게 조이는 질, 실팍한 엉덩이의 무게감이 무척이나 사실적으로 느껴졌다. 엉덩이를 들썩일 때마다 젖가슴이 살짝 흔들렸다. 카베는 그 몸을 만지기가 두렵기까지 했지만, 망설인 끝에 두 손으로 조이의 엉덩이를 감쌌고, 그러자 그녀는 팔꿈치를 그의 가슴에 대고 몸 위로 쓰러져서 목을 내어줬고, 엉덩이를 허공에 들었다 내리면서 그의 성기 끝을 질 가장자리에 머금었다가 다시 질 안 깊숙이 빨아들이기를 반복하며, 골반에 외음부가 부딪힐 때마다 빠른 호흡을 뱉었다. 그녀의 목을 빨자 피부에서 기분좋은 소금맛이 났고, 카베는 그녀의 쇄골에 입맞추고, 어깨에 입맞춘 다음, 입안에 그녀의 가슴을 담고 젖꼭지가 단단해질 때까지 혀끝으로 핥았다. 조이는 그의 어깨를 잡더니 허공으로 몸을 밀어올려 그와 눈을 마주쳤고, 그녀의 관자놀이에서 뺨으로 흐른 땀방울이 턱끝에서 그의 흉골로 톡 떨어졌으며, 카베는 그녀의 냄새를 맡을 수 있다는 사실을 자각했다. 겨드랑이에서 나는 강력한 식물의 향기도, 발에서 나는 희미한 곰팡이 냄새도, 우유와 커피 흔적이 남은 쌉쌀한 입냄새도 맡을 수 있었고, 문득 이전까지 다른 상대는 언제나 구강 청결제나 민트 냄새가 났다는 사실을, 이전에는 사랑을 나누는 상대의 진짜 입냄새를 맡은 적이 없다는 사실을, 씻지 않은 발도 마찬가지이고, 디오더런트를 바르지 않은 겨드랑이도 마찬가지라는 사실을 깨달았다. 그리고 그는 골반 위에서 몸을 들썩이는 조이의 눈을 들여다보고 갑자기 거센 친밀감에 사로잡혔다. 조이는 그에게 아무것도 숨기지 않았다. 진정한 자기 모습 그대로였다. 너무나 연약해 보였다.

"하룻밤 사이에 사랑에 빠질 수 있다는 걸 믿어?" 조이가 속삭였다.

카베는 위에서 움직이는 조이를 올려다보았다.

"사랑해." 조이가 속삭였다.

어쩌면 모든 고객에게 하는 말이 아닐까 싶었지만, 설령 그렇다 해도 그 열렬하고 간절한 표정을 보면 믿을 수밖에 없었다. 카베는 지난밤 동안 함께하면서 조이가 정말로 자신을 사랑하게 되었다고, 조이는 처음 보는 사람에 대한 사랑에 휩싸일 수 있는 부류라고, 지난밤이 카베만이 아니라 조이에게도 큰 의미가 있었다고 믿었고, 그 순간에는 자신이 그녀를 이해한다고, 고독이 무엇인지 안다고, 트라우마를 안고 산다는 게 뭔지 안다고, 그런 일을 겪은 후에는 언제까지나 길 위에서 앞으로 나아가야 한다는 사실을 이해할 수 있다고 느꼈다.

"사랑해, 사랑해, 사랑해." 조이는 비명과 헐떡임 사이를 오가며, 몸의 움직임에 맞추어 거듭거듭 그렇게 말했고, 이어서 조이의 허벅지가 카베의 골반을 단단히 누르고 질이 성기를 꽉 조이는 느낌이 난다 싶더니, 조이의 눈이 흐릿해지고 입이 살짝 벌어졌고, 이어 등이 확 휘어졌으며, 그대로 급박하게 이어진 방아질 속에서 카베 역시 밀려오는 쾌락과 친밀감과 흥분에 휩싸인 채 절정에 이르러, 뒤로 젖힌 고개를 비틀어 베개에 대고 신음을 내뱉었고, 이어서 기진맥진해진 조이도 카베의 몸 위로 쓰러졌다. 공기를 찾아 숨을 헐떡이고, 앞머리는 땀에 젖었으며, 두 다리는 지쳐서 부들부들 떨고 있었고, 카베의 가슴에 맞닿은 심장이 미친듯이 뛰었고, 그렇게 숨을 몰아쉬면서도 지친 목소리로 계속 사랑한다고 중얼거렸다. 카베는 너무나 강렬한 쾌락 때문에 베개 위에 침까지 흘렸다. 오르가슴이 온몸에 희열의 여진을 흘려보냈다. 성기도 아직 고동치고 있었다. 처음에 조이가 사랑한다고 말했을 때는 그녀를 연민하게 되었으나, 밤새도록 겪은 모든 것, 모든 슬픔과 공포와 비탄과 절망 이후 사랑한다는 중얼거림을 들으니 깊이 위로받는 느낌이 밀려왔다. 그 느낌이 너무 강렬해서 놀랄 정도였다. 카베의 눈에 눈물이 고였고, 입매에 힘이 들어가더니 어느새 그는 울기 시작했고, 조이는 카베의 뺨에 얼굴을 딱 붙이고 두 손으로 얼굴을 감싼 채 주문을 외우듯 사랑한다고, 사랑한다고, 사랑한다고 속삭였다.

산맥 위로 금빛 새벽이 빛나고 있었다. 하늘에는 아직 희뿌연 별무리가 반짝였다. 카베는 밤새 소리를 지르느라 목이 아프고, 울음을 쏟아내느라 폐가 다 지치고, 눈 주위에는 말라붙은 눈물의 소금기가 버석한 채, 부츠 끈도 매지 않고 셔츠 단추도 채우지 않은 채로 비틀비틀 호텔 문을 나서서 시내로 돌아갔다. 찌르레기떼가 허공에 날아올라 지붕들 위로 이리저리 소용돌이치고 빙빙 돌면서 갖가지 형태를 자아냈다. 카베는 몇 년을 지나 보낸 기분이었다. 누군가가 긴 목줄에 매여 낑낑거리는 개를 끌고 교차로를 지나고 있었고, 또 세단에 탄 누군가는 술집 밖에서 경적을 눌러댔고, 카우보이 부츠를 신은 누군가가 박물관 계단에서 허공을 향해 리볼버를 쏘아댔으며, 누군가는 인도에 토해놓았고, 누군가는 길 한가운데에 매트리스를 버려놓았고, 야구모자를 쓴 사람 몇 명이 편의점 주차장에서 드잡이질을 하고 있었으나, 카베가 떠났던 나라는 카베가 돌아온 나라와 같은 곳이 아니었다. 시내를 둘러보면서 카베는 오직 평화로움만을 느꼈다.

아메리카에 어서 오세요

이 위대한 나라의 기원

우리에겐 특별한 구석이라곤 없었습니다. 그저 평범한 마을이었어요. 포치에 매단 그네, 어린이용 물놀이터, 쪼갠 나무로 만든 울타리, 지평선에서 석유를 찾아 움직이는 시추 장비가 보이는 마을. 물론 마을 회의 참석자가 많긴 했지만, 반란 분자 소굴 같은 건 아니었어요. 어느 한 가지 정치 성향에도 들어맞지 않았지요. 심지어는 기본적인 좌파-우파 이분법에도 맞지 않았어요. 우리 마을엔 온갖 사람들이 다 있었습니다. 동성혼을 지지하는 낙태 반대자, 동성혼에 반대하는 낙태 찬성자, 태양광 패널을 갖고 있지만 기후 위기는 사실이 아니라는 사람, 민영 보험을 선호하는 보편 의료 보장 활동가, 생물학과 지질학 학위가 있는 창조론자, 아주 독특한 관점을 지녔다고 표현할 수밖에 없는 인터넷 해적, 충성스러운 보수주의자, 독실한 진보주의자, 중도파, 급진파, 그리고 진짜 관심사라고는 총기밖에 없는 성미 고약한 은퇴자들까지 다요. 그래도 그 겨울에 우리는 공통의 정서로 하나가 되었습니다. 우리 나라에 질려버린 겁니다. 경영가들은 정치가들의 유세 기금 조성을 위한 기부금을 마련하느라 바쁘고, 정치가들은 경영가들의 이익을 지켜줄법을 통과시키느라 바쁘고, 그 외에는 거의 아무것도 되는 일이 없었지요. 우리는 반反정부였고 반기업이었지만, 대체로는 선거를 매수할 돈이 없는 평범한 사람들이었고 우리 표가 개뿔 아무 의미도 없다는 걸 이해하게 된 상태였습니다. 경영가들이 어느 틈엔가 자리에서 물러나 정부 관료직을 맡고 정치가들이 기업 고위직을 맡아대는 통에 누가 어느 쪽인지 파악할 수도 없게 됐지요. 애초에 둘 사이에 차이가 있다면 말이지만요. 우리 마을엔 이미 몇 년째 분리 독립을 주장해온 자유주의자들이 있었지만, 그해 겨울까지는 그런 제의를 진지하게 생각해보지 않았습니다. 합법적인 뇌물 수수가 전에 없이 전국에서 횡행하는 꼴을 보기 전까지는요. 곧 그 문제가 마을 회의를 지배하게 됐습니다. 우리는 어떤 관점에서는 분리 독립이 반역 행위로 보일 수 있으며, 체포될 수도 있고, 감옥에 갇힐 수도 있고, 심지어는 처형될 수도 있다는 사실을 알고 있었습니다. 그리고 마지막 마을 회의에서 토론은 그에 걸맞게 과열됐지요. 대부분은 이리저리 흔들렸고, 종이쪽지를 나눠주기 직전까지도 어느 쪽에 투표해야 할지 결정하지 못했습니다. 몇 명은 신경이 과민해지다못해 현기증을 느꼈지요. 하지만 결국 최종 결과는 만장일치였습니다. 이 망가진 나라에서 조금이라도 더 사느니차라리 수갑과 감옥, 어쩌면 교수형까지 각오하기로 한 거죠. 우린 분리 독립에 투표했습니다.

그리하여 MMXVIII년 1월 13일, 우린 독립했습니다. 투표 집계를 끝낸 후에 우리의 분리 독립 공고를 지역과 글로벌 매스컴에 보내고, 리얼 카운티 보안관, 텍사스 주지사, 그리고 미합중국 대통령에게도 보냈습니다. 거리에 땅거미가 내려앉는 시간에 마을회관 밖으로 나가서, 마당에 꽂아놓은 기둥을 둘러싸고 '올드 글로리'* 를 내렸습니다. 깃발을 쓰레기통에 쑤셔넣고, 우리가 한 일을 돌이키며 정신이 번쩍 든 상태로 라디오를 끄고 텔레비전을 끄고 컴퓨터도 끈 채 집에 앉아 있었지요. 처음의 흥분은 곧 잦아들었어요. 피로가 찾아오니 이제 두렵기만 했습니다. 우리는 배우자와 자식과 부모와 이웃과 손을 잡은 채 이 일이 초래할 결과를, 군용 험비와 헬리콥터와 탱크와 폭격기의 도착을, 군사력 과시에 의해 우리의 반란이 진압될 때를 기다렸습니다. 하지만 아무 일도 일어나지 않았습니다. 아무도 오지 않았어요. 아무도 신경조차 쓰지 않더군요. 새벽이 오고, 도무지 잠을 잘 수 없었던 우리들은 주위를 둘러보고 우리 공동체가 아직 멀쩡하다는 사실을 깨달았습니다. 우린 자유였어요.

우리 마을의 과거 이름은 플레인필드였습니다. 마을 이름으로는 나쁘지 않았지만, 한 국가의 이름 같은 위엄은 없었지요. 그리고 우리가 분리 독립한 것을 후회하진 않았지만, 그렇다고 우리의 기원이 부끄럽지도 않았습니다. 아니, 사실은 고국에 엄청난 향수를 느꼈습니다. 그래서, 이전에 살던 나라를 추억하는 뜻에서 우리의

---

* Old Glory. 미국 국기의 별칭.

새 나라 이름을 이렇게 정했습니다. '아메리카'라고.

반역자의 집

분리 독립 투표는 만장일치였지만, 실은 기권이 세 명 있었습니다. 앨릭스 크루즈, 토니 오신, 샘 홀리데이로 셋 다 마지막 마을 회의에 불참했지요. 우리는 다음날 아침에 차를 몰고 돌아다니며 분리 독립 소식을 전했습니다. 조부모님의 집 뒤편에 있는, 타이어가 펑크난 모터홈에 사는 앨릭스는 정치에 관심이 없고 실직한 밀레니얼 세대로, 철저히 무관심한 표정으로 그 소식을 듣더니 다시 소셜 미디어 앱에 관심을 돌리더군요. 자식들이 사준 집 뒤편의 헛간에서 도공 일을 하는 토니는 정치에 관심이 없고 당당한 알코올 중독자로, 분리 독립이 보드카 가격에는 영향을 미치지 않는다는 것을 확인한 후에는 무심하게 소식을 받아들였습니다. 샘 홀리데이에게는 그런 차분한 반응을 기대할 수 없다는 걸 알았기에, 우리는 샘을 마지막에 찾아갔습니다. 그는 베트남 참전 용사로, 어깨에 총을 맞고도 부상 입은 병장을 끌고 독사와 코브라가 우글거리는 진흙투성이 밀림을 무사히 건넜고, 어렸을 때는 국립공원 계곡을 오가기 위한 안내용 이정표를 만들어서 그 유명한 이글 스카우트 반열에 올랐으며, 나중에는 국가보훈처에서 안경 낀 의사로 몇십 년을 일했습니다. 샘은 미합중국을 끔찍이 사랑했고, 이전에 있었던 마을 회의에서도 여러 차례 분리 독립은 어리석은 짓이라는 생각을 분명히 밝혔습니다. 우리가 진입로에 차를 세웠더니 샘이 데님 셔츠에 볼로 타이를 매고 산탄총을 손에 든 채 포치로 나오더 군요. 솔직히 인정하는데, 그는 우리들 대부분이 푹 빠져 있을 만큼 다부지고 잘생긴 반백의 홀아비였습니다. 그날 아침 날씨는 서늘해서 섭씨 13도밖에 되지 않았고, 재킷을 가져올걸 후회하며 몸을 떠는 사람도 있었지만 샘은 그런 기온에서도 편안하기만 하다는 듯 포치에 강인하고 당당하게 서 있었습니다. 샘은 지역 영웅이었고, 우리 공동체에서 가장 존경받는 인물이었으며, 우리는 늘 정말로 독립을 하게 된다면 우리의 새로운 나라를 이끌 사람은 샘이라고 생각했건만, 우리가 점점 더 분리 독립이 필요하다고 믿게 되는 사이에 샘은 더더욱 강경하게 반대하게 되었습니다. 그때도 샘의 마당에 세운 장대에서는 미합중국 깃발이 펄럭이고 있었지요.

그리로 우리를 이끌고 간 사람은 벨 클랜턴으로, 분리 독립 운동의 선봉에 섰던 불같은 자유주의자였습니다만, 그날 아침에는 목소리가 불안하게 떨렸습니다.

〔술집 주인 워드 허낸데즈의 일기에 기록된 대화〕

샘이 흙에 침을 뱉더니 말했다. "다들 여기까지 웬일인가?"

"우리가 분리 독립했다는 사실을 알리고 싶어서 왔어." 벨이 말했다.

샘은 눈을 가늘게 뜨고 우리를 보았다.

"그렇게는 못해." 샘이 말했다.

"이미 했어." 벨이 말했다.

공기 중에 감도는 긴장감이 말도 못할 지경이었다.

"이미 카운티와 주정부, 연방 정부에 고지했어. 아무도 우리의 독립을 막으려고 하지 않았어. 독립을 허용할 수 없다고 말하는 사람조차 없더라고." 벨이 말했다.

샘은 코웃음을 쳤다. "그야 아무도 진지하게 받아들이지 않으니 그렇겠지. 그냥 독립하겠소 하고 선언한다고 독립이 되는 건 아니야. 이 땅은 여전히 미합중국 관할하에 있네. 자네들은 여전히 교통법을 지켜야 해. 여전히 보건법을 따라야 하고. 여전히 세금을 내야 해."

"난 그 나라 시민이었을 때도 세금을 낸 적이 없어." 벨이 말했다.

"나도요." 트렌트가 말했다.

"저도 마찬가지네요." 클린트가 말했다.

"그 깃발을 내려줘야겠어." 벨이 말했다.

샘은 우리가 반격하기 전에 몇 명이나 쏠 수 있을지 가늠하듯이 우리를 쳐다보았다.

"워드는 몇 년 동안이나 자기 집 앞에 멕시코 국기를 걸어놨는데, 아무도 그걸 가지고 뭐라고 하지 않았잖나." 샘이 말했다.

우리는 샘의 말이 일리 있는 지적임을 인정해야 했습니다. 샘은 우리가 다시 차를 몰아 나가는 모습을 독기 서린 눈빛으로 지켜보았습니다. 미합중국 깃발은 여전히 장대에서 펄럭이고 있었지요. 그후에 우리 나라에 일어난 모든 일 이후에도, 방문객들은 샘 홀리데이의 집(찾아보기: 아메리카 지도, 역사 명소 #7)을 구경할 때 여전히 마당에서 펄럭이는 성조기를 볼 수 있습니다.

문화 개혁

우리 나라를 찾아온 방문객들은 이곳만의 독특한 문화에 대해 물어볼 때가 많습니다. 인정하죠. 뭐든 우리 뜻대로 할 수 있다는 사실을 알았을 때 우리는 놀라운 해방감에 휩싸였습니다. 가능성이 무궁무진했죠. 독립 다음주에 열린 마을 회의는 그 전주와 똑같이 사람들로 가득찼습니다. 이제 우리 마을이 한 나라가 되었으니 무슨 일이 벌어질지 궁금했는지, 심지어 앨릭스와 토니까지 참석했더군요. 하지만 샘 홀리데이가 또다시 자리를 비운 것이 눈에 띄었고, 그래서 상당수가 불안해했습니다. 샘은 분리 독립 이전까지 단 한 번도 마을 회의에 빠지지 않았거든요. 샘은 지적인 사람이었습니다. 존경받는 사람이었어요. 그리고 고집불통으로 유명했지요. 벨 클랜턴은 회의를 주관하는 내내 언제라도 샘이 마을 회의에 뛰어들어올지 모른다고 걱정하는 것처럼 계속 문 쪽을 보더군요.

회의에서 처음 발언하려고 일어선 사람은 라일리 휘퍼였는데, 당시에는 학교에서 가장 유명한 배구 선수였고, 우리 나라 시민 중에서 유일하게 코에 피어싱을 하고 눈부신 분홍색으로 머리를 물들여 눈에 띄는 인물이었습니다.

〔총무 팸 콘이 기록한 대화〕

라일리 휘퍼: "우리가 앞으로도 계속 서로를 생식기에 따라 호칭할 것인지에 대해 이야기해봐야 할 것 같은데요."

일동: (침묵)

라일리 휘퍼: "정말로 다들 겉보기만큼이나 자기 생식기에 집착한다면 또 모르지만요."

일동: (웅성웅성)

멜러니 커빈: "라일리, 우리에게 그게 무슨 말인지 조금만 더 명확하게 설명해줘야 할 것 같은데."

라일리 휘퍼: "거기, 빌 컴스, 음경이 사람으로서 당신을 규정하는

본질적 특징이라고 생각해요?"

빌 컴스: "어, 그게, 사실……"

라일리 휘퍼: "그리고 거기, 테리 엡스, 질이 사람으로서 당신을 규정하는 본질적 특징이라고 생각해요?"

테리 엡스: "가만, 난 그런……"

라일리 휘퍼: (극적으로 모두를 가리키며) "아니면 우린 생식기를 넘어서는 존재일까요?"

일동: (서로를 쳐다봄)

라일리 휘퍼: "공식 문서에서는 어떤 사람들을 미스터라고 칭하죠. 공식 문서에서 또 어떤 사람들은 미즈라고 칭해요. 저도 이게 존중의 뜻을 담은 호칭이라는 건 이해해요. 정말로요. 하지만 왜 각자의 생식기에 근거해서 각기 다른 경칭을 붙여야 하는지는 이해 못하겠어요. 미스터나 미즈는 풀자면 이런 소리잖아요. '명예로운 음경 달린 분', '명예로운 질 달린 분'. 내 말은요, 사람의 호칭에 포함할 수 있는 온갖 정보 중에서 왜 하필이면 성별 정보를 넣는 거죠?"

에이드리언 모로: "음, 그건 생물학적 성이 아니라 젠더를 가리킨다고 알고 있는데요."

프레슬리 존슨: "모든 남자에게 음경이 있는 건 아니고, 모든 여자에게 질이 있지도 않아요."

켄드라 골드버그: "그리고 말이 나온 김에 말하자면, 젠더가 그 둘만 있는 것도 아니죠."

라일리 휘퍼: "오케이, 그래요, 바로 그거예요. 미합중국에는 공식적인 성별이 둘만 있고, 모두가 그 둘 중 하나로 호명하고 호명받아야 해요. 그래서 난 뭐랄까, 여기에서는 다른 체계를 갖춰야 한다고

생각한 거예요. 믹스Mx라든가, 그런 중립적인 호칭을 서로에게 사용해서 전통적인 성별을 따르지 않는 사람들이 매일매일 잘못된 호칭으로 불리는 일이 없도록 하자고요. 그래서 트랜스젠더인 사람들, 트랜스를 생각하고 있거나, 트랜스를 시작했지만 다른 사람들에게 말할 준비는 안 된 사람들도 자신이 누구인지에 대해 거짓말을 하거나, 준비되기도 전에 정체를 드러낼 상황에 놓이지 않도록 말이에요. 난 모든 시민을 동등하게 대하는 품위 있는 나라에서 살고 싶어요. 우린 그런 나라가 될 수 있어요."

일동: (수군수군)

라일리 휘퍼: "진지하게 하는 말인데, 여러분 중에 중립 경칭으로 불리는 걸 반대할 정도로 자기 성별에 집착하는 사람 있어요?"

마이크 쿡스: (손을 들고) "거부하려는 것도 아니고, 그 생각에 반대하는 것도 아니지만요, 그래도 난 내 생식기를 사람으로서 나를 규정하는 본질적인 특징이라고 생각한다는 말을 기록에 남기고 싶네요."

베브 휘태커: (얼굴을 붉히며) "흠, 흠. 그래도 괜찮아요, 마이클. 의견 공유해줘서 고마워요."

이 안건은 간발의 차이로 통과됐습니다. 다음으로 연단에 나선 사람은 팀 켈리였어요. 팀은 가구를 제작하는 목공인데 뛰어난 솜씨로 유명하고, 그날 저녁에는 여기저기 땀자국이 남은 야구모자의 구부러진 챙 아래로 더티 블론드 색깔의 앞머리가 삐죽삐죽 튀어나와 있었지요.

[총무 팸 콘이 기록한 대화]

팀 켈리: "미터법을 쓰지 않는 나라가 얼마나 되는지 아십니까? 내가 말해주죠. 미얀마, 라이베리아, 그리고 미합중국이에요. 그게

답니다. 아직도 미터법을 쓰지 않는 나라는 그렇게 셋뿐이라고요. 말 그대로 세상 다른 모든 나라가 미터를 써요. 요전날에 그 문제에 대해 읽었거든요. 나머지 여러분은 어떤지 모르겠지만, 나한테 세계지도를 건네준다면 난 미얀마가 어딘지 가리킬 수 없고, 라이베리아는 어디에서 찾아야 하는지도 몰라요. 내가 그 나라들 이름을 제대로 발음하고 있기는 한가요?"

앤절린 라미레스: "팀, 우리더러 미터법으로 바꾸자는 거예요?"

팀 켈리: "난 우리가 스스로에게 물어야 한다고 생각해요. 어떤 나라가 되고 싶은지를요. 과학과 산업의 선두에 선 현대적이고, 선진적이고, 혁신적인 나라인가? 아니면 미합중국 같은 나라인가?"

모건 뱅크스: "미터법을 따르려면 모든 표지판을 바꿔야 하는데요."

밥 터퍼: (휘파람을 불며) "피트가 미터가 된다니."

피트 크리스티: (얼굴을 찌푸리며) "갤런은 리터가 되고."

루이즈 뱅크스: "욕실에 체중계를 새로 들여야 할 텐데. 어쩌면 온도계도 새로 들여야 할지 모르고."

일동: (웅성웅성)

팀 켈리: (눈을 가늘게 뜨고) "거기 뒤에 뭡니까?"

제시 팽크하우저: (주저하며 발언) "그냥 일이 엄청 많겠다 싶을 뿐이에요."

팀 켈리: "아, 왜들 그래요. 다들 계산기 쓰는 법은 알잖아요. 여러분이 쓰는 속도계와 계량컵은 대부분 이미 양쪽 도량형이 다 표시되어 있어요. 큰 숫자 말고 작은 숫자를 읽기만 하면 된다고요."

일동: (웅성웅성)

팀 켈리: "난 목공이에요, 다들 알다시피. 여기서 이 일로 나만큼 일상에 영향을 많이 받을 사람은 아무도 없어요."

베브 휘태커: (무릎을 때리며) "까짓것 해봅시다. 난 아흔한 살이지만 변화를 맞이할 준비가 됐다고. 무슨 말인지 알겠어요?"

이 안건은 큰 차이로 통과됐습니다. 마지막으로 연단에 오른 사람은 앤토니오 베가였어요. 앤토니오는 이전에 마을 소식지 편집자를 자원해 맡았었고, 이제는 나라의 소식지를 편집하는 업무를 맡았는데, 그날 저녁에는 셔츠 주머니에 온갖 펜을 다 꽂고 있었지요.

[총무 팸 콘이 기록한 대화]

앤토니오 베가: "제가 오랫동안 소식지를 운영하면서 언제나 마음에 걸리는 게 있었는데요, 바로 저작권이 있는 단어들과 관련한 문제였습니다. 상표명에서 유래한 단어들이요. 덤스터라든가, 팝시클. 롤러블레이드. 런드로매트* 같은 것들요. 미합중국에서는 그런 단어가 각기 다른 회사에 상표등록이 되어 있는데요, 그 말은 이 단어를 쓸 때 첫 글자를 무조건 대문자로 표기하지 않으면 고소당할 수도 있다는 뜻이에요."

밥 터퍼: (중얼거리며) "팝시클은 세상에서 제일 과대평가된 음식이야."

피트 크리스티: (투덜거리며) "롤러블레이드는 진짜 이상한 유행이었죠."

제니 버쿼스트: "앤토니오, 회사들이 단지 대문자가 아니라 소문

---

* 자동세탁기 상표이자 셀프 빨래방을 가리키기도 한다.

자를 썼다는 이유만으로 사람들을 고소할 수 있다는 소리예요?"

앤토니오 베가: (얼굴을 찡그리며) "언어는 원래 모든 시민의 것이어야 합니다. 언어는 공공재여야 해요. 회사들이 특정 단어들을 단속하게 내버려두다니 그냥 화가 납니다."

릭 핑크니: "있죠, 난 언제나 대문자로 시작하는 단어들에 좀 오만한 느낌이 있다고 생각했어요."

캐럴라인 루소: "그런 단어를 가리키는 정확한 명칭은 고유명사일걸요."

줄리아 파머: "보통명사의 반대말이죠."

릭 핑크니: "자, 바로 그게 문제죠. 계급 체계가 있다는 것 말이에요. '고유명사'와 '보통명사'라뇨. 그것 자체에 우월 의식이 담겨 있잖아요. 해안가에 사는 엘리트 떼거리가 발명했겠지."

뎁 쿠츠: "문장을 시작할 때 쓰긴 유용한데요."

애덤 스미스: "그리고 사람 이름을 쓸 때도."

베브 휘태커: (아쉬운 듯) "난 언제나 대문자로 내 이름을 써주는 게 좋았는데."

앤토니오 베가: "사람 이름에 대한 얘기가 아닙니다. 상표와 저작권 이야기죠. 제장, 사실 우리 나라에서 그런 권리를 인정하는지도 잘 모르겠어요. 하지만 미합중국에서는 오랫동안 그랬어요. 전 우리가 여기서도 그런 일이 일어나게 내버려둘 것인지 결정해야 한다고 생각합니다."

이 안건은 만장일치로 통과됐습니다. 덤스터도, 팝시클도, 롤러블레이드도, 런드로매트도 이젠 소문자로만 표기합니다. 리얼터*도, 프리스비도, 자쿠지도, 샤피**도, 터퍼웨어도, 스티로폼도, 벨

크로도, 젤로도, 스피도***도, 챕스틱도, 클리넥스도, 포스트잇도, 큐팁****도, 밴드에이드도, 핑퐁도, 그리고 망할 바셀린도 소문자로 표기합니다. 앤토니오 베가의 의뢰로 제작한 놋쇠 덤스터 상像(찾아보기: 아메리카 지도, 일반 관심 지역 #17)에 새겨놓은, 앤토니오 베가가 남긴 이 불후의 선언에 의거해서. "단어는 소유물이 될 수 없다. 단어는 재산이 아니다. 오늘부터 이 나라에서 모든 단어를 자유롭게 하라!"

그날 밤 회의 자리를 떠나면서 생애 처음으로 진정한 애국심을 느낀 사람이 많았습니다. 우리는 단 한 번의 회의로 성별화된 호칭 구조를 개편하고, 미터법으로 전환하고, 저작권법을 단호히 뒤엎었습니다. 그동안 국경 너머에서는 미합중국 정부가 수일째 무기한 정지된 상태였고, 의회에서는 예산안도 통과시키지 못하고 있었지요.

첫번째 관광객

방문객들은 우리가 '미합중국 안에 있는 마을'에서 '미합중국과 국경을 맞댄 나라'로 이행하는 게 비교적 간단했다는 말을 들으면 놀라는 경우가 많더군요. 이 과정은 우리 국경 안에서 운영되는

---

* 전미 부동산 중개인 협회원.
** 마커 펜 상표명.
*** 수영 용품 제조 업체로, 수영복의 대명사처럼 쓰인다.
**** 면봉 상표명.

외국 정부 기관이 없었기 때문에 더 간단했습니다. 대부분의 방문객 여러분이 아마 알고 계실 테지만 형편없이 파산한 미합중국 우정청은 오래전에 마을에 하나뿐이었던 우체국을 닫아버렸기 때문에 우리는 우편물을 받으려면 옆 마을까지 운전을 해서 가야 했습니다. 제일 가까운 경찰서는 옆 마을에 있었습니다. 제일 가까운 소방서도 옆 마을에 있었습니다. 제일 가까운 모병 사무소, 주무州務 장관, 보훈처는 몇 마을 떨어져 있었습니다. 방문객 여러분은 우리 나라에서 가끔 외국 정부 기관의 차량을 보게 되기는 할 겁니다. 텍사스가 운영하는 경찰차, 리얼 카운티에서 나온 소방차들은 보통 메인 스트리트를 가로지르는 국제 고속도로를 타고 우리 나라를 횡단하거든요. 우리는 외국 단체들의 이런 침입에 신경쓰지 않습니다. 우리 나라는 열린 국경 정책을 택하고 있습니다. 시민권에 상관없이, 누구든, 언제든, 어떤 제약도 없이 우리 국경을 건너는 것을 환영합니다. 사실 많은 아메리카인은 아직도 미합중국에서 일하고 있습니다.

방문객들은 때로 우리 국경에 검문소가 없으니 안보 위험이 있지 않을까 하는 우려를 표하기도 합니다. 하지만 우리는 열린 국경 정책이 우리 나라에 다양한 이득을 가져다준다는 사실을 알게 되었습니다. 거의 백 년 동안 관광객이라곤 전혀 없다가 상대적인 관광 호황을 경험했지요. 잘 알려진 사실이지만, 분리 독립 이후 딱 한 달이 지났을 때 첫번째 관광객이 도착했습니다. 요하너스 데이크스트라라는 이름의 네덜란드인으로, 그해 3월에 세미트레일러에서 내리더니 곧바로 메인 스트리트에 있는 술집(찾아보기: 아메리카 지도, 식당과 쇼핑 #2)으로 향했습니다. 상상해보십시오, 친애하는 방문객 여러분. 코밑에는 팔자수염을 기르고 턱에는 수염 자국이 뚜렷한 외국인 힙스터가 파스텔색 반바지와 땀에 젖은 탱크톱 차림에 목에는 싸구려 선글라스를 걸고, 바나나 상표 스티커를 덕지덕지 붙인 밴조 케이스와 먼지투성이 더플백을 짊어지고서 딱 정오에 술집 문을 열어젖히고 들어오는 모습을 상상해보세요. 술집에 있던 우리는 눈을 크게 뜨고 쳐다볼 수밖에 없었지요.

"아메리카를 보러 왔습니다." 요하너스가 선언하더니, 덧붙여 말했습니다. "그리고 현금인출기도 쓰려고요."

우리는 뉴욕에서 로스앤젤레스까지 정처 없이 히치하이킹을 하는 중이었던 요하너스가 '아메리카'라고 했을 때 사실은 우리 나라가 아니라 미합중국을 의미한 것임을 알고 실망했습니다. 하지만 요하너스는 자신이 지금 완전히 다른 나라에 와 있다는 사실을 알고 기뻐하더군요. 특히 우리 나라가 너무나 젊은 국가라는 사실을 알고 흥미로워했지요. 요하너스가 우리 나라를 둘러보고 싶어했기에 시민들 중 은퇴자이고, 사실대로 말하자면 딱히 할일도 별로 없는 피트 크리스티와 밥 터퍼가 안내를 해주겠다고 제안했습니다. 요하너스는 밴조와 더플백을 픽업트럭 뒤칸에 던져 넣고, 걸어가는 시민들에게 브이 사인을 그려 보이며 운전칸에 기어올랐고, 그러는 동안 이미 계속 수다를 떨고 있었습니다. 피트와 밥은 그날 오후 시간을 할애해 요하너스에게 마을 구경을 시켜줬습니다. 마을회관까지 데려가서, 액자에 담겨 벽에 걸린 '분리 독립 결의안' 도 확인시켜줬지요. 대통령 후보에 오른 지 얼마 되지 않은 벨 클랜턴도 만나게 해줬는데, 벨은 마구간에서 빗질하던 손을 멈추고 요하너스와 잠시 대화를 나눴습니다. 또 가르사의 집 뒤에 있는 새

우리로 데려가서, 국경 너머에서는 멸종해버린 전통 칠면조도 보여줬습니다. 딜런의 집 지하실에서는 우리 나라 특산품인 선인장 와인을 어떻게 만드는지 설명해줬지요. 협곡에 가서 뼈대만 남은 버려진 역마차를 보여주며 이 역마차에는 말을 빼앗으려는 강도들에게 살해당한 개척민 가족의 유령이 깃들어 있다는 소문을 말해주었고, 그러자 요하너스도 거기서 아주 초자연적인 느낌을 받았다고 주장했습니다. 평원으로 나가서는 오래된 열차 선로 옆, 모래 흙에 둔덕 모양으로 형성된 굴집들을 구경했는데, 요하너스는 그곳에서 프레리도그에게 땅콩을 먹이면서 프레리도그가 땅콩 껍질을 뜯을 때마다 즐거운 함성을 질렀습니다. 침수된 채석장에도 내려갔는데, 마침 학교를 땡땡이친 청소년 몇이 수영을 하고 있었고, 옷을 다 벗어버린 요하너스도 라일리 휘퍼의 감독 아래 캐넌볼 다이빙 기술을 금방 습득했습니다. 월트 호가 창고에서 만들고 있는 국경 표지판도 살펴보러 갔는데, 나무에 돋을새김으로 글자를 넣고 색을 칠해서, 완성되면 '아메리카에 어서 오세요'라는 선언이 새겨질 표지판이었지요. 베브 휘태커가 재봉실에서 꿰메고 있는 국기도 살펴보러 갔는데, 남색 깃발에 금색 별을 넣어서 벌써부터 사람들이 애정을 담아 '뉴 글로리New Glory'라고 부르고 있었습니다. 또 아이스크림선디처럼 생긴 아이스크림 가게로 가서, 요하너스에게 그 유명한 '양푼 아이스크림' 메뉴도 주문해줬지요(찾아보기: 아메리카 지도, 식당과 쇼핑 #3). 요하너스는 모든 것에 놀라워했습니다. 솔직히 털어놓자면 우리 중에도 새로운 나라에 대해 약간은 불안하게 느끼는 사람들이 있었는데, 요하너스의 열렬한 반응은 우리에게 꼭 필요했던 자부심을 채워줬지요.

저녁이 되자 요하너스는 술집에서 피트와 밥에게 팔을 두르고 테킬라를 마셔대며 단골 손님들과 함께 술 마시기 노래를 부르고 있었습니다.

"난 이 나라를 사랑해요!" 요하너스가 외쳤지요.

공짜 테킬라를 마신 요하너스는, 마침내 원래 그날 오후에 도착했을 때 계획했던 대로 현금을 찾기 위해 화장실 옆에 있는 현금인출기로 비틀비틀 걸어갔습니다. 하지만 그는 현금을 찾지 못했어요. 술집에 있던 우리들이 도와주려고 했는데, 모여든 사람들이 돌아가면서 인출기의 버튼을 아무리 눌러도 카드가 다시 튀어나오지 뭡니까. 화면에는 은행에 연락해보라는 안내만 나오고요.

요하너스는 휘퍼네 집 소파에서 쓰러져 잔 후, 다음날 아침 숙취로 눈이 뻘겋게 충혈된 채 술집에 돌아왔습니다. 워드가 유리잔에 계란을 하나 깨 넣고는 우스터셔와 타바스코 소스를 조금 넣고, 소금과 후추를 살짝 뿌린 음료수를 바 저편으로 밀어 보냈습니다. 요하너스는 그 프레리 오이스터를 단숨에 마시고 유리잔을 다시 내려놓더니, 팔꿈치를 바 위에 괴고 두 손에 머리를 묻은 채 유리잔을 들여다보면서 절망어린 표정으로 상황을 설명했습니다. 해가 뜨자마자 은행에 전화를 걸어봤다는 겁니다. 그때까지는 자기가 얼마나 빨리 돈을 탕진했는지 몰랐다더군요. 통장이 비어 있었습니다. 신용카드는 한도까지 썼고요. 현금 인출을 더 할 수 없는 상황이었습니다.

심지어 마지막 남은 돈은 트윙키 과자 한 상자를 사는 데 쓴 참이었어요.

"난 완전 망했어요." 요하너스가 말했습니다.

워드가 행주를 내려놓고 물었습니다.

"일자리 원하나?"

요하너스는 희망을 품은 눈빛으로 워드를 보았지요.

"여기서요?"

"그렇지."

"취업 비자가 필요하지 않나요?"

"그럴 리가, 아미고, 앞치마나 둘러."

그렇게 해서 우리의 첫번째 관광객은 첫번째 이민자가 되었습니다. 요하너스는 결국 라일리 휘퍼와 사랑에 빠졌고, 전업 양육자가 되기 위해 술집을 그만뒀으며, 그 이후 우리 나라의 귀화 시민이 되었습니다. 나라 전체에서 호평을 받은 리머릭*를 몇 편 써낸 요하너스는 현재 아메리카의 계관시인이랍니다.

인도주의를 발휘할 기회

우리는 외국 정부 기관이 국경을 넘는 건 정말로 신경쓰지 않습니다만, 올해 코리 부버가 미합중국 연방 요원에게 납치당했을 때는 정말 언짢았다는 말을 해둬야겠군요. 코리 부버는 미소 띤 둥근 얼굴에 말을 살짝 더듬는 자폐인 사업가로 당시에는 고작 열아홉 살이었습니다. 이 연방 요원들은 한밤중에 우리 나라로 넘어와, 범죄인도 요청도 하지 않고 코리의 집을 급습해서는 지하실에 있

---

*5행으로 된 희시(喜詩).

는 코리의 방에 들이닥쳤고, 코리가 달아나려고 하자 테이저 건을 쏴 제압한 다음 텍사스로 데려갔습니다. 현재 휴스턴에 구금된 코리는 온라인 해적 집단을 운영하면서 훔친 노래 수백만 곡, 훔친 영화 수천 편, 실로시빈 환각 버섯 등을 소유하고 있었다는 죄목으로 기소되어 아직 재판을 기다리고 있습니다만, 그중 어느 것도 아메리카에서는 범죄가 아닙니다. '미합중국에 불법 억류된 아메리카 시민 코리 부버 석방 기금'에 관심 있는 방문객들은 마을회관(찾아보기: 아메리카 지도, 역사 명소 #1, 일반 관심 지역 #29)에 놓인 모금함에 성금을 내주세요. 코리의 부모님이 덧붙인 말에 따르면 연방 요원들은 잔디밭을 망가뜨리고 문을 부수는 등 광범위한 재산 피해도 남기고 갔다고 합니다.

정상회담

아직 UN이나, UN에 속한 어느 회원국에서도 우리의 자주권을 인정하지 않았으나, 우리 국가의 독립된 지위는 카탈루냐 여러 정당의 지지를 받고 있으며, 베네수엘라, 쿠바, 아프가니스탄, 수단, 그리고 조선민주주의인민공화국의 외교관들로부터 격려의 서한을 받기도 했습니다. 강조하건대, 아메리카는 공식적으로 '초소형국가'*가 아니며, '초소형'에는 아무래도 폄하의 의미가 있어 단순히

---

* micronation. 국제기구나 다른 나라로부터 국가로 인정받지 못했으나 독립을 선언한 주체를 가리키는 말.

'국가'라고 불리기를 선호합니다만, 그렇다 해도 초기부터 우리가 처한 상황의 정치적 현실을 인지하였기에 동맹을 구할 희망을 품고 전 세계 여러 초소형국가에 연락을 하게 되었으며, 그 결과 우리는 초소형국가연합United Micronations의 첫 국제 정상회담을 개최하기에 이르렀습니다.

상상해보십시오, 친애하는 방문객 여러분. 그 이후 수많은 그림으로 묘사되고 수많은 노래로 이야기된 이 중대하고 웅장한 회담 장면을 상상해보세요. 그해 봄에 공화국 대통령으로 선출된 벨 클랜턴이 본인의 대농장에서 회담을 주최했는데, 회담장은 눈부시게 하얀 어도비 벽돌집으로 안뜰에는 소박한 분수가 보글거리고 벽에는 꽃덩굴이 늘어져 있었습니다. 워드 허낸데즈가 턱시도를 입고 회담장을 활보하면서 캐비아와 그라브락스와 푸아그라를 지구 전역에서 모인 다채로운 정장 차림의 초소형국가 대표들에게 대접했는데, 이들은 시랜드, 리버랜드, 아크지브랜드, 포빅주권국, 엘레오레왕국, 탈로사왕국, 세보르가공국, 무라와리공화국, 필레티노공국, 우주피스공화국, 애틀란티움제국, 뉴유토피아공국, 프리타운 크리스티아니아, 허트리버공국에서 출발해 장대한 여정 끝에 그레이트플레인스에 자리한 우리 영광스러운 거주지에 도착했습니다. 모두의 잔에 샴페인을 따른 후, 아메리카의 최연장자인 베브 휘태커가 축배를 들어 정상회담의 혁명 정신을 기렸습니다. 요하너스는 개회 식사 전에 시를 한 편 낭송했지요.

정상회담에 사건 사고가 없지는 않았습니다. 그 주에 오브리 라미레스가 엘레오레 대사의 다이아몬드 브로치를 훔친 죄로 고발당했고, 대니얼 커빔은 탈로사 대사와 축구를 주제로 공격적인 언쟁을 벌였으며, 유부남인 월트 호는 세보르가 대사와 관능적인 정사를 벌였는데 대농장 뒤에 있는 포도밭에서 달빛 밀회를 벌이던 월트와 대사를 우리 시민들이 우연히 맞닥뜨리는 바람에 국가적인 스캔들이 되었습니다. 또한 어느 나라 사람인지는 영영 알아내지 못했습니다만, 살짝 혀짤배기 억양이 있는 대사 한 분이 무역협정에 대한 연설을 하던 중에 벌에 쏘여 치명적인 알레르기 반응을 일으키는 바람에 문장을 끝맺지 못하고 바닥에 쓰러졌다가, 에피네프린 주사를 맞고 살아난 일도 있었지요. 한편 우주피스 총리는 고향의 인터넷이 지독히 느린 모양인지, 무료 와이파이를 누리기 위해 정상회담을 대부분 건너뛰고 침대에서 주말 내내 랩톱으로 외국 코미디 쇼의 전 시즌을 통째로 보았습니다. 정말 솔직히 털어놓자면, 우리가 국제 외교 무대에서 발생할 수 있는 다양한 어려움을 과소평가했던 셈입니다.

또 회담 첫날 아침에는 샘 홀리데이와의 사건도 있었지요. 아메리카의 시민인 우리들에게 긴장감을 더해주는 사건이었습니다.

〔술집 주인 워드 허낸데즈의 일기에 기록된 대화〕

우리가 파티오에 내놓은 테이블에 둘러앉아 있는데 멀리서 말 울음소리가 들렸다. 잠시 후 샘이 대농장으로 말을 타고 오더니, 밀짚 모자 챙 아래로 눈을 가늘게 뜨고 파티오 바로 앞 흙바닥에 말을 멈춰 세웠다. 말에서 내리지는 않았다.

"무슨 일이야, 샘?" 벨이 외쳤다.

샘은 이글거리는 눈빛으로 우리를 응시했고, 테이블에 둘러앉은 우리들 하나하나를 찬찬히 노려보며 눈을 똑바로 마주치는 것이, 마치 자신이 지금 보고 있는 게 뭔지 확인하려는 것 같았다. 정말로 이 대농장에서 국제 초소형국가 회담이 열린 건지, 우리가 정말로 그런 걸 준비했는지를. 그런 다음 샘은 험상궂은 얼굴로 몸을 돌리더니 말에 박차를 가해, 한마디도 하지 않고 다시 포도밭 쪽으로 달려갔다.

"저분은 누구신가요?" 세보르가 대사가 물었다.

벨은 포도밭을 통과하여 산맥 쪽으로 달려가는 말을 바라보다가 말했다.

"저 사람은 분리 독립을 원하지 않았습니다." 벨이 말했다.

"변화를 어려워하는 사람들이 있지요." 무라와리 대사가 말했다.

"저항자는 그냥 쏴버리는 게 최선입니다." 필레티노 대사의 말이었다.

"저 사람은 너무 섹시한데요. 해칠 수가 없겠어요. 총탄 한 발로는 절대 못 죽일 겁니다." 세보르가 대사가 담배를 눌러 끄면서 말했다.

공식적인 동맹을 형성하자는 것이 정상회담의 주요 목표였으나, 모든 국가에서 받아들일 만한 조건을 찾기가 힘들었습니다. 대화가 계속 옆길로 샌 탓도 있었습니다. 우리와 마찬가지로 다른 국가들도 전 세계의 인정을 받는 데 집착했습니다. 화석연료 문제에 공식 입장을 취할지 말지를 논의하기 위한 패널, 사형에 대해 공식 입장을 취할지 말지를 논의하기 위한 패널, 이스라엘 팔레스타인 문제에 대해 공식 입장을 취할지 말지를 논의하기 위한 패널, 그 모든 대화가 결국에는 독립국 지위에 대한 토론에 장악당했습니다.

〔총무 팸 콘이 기록한 대화〕

엘레오레 국왕: "우린 좀더 눈에 띄어야 합니다."

탈로사 여왕: "모종의 정치적인 영향력이 필요합니다."

세보르가 대사: "어쩌면 국가로서 확고히 자리를 잡은 동시에 초

소형이기도 한 나라에 도움을 요청할 수도 있을 겁니다. 모나코, 리히텐슈타인, 안도라, 싱가포르, 레소토, 그런 나라들이요."

밥 터퍼: (고개를 저으며) "그런 나라들은 우리 요청에 답변조차 하지 않을 겁니다."

피트 크리스티: (희망 섞인 목소리로) "다시 시도한다면 그 나라들도 들어줄지 모르지요."

엘레오레 국왕: "우린 어떻게든 강력해 보여야 해요."

탈로사 여왕: "존중을 받아야만 합니다."

포빅 대사: "우리 국가들이 조세 피난처로 쓰일 가능성을 밀고 나가야 합니다."

벨 클랜턴: "그렇게 해서 얻을 관심은 우리가 원하는 종류의 관심이 아닐 것 같은데요."

포빅 대사: "그렇다면 핵무장의 가능성을 추구해야 합니다."

벨 클랜턴: "그것도 우리가 원하는 종류의 관심은 아닐 것 같네요."

우주피스 총리: (파자마 차림으로 식당 안을 돌아다니며) "저녁식사는 아직 안 나왔습니까?"

시랜드 섭정: "회의가 길어졌습니다. 그냥 한 편 더 보고 오셔도 될 것 같네요."

포빅 대사: (테이블을 세게 내리치며) "유일한 방법은 공동 우주 프로그램뿐입니다. 우리가 눈에 띄고 존중받기를 원한다면, 우리 시민들이 달 위를 걸어야만 합니다. 다른 방법이 없어요."

라일리 휘퍼: "사실은 어느 정도 지능적인 소셜 미디어 전략만 있으면 될 것 같은데요."

정상회담 도중에 이 대화는 실패라고 확신한 순간이 몇 번이나 있었습니다. 패배의 순간들. 절망의 순간들이 있었지요. 그래도 몇 번의 외교 기적을 통해 정상회담 마지막날, 식사실에 모인 각국 대표들은 공식적인 동맹체를 만드는 조약을 비준했습니다. 일명 '아메리카 합의'라고 알려진 이 조약서는 밀폐된 유리 상자에 담겨 현재 벨 클랜턴의 자택(찾아보기: 아메리카 지도, 역사 명소 #2) 안에 있는, 조약서 서명이 이루어진 바로 그 방에 전시되어 있습니다. 외국의 고위 관리들을 보고 싶은 방문객이라면 동맹 회의가 일년에 한 번, 불규칙한 일정으로 목장에서 개최되니 초소형국가연합의 공식 달력을 확인하시기 바랍니다.

아메리카의 마지막 독립기념일

정상회담중에 샘과 그런 식으로 조우하기 이전부터 많은 이들이 샘 홀리데이에 대해 걱정했습니다. 그해 여름, 몇 명이 샘의 집으로 차를 몰고 갔지요. 어렸을 때부터 샘을 알던 사람들, 샘과 같이 학교에 다닌 사람들, 평생 샘과 친구였던 사람들, 학교 운동장에서 샘과 위플볼을 하고 놀았던 사람들, 샘과 티볼*을 하고 놀았던 사람들, 샘과 축구를 하고 놀았던 사람들, 샘과 같이 읽고 쓰기와 더하기 빼기 곱하기 나누기를 배우고 같이 수도 이름을 외웠던 사람들이었습니다. 모두 은퇴한 시민들로 보청기를 낀 사람도 있었고, 다

---

* 위플볼과 티볼 모두 야구를 간단하게 변형한 놀이이다.

초점 안경을 쓴 사람도 있었으며, 지팡이를 짚고 걷는 사람도 있었습니다. 우리는 그렇게 샘의 집 앞에 서서 마을회관에서 열릴 다음 회의에 오라고 설득해보려 했지만, 샘은 끄덕도 하지 않았습니다.

"난 그런 멍청한 짓거리에 참여하지 않겠어." 샘은 말했습니다.

샘과 사촌 사이인데다 그를 잘 아는 그레이스 커빔이 혹시 아직도 아내가 죽은 일로 화가 나서 이런 식으로 행동하는 거냐고 물었습니다.

"이건 그 일과는 아무 상관 없어." 샘이 화가 나서 말했습니다.

결국 우리는 포기했습니다. 차를 몰아 떠나려니, 끔찍한 슬픔이 차 안에 타고 있던 우리를 덮쳤습니다. 분리 독립 이전에는 샘이 우리 중 하나였고, 우리와 같이 낚시를 가고, 우리와 같이 도미노 게임을 하고, 우리와 같이 마작을 하고, 우리와 같이 백개먼 게임을 하고, 우리와 같이 모히토를 마시고, 부엌이나 레스토랑 테이블에 같이 둘러앉아서 슬로피조*나 레몬 머랭 파이를 먹곤 했는데, 이제 샘은 우리를 공산주의자 보듯 피했습니다. 우리는 샘이 그리웠고, 어떻게든 샘을 되찾고 싶었습니다. 화합하고 싶었습니다.

일주일 후 또다른 사람들이 샘의 집으로 차를 몰았는데, 국가 인구조사 업무에 자원하여 집집마다 돌아다니면서 공식적인 서식을 바탕으로 정보를 조사하는 일을 맡은 성인들이었습니다.

"자네는 이 땅에서 인구조사를 할 권한이 없어." 샘이 말했습니다.

원래 샘 밑에서 간호사로 일했었고, 아직도 샘에게 반해 있었던 베키 쿠츠는 어디까지나 개인적인 호의로 서식을 채워줄 수 없겠

---

* sloppy joe. 햄버거 빵에 다진 고기를 넣어 만드는 샌드위치.

느냐고 물었습니다.

"나는 자네 정부의 적법성을 인정하지 않네." 샘이 말했습니다.

또 일주일 후에 다른 무리가 차를 몰아 샘의 집으로 갔는데, 최근 국가를 작곡해서 집집마다 돌아다니며 아카펠라로 불러주던 십대 청소년 무리였습니다. 샘은 듣지도 않으려고 했습니다.

"난 너희 노래에 아무 관심도 없다." 이러면서요.

그전까지는 샘을 만난 적이 없었고, 샘에 대해 제대로 경고를 받지 못한 캐머런 라미레스는 마음을 열고 듣는다면 그 노래에 감동할 거라고 설명하려 했습니다.

"너희는 사실상 존재하지 않는 나라의 국가를 만들었어." 샘은 말했지요.

다음날은 7월 4일*이었는데, 독립 이전에는 물론 우리 모두가 축하하는 공휴일이었지만 아메리카에서는 공휴일이 아닙니다. 우리는 하루종일 텔레비전으로 국경 너머에서 벌어지는 축하 행사를 보았습니다. 언제나 그렇듯 미합중국 시민들은 우울하고 지쳐 보였고, 충혈된 눈동자 아래가 거무스름했으며, 회사를 법인legal person으로 보고 시민들은 그냥 상품 취급을 당하는 디스토피아 금권정치하에서 살아가는 스트레스를 감당하기 위한 자가 처방으로 하나같이 술을 심하게 마신 듯한 모양새였습니다. 우리는 우리 역시 그런 꼴이었던 때가 기억났고, 해방되었다는 사실에 안도했으며, 아직 그렇게 살고 있는 사람들에게 연민을 느꼈습니다. 그날 우리 나라는 대체로 상당히 자기 성찰에 잠긴 분위기였습니다. 아니, 우리

---

* 미합중국 독립기념일.

마을에 마침내 밤이 오고 하늘에 불꽃이 터지기 전까지는 그랬지요. 누군가가 7월 4일을 축하하고 있었습니다.

우리는 가보기 전부터 누가 불꽃을 터뜨리는지 알았습니다. 샘은 반세기 가까운 세월 동안 7월 4일마다 동네 불꽃놀이에 개인적으로 자금을 댔는데, 이번에도 매년 그랬듯 같은 자리에 나와 있었습니다. 마을 외곽에 있는 개울물이 구부러지는 곳, 메인 스트리트 위로 불꽃을 쏘아올리기 제일 좋은 자리였지요. 하지만 그해에는 수많은 자원자들에게 둘러싸여 있지 않고, 샘 혼자서 폭죽을 쏘고 있었습니다. 새하얀 카우보이모자를 쓰고 새빨간 옥스퍼드 셔츠를 파란 청바지 안에 넣어 입은 모습이 딱 미합중국 국기 색깔이었고, 허리에는 리볼버가 든 가죽 총집을 차고 있더군요. 샘은 우리가 손전등 불빛을 비추자 폭죽 발사기에서 물러섰습니다. 술이 얼근히 취한 듯했고, 미소를 띠고 있었습니다. 격노와 절망의 흔적이 묻어나는 무시무시한 미소였지요.

몰려간 우리들을 이끈 사람은 벨 클랜턴이었는데, 우리는 샘이 인구조사원과 새로운 국가를 만든 아이들을 돌려보낸 일에 대해 벨이 아직도 화가 나 있음을 알았습니다. 안 그래도 벨은 샘과의 대면을 벼르고 있었는데, 그것도 샘이 감히 폭죽을 쏘기 전의 얘기였지요. 그날 같이 간 우리들은 벨이 무슨 짓을 할지 두려웠습니다.

〔술집 주인 워드 허낸데즈의 일기에 기록된 대화〕

벨은 의분에 가득차서 몸을 떨었다.

"대체 무슨 짓을 하는 거야?" 벨이 물었다.

"축하하고 있지." 샘이 말했다.

"여긴 아메리카야. 폭죽을 쏜다고 당신이 애국자가 되진 않아. 반역자가 될 뿐이지." 벨이 말했다.

샘의 미소가 흔들렸다. 샘은 벨을 잠시 노려보다가 흙바닥에 침을 뱉고 얼굴을 일그러뜨렸다.

"너희가 하는 게임에 점점 질리는군." 샘이 말했다.

"이건 게임이 아니야. 게임이었던 적 없어. 그렇게 미합중국을 사랑한다면, 그렇게나 그 나라를 사랑한다면, 거기 가서 살아." 벨이 말했다.

벨의 손이 자신의 허리춤에 꽂힌 총 위를 맴돌았다.

"언제든 떠나도 좋아." 벨이 말했다.

샘은 망연히 벨을 쳐다보았습니다. 어둠 속에서 개울물이 졸졸 흐르고, 개울물 속에서 황소개구리들이 울었습니다. 공기 중에 무시무시한 긴장감이 감돌았습니다. 현장에 있던 우리들은 샘이 갑자기 움직일지도 모른다는 생각에 그를 주시하면서 분명 양쪽에서 총을 뽑을 거라 생각했지만, 샘은 잠시 후에 그냥 몸을 돌렸고, 말없이 터벅터벅 차도를 향해 걸어가더니 남은 폭죽 전부와 술병 하나, 라이터 하나를 버려두고 숲 저편 어둠 속으로 사라져버렸습니다. 방문객들은 아직도 '아메리카의 마지막 독립기념일' 현장(찾아보기: 아메리카 지도, 역사 명소 #6)의 풀밭에 놓인 미사용 폭죽 상자들을 볼 수 있지만, 문제의 폭죽들은 자연환경에 노출된 탓에 사용이 불가능해졌습니다. 그리고 문제의 사건은 피를 보지 않고 끝났으나, 대부분의 역사가들은 이 일화가 분쟁의 전환점이었으며, 궁극적으로 이후에 발생한 모든 극적인 사건의 원인이 되었다고 믿습니다.

수집품

아메리카에서는 달러, 페소, 유로, 엔, 위안, 원, 파운드, 프랑, 랜드, 크로네, 크로나, 크로너, 루피 등 모든 화폐를 다 받습니다만 사업가들은 대체로 국가 화폐인 일러스트리어스로 판매가 이뤄지는 쪽을 선호합니다. 일러스트리어스는 지프차에서 장난감에 이르기까지 무엇이든 구매할 때 사용할 수 있는데, 이 지폐는 독특한 디자인 때문에 귀하게 여겨지기도 합니다. 모든 지폐를 모조 금박에 인쇄했거든요. 세계 금융 체계가 언제라도 와장창 무너질 거라 믿는 종말론자들도 일러스트리어스가 명목 화폐가 아니라, 현재 전 세계에서 유일하게 금본위제에 따라 가치가 고정된 화폐라는 사실을 알면 기꺼워할 겁니다. 그저 이곳에서 보낸 시간을 추억할 기념품을 원하시든, 아니면 아포칼립스 이후에도 가치가 있을 종잇조각을 찾고 계시든 간에 방문객 여러분은 아메리카은행(찾아보기: 아메리카 지도, 금융 서비스 #1)에서 일러스트리어스를 구하실 수 있습니다.

방문객들에게 인기 있는 다른 기념품으로는 국정 우표가 있습니다. 지금까지는 단 한 가지 디자인만 발행하고 있는데, 바로 황소와 아르마딜로가 똑같은 자유의 모자*를 자랑스럽게 쓰고 있는 그림입니다. 우표 수집가들 사이에서는 단순히 '아메리카 우표'라고 불리곤 합니다. 우표책은 메인 스트리트 잡화점(찾아보기: 아메리

---

*챙이 없는 삼각 두건 형태의 모자로, 고대 로마시대 프리기아에서 해방된 노예들이 착용해 자유를 상징하게 되었다.

카 지도, 식당과 쇼핑 #1)에서 구입하실 수 있습니다.

이 나라의 동물, 식물, 광물을 기념품으로 집에 가져가고 싶은 방문객들은 운반이 가능한 한도만큼 코요테를 쏘아 잡으셔도 좋습니다.

여가 활동

아메리카는 법과 질서에 대해 상대적으로 느슨한 태도를 취하고 있기 때문에, 독특한 여가를 즐길 기회를 제공합니다. 아메리카에서는 마리화나 소지가 합법이므로, 방문객들은 나라 안 어디서나 마리화나를 피우셔도 됩니다. 아메리카에서는 총기 소지가 합법이므로, 방문객들은 나라 안 어디서든 사격 연습을 하셔도 됩니다. 아메리카에서는 모든 도박이 합법이며, 방문객들은 매일 밤 술집에 초대받아 다양한 시합에 참여하실 수 있습니다. 홀덤 포커, 팔씨름, 핑거 필릿*, 만칼라**, 어떤 게임이든 가능합니다. 또한 아메리카에는 무단 침입 금지법이 없어 모든 이에게 돌아다닐 자유를 인정하며, 자연을 사랑하는 분들이라면 얼마든지 원하는 곳에서 하이킹, 수영, 카약, 낚시, 채집, 별 관찰, 새 관찰, 캠핑을 즐기셔도 좋습니다. 다만 방문객 여러분께서는 이 나라에 방울뱀과 검은과부거미가 흔히 출몰하며, 지역 약국에 방울뱀과 검은과부거미

---

* 칼로 손가락 사이를 빠르게 찍는 게임.

** 게임 판에 구슬을 나누어 담고 규칙에 따라 옮기면서 진행하는 보드게임.

용 해독제가 있다는 보장이 없다는 점을 유의하시기 바랍니다. 그리고 개울에서 멋진 송어 낚시가 가능하기는 하지만 개울둑에는 불개미와 털진드기가 우글거리며, 밧줄을 잡고 연못에 뛰어내리는 행위는 연령에 관계없이 상당히 위험하고, 산에서 하이킹을 하다가 갑작스러운 산사태와 낙석과 진흙 사태에 파묻힌 사람이 가끔 있으며, 버려진 은광에는 바닥을 알 수 없는 구덩이와 물이 들어찬 동굴과 미로 같은 통로들이 있어 나침반을 가져갈 만한 상식이 있는 탐험가라 해도 당황할 수 있다는 점도 경고해드립니다(찾아보기: 아메리카 지도, 아메리카 이전 유적 #2).

몰입형 문화 체험을 원하시는 방문객 중, 지금까지 완전한 기능을 갖춘 옥외 변소를 이용해본 경험이 없는 분들은 밥 터퍼의 목재 옥외 변소(찾아보기: 아메리카 지도, 일반 관심 지역 #24)를 사용해보세요. 단, 밥이 안에 있는 경우가 많으니 반드시 노크부터 하시기 바랍니다. 진정한 요리 경험을 원하시는 방문객 중, 갓 짜낸 사과주스를 마셔볼 기회가 없었던 분들은 피트 크리스티의 집(찾아보기: 아메리카 지도, 일반 관심 지역 #27)에서 사과주스 압착기를 사용해보세요. 단, 피트에게 사과가 없을 때도 있으니 사과를 가져가시길 권합니다. 조던 팽크하우저에게는 구경할 가치가 있다고 널리 인정받는 가발 수집품이 있습니다(찾아보기: 아메리카 지도, 일반 관심 지역 #35). 버네사 버퀴스트에게는 순식간에 만들 수 있는데다 맛있기로 호평이 자자한 비스킷 레시피가 있습니다(찾아보기: 아메리카 지도, 일반 관심 지역 #38). 도미닉 들로치는 경주용 오토바이를 몰고 주차된 자동차를 뛰어넘을 수 있습니다(찾아보기: 아메리카 지도, 일반 관심 지역 #41). 스테퍼니 칸은 어떤 설명도 불가능한 놀라운 마술을 부릴 수 있습니다(찾아보기: 아메리카 지도, 일반 관심 지역 #42). 이반 스테파노프는 동상으로 발가락을 몇 개 잃었는데, 자랑스럽게 발을 보여줍니다(찾아보기: 아메리카 지도, 일반 관심 지역 #43). 팸 콘은 하모니카 연주에 뛰어나며, 보통 해질녘이면 냄비에서 저녁식사가 끓는 동안 트레일러 계단에 앉아서 연주하는 소리를 들을 수 있는데요, 방문객들에게 연주법 입문 수업도 기꺼이 해줄 겁니다(찾아보기: 아메리카 지도, 일반 관심 지역 #49). 지역 최고의 대화를 경험해보고 싶다면, 베브 휘태커의 포치(찾아보기: 아메리카 지도, 역사 명소 #10)에 있는 흔들의자를 차지하시거나, 아니면 청소년들이 밤에 모여서 인셀부터 부카케*에 이르기까지 온갖 다양한 주제를 토론하고 소문을 주고받는 장소인 버려진 제재소(찾아보기: 아메리카 지도, 아메리카 이전 유적 #3)에 가보시면 좋습니다.

사냥꾼이라면 이 소식을 흥미로워하실 텐데요. 현재 현상금이 걸린 지역민은 없지만, 그 대신 믹스Mix 해나 페트로비치가 누구든 '한쪽 눈이 없고 꼬리에 검은 부분이 있는 퓨마'를 잡아오는 사람에게 천 일러스트리어스 현상금을 걸었습니다. 해나는 문제의 퓨마가 자신의 반려 치와와를 잡아먹는 장면을 직접 목격했다고 합니다.

---

* 여러 명이 한 사람에게 정액을 뿌리는 성행위를 가리키는 일본어 표현.

흥미진진한 읽을거리

현재까지 아메리카에서 가장 인기 있는 장르는 '다른 나라에서 금지된 책들'이며, 아메리카도서관(찾아보기: 아메리카 지도, 역사 명소 #13)만큼 금서를 많이 모아둔 곳은 세상 어디에도 없습니다. 언제든 오후에 도서관을 찾은 방문객들은 우리 나라의 덕망 있는 시민들이 햇볕 좋은 도서관 테이블에 앉아서 악명 높은 소설과 회고록과 선언문을 음미하는 모습을 보시게 될 겁니다. 식인의 미덕을 극찬한 책들. 터무니없는 진화 이론을 홍보하는 책들. 집에서 폭발물을 만드는 방법을 자세히 가르쳐주는 책들. 그럼에도 이 도서관의 가장 큰 매력은 금서 구역이 아니라 도서관 안쪽에 마련된 역사적인 문서 보관소로, 방문객들은 이곳에서 샘 홀리데이의 편지들을 읽어볼 수 있습니다. 다 해서 1킬로그램이 넘는 이 편지들은 도서관에서 가장 충격적인 문학작품으로 널리 인정받고 있습니다. 금서들이 흥미롭기는 해도, 나라를 배신한 사람이 쓴 편지를 읽는 일만큼 흥미진진할 순 없지요.

우리는 샘이 내내 조용히 생각에 잠겨 있다고만 생각했습니다. 그해 늦여름까지도 우리는 샘이 국경 너머 기관들에 편지를 보내 미합중국의 개입을 이끌어내려 했다는 사실을 알지 못했지요. 샘은 하원에, 백악관에, 대법원에, 국가안보국에 편지를 보냈습니다. 육군에도 편지를 보냈습니다. 해군에도 편지를 보냈습니다. 공군에도 편지를 보냈습니다. 해병대에도 편지를 보냈습니다. 극도의 절박함 때문이었겠지만 심지어 해안경비대에까지 편지를 보냈어요. 우리가 분리 독립했음을 설명하는 유려하고 진심어린 호소가 담긴 편지들이었습니다. 누구든, 누구라도 행동을 취해달라고 호소하는 내용이었지요.

"이곳에서 여전히 이 나라에 충성하는 사람은 저 하나뿐입니다." 샘은 내무부 장관에게 보내는 일곱번째이자 마지막 편지에서 이렇게 썼습니다.

미합중국 금권정치는 다양한 부패 행위를 벌이느라 바빴습니다. 미합중국 군대는 동시에 여러 외국 전쟁에서 교전중이었습니다. 아무도 답을 하지 않았습니다.

샘은 언제나 세심한 기록가였고, 모든 편지의 사본을 사무실 금고 안에 보관했습니다. 고마운 일입니다. 원본은 아마 다 사라졌거나, 파쇄되었거나, 재생 용지가 되었거나, 워싱턴 D.C. 어딘가의 매립지에서 썩어가고 있을 테니까요.

값을 매길 수 없는 귀한 사진

벨은 그날 밤 개울에서 샘을 너무 밀어붙였습니다. 불꽃놀이를 둘러싼 싸움 이후, 샘은 마침내 미합중국의 개입을 기다리기를 그만두었습니다. 편지 쓰기도 그만뒀지요. 대신 전화기를 들었습니다. 누군가가 행동을 한다면 그건 염병할 자신이어야 한다는 결론을 내렸고, 그래서 그다음주에 전화를 몇 통 걸었습니다. 진짜 사람들에게, 평범한 사람들에게, 스카우트 시절에 알던 사람들, 베트남전쟁에서 만난 사람들, 보훈처에서 친해진 사람들에게요. 당연히도 별과 줄무늬가 들어간 옷을 갖고 있으며, 명백한 사명*을 믿고, 풍자적으로가 아니라 진심으로 미국 예외주의를 말하는 사람들. 스포츠 행사가 열리면 그 행사를 텔레비전으로 볼 때도, 그게 생중계가 아닐 때도, 심지어 수십 년 전에 녹화한 경기를 중계하는 것일 때도 '성조기'를 보고 자리에서 일어서는 사람들 말입니다. 우리가 독립했다는 사실을 알고 틀림없이 격분했을 사람들. 거의 백 명 가까운 사람들이 무장 소집령에 응답했습니다. 산탄총과 소총과 피스톨과 리볼버로 무장한, 대부분 나이가 많고 하나같이 백인이며 그중 일부는 당뇨병에 시달리거나 고혈압 진단을 받았거나 치매가 오기 직전인 거의 백 명의 양키들. 미합중국의 열렬한 애국자들, 고작 13제곱킬로미터의 땅이라 해도 분리 독립은 참아줄 수 없는 사람들이었지요.

우리는 열린 국경 정책을 취하고 있습니다. 우리 국경선은 말 그대로 아무도 순찰하지 않습니다. 샘은 침략군에게 고속도로를 타고 곧장 시내로 들어오라고 지시할 수도 있었습니다. 그런데도 샘은 한밤중에 채석장 바깥에 쳐놓은 녹슨 철조망에 구멍을 뚫었고, 우리 나라에 침입한 군인들은 어둠을 틈타 1헥타르의 암석 지대를 기어서 샘의 사유지에 도착했습니다. 오늘날 방문객들은 그 울타리 구멍(찾아보기: 아메리카 지도, 역사 명소 #5) 앞에서 포즈를 취하셔도 좋습니다. 그 이후 상징적인 셀카 장소가 되었거든요.

당시 군인 하나가 도랑에서 손목을 삐었고, 또다른 군인 하나는 기어가다가 전갈에 쏘였다는 소문이 있습니다만, 솔직히 누가 알겠습니까.

---

*manifest destiny. 미국이 북미 전체를 지배하는 것은 운명이라는 팽창주의적 이념.

전설적인 인물들

벨은 그동안 혼자 살았고, 언제나 그랬습니다. 젊은 시절에 여기 굳이 이름을 인쇄할 가치가 없는 상냥하고 친절한 심리상담사와 결혼하기는 했는데, 그 남자는 결혼하고 몇 년이 지나자 폭력적으로 변해서 어느 날 밤에 술에 취해 벨을 때렸습니다. 벨은 망설임 없이 다음날 아침에 그 남자를 내쫓고, 접근 금지 명령을 신청하고, 이혼을 신청하고, 그 남자가 화해해보려고 어슬렁거리자 새 사냥용 산탄 몇 발을 쿠페 자동차 후드를 향해 날렸으며, 벨이 대형 산탄에 손을 뻗는 동안 그 남자는 차를 타고 흙먼지를 일으키며 도망쳤습니다. 그후 그 남자는 원래 고향이었던 뉴멕시코로 돌아갔고, 그곳에서 뇌막염으로 죽었으며, 아무도 그 죽음에 슬퍼하지 않았습니다. 그 개자식은 우리 일원이었던 적이 없었어요. 벨은 태어난 순간부터 우리 일원이었지요. 벨은 어렸을 때도 독립적이고 반항적인 자유사상가의 영혼을 지녀서 찢어진 청바지와 헐렁한 플란넬 셔츠 차림으로 마을을 쏘다녔습니다. 잡지와 만화를 좋아했지요. 펑크와 그런지 록 음악도 좋아했습니다. 연못 앞 거대한 메스키트나무에 밧줄 그네를 맬 생각을 처음 한 사람도 벨이었고, 버려진 은광에서 교령회를 처음 연 사람도 벨이었으며, 버려진 제재소에서 파티를 처음 연 사람도 벨이었습니다. 부모님이 고속도로 자동차 사고로 사망한 후에는 가족 농장을 물려받았는데, 언제나 무모하고 무책임한 구석이 있는 벨이었지만 순전히 투지와 기개로 비극을 극복하고, 몇 년에 걸쳐 평범한 농가였던 사유지를 번창하는 사업장으로 변화시켰습니다. 가축을 다 팔아서 멋진 포도밭을 일구고, 집을 허물어서 웅장한 대목장을 지었지요. 우리 마을을, 우리 협곡과 개울과 산맥과 평원을 벨처럼 열렬히 사랑하는 사람은 아무도 없었습니다. 주말이면 사람들을 모집해서 같이 하이킹을 하거나, 다른 사람들이 바쁘면 혼자 하이킹에 나섰지요. 벨은 이 땅 구석구석을 전부 알고 있었습니다. 어느 땅에 갑자기 돼지풀이나 버섯만 새로 돋아도 알아차릴 정도였지요. 치커리나 토끼풀만 뜯어서 맛을 보아도 흙 상태를 알 정도였어요. 벨은 어디서든 늘 제일 가까운 그늘이나 점토, 블랙베리, 화살촉이 있는 곳을 알았습니다. 벨이 우리 마을 최초의 자유주의자는 아니고 다른 사람들에게 자유주의를 소개받은 입장이었습니다만, 분리 독립 제안을 처음 한 사람은 벨이었습니다. 십 년이 넘도록 마을의 분리 독립을 위해 싸웠지요. 벨은 오십 세에 우리 나라 대통령으로 선출됐습니다. 아메리카는 벨의 꿈이었습니다. 그래도 벨은 오직 우리가 자유롭기만을 원했습니다. 결코 우리를 이끌고 싶어한 적은 없었지요. 대통령 후보 지명에도 저항했고, 선거 결과도 마지못해서 받아들였습니다. 벨은 자신에게 지도자의 자질이 없다고 걱정했습니다. 자신이 너무 충동적이라고 생각했습니다. 너무 변덕스럽다고 생각했어요. 나머지 우리들과 마찬가지로 벨도 우리가 언젠가 정말로 독립하게 된다면, 대통령은 샘이 될 거라고 생각했습니다. 샘은 그 정도로 존경받는 사람이었습니다. 그 정도로 숭배받는 사람이었습니다. 샘은 우리 중 최고였고, 언제나 그랬습니다. 그렇게 경애를 받는 사람은 아무도 없었습니다. 벨은 마을회관에서 회의를 할 때마다 결사적으로 샘을 설득하려 했습니다. 샘이 우리와 함께하기를 너무나 바랐습니다. 아마 샘이 나섰다면 만장일치로 표를 받앴을 겁니다. 벨도 샘에게 투표했을 거예요. 하지만 정작 벨은 어쩔 수 없이 대통령직의 부담을 짊어져야 했고, 샘은 우리를 이끄는 대신 맞서기로 작심한 것 같았습니다. 벨은 우리 중 다른 누군가가 새로운 나라에 맞섰더라도 싫어했을 테지만, 하필 샘이 그런다는 사실에 많이 괴로워했습니다. 그 상황에 고통받고 괴로워하며 의심과 불안에 시달린 나머지 결국에는 몇 명에게 털어놓기를, 너무 좌절하고 낙담하고 화가 나서 샘을 추방해버리고 싶다고까지 했습니다. 그때쯤에는 샘을 적으로 여겼지요.

아메리카에서 벨과 샘의 관계만큼 나라에 지대한 영향을 미친 관계는 없습니다. 그렇지만 정작 벨과 샘은 세대가 조금 달랐고, 서로 만난 일도 많지 않아서 서로를 잘 몰랐습니다. 두 사람이 마주친 장소는 모두 역사적인 의미를 인정받아 현재 공식 현판을 달아서 표시하고 있습니다. 언젠가 벨이 샘과 화창한 일기예보에 대해 몇 마디를 나누었던 약국 주차장. 언젠가 벨이 샘과 당시에 일어났던 가뭄에 대해 몇 마디를 나누었던 주유소 옆 인도. 언젠가 벨과 샘이 마을 야외 파티 중에 불에 구운 두부에 대해 친근한 대화를 나누었던 자리. 언젠가 벨이 트럭을 세우고 샘이 펑크난 픽업 트럭 타이어를 갈도록 도와줬던 자리. 언젠가 벨과 샘이 갑작스러운 소나기가 지나가기를 함께 기다렸던 은행 처마 밑. 분리 독립 겨우 몇 주 전, 벨은 루트비어를 마시고 샘은 솜사탕을 먹으며 나란히 앉아서 벨이 마지막으로 한번 더 샘에게 독립에 투표하라고 설득했던 동네 야구 경기 관람석. 깃발을 두고 말다툼이 벌어졌던 샘의 집 포치. 정상회담중에 샘이 나타났던 벨의 파티오. 그리고 개울 앞에서 마주쳤던 자리까지요.

마지막 직전의 조우는 7월 13일, 우연히 잡화점에서 벨과 샘이 마주친 날이었습니다. 둘 다 쇼핑 카트를 밀며 반대 방향에서 통로를 따라 걸어오다가, 바나나 상자 앞에서 동선이 교차했지요. 벨과 샘은 서로에게 인사하거나 알은체하지 않고, 동시에 십대 점원 조슬린 팽크하우저에게 말을 걸어 바나나에 대해 이야기했다고 합니다. 벨은 바나나 껍질에 초록색이 남아 있을 때 제일 맛있다고 했고, 샘은 바나나 껍질이 막 갈색으로 변할 때가 제일 맛있다고 했다는데, 현재 우리들 다수는 이 말을 정치와 민주주의와 독립국의 지위에 대한 에두른 토론으로 해석합니다. 벨도 샘도 바나나를 사지는 않았습니다. 그리고 이틀 후, 우리 나라는 침략을 받았습니다.

결전

아메리카에서는 식사를 하러 모이면 언제나 제일 맛있는 음식은 아껴두었다가 마지막에 먹는 전통이 있습니다. 그 음식이 애피타이저로 분류되든, 앙트레나 디저트나 식후주로 분류되든 상관없이요. 달거나 짜거나 관계없이, 최고의 음식으로 마지막을 장식하고 싶어합니다. 이 안내책자도 다르지 않습니다. 이제 마지막까지 오신 친애하는 방문객 여러분께, 우리 나라 최고의 관광 명소를 자랑스럽게 소개해드립니다.

메인 스트리트. 7월 15일. 샘 홀리데이는 정오에 카우보이모자를 쓰고 하얀 반다나를 두른 채 위풍당당한 말을 타고 안장 위에서 흔들리며 마을 안으로 진입했고, 샘이 들고 있는 깃발 '올드 글로리'가 바람에 장중하게 휘날렸습니다. 그 뒤로 산탄총과 소총과 피스톨과 리볼버를 휘두르는 외국 군인 백여 명이 행군했는데, 비바람에 피부가 삭은 사람도 있었고, 풍상에 얼굴이 닮은 사람도 있었으며, 입술과 턱 사이에 수염을 살짝 기른 사람이 있는가 하면, 턱수염이 치렁치렁한 사람도 있고, 콧수염이 무성한 사람도 있고, 부정교합으로 아랫니가 튀어나온 사람, 윗니가 튀어나온 사람, 안경을 쓴 사람, 안대를 한 사람, 흉터 자국이 두드러진 사람, 의수나 의족을 단 사람, 눈을 가늘게 뜨고 형형한 눈빛을 보내는 사람, 험상궂게 노려보는 사람, 반짝이는 탄생석을 박은 졸업 반지를 낀 사람들이 있었습니다. 우리 모두에게 낯선 그 사람들은 전투복과 케블러 조끼와 사냥 모자와 전투 재킷, 그리고 독수리와 들소와 울부짖는 늑대 그림이 박힌 색 바랜 티셔츠를 입고 있었습니다. 러시모어산*과 자유의 여신이 그려진 티셔츠도 있었지요. 우리는 무언가를 보기 전에 먼저 샘과 군인들이 오는 소리를, 멀리서 부츠와 발굽이 부딪치는 소리를, 점점 커져가는 사람 목소리와 말 울음소리를, 그 천둥처럼 요란하고 무시무시한 소리를 들었고, 이윽고 시야에 나타난 샘과 군인들은 거리를 가득 메우고 곧장 마을 중심으로 행진해서 마을회관 바로 건너편을 차지했습니다. 불안하게 술렁이면서도 결전에 대비한, 감정이 넘치는 주전론자들로 이루어진 의용군이라니. 무시무시한 광경이었습니다.

샘은 최대의 효과를 거둘 수 있는 침략의 순간을 선택했습니다.

---

* 사우스다코타에 있는 산으로, 산 중턱 바위에 워싱턴, 제퍼슨, 링컨, 루스벨트 대통령의 얼굴이 새겨져 있다.

주말이었습니다. 서머타임 시행중인 토요일. 우리 시민 오십 명 정도가 시내에 있었고, 오십 개의 다른 관점에서 침략을 지켜보았습니다. 술집 앞 말을 매는 말뚝에 몸을 기대고 있던 팸 콘은 하모니카로 노래를 연주하며 군인들을 바라보았습니다. 워드 허낸데즈는 행주를 들고 술집 문밖으로 나와서 찌푸린 얼굴로 군인들을 쳐다보았고, 창문 옆 테이블에서 카드놀이중이었던 밥 터퍼와 피트 크리스티는 고개를 돌려 희뿌연 유리 너머로 군인들을 보았습니다. 앤토니오 베가는 세단에 휘발유를 넣다 말고 군인들을 보았고, 비상시에 대비해 휴대용 전화 충전기를 사려고 주유소 안에 들어가 있었던 베키 쿠츠는 근무중이던 직원 릭 핑크니와 함께 거리의 광경을 내다보았습니다. 팀 켈리는 산업용 냉동고에서 얼음 자루를 꺼내다가 군인들을 보았고, 합창단 전단지를 붙이려고 잡화점 안에 들어가 있던 캐머런 라미레스는 근무중이던 잡화점 매니저 해나 페트로비치와 함께 거리의 광경을 보았습니다. 막 무료 사탕과 예금 영수증을 들고 은행 밖으로 걸어나오던 팽크하우저 가족은 은행 문 앞에 우뚝 멈춰 섰습니다. 막 일회용 면도기 상자와 처방받은 리탈린을 들고 약국에서 걸어나오던 버퀴스트 가족도 약국 문 앞에 우뚝 멈춰 섰습니다. 길 건너편에서는 같이 도서관을 나서던 가르사 가족과 딜런 가족이 책이 가득 담긴 가방을 들고 주차장에 딱 멈춰 서서 불안과 혼란과 두려움과 공포가 담긴 표정으로 군인들을 응시했습니다. 이반 스테파노프는 담뱃가게 금전등록기 뒤에서 정원 가꾸기 잡지를 든 채 바깥을 엿보았습니다. 멜러니 커빔은 수리점에서 정비중이었던 개조한 밴 아래에서 밖을 내다보았습니다. 벤치에 앉아서 휴대폰으로 모바일 게임을 하고 있던 앨릭스

크루즈는 입을 떡 벌리고 군인들을 보았습니다. 1리터들이 마르가리타 통을 들고 발을 끌며 트럭으로 향하던 토니 오신은 놀란 얼굴로 군인들을 보고 있었습니다. 월트 호는 천을 두르고 앞머리를 다듬다가 미장원 창밖으로 그 장면을 보았고, 제임스 휘퍼도 가위를 손에 든 채 멍하니 쳐다보고 있었습니다. 베브 휘태커는 천을 두르고 스케일링을 받다가 치과 창밖으로 그 장면을 보았고, 스케일링을 해주던 오드리 휘퍼 역시 치실을 손에 든 채 밖을 보고 있었습니다. 막 마리화나를 피우고 완전히 취해 있던 라일리 휘퍼, 프레슬리 존슨, 켄드라 골드버그, 에이드리언 모로, 마이크 쿡스는 아이스크림 가게 앞 피크닉 테이블에 둘러앉아 양푼 아이스크림 위로 숟가락을 들어올린 채 놀라서 그 장면을 보았고, 휘핑크림을 산처럼 올린 메이플 월넛과 솔티드 캐러멜과 프랄린 초콜릿과 누텔라 아이스크림이 햇볕 아래에서 막 녹아내리고 있었습니다. 생애 첫 직장인 아이스크림 가게에서 첫 근무를 하고 있었던 앨리슨 들로치는 아이스크림선디 진열창 밖을 내다보며, 마치 침략을 당했을 때의 대처법도 적혀 있을지 모른다는 듯이 신규 근무자용 안내서를 움켜쥐고 있었습니다. 싸구려 운동화와 위아래가 붙은 놀이옷을 입고 머리카락에는 무지갯빛 핀을 꽂은 행운의 복장으로 놀이터 정글짐에 매달려 있던 킴벌리 칸은 아주 잠깐 군인들을 보다가 아래에 깔린 톱밥 속으로 뛰어내린 뒤 쏜살같이 집으로 달려갔습니다.

샘이 깃발을 들고 말에서 내리는 사이, 얼굴에 위장칠을 한 군인 몇 명이 마을회관 앞에 있는 장대로 걸어가서 '뉴 글로리'를 내렸습니다.

"이 마을은 미합중국 관할하에 있다. 이 마을의 모든 사람은 미합중국 시민이다. 오늘부터 이곳의 모든 시민이 한 명도 빠짐없이 초소형국가인 아메리카에 대한 충성을 포기하고 미합중국에 충성을 맹세할 때까지 이 마을에 계엄령을 선포한다." 샘이 소리를 질렀습니다.

당시 산속으로 그룹 하이킹을 가려던 벨 클랜턴은 마을에 있던 우리들에게 이미 열 개가 넘는 문자를 받은 참이었습니다. 벨은 하이킹을 하려던 시민들로 치안대를 꾸린 다음 최대한 빠른 길로 마을에 돌아왔습니다. 대목장 뒤편 마구간에 있던 말에 올라, 안장도 없이 목이 부러질 듯한 속도로 협곡을 질주했지요. 빙 돌아서 오는 대신 산맥을 관통하여 제일 빠른 지름길로 온 겁니다. 마을회관 앞에는 이미 올드 글로리가 휘날리고 있었습니다. 벨은 막 얼굴에 위장칠을 한 군인 둘이서 뉴 글로리를 쓰레기통에 처넣고 불을 붙이는 순간에 마을 안으로 달려들어왔습니다.

아직 치안대는 도착하지도 않았건만, 우리 깃발이 불타는 광경을 본 벨은 곧장 의용군을 향해 박차를 가하더니 최전선으로부터 몇 미터밖에 떨어지지 않은 곳에서 고삐를 당겼습니다. 샘이 불길에서 몸을 돌려 벨을 마주했습니다. 말에서 내린 벨은 백 대 일로 밀리는 상황인데도 샘과 외국 군인들에게 맞설 태세를 취했습니다.

모든 건물의 문이 통풍을 위해 열려 있었습니다. 창문도 모두 밀거나 올려서 열어놓은 상태였지요. 그래서 건물 안에 있던 사람들도 그후에 오간 대화를 들을 수 있었습니다.

"샘." 벨이 외쳤습니다.

"벨." 샘이 외쳤습니다.

그러고는 샘도 벨도 침묵에 잠겨, 금이 간 포장도로 하나만 사이에 둔 채 서로를 응시했습니다. 아무도 움직이지 않았습니다. 총신에 햇빛이 어른거렸습니다. 손가락들이 방아쇠 위를 맴돌았습니다. 엄지손가락들이 공이치기 위를 맴돌았습니다. 우리 중에 평생 그렇게 강력한 긴장감을 경험해본 사람은 아무도 없었습니다. 평생 한 번도요. 맹세하는데, 그때 별안간 회전초 한 포기가 바람에 날려 도로 위로 굴러왔다가 바람이 잦아들자 거리 한가운데에 어색하게 멈춰 섰습니다. 팸 콘은 아직도 술집에서 이 장면을 지켜보며 하모니카를 불고 있었습니다.

벨의 무기라고는 농장과 함께 부모님에게 물려받은 콜트 데린저 권총뿐이었습니다. 퓨마와 곰을 겁주어 쫓으려고 들고 다니는 총이었지요. 손잡이는 진주로 되어 있었고, 총알은 한 발만 쏠 수 있었습니다.

회전초가 바람에 날려 골목 안으로 사라졌습니다.

"우리는 미합중국의 적법한 통치를 시행하기 위해 왔네." 샘이 외쳤습니다.

"빌어먹을, 샘. 대체 미합중국의 어디가 그렇게 좋아?" 벨이 소리쳤습니다.

샘은 순간 머뭇거렸고, 우리 모두는 샘이 생각을 해야 한다는 사실에 놀랐습니다. 샘은 벨에게서 시선을 옮겨 마을회관 쪽을 보았다가, 다시 절박한 표정으로 벨을 보았습니다. 그의 어깨는 지쳐서 처져 있었고 눈 아래에는 다크서클이 드리워 초췌했으며, 평소에는 늘 깔끔하게 면도하던 얼굴에 수염이 돋은데다 야위고 시들어 보였습니다. 지난 몇 달 사이에 주름살이 심하게 깊어졌더군요. 우리는 문득 샘의 꼴이 말이 아니라는 사실을 깨달았습니다. 부인이 죽었을 때만큼 엉망이었습니다. 슬픔에 잠겨 있던 그 몇 달만큼이나요.

"미합중국은 위대한 실험이 이루어지는 곳이야. 진보의 땅이고. 평등의 땅이지. 모든 인류가 실험하고, 혁신하고, 발명하고, 새로운 것들을 시험할 수 있는 곳. 지구에서 처음으로 모든 인종, 모든 문화에 속한 사람들이 함께 살게 된 곳. 협력하고 공존하는 곳. 그래서 미합중국은 특별해." 샘이 외쳤습니다.

"미합중국은 이제 더는 그 어디에도 해당하지 않아." 벨이 외쳤습니다.

킴벌리 칸이 장전된 카빈총을 들고 놀이터로 다시 달려오더니, 재빨리 미끄럼틀 계단을 밟고 올라가서 머리부터 원통 꼭대기로 들어갔다가, 서서히 미끄럼틀을 타고 굽이굽이 내려와 원통 바닥에 다시 나타나더니, 저격수 같은 자세로 엄숙하게 카빈총을 길거리에 겨눈 채 미끄럼틀 출구에 엎드려 있었습니다.

"그 나라에서 누군가가 성취할 수 있는 일이라곤 가끔 하는 필리버스터가 전부야."

벨은 그렇게 외치고 샘의 대꾸를 기다렸지만, 샘은 말이 없었습니다.

"하원과 상원 의원들은 돈을 제일 많이 내는 자들에게 사고팔리지."

이번에도 벨은 언쟁할 기회를 줬지만, 샘은 계속 침묵했습니다.

"이젠 1퍼센트 상류층이 선거를 매수하는 것도 합법이야."

샘은 길바닥만 보고 있었고, 갑작스러운 돌풍이 샘의 바지와 셔츠와 목에 감은 반다나를 흔들었습니다.

"미합중국은 완전히 못쓰게 됐어, 샘. 차도도 엉망이지. 학교도 엉망이지. 보건도 엉망이지. 돈이란 돈은 정치가와 기업에 깔때기처럼 빨려들어가고 백만장자들은 온갖 빚과 착취를 통해 억만장자가 되어가. 당신도 이 말이 사실이라는 거 알잖아. 미합중국의 체제는 고장나고 있어. 체제가 망가졌다고. 이젠 빠져나올 때야. 다시 시작할 때야. 우리 중 그 누구도 그 시궁창에서 죽을 이유가 없어." 벨이 외쳤습니다.

"하지만," 샘이 말했다가, 머뭇거리면서 깊은 슬픔이 새겨진 얼굴로 마을회관을 돌아보더니 무력한 손짓과 함께 외쳤습니다. "그래도 우리 나라야."

벨은 다시 불어온 돌풍에 머리카락을 휘날리며 양팔을 펼쳤습니다.

"한때는 그랬지. 더는 그럴 필요 없어. 당신은 마음속 깊이 아메리카인이야, 샘. 난 알아. 당신은 여기에서 태어났어. 주위를 한번 둘러봐. 미합중국에 대해 당신이 했던 말들, 예전 미합중국에 대한 말들, 진보와 평등을 추구한다는 거, 발명하고 혁신하고 새로운 것들을 시도한다는 거, 그게 아메리카의 정신이야. 미합중국에선 그런 정신을 찾지 못해. 미합중국에서는 아메리카의 정신이 죽었어. 이제 아메리카의 정신은 여기에 살아 있어." 벨이 외쳤습니다.

샘은 우리 모두를 보았습니다. 길거리에 늘어선 건물의 창문과 문과 현관에 시선을 옮기며 그곳에 있는 우리 모두를 보았고, 우리는 샘이 눈을 마주칠 때마다, 샘이 우리의 얼굴을 알아보고 우리의 이름을 기억해낼 때마다 강력한 친밀감을 느꼈습니다.

"독립만큼 아메리카다운 건 없어." 벨이 말했습니다.

샘은 몸을 돌려 벨을 보았고, 샘과 제일 가까운 곳에 있던 우리들은 갑자기 샘의 눈에 어른거리는 눈물을 보았습니다. 목소리도 갈라져 나오더군요.

"난 그 나라를 사랑해." 샘이 말했습니다.

"우리 모두 사랑했어." 벨이 말했습니다.

"온 마음으로 사랑했어." 샘이 말했습니다.

"그 나라는 구제불능이야." 벨이 말했습니다.

샘은 바닥을 내려다보고 눈을 껌벅이더니 얼굴을 찡그렸고, 얼굴에 팬 주름을 타고 두 줄기 눈물이 흘러내렸습니다.

"알아." 샘이 속삭였습니다.

샘 뒤에 선 군인들은 근심어린 표정이었습니다.

"샘?" 호피 무늬 제복을 입은 군인 하나가 샘을 부르며 얼굴을 찡그렸습니다. 마치 샘이 변해버렸다는 사실을, 군인들에게 물러나라고 하기 직전이라는 사실을, 군인들에게 퇴각 명령을 내리려 한다는 사실을 알아차린 것처럼요. 우리 모두가 샘의 얼굴을 보았습니다. 샘은 이제 그들과 하나가 아니었습니다. 마침내 우리와 하나가 되었지요. 우리의 목과 팔에 소름이 돋았습니다. 벨도 나머지 우리들만큼이나 감동받은 표정이었습니다. 하지만 벨의 말이 마침내 샘에게 가닿았을지는 몰라도 같은 말이 군인들의 결심은 더 굳혀줬을 뿐이었고, 샘이 입을 열기 전에 군인들이 먼저 행동에 나섰습니다. "너희는 다 선동가 떼거리야." 얼굴에 위장칠을 한 군인이 외쳤고, 위장복을 입은 군인이 또 외쳤습니다. "너희는 전부 불온 분자야." 군인들이 전원 격분한 얼굴로 산탄총과 소총과 피스톨과 리볼버를 들어올려 개머리판을 어깨에 대고, 손잡이를 쥐었습니다. 벨은 본능적으로 반응해 콜트 데린저를 뽑았고, 벨이 무기를 드는 모습을 본 병사들은 마을에 사격을 개시했습니다. 바로 그 순간에 하이쿠 책을 들고 도서관을 나서던 요하너스는 거리의 교착상태를 전혀 모르고 있다가 어깨에 총탄을 맞고 산울타리 위로 넘어갔고, 나머지 우리들은 난간과 창틀과 문틀과 테이블과 벤치 뒤에 몸을 숙이고, 쏟아지는 총탄이 거리 여기저기에서 유리를 부수고 금속을 찌그러뜨리고 나무를 조각내는 가운데 손에 잡히는 대로 군인들에게 응사했습니다.

총격전은 일 분도 이어지지 않았습니다. 전술적인 관점에서 보자면 적 민병대는 사방이 노출되어 있다는 점에서 괴멸적인 지형을 택했습니다. 총성이 멎었을 때쯤에는 모든 군인이 바닥에 쓰러져서 죽었거나 죽어가고 있거나 피에 젖은 채로 힘없이 기어가려 애쓰고 있었습니다. 바닥에는 뇌수가 흩뿌려져 있었지요. 말은 두 마리 다 죽었습니다. 샘은 꿈쩍도 하지 않았는데, 기적적으로 한 발도 맞지 않았고, 한 발도 쏘지 않은 채 그저 충격받은 얼굴로 길에 서 있었습니다. 요하너스는 다친 어깨를 감싸쥐고 용감하게 얼굴을 일그러뜨리며 비틀비틀 일어나서 오직 진정한 시인만이 지닐 수 있는 영웅적인 꿋꿋함을 보여줬습니다. 나머지 우리들은 대체로 멀쩡해 보였습니다. 대통령만 빼고요.

벨은 몇 초 전에 서 있던 그 자리에 대자로 뻗어 있었습니다. 가슴과 배에 총을 맞고, 무릎 바로 위에 두 발을 맞았으며, 귓불을 스친 총탄 때문에 귀에서도 피를 흘리고 있었어요. 손가락이 끔찍하게 경련했습니다.

현장에 훈련받은 의사는 샘밖에 없었습니다. 그는 그 자리에 있는 어느 부상자에게나 달려갈 수 있었지요. 샘은 주저하지 않았습니다. 바로 벨에게 달려가서 바닥에 무릎을 꿇었습니다. 돌풍이 샘의 머리에 쓴 카우보이모자를 날려버렸고, 샘은 벨을 살피느라 여념이 없어서 모자에 손을 뻗거나 굴러가는 모자를 돌아볼 겨를도 없었습니다.

"당신이었어야 했어." 벨이 말했습니다.

"말하지 마." 샘은 지혈대로 쓰려고 반다나를 풀면서 말했습니다.

"당신이 대통령이었어야 했어." 벨이 말했습니다.

"잠시만 가만히 누워 있어." 샘은 지혈대를 벨의 허벅지에 단단히 감으면서 말했습니다.

"처음부터." 벨이 말했습니다.

샘이 누구든 자동차를 가져오라고 외쳤습니다.

"이 마을을 보살펴줘." 벨은 피 섞인 기침을 토하며 말하고는 의식을 잃었고, 샘이 돌이키려 해도 의식을 회복하지 못했습니다.

샘은 스테이션왜건 뒤에 벨과 같이 타고 병원으로 향했습니다.

그때쯤 도착한 우리 치안대는 학살의 현장에 큰 충격을 받았지요. 우리 나라를 침략해서 우리 대통령을 쏜 민병대에 화가 난 나머지 아직 살아 있는 군인들을 모조리 처형해버리고 싶었습니다만, 우리는 살인을 즐기지 않았고 자비가 없지도 않았기에 아직 움직일 수 있는 군인들은 안전한 곳으로 기어 도망치게 내버려두었습니다. 그렇다 해도 마을 외곽을 넘어가는 데 성공한 이들은 없었습니다. 마지막 군인은 학교 뒤편 유카나무 아래에서 훌쩍이며 숨을 거두었습니다.

우리가 거리에 널린 시신을 치우기 시작하는데, 요란한 형광색 캠핑용 밴 한 대가 고속도로를 타고 마을에 진입했습니다. 실크 머릿수건을 쓰고 마스카라를 과하게 칠한 외국인이 모는 차였는데, 캠핑 밴을 멈춰 세우고 창문 밖으로 몸을 내밀더군요.

흥분 때문에 아직도 심장이 쿵쾅거리던 베브 휘태커가 근처에서 군인의 시체를 내려다보고 서 있었습니다.

"이게 다 뭔 일이에요?" 운전자가 물었습니다.

"방금 전투를 치렀어요." 베브 휘태커가 말했습니다.

"전쟁 재연 축제 같은 거예요?" 운전자가 물었습니다.

"전쟁은 이제 끝났어요." 베브 휘태커가 말했습니다.

운전자는 곰곰이 생각하는 얼굴로 차도에 널린 시체들을 살폈습니다.

"신이여 아메리카를 축복하소서." 운전자가 말했고, 우리는 고맙다고 했습니다.

캠핑 밴은 시체들 사이를 조심스럽게 피해서 계속 고속도로를 달려갔습니다.

우리는 군인들의 시체를 산맥 안 공동묘지에 묻었습니다(찾아보기: 아메리카 지도, 전쟁 기념지 #1).

정말 다행히도 벨은 살아남았지만, 척추에 총탄이 하나 박히는 바람에 팔다리는 쓰지 못하게 됐습니다. 지금은 대부분의 시간을 휠체어에 앉아서 보내지요. 물을 마시는 데에도 도움이 필요합니다. 먹을 것을 씹어 삼키는 데에도 도움이 필요하고요. 욕조에 들어가려고 해도 도움이 필요해요. 다른 사람이 씻기고 옷을 입혀야 합니다. 다시는 하이킹도 하지 못할 겁니다. 하지만 처음에는 이 변화에 낙담하고 어쩌면 낙망했을지 몰라도 벨은 특유의 회복력으로, 순수한 투지와 기개로 적응해냈고 여전히 민병대에 맞선 일을 후회하지 않는다고 합니다. 아메리카는 벨의 꿈이니까요. 그 꿈을 위해서라면 기꺼이 죽었을 겁니다. 그 꿈을 위해시 기끼이 총탄을 맞은 거예요. 벨은 지금도 여전히 보고, 듣고, 냄새 맡고, 맛을 보고, 말을 하고, 울고, 웃을 수 있으며 많은 면에서 이전보다 더욱 풍요로운 인생을 찾아냈습니다. 관점의 변화일 뿐이지요.

샘은 벨이 병원에 있는 동안 임시 대통령으로 지명되었습니다. 퇴원한 벨은 기쁜 마음으로 사임했고, 샘은 외국 민병대를 데리고 나라를 침략한 몸이라 대통령이 될 자격이 없다고 생각했지만 그래도 벨이 끈질기게 주장하자 받아들였습니다. 아메리카는 샘의 지도 아래 번영했습니다. 우린 언제나 우리 나라가 그렇게 되리란 걸 알고 있었지요.

샘은 벨에게 단 한 가지 조건을 걸었는데, 자신이 벨의 무급 돌보미가 되는 것을 허락해줘야만 대통령직을 받아들이겠다는 조건이었습니다. 샘의 집을 찾는 방문객들은 거의 늘 빈집만 보게 될 텐데, 지금 샘은 밤이고 낮이고 벨의 대목장에서 시간을 보내기 때문입니다. 자원봉사자들이 일하러 올 때를 빼면 샘 혼자서 벨을 침대에 뉘고, 내리고, 머리를 빗기고, 손톱을 손질해주고, 치실질을 해주고, 이를 닦아주고, 구강 청결제를 뱉도록 종이컵을 입에 대주고, 옷을 다 빨고, 매끼 식사를 준비하고, 벨이 원할 때는 라디오 채널을 바꾸고, 벨이 책을 읽고 싶어하면 책장을 넘기는 일을 모두 합니다. 또 벨에게 좋아하는 풍경을 보여줄 방법을 생각해낸 사람도 샘이지요. 올해 초가을에는 온라인으로 어느 회사에서 마차를 한 대 샀는데, 이제는 비가 오든 화창하든 오후마다 벨을 그 마차에 태우고 말 두 마리로 마차를 끌어 포도밭을 통과한 후 자동차는 가지 못하는 곳에 데려갑니다. 협곡 안, 개울 건너, 산맥 안에 구불구불 깊게 파인 좁은 계곡으로, 바윗길을 따라 벨이 어렸을 때 발견한 평원이 내려다보이는 아름다운 곳으로요. 샘은 그 언덕 꼭대기에 마차를 세워놓고 뒷좌석에 벨과 함께 앉아서 벨이 박하술을 마시거나 잘게 자른 호박 파이를 먹도록 도와주면서 대화를 나눕니다. 샘은 벨과 먼저 상의하지 않고 나랏일을 결정하는 법이 없고, 가끔은 벨과 샘이 관료적 문제를 고민하며 시간을 보내는 것도 사실이지만, 주로 두 사람은 사적인 주제에 대해 이야기하며 시간을 보냅니다. 추억과 회한. 별점. 해몽 같은 것들이지요. 우리도 가능할 때는 그들과 같이 가서, 마차 안에 앉아 아래 평원의 날씨 변화를 지켜보며 두 사람의 대화에 귀기울이기를 좋아합니다. 우리에겐 온 나라를 통틀어 그만큼 강렬한 경험이 없습니다(찾아보기: 아메리카 지도, 역사 명소 #3).

어서 오세요, 친애하는 방문객 여러분. 자랑스럽고 역사적인 우리 나라에 어서 오세요. 이 안내책자를 내려놓은 뒤에는 주위를 둘러보세요. 나라는 땅이 아닙니다. 나라는 사람들입니다. 우리가 이런 나라인 것은, 우리가 이런 사람들이기 때문입니다. 사랑은 미움보다 큽니다. 사랑은 탐욕보다 큽니다. 사랑은 두려움보다 큽니다. 아메리카는 사람들이 서로를 사랑하는 나라입니다. 이 나라의 길거리를 걸으면서 지나치는 사람들을 보세요. 친구들 간에는 사랑이 있습니다. 배우자 간에는 사랑이 있습니다. 부모와 자식 간에는 사랑이 있습니다. 이웃 간에는, 위대한 나라의 동료 시민들 사이에는 사랑이 있습니다. 하지만 쓰라린 적이었다가 마침내 화합한 사람들 사이의 사랑만큼 순수하고 아름다운 사랑은 없습니다.

거꾸로 읽는다면

내 탄생은 지저분했다. 그 일은 집에 아무도 없을 때 일어났다. 나는 기침과 함께 테레빈유와 진흙덩어리, 검은색, 보라색, 회색 유화물감을 토해내며 살아났다. 그다음엔 알약이 튀어나왔다. 많은 것이 기억나지는 않는다. 너무나 순식간에 끝이 났다.

우울이 제일 처음 나타났다. 나는 완벽한 무력감을 느꼈다. 철저한 무감각을 느꼈다. 나는 사차원에 집착하고 있었다. 생각을 멈출 수가 없었다. 사차원의 형태에 대해, 모든 것의 형태에 대해. 나는 추레한 스웨터를 입고 담배를 피우면서 하루종일 지하실에 틀어박혀 생각을 했다.

부모님을 만나자 더 나빠지기만 했다.

"그래, 그래, 넌 이혼한 상태다." 어머니는 셔츠 자락으로 안경을 닦으면서 말했다.

두 분은 집에 도착해 지하실로 내려온 참이었다. 어머니는 흰머리가 났는데, 아버지는 흰머리가 한 올도 없었다. 둘 다 디지털 손목시계를 찼다.

"꼭 그래야 해요?" 내가 물었다.

"영원히 그렇진 않을 거야." 아버지가 말했다.

"하지만 내 아내는 어디 있는데요?" 내가 물었다.

"우린 말해줄 수가 없구나." 어머니가 말했다.

"대체 누군데요?" 내가 물었다.

"때가 되면 다 알게 될 게다." 아버지가 말했다.

"이건 뭐예요?" 나는 주머니에 들어 있던 초록색 티켓을 부모님에게 보여줬다. 구겨지고 끄트머리가 살짝 찢어진 티켓이었다. '175'라는 숫자가 흐릿한 검은색 잉크로 찍혀 있었다. 그 숫자 아래 티켓 표면은 번진 물자국에 뒤틀렸다. "이게 혹시 그 사람과 관계가 있을까요?"

"아마 아닐 거다." 아버지가 말했다. "하지만 혹시 또 모르지."

"그리고 전 두 분과 사는 건가요?" 내가 물었다.

"그래, 그래." 어머니가 안경을 다시 쓰면서 말했다. "지하실에 산다."

나는 전처를 만나보고 싶었다. 결국 부모님은 그 사람이 어디 사는지 안다는 사실을 털어놓았지만, 내게는 이름이 바이얼릿이라는 것밖에 말해주지 않았다. 부모님은 앞으로 한동안은 바이얼릿을 뒤쫓아봐야 소용없다고 말했다. 약혼자가 있다고 했다. 부모님은 바이얼릿의 약혼자가 매력 있고 성공한 사람이라는 사실을 인정했다.

반면 나는 매력이 없었다. 등에 여드름이 나고, 뱃살이 늘어지고, 치아는 약간 누런색이었다. 엉덩이는 털투성이었다. 게다가 지하실 책장에 괴물에 대한 만화와 애니메이션과 영화가 늘어서 있는 것을 보니 좀 괴짜 같았다.

"넌 직장을 얻어야 해." 아버지가 어느 오후에 다리를 절뚝이며 지하로 내려와서 말했다. 나는 물론 어둠 속에서 담배를 피우며 생각을 하고 있었다. "마음을 좀 돌려라. 땀을 흘리면 도움이 될지 몰라. 그렇게 생각하지 않니?"

대부분의 인간은 목적을 가지고 태어난다. 나는 목적 없이 태어났다. 유용한 기술이라곤 없었다. 나는 예술가로 태어났고, 침대 밑에는 컬럼비아대학교에서 딴 학위가 있었다. 나는 엘리베이터 수리나 투자 분석, 차량 엔진오일 교환에는 소질이 없었다. 내 두뇌는 색채와 형태를 생각하도록 배선되어 있었다.

"파트타임 일자리라도." 아버지가 말했다.

"그동안에도 찾고는 있었어요." 나는 담배에 연기를 불러들이면서 말했다.

사실이었다. 나는 시내에 있는 몇 가지 일자리를, 일러스트레이터와 그래픽디자이너 자리를 알아보았다. 하지만 아무도 나에게 연락해주지 않았다. 실제 일자리는커녕 면접도 잡지 못했다.

아버지가 연락을 돌려보겠다고 제안했다. 어쩌면 아버지의 옛 공장 블랙박스 조립라인에 일자리를 얻어주거나, 교회에 다니는 친구가 일하는 소방서에서 배차 담당 일을 얻어줄 수 있을지 모른다는 생각이었다. 하지만 나는 그런 일은 도저히 할 수가 없었다. 기계가 해도 될 만큼 쉬운 일은.

그렇게 몇 주가 지나갔다. 한 달이 지나갔다. 달이 지구 주위 궤도를 한 바퀴 돌았다. 바다에서는 조수가 올라갔다가 내려갔다. 행성이 태양 주위 궤도를 돌았다. 나는 지하실에서 하루종일 만화를 그리면서, 종이에서 잉크를 주의깊게 제거하면서 시간을 죽였다.

　내 기록에 따르면, 나는 사실 사차원에 대해 아무것도 알지 못했다.

　"성적표에는 네가 고등학교 물리학에 대해 D등급의 이해력을 갖췄다고 적혀 있단다." 어머니가 부엌 창문에 먼지를 불러들이면서 말했다. "그리고 대학 물리학에 대해서는 전혀 모르지. 넌 그냥, 그런 사고력을 가지고 태어나지 않았어."

　하지만 나는 사차원이 무엇인지 알았고, 일단 생각하기 시작하자 그게 무슨 의미인지 생각하는 것을 멈출 수가 없었다. 보통은 어머니에게 그런 이야기를 하는 일은 피했다. 사실은 보통 어머니와 아버지와 지하실 위층을 다 피했다. 하지만 그날 아침 차고 문이 열렸다가 닫히는 소리를 들은 나는 몰래 위층으로 올라가서 전처의 주소나 전화번호를 찾아 서랍이며 찬장, 어머니 책상과 아버지 서랍장을 뒤졌다. 하루에 한 번씩은 하는 짓이었다. 찾아낸다 한들 그걸로 뭘 어쩔지는 몰랐다. 그저 한두 번 전처의 아파트 앞을 걸으면서 슬쩍이라도 모습을 보려는 정도일까, 어쩌면 한 번쯤은 전화를 걸지도 모르지만, 전처가 여보세요, 라고 하고 나면 끊겠지.

　하지만 그러던 중 어머니가 쓰레기봉투를 들고 집안으로 들어왔다가 전화기 아래 캐비닛을 뒤지는 나를 보았다. 나는 막 가운데에 전화번호가 찍혀 있고, 그 옆에 연필로 전처 이름의 머리글자인

V.G.가 적힌 구겨진 종잇조각을 찾아낸 참이었다. 나는 재빨리 그 종이를 구겨 쥐고 몰래 계단을 내려가려고 했지만, 어머니가 나를 보더니 부엌으로 와서 조리대 앞에 앉으라고 했다. 나와 대화를 하고 싶다고 했다. 내가 걱정이 된다고 했다. 우리가 좀더 관계를 돈독히 했으면 좋겠다고 했다. 나는 손에 쥔 전화번호로 전화를 걸어보고 싶은 생각뿐이었기에 어머니가 제일 빨리 질릴 화제를 꺼냈고, 우연히도 그 화제는 내가 제일 말하고 싶어하는 문제였다.

"하지만 보세요. 인간은 삼차원이죠. 정육면체처럼요."

"그런 설명은 전에도 하려고 했잖니." 어머니는 싱크대 위 창문을 청소하면서 말했다. 부모님은 창틀에 액자에 넣은 사진을 올려두었는데, 좀더 젊은 내가 개를 끌어안고 있는 사진이었다.

"다른 이야기를 해보려무나. 하루를 어떻게 보내는지 말해봐. 네 기분은 어떤지 듣고 싶다."

"아니 잠깐만." 아버지가 남색 작업복 차림으로 줄자와 렌치를 들고 절뚝절뚝 부엌으로 들어오면서 말했다. "그래도 하던 얘기는 마저 들읍시다. 자, 정육면체가 뭔지는 알잖아. 깍둑썰기한 햄? 네모나게 썬 멜론 같은 거?"

어머니는 아버지를 무시했다.

"그렇죠." 내가 말했다. "멜론이나 햄처럼요. 하지만 또 우리는 사차원을 여행하고 있기도 한데, 그건 시간이에요. 그러니까 사차원의 내 모습은, 탄생부터 죽음까지 '내'가 존재한 시간 동안 '내'가 점유한 모든 공간이 하나의 연속된 형태로 보일 거예요. 내 모습의 튜브 같은 버전으로 보이겠죠. 21세기에 지하실에 나타나서 꿈틀꿈틀 삼십 년 십 개월 동안 지구 표면을 움직이다가 20세기에 어머니 자궁 속으로 빨려들어가서 사라지는, 내 형태를 한 흐릿한 색채가 긴 벌레처럼 이어지는 거예요."

"내 자궁은 끌어들이지 마라." 어머니가 말하며 내 주먹을 가리켰다. "손에는 뭘 쥐고 있니?"

"아무것도요. 손에는 아무것도 없어요. 하지만 괜찮아요, 이렇게 생각해봐요. 난 삼차원이에요. 그러니까, 내가 다른 삼차원 물체를 본다고 쳐봐요. 시계탑 조각상 같은 걸요. 그 조각상을 볼 때, 나는 동시에 조각상의 전체 형태를 보죠. 나도 삼차원이기 때문이에요. 하지만 만약 이차원 생물이, 이를테면 만화책 속 인물이 그 조각상을 본다고 상상해봐요. 그 인물은 형태의 일부밖에 보지 못할 거예요. 말하자면 정육면체 중에서 한쪽 사각형만 보는 거죠. 그 이차원 생물이 조각상 위아래로 움직인다면 사각형을 더 보기는 하겠지만, 그렇다 해도 그 사각형들을 제대로 이해하거나, 우리처럼 조각상을 시계탑으로 보지는 못할 거예요. 이차원 생물이 추상적인 방식으로 높이라는 개념을 상상할 수도 있겠지만, 그렇다고 높이를 정말로 보지는 못할 거예요. 그저 길이와 너비로만 물체를 볼 수 있을 뿐이죠."

"이렇게 말이지." 아버지가 줄자로 시연을 해 보였다. "길이와 너비."

"부추기지 마." 어머니는 깨끗해진 종이 타월을 레인지 옆 종이 롤에 붙이면서 말했다.

"하지만 이제 사차원 생물이 내 사차원 형태를 본다고 상상해봐요." 내가 말했다. "그 생물은 날 지금이나 전이나 그때 같은 방식으로 보지 않을 거예요. 내 사차원의 자아를, 내 전부를, 하나의 형태로, 하나의 조각상으로 보겠죠. 시간의 문제에서는 우리가 만화책 속 인물인 거예요. 사차원 조각상 안에서 움직여 다니면서 삼차원의 파편들만 관찰하는 거죠."

"팔꿈치 좀 치워라." 어머니가 쓰레기에서 종이 타월을 또 한 장 꺼내면서 말했다. "다음엔 조리대 청소를 할 거야."

"난 아주 재미있다고 생각한다." 아버지가 친근하게 내 등을 두드리면서 말했다. "그래도 너에게 일자리가 필요하다고 생각하긴 해."

부모님에게 사차원에 대해 말해봤자 소용없었다. 그래도 나는 생각을 멈출 수 없었는데, 모든 것이 너무나 제멋대로인 듯 보였기 때문이다. 왜 우리는 이 방향에서 사물의 형태를 관찰하게 된 걸까? 반대 방향으로 관찰하는 것도 그만큼 쉽지 않았을까? 거꾸로 읽는다면 어떨까? 모든 것의 의미가 어떻게 달라질까?

모든 것의 형태가 일정하다면, 모든 시간이 이미 존재하고 우리가 그걸 볼 수 없을 뿐이라면, 그렇다면 인과관계 같은 것도 없으리라. 아니 있다 해도 원인과 결과가 양방향으로 존재하리라. 모든 사건은 조각상 표면에 돋아난 못처럼 양쪽 경사면을 제공하리라. 어떤 '원인'이든 양방향의 시간으로 '결과'의 물결을 일으키리라.

부모님은 계속 나에게 우울은 의학적인 상태라고, 두뇌의 화학적 불균형이 낳은 결과에 불과하다고 말했다.

"부끄러워할 것 없어. 많은 사람들이 우울증을 겪는다. 그렇다고 정말로 네가 그렇게 느껴야 할 이유가 있다는 뜻은 아니야. 그저 네 두뇌가 엉뚱한 화학물질을 공급받고 있다는 뜻일 뿐이지." 아버지가 말했다.

하지만 내 우울에는 이유가 있을지도 몰랐다. 아직 그 사건이 일어나지 않았을 뿐인지도 몰랐다. 어쩌면 내 우울은 더 큰 일과 얽혀 있고, 너무나 무겁고 거대한 사건이어서 양방향으로 엄청난 물결을 일으켰으며, 지금 나는 그 물결 속에 있고 내 두뇌는 파도에 쓸려 휘청이고 있는지도 몰랐다.

나는 부모님이 잠든 후에 살금살금 위층으로 다시 올라가서 캐비닛에서 찾아낸 종잇조각에 적힌 번호로 전화를 걸었다. 지루한 목소리의 여자가 받았다. V.G.는 알고 보니 77번가에 있는 약국이었다.

아마 내가 썩 말이 되는 소리를 하고 있진 않을 것이다. 어쩌면 아예 말이 안 되는지도 모른다. 그래도 말해야겠다. 그 모든 일이 실제로 일어났기 때문이다―묘지의 대실패도, 건축가들이 일으킨 폭풍도, 고양이 눈 모양의 안경을 쓴 여자도. 그리고 부모님이 내게 소지품을 싸서 지하실에서 나오라고 했던 그 오후도. 그 모든 것이 우리 진입로에서 개가 태어났을 때 시작되었다. 창틀에 놓인 사진에서 본 바로 그 앙상한 사냥개였다. 어머니는 개가 태어난 후에 나를 위층으로 불렀다. 수의사가 그날 밤, 아버지가 배수로 일을 하러 나가 있을 때 개의 시신을 떨구고 갔다고 했다.

"난 잠시 시신을 덮어둘 방수포를 찾으려고 다락으로 올라갔지." 아버지는 개가 씹을 장난감을 찾아 싱크대 아래 쓰레기통을 뒤지며 말했다. 나는 양말을 신지 않았고, 개는 내 발을 핥고 있었다. 털은 하얗고 귀는 까만 개였다. "그러다가 네 어머니가 그 위로 픽업트럭을 후진시켰지 뭐야."

"진입로에 내버려두지 말았어야지." 어머니가 개의 목덜미를 긁어주면서 말했다. 어머니는 계속 개에게 앉으라고 말했는데, 개는 훈련이 되어 있는 것 같지 않았다. "연료 탱크를 비워야 한다고 말했잖아. 저녁 먹은 후에 곧바로 주유소로 가겠다고. 정확히 그렇게 말했어."

"녀석은 타이어 바로 밑에서 살아났어. 형편없는 탄생 방법이지. 하지만 바로 그렇게 태어나야 했던 모양이야." 아버지가 말했다.

"오늘 개가 생긴다는 걸 아셨어요?" 내가 물었다. 나는 언짢은 상태였다. 개는 계속 꼬리를 흔들고 모든 것을 핥아댔다. 나는 개의 행복한 모습이 싫었다. 심한 우울에 사로잡혀 있는 내가 더 끔찍하게 느껴졌다.

"사진들을 보긴 했지." 어머니가 창틀에 놓인 사진을 고갯짓으로 가리키며 말했다. "하지만 언제 태어나는지는 몰랐어. 짐승들은 더 알기가 어렵거든. 보건부도 그런 건 추적 관찰을 하지 않아."

"저와 바이얼릿 사진도 있어요?" 내가 물었다.

"아니." 아버지가 쓰레기에서 우편물을 꺼내면서 말했다.

"우리에겐 네 사진 자체가 많이 없다." 아버지는 봉투를 뒤집어서 주소를 보았다. "여기, 네게 온 거구나."

거기다 대고 나는 우편물이든 개든 아무래도 좋다고, 삶은 무의미하고 나는 못생기고 과체중에 비참한데다 아직 일자리도 못 찾았고 앞으로 기대할 것도 하나도 없고 날씨는 언제나 침침한 회색이라고 말했다. 나는 아래로 다시 내려가겠다고 말했다. 하지만 아무래도 어머니는 이제 내가 징징대는 소리를 듣는 데 질려버렸는지, 내가 살아 있다는 것만으로도 얼마나 운이 좋은지에 대해 길게 소리를 질러댔다. 내가 살아 있는 게 대단한 축복 같진 않다고 말하자, 어머니는 정말로 심란해했다.

"네가 여기 사는 게 얼마나 행운인지 알기나 하니?" 어머니가 말했다. 우리는 퀸스에 살고 있었다. "관대하기로 유명한 이 나라에 말이야." 어머니는 계속해서 말했다. "우리가 다른 나라에서 쓰레기를 얼마나 많이 모아들이는지 알아? 우리가 해마다 얼마나 많은 돼지와 닭과 소 떼를 토해내는지는? 그후에 그걸 전 세계 흙과 물과 공기의 질을 개선하는 데 쓴다는 건? 인류 전체의 이득을 위해서? 쾌적한 기후를 만들기 위해서? 우리가 다른 나라 식생을 풍요롭게 만들기 위해서 얼마나 많은 과일과 채소를 내보내는지 알기나 해?"

"딱히." 내가 말했다.

"과일과 채소만이 아니야." 아버지가 조리대 앞에 앉으면서 말했다. "삼나무 숲, 단풍나무 숲, 열대우림 전체도 내보내지. 우린 그 사람들의 사막을 사탕수수와 망고, 나무 사이를 오가는 앵무새와 원숭이들이 가득한 낙원으로 바꿔준단다."

"우리가 바다에서 몇 조 파운드의 플라스틱을 제거하는지 알기나 하는지 모르겠다. 살충제는 또 몇 조 갤런이나 제거하는지. 하수는 또 몇 조 갤런이나 제거하는지. 우리가 원유로 바꿔서 땅속에 집어넣는 휘발유는 또 몇 조 갤런인지." 어머니가 말했다.

"알았어요, 알았어, 알아들었어요. 미국은 위대해요." 나는 내려가서 다시 생각에나 잠길 수 있도록 부모님이 놓아주기를 빌면서 말했다.

"넌 자원봉사 일을 시작해야 해." 어머니가 말했다. "그러면 전망이 좀 보일 거다."

나는 지하실 문을 열었지만, 그때 아버지가 말했다. "어쨌든, 여기 네 편지다. 다 읽고 봉해놓으면 우리가 걸어나가서 우편함에 집어넣으마."

나는 봉투에 손을 뻗었다. 편지를 받았다. 카운티 공무원이 보낸 공지였는데, 내 이혼이 공식적으로 끝났음을 알리는 내용이었다.

"이게 무슨 뜻이에요?" 나는 부모님을 쳐다보며 물었다.

"잘되지 않았니, 찰리 브라운?" 어머니가 말했다.

"분명 그애가 마침내 약혼자를 떠났다는 뜻이겠지." 아버지가 말했다.

"어." 나는 말했다. "잠깐만요, 그게 무슨 뜻이에요?"

"네가 이제 그애와 같이 살 거란 뜻이다." 아버지가 말했다.

"이젠 결혼한 몸이구나. 결국." 어머니가 말했다.

"바이얼릿과 같이 산다고요?" 나는 갑자기 불안해졌다. "언제요? 오늘밤부터요?"

알고 보니 아직 몇 달간은 같이 살 필요가 없었다. 하지만 이사하기 전에 한 번 만나기는 했다.

나는 드디어 바이얼릿을 만나게 되면 보기만 해도 내 안에 강렬한 감정이 피어나지 않을까, 감정이 밀려오지 않을까 하는 희망을 품고 있었다. 더는 우울하고 싶지 않았다. 어쩌면 결혼이 도움이 될 수도 있다고 생각했다.

하지만 그 만남은 뭐랄까, 실망스러웠다.

바이얼릿이 매력이 없는 건 아니었다. 아름다웠고, 통통한 얼굴에 갈색 눈은 강렬했고 볼에 점이 하나 있었으며, 벙벙한 울트라마린색 코트에 우아한 금시계를 찬 모습을 보니 세련된 패션 감각을 지녔다는 생각이 들었다. 그 얼굴을 보는 게 어떤 그림이나 조각이나 만화보다 더 좋았다.

하지만 나는 언제나와 다를 바 없이 우울했다.

처음 만났을 때, 우리는 키스조차 하지 않았다.

우리는 브루클린에 있는, 이리저리 비틀린 담쟁이에 뒤덮인 오래된 브라운스톤 건물에 아파트를 얻었다. 바이얼릿은 과할 정도로 친절했다. 집에 도착해보니 바이얼릿이 이미 유화와 점토 소조로 아파트 안을 채워놓았는데, 고작 그날 저녁 일찍 이사해 들어갔는데도 그랬다. 이전에 본 적 없는 아파트였지만, 침실로 걸어들어가자 마치 다음에 무슨 일이 일어날지 정확한 장면까지 기억이 나는 듯한 데자뷔가 밀려왔다. 창밖에서는 눈이 하늘로 떠오르고 있었다.

"당신에게 잠시 시간을 줘야겠지." 바이얼릿이 허리에 양손을 올리고 문간에 서서 말했다.

내 물건을 모두 풀어봐야 바지 몇 벌, 셔츠 몇 벌, 스니커즈 몇 켤레, 그리고 비닐로 싼 만화책이 가득 든 구두 상자 하나 정도였다. 그리고 '175'라고 찍힌 초록색 티켓이 있었는데, 나는 그게 일종의 행운의 부적처럼 느껴져서 태어난 후 줄곧 가지고 다녔더니 시간이 지나면서 주머니 속에서 숫자 잉크가 진해졌고, 휘어진 부분도 반듯해지고, 구김도 펴졌지만, 물에 운 자국만은 그대로 남아 있었다.

나는 만화책을 벽장 바닥에 탑처럼 쌓았다. 바이얼릿은 나를 위해 가죽 정장 구두와 맞춤 정장을 구해놓기까지 했다. 내 치수를 말해준 적은 없건만, 구두도 옷도 완벽하게 잘 맞았다.

그날 밤 우리는 같은 침대에서 잤다. 트윈 매트리스라서 두 사람이 들어가면 남는 공간이 없었지만, 그래도 우리는 밤새 서로를 한 번도 건드리지 않았다.

바이얼릿은 우리가 같은 집으로 이사하고 일주일이 지난 어느 밤에 나에게 손을 뻗었지만, 그 외에는 나와 섹스하려는 시도를 한 번도 하지 않았다. 나도 바이얼릿과 섹스하려는 시도를 하지 않았다. 매력적이지 않아서가 아니었다. 나는 어처구니없을 정도로 바이얼릿에게 푹 빠져 있었다. 누군가가 그렇게 아름다울 수 있다는 게 믿기지 않을 만큼 그녀는 아름다워 보였다. 하지만 섹스는 다른 인간 활동과 마찬가지였다. 나의 흥미를 끌지 못했다. 그 무엇도 나를 흥분시키지 못했다. 나는 아무것도 즐길 수 없었다. 언제나 지칠대로 지친 기분이었다. 나는 거의 긴장증이나 다름없는 상태로 소파에 길게 누워, 무력하고 멍한 기분을 느끼며, 어떻게든 부엌까지라도 걸어가 창가에서 담배를 피울 에너지라도 짜내려고 애쓰며 며칠을 보냈다.

그러다가 어떤 경고도 없이 미칠 것 같은 기분이 들고, 거의 잠을 이루지 못하며, 온라인에서 몇 시간이나 구인 광고를 들여다보며 뭐든, 미술관 일자리든, 법정 삽화가 일자리든, 벽지 디자인 일자리든, 시리얼 박스 카툰 일자리든, 아니 아예 미술과 아무 관계 없는 자리라도, 소매상이든 수위 일이든 뭐라도 찾으려고 하는 때도 있었다. 바이얼릿이 집에 왔는지 침대에 들어갔는지조차 알아차리지 못한 채 오후 내내 그림을 그리고, 오전 내내 조각을 만들다가 식탁에 앉아 만화를 그리며 밤을 새우기도 했다.

그래도 여전히 나에게 면접 기회라도 주는 사람은 하나도 없었고, 광기가 엄습할 때면 불안에 사로잡혀 가만히 앉아 있지 못하고 내 그림 위에 붓질을 해서 색채를 암갈색까지 걷어내고, 바탕색까지 걷어내고, 다시 텅 비고 순수해진 캔버스만 남을 때까지 걷어낸 다음 다른 그림을 시작하곤 했다. 나는 추상적이고 흉한 그림들을 작업했는데, 모두 검은색과 회색과 붉은색으로 칠해진 언제나 똑같은 그림이었다. 똑같은 형상만 반복 반복 또 반복하는 연작 시리즈나 다름없었다. 앙상한 검은색 화산들이 캔버스 위쪽을 향해 깔때기 모양의 연기를 토해내고, 바닥에는 용암이 튀는 그림들. 흉물스러운 그림들이었다. 끔찍한 그림들이었다. 그래도 나는 계속 그런 그림을 그렸다. 그리고 소조는…… 소조는 다 무시무시한 작은 괴물들로, 하나같이 일그러지고 발정이 나 있었다. 나는 소조에서 형태를 없애고 진흙을 완벽한 정육면체로 만든 다음, 그 진흙을 포장지에 봉해 넣었다.

그후에는 다시 피곤이 엄습하여, 충혈된 눈에 수염이 돋은 얼굴로 멍하니 소파에 드러누워 지냈다. 바이얼릿이 집에 오면 가끔 말을 걸었지만, 재미있는 이야깃거리를 꺼내는 일은 없었다. 바이얼릿은 마케팅 회사에서 일했다. 그 회사는 치즈케이크를 전문으로 파는 고객과 싸우는 중이어서, 주로 하는 이야기도 그 싸움이었다.

그 외에는 바이얼릿도 나만큼이나 이상했다. 침울하고, 고독했다. 나는 우리가 스튜디오 공간과 남는 침실이 있는 커다란 아파트에 살다니 얼마나 쓸데없는 짓인가 하는 생각을 떨칠 수 없었다. 그리고 사차원에 대한 생각도 멈추지 못했고 오히려 심해졌다. 사차원은 갈수록 말이 되고, 모든 것을 설명해주기 시작했기 때문이다.

"유령 같은 거야." 나는 소파에 누워서 말했다.

"유령이 무슨 상관이야?" 바이얼릿은 침실 문간에서 원피스를 벗으면서 물었다. 전에도 다 들은 이야기였지만 그래도 나에게 맞춰주면서 처음 듣는 척했다.

"자, 유령이 실제로 있다면 말이야, 유령은 모든 것의 사차원 형상의 일부에 불과한지도 몰라." 내가 말했다. "너무나 중요한 순간일 경우에는 사차원 형상의 다른 부분에서 그 순간들을 볼 수 있는 거지. 아니면 중요한 순간조차 아닐 수도 있어. 그저 어떻든 자신과 연결된 순간들인지도 몰라. 마치 만화책이 닫히고 양쪽 페이지가 서로 맞닿는 순간에, 만화책 속 캐릭터가 반대쪽 페이지의 그림을 언뜻 보게 되는 것과 같지."

"유령 같은 건 존재하지 않는다는 점만 빼면 그렇지." 바이얼릿이 벽장 안에 원피스를 걸었다.

"아니면 점쟁이나 심령가, 예언자들. 그런 사람들은 모든 것의 사차원 형상을 특히 깊게 이해하는 인간일 수도 있어. 과거나 미래의 사건들이 남기는 잔물결에 유난히 민감한 사람들인 거지." 내가 말했다. "사차원 예술가들."

"아니면 다른 사람들에게 돈을 알겨내는 데 유난히 재능 있는 사람들일 뿐이거나."

"그러면 신은 어때?" 내가 말했다. "우리가 이차원 물체를 어떻게 할 수 있는지 상상해봐." 나는 일어나 앉았다. "만화 봉투가 든 만화 금고를 지키는 만화 인물을 한번 상상해봐."

"좋아." 바이얼릿은 헐렁한 바지를 입으면서 말했다. "상상했어."

"그 만화 인간은 길이와 너비로만 우주를 볼 수 있으니까 당신이 연필로 그 남자의 총을 지워버려도 그 행동을 볼 수가 없어. 연필은 그 남자의 이차원 평면 너머, 다른 높이에 존재하거든. 만화 속 남자가 볼 수 있는 거라곤 조금 전까지만 해도 총을 들고 있었는데 갑자기 없어졌다는 것뿐이야. 펑 하고. 마법처럼."

"그래서?"

"자, 그것만이 아니야. 만화 속 남자가 금고를 봤을 때 볼 수 있는 건 금고 앞면뿐이야. 하지만 당신이 그 금고를 보면, 동시에 금고 안과 밖을 다 볼 수 있지. 당신은 금고를 열지도 않고 봉투를 지울 수 있어. 봉투를 시한폭탄으로 바꿔버릴 수도 있어. 봉투를 그 남자의 반려견으로 바꿀 수도 있어."

"하고 싶은 말이 뭐야?"

"그러니까 사차원 생물이 우리의 삼차원 세계를 볼 때도 같은 능력이 있을 거란 말이야. 주차장에 토네이도를 일으킬 수도 있고, 아기의 뼈 속에 있는 암세포도 지울 수 있겠지. 그리고 우린 비유하자면 그 연필을 보지도 못할 거야. 우리 차원 너머에 존재하니까." 나는 다시 소파 팔걸이에 몸을 기댔다. "하지만 사차원 생물은 우리를 보겠지. 우리의 안과 밖을 동시에 다 볼 거야. 한순간에 어디에나 있고 한순간에 모든 것을 보고 의지에 따라 뭐든 바꿀 수 있을 거야."

"이런 정해진 결혼 정말 질색이야. 첫 남편은 하키 얘기밖에 안 하더니. 이제 당신은 만화 얘기라니." 바이얼릿은 부엌으로 걸어가 버렸다.

바이얼릿은 거의 오십 년 가까이 살았고 세상 물정에도 밝아서 빙고나 터번이나 증권거래소에 대해서라면 나에게 설명해줄 수도 있었겠지만, 이건…… 이건 바이얼릿의 관심사가 아니었다.

바이얼릿에게 자기 몫의 문제가 없는 것도 아니었다. 다만 자기 신경증을 더 잘 통제하는 것 같았다. 나에게 미술이 갖는 목적과 바이얼릿에게 일이 갖는 목적이 같았기에, 바이얼릿은 밤새 아파트 안을 돌아다니며 잡다한 일을 하고, 먼지를 바닥에 쓸어 뿌리고, 바구니에 든 수건을 꺼내어 걸고, 욕조에서 표백제를 문질러 닦고, 그후에는 회사에 가서 하루 아홉 시간, 열 시간, 열한 시간을 일하다가 새벽이 되면 집에 와서 침대에 기어들어갔다.

그렇게 바이얼릿은 일하고 자고, 나는 긴장증이나 광란에 빠지기를 반복하며 서로를 건드리지 않는 기묘한 리듬에 익숙해졌다 싶었던 어느 날 밤, 바이얼릿이 쓰레기를 가져왔는데 쓰레기봉투 안에 우편물이 하나 있었고, 처음에는 고지서라고 생각했지만 알고 보니 보건부 공문이었으며, 다음날인 일요일 오후에 우리 아이들이 흙에서 나올 것이라고 알리는 내용이었다.

"아이들?" 바이얼릿이 말했다. "자기는 무슨 소린지 알아?"

"아니. 나도 몰라."

바이얼릿이 공문을 보여줬다.

"아이들이라면, 하나가 아닌 건가?" 내가 말했다.

"나한테 묻지 마." 바이얼릿은 진심이라는 뜻으로 얼굴을 찡그리며 말했다.

　의식에는 내 부모님이 우리가 모르는 백여 명의 사람들과 같이 와 있었다. 우리는 주차장에서 앞서가던 부모님을 따라잡았다.

　"당신도 여기에서 왔어?" 바이얼릿이 나에게 물었다.

　"몰라. 그런가요?" 나는 부모님을 보면서 물었다.

　"같은 묘지로구나." 어머니가 말했다.

　"제가 땅속에서 왔어요?" 내가 물었다.

　"미국인들은 거의 다 그래." 아버지가 말했다.

　"아." 나는 말했다. "잠깐만요, 다른 나라 사람들은 어떤데요?"

　"온갖 종류가 다 있지." 어머니가 모자를 바로잡으면서 말했다. "자칼 입에서 튀어나오는 사람들. 쓰나미에 휩쓸려 해변으로 밀려오는 사람들."

　"어떤 곳에서는 사람들이 흙이 아니라 불속에서 자라나기도 한단다." 아버지가 말했다.

　"아니면 우리가 살려낼 때도 있지." 어머니가 말했다. "우린 몇 세기 동안 해외로 병사들을 보내 전 세계 사람들을 살려냈어. 소말리아, 리비아, 시리아, 이라크."

　"우리 비행기들은 마을 전체를 살려낼 수 있지." 아버지는 격려하듯 내 어깨를 꾹 쥐며 미소 띤 얼굴로 말했다.

　물푸레나무에서는 얼룩다람쥐들이 재잘대고 있었다. 종탑에서 종소리가 울렸다. 우리는 땅바닥에 쌓인 흙 둔덕 주위에 둥글게 모였다. 그 안 어딘가에서 우리의 자식들이 자라고 있었다.

바이얼릿이 내 손을 잡고 있는 동안 작업복 차림의 일꾼 몇 명이 땅을 파기 시작했다. 텅 빈 얼굴의 목사가 연설하는 동안 작업복 차림의 일꾼들이 땅속에서 관을 들어올렸다.

"우리가 몸을 아파트까지 가지고 돌아가야 할까?" 내가 속삭였다.

"보통은 태어날 준비가 될 때까지 장례식장에 보관해." 바이얼릿이 속삭였다.

"애들이 우리를 닮았을까?"

"당연하지." 바이얼릿은 속삭이고 나서 얼굴을 찌푸렸다. "음, 아마도."

눈부신 진홍색과 적자색과 다홍색 잎사귀들이 풀밭에서 나무 위로 날아올랐다. 돌에 새겨진 날짜를 보니 우리 아이들은 두 달 뒤에 태어났다가, 사 년 후에 죽는다고 했다. 나는 우리 주위에 있는 사람들 몇 명이 울고 있으며, 한 번씩 휴지나 손으로 뺨에 흐른 눈물을 닦고, 눈을 깜박여 뺨에서 눈으로 흘러 올라가는 눈물을 받아내고 있음을 깨달았다. 우는 사람들을 보고 놀라지는 않았다. 이런 의식은 감정을 자극하기 마련이라는 것 정도는 알았다. 나도 뭔가를 느끼고 싶었다. 나는 그 어느 때보다 더 우울했다. 그때쯤에는 내 부모님도 울고 있었다. 목사가 침묵에 잠기더니, 작업복 차림의 일꾼들이 두 개의 관을 연단 위에 올리고 봉인을 뜯은 다음 꽃다발을 치웠고, 우리 모두 몰려든 가운데 목사가 관뚜껑을 들어올렸다.

관 속은 비어 있었다.

"대체 이게 무슨 뜻이야?" 나는 지하철을 타고 돌아가면서 말했다.

바이얼릿은 아직 마음이 어지러운 나머지 대답도 하지 못했다.

나는 일자리 찾기를 포기하고, 미술도 포기했다. 우리는 두 아이를 두어야 했는데, 그애들은 실종 상태였다. 우리가 가진 건 그애들의 이름뿐이었다. 엘리엇과 파이퍼. 바이얼릿은 그날 아침이 되자 나를 침실로 데리고 들어가서 벽장에 있던 상자를 하나 꺼냈다. 그 상자를 태어난 순간부터 오십 년 동안 가지고 있었는데, 무슨 이유에선지 열어보기를 피했다고 했다. 상자에는 '쌍둥이'라는 이름표가 붙어 있었다. 우리는 뚜껑에 붙은 테이프를 떼어내고, 조심스럽게 뚜껑을 연 후, 같이 상자를 내려다보고 서서 사진에 담긴 얼굴들을 보았다. 회전목마 위에서 찍힌 사진들. 놀이터에서 찍힌 사진들. 우리 아이들의 인생은 이미 너무 짧은데, 겨우 사 년씩밖에 살지 못하는데 우리는 아이들이 태어나자마자 만나지도 못했다. 바이얼릿은 대체로 빈 관은 유괴 같은 일이 발생했음을 의미한다고 했다.

두 아이의 몸이 어디 있는지는 아무도 몰랐다.

나는 아파트 밖으로 나가야만 했다.

나는 밤마다 산책을 하고, 혼자 담배를 피우고 생각을 하면서 정처 없이 오랫동안 시내를 쏘다니기 시작했다. 가끔은 코니아일랜드까지 걸어가서 판자 산책로 옆으로 반짝이는 놀이공원의 다채로운 빛을 지나치고, 부두에서 낚시하며 대마초와 시가를 피우는 그림자들 옆을 지나치고, 황혼이 바다 위 하늘을 밝힐 때까지 해변을 서성이거나, 아니면 다리 건너 맨해튼으로 걸어가서 자유의 여신상 옆을 지나다니는 먼 여객선 불빛들을 지나치고, 월 스트리트에 늘어선 반짝이는 고층 건물들 사이의 골목길을 뛰어다니는 쥐들을 지나치고, 드레스와 페도라 모자 차림으로 그리니치 재즈 클럽 앞에 줄을 선 사람들을 지나치고, 넥타이를 매거나 힐을 신은 채로 비틀비틀 택시에서 내려 첼시의 칵테일 바에 들어가는 사람들을 지나치고, 트렌치코트를 입고 알파벳시티의 오래된 목욕탕 계단에서 쏟아져 내려오는 어두운 인파를 지나치고, 모자를 쓴 사람들이 대나무 우리에 든 명금들을 구경하는 딜랜시 정원을 지나치고, 그랜드센트럴역 입구에서 엎어놓은 들통으로 북을 치면서 고개를 끄덕여 박자를 맞추는 사람들을 지나치고, 타임스스퀘어의 형형한 광고판들로 이루어진 눈부신 계곡을 통과하고, 콜럼버스광장이 흐릿하게 보일 정도로 끝없이 맴도는 차량들 사이를 통과하고, 센트럴파크의 호수와 연못가를 따라 늘어선 가로등의 희미한 불빛을 통과하고, 가끔은 누가 칼을 가지고 다가왔으면 좋겠다는 마음까지 품고 할렘까지 걷기도 했다. 두들겨맞고 싶은 기분이었다.

아무도 나에게 일자리를 주지 않는다면, 최소한 자원봉사라도 시작해서 뭔가 의미 있는 일을 하고 싶었다. 하지만 그와 동시에 중요한 일을 하기가 두렵기도 했다. 결정적인 순간에 얼어붙어서 뭔가 형편없는 실수를 저지를까 무서웠다. 혹시 그런 일이 일어난다면 평생 스스로를 탓할 것임을 나는 이미 알고 있었다.

부모님은 작은 일부터 해보라고 권유했다. 어머니는 요양원에 있는 노인들을 방문하는 자원봉사를 제안했다. 아버지는 지역 초등학교를 위해 건널목 안전 당번 일을 하라고 제안했다. 바이얼릿은 소파에 앉아서 화산만 계속 그려대는 일만 아니라면 뭐든 좋다고 했다.

그러던 어느 날 아침, 바다에서 시커먼 먹구름이 몰려왔고, 거리에 물웅덩이가 생기기 시작하더니, 물웅덩이에 잔물결이 일렁이기 시작하고, 곧 웅덩이와 보도와 자동차와 지붕과 나뭇잎들에서 빗방울이 뛰어오르기 시작했다. 갑작스러운 가랑비였고, 날카로운 천둥소리가 하늘을 울리고 하얀 번개가 구름 속으로 번득이는 와중에, 나는 우산도 없이 밖으로 걸어나갔다. 길거리 노점상들이 케밥 꼬치에 끼운 할랄 고기를 구우며 노점 주위에 진하고 기름진 냄새를 풍겼다. 인도 아래에서는 황폐한 기차들이 터널 속을 질주하며 통풍구 주위에 희미하게 덜컹거리는 소리를 퍼뜨렸다. 모든 것이 구름 너머 어딘가에 있는 태양을 향해 연푸른빛을 쏟아부었다. 나는 갓 태어나 벌써 보도에서 공원 풀밭을 향해 기어가고 있는 지렁이들 사이를 밟았다. 나는 죽음에 대해 걱정하고 있었다. 아직 삼십 년은 더 있어야 한다는 걸 알지만, 그래도 죽음을 생각하면 겁이 났다. 어머니의 자궁 속으로 빨려들어가다니, 그렇게 작고 무력한 존재가 되어서 결국에는 난자와 정자로 쪼개졌다가 현미경으로나 볼 수 있는 단백질과 호르몬이 된 후 마침내 영원히 사라져버리다니 얼마나 괴로울지 계속 상상했다. 바이얼릿이 최근 아주 상세하게 설명해준 과정이었다. 나는 이제 그 걱정을 멈출 수가 없었다. 사라진다는 건 어떤 걸까. 어느 지점에 나는 내가 아니게 되는 걸까?

나는 폭풍을 따라 브롱크스로 들어갔다. 담배를 피우고 싶었고, 인도에 떨어진 담배꽁초 하나를 보고 손을 뻗어, 담배가 내 손가락

사이로 날아오르는 광경을 바라보았다. 이미 담배 끝에서 연기가 오르고 있었다. 나는 어느 집 문 앞에 멈춰 서서 비를 피했다. 그 문가에서는 누군가가 추레한 담요 더미를 덮고 자고 있었는데, 비에 젖은 황토색과 담갈색과 진갈색 모직물이 포개져 있었다. 나는 최대한 조용히 벽에 등을 기댔다.

바로 그때 그 일이 일어났다. 철조망 너머에서 누군가가 무엇인가를 만들고 있었다. 건물이었다. 철거용 쇠공, 불도저, 굴착기, 연노란색 건설복 조끼를 입은 사람들까지, 모두 다 있었다. 아직 새벽도 오지 않은 이른아침이었고, 비가 잦아드는 가운데 크레인들이 건물을 맞춰놓기 시작했다. 돌무더기가 땅바닥에서 뛰어오를 때까지 돌무더기 위로 쇠공을 흔들고, 먼지와 벽돌과 나무와 회반죽과 거대한 콘크리트 기둥을 쇠공으로 두들겨서 완벽한 형태로 맞춰 넣으니 선명한 그라피티로 장식한 녹슨 급수탑이 꼭대기에 얹힌 벽돌 건물이 일어섰다. 모든 것이 견고하고 반짝였다. 그 광경을 보자 내 심장도 두근거렸다.

내 안의 예술가는 건설에 흥미를 느꼈다. 마치 건설팀이 조각을 빚고 있는 것 같았다. 진흙덩어리를 뭉쳐서 만들어진 정육면체를 포장지에 밀어넣는 것 같았다. 나도 건설을 하고 싶었다. 육체노동을 하고 싶었다. 땀과 피를 흘려, 내 몸에서 우울을 밀어내리라.

나는 집까지 걸어가서 이 모든 결심을 바이얼릿에게 털어놓았는데, 바이얼릿은 마침 우리가 아직 얻지 못한 아이들의 장난감과 옷이 가득 든 쓰레기봉투를 들고 집에 온 참이었다.

"그냥 무작정 나가서 건설 일을 할 순 없어. 기술이 필요해. 자격증이 있어야지." 바이얼릿은 공룡이 그려진 자주색 티셔츠를 꺼내면서 말했다.

하지만 내 실망한 얼굴을 보자, 내 표정이 얼마나 무너지는지 보자 바이얼릿은 자기 동료 중에도 시내에서 새로운 커뮤니티센터 건설에 자원봉사로 참여하는 사람이 있다고 인정했다. 몇 년 전에 해체된 예전 공원 자리에 짓는 것이었다.

"관심 있어?" 바이얼릿이 물었다. "당신도 그 일은 할 수 있을 거야."

관심 있었다. 나는 그 일이 그림과 비슷하다고 말했다. 공원을 해체한 팀은 붓질로 분수를 없애고, 쓰레기통을 없애고, 오솔길을 없애고, 벤치들을 없앴을 것이다. 이제 우리는 붓질로 하늘을 일부 없애고, 그 자리에 건물을 대신 넣을 것이다. 알았어, 알았어. 바이얼릿은 눈을 굴리면서 말했다. 내가 누군가에게 말해볼게. 그냥 화산만 더 그리지 마.

건물 하나를 짓는 데 얼마나 많은 원자재가 들어가는지, 믿을 수 없을 정도였다.

나는 매일 저녁 지하철을 타고 건설 현장으로 가면서, 혹시 굴라시 스튜나 칠리나 토마토 수프를 뱉어야 할 때에 대비해 빈 보온병을 들고 다녔다. 우리는 온종일 금속 들보를 현장으로 나르고, 산산조각난 유리와 부서진 천장 타일들이 담긴 봉투를 나르고, 쓰레기를 조심스럽게 제자리에 쓸어 넣었다. 덤프트럭에 탄 자원봉사자들이 쓰레기를 잔뜩 내리곤 했다. 금이 간 컴퓨터 모니터, 구부러진 창문 블라인드, 부서진 전구, 코드가 빠진 시계 라디오 등등.

그러면 우리는 그 쓰레기를 짊어지고 정해진 장소로, 어디든 건축가들이 감독관들에게 지시했고 감독관들이 우리에게 지시한 장소로 가져갔다. 길거리일 때도 있었고, 심지어는 가까운 교회 묘지일 때도 있었다. 퇴역 군함에서 건물 뼈대에 사용할 철을 모아 오라는 특별 임무를 맡은 자원봉사자도 한 명 만난 적이 있었다.

어머니는 그 모든 쓰레기 이야기를 듣더니 의기양양해졌다.

"봤지?" 어머니가 말했다. "우리가 말한 그대로잖니. 우리가 어떤 속도로 매립지를 비우고 그 땅을 숲과 들판으로 바꿔놓는지 들어도 믿지 못할 거야."

나는 열심히 일했다. 내 피부에서 차가운 빗방울이 하늘로 올라가거나, 목과 등에 맺힌 땀줄기가 피부 속에 스며들거나, 아니면 피부에 맺힌 핏방울이 팔꿈치와 무릎에 난 생채기로 굴러 올라가는 가운데 콘크리트 블록과 철근을 쌓았다. 바퀴벌레들이 돌무더기 속에서 바삐 달아났다. 나는 다른 자원봉사자들과 같이 휴식을 취했다. 부모님과 바이얼릿이 아닌 다른 사람, 나와 마찬가지로 목적이 없는 사람들과 대화하니 좋았다. 어떤 사람은 몇 달째 자원봉사를 하고 있었다. 그래도 나에게는 아파트가 있고, 돌아갈 배우자가 있었다. 많은 자원봉사자들은 집 없이 지역 교회 안 의자에서 자면서 매일 똑같은 지저분한 옷을 입고, 매일 아침 플라스틱 그릇에 오트밀을 뱉어내는 것 같았다. 그사이 나는 육체노동 덕분에 근육이 단단해지고 군살이 없어졌다. 종일 태양이 빨아들이는 빛 때문에 얼굴 피부에 주근깨가 생겼다. 바이얼릿은 그 주근깨가 귀엽다고 했다.

하지만 그래도 우울은 심해지기만 했다. 텅 빈 느낌 대신 실제

감정을 느끼기는 했지만, 그 감정은 극심하고도 끔찍했으며 마구잡이로 찾아왔다. 이제는 거의 하루종일 슬픔을 느꼈다. 파괴적인 슬픔, 철저한 절망이었다. 나는 아무 이유도 없이 죄책감을 느꼈다. 느닷없이 공포에 사로잡혔다. 뭔가 의미 있는 일을 하면 나 자신에 대한 생각이 나아질 거라고, 자부심이나 자신감이 생길지도 모른다고 생각했는데 그렇지가 않았다. 스스로가 가치 없게 느껴졌다. 무력하게 느껴졌다. 그 어느 때보다도 나 자신이 싫었다.

곧 내가 할 일이 없어졌다. 건축가들이 쇠공과 불도저와 굴착기를 가져와서 일을 끝내는 개관식까지 일주일밖에 남지 않았고, 나는 내 그림과 조각들과 함께 다시 아파트에 붙어 있게 되었다. 그리고 바이얼릿도 함께였다. 최근 바이얼릿은 일을 하지 않고 휴가를 쓰면서 우리가 찾아내지 못한 아이들을 위해 남는 침실을 정리했으며, 기분은 전보다 더 예측 불허가 되어 소파에서 나와 끌어안고 있고 싶어하다가 어느새 욕실로 사라져서 며칠이고 문을 잠그고 있기도 했다. 나의 자원봉사 기간이 끝나자, 모든 것이 이전과 똑같은 상태로 되돌아갔다.

다만, 어느 날 밤 깨어났을 때, 바이얼릿이 아래층으로 내려가더니 쓰레기를 가지고 올라왔고, 그 안에는 금융기관에서 온 편지가 있었다. 나에게 온 편지였다. 일자리 면접을 알리는 편지였다. 그것도 그냥 일자리가 아니라 진짜 미술 일이었다. 그냥 미술 일이 아니라 새로운 커뮤니티센터에서 풀타임으로 일하는 자리였다. 내 면접은 다름 아닌 개관식 날로 잡혀 있었다.

실수가 분명했다. 비슷한 이름의 누군가를 면접하려 했거나, 이름은 같지만 다른 삶을 사는 누군가와의 면접이리라. 그래도 나는 상관하지 않았다. 그 실수를 활용할 작정이었다. 평생 뭔가를 그렇게 원해본 적이 없었다.

나는 여전히 사차원에 집착했고, 여전히 다른 사람들과 대화하는 데 서툴렀으며, 여전히 가끔은 상대를 '사람들'이 아니라 '인간들'이라고 언급했기에 아마도 조금, 뭐랄까, 어딘가 맛이 가 보였을 테지만, 그렇다 해도…… 나는 면접 날 아침이 오면 커뮤니티 센터에 갈 것이며, 그것도 잘 차려입고 똑똑하게 말하고 우호적이고 매력적으로 굴 것이라고, 내가 행복하고 정상이라고 면접관들을 속여 보이겠다고, 그러면 회사가 나에게 그 미술 일자리를 줘야 할 거라고, 그래야만 한다고, 그저 그래야만 한다고 생각했다.

그래, 인정한다. 나는 초조했다. 며칠 동안 잠도 자지 못했다.

면접 날 저녁, 나는 욕실 거울 앞에 벌거벗은 몸으로 한동안 서 있었다.

내 뱃살은 단단해져 있었다. 치아는 전보다 희어진 것 같았다. 괜찮은 모양새였다.

행운의 초록색 티켓을 개수대 옆에 내려놓았다. 흘긋 보니, 언제나 물에 운 자국이 있던 자리에 젖은 자국이 있었다. 집어들자 티켓이 마르고 물자국이 없어지며, 개수대 옆에는 물얼룩이 남았다. 나는 정장을 입고 구두를 신고, 티켓은 전화기와 열쇠와 지갑과 함께 주머니에 넣었다. 바이얼릿이 갑작스러운 감정에 북받쳐 나를 꽉 끌어안았다. 나는 그 포옹이 내가 도무지 바이얼릿과 섹스를 하려 하지 않은 일, 그녀 곁에서 옷을 벗고 있는 것조차 꺼려서 몇 번인가 짜증을 돋운 일, 그리고 거의 말을 걸지 않은 일, 그리고 언제나 너무나 침울하게 굴었던 일을 용서한다는 뜻이라고 생각했다. 그 포옹이 나를 자랑스러워한다는 뜻이라고 생각했다. 나는 드디어 목적을 찾을 참이었다. 적어도 시도는 할 참이었다.

나무에 달린 잎사귀들은 오렌지색과 노란색에서 싱싱한 초록색으로 변해 있었다. 인도에서는 비둘기들이 바닥을 쪼고 있었다. 제시간에 도착할 수 있을까 걱정스러웠다. 집을 일찍 나섰지만, 거리가 혼잡했다. 다리 끝까지 걸어가는 데에만 한 시간이 넘게 걸렸고, 다리 위에 모인 군중은 길거리보다 더 많아서, 고개를 숙이고 발을 끄는 몸뚱이들에게 치여야 했다. 날씨도 나빠 보였다. 무겁고 어두운 구름이 도시 하늘을 점령했고, 시내에서는 돌풍이 불어 골목골목에서 흙먼지를 일으키고 있었다.

그렇지만 그 순간 건설 현장이 눈에 들어왔고, 아직 늦은 오전이었다.

근처 여기저기에 의식용 불길이 점화되어 있었다. 동네가 의식용 종잇조각들로 장식되어 있었다. 수천 명이 모여들었다. 온갖 사람들이 다 개관식을 구경하러 나왔다. 하지만 나는 그저 구경만 하려고 온 게 아니었다. 실제로 안에 들어갈 참이었다. 멈출 수 없이 몸이 떨렸다. 너무나 불안해서 눈물마저 났다. 남세스러운 줄은 안다. 어쨌든 눈물이 났다.

혹시 다른 자원봉사자도 왔을까 생각하며 한동안 주위를 서성였다. 아는 얼굴은 없었다. 마음을 가라앉혀야 했다. 공황 상태에 빠지고 있었다. 어쩔 줄 모르겠고 고통스럽고 불안하면서도 동시에 카페인을 너무 많이 들이부었을 때 생기는 초조하게 들뜬 느낌이

들었다. 나는 커피를 뱉으려고 길 건너편 커피숍으로 걸어갔다.

나는 빈 컵을 들고 창가 자리에 앉았다. 건설 현장이 완벽하게 보이는 자리였다. 긴장을 풀어보려고 했다. 기다렸다. 하지만 모든 것이 잘못된 느낌이었다. 쇠공도, 불도저도, 굴착기도, 조끼 입은 작업자도 없었다. 갑자기 무시무시한 느낌에 사로잡혔다. 혹시 연기된 거면 어쩌지? 시 예산이 바닥난 거면 어쩌지? 프로젝트가 중단됐으면 어쩌지? 건물이 세워지지 않으면 어쩌지? 내 면접은 어떻게 되는 걸까? 그냥 취소되는 걸까?

막 커피를 한 모금 뱉어내려고 빈 컵에 손을 뻗었을 때, 의식이 시작되었다.

경고도 없이 시작되었다.

내 평생 본 가장 아름다운 광경이었다.

건축가들은 천재였다. 쇠공을 쓰는 대신, 어떻게인지는 몰라도 날씨를 이용했다. 거리에 기묘한 먼지 연무가 생기더니 점점 짙어져서 건설 현장이 보이지 않게 되었고, 이어서 길거리도 사라지고 자동차들도 사라지고 소화전도 사라지고 자전거 보관대와 인도가 다 사라져서 창문 너머로 보이는 것이라곤 시커먼 연무밖에 없었고, 이내 땅이 흔들리기 시작하면서 먼지가 어마어마한 힘으로 거리를 쇄도하며 빠른 속도로 건설 현장에 모여들었다. 그러더니 갑자기 희미한 먼지만 남고 공기가 다시 깨끗해지고, 인도와 자전거 보관대와 소화전과 자동차들과 길거리와 건설 현장이 다 드러나면서 건설 현장과 시내 하늘에 뜬 구름 사이에 깔때기 모양의 먼지 굴뚝이 나타났다. 먼지가 피어오르고 마구 휘돌면서 땅에서 곧장 건물을 자아냈다. 도형들이, 부등변사각형이, 부등변삼각형이,

초승달 모양이, 연 모양이 소용돌이쳤다. 도시 한 블록만한 길이의 콘크리트 판들, 지하철 플랫폼 너비의 강철 격자들, 새로 생긴 유리판들이 도움도 없이 제자리를 찾아 뛰어올랐다. 고층 건물 한 채가 한 층씩 한 층씩 일어서며, 서서히 반짝이는 건축물이 먼지를 대신하고, 시내 하늘의 구름이 그 힘을 받아 점점 더 짙어지고 점점 더 어두워지는 가운데 흑과 백이 번갈아 완벽한 평행선을 그리며 쌓이더니 하늘에 안테나가 달린 지붕이 나타났고, 군중들은 그 광경에 완전히 미쳐 날뛰었다. 어느 시점인가 아버지가 전화를 걸었고, 나는 주머니 속 전화기가 울리는 것을 느끼고 화면을 흘긋 내려다보았지만 전화를 받지 않았다. 지금 일어나는 일에서 눈을 뗄 수가 없었다. 모든 일이 너무나 빨리 일어나고 있었다. 이제는 갑자기 공포 비슷한 느낌이, 슬픔과는 많이 다른, 뭔가 분리된 느낌이 들었다. 나는 의자에서 일어나서 걷기 시작했다. 움직이고 싶었다. 움직여야 했다. 아직 따끈따끈하게 연기가 피어오르는 건물로 달려가고 싶은 어처구니없는 충동이, 뭐라도, 무슨 일이라도 하고 싶은 충동이 일었지만 할 수가 없었다. 두려웠다. 그리고 어차피 내 도움이 필요한 사람은 없었다. 이미 이 건물을 짓는 데 내 몫은 다 했다. 나는 의자에 다시 주저앉아서 컵에 대고 숨을 빨아들였고, 아버지가 다시 전화를 걸었고, 나는 받지 않았고, 받을 수가 없었다. 이제 두번째 건물이 살아나고 있었기 때문이다. 길거리에 또 한번 연무가 생기고 건설 현장을 향해 몰려가더니 건설 현장과 시내 하늘의 구름 사이에 또다시 깔때기 모양의 먼지 굴뚝이 나타났고, 군중이 새된 비명을 지르는 가운데 폭풍이 무시무시한 굉음과 함께 땅에서부터 건물을 찢어발겨 콘크리트와 철근과 유리를 하늘로 끌어올렸고, 이어서 사람 몸뚱이들이 포장도로에서 열린 창문들로, 하나가 아니라 양쪽 건물 모두로 뛰어올랐다. 한꺼번에 태어난 사람들 수백 명이 건물 표면을 향해 날아오르면서 유리를 돌아보고 처음으로 스스로의 모습을 보았다. 이어서 그들 모두가 조각상의 일부처럼 창문 앞에 서더니 안으로 사라졌다. 누군가의 자궁속을 향해 시간을 가로질러 기어가는, 새로 태어난 수많은 작은 벌레들. 그러더니 이제까지의 과정이 역전되듯, 구름이 더는 건물에서 뿜어 나오지 않고 이제는 건물들이 구름을 빨아들이며 폭풍을 탑 안으로, 새로 태어난 인간들이 사라진 그곳으로 삼켜버리고 텅비어 맑아진 하늘만 남았다. 그런 다음, 아래에 있던 우리들 모두가 이제 다 끝났다고, 이 이상의 마법은 있을 수 없다고 생각한 바로 그 순간에 두 탑의 입이 터지더니 비행기를 통째로 한 대씩 뱉어냈고, 그 비행기들은 새로 태어난 사람들을 가득 태우고 하늘로 날아올랐다.

나는 컵에다 커피를 몇 모금 뱉어내면서 군중이 흩어지기를 기다렸다. 바람이 모든 의식용 불길을 꺼뜨렸다. 의식용 종잇조각들은 하늘에 날아올랐다. 건설에 한 시간이 넘게 걸렸지만, 아직 면접까지는 몇 분이 남아 있었다. 나는 앉아서 벌써 자전거와 버스와 배달 차와 택시가 우글거리는 길거리를 내다보았다. 정장을 입은 회사원들이 서류가방을 들고, 손가방을 들고, 빈손으로, 은박지에 싼 베이글을 들고 새로운 건물로 우르르 몰려갔다. 교사일까, 똑같은 모자를 쓴 사람 두 명이 줄 서서 걷는 아이들을 데리고 광장 안으로 들어가며 청동 조각상을 가리켰다.

나는 마지막 커피 한 모금을 뱉었고, 이제 컵은 꽉 차서 김이 올라오고 있었다. 마음이 차분해졌다. 평화로워졌다. 나는 길을 건너서 돌더미에서 생겨난 첫번째 건물 안으로 들어가, 엘리베이터를 타고 구십삼층으로 올라갔다.

고양이 눈 모양의 안경을 쓴 여자가 사무실 문 앞에서 나를 기다리고 있었다.

"들어오세요, 들어오세요." 여자는 나에게 이름도 알려주지 않고 그 말부터 했다.

그리고 책상 앞에 놓인 안락의자에 앉으라고 했다.

"그러니까 당신이 아티스트죠?" 여자는 서랍 안을 뒤적이며 말했다. 내가 대답을 하려는데 여자가 다시 말했다. "그래요, 그럼 됐네요. 여기 폴더예요."

"무슨 폴더요?" 내가 물었다.

"첫 업무요." 여자는 나에게 서류가 가득 담긴 베이지색 폴더를 건네며 말했다. "조금 지루한 일이긴 해요. 우리의 다양한 금융 상품에 대한 홍보 책자예요. 이 표지의 레이아웃을 작업해주셔야겠어요. 그냥 최선을 다해주세요. 결국에는 조수들이 생길 거예요. 아직은 다 정리하는 중이라서요."

"잠깐만요, 그러면 다 된 건가요? 제가 벌써 일자리를 얻은 거예요?" 내가 물었다.

"네, 물론이죠. 우린 새로운 부서예요. 오늘 아침에 막 업무를 시작했어요. 그래서 직원들을 대량으로 고용하는 중이었죠. 저도 그렇고, 대부분 새로 태어난 사람들이에요. 하지만 당신은 예외였다고 들었어요. 태어난 지 좀 됐다면서요." 여자는 안경을 벗고 눈을 비볐다. "체계가 없어 보인다면 미안해요. 모두에게 정신없는 몇 시간이었어요. 아직 모든 걸 파악하는 중이에요." 여자는 안경을 쓰고 시계를 흘긋 확인하더니 나를 다시 보았다. "신규 고용 얘기가 나온 김에 신생인newborn들이 어떻게 적응하고 있나 보러 가야겠네요. 당신도 두 명 있었죠?"

"뭐라고요?"

"신생인이요. 보관증을 가지고 있을 텐데요. 누가 티켓을 주지 않았나요?"

"안 줬어요."

"못 받았어요? 작은 초록색 티켓?"

"잠깐만요," 나는 말했다. "175번?" 나는 주머니에서 초록색 티켓을 꺼냈다.

"그래요, 그거예요. 광장 건너편 건물 안에 있을 거예요."

나는 실직 상태로 그날 하루를 시작했다. 이제 나에게는 일자리와 조수가 둘 다 있었다. 나는 엘리베이터를 타고 로비로 내려가, 담배를 한 대 피우고 광장을 가로질렀다. 조수들을 만날 생각에 불안했다. 그들이 무섭지는 않을 거라는 결론을 내렸다. 오히려 지루하리라. 정중하리라. 칸막이 자리를 배정받게 되리라.

하지만 문제의 건물 접수원은 내 티켓을 보더니 사무실 바깥, 복도 끝에 있는 색을 밝게 칠한 방 쪽을 가리켰다.

이름표를 단 경비원 한 명이 문 앞에 서 있었다.

"175번인데요?" 나는 경비원에게 티켓을 주면서 말했다.

경비원은 문 안쪽을 돌아보며 외쳤다. "175번!"

문 너머 코르크판에는 지저분한 그림들이 핀에 꽂혀 있었다. 눈 덮인 산맥, 얼룩무늬 알 옆에 있는 새, 경찰복을 입은 막대기 인간. 지퍼 소리가 들리더니 나이 많은 직원 한 명이 두 아이를, 거의 똑같이 생긴데다 둘 다 자그마한 만화 캐릭터로 뒤덮인 책가방을 메고 있는 남자아이와 여자아이를 복도로 데리고 나왔다.

"바로 오늘 아침에 태어났어요." 경비원이 말했다.

"새로 생긴 어린이집 투어를 시켜주려고 다른 아이들을 데려온 후에 발견했어요." 나이 많은 직원이 아이들의 머리를 헝클어뜨리면서 말했다. "화장실 안에 숨어 있었나봐요."

"마지막으로 남아 있던 아이들이네요. 늦었어요. 집에 데려가야죠." 경비원이 말했다.

나는 아이들을 응시했다. 사진 속에서 본 것과 똑같은 얼굴이었지만, 이제는 삼차원으로 눈을 깜박이고 웃기도 했다. 남자아이는 콧물을 흘렸다. 여자아이는 무지개색 헤어밴드를 했다. 그전에는 한 번도 느껴본 적 없는 감정이 북받쳤다. 숨이 막혔다. 그 순간, 살아 있다는 사실이 너무나 기뻤다.

"자." 나는 두 손을 내밀며 말했다. "가자."

그래서 우리는 길거리로 나갔고, 택시를 세웠을 때쯤 두 아이는 이미 나에게 이야기를 늘어놓고 있었다. 깨어났을 때 있었던 어두운 곳에 대해, 얼마나 어리둥절했는지에 대해, 얼마나 불편했는지에 대해, 그리고 건물이 깨어나기를 얼마나 오래 기다렸는지에 대해, 그리고 갑자기 벽이 다 떠오르고 안에 불이 다 켜졌을 때 얼마나 굉장하고 예뻤는지에 대해, 그리고 벌써 재채기에 대해 얼마나 많이 배웠는지에 대해, 그리고 내가 도착했고 떠날 때가 되었다는 소식을 듣기 전까지 몇 분 동안 어떤 그림을 그렸는지에 대해 재잘거렸다.

이어서 아이들은 내가 어디에서 태어났는지, 그때 나는 어땠는지, 나만의 어두운 곳에서 얼마나 기다려야 했는지 알고 싶어했다.

"그래, 그래. 다 말해줄게."

하지만 정말로 말해주지는 않았다. 대신 거짓말을 했다. 사실이기도 하고 아니기도 한 이야기를 지어냈다. 나는 아이들에게 내 탄생을 말해주지 않았다. 아이들의 빈 관에 대해서도, 아이들의 어머니를 알기 전에 보낸 시간에 대해서도, 아이들이 땅이 아니라 건물 안 어딘가에서 자라고 있다는 사실을 전혀 모른 채 커피숍에 앉아서 얼마나 오래 기다렸는지도 말하지 않았다. 그런 이야기는 하나도 해주지 않았고, 지금뿐만 아니라 앞으로도 해주지 않을 것이다. 그리고 아무도 나를 비난할 수 없을 것이다. 나 자신조차도 비난하지 못할 것이다.

감사의 말

두려움을 모르는 편집자 리비 버턴에게. 당신의 인내심과 지혜는 경외심을 불러일으킬 정도입니다. 센트럴파크에 기념비를 세워 마땅해요. 질리언 블레이크, 케리 컬런, 그리고 헨리홀트 출판사의 나머지 식구들에게도 언제까지나 감사할 겁니다.

우리 드림팀에게도 고맙습니다. 작가가 꿈꿀 수 있는 가장 영리하고 친절한 에이전트 세라 번스. 그리고 할리우드에서 가장 재능 있는 에이전트가 확실한 미셸 크로스와 대리언 란제타. 여러분 모두 트로피와 불꽃놀이, 샴페인 분수를 받을 자격이 있어요.

나의 선생님들에게 감사드립니다. 토니 얼리, 로레인 로페즈, 질 매코클, 낸시 라이스먼, 헤더 셀러스, 댄지 세나, 그리고 스티브 야브로. 선생님들의 생일을 모두 국경일로 지정해야 마땅해요. 제가 최선을 다해 쓴 글입니다. 제 책이 마음에 드셨으면 좋겠네요.

밴더빌트대학교, 풀브라이트 장학 위원회, 휘팅 재단, 맥다월 콜로니, 유크로스 재단, 랙데일 재단, 버몬트 스튜디오 센터, 버지니아 창작 예술 센터, 블루마운틴 센터, 프레리 아트 센터, 그리고 제라시 레지던트 아티스트 프로그램에 감사드립니다. 여러분의 지원이 제 인생을 바꿨습니다.

제일 처음 이 단편들을 믿어주신 〈아메리칸 쇼트 픽션〉〈컨정크션스〉〈라이트스피드〉〈미시간 계간 리뷰〉〈미주리 리뷰〉〈원 스토리〉〈솔트 힐〉, 그리고 〈파리 리뷰〉의 편집자와 독자 여러분께 감사드립니다. 질 메이어스, 캘리 콜린스, 브래드퍼드 모로, 미카엘라 모리셋, 마이클 새린스키, 존 조셉 애덤스, 웬디 와그너, 조너선 프리드먼, 비키 로런스, 스피어 모건, 에블린 소머스, 해나 틴티, 윌 앨리슨, 조노 나이토, 그리고 에밀리 네먼스에게 특별 표창을 드려야겠습니다. 이 소설집은 여러분 없이는 존재하지 않았을 겁니다.

넷플릭스, 아마존 스튜디오, 폭스 서치라이트, 폭스, FX, 26 키스, 6th&아이다호, 크리스티나 호드슨, 모건 하월, 메이크레디, 더 픽쳐 컴퍼니, 릿라지, 그리고 제임스 폰설트에게 감사드립니다. 이 단편들에 그토록 열정과 열의를 보여주셔서 저는 세상을 다 얻은 것 같습니다. 벌써 팝콘도 준비해뒀어요. 여러분 모두의 작품을 기대하고 있겠습니다.

멀리 흩어져 사는 가족들에게 고맙습니다. 미시간호수 사이에, 버지니아 숲속에, 텍사스 평원에, 네바다 사막에, 몬태나산맥에, 플로리다 늪 사이에, 일리노이 들판에, 오하이오 숲에, 켄터키 구릉지대에, 캘리포니아 해안에, 뉴욕의 섬에 사는 가족들 모두요. 저와 같이 게임을 만들고 농담을 지어내고 홈 무비를 찍어준 누이

들에게, 그리고 어린 시절 여름마다 차를 몰고 전국을 데리고 다녀
주신 부모님께 특별히 고맙습니다.

그리고 살아 있는 가장 위대한 아메리카인ㅅ, 제네사 에이브럼
스에게 감사드립니다.

이 책에 실린 열세 편의 단편은 대부분 현실을 날카롭게 비판하면서도 소설이 제기한 문제의 다층적이고 모순적인 측면에 대해 생각하게 만든다. SF에서 최근에 많이 다루는 아이디어를 씨앗으로 삼을 때라도 작가의 개성이 확고한 사변소설speculative fiction을 써낸다. 안전하고 안온한 곳에서 멈춰 서지 않고, 불편하고 때로는 위험한 지점까지 상상을 밀어붙인다. 그러면서도 현학적이지 않고 직관적이며, 생생한 감각 묘사로 오감을 자극한다.

그러나 이 모든 장점은 나중에 떠올랐고, 내가 이 책을 처음 읽고 좋아하게 된 순간은 글에서 '아더리'를 느꼈을 때였다.

"아더리othery : 다른 이의 고통에 공감하여 경험하는 고통으로, 원래의 고통보다 더 괴롭다."

이것은 실제로 존재하는 단어가 아니다. 본서 맨 앞에 실린 단편 「싸우는 단어들」에 나오는 가상의 단어다. 쇠락한 미국 시골 마을에서 조카를 괴롭히는 소년을 따라다니며 앙갚음을 하려고 벼르는 중년 남성 화자의 내적 갈등을 다루는 이 단편은 결국 '상대를 이해하면 사랑할 수밖에 없다'는 명제를 가슴 아프게 풀어낸 글인데, 그 핵심에 '아더리'가 있다. 존재하지 않는 말이라지만 소설을 좋아하는 독자는 대부분 이 단어가 가리키는 고통이 무엇을 뜻하는지 잘 알 터이다. '아더리'야말로 문학이 때로 독자에게 주는 것이자, 때로는 문학이 시작되는 지점이기에.

이 첫번째 단편을 제외하면 다른 작품은 대부분 현실이 아닌, '이런 세상이 온다면 어떨까?'라는 가정에 기초한 사고실험을 전개하지만, 그 모든 작품을 꿰뚫는 감정 하나를 고른다면 여전히 '아더리'일 것이다.

지금 우리가 살아가는 현실의 사회법칙 속에서 소외당하는 이들이 있다면, 법칙을 뒤집은 세계에서도 소외당하는 이들은 있을 것이다. 칠십 세가 넘은 노인은 다음 세대를 위해 스스로의 목숨을 끊는 것이 당연한 법칙이 된 사회를 상상한 「의식」에는 사회 전체의 혐오를 사면서도 규칙을 따르지 않고 계속 살아가는 노인이 나오고, 「평생형」에는 징역형을 대신해 보편적인 형벌로 자리잡은 기억 삭제형 덕분에 새로운 사람이 되어 행복을 찾고서도 인생에 남은 공백 때문에 고통스러워하는 남자가 나온다.

「마마의 증언」은 지나친 소비와 사치가 죄악이 된 근미래 사회에서, 물욕에 사로잡혔다는 이유로 지금의 가난한 집 아이들처럼 괴롭힘을 당하는 소녀의 고통을 손에 잡힐 듯 그리고, 「행복한 대

가족」은 아이 양육을 전적으로 국가에서 도맡아 합리적으로 관리하게 된 세상에서 자신이 낳은 아이를 직접 키우고 싶다는 욕망 때문에 범죄자가 된 여성에게 초점을 맞춘다. 이들의 고통에 집중함으로써 작가는 익숙한 세상을 '낯설게 보기', 또는 '뒤집어 보기'를 훌륭하게 시연한다.

좀더 직접적으로 지금의 현실을 비판하고 풍자하는 작품들도 있다. 「전환」은 사람의 정신을 디지털 데이터로 변환한다는 '마인드 업로딩' 소재를 가져와서, 도저히 이런 결정을 내린 아들을 이해하지 못하는 어머니와의 갈등을 통해 현실의 다른 '전환'을 이야기한다. 그런가 하면 현재 미국에서 나타나는 이민자 혐오를 대놓고 꼬집은 「출현」은 어떤가. 이 단편에는 느닷없이 지구 곳곳에 출현한 외계인들 문제로 골머리를 앓는 미국 어느 시골 마을이 나오는데, 이 새하얀 외계인은 이민자에 대한 노골적인 은유다. 그러나 소설은 이민자를 혐오하고 적대시하고 공격하기까지 하는 사람들을 잘못되었다 꾸짖거나 경멸하는 대신, 양쪽 모두의 슬픔을 그린다.

남자가 멸종한 세계를 다루는 SF 계보에 넣어도 좋을 소품 「유토피아의 어느 운나쁜 날」은 세상을 크게 그리기보다는 한 컷을 잘라내어 보여준다는 단편의 미덕에 충실하다. 그리고 이 소설의 마지막 부분에서 독자는 이 글이 미래가 아니라 현재를, 현재 여성들의 고통을 이야기하기 위해 쓰였음을 선명히 알게 된다. 후기 자본주의가 극단에 이르러 일상의 모든 것이 기업의 후원에 의존해 돌아가는 세계를 익살스럽게 그린 「스폰서」도 마찬가지다. 단편 속 인물들은 아무도 고통스러워 보이지 않고, 결혼식 스폰서를 찾기 위해 뭐든 하려 드는 주인공은 희극적으로 그려진다. 그러나 그 이면에는 대기업 마케팅에 끌려다니는 지금의 소시민들이 비쳐 보인다.

역자에게 가장 번역하기 어려웠던 글, 성매매가 합법화되었을 뿐 아니라 가장 재연 불가능한 공연예술로 자리잡은 사회라는 도발적인 상상을 바탕으로 하는 「투어」 또한 달라진 세상보다는 이미 망가져 있는 세상에서 고통받는 사람들에게 마음을 기울이는 이야기다.

그리고 이 모든 작품의 다채로운 상상은 마지막 두 작품 「아메리카에 어서 오세요」와 「거꾸로 읽는다면」으로 수렴한다. 작가가 아메리카, 즉 미국이라는 나라에 대해 품은 사랑과 슬픔이 집약된 듯하달까.

표제작이기도 한 「아메리카에 어서 오세요」는 초소형 국가인 아메리카를 소개하는 가이드북이라는 형식이 새로울 뿐, 이 책에서 가장 단순 명쾌하고 재미있는 글이다. 소설 속에서도 소개하고 있지만 실제로 현재의 국가 체계에 반기를 들고 독립을 선언한 마이크로네이션 또는 초소형 국가체는 전 세계에 다수 존재한다. 다만 소설 속의 '아메리카'처럼 큰 곳은 없다(현재 미국 내에 있는 몰로시아공화국의 인구는 열 명이 채 되지 않는다). 이전에 살던 나라에 대한 사랑을 담아 '아메리카'라고 이름 지은 이 작은 마을은 현재의 미국이 아니라, 어쩌면 존재하지 않을지도 모르는 미국, 미국을 사랑하는 사람들이 마음에 품고 있는 이상 속의 아메리카를 보여준다. 유쾌한 익살과 풍자 속에 현재의 미국에 대한 쓰디쓴 실망이 담겨 있지만, 멀리 떨어져서 보는 독자라면 탄식 없이도 즐길 수 있다.

이어서 책의 마지막을 닫는 「거꾸로 읽는다면」은 다시 미국의 현재로 돌아온다. 9·11이라는 거대한 비극을 한 개인의 슬픔으로 집중시키면서 동시에 우주적으로 확대하는, 제목 그대로 뒤집어보기를 실험한 작품이다. 큰 비극을 다루면서도 현대 미국의 생활방식을 꼬집는 블랙유머는 빠지지 않지만, 그럼에도 독자는 이 글에서 작가가 품은 큰 슬픔과 애정을 읽는다. "우리는 세상의 악으로부터 조카를 지킬 수 없다. 심지어 그 악을 다른 악으로부터 지킬 수도 없다"(「싸우는 단어들」)로 시작하여, "〔슬픔과 고통에 대한〕 그런 이야기는 하나도 해주지 않았고, 지금뿐만 아니라 앞으로도 해주지 않을 것이다"(「거꾸로 읽는다면」)로 끝나는, 그러나 거꾸로 읽는다면 그 반대가 될 어떤 사유思惟를.

번역하면서 특히 고심한 몇 가지 결정에 대해 설명을 덧붙인다.
우선 「유토피아의 어느 운나쁜 날」에서는 '그남'이라는 다소 낯선 대명사를 썼다. 최근에는 전 세계적으로 성별 인칭대명사에 대해 다양한 토론과 시도가 이루어지고 있으며, 한국어 역시 예외가 아니다. 문장을 만들 때 인칭대명사의 사용이 기본이고 대명사에 성별을 부여하는 것 또한 기본인 영어에서도 여러 대안을 모색하고 있는 지금, 영어와 일본어를 번역하는 과정에서 그/그녀라는 대명사를 만들어 사용해온 한국어에서 그 어원을 되짚어보며 대안을 논의하는 것은 당연하다. '그녀'라는 단어는 '그'를 기본형으로 하고 여성을 뜻하는 '녀'를 붙인 형태이기 때문에 더욱 그렇다.
애초에 한국어 입말은 인칭대명사를 거의 쓰지 않는다. 그이, 그니, 저이, 즈이('그 사람' 또는 '저 사람'의 줄임말이다)처럼 쓰거나 아니면 이름을 직접 부르며, 성별을 명확히 알 수 있는 경우는 그

놈/그년처럼 욕에 가깝게 쓰일 때뿐이다. 글말에서도 대명사를 쓰지 않고 주어의 자리에 이름을 쓰기가 어렵지 않다.

그러나 처음부터 언어 구조가 다른 말을 옮긴 번역문에서는 어떻게 해야 하는가? 그리고 이미 정착한 인칭대명사만이 낼 수 있는 효과는 그냥 포기할 것인가?

창작과 번역 양쪽에서 최근에 눈에 띄는 추세는 삼인칭 대명사를 모두 '그'로 통일하는 방식이다. 이 '그'는 최소 백 년 동안 한국 문학에서 성별에 무관하게 삼인칭을 가리키는 대명사로 쓰여왔다. 다만 이미 그/그녀가 창작에서도 자연스럽게 정착한 지금은 과거의 방식으로 다시 돌아간다 해도 '그'라는 남성 대명사가 여성과 다른 성별 모두를 포괄하는 것처럼 오해를 살 위험이 남아 있다. 이는 번역에서 더 두드러지는 위험이다.

게다가 「유토피아의 어느 운나쁜 날」에서는 인물들의 성별이 무척 중요하다. 주인공의 이름이 끝까지 나오지 않고, 또 소설의 특징상 주인공이 익명이어야 하기 때문에 인칭대명사를 피하고 이름을 쓴다는 선택지도 없었다. 그러니 'she'를 '그녀'로 살린다면, 'he'는 어떻게 할 것인가? 기존의 방식대로 '그'라고 옮길 것인가?

'그+여자=그녀'의 대응어로 '그+남자=그남'을 쓰자는 의견은 성별 인칭대명사 논의에서 소수파에 속하며, 성별 이분법의 한계에 갇혀 있다는 점을 비롯하여 널리 대안으로 삼기에는 여러 가지 단점이 있다. 그러나 이번에는 드물게 어울리는 작품을 만났다고 생각하여 적용해보았다. 새로운 시도가 자칫 원작을 훼손하지는 않을까 하는 우려는 나만이 아니라 많은 번역가가 계속 고민하는 문제이나, 현재로서는 다양한 방법이 혼용될 수밖에 없다. 이런 시도가 모여서 한국어의 선택지를 넓혀주리라 믿는다.

「투어」에서는 매춘인이라는 표현을 두고 고민이 많았다. 성매매가 합법적일 뿐 아니라 공연예술로 취급되는 세상에서도 이런 용어를 쓸까 싶기도 했지만, 작가가 굳이 'sex-worker'나 다른 용어를 쓰지 않고 16세기부터 쓰인 'prostitute'라는 말을 가져온 데에는 이유가 있다고 판단했기에 매춘인으로 옮겼다. 이 단어는 '판매를 위해 공개적으로 노출된'을 뜻하는 라틴어 'prostitut'를 어원으로 한다.

또한 보통은 독자가 직관적으로 가늠할 수 있도록 야드, 피트, 인치 같은 단위를 미터법으로 환산하여 적는 편인데, 이 소설집에서는 그러지 않기로 했다. 워낙 미국이라는 배경이 두드러지기도 하지만, 「아메리카에 어서 오세요」에서 미터법을 쓰지 않는 미국에 대한 비판이 나오기 때문이다.

번역에는 Henry Holt and Co.에서 2020년 출간된 하드커버 판본을 이용했다. 번역자가 저지른 실수를 귀신같이 잡아주는 편집자를 만난다는 건 부끄러우면서도 마음 든든한 일이다. 함께 일한 이봄이랑 편집자님께 감사드리며, 물론 여전히 남은 실수가 있다면 번역자의 몫이다.

부디 나만큼 독자분들도 이 책을 재미있게 보시기를 빌며, 수록작 중 여덟 편이 영상화 판권을 팔았으니 기다려보아도 좋겠다. 걸작 SF 옴니버스 시리즈 〈블랙 미러〉 같은 작품이 나오기를 기대한다.

이수현

옮긴이 **이수현**
작가이자 번역가로 인류학을 공부했다. 어슐러 K. 르 귄의 『빼앗긴 자들』로 번역을 시작
하여 SF와 판타지를 비롯한 상상문학을 많이 옮겼다. 이외에 주요 번역서로는 『새들이
모조리 사라진다면』 『아득한 미래』 『살인해드립니다』 『처형 6일 전』 『꿈꾸는 앵거스』
『킨』 『블러드차일드』 『이 책이 당신의 인생을 구할 것이다』 『로캐넌의 세계』 『유배 행
성』 『멋진 징조들』 『노인의 전쟁』, 서부 해안 연대기 시리즈, 얼음과 불의 노래 시리즈,
샌드맨 시리즈 등이 있다.

문학동네 세계문학
아메리카에 어서 오세요

초판 인쇄 2022년 9월 26일 | 초판 발행 2022년 10월 5일

지은이 매슈 베이커 | 옮긴이 이수현
기획 이현자 | 책임편집 이봄이랑 | 편집 윤정민
디자인 김유진 이원경 | 저작권 박지영 형소진 이영은 김하림
마케팅 정민호 이숙재 박치우 한민아 이민경 안남영 왕지경 김수현 정경주
브랜딩 함유지 함근아 김희숙 고보미 박민재 박진희 정승민
제작 강신은 김동욱 임현식 | 제작처 한영문화사

펴낸곳 (주)문학동네 | 펴낸이 김소영
출판등록 1993년 10월 22일 제2003-000045호
주소 10881 경기도 파주시 회동길 210
전자우편 editor@munhak.com | 대표전화 031) 955-8888 | 팩스 031) 955-8855
문의전화 031) 955-3578(마케팅) 031) 955-1929(편집)
문학동네카페 http://cafe.naver.com/mhdn
인스타그램 @munhakdongne | 트위터 @munhakdongne
북클럽문학동네 http://bookclubmunhak.com

ISBN 978-89-546-8456-9 03840

www.munhak.com